AVANT Décembre

JOANA MARCÚS

AVANT Décembre

Traduit de l'espagnol
par Axelle Demoulin et Nicolas Ancion

hachette
ROMANS

Couverture : © Hachette Romans
Photographie : © Shutterstock
Traduit de l'espagnol par Axelle Demoulin et Nicolas Ancion

L'édition originale de cet ouvrage a paru chez Montena,
sous le titre :
Antes de Diciembre

Hachette Livre, 58 rue Jean Bleuzen, 92170 Vanves.

Pour chaque Jenna qui apprend à s'aimer ;
pour chaque Ross qui apprend à s'accepter ;
pour chaque Naya qui apprend à prendre soin d'elle ;
pour chaque Will qui apprend à se détendre ;
pour chaque Sue qui apprend à s'ouvrir ;
et pour chaque Mike qui apprend à se pardonner.
Ce livre est pour vous.

1

Une relation ouverte

– Une relation... ouverte ?

– Oui, exactement.

Mon petit ami me regardait avec un large sourire. Moi, en revanche, je ne souriais pas. Je ne souriais pas du tout.

– Et ça veut dire quoi ?

– Je crois que le nom définit assez bien le concept, Jenny.

Il devait plaisanter.

Ou plutôt, *il avait intérêt* à plaisanter.

Il venait à peine de me déposer devant ma résidence universitaire ! Littéralement ! Il n'avait même pas eu le temps de sortir ma valise de la voiture et il voulait déjà changer la nature de notre relation !

– On doit vraiment parler de ça maintenant, Monty ? ai-je grommelé d'un air renfrogné. Tu n'as pas eu de meilleure occasion ?

– Euh... Non.

– Vraiment ? On vient de passer deux jours complets ensemble.

– Bon, d'accord. Mais... euh... je... Je ne savais pas comment aborder le sujet. Je n'avais pas l'impression que c'était le bon moment.

– Alors que là, c'est le moment idéal, c'est ça ?

– Ne le prends pas comme ça, Jenny. Je vais devoir repartir. Et tu n'auras pas envie de discuter de ça au téléphone, si ?

– Non, en effet.

J'ai soupiré et décidé de me détendre un peu. Après tout, j'étais stressée à l'idée de commencer la fac et ça m'énervait. Je ne devais pas passer mes nerfs sur Monty.

Surtout pas juste avant son départ. Je ne voulais pas qu'on se quitte fâchés. Mais qu'est-ce que j'étais censée répondre ? Je me suis contentée de le fixer quelques instants, au cours desquels son sourire est devenu encore plus innocent.

C'est à ce moment-là que j'ai réalisé que je n'avais pas envisagé ce qui allait se passer entre nous quand je resterais ici et qu'il rentrerait chez lui. Il n'allait pas poursuivre ses études. Ou, du moins, ce n'était pas ce qui était prévu. Il allait comme d'habitude jouer dans l'équipe de basket de notre ville. C'était la seule chose qu'il aimait faire. Jouer au basket. Toute la journée.

Et moi, j'avais été tellement concentrée sur la résidence, les cours, et tout le reste... que je n'avais même pas pensé qu'on allait se retrouver séparés très longtemps. Trop longtemps. Entre son entraînement et mes cours, ça allait être difficile de garder le contact au jour le jour. Je n'avais pas l'argent qu'il aurait fallu pour aller le voir tout le temps, et, à vrai dire, je doutais qu'il ait envie de revenir jusqu'ici rien que pour me voir. Je l'entendais déjà prétexter qu'il était trop fatigué par le basket.

Au moins en décembre, à l'approche de Noël, on se retrouverait. Mais il restait beaucoup de mois avant décembre... Une éternité.

Quand je me suis rendu compte qu'il attendait toujours une réponse, j'ai tenté de me recentrer sur la conversation.

– Je ne sais pas quoi te dire, ai-je finalement admis. Je ne suis même pas sûre de comprendre ce que ça signifie... une relation ouverte. Je ne sais pas ce que c'est.

– C'est très simple. Écoute... Toi et moi on est en couple, non ?

– Je crois, oui, ai-je plaisanté, un peu tendue.

– Eh bien, c'est justement ça. On s'aime, on s'apprécie, on se respecte, mais... on a nos besoins.

– Nos besoins ?

– Oui.

– Quels besoins ? Manger ?

– Non, Jenny.

– Boire ?

– Mmmh... Non...

– Dorm... ?

– Le sexe.

– Hein ?

Je suis devenue instantanément toute rouge, et j'ai vérifié que personne n'écoutait.

– Se... sexe... ? Qu'est-ce que... ?

– Tu peux arrêter de regarder autour de toi comme si on parlait de tuer quelqu'un ? J'ai juste dit *sexe*.

– Je n'aime pas parler de ça.

– Je sais.

Il a levé les yeux au ciel.

– Mais on a tout de même des besoins sexuels, non ? Je veux dire, je sais que tu es un peu plus asexuée que moi, mais moi...

– Tu sais ce que ça veut dire être asexué ?

– J'ai mes besoins, a-t-il poursuivi sans m'écouter.

Ma voix est montée de trois décibels :

– Attends, tu es en train de me dire que tu vas coucher avec d'autres personnes ?

– Hein ? Non, je...

– J'espère que tu plaisantes.

Il a pris mon visage dans ses mains.

– Écoute, ce que je te propose... c'est que, si à un moment donné... je ne sais pas... on ressent le besoin de le faire... on le fait.

– Et pourquoi est-ce que tu aurais le *besoin* de coucher avec quelqu'un d'autre que moi ?

Je me suis dégagée en fronçant les sourcils.

– Je n'en ai pas envie, a-t-il prétendu, presque vexé.

– Ah bon, t'es sûr ? ai-je ricané. Tu veux qu'on récapitule ?

Il a tout de suite compris ce que je voulais dire. Il a fait mine de reprendre mon visage, mais il s'est arrêté net et a laissé tomber ses mains, l'air un peu tendu. J'ai baissé la tête.

– Je suis désolée, ai-je murmuré. Je suis stressée.

– Je sais.

Il s'est détendu et a soupiré.

– Écoute, je sais que ça a l'air bizarre, mais c'est la mode d'avoir des relations ouvertes. Et c'est prouvé scientifiquement que les couples durent plus longtemps comme ça.

– Prouvé par qui ?

– Et puis, c'est pas que je veuille le faire maintenant, mais... on ne va pas se voir pendant combien de temps ? Trois mois ?

– Presque quatre. Et n'évite pas la ques...

– Je ne pense pas que ce soit sain pour le corps de rester si longtemps sans faire l'amour, Jenny.

J'ai froncé les sourcils.

– J'ai passé dix-sept ans de ma vie sans le faire avec personne, et je me portais très bien.

– Mais ce n'est pas la même chose quand tu es vierge. Si tu ne sais pas ce que tu rates, tu ne souffres pas de ne pas avoir de relations sexuelles.

Il a attrapé ma main et m'a tirée doucement.

– Allez, chérie, tu sais que je t'aime, non ?

– Oui, Monty, mais...

– Tu sais que ça ne va pas changer. Peu importe ce qui arrive. Ou *qui* arrive, plutôt.

Il s'est mis à rire de sa propre blague.

– Je sais que tu me comprends. C'est pour ça que je suis avec toi et que je t'aime, parce que tu m'as toujours parfaitement compris. Et tu sais que j'ai mes besoins, Jenny. Alors... qu'est-ce que ça change si je donne un peu d'amour à d'autres pendant que tu n'es pas là ?

– Tu en parles comme si c'était génial de me tromper.

Je me suis écartée.

– Ce n'est pas tromper si c'est consensuel.

– Si je comprends bien, tu me demandes carte blanche pour coucher avec qui tu veux.

– Pas juste moi. Tu peux le faire aussi.

Ce n'était pas vraiment une consolation, en réalité.

– Et si je ne veux coucher avec personne d'autre ? Tu y as pensé ?

– Euh... Non. Mais au moins tu as la possibilité de le faire si tu changes d'avis à un moment donné. Tu vois ce que je veux dire ?

– Si je vais dans une résidence universitaire, que je rencontre un mec, qu'il me plaît et que je veux coucher avec lui, ça ne te dérangera pas si je le fais ? Tu n'y crois pas toi-même !

– C'est pas ça non plus.

– Alors, c'est quoi ?

– Jenny, je ne dis pas que c'est crucial de coucher avec quelqu'un. Tant qu'on est contraints à avoir une relation longue distance, on a le droit de... Je ne sais pas, si on se retrouve dans une situation où on est très attiré par quelqu'un, on peut faire ce qu'on veut. Sans rancune, sans jalousie, sans reproches...

Il m'a à nouveau pris la main et je ne me suis pas éloignée, même si je n'étais pas très contente de ce que j'entendais.

– Je ne sais pas, Monty... Ça paraît un peu bizarre.

– Allez...

Il m'a embrassée sur la bouche et a souri.

– Ça va être fun. Et on peut poser des règles.

– Des règles ?

– Oui, bien sûr. Comme ça, tu te sentiras plus à l'aise. Par exemple... euh... chaque fois que l'un de nous deux fait quelque chose avec quelqu'un, il doit le dire à l'autre. Ce sera mieux comme ça.

– Je ne veux pas de détails sur ce que tu fais avec d'autres.

– D'accord, alors on ne se racontera pas les détails. On informera juste l'autre de ce qui s'est passé.

– Monty...

– À toi d'inventer une règle.

– Je n'ai pas dit que j'étais d'accord avec ta proposition.

– Imagine que tu sois d'accord. Quelle règle tu poserais, toi ?

J'y ai réfléchi une minute pendant qu'il m'observait avec impatience.

– Bon... ai-je soupiré. Pas d'amis. Je ne veux pas que tu te tapes une copine à moi. Et moi je ne coucherai pas non plus avec un pote à toi.

– Ça me semble juste.

– T'es vraiment en train de me dire que tu t'en fiches que je couche avec d'autres personnes ?

– Si c'est seulement pour le sexe, ça ne me dérange pas.

Il a encore pris mon visage entre ses mains. C'est un truc qu'il faisait souvent quand il essayait de me convaincre.

– C'est ça, une relation ouverte. Même si tu couches avec quelqu'un d'autre, tu sais que tu aimes ton partenaire. C'est la force de notre couple. C'est génial, non ?

Je n'étais pas sûre que « génial » soit le mot que j'aurais utilisé pour définir la situation, mais il n'allait pas me laisser tranquille tant que je n'aurais pas donné mon accord, alors j'ai fini par hausser les épaules.

– Si c'est ce que tu veux...

Il a souri et a attrapé ma nuque pour coller ses lèvres contre les miennes. Je l'ai laissé m'embrasser sans enthousiasme. Puis il a sorti ma valise de sa voiture et l'a posée sur le sol à côté de moi.

– Bon, alors allons...

– Je vais me débrouiller à partir d'ici, lui ai-je assuré. Tu devrais y aller, sinon tu seras chez toi très tard.

Il s'est arrêté, surpris.

– Tu vas y aller toute seule ?

– Oui. J'en ai envie.

– Tu es sûre, Jenny ? Je peux te donner un coup de main.

– Certaine.

Je lui ai donné un dernier baiser et il m'a souri.

– Appelle-moi quand tu seras arrivé, d'accord ?

– Et toi, envoie-moi des textos pour me dire comment ça se passe.

Pour tout avouer, je m'attendais à des adieux plus émouvants : il a juste caressé ma joue avec le dos de ses doigts, puis il est monté dans sa voiture et m'a souri. Je lui ai fait un signe de la main alors qu'il accélérait.

Pendant un moment, j'ai regretté de lui avoir dit de partir. Mais c'était mieux comme ça. Je devais accepter que j'allais probablement passer beaucoup de temps seule, à partir de maintenant. Je devais m'y habituer. Autant commencer le plus tôt possible.

Je me suis tournée vers le bâtiment et j'ai commencé à traîner ma valise, l'estomac noué. Honnêtement, j'avais l'impression d'être un soldat sur le point d'affronter sa première bataille.

Ma résidence était la plus proche de ma fac, la faculté de lettres et philosophie. En voyant la façade en briques rougeâtres en piteux état, j'ai pensé que la résidence n'avait pas dû être rénovée depuis longtemps. Sur l'un des murs, une énorme affiche défendait la liberté des femmes : j'ai souri en grimpant les escaliers jusqu'à l'entrée, en ahanant sous le poids de la valise.

Il y avait beaucoup de monde à l'intérieur, qui avait l'air aussi vieillot que la façade, mais il y avait tellement de gens que j'ai vite oublié ce détail. J'ai scruté la foule de jeunes gens et j'ai repéré la réception. Un type blond avec des lunettes, pas beaucoup plus âgé que moi, semblait assez stressé lui aussi : il vociférait en direction d'un gars appuyé nonchalamment contre le comptoir. Étonnamment, c'était un garçon, alors que la résidence était réservée aux filles. C'était peut-être un membre de la famille d'une étudiante.

De toute façon, ce n'était pas mon problème. Je me suis approchée d'eux et je me suis arrêtée sur le côté, les laissant poliment terminer.

– Je ne peux pas te laisser monter, Ross, insistait le gars au comptoir.

Il avait l'air fatigué, comme s'il avait répété ces mots plusieurs fois.

– Le premier jour, personne n'a le droit d'entrer en dehors des membres des familles. Surtout pas un garçon. Et tu le sais.

– Et tu le sais, répéta l'autre en l'imitant avec un sourire.

Le blond rougit aussitôt.

– Tu peux me prendre au sérieux, pour une fois dans ta vie ?

– Tu peux arrêter de me discriminer, pour une fois dans ta vie ?

– Ross, c'est une résidence pour les filles...

– Merci, je n'étais pas au courant.

– ... et tu ne me sembles pas être une fille.

– Tu n'en as pas l'air non plus, et pourtant tu travailles ici.

Vexé, le garçon a marmonné quelque chose d'incompréhensible.

– Je suis un employé compétent et professionnel qui...

– Bon, d'accord, très bien. C'est toi qui vas expliquer à Naya qu'elle doit monter sa valise ?

Il s'est figé d'un coup.

– Hein ? Non, non. Dis-le-lui toi.

– Moi ? Ah non. Pas question. Je voulais la monter comme un gentleman, mais tu ne m'as pas laissé faire.

Il a soupiré en secouant la tête de façon dramatique.

– Je vais devoir tout te coller sur le dos, Chrissy, dommage. Je te trouvais sympa. Ne t'inquiète pas, je viendrai à ton enterrement pour te faire mes adieux, d'accord ?

Le blond – Chrissy ? – l'a fixé un moment en réfléchissant à une solution.

– Laisse Will le faire. C'est son petit ami. Lui, on pourrait le considérer comme un membre de sa famille.

– Tu penses vraiment que je serais là si Will avait pu venir ?

– En fait, non.

– Tu es futé.

– Pourquoi il n'a pas pu venir ?

– Parce que notre cher Will est très occupé et il trouve que je joue parfaitement les coursiers.

– Et ce qu'il fait est plus important que sa petite amie ?

– Qu'est-ce que ça peut me faire ? Écoute, je me suis réveillé il y a vingt minutes. Et j'ai dormi deux heures. Ou même moins. Je meurs d'envie de dormir. Et cette valise pèse une tonne. Et je crève de faim, Chrissy. La seule chose qui m'intéresse, c'est de sortir d'ici pour manger mon reste de pizza froide d'hier soir et dormir pendant dix ans.

Il a marqué une pause et s'est penché sur le comptoir en haussant un sourcil.

– Tu vas me laisser porter la valise de Naya à l'étage et permettre à tout le monde de reprendre le cours de sa vie, ou tu vas continuer à m'empêcher de le faire ?

Chrissy paraissait nerveux, comme s'il avait été court-circuité. C'était si grave que ça que quelqu'un qui n'était pas de la famille entre ? Avec la quantité de gens qu'il y avait dans l'entrée en ce moment, c'était difficile de surveiller tout le monde.

– Ça va, a-t-il fini par murmurer, vaincu. Mais va-t'en tout de suite après, parce que si quelqu'un te voit...

– Oui, je suis super discret, tu me connais, a répliqué Ross avec un sourire jusqu'aux oreilles.

Le blond du comptoir a semblé finir par s'apercevoir de ma présence, car il a à nouveau adopté l'expression sérieuse que je lui avais vue en arrivant.

– J'ai beaucoup de travail, Ross, si tu permets...

Le blond m'a désignée d'un signe de tête.

Ross ne m'a même pas regardée en prenant la valise.

– Quel homme occupé, a-t-il ironisé à voix basse.

– Qu'est-ce que je peux faire pour toi ? m'a demandé Chrissy en me regardant et en ignorant Ross, qui roulait les yeux en s'enfonçant dans la foule en direction des escaliers.

Je me suis concentrée sur le réceptionniste et je lui ai adressé un petit sourire.

– Désolée, je ne voulais pas vous interrompre.

– J'aurais adoré que tu le fasses, il est insupportable, a-t-il marmonné. Enfin, oublie ça. Tu es logée ici ?

– Oui.

Je me suis avancée et j'ai montré ma carte d'identité.

– Jennifer Michelle Brown.

Il l'a examinée.

– Jennifer Michelle ? a-t-il répété en parcourant sa liste. Je n'ai jamais entendu cette combinaison.

– Mes parents ont beaucoup d'imagination, ai-je murmuré.

J'ai toujours détesté ce deuxième prénom. Quand j'étais petite, mes frères m'appelaient Michelle pour m'énerver, mais ils ont fini par arrêter quand j'ai grandi et que j'ai appris à les taquiner en retour.

Mais bon, Michelle n'en restait pas moins mon deuxième prénom. Et je le détestais toujours.

– Voyons voir... a marmonné Chrissy. Mmm... Oui, tu es là. Oh, quelle coïncidence.

– Qu'est-ce qu'il y a ?

– On vient de monter la valise de ta colocataire à l'étage, a-t-il expliqué en montrant l'endroit où Ross avait disparu. Bonne chance. Tu vas en avoir besoin.

Je l'ai dévisagé, un peu surprise.

– Bonne chance ? Pourquoi ?

– C'était une blague, s'est-il empressé de répondre avec un petit rire nerveux, ce qui m'a fait penser que ce n'en était pas une du tout. C'est juste que tu partages une chambre avec Naya Hayes.

– Tu la connais ?

– Oui... C'est ma petite sœur.

Son ton était surprenant. Il avait encore l'air nerveux.

– Et c'est... pas une bonne chose ? ai-je demandé.

– Quoi ?

Sa voix était un peu plus aiguë qu'avant.

– Non, non... Enfin... Hum...

Il a tenté de faire semblant de rien et m'a tendu une clé en souriant.

– Chambre trente-trois. Au premier étage. Tu ne peux pas la rater.

À ce moment-là, le garçon qui était avant moi au comptoir a réapparu, les mains vides.

– Donne-moi la clé, a-t-il ordonné à Chrissy. Ta sœur n'est pas là.

– Où est-elle ? s'est étonné le réceptionniste.

– C'est ta sœur, pas la mienne. Tu devrais le savoir mieux que moi.

– Je n'ai pas d'autre clé, Ross.

– Très bien, alors ses affaires vont rester dans le couloir, à la merci des voleurs de culottes et des gens qui aiment fouiner dans les valises.

Il a soupiré et j'ai essayé de cacher mon amusement.

– Tu peux attendre un moment que j'aie fini la présentation pour Jennifer et elle t'ouvrira la porte.

Chrissy a levé les yeux vers moi.

– Si ça ne te dérange pas, bien sûr.

Ross m'a regardée pour la première fois et je me suis sentie un peu nerveuse de me retrouver au centre de l'attention.

– Pas de problème.

– Ah, un peu de sympathie pour changer.

Ross a lancé un large sourire au réceptionniste.

– Je dois faire la présentation, Ross.

– Et qui t'en empêche ?

Chrissy l'a ignoré complètement et s'est concentré sur moi.

– Bienvenue à la résidence, Jennifer. Si tu as besoin de quoi que ce soit, je m'appelle Chris et je suis...

– Celui qui s'assure qu'aucun garçon n'entre sans permission, a complété Ross. Ou du moins, il essaie de l'être.

– Je suis chargé de maintenir la tranquillité dans cette résidence, a poursuivi Chris. Je suis dans la chambre un. C'est la première porte au premier étage. Si tu as besoin de quoi que ce soit après minuit, c'est là que tu me trouveras.

– Et sinon, tu le trouveras ici en train de jouer à Candy Crush, a conclu Ross.

– Je ne joue pas pendant mes heures de travail !

Chris a inspiré profondément pour reprendre son calme.

– De toute façon, Jennifer, ne viens me voir dans ma chambre que s'il s'agit d'une véritable urgence. Je veux dire par là si le bâtiment est en feu, pas si tu as fait tomber ton téléphone portable dans les toilettes et que ça te dégoûte de le repêcher.

– On frappe souvent à votre porte ? ai-je demandé, amusée.

– Plus que je ne le voudrais, m'a-t-il assuré.

Il a poussé un soupir fatigué et s'est reconcentré sur son speech.

– Tu peux demander un double de la clé si tu la perds, mais tu devras payer une amende de dix dollars. Les visites sont libres pendant la journée, mais la nuit elles sont interdites, sauf si j'ai été prévenu au moins un jour à l'avance. Et à condition que ta coloc soit d'accord, bien sûr. Les toilettes communes se trouvent au fond du couloir à chaque étage, mais je pense que tu as une chambre avec ta propre salle de bains, non ? En tout cas, tu peux y aller à tout moment. J'oublie quelque chose ? Ah oui... Voilà.

Il s'est retourné et a fouillé dans un tiroir. Puis il m'a tendu un panier rempli de carrés en plastique.

– La sécurité d'abord, a-t-il déclaré en désignant les préservatifs. Cadeau de la fac. Un seul par personne.

Je les ai fixés, rouge comme une pivoine.

– Je recommande ceux à la fraise, a-t-il ajouté à voix basse. Ce sont les plus demandés.

– Voyons voir... a grommelé Ross en se penchant pour trifouiller dans les préservatifs.

– Juste un ! lui a crié Chris en voyant qu'il en prenait une poignée.

Ross l'a regardé d'un air renfrogné et les a tous laissés tomber sauf un.

Le mien s'est avéré être à la mûre. Je l'ai glissé dans ma poche avec un sourire gêné.

– Merci.

– Passe une bonne journée, m'a lancé Chris d'un ton enjoué. N'hésite pas à me demander de l'aide si tu en as besoin, à tout moment. Je suis là pour ça. Maintenant, tu peux y aller. Suivante !

J'ai sursauté à ce cri. Quelques secondes plus tard, une fille m'avait déjà dépassée pour discuter avec lui.

– Alors... m'a lancé Ross quand il a vu que je ne bougeais pas. Tu as la clé ?

Je me suis éclairci la gorge et la lui ai montrée.

– À moins qu'il ne se soit fichu de moi, je l'ai.

Il l'a examinée et m'a adressé un demi-sourire.

– Super, viens, je vais t'aider.

Il a attrapé ma valise joyeusement et je l'ai suivi dans les escaliers en serrant mon petit sac à dos.

Alors que nous traversions le couloir du premier étage, j'ai vu des familles en larmes étreindre et embrasser les filles qui restaient. J'ai pensé à ma mère et à la scène qu'elle aurait faite si elle était venue. Heureusement que c'était Monty qui m'avait conduite. Et qu'il était déjà parti.

Ross s'est arrêté devant la valise violette que j'avais aperçue plus tôt et s'est écarté pour que je puisse introduire la clé dans la serrure. La porte était un peu plus compliquée que je ne le pensais, et j'ai dû donner un petit coup d'épaule pour ouvrir le battant. C'était embêtant.

– Bon, ai-je murmuré en entrant. C'est pas si mal.

– Au moins, c'est pas un dépotoir, a plaisanté Ross en poussant les deux valises à l'intérieur.

J'ai regardé autour de moi. La pièce était très simple. Peut-être trop simple. Les murs étaient vert et blanc et une fenêtre s'ouvrait au-dessus de chacun des deux lits une place, qui étaient recouverts de draps à pois jaunes. Un bureau, une chaise et une lampe complétaient le mobilier et, sur le mur d'en face, deux petites armoires. Il était clair que je n'étais pas arrivée la première, car le lit de gauche était déjà encombré par les affaires de ma colocataire.

– Tu connais la fille qui va dormir là ? ai-je demandé à Ross en lui montrant le lit.

Il a marqué une pause en me fixant.

– Moi ? Pas du tout. J'adore porter les valises des inconnues. C'est ma passion dans la vie.

J'ai rougi. Évidemment qu'il la connaissait. Pourquoi est-ce que je dis tellement de bêtises quand je suis nerveuse ?

Bon, c'était peut-être parce que je le trouvais mignon. C'était pas grave que je trouve mignon un mec qui n'était pas mon petit ami, si ? J'espérais que non. Mais il m'avait un peu tapé dans l'œil. Je ne savais pas si c'était ses cheveux bruns ébouriffés – ce garçon ne se coiffait pas, c'était sûr –, ses yeux clairs ou son large sourire. Ou peut-être que c'était son vieux sweat. Je ne savais pas. Je ne savais même pas que j'aimais bien les mecs aussi enjoués. En général, ils me paraissaient relous.

Et... peut-être que je n'aurais pas dû y réfléchir autant.

– C'est la petite amie de mon meilleur ami, a précisé Ross pour me sortir de cette situation pénible. Elle s'appelle Naya.

– Et elle est... ?

J'ai essayé que mon ton ne trahisse pas mon angoisse :

– Elle est sympa ?

– Disons qu'elle l'est quand elle y trouve un intérêt.

Il a observé la chambre un moment, l'air pensif.

– Elle peut aussi se montrer très persuasive.

– Qu'est-ce que tu veux dire ?

– Tu le comprendras quand tu te rendras compte que tu es en train de faire des trucs que tu n'avais pas envie de faire parce qu'elle a réussi à te convaincre de les faire.

Il a haussé les épaules. Il m'a regardée encore un moment avant de soupirer et de désigner la porte d'une main.

– Bon... si tu veux bien m'excuser, mon travail de transporteur est terminé.

– Oui, bien sûr, merci d'avoir porté ma valise.

– Tout le plaisir est pour moi, a-t-il répondu en souriant, avant de se retourner et de disparaître, toujours aussi rayonnant.

J'ai voulu m'asseoir sur le lit dès que je me suis retrouvée seule, mais j'ai sursauté en entendant le grincement horrible du sommier. Ce n'était pas une résidence très chère, c'était flagrant.

Ça faisait une heure que je rangeais mes affaires dans l'armoire quand la porte s'est ouverte à nouveau. Cette fois, ce n'est pas Ross qui est apparu, mais une fille blonde aux yeux clairs et au nez pointu. Elle avait l'air un peu ailleurs. Elle m'a fixée et m'a examinée de la tête aux pieds. Je l'ai saluée.

– Bonjour.

– C'est toi, Jennifer ?

À ma grande surprise, elle paraissait enthousiaste.

– Ouf ! Tu n'as pas l'air bizarre. Tu ne l'es pas, si ?

J'ai cligné des yeux, surprise.

– Je me considère plutôt comme quelqu'un d'assez normal.

Ennuyeuse, même.

– Génial ! C'est juste que mes parents m'ont fait flipper à propos des colocs, m'a-t-elle expliqué. Je n'avais pas envie de partager la chambre avec une inconnue zarbi pendant les prochains mois. Bien que... Eh bien, je suis moi-même un peu bizarre. Mais c'est pas grave. Je m'appelle Naya, au fait. Enchantée.

Naya parlait si vite que c'était difficile de tout comprendre. Je l'ai suivie des yeux. Elle a soupiré et s'est laissée tomber sur son lit, qui grinçait lui aussi, mais cela ne semblait pas la gêner outre mesure.

– J'espère que ça ne te dérange pas que j'aie choisi ce côté, a-t-elle ajouté. On peut échanger, si tu veux.

– T'inquiète. Ton lit n'a pas l'air beaucoup plus confortable que le mien.

– Oui, j'ai essayé de faire une sieste et je n'y suis pas arrivée.

Elle a grimacé.

– Il faudra s'y habituer, a-t-elle repris. On n'a pas le choix.

Puis elle a aperçu sa valise violette et son visage s'est illuminé. Elle a souri.

– Mon petit ami est venu ?

– Un garçon est venu, mais je ne pense pas que ce soit ton petit ami. Il a dit qu'il s'appelait Ross.

– Ross ? Il a envoyé Ross ?

Elle paraissait à la fois perplexe et indignée.

– J'espère qu'il ne t'a pas trop embêtée.

Embêtée ? Moi ? On n'avait pas passé beaucoup de temps ensemble, mais il ne m'avait pas paru désagréable. Il avait été plutôt sympa avec moi. Il m'avait même aidée à porter mes affaires à l'étage sans me connaître.

– Non... En fait, il m'a aidée à porter ma valise.

– Ross t'a aidée ? a-t-elle répété d'un air stupéfait. Le soleil a tapé dur cet été ! Il a dû se prendre une insolation.

Elle s'est levée, a ouvert sa valise et s'est mise à fouiller dans ses affaires. Elle n'a pas tardé à m'imiter et à les ranger dans l'armoire.

– Et qu'est-ce que tu étudies ? lui ai-je demandé en plaçant mes bottes préférées dans la mienne.

– Assistante sociale. J'aimerais pouvoir aider les familles dysfonctionnelles quand je serai diplômée. Entre autres, bien sûr.

– Waouh.

J'ai haussé les sourcils.

– C'est... très généreux.

– Bah, pas tant que ça. Je me ferai payer pour ce boulot. Et toi ?

– Les lettres.

– Oh, la littérature ! Tu aimes la poésie ?

– Mmm... Non.

– Le théâtre ?

– Euh... Non plus.

– Le... roman ?

– Pas trop.

– Tu aimes lire ? N'importe quoi ?

– Non...

Elle m'a fixée, interloquée.

– Tu sais ce qu'on étudie dans cette filière, quand même ?

– C'est juste que... je ne savais pas quoi choisir.

– Oh.

Elle ne semblait pas savoir comment réagir.

– Tu finiras peut-être par aimer ça.

– J'espère, ai-je répondu en souriant. Sinon, les quatre prochaines années vont me paraître très longues.

En réalité, ce ne serait pas quatre ans. J'avais réussi à convaincre mes parents de m'inscrire dans une université loin de chez moi, mais seulement pour un semestre. En décembre, je devrais donc décider si je restais ici ou si je me rapprochais d'eux. Pour l'instant, j'avais envie de rester.

J'ai passé du temps à discuter avec Naya, ce qui m'a beaucoup rassurée. Elle s'est avérée charmante. Je ne comprenais pas très bien pourquoi son frère m'avait souhaité bonne chance. En fait, je la trouvais tellement sympa qu'on s'est mises à parler de nos familles, du fait qu'elles avaient pleuré quand on était parties et qu'elles nous manquaient déjà. On n'avait même pas remarqué que la nuit tombait, jusqu'à ce qu'elle aperçoive l'heure sur son portable.

– Merde ! s'est-elle exclamée tout à coup, ce qui m'a fait sursauter. Je vais être en retard.

Je ne savais pas s'il était trop tôt pour lui poser la question. Après tout, je venais à peine de la rencontrer. Mais je n'ai pas pu résister.

– Où ?

– Mon copain habite près d'ici avec ses deux colocs. Il voulait me faire visiter et il vient me chercher dans... Oh non, cinq minutes !!!

Elle l'a crié si fort que j'ai cru un instant qu'une voisine allait venir se plaindre. Elle est devenue hystérique, s'est mise à farfouiller dans son armoire et à se déshabiller à toute vitesse.

– Merde, j'ai pas le temps de me changer... !

– Ce que tu portes est très bien, ai-je murmuré, interloquée.

Elle portait un chemisier rose et un pantalon bleu. Et ils lui allaient comme un gant.

– C'est une blague ? Tu m'as regardée ? Je ressemble à un putain d'Oompa Loompa.

J'ai retenu un sourire.

– T'imagines pas depuis combien de temps j'attends de le revoir, a-t-elle murmuré en sautillant pour enfiler son pantalon inhumainement étroit. Et c'est pareil pour lui, évidemment.

– C'est le grand soir, alors, ai-je commenté en jetant un coup d'œil à mon téléphone pour vérifier que Monty ne m'avait pas contactée.

C'était le premier jour et il n'avait même pas tenu sa promesse de m'appeler. Toujours aussi romantique...

Naya a attrapé un pull bleu et l'a enfilé si vite qu'elle a failli le déchirer. Puis elle s'est approchée du miroir de la porte de mon armoire et a retouché le maquillage sur ses cils avec un doigt.

– Tu ne ferais pas mieux d'utiliser du mascara ? ai-je suggéré.

– Il est au fond de ma valise et j'ai pas le temps de le chercher !

– Prends le mien.

Elle s'est tournée vers moi, surprise :

– Sérieux ?

– C'est juste un mascara.

J'ai haussé les épaules et je le lui ai lancé.

Elle l'a attrapé en plein vol et m'a fixée encore un moment. J'ai fait une moue interrogative.

– Quoi ?

– Rien. Dis, tu veux venir avec nous ?

Là, elle m'a prise au dépourvu.

– Qui ? Moi ?

– Il y a quelqu'un d'autre dans la chambre ?

– Non, mais... t'es sûre ? Je veux dire, je ne connais pas ton petit ami.

– Évidemment que je suis sûre, sotte ! Je te trouve hyper sympa. Tu vas leur plaire.

– Mais...

– En plus, tu as rencontré Ross et tu l'as trouvé sympa, non ? C'est déjà ça de gagné.

Je ne savais pas quoi lui dire. Ce n'est pas une habitude pour moi de me faire des amis le premier jour où je débarque dans un nouvel endroit, mais... comme je ne connaissais personne, ça m'a paru une bonne idée d'essayer de m'intégrer.

D'ailleurs, mon frère Spencer m'avait fait un sermon long et pénible sur l'importance d'être sociable. L'unique règle qu'il avait voulu m'enseigner était de moins souvent dire non aux gens.

L'occasion était idéale pour mettre cette nouvelle norme en application.

– Allez, ils sont super sympas, a insisté Naya. Et ils ont des plats chinois. Gratuits.

On ne peut pas dire non à des plats chinois, Jenny.

Merci pour l'info, chère conscience.

– Ils ont des rouleaux de printemps, a poursuivi Naya. Et du riz trois délices, et...

– D'accord, d'accord, me suis-je exclamée quand j'ai compris qu'elle allait continuer si je n'intervenais pas. Je suis partante.

– Génial !

J'ai attrapé ma veste verte et je l'ai enfilée pendant qu'elle se recoiffait. J'étais curieuse de rencontrer son petit ami. S'il était comme elle, on allait bien s'entendre. Naya a pris la clé de la chambre et m'a adressé un geste enthousiaste.

– Viens, il doit déjà attendre.

Nous avons descendu ensemble les escaliers de la résidence et Naya a salué Chris d'un signe de tête. Il était tellement concentré sur la distribution de préservatifs à une nouvelle arrivante qu'il ne nous a pas vues.

– Pauvre Chris, a commenté Naya, il est hyper stressé.

– Il n'a pas de collègue ?

– Je ne crois pas. Mais il s'en sort... la plupart du temps.

Elle a souri.

– Oh.

– On ne se ressemble pas du tout, a-t-elle ajouté. Je le sais très bien.

– Non... pas vraiment.

– Au début, il a l'air un peu relou, mais on finit par s'attacher à lui.

Elle a marqué une pause en regardant dehors.

– Voilà Will !

Will était grand, il avait la peau foncée et semblait très détendu. Il attendait devant le bâtiment, les mains dans les poches. Naya est sortie en criant comme une folle et j'ai entendu Chris la gronder, mais elle n'y a pas prêté attention. J'ai essayé de traîner pendant qu'ils s'embrassaient pour leur laisser un peu d'intimité.

Naya s'est dégagée dès qu'elle m'a entendue ouvrir la porte.

– Regarde, mon cœur, c'est ma coloc, lui a-t-elle annoncé. Elle n'a pas l'air bizarre, hein ?

Je ne savais pas comment réagir. Will m'a adressé un sourire d'excuse.

– Will, s'est-il présenté. Enchanté.

– Jenna. Moi aussi, je suis ravie de te rencontrer.

– Ça te dérange si elle vient avec nous ?

Le sourire de Naya s'est élargi.

– Bien sûr que non.

Will a désigné sa voiture.

– Allez, montez avant que les deux autres ne mangent tout.

J'ai grimpé à l'arrière et j'ai attaché ma ceinture en me frottant le bout du nez, qui était gelé par le froid. Naya a raconté à Will que son frère s'était fâché contre elle ce matin-là parce qu'elle avait perdu les clés de sa chambre cinq minutes à peine après son arrivée et avait dû en demander un double. C'est pour cela qu'il n'en avait plus pour Ross... Will a secoué la tête avec un petit sourire. Je supposais qu'il avait l'habitude d'entendre ce genre d'histoires.

Naya s'est retournée à ce moment-là et m'a surprise en train de consulter mon téléphone avec impatience.

– Tu attends que ta mère t'appelle ? m'a-t-elle demandé en souriant.

– Non. On s'est mises d'accord : elle ne peut m'appeler qu'une fois par semaine. Mais on sait très bien qu'elle ne respectera pas la règle.

– Ma mère ne prend même plus la peine de m'appeler, a commenté Will. Quand tu seras ici depuis un an, elle s'habituera.

– Alors, m'a interrogée Naya avec un sourire malicieux, qu'est-ce que tu attends comme coup de fil ?

– Mon petit ami a promis de m'appeler.

– Oh, tu as un petit ami ?

– Oui, un peu distrait.

– Il doit être occupé, a-t-elle minimisé. Maintenant, toi aussi tu vas être très occupée et tu ne penseras plus à lui.

Je lui ai jeté un regard un peu fâché.

– Les colocs de l'appartement ont-ils notre âge ? ai-je demandé.

Je n'avais pas envie de parler de Monty.

– Non. Ils sont tous les trois en deuxième année.

Naya a soupiré.

– On sera les naines de la soirée.

– Sue est en troisième année, lui a rappelé Will.

– Oh oui. Sue. C'est vrai. Elle existe. On la voit tellement peu souvent que parfois je l'oublie.

– Ne sois pas cruelle.

Will s'est tourné vers elle.

– Tu sais très bien que j'ai raison !

– Mon cœur, Sue ne sort pas beaucoup de sa chambre quand tu es là parce que vous n'avez pas la meilleure relation du monde.

– Parce qu'elle est insupportable, oui.

– C'est ce que Sue dit de toi.

– Tu vois ? C'est elle qui est insupportable !

Naya a croisé les bras, mais sa colère s'est dissipée aussi rapidement qu'elle était apparue. Elle s'est retournée vers moi et a changé de sujet :

– Ce BG et moi, on a eu une relation à distance pendant près d'un an, m'a-t-elle expliqué. On peut enfin recommencer à se voir tous les jours !

Joignant le geste à la parole, ils ont profité d'un feu rouge pour s'embrasser.

– On dit que c'est difficile d'avoir une relation à distance, ai-je fait remarquer en pleine séance de baisers baveux.

– Pas pour nous. On est ensemble depuis sept ans. On se fait hyper confiance.

Oh mon Dieu. Sept ans. Je n'étais avec Monty que depuis quatre mois, et ça me semblait déjà une éternité.

– Sept ans, ai-je répété, surprise. C'est... presque la moitié de notre vie.

– Je sais. C'est long.

– Très long, a renchéri Will en hochant la tête.

– Mais, avec moi, ça passe vite, a précisé Naya en jetant un coup d'œil dans sa direction.

– Bien sûr, bien sûr.

– On a commencé à sortir ensemble quand on était gamins. On ne s'est embrassés qu'au bout de quelques mois.

– Et tu as failli me gifler, lui a rappelé Will.

– Parce que je ne savais pas qu'on pouvait embrasser quelqu'un avec la langue, je ne m'y attendais pas !

Je me suis mise à rire tandis qu'ils continuaient à se chamailler gentiment.

Will a ensuite tourné dans une rue calme, occupée par des appartements et des supermarchés fermés. Arrivé vers le milieu, il est entré dans un garage et s'est arrêté sur le seul emplacement libre.

En sortant, j'ai regardé la voiture qui était à côté, un SUV noir dont l'arrière était couvert d'autocollants en rapport avec la musique et le cinéma. J'ai passé mon pouce sur l'un d'eux, curieuse.

– On y va ? a suggéré Naya en voyant que j'étais distraite.

– Hein ? Oui, désolée.

Je les ai suivis le long de la rampe du garage, et on est arrivés à l'intérieur d'un immeuble plutôt joli. Will nous a conduites à l'ascenseur et a appuyé sur le bouton du troisième.

– Ça ne dérange pas tes amis que je vienne ? ai-je demandé en me tripotant les mains.

Tu pourrais cacher un peu plus ton manque d'assurance.

– Bien sûr que non. Je suis sûr que Ross sera content de te revoir. Il te trouve sympa.

Je n'ai pas réussi à masquer ma surprise.

– Il t'a parlé de moi ? Mais... on a juste passé cinq minutes ensemble.

– Il m'a dit que tu avais l'air d'une fille très chouette. Et que Naya t'enlèverait vite l'envie de vivre.

J'ai souri alors qu'elle levait les yeux au ciel.

– Ross est un amour, a-t-elle ironisé.

Nous sommes montés tous les trois au troisième étage, où il n'y avait que deux portes et une fenêtre fermée. Will a sorti des clés de sa poche et a ouvert la porte de droite.

L'odeur de nourriture chinoise a immédiatement fait gronder mon estomac. Nous sommes entrés et nous nous sommes retrouvés dans un petit hall qui menait à un salon. Puis Will a indiqué un portemanteau.

– Vous pouvez accrocher vos vestes.

Naya, qui n'avait jamais mis les pieds dans cet appartement non plus, semblait presque aussi nerveuse que moi.

Je les ai suivis en passant l'embrasure en bois qui menait à un salon simple avec deux canapés, deux fauteuils et une table basse chargée de sacs de nourriture. La grande télévision surmontait plusieurs consoles, une étagère en désordre se dressait près d'une baie vitrée, et un long couloir semblait mener aux chambres tandis qu'un bar séparait le séjour d'une petite cuisine.

Oh, et il y avait aussi deux personnes assises sur un canapé. Détail important.

– Enfin ! s'est écrié Ross, que j'ai immédiatement reconnu. Je mourais de faim.

– Moi aussi, ça me fait plaisir de te revoir, a dit Naya.

Lui et l'autre personne se sont tournés vers nous. La fille que je ne connaissais pas – j'ai supposé qu'il s'agissait de Sue – a fait la moue et s'est concentrée sur ce qu'elle faisait avant. Ross, quant à lui, a adressé un sourire moqueur à Naya.

– Génial, on est passés de la tranquillité absolue aux hurlements en stéréo à longueur de journée.

– Je ne me mets jamais en colère, a-t-elle protesté.

– Qui a parlé de se mettre en colère ?

Will lui a jeté sa veste à la figure. Ross a ri et l'a balancée vers un des fauteuils. Sue leur a décoché un regard mauvais et s'est focalisée sur l'ouverture de son sac de nourriture.

C'était celle qui me ressemblait le plus. Nous avions toutes les deux la peau légèrement bronzée, des cheveux bruns, des yeux de la même couleur... mais elle était beaucoup plus mince que moi et ses yeux étaient légèrement plus bridés. Elle était très jolie. Même si sa grimace de dégoût camouflait un peu sa beauté.

– Je vois que tu ne t'es pas encore enfuie, a constaté Ross en s'approchant de moi.

– Ne l'effraie pas, l'a prévenu Naya en pointant un doigt vers lui. C'est ma coloc. Et je tiens à ce qu'elle le reste.

– Qu'est-ce que tu insinues ?

Il a froncé les sourcils.

– Que tu es un emmerdeur, a-t-elle décrété en m'attrapant la main. Viens, assieds-toi avec nous.

Will m'a fait une place à côté de lui sur un canapé. Naya s'est posée de l'autre côté de son petit ami.

– Elle vient d'arriver et elle me traite déjà de tous les noms, s'est plaint Ross à Will.

– Ne l'effraie pas, a répété Naya.

– Je ne fais peur à personne ! D'ailleurs, si elle veut vivre avec toi, il faudra qu'elle sache que Will et toi, vous êtes comme un combo. Supporter l'un, c'est supporter l'autre.

– Quoi ? ai-je demandé, sans comprendre.

Ross s'est tourné vers moi :

– On reprendra cette conversation quand tu n'arriveras plus à fermer l'œil tous les soirs de la semaine à cause du bruit qu'ils font.

– Oublie-le, Jenna. On a tous appris à l'ignorer, m'a assuré Will avec un sourire.

Un silence gênant s'est imposé dans la pièce, juste interrompu par le bruit de la fille silencieuse qui déballait ses baguettes. Quand elle a vu que je l'observais, elle a froncé les sourcils et j'ai détourné le regard en rougissant.

– Je te présente Ross et Sue, a ajouté Naya en me souriant, même si je connaissais déjà le premier.

– Je n'ai jamais entendu ce prénom, ai-je murmuré en le fixant. Ross, c'est un diminutif ?

– C'est mon nom de famille, m'a-t-il expliqué en déballant des baguettes. Je m'appelle Jack Ross, mais tout le monde m'appelle Ross.

– Son père aussi s'appelle Jack, a précisé Will en posant deux grands plateaux de nourriture chinoise sur la table d'appoint.

– Et j'ai décrété que, si on m'appelait Jack Ross Junior, je m'ouvrais les veines, a repris Ross.

J'ai souri et je me suis avancée pour attraper des baguettes et voler un rouleau de printemps.

– Tu es du coin, Jenna ? m'a demandé Will poliment.

Je me suis dépêchée d'avaler ce que j'avais dans la bouche pour pouvoir répondre :

– Non.

Et j'ai failli m'étouffer au passage.

– Ma famille vit un peu loin d'ici. Environ... cinq heures de route.

– Et tu es venue en voiture ? m'a interrogée Naya en me regardant.

– Oui, ai-je souri. Mais j'ai passé la plus grande partie du trajet à dormir.

– Et pourquoi tu es venue ici ? m'a demandé Ross en levant les yeux vers moi. Tu as été émerveillée par notre taux de pollution incroyablement élevé, ou convaincue par les usines grises et déprimantes de la ville ?

– Vos facs sont meilleures. Mais, en réalité, j'avais envie de m'éloigner pendant un bout de temps de la maison.

– Le petit oisillon voulait quitter le nid, a murmuré Ross sans avoir l'air d'y prêter attention.

– Ça ne pouvait pas être si horrible que ça, de vivre là-bas, a commenté Will.

– Non, ce n'est pas parce que c'était horrible. J'étais bien à la maison. Mais ma ville est minuscule : on y croise toujours les mêmes gens, on va aux mêmes endroits... C'est très répétitif. Je voulais essayer quelque chose de nouveau.

Ils m'ont longuement interrogée sur l'endroit où j'habitais et ce que j'étudiais. Tout se passait bien jusqu'à ce que Naya me pose des questions à propos de mon petit ami. Je leur ai raconté ce qui s'était passé lorsqu'il m'avait déposée cet après-midi-là.

Oui, j'ai parfois du mal à contrôler ce que je raconte à des personnes que je ne connais que depuis quelques heures.

– Une relation ouverte ? a répété Naya sans comprendre. Qu'est-ce que c'est ?

– Je ne sais pas s'il l'a inventé, mais il dit que c'est quand deux personnes s'aiment mais peuvent coucher avec d'autres.

– Je ne comprendrai jamais la vie de couple, a marmonné Ross en jetant un coup d'œil à mon assiette. Tu vas manger tout ça ?

J'étais assise à côté de lui : on m'avait fait changer de place pour que les manettes de la console soient près de Will. J'ai proposé l'assiette à Ross.

– C'est tout pour toi.

– J'aime bien cette fille, a-t-il annoncé en souriant.

Will s'est tourné vers Naya :

– On devrait peut-être essayer aussi, mon cœur. De coucher avec d'autres, je veux dire.

– Si tu le fais, je te tue dans ton sommeil, l'a-t-elle mis en garde. Je ne pourrais pas vivre en faisant semblant de rien alors que Will est peut-être en train de coucher avec quelqu'un d'autre.

– Mais ce serait sans sentiments, a fait remarquer Ross, avant de me regarder les sourcils froncés. C'est bien ça ?

– Oui, j'imagine.

J'ai haussé les épaules.

– Et si un jour tu préférais l'autre ? C'est une possibilité, a souligné Naya en secouant la tête. Je ne pourrais pas.

En réalité, je n'avais pas pris le temps d'y réfléchir à fond, mais Naya avait raison. Et s'il aimait une autre plus que moi ? Qu'est-ce que je ferais, dans ce cas-là ?

Mieux valait ne pas y penser. Du moins, pas tout de suite. Inutile de stresser à propos d'un événement qui n'est pas encore arrivé.

Alors que je réfléchissais à tout ça, j'ai voulu m'appuyer distraitement sur l'un des coussins du canapé. Je me suis arrêtée net lorsque j'ai entendu ce que j'ai pris pour le cri d'un chat en colère. Sauf que ce n'était pas un chat, c'était Sue, qui me crucifiait du regard.

– C'est le mien, a-t-elle décrété sèchement.

J'ai reculé, surprise. C'était la première phrase qu'elle prononçait depuis mon arrivée.

– Euh... Pardon, je ne savais pas, ai-je bredouillé en lui rendant le coussin.

Elle m'observait avec méfiance en le serrant dans ses bras, comme si j'avais donné un coup de pied à un chiot.

– Demander pardon, ça n'arrange rien, a-t-elle marmonné.

Je n'ai pas su quoi répondre. À côté de moi, Ross se retenait de rire.

– Ne le prends pas personnellement, m'a-t-il conseillé. Elle est aussi tarée avec tout le monde.

– Je ne suis pas tarée, imbécile.

– D'accord, tu n'es pas tarée. Y a juste un truc qui ne tourne pas rond dans ta tête.

Sue lui a fait un doigt d'honneur sans lâcher son coussin. Pendant ce temps, Will et Naya s'embrassaient sans faire attention à nous.

C'était donc *ce genre* de couple.

Le pire n'était pas qu'ils se roulent des pelles, c'était qu'ils le fassent d'une façon très bruyante. Un silence gêné s'installait d'ailleurs dès que leurs bruits humides s'élevaient. J'ai jeté un coup d'œil en coin à Ross, qui les observait avec une moue quasi dégoûtée et m'a souri quand il a croisé mon regard.

– Et si on allait en haut et qu'on se passait de ces deux-là ?

– J'existe aussi, lui a rappelé Sue en râlant.

– Et tu veux venir en haut ?

– Plutôt crever.

– Bon, tu vois.

Ross s'est à nouveau tourné vers moi :

– Tu viens ?

J'ai jeté un coup d'œil à Naya, qui continuait à embrasser son petit ami à pleine bouche sur le canapé.

– Oui, allons-y.

Tout me paraissait mieux que de rester là à les contempler.

– Heureusement qu'il y a quelqu'un qui n'est pas chiant, a-t-il observé en se levant.

Je l'ai suivi jusqu'à l'entrée et j'ai froncé les sourcils lorsqu'il a ouvert la fenêtre du couloir.

– Qu'est-ce que tu fabriques ? Il fait froid.

– Il faut passer par là. Viens, je vais t'aider.

– M'aider ? À quoi ?

– À sauter par-dessus. Regarde.

Il m'a fait signe de me pencher et j'ai constaté que, de l'autre côté, il y avait un escalier de secours qui montait vers le toit.

– On monte là-haut ?

J'ai levé la tête en plissant le nez.

– C'est pas dangereux, m'a-t-il assuré avec un grand sourire. En tout cas, personne n'a été tué depuis qu'on vit ici.

– Avec ma chance, je serai la première.

J'ai fixé un instant la distance qui me séparait du sol, puis j'ai accepté sa main pour sauter par-dessus l'encadrement de la fenêtre et m'agripper à la rampe de l'escalier. Alors que je commençais à grimper, je l'ai entendu me suivre et pousser la fenêtre pour qu'elle ne se referme pas.

Deux étages plus haut, l'escalier débouchait sur un toit-terrasse de taille considérable, recouvert de gravier et occupé par deux gros tuyaux que je supposais provenir du système de ventilation de l'immeuble. De ce perchoir, on voyait l'université et le parc juste à côté. Et une grande partie de la ville. J'aurais plus apprécié la vue s'il n'avait pas fait aussi froid. Je me suis frotté les mains avant de les fourrer dans mes poches.

– Pas mal, hein ? s'est exclamé Ross en passant devant moi.

Il s'est dirigé sans hésitation vers des fauteuils de camping au bout de la terrasse. Il y en avait quatre, munis de couvertures épaisses, et une glacière était posée tout près. J'ai esquissé un sourire en coin. Ce n'était pas mal pensé.

– Qu'est-ce que vous faites quand il pleut ? ai-je demandé en m'asseyant sur l'un des sièges à côté de lui.

– On court pour tout mettre à l'abri.

Il a ouvert le frigo portatif.

– Et si vous n'arrivez pas à temps ?

– Alors on attend que ça sèche. Tu as soif ?

J'ai acquiescé et il m'a lancé une bière. Ça faisait longtemps que je n'en avais pas bu. Monty détestait le goût de la bière et affirmait qu'il ne m'embrasserait pas si j'en buvais. Dès la première gorgée, je me suis rappelé à quel point j'aimais ça, et je me suis léché les lèvres en rabattant sur moi l'épaisse couverture que Ross m'avait passée.

– Vos voisins ne voient pas d'inconvénient à ce que vous ayez installé tout ça ici ?

– Personne ne vient jamais.

– Ce qui veut dire qu'ils ne sont pas au courant.

– Ce qui veut dire qu'ils s'en fichent, m'a-t-il corrigée en souriant.

– Et c'est quoi la stratégie, si jamais ils montent ?

– Le plan A, c'est de leur offrir une bière et qu'ils se joignent à nous.

– Et le plan B ?

– Les pousser par-dessus le bord.

Il a levé sa bière et a précisé :

– Il ne doit pas y avoir de témoins du crime.

– En tout cas, c'est un très chouette endroit, ai-je déclaré en riant. À part les usines abandonnées en arrière-plan.

– Si tu imagines que c'est une forêt, c'est tout de suite plus joli.

Je l'ai vu chercher quelque chose dans sa poche. Un paquet de cigarettes. Je ne sais pas pourquoi, quand il en a glissé une entre ses lèvres et l'a allumée, je l'ai fixé comme une idiote. J'imaginais l'expression de dégoût sur le visage de Monty s'il...

Merde, est-ce que j'allais arrêter de penser à lui ? Il ne m'avait même pas appelée.

– Tu connais Naya depuis longtemps ? ai-je demandé en cachant la moitié de mon visage sous la couverture.

– Je la connais depuis le lycée, elle a commencé à sortir avec Will il y a un moment...

Il a réfléchi un instant.

– Je ne sais même pas quand. Ils sont ensemble depuis... toujours. Ils sont super relous.

– Sept ans, d'après ce qu'elle m'a dit.

– Ça fait déjà sept ans ?

Il a haussé les sourcils.

– Comme le temps passe vite. Je me sens vieux tout à coup.

Il a marqué une pause pour boire une gorgée de sa bière.

– Et toi, tu l'as rencontrée quand ?

– Il y a genre... deux ou trois heures.

– Et tu es déjà là ? T'es vraiment douée pour t'intégrer.

– Je n'avais pas des masses d'amis au lycée.

Bravo, tu viens de gâcher ta chance d'avoir l'air un peu cool.

– Ah bon ?

Il avait l'air sincèrement surpris.

– Non...

Merde, je ne savais plus comment arranger les choses pour avoir l'air d'une fille cool. Il était temps d'être honnête.

– C'était un endroit très... particulier. Il n'y avait pas grand monde de disponible.

Il m'a fixée, amusé cette fois.

– Pourquoi ?

– Ben, parce qu'il y avait les populaires, les nerds, les invisibles...

– Non, attends, laisse-moi deviner. Je suis bon pour ce genre de trucs.

Il a réfléchi un moment.

– Y avait une meuf super méchante, mais très jolie, qui emmerdait les filles qu'elle considérait comme inférieures.

– Bingo !

J'ai souri avant de préciser :

– Même si elle ne m'a jamais adressé la parole. Je n'existais même pas pour elle.

– Et un bad boy qui séchait tout le temps et qui était impertinent avec les profs, mais qui plaisait à toutes les nanas.

– Il ne m'a jamais plu, ai-je spécifié.

– Et il y avait un club de théâtre et la fanfare du lycée, et tous ceux qui en faisaient partie étaient considérés comme des nerds.

– En fait, j'ai été membre de la fanfare pendant un certain temps.

– C'est pas vrai.

Il a ri.

– Et tu jouais quoi ? De la flûte ?

– Mmm... Pas exactement.

– De la guitare ?

Ne le dis pas.

– Du piano... ?

– Haha... Non...

Ne le dis pas, s'il te plaît.

– Alors ?

– Je jouais du... eh bien... du... euh... triangle.

Il est resté silencieux un moment, me regardant fixement, et j'ai cru qu'il se retenait de rire.

– Du triangle, a-t-il répété.

– C'est plus difficile que ça en a l'air, je guidais toute la fanfare !

– Oui, bien sûr. Le triangle est un instrument très complexe.

– Oh, la ferme.

– J'imagine que tu n'as pas tenu longtemps à jouer du triangle complexe.

– Non. J'ai laissé tomber au bout de deux semaines. Et j'ai commencé autre chose.

– Du genre... chanter ?

– Si tu m'entendais chanter, tu mettrais à exécution le plan B en sautant tout seul.

Il a souri et m'a observée une minute avant d'ajouter :

– Danser ?

– C'est ça.

J'ai bu une gorgée de ma bière.

– Je ne t'imagine pas en danseuse de hip-hop.

– Moi non plus, pas du tout.

– S'il te plaît, dis-moi que tu n'as pas fait du ballet.

J'ai pris un air boudeur.

– Qu'est-ce qu'il y a de mal à ça ?

– C'est un oui ?

– Pendant un moment, oui.

J'ai croisé les bras.

– Et j'étais douée, d'ailleurs. Mais j'ai dû abandonner.

– Pourquoi ?

– Ma prof m'a dit que, si je voulais continuer, je devais perdre cinq kilos.

J'étais de mauvaise humeur rien qu'en me rappelant ce conseil.

– Et quel est le rapport entre l'un et l'autre ? a-t-il demandé en fronçant les sourcils.

– Je ne sais pas. Je crois que c'était pour l'esthétique de la classe, je ne me souviens plus très bien.

– J'espère que tu ne les as pas perdus à cause d'elle.

– J'y ai pensé et finalement je ne l'ai pas fait. Mais l'histoire ne s'arrête pas là.

– Je suis tout ouïe, m'a-t-il assuré.

– Ma mère l'a appris et s'est mise dans une telle colère qu'elle a débarqué à l'académie de danse, s'est engueulée avec la prof et a fini par lui jeter du café à la figure.

Ross s'est mis à rire aux éclats. Il a failli lâcher sa bière, et moi j'ai souri, amusée.

– J'aime bien ta mère, a-t-il décrété en hochant la tête. Si tu avais été ma fille, j'aurais fait la même chose.

Penser à elle m'a rappelé que je devais lui téléphoner le lendemain pour lui éviter une crise de panique.

– Tu l'aurais aussi attaquée avec du café ?

– Eh bien, peut-être que je lui aurais offert une bière et que j'aurais utilisé mon plan B contre elle.

– Waouh, tu es diabolique.

– Je sais. Ne le dis à personne. J'ai une réputation à défendre.

J'ai souri en secouant la tête.

– Tu as fini de deviner ?

– Oh non.

Il a bu une gorgée de sa bière, l'air pensif.

– Voyons, voyons... Tu faisais partie du groupe invisible ?

– On peut dire ça.

– Ton petit ami était dans ton lycée ?

– Oui.

– Et il n'était pas invisible, a-t-il terminé en me regardant.

– Non, en effet.

– Je parie que c'était le mec populaire typique dont on n'aurait jamais pensé qu'il te remarquerait, je me trompe ?

– Tu es doué, ai-je concédé.

– Et quand il t'a abordée, tous les élèves ont passé une semaine à parler de votre relation.

– Presque. Deux semaines.

– J'étais pas loin.

– Mais tu étais à côté.

– Rhoo, que t'es négative.

Je lui ai jeté un coup d'œil en coin.

– Tu devines tout parce que ton lycée était comme ça aussi ou quoi ?

– Non. C'était chiant. Il ne se passait jamais rien d'intéressant. Mais j'ai vu trop de films avec la même intrigue.

– Parfois, les clichés ne sont pas si mal que ça, ai-je fait remarquer en m'installant plus confortablement dans le siège.

– Je n'ai pas dit le contraire.

Il a jeté sa cendre par terre.

– Ta vie ressemble à une version moderne d'un roman de Jane Austen.

– C'est qui ?

Il m'a fixée avec des yeux ronds.

– Tu étudies la littérature et tu ne sais pas qui est Jane Austen ?

– C'est juste que je n'aime pas lire, ai-je marmonné.

– Attends, tu étudies la littérature et tu n'aimes pas lire ?

– Je ne savais pas quoi étudier, d'accord ? me suis-je justifiée, sur la défensive.

– Et tu n'as lu aucun de ses livres ?

Il avait l'air terrifié.

– Tu n'as même pas vu une adaptation ? Sérieux ? Il y en a des milliers !

– C'est quoi ?

– *Orgueil et Préjugés*, *Raison et Sentiments*, *Northanger Abbey*, *Mansfield Park*...

– Et toi, tu l'aimes bien ? Tu connais beaucoup de ses titres.

– Ma mère l'adore, m'a-t-il expliqué. Elle a tous ses romans et elle a acheté tous les films qu'ils ont inspirés. Je les connais par cœur. Mais... tu es en train de me dire que tu ne connais aucun de ces livres ? Tu n'as même pas vu les films ? Vraiment ?

J'ai secoué la tête.

– Je n'aime pas trop le cinéma.

À en juger par son expression, ma réponse lui a fait l'effet d'une gifle. Il a ouvert grand la bouche.

– Et à quoi tu passes ton temps dans la vie ?

Il s'est penché en avant, intrigué.

– Écouter de la musique ? Jouer aux dominos ? Contempler les murs ?

– Je n'aime pas les dominos, les murs ne sont pas mon point fort, et la musique c'est pas mal, mais je suis très difficile, alors je n'en écoute pas trop.

Cette réponse a semblé le déstabiliser complètement.

– Qu'est-ce que tu aimes ?

– Plein de choses ! ai-je répliqué en rougissant un peu.

– Par exemple... ?

– Eh bien... j'aimais bien faire de la danse classique. Jusqu'à ce que ma mère arrose ma prof de café.

– Et maintenant ?

J'ai pensé à l'athlétisme. J'en faisais avant de sortir avec Monty, mais il était obsédé par l'idée que ce n'était pas bien pour une fille de sortir seule de chez elle – et encore moins avec des vêtements aussi moulants que les tenues pour courir. J'avais donc fini par laisser tomber et j'avais dû me cantonner aux activités que je pouvais faire à la maison.

– J'aime bien la téléréalité, ai-je finalement répondu, surtout quand il y a un max de bagarres.

Il avait l'air de vouloir me tuer, mais n'a pas fait de commentaire. J'ai souri, amusée.

– Bon, revenons au cinéma, a-t-il suggéré en essayant de se ressaisir. Tu n'as vu aucun film ? C'est impossible.

– Bien sûr que si, j'en ai vu quelques-uns.

– Ouf. Je te croyais perdue. Combien ?

– J'ai vu *Le Monde de Nemo.*

Il a haussé un sourcil.

– Le summum du cinéma d'art et d'essai.

– C'est juste que mon copain n'aime pas le cinéma.

– Je ne te demande pas ce que ton copain aime, je te demande ce que toi, tu aimes.

J'ai fait la moue.

– Les films m'ennuient ! C'est interminable, plein de dialogues super longs et de plans qui durent des heures...

– C'est parce que tu ne les as pas bien regardés.

– On peut mal regarder un film ?

– Évidemment. Voyons, tu n'as jamais vu un Disney ?

– Si.

– Lequel ?

– *Le Monde de Nemo.*

Il m'a dévisagée d'un air désapprobateur.

– Je ne suis même pas sûr que ce soit de Disney.

– Alors, non.

– Oh là là.

– Quoi ?

– Oh là là, petite sauterelle...

J'ai souri, amusée.

– Arrête de dire « Oh là là » et réponds-moi ! Qu'est-ce qu'il y a de mal à ça ?

– Tu n'as pas eu d'enfance.

– Bien sûr que si. C'est juste que... à la maison, on mettait le sport à la télé pour mes frères. Je ne regardais pas beaucoup de films.

– Tu n'en as vu aucun !

– J'ai vu celui de Nemo !

– Je ne comprends pas comment on peut vivre sans voir de films ou de dessins animés comme... je ne sais pas... *Le Roi lion* ?

– Ça ne me dit rien.

– Ça ne te... ? Et les classiques ? *La vie est belle* ? *Forrest Gump* ? *Gladiator* ? *Le Pianiste* ? *Retour vers le futur* ?

– Non, non, non et non.

– Et moi qui croyais que j'avais une vie malheureuse...

– Je suis très heureuse, lui ai-je assuré.

– Non. Tu le seras dans une heure et demie, quand on aura fini *Le Roi lion*.

Il était déjà debout. J'ai laissé la couverture sur mon siège et je l'ai suivi en trottinant vers l'escalier.

– Pourquoi c'est si important de regarder ce dessin animé ? C'est pas un peu bête ?

– Pour commencer, ce n'est pas bête.

– Oh pardon, je ne voulais pas offenser *Le Roi lion*.

– Et ensuite... parce que c'est un classique, bon sang !

Il a secoué la tête de façon dramatique pendant que nous repassions par la fenêtre.

– Je n'arrive pas à croire que tu ne saches même pas ce que c'est. On dirait que tu débarques d'une autre planète.

Il a ouvert la porte d'entrée et j'ai failli lui rentrer dans le dos quand il s'est immobilisé au milieu du salon.

– Dites donc, allez dans la chambre de Will pour faire vos cochonneries, a-t-il lancé à Naya et Will, qui s'embrassaient encore sur le canapé. Ou dans la ruelle en bas. Comme vous préférez.

– Vous allez où ? a demandé ma coloc en passant la tête par-dessus le dossier du canapé.

– Elle n'a pas vu *Le Roi lion*, l'a informée Ross sur le même ton qu'il aurait utilisé pour dire que j'avais essayé de le pousser du toit.

– Tu n'as pas vu *Le Roi lion* ?! s'est exclamé Will.

J'ai soupiré et Ross m'a adressé un sourire triomphant.

– Tu vois ? T'es un peu bizarre.

– Et toi t'es un peu relou.

Il n'avait pas l'air vexé. En réalité, il avait l'air amusé. Il s'est dirigé vers la dernière porte à gauche et m'a fait entrer dans sa chambre.

La première chose que j'ai remarquée, c'est une énorme affiche de ce que j'ai supposé être un film célèbre. Il y en avait plein d'autres de films que je ne connaissais pas plus que le premier. Son bureau était étonnamment bien rangé, son ordinateur portable était couvert d'autocollants et sur son lit plutôt grand traînait un cahier dans lequel il avait écrit quelque chose.

Il l'a lancé à travers la pièce d'un large geste – tout en délicatesse – et a attrapé son ordinateur.

– Prépare-toi à ce que ça change ta vie, a-t-il décrété en s'asseyant sur le matelas.

J'ai regardé autour de moi. La chambre avait une baie vitrée qui donnait sur un balcon, fermée à cause du froid. Quelle chance. Je n'avais qu'une petite fenêtre. Et elle ne s'ouvrait même pas parce qu'elle était coincée.

– Tu peux enlever tes bottes, a-t-il dit distraitement.

J'ai fait ce qu'il demandait, puis j'ai déambulé dans la pièce en furetant. J'ai examiné la première affiche que j'avais vue. On y voyait une fille aux cheveux blonds, une longue épée à la main. Il a continué à chercher le film, concentré sur sa mission d'amélioration de ma culture générale.

– C'est quel film avec le sabre chinois ?

Ross a levé la tête et m'a fixée d'un air renfrogné.

– C'est pas un sabre chinois, maligne. C'est un katana. Et les katanas sont japonais.

– Oh, je vous demande pardon, maître, ai-je riposté en boudant. Et c'est quel film ?

– *Kill Bill*. Tarantino. Un classique. Et un de mes préférés.

– Je ne l'ai pas vu non plus.

– Je m'en doutais.

– Si on le regardait ? Je suis curieuse, maintenant.

– Je te recommande de commencer ton immersion dans l'univers du cinéma par Disney, c'est plus doux. Je ne pense pas que tu sois psychologiquement prête pour affronter Tarantino.

J'ai continué à fouiner dans sa chambre et je me suis arrêtée devant sa commode, sur laquelle étaient disposées des photos de famille. Sa mère avait l'air super jeune, et son père lui ressemblait beaucoup, avec des cheveux plus courts et des lunettes. Sur une autre photo, une version plus jeune de Ross brandissait une coupe de basket avec un sourire jusqu'aux oreilles. Il y avait d'ailleurs plusieurs trophées sur l'étagère. J'ai passé le doigt sur l'un d'eux avec curiosité.

– T'aimes bien le basket ?

Qu'est-ce que Monty n'aurait pas donné pour avoir une de ces coupes...

– Avant, oui. Maintenant, ça m'ennuie.

– T'étais doué, on dirait.

– Je le suis toujours, a-t-il corrigé avec un sourire.

– Et modeste ?

– Ça, je ne l'ai jamais été. Viens, j'ai le dessin animé.

Une heure et demie plus tard, j'étais assise sur son lit et je regardais Simba escalader le rocher aux lions sur fond de musique émouvante. Ross s'est tourné vers moi à l'instant où le film a pris fin, attendant ma réaction. On aurait presque dit un petit enfant qui attend un bonbon.

– Alors ? a-t-il demandé, n'y tenant plus.

– Mmm... Pas mal.

– Pas mal ?!

J'ai sursauté et j'ai essayé de ne pas sourire en voyant son air indigné.

– Tu viens de regarder toute mon enfance en une heure et demie, et ta conclusion, c'est que c'était pas mal ?!

– Bon, laisse-moi réfléchir. Oui, d'accord, j'ai bien aimé. La musique est bonne. Les personnages sont drôles... Oui, ça m'a plu.

Mon évaluation a semblé le satisfaire.

– Je savais que tu ne résisterais pas au charme de Simba.

– Eh bien, en fait, mon préféré, c'est Pumba.

– Pumba ? Pourquoi ?

– Je ne sais pas. Je le trouve super tendre.

– Tendre dans le sens de la viande que tu aurais envie de manger ou dans le sens attendrissant ?

– Dans le sens attendrissant, ai-je répondu, affolée. Manger Pumba, ce serait comme... piétiner une fleur en voie de disparition.

– Quelle profondeur ! Tu as peut-être l'âme d'une poète, après tout.

– J'en doute fort.

– Bon. Deux choix formidables s'offrent à toi. Tu peux aller voir si Naya et Will ont fini leurs ébats sur le canapé, ou tu peux rester et regarder un autre film. C'est à toi de choisir.

– Quelle heure est-il ?

– Peu importe, je suis sûr que tu as le temps pour un deuxième.

J'ai réfléchi un instant, puis j'ai secoué la tête d'un air amusé.

– Mets un autre de ce Disney.

– Tu sais que Disney est une entreprise et pas le réalisateur, je suppose ?

– Hein ? Oui, oui... je le savais, évidemment...

À trois heures du matin, adossée au mur contre le lit, je regardais la fin de *La Belle et la Bête*.

Nous avions aussi essayé de regarder *Cendrillon*, mais Ross avait arrêté quand il s'était rendu compte que je n'aimais pas.

Lorsque le dessin animé s'est terminé, Ross s'est tourné vers moi comme la première fois.

– Alors ? a-t-il répété. Score ? Pensées ? Réflexions ?

– Huit sur dix.

– Mieux que *Cendrillon* ?

– *Cendrillon* s'assied sur tous mes principes féministes, désolée.

– À l'époque où il a été réalisé, le féminisme n'était pas le même qu'aujourd'hui, a fait remarquer Ross, amusé. Il faut considérer les œuvres d'un point de vue culturel.

– Tu devrais étudier la littérature à ma place, ai-je marmonné. Tu parles comme un philologue accompli.

– Peut-être dans une autre vie. J'aime trop ce que j'étudie.

– Et qu'est-ce que c'est ?

Il m'a adressé un sourire mystérieux.

– Tu ne devines pas ?

– J'ai fait ta connaissance à l'heure du dîner, lui ai-je rappelé.

– C'est vrai, je te l'accorde. Direction audiovisuelle.

– Ah oui, évidemment.

Il s'est mis à rire.

– Tu n'as aucune idée de ce que c'est, pas vrai ?

– Bien sûr que non, qu'est-ce que c'est ?

– Je veux devenir réalisateur de films, a-t-il expliqué.

– Oh.

J'ai haussé les sourcils.

– Maintenant, je comprends ton indignation quand tu as appris que je n'avais vu qu'un seul dessin animé. Et tes murs. Je suppose que la voiture avec les autocollants est à toi.

– Tu as remarqué mon bébé ?

– Difficile de passer à côté.

– Elle ne te plaît pas ?

– C'est original. Et j'aime toujours bien ce qui est original. Ma chambre n'a pas de déco. Mais bon, il n'y a pas tant de choses que j'aime.

– Tu peux mettre une image de Pumba.

– Naya ne trouverait pas du tout bizarre qu'il y ait une photo d'un phacochère sur mon mur.

Juste à ce moment-là, comme si je l'avais invoquée, ma coloc a frappé à la porte et a passé la tête dans l'entrebâillement sans attendre de réponse.

– Vous faites un truc que je ne peux pas voir ? a-t-elle demandé en se cachant les yeux.

En réalité, elle a jeté un œil entre ses doigts écartés et a souri.

– Génial, Ross, je vois que tu te comportes bien.

– Merci pour le ton étonné, a-t-il murmuré.

– Ça t'embêterait qu'on y aille, Jenna ?

– Vous avez terminé ? a raillé Ross avec un sourire mauvais.

– La ferme.

Naya lui a jeté un regard assassin.

– Allons-y, Jenna, j'ai appelé un taxi et il doit déjà être en bas.

Je me suis dépêchée d'enfiler mes bottes pendant que Ross bayait aux corneilles.

– Bonne nuit, Ross, lui ai-je lancé en me dirigeant vers la porte.

– Bonne nuit, petite sauterelle.

– Merci pour l'immersion dans l'univers du cinéma.

– La prochaine fois, on commencera par les films sanglants et macabres, a-t-il plaisanté.

J'ai secoué la tête et je me suis empressée de suivre Naya jusqu'à la porte d'entrée.

2

La fille sans passion

– Je suis arrivée en retard à mon premier cours, m'a annoncé Naya en râlant.

Elle a posé son sac à dos et s'est assise en face de moi.

J'étais en train de goûter les hamburgers de la cafétéria. Ils n'étaient pas mauvais comparés au reste de la nourriture proposée.

– Pourquoi ? ai-je demandé sans avaler ma bouchée.

– C'est dégoûtant ! Ne me parle pas la bouche pleine.

– Oups...

J'ai fait descendre mon morceau de hamburger.

– Désolée.

– Pas grave. Je suis arrivée en retard parce qu'on est rentrées hyper tard de chez Will hier et que j'ai dormi ce matin.

Elle a soupiré et m'a chipé une frite.

– Bah, ça valait le coup. Ça faisait longtemps qu'on ne s'était pas vus. Mais le prof m'a fixée d'un air...

– C'est pas si grave. Il y a tellement de gens dans ma classe qu'on doit pouvoir entrer et sortir sans que personne s'en aperçoive.

– Dans la mienne aussi, mais ça m'ennuie de ne pas être à l'heure.

Elle a à nouveau soupiré et a attrapé le bol de soupe qu'elle avait acheté.

– Ça sent bizarre.

– Ça sent bizarre et ça a un goût de chat mort, ai-je dit.

– Comment tu sais que ça a un goût de chat mort ? Tu as goûté ?

– Goûte et dis-moi.

Elle a mis un moment avant de boire une gorgée de sa soupe.

– D'accord. Ça a un goût de chat mort en putréfaction.

– Tu vois ?

Elle a poussé le bol sur le côté avec une moue de dégoût et a saisi son sandwich à la dinde. Ça m'a semblé être une meilleure option.

– T'as parlé à ton copain ? m'a-t-elle demandé avec curiosité.

– Il m'a envoyé un texto ce matin pour savoir comment ça se passait, mais pas grand-chose d'autre.

– Vous pourriez faire des trucs en visio, a-t-elle suggéré. Will et moi, on faisait ça quand on ne pouvait pas se voir souvent.

– Des trucs ? ai-je répété, perplexe.

– Des trucs sexuels, meuf.

Elle a éclaté de rire.

– Ne fais pas cette tête, y a pas de quoi en faire un plat.

– Pourquoi est-ce qu'on finit toujours par parler de ça ?

– Parce que c'est intéressant. Une autre option, c'est d'acheter un vibromasseur sur Amazon.

– Ce sera mon plan B.

Je ne sais pas pourquoi j'ai pensé à un type qui prévoyait de balancer les voisins curieux et les profs de danse classique du toit de son immeuble. J'ai esquissé un demi-sourire, puis j'ai continué à manger pendant que Naya me parlait de ses cours.

De retour à la résidence, j'ai vu Chris assis derrière le comptoir. Il jouait à Candy Crush, mais il a levé les yeux en m'entendant ouvrir la porte.

– Oh, salut, Jennifer, comment s'est passé ton premier jour ?

Il était bien plus calme que la dernière fois que je l'avais vu.

– Pas très intéressant, en fait. Des présentations de profs et pas grand-chose d'autre.

– Demain, tu commenceras le programme et tu ne t'ennuieras plus autant.

Il m'a souri.

– Ou ce sera encore pire.

– Ce n'est pas la bonne attitude, Jennifer, a-t-il décrété avec le plus grand sérieux.

– Tu peux m'appeler Jenna, tu sais. Ou Jenny. Comme tu veux. Même ma mère ne m'appelle pas Jennifer. Sauf quand elle m'engueule.

– Jenna, alors.

Il a posé son portable pour m'accorder toute son attention.

– Naya m'a dit que vous vous entendiez bien. C'est une super nouvelle. C'est un cauchemar de paperasse quand il faut changer les gens de chambre.

– Il y a beaucoup de filles qui demandent à changer ?

– Plus que tu ne peux l'imaginer, m'a-t-il assuré. Hier, une étudiante est venue me voir pour m'expliquer que sa coloc avait un tire-bouchon caché sous son oreiller. Elle était convaincue qu'elle voulait la poignarder avec.

Elle a demandé un transfert immédiat. Mais il faut beaucoup de temps pour traiter les demandes.

– Un... tire-bouchon ?

– Oui.

Il a hésité un instant :

– Maintenant que j'y pense, je ne l'ai pas revue depuis.

– Peut-être que sa coloc lui a enfoncé son arme dans l'œil.

– Peut-être.

Il a haussé les épaules.

– Tant qu'il n'y a rien de cassé dans la chambre...

– J'adore ton sens des priorités, Chris.

Il m'a ignorée et, quand il a repris son portable, il a étouffé un cri.

– Merde ! Je n'ai plus de vies.

Il était tellement occupé à insulter le créateur du jeu qu'il n'a pas répondu à mon au revoir.

Dans le couloir de la résidence, deux filles s'engueulaient pour je ne sais quoi à propos d'un T-shirt. J'ai dû passer devant elles en courant pour ne pas me prendre un oreiller sur la tête.

J'avais beaucoup de chance d'être tombée sur Naya.

Lorsque j'ai enfin atteint ma chambre, j'ai lâché un gros soupir : j'avais l'impression d'avoir traversé une zone de guerre. Comme j'avais fini de ranger mes affaires le matin, la chambre me paraissait un peu plus habitable que la veille. J'ai regardé le mur uniforme à côté de mon lit et je me suis demandé ce que ça donnerait si j'y accrochais un poster de phacochère.

Au moment où j'ai posé mon sac à dos sur le lit, j'ai entendu mon téléphone sonner. Le visage souriant de ma mère est apparu sur l'écran.

J'ai tout de suite su qu'en réalité elle n'aurait pas un grand sourire. Loin de là.

– Jennifer Michelle Brown ! s'est-elle écriée dès que j'ai décroché.

J'ai éloigné le portable de mon oreille un instant avant de me retourner vers elle. Pour savoir si ma mère m'en voulait, il suffisait que je prête attention à la façon dont elle m'appelait. J'étais Jenny quand elle était de bonne humeur. Jennifer était réservé aux moments où elle était irritée contre moi. Quand elle m'appelait par mes deux prénoms et mon nom de famille... mieux valait se barrer en courant.

– Bonjour, maman. Tu me manques aussi.

– On peut savoir pourquoi tu ne m'as pas appelée ? Ça fait déjà une semaine que tu es là !

– Mais... Mais je ne suis arrivée qu'hier après-midi.

– C'est toute une vie pour moi, m'a-t-elle assuré avec véhémence. Comment vas-tu ? Comment est ta colocataire ? Et tes camarades de classe ? Tes professeurs ? Il fait beau ?

– Je vais bien. Ma coloc s'appelle Naya et elle est très sympa. Les gens avec qui je suis en cours étaient aussi endormis que moi ce matin, donc je ne sais pas. Et il fait beau. Bon... il fait nuageux pour le moment, mais, d'après ce que j'ai vu, il pleut souvent ici. Il a neigé chez nous ?

– On est en septembre. Il n'a évidemment pas neigé, est-ce que la solitude t'a déjà rendue folle ?

– Maman, je ne suis pas seule. Je suis avec Naya, je te l'ai dit.

– Tu sais, la solitude, c'est très relatif. Tu as emporté tes bottes ?

– Oui, je les ai prises.

– Les noires et les marron ?

– Oui, maman.

– Tu sais que tu portes toujours les marron, elles sont plus jolies, mais elles ne te protègent pas, tandis que les noires...

– J'ai les deux.

– Mets les noires quand il pleut. Ne joue pas les coquettes, sinon tu prendras froid.

– Maman...

– Et ton manteau ?

– Je l'ai aussi.

– Lequel ? Le vert ? Ah là là, Jenny...

– M'man !

– Tu te couvres bien ? Tu te balades toujours dans une tenue qui te plaît, puis après tu tombes malade.

– Pourquoi tu crois toujours que je vais attraper un rhume, quoi que je fasse ?

– Parce que c'est le cas !

– Je me couvre bien.

– Je ne te crois pas.

– Maman !

– Et la nourriture ?

– Elle est bonne.

– Bonne ?

– Pas autant que la cuisine de papa, mais c'est pas mauvais non plus.

– Et tu manges à ta faim ?

– Ouuuiiii...

– Tu as pris quelques kilos ces derniers mois à cause du stress, j'espère que tu n'es pas en train de les perdre, ça t'allait bien.

Je me suis examinée dans le miroir. C'est vrai que j'avais un peu grossi ces derniers temps. J'ai pincé mes bourrelets en faisant la moue.

– Je rentre toujours dans mes pantalons et, comme ils ne tombent pas, je me maintiens, j'imagine.

– Ne mange pas du fast-food tous les jours, je te connais.

– Maman, je suis une adulte.

– Une adulte, a-t-elle répété en riant presque de moi. J'espère que tu n'as pas mangé un hamburger le premier jour, miss.

– Bien sûr que non, ai-je menti éhontément.

– Ma fille, tu mens aussi mal que ton père.

Comme s'il avait été invoqué, j'ai entendu mon père. Ma mère et lui se sont disputés autour du portable et il a fini par le prendre.

– Bonjour, Jenny.

– Salut, papa.

J'ai souri.

– Maman t'a obligé à me parler ?

– À ton avis ?

– Oui.

– Tu as bien deviné, mais je ne l'admettrai pas devant la sergente. Elle me regarde fixement et, quand j'aurai raccroché, elle va me frotter les oreilles.

J'ai entendu ma mère lui crier quelque chose et j'ai ri.

– Essaie de survivre jusqu'à mon retour.

– Je fais de mon mieux, je t'assure. Comment ça va, toi ? Tu t'es fait des amis ?

Naya est entrée dans la chambre et m'a saluée avec un sourire en fermant la porte. J'ai désigné mon téléphone et j'ai articulé en silence « Mes parents ».

– Je m'entends super bien avec ma coloc. Et avec ses copains aussi.

Naya m'a adressé un clin d'œil amusé.

– Je suis content pour toi. Quand j'étais à l'université, j'ai dû partager une chambre avec un type que je n'aimais pas et ça a été une année horrible. Ça a été ma seule année, en fait.

– Ça ne risque pas de m'arriver.

– Je suis sûr que ça arriverait à tes frères, s'ils se donnaient la peine de se bouger le cul pour aller à l'université et faire quelque chose qui vaille la peine.

J'ai essayé de le gronder :

– Papa...

– Bon, il y a de la fumée qui commence à sortir des oreilles de ta mère, je crois qu'elle veut encore te parler, je vais...

D'après le bruit de l'autre côté, j'ai deviné que maman lui avait arraché le téléphone des mains.

– Tu as raccroché ? Jennifer ? Allô ? Allô ? Tu es toujours là ?

– Je suis toujours là.

Je me suis efforcée de ne pas rire.

– D'accord. Donc couvre-toi bien, tu m'entends ? Et mange bien. Moins de hamburgers et plus de nourriture saine. Et pas de chocolat tous les jours.

– Maman, j'ai dix-huit ans.

– Quand tu auras trente ans, je continuerai à te le dire parce que tu continueras à le faire.

J'ai senti ses émotions monter et j'ai fait la grimace.

– Ne commence pas, l'ai-je prévenue.

– Tu es ma petite fille. J'ai le droit, en tant que mère, d'être émotive si je veux.

– J'ai littéralement quitté la maison depuis vingt heures et tu te mets déjà dans cet état-là ?! Qu'est-ce que tu vas faire dans un mois ?

– Tu me comprendras quand tu auras des enfants !

– Pas de risque, ça n'arrivera pas.

– Si tu ne me donnes pas de petits-enfants, je te tue !

– Maman !

– Bon, c'est à toi de décider, mais... Allez, Jenny. Tu changeras d'avis.

– Tu as déjà un petit-fils, ou tu l'as oublié ?

– Je l'aime beaucoup, mais ça ne me ferait pas de mal d'en avoir d'autres.

– Pourquoi tu ne demandes pas à un des garçons ?

– Parce que ce sont des balourds.

– Des... quoi ?

– Je ferais mieux de ne pas te dire ce que ça veut dire. Steve est devant moi.

J'ai entendu mon frère protester. Ma mère lui a ordonné de se taire et a repris le téléphone.

– Je dois raccrocher. On va voir ta sœur et le petit Owen.

– Dis-lui que je l'appellerai dans quelques jours.

– D'accord. Je t'aime, ma chérie. Je t'embrasse. Je t'aime. Je t'...

– Moi aussi, maman. Prends soin de toi.

– Mange sainement et couvre-toi bien !

J'ai coupé la communication et je me suis tournée vers Naya, qui souriait d'un air amusé.

– Je serais très curieuse de rencontrer tes parents.

– Tu ne devrais pas. À mon avis, ma mère ne va pas se remettre d'être seule avec les mecs pendant longtemps.

– Avec les mecs ?

– Mes trois grands frères et mon père, lui ai-je expliqué en m'asseyant sur le lit.

Elle a haussé les sourcils.

– Tu as trois grands frères ?

– Et une sœur. C'est l'aînée et elle vit avec son fils dans sa propre maison.

– Je ne sais pas ce que j'aurais fait avec trois frères et une sœur plus âgés. Chris et moi, on passe notre temps à nous disputer alors qu'on n'est que deux... a-t-elle murmuré en prenant des bonbons dans un petit sac.

– Crois-moi, il y a eu des disputes. Beaucoup de disputes.

– Mais ça doit être marrant, non ? Je veux dire, en dehors des bagarres et des disputes.

– Oui, c'est vrai, ai-je admis avec un léger sourire.

En réalité, ils me manquaient. Ils avaient toujours été plus fonceurs que moi. Shanon surtout. Elle aurait débarqué en classe ce matin et se serait fait dix potes. Moi, je n'avais parlé à personne alors que je m'étais promis de le faire.

Par ailleurs, c'était très rare que personne ne me dérange ou ne s'en prenne à moi. Quand j'étais à la maison, ça me rendait folle, et maintenant que j'étais partie depuis un jour à peine, ça me manquait déjà.

– Qu'est-ce que tu fais ce soir ? m'a demandé Naya.

– Aucune idée. Je vais juste m'allonger sur mon lit et regarder la vie passer, je crois.

– C'est un bon plan.

– Je sais.

– Je crois que je vais aller voir Will.

– Vous avez pas mal de temps à rattraper, hein ? ai-je plaisanté en souriant.

Elle m'a lancé un oreiller, gênée. Je le lui ai renvoyé et je me suis couchée sur le lit. Je me suis mise à tambouriner des doigts sur mon ventre.

– Will a l'air très amoureux. Et toi aussi.

– Oui, c'est sûr.

En écoutant Naya trifouiller dans son sac de friandises, j'ai pensé à Monty et à moi. Je me suis demandé si c'était l'impression que les autres avaient de notre couple quand ils nous voyaient. C'est vrai que je n'étais pas très affectueuse avec lui, mais il ne l'était pas non plus avec moi. C'était acceptable aussi dans un couple, non ? On n'était pas obligés de s'embrasser à tout bout de champ pour que je sache que c'était mon petit ami et que je l'aimais bien.

– Vous vous êtes rencontrés comment ? ai-je demandé à Naya.

Elle a eu un petit sourire.

– Ça a été très simple. Mon père et son père sont des amis proches. Quand mes parents ont divorcé, ils se sont croisés dans un restaurant et on s'est arrêtés pour discuter. Pendant ce temps, Will et moi avons commencé à papoter. Il a fini par me demander mon numéro, je le lui ai donné, on s'est fixé un rendez-vous et... Eh bien, le reste appartient à l'histoire.

J'ai froncé les sourcils.

– C'est tout ? Aussi facile que ça ?

– Oui, cette partie-là n'a pas été vraiment compliquée.

– Et quelle partie l'a été, alors ?

– Eh bien... tous les couples ont des mauvaises passes.

– Je n'arrive pas à imaginer Will en train de se disputer avec qui que ce soit. Il a l'air si... calme.

– En réalité, c'était pas avec lui que je me disputais. Du moins, pas au départ.

– Avec qui alors ?

Elle a réfléchi un instant, puis a grimacé.

– C'est une longue histoire. C'est juste qu'avant que je vienne ici, Ross, Will, une autre fille et moi, on allait au même lycée. On formait un groupe d'amis assez soudé. L'autre fille et moi étions très proches, mais, quand on se disputait... je m'en prenais généralement à Will.

– Je n'arrive toujours pas à vous imaginer en train de vous engueuler.

– Tu devrais nous voir quand on est furieux l'un contre l'autre.

Elle a soupiré.

– Heureusement, après les disputes, il y a les réconciliations.

– Monty et moi, on se réconcilie toujours après quelques minutes à peine.

– Vous vous disputez souvent ? m'a-t-elle demandé, un peu étonnée.

– Euh... Parfois.

Beaucoup trop souvent. Presque chaque fois qu'on se voit. Mais je n'avais pas envie d'en parler.

Naya m'a regardée.

– Vous n'êtes pas ensemble depuis longtemps, si ?

– Quatre mois. C'est court ? En tout cas, c'est ma plus longue relation...

– Quand on est avec la bonne personne, le temps passe vite.

Elle a fait la moue.

– Oh là là, c'est cucul ce que je dis. J'ai avalé trop de sucre.

J'ai commencé à rire quand elle a consulté son téléphone en souriant. Juste à ce moment-là, il s'est mis à sonner et elle a répondu.

– Oui ? Oh, bonjour, mon amour.

Elle a souri comme une petite fille.

– Je suis dans ma chambre, oui. Sérieux ? T'es le meilleur. Une seconde.

Elle a écarté le portable de son oreille et s'est tournée vers moi :

– Ça te dit de venir écouter des potes de Ross qui ont monté un groupe ?

J'ai ouvert la bouche pour répondre, mais elle avait déjà repris son téléphone.

– Jenna vient aussi. Dans une heure ? Génial. À tout de suite, mon cœur.

Elle a raccroché et a remarqué que je la fixais d'un drôle d'air.

– Allez, même Sue sera là, s'est-elle défendue. Et c'est pas facile de l'extirper de son lit. Ça n'arrive que quelques fois par an.

– C'est difficile de te dire non, hein ? lui ai-je fait remarquer en me levant pour aller me doucher.

– Presque impossible, a-t-elle confirmé. Dépêche-toi ou je n'aurai pas le temps de me laver.

Quand j'ai eu fini, elle est entrée dans la salle de bains et j'ai examiné ma garde-robe.

Qu'est-ce qu'elle avait dit qu'on allait faire ? Un concert ? Je n'étais jamais allée écouter de musique live. Je n'avais carrément jamais assisté à un concert.

Oh là là, Ross avait raison. Je n'avais rien fait de ma vie.

À ma grande surprise, Naya a pris très peu de temps pour se doucher et, quand elle est sortie, elle m'a aidée à choisir ma tenue. Finalement, elle a enfilé une jupe noire et moi un pantalon déchiré avec un pull.

Elle n'a pas été aussi rapide pour se maquiller. J'étais déjà prête depuis un bon moment qu'elle retouchait encore son rouge à lèvres dans le miroir de mon armoire. Quand on a frappé à la porte, elle n'était toujours pas prête. J'ai soupiré et je suis allée ouvrir.

Ross m'a regardée avec une expression lasse.

– Sans vouloir vous brusquer, Sue commence à s'impatienter. Et je décline toute responsabilité pour ce qu'elle va faire à Will, maintenant qu'ils sont seuls.

J'ai souri et j'ai pointé le pouce derrière moi.

– Naya est en train...

– Je me maquille, espèce de relou ! a-t-elle crié depuis mon armoire.

Il a soupiré et appuyé sa tête contre le chambranle, fixant mon pull rouge pendant un bref instant.

– Pourquoi j'ai une impression de déjà-vu ? a-t-il demandé en levant les yeux vers moi. Ah oui, parce que ça arrive chaque fois qu'on veut sortir.

– Ta gueule, Ross, a marmonné Naya.

J'ai souri, amusée.

– Tu peux essayer de la convaincre qu'elle n'a pas besoin de retouche, ai-je suggéré en ouvrant la porte en grand. Mais j'ai déjà essayé.

– Non, j'ai une méthode plus efficace : si tu n'es pas prête dans cinq minutes, on part sans toi et je ne te dirai pas si Will regarde les filles du bar !

Naya est apparue d'un coup avec un sourire innocent.

– Je suis prête, a-t-elle annoncé.

Elle s'est dirigée joyeusement vers les escaliers et s'est arrêtée à mi-chemin pour se retourner vers nous :

– Vous venez ? On va être en retard !

Elle a disparu au bas des marches et Ross a secoué la tête.

– T'as déjà envisagé de devenir prof ? lui ai-je demandé en fermant la porte et en glissant la clé dans mon sac. Tu as beaucoup d'autorité.

– Et un manque de vocation criant, m'a-t-il assuré.

J'ai enfilé ma veste et je l'ai suivi hors de la résidence. Chris a levé les yeux de son poste et a lancé un regard mécontent à Ross.

– Ça fait plus de vingt secondes, a-t-il protesté en montrant son téléphone portable.

Non ?! Il avait mis un chrono pour ces absurdités ?

– Arrête, Chrissy, les petites visites sont autorisées, s'est défendu Ross.

– Ne m'appelle pas Chrissy.

Il est devenu tout rouge.

– D'ailleurs, dès qu'il fait noir, on considère que c'est l'horaire de nuit ! Et les visites nocturnes imprévues ne sont pas autorisées, Jennifer.

Il m'a toisée comme si j'étais responsable de tous les problèmes de sa vie.

– Ça ne fait que deux minutes, ai-je murmuré, incrédule.

– Le règlement, c'est le règlement et on doit le respecter, a-t-il décrété en s'asseyant, le front plissé.

Tandis qu'on sortait, Ross a levé les yeux au ciel.

– Le règlement, c'est le règlement et on doit le respecter.

Je n'ai pas pu m'empêcher d'éclater de rire. Chris l'a entendu et nous a regardés d'un air mauvais.

Dès qu'elle nous a vus, Sue a passé la tête par la fenêtre de la voiture.

– Vous ne pouvez pas accélérer ? a-t-elle râlé.

Quand je suis montée à l'arrière et que je me suis mise entre elle et Ross, j'ai compris pourquoi elle n'était pas contente. Naya et Will s'embrassaient comme si elle n'était pas là.

– On pourra partir dès que vous aurez fini, a ironisé Ross. Y a pas le feu. On a jamais qu'une demi-heure de retard.

– Désolé.

Will a souri et démarré.

– Salut, Jenna.

– Salut, Will.

J'ai regardé Naya.

– T'as passé une demi-heure à retoucher ton rouge à lèvres pour l'étaler partout en deux secondes.

– Ça valait le coup, m'a-t-elle assuré d'un air radieux.

Le bar était proche du campus, mais, comme il pleuvait, j'étais contente qu'on y aille en voiture. Will a trouvé une place rapidement. Une fois à l'intérieur du bar, j'ai remarqué que la plupart des gens regardaient dans la même direction. En suivant leur regard, j'ai repéré le chanteur du groupe. Un garçon à la voix grinçante et au visage couvert de boutons. Il se tenait à côté d'un gars qui jouait de la guitare et d'un autre qui jouait du piano. La musique n'était pas très bonne. Plutôt mauvaise, pour être sincère.

– C'est ton ami ? ai-je demandé à Ross.

– Oui.

Il a souri fièrement.

– Il est doué, hein ? Il s'entraîne tout le temps.

– Oui, me suis-je empressée de répondre en m'approchant de la table choisie par Naya. Ça... euh... Ça se voit.

– Qu'est-ce que tu aimes le plus chez eux ?

– Euh...

Je me suis dépêchée de trouver quelque chose :

– L'originalité.

– Je suis bien d'accord. T'as jamais rien entendu qui ressemble à ça, pas vrai ?

– Non. Bien sûr que non.

Ross s'est arrêté près de la table, m'a fixée, et j'ai fait de même sans comprendre ce qu'il me voulait.

Puis il a éclaté de rire.

– Je ne les connais pas, mais j'espère qu'ils ne veulent pas vivre de leur musique, sinon ils vont crever de faim.

J'ai entrouvert les lèvres, gênée.

– C'est... pas sympa. J'essayais de ne pas te vexer !

– Je doute que tu puisses me vexer, ma chère Jenna.

– Bon, laisse tomber, et où est le groupe que tu connais ?

– Ils jouent après ces pros.

Je me suis assise sur une chaise libre et il s'est laissé tomber sur celle d'à côté. J'apercevais du coin de l'œil son air moqueur.

– Tu mens hyper mal, a-t-il ajouté.

– Pas du tout, ai-je protesté, irritée.

Ma mère m'avait dit la même chose. J'étais si nulle que ça ?

Oui.

Merci, chère conscience.

– Ils commencent quand ? a demandé Naya en consultant le menu avec un sourcil levé.

– Ils étaient censés commencer il y a trente-cinq minutes, a fait remarquer Will. Ils ont dû arriver en retard.

– Comme d'hab, a commenté Ross à voix basse.

Le serveur s'est approché peu après et on a tous commandé une bière, sauf Naya, qui a préféré un cocktail, et Sue, qui ne voulait rien. Je l'ai vue sortir une bouteille d'eau de son sac à dos.

– Tu n'aimes pas la bière ? l'ai-je interrogée pour essayer de l'inclure dans notre conversation et pour qu'elle ne se sente pas seule.

Elle m'a lancé un regard méfiant en s'agrippant à sa bouteille.

– Je ne te donnerai pas de mon eau.

– Je... Je ne t'en ai pas demandé, me suis-je défendue, perplexe.

– Si je te vois y toucher, tu le regretteras.

Je l'ai fixée bouche bée avant de me tourner vers les autres, qui se retenaient de sourire.

– On dirait que c'est leur tour, a annoncé Naya en montrant du doigt la petite scène.

Effectivement, le premier groupe descendait pour laisser la place à un autre, composé de trois garçons. Je ne sais pas lequel d'entre eux m'a fait la plus mauvaise impression. Le premier qui est monté sur scène a balancé le piano électrique au gars du groupe précédent, qui l'a rattrapé en catastrophe. Puis deux serveurs l'ont aidé à porter sa batterie sur la scène, tandis qu'un autre membre du groupe branchait une guitare électrique sur un ampli et que le dernier, un type avec un gilet en jean ouvert sur son torse nu, se plaçait derrière le micro.

– Ils sont habillés... bizarrement, ai-je commenté.

– Ils sont habillés ? a répliqué Ross.

J'avais l'impression qu'il ne les regardait pas d'un bon œil, mais je ne comprenais pas pour quelle raison. Ils étaient censés être ses amis, non ?

Au moment où le groupe a commencé à jouer, j'ai été tentée de me boucher les oreilles. En gros, le chanteur beuglait et le guitariste et le batteur l'accompagnaient comme ils pouvaient. La plupart des clients du bar affichaient des grimaces de dégoût. Heureusement, au bout de vingt minutes, ils se sont accordé une pause.

– Ça te plaît ? m'a interrogée Will, amusé, en voyant ma tête.

– Euh...

Je ne savais pas quoi dire.

– Ils sont nullissimes, a décrété Ross. Tu peux le dire. On le pense tous.

– Pas les filles du premier rang, l'a contredit Naya.

J'ai tourné la tête vers elles. Un groupe d'environ cinq filles portaient des T-shirts où le visage du chanteur était imprimé. Et il les pointait tout le temps du doigt en interprétant ses chansons. Elles étaient les seules à applaudir, pendant que les autres restaient inertes, les sourcils froncés.

Lorsque le groupe a quitté la scène pour la pause et que le personnel du bar a mis de la musique, je me suis sentie soulagée. Les autres semblaient aussi un peu éreintés d'écouter ce groupe.

Enfin, pas tous.

– J'ai bien aimé, a déclaré Sue tout à coup.

Je crois qu'on s'est tous tournés vers elle avec le même air perplexe.

– Qu'est-ce que tu as bien aimé ? a répété Naya, incrédule.

– J'aime bien les trucs moches, mal faits, horribles.

Alors qu'elle disait ça, j'ai vu deux des membres du groupe partir avec les filles, mais le chanteur est venu vers nous. Il avait les cheveux longs jusqu'aux épaules et un cœur tatoué sur la hanche.

– Ça va ? a-t-il demandé en regardant directement Ross. Ça t'a plu ?

– Ouais, c'était top.

– Oui, hein ?

Il a souri et s'est tourné vers nous :

– Et vous ?

Will et Naya ont hésité un instant avant de hocher la tête sans conviction.

Sue l'a dévisagé, comme elle le faisait avec tout le monde. Enfin, mon tour est arrivé et j'ai essayé de sourire.

– C'était bi...

– T'es qui, toi ? m'a-t-il interrompue en souriant. Je ne crois pas avoir ta fiche dans mon dossier.

J'ai froncé les sourcils.

– Normal, je ne suis pas une fiche.

J'ai vu Ross boire pour dissimuler son sourire.

Le chanteur l'a ignoré et a tiré une chaise pour l'intercaler entre Ross et moi, puis a posé un bras sur chaque dossier. Il m'a alors adressé un large sourire.

– Je m'appelle Mike, je suis le frère de cet idiot.

J'ai cligné des yeux un instant, stupéfaite, avant de regarder Ross.

Son frère ? Pas possible !

Maintenant que je l'examinais de plus près... oui. C'était vrai. Ils se ressemblaient un peu. Pas en taille – Ross était beaucoup plus grand –, ni en caractère – pour le peu que j'avais vu des deux –, ni pour les cheveux – ceux de Ross étaient plus courts. En revanche, ils avaient tous les deux les yeux clairs et les mêmes traits.

– Vous êtes frères ? ai-je répété, incrédule.

– Malheureusement oui, a confirmé Ross.

– Ils ne sont pas du tout pareils, m'a assuré Will.

– Comment t'appelles-tu ? s'est enquis Mike.

– Ça ne te regarde pas, a répliqué Ross. J'ai accompli mon devoir, alors préviens maman que je n'ai plus à venir écouter cette merde avant un an.

– Elle sera ravie de savoir que tu m'as apporté de nouveaux fans, a souri Mike. Tu devrais soutenir ton grand frère, Ross.

– Je le ferai le jour où tu feras quelque chose qui vaille la peine d'être soutenu.

J'ai haussé les sourcils, mais Mike s'est contenté de rire.

– Elle est à toi ? a-t-il demandé en me désignant d'un mouvement du menton.

Oh non, pas ça.

– Je n'appartiens à personne, merci, ai-je déclaré sèchement. Et si j'appartenais à quelqu'un, ce serait à ma mère, c'est pour ça qu'elle m'a mise au monde.

Ross m'a souri tandis que son frère se tournait vers moi avec une stupéfaction évidente.

– Pas la peine de le prendre comme ça, je plaisantais.

– Fiche-lui la paix, l'a prévenu Naya en levant les yeux au ciel. Tu es un emmerdeur, Mike.

– Et vous êtes toujours ensemble, tous les deux ? les a-t-il interrogés. Profitez un peu de la vie, merde.

– Applique-toi cette règle à toi-même, a répliqué Will nonchalamment.

– Oh, mais je profite de la vie, a-t-il affirmé en souriant. D'ailleurs, ce soir je vais en profiter avec l'une des filles qui arborent mon visage sur leurs T-shirts. Si j'ai de la chance, peut-être avec deux ou trois.

– Charmant... a commenté Naya avant de prendre une gorgée de son cocktail.

– J'ai toujours eu le don de me faire aimer, a renchéri Mike en me regardant. Tu veux un T-shirt dédicacé ?

– Personne ne veut d'un T-shirt dédicacé par toi, a rétorqué Naya.

– Je t'assure que ces filles en veulent, a souri Mike. Je suis content d'avoir discuté avec vous, mais je dois m'occuper de mes fans.

Sur ce, il s'est levé et s'est approché du groupe de filles avec un sourire jusqu'aux oreilles. Naya a secoué la tête.

– Je vois que tu ne l'aimes pas beaucoup, ai-je commenté.

– Je ne le supporte pas. Je suis désolée, Ross, mais...

– T'inquiète pas, je ressens la même chose.

– Alors, qu'est-ce qu'on fabrique ici ? ai-je voulu savoir, confuse.

– Ma mère veut que je vienne le voir au moins une fois par an, a soupiré Ross.

– Comment vont tes parents ? l'a interrogé Will.

– Très bien, comme d'habitude.

Il a haussé les épaules.

– Ma mère peint toujours des lignes sur des toiles et appelle ça de l'art abstrait, et mon père lit pour ne pas mourir d'ennui.

– Ta mère est peintre ? me suis-je étonnée.

Avant, j'aimais beaucoup la peinture. Je ne me souvenais même plus pourquoi j'avais arrêté les cours... Ah si. Mes parents n'avaient plus d'argent pour me les payer parce qu'ils avaient tout dépensé pour financer le garage de mes frères.

Mais j'étais quand même tout excitée d'entendre parler d'une peintre !

– C'est le titre qu'elle se donne.

Ross m'a souri avant de tourner la tête vers son frère :

– Même si nous ne sommes visiblement pas faits pour ça dans la famille. Mike l'a prouvé ce soir.

Pour le trajet du retour, Ross a dû conduire parce que Will s'était installé à l'arrière avec sa petite amie. Sue n'était pas ravie de ce changement. Elle fusillait les tourtereaux du regard chaque fois que Naya la frôlait pour faire un câlin à son petit ami.

Heureusement, j'avais réussi à obtenir le siège à l'avant.

Ross s'est garé devant son immeuble et les autres, dont Naya, sont sortis sans rien dire.

– Je te dépose ? m'a-t-il proposé en voyant que j'hésitais.

J'ai réfléchi. Je n'avais pas d'argent pour un taxi. Et j'avais remarqué qu'il n'était pas entré dans le parking : il avait fait demi-tour devant l'immeuble pour pouvoir me ramener.

Sans vouloir l'admettre, j'étais ravie.

– Si ça ne te dérange pas.

Il a redémarré sans répondre.

Ross était le genre de conducteur qui te rappelle à quel point chaque seconde que tu passes sur la terre ferme est précieuse. J'ai essayé de ne pas stresser quand il a doublé une voiture, tourné sans ralentir et franchi un feu orange sans hésiter. Je m'étais trop habituée à la lenteur de Monty.

– Qu'est-ce qui ne va pas ? a-t-il voulu savoir quand il a remarqué que je me cramponnais au siège, alors que je me croyais discrète.

– Tu me rappelles mon grand frère, quand tu conduis.

– C'est un compliment ?

– On dirait que vous partagez la même envie de défier le destin et d'avoir un accident.

Il a eu l'air amusé, mais il a ralenti un peu.

– Comment s'est passé ton premier jour de cours ? m'a-t-il demandé.

J'ai cessé de m'agripper au siège quand il a enfin accepté d'utiliser ses clignotants et de respecter les panneaux de signalisation.

– Normal. Des introductions et des professeurs pas intéressants. Pas terrible comme combinaison. Et toi ?

– Je n'ai pas eu droit aux présentations. C'est ma deuxième année.

– Tu n'as pas changé de profs ?

– Techniquement, le programme que je suis ne mène pas à un diplôme. Ce n'est que deux années de cours. Avec les mêmes enseignants et les mêmes étudiants que l'année dernière.

– Oh.

Il était en dernière année et je venais de commencer. J'avais l'impression d'avoir dix ans à peine.

– Et qu'est-ce que tu vas faire quand tu auras fini cette année ? lui ai-je demandé, curieuse.

– Je crois que je le saurai à la fin des cours.

Il a souri, amusé.

J'ai écarquillé les yeux.

– Tu n'as aucune idée en tête ?

Je ne pouvais pas imaginer l'avenir sans un minimum de planification.

– Si, j'ai l'intention de finir l'année. Après, j'improviserai.

J'aurais aimé pouvoir être aussi positive.

– Et toi, qu'est-ce que tu comptes faire lorsque tu auras terminé tes merveilleuses années de lettres ?

– Eh bien... j'espère que je le saurai d'ici là, ai-je murmuré. Dans le pire des cas, je me vois en train d'enseigner à des gamins de quatorze ans la différence entre les déterminants et les adverbes.

– Un avenir radieux.

– J'espère ne pas finir comme ça, lui ai-je assuré.

– Et il n'y a rien qui te plaît ? Comme études, je veux dire.

– Rien de particulier.

– Mais... c'est pas possible. Il y a forcément quelque chose qui te plaît. Ne serait-ce qu'un peu ?

J'ai réfléchi un instant. La peinture m'est venue à l'esprit, l'athlétisme aussi, mais ces options ne me semblaient pas très réalistes.

– Non, rien du tout.

– Et qu'est-ce que tu es censée avoir fait pendant les dix-huit dernières années de ta vie ?

– Eh bien... j'ai essayé de survivre entre mes frères et ma sœur, de réussir les cours et d'éviter les engueulades de ma mère.

Résumée comme ça, ma vie avait l'air super pénible.

– Il doit bien y avoir un truc. Il y a toujours quelque chose. Peut-être que tu ne l'as pas encore trouvé.

– J'espère que c'est ça.

Il a arrêté la voiture devant ma résidence pendant que je détachais ma ceinture et que j'enfilais ma veste.

– Merci de m'avoir raccompagnée.

Je lui ai souri.

– De rien, fille sans passion.

J'ai fait la moue.

– T'as pas trouvé pire comme surnom ?

– Pas encore, mais laisse-moi le temps.

Il a jeté un coup d'œil à mon pull.

– Ça te va bien, le rouge, à propos.

J'ai baissé les yeux. Ce n'était même pas à moi. Je l'avais piqué à ma sœur avant de partir. Je n'avais pas l'habitude de porter des vêtements aussi voyants, mais, quand Ross m'a fait ce compliment, bizarrement, j'ai trouvé aussi que ça m'allait bien.

– Bonne nuit.

Il a penché la tête sur le côté.

– Bonne nuit, Ross.

Je suis descendue de voiture et, sans trop savoir pourquoi, immédiatement j'ai eu l'envie irrésistible de me retourner. Je l'ai fait et j'ai constaté qu'il me regardait toujours. Le silence qui s'est installé entre nous était un peu étrange et... Un peu nerveuse, je me suis forcée à poser une question, n'importe laquelle :

– Et... c'est quand le prochain cours de cinéphilie ?

C'est la première chose qui m'est venue à l'esprit.

Il m'a adressé un grand sourire.

– Quand tu veux.

– Et si je veux que ce soit à deux heures du matin ?

– J'ai toujours du temps pour toi, a-t-il plaisanté.

– Alors quand Naya me traînera à nouveau chez vous.

– J'attendrai ce moment avec impatience.

J'ai souri, je me suis retournée à nouveau, et cette fois-ci je me suis mise à marcher. En entrant dans la résidence, j'ai constaté que Chris n'était pas à son poste. Il était tard, il devait être dans sa chambre. J'ai monté distraitement les escaliers et je me suis arrêtée net au milieu du couloir quand j'ai vu Mike, le frère de Ross, sortir de la chambre faisant face à la mienne. Il criait quelque chose à une fille qui le repoussait, puis qui lui a balancé son gilet à la figure.

– Dehors ! lui a-t-elle crié avec force.

– Pas de problème. T'es même pas sexy !

Elle lui a claqué la porte au nez. Mike, quant à lui, s'est penché pour remonter son pantalon, qui lui était tombé sur les chevilles, et a relevé la tête en bouclant sa ceinture. Il m'a observée un moment avant de sourire.

– T'étais avec mon frère, non ?

Le pire, c'est qu'il parlait aussi normalement que si je ne l'avais pas surpris le pantalon baissé.

– Et toi, t'étais avec la fille qui vient de te mettre à la porte, non ?

– Il y a des gens qui ne supportent pas la moindre blague.

Il a fixé la porte en fronçant les sourcils.

– Je lui ai dit que la fille sur la photo était plus sexy qu'elle. Qu'est-ce que j'y peux, si c'était sa petite sœur ? De toute façon, y a des gens qui sont hyper amers dans la vie.

Je suis passée devant lui, j'ai secoué la tête et j'ai introduit ma clé dans la serrure. En moins d'une seconde, il était adossé au mur à côté de moi, m'examinant avec un sourire malicieux.

– Et qu'est-ce que tu fais toute seule ? a-t-il demandé avec un mouvement de sourcils suggestif.

– Là maintenant, je vais dormir.

– Dormir ? Déjà ?

– J'ai cours demain.

– Et tu as besoin de compagnie ?

– Non.

– T'es sûre ?

– Oui.

– Tu ne m'as pas dit ton prénom.

– Jenna.

– Tu es un peu antipathique, Jenna.

– Ah.

– Moi, c'est...

– Mike, je sais.

– Tu as posé des questions sur moi ?

Il a souri, ravi.

– Ton frère t'a appelé comme ça plusieurs fois.

Il a affiché une moue intriguée, comme s'il essayait de se souvenir, mais son portable a sonné et un immense sourire s'est formé sur son visage, oblitérant tout le reste.

– Eh bien, Jenna, je suis désolé... mais j'ai trouvé un autre plan, m'a-t-il annoncé en me montrant le message d'une fille. Tu ne sais pas ce que tu rates.

– Je vais pleurer toute la nuit.

Mike m'a adressé un clin d'œil et s'est éloigné tout guilleret, comme si de rien n'était. Je l'ai regardé quelques secondes avant de secouer la tête et d'entrer enfin dans ma chambre.

3

Super-héros

– Des super-héros, ai-je répété en fixant ce que Ross venait de me donner.

Il m'a pris l'album de comic des mains et l'a observé les sourcils légèrement froncés, l'air indigné.

– D'où vient ce ton qui transpire l'ennui, jeune fille ?

– Quel ton ? ai-je demandé sans en changer.

– Tu me plais un peu moins depuis que tu te moques des super-héros.

– Oh non, j'aimais bien te plaire.

– Tu me plais toujours. Même si tu as des goûts affreux.

– C'est sans doute pour ça que tu me plais, alors, ai-je plaisanté.

Il m'a jeté un regard en coin avec un demi-sourire, puis il m'a présenté la couverture du comic.

– Ce n'est pas n'importe quel super-héros.

Il a montré du doigt le type avec un marteau qui était dessiné dessus.

– C'est Thor.

– Et qu'est-ce qu'il a de spécial, notre petit Thor ?

– Pour commencer, il n'est pas petit.

– Tu n'en sais rien.

– Si.

– Tu le connais ?

– Non, mais je le sais. C'est mon cœur obscur qui me le dit. Et puis il n'a pas besoin d'être grand, parce que c'est un dieu.

– Un dieu, ai-je répété en haussant les sourcils.

– Nordique en plus.

– Waouh, je suis tellement impressionnée que je crois que je vais défaillir.

Il a levé les yeux au ciel.

– Tu devrais manifester un peu plus de respect pour les super-héros. Tu ne peux pas deviner quand un Thanos va surgir dans ta vie.

Je ne savais pas de qui il s'agissait, mais j'ai supposé que c'était un méchant. J'ai laissé Ross ruminer et j'ai continué à me promener dans le magasin en regardant les volumes sans bien comprendre ce que je voyais. Naya était arrêtée devant des figurines. Je n'ai reconnu que Spider-Man.

Ça faisait deux semaines que j'étais à la fac avec eux, mais j'avais l'impression que ça ne faisait que deux jours. Entre les cours, les travaux et... la vie, en gros, je n'avais pratiquement eu de temps pour rien. J'avais à peine parlé avec ma famille ou Monty.

Et, bizarrement, j'en étais ravie.

Peut-être pas tellement pour ma famille, mais je passais de très bons moments avec mes nouveaux amis. Surtout avec Ross, même si je ne le lui aurais jamais avoué, évidemment. Son ego surdimensionné n'avait pas besoin de ça. Et puis j'aimais bien Will aussi, Naya était géniale et Sue... Disons qu'elle ne me regardait plus de travers. C'était un progrès.

– T'aimes bien aussi ces trucs-là ? ai-je demandé à Naya, qui était toujours plantée devant les figurines.

– Quand j'ai commencé à sortir avec Will, j'ai fait semblant de trouver ça cool pour être intéressante, et j'ai fini par y prendre goût, m'a-t-elle expliqué en admirant une statuette d'une fille bleue. Comment tu trouves celle de Mystique ?

– Elle est belle. Très bleue. Je lui conseillerais de consulter un dermato.

– Ne te moque pas.

Elle m'a balancé un léger coup de coude, amusée.

J'ai continué ma déambulation et je suis tombée sur Will. Comme il discutait avec l'employé, j'ai décidé de ne pas le déranger et je me suis approchée de Ross. Il était appuyé contre une étagère et passait les doigts sur les magazines en grimaçant.

En fait, vu de derrière... il n'était pas mal.

Je veux dire, ce n'était pas mon problème, mais il n'était pas mal.

Est-ce qu'il avait une petite amie ?

Ça ne me regardait pas non plus.

Mais... est-ce qu'il en avait une ?

J'ai décidé de ne pas y penser et de me concentrer sur lui. Il n'a pas souri en m'entendant arriver et m'a même jeté un regard méchant.

– T'es revenue pour continuer à te foutre de ma gueule ?

– Je ne me moquerais jamais de quelque chose que tu aimes, Ross, mon chou.

– J'aime bien ce petit nom, « Ross, mon chou ».

Cette fois, il a souri.

J'ai pris le comic qu'il venait de redéposer avec les autres.

– Et tu n'aimes pas ce... Green Lantern ?

– Je l'ai déjà.

– Tu en as combien ?

– Trop. Je les collectionnais quand j'étais petit.

– Et maintenant ?

– Maintenant, je les achète pour m'amuser.

– J'ai d'autres idées en tête, si tu veux t'amuser.

– Moi aussi, mais je doute que tu acceptes de les réaliser.

Je lui ai lancé un regard désapprobateur.

– Mes grands frères dépensaient aussi tout leur argent pour ce genre de choses. Mais ce n'étaient pas des BD avec... des super-héros. C'était plus gamin. Je crois qu'elles s'appelaient... euh... *Toc Top* ?

– *Tip Top*, m'a-t-il corrigée avec un sourire. Mais c'est bien essayé.

– Oh, tu les as lues ?

– Ce n'était pas trop mon truc.

– Toi, c'est les super-héros, non ?

– Oui, c'est ce que je préfère.

– Et lequel est-ce que tu aimes le plus ?

Il a réfléchi un instant en laissant un comic de *La Ligue des justiciers* sur la table. Je l'ai pris et j'ai examiné la couverture en fronçant les sourcils.

– Thor, Batman et Spider-Man, a-t-il fini par décréter.

– Thor est mignon, ai-je signalé en montrant une bande dessinée où il figurait sur la couverture.

– Tu viens de me faire perdre un peu de l'affection que j'avais pour lui.

– Ne sois pas jaloux, Ross. Tu n'es pas mal non plus.

– Eh bien, je te remercie.

– Mais soyons réalistes. Tu ne peux pas te comparer à un dieu nordique.

– C'est vrai. Le pauvre n'aurait aucune chance.

Je lui ai souri et j'ai feuilleté la bande dessinée sans rien lire.

– Il n'y a qu'une fille dans cette ligue ?

– Oui. Wonder Woman.

– Comment elle peut se battre dans cette tenue sans qu'un sein sorte de son bustier ?

– J'avoue que je ne me suis jamais posé la question.

J'ai montré une BD du doigt.

– J'aime bien celle-là. Je pense que je reviendrai un jour pour l'acheter.

– Donne-moi ça. Je te l'offre. Cadeau de bienvenue.

– Ross, ça fait deux semaines que je suis là.

– Eh bien, tu diras aux gens que je te l'ai offerte le premier jour. Personne ne connaîtra notre terrible secret.

J'allais refuser, mais il s'est enfui à l'autre bout du magasin avec l'album avant que je puisse protester.

Je me suis approchée de la vitrine, en passant à côté de Will, et j'ai jeté un coup d'œil dehors. Il pleuvait à nouveau, c'est pour ça que nous étions entrés dans cette boutique. J'aimais bien la pluie, elle me rappelait chez moi, où il pleuvait même l'été. Mais, en ce moment, c'était un peu agaçant.

Une demi-heure plus tard, Will m'a proposé de rentrer à la maison – c'est-à-dire chez lui – pour dîner. Il y a eu un moment de silence au cours duquel tout le monde s'est tourné vers moi pour savoir si j'allais dire oui. J'ai accepté. Honnêtement, la perspective de manger seule à la résidence était un peu déprimante. Et puis, j'avais envie de rester avec eux.

Quand on est arrivés à l'appartement, mon sweat était trempé parce que j'étais la seule idiote à ne pas avoir enfilé une veste correcte. Ross avait essayé de me couvrir un peu avec la sienne, mais ça n'avait pas servi à grand-chose.

– Je crois que je vais avoir besoin d'une serviette, ai-je murmuré en franchissant le seuil de l'appartement.

Ross s'amusait beaucoup de mon malheur. En fait, il se moquait ouvertement de moi.

– Arrête de rire et donne-lui de quoi se sécher, lui a ordonné Will.

Les autres sont restés dans le salon. Sue devait être dans sa chambre, car je ne l'ai pas vue. Cette fille m'intriguait vraiment.

Ross est entré dans la salle de bains et m'a jeté une serviette qui, bien sûr, est tombée par terre. J'ai dû la ramasser pendant qu'il se moquait à nouveau de moi, ce relou.

– Tu veux un sweatshirt sec ? m'a-t-il proposé en voyant l'état du mien.

– Ce serait sympa.

De retour dans sa chambre, j'ai enlevé mon sweat trempé et je l'ai posé par terre.

Pendant qu'il fouillait sa commode, j'en ai profité pour sécher mes cheveux humides à l'aide de la serviette.

– Je suis sûre que ma mère est en train de s'arracher les cheveux en ce moment. Elle me dit toujours de bien me couvrir, et je lui réponds toujours que je suis adulte et que je n'ai pas besoin de ses recommandations. Je viens de prouver le contraire.

– On le savait déjà, non ?

– Et si je me séchais les cheveux sur tes draps ?

Il a ri, a sorti un sweatshirt de son armoire et l'a mis de côté. Puis il a repris ses fouilles.

– Tu parles toujours de ta mère comme si elle faisait dans le drama.

– Non, elle n'est pas une drama queen. Enfin, ce n'est pas confirmé. Mais elle se tracasse beaucoup. Trop.

– Et c'est grave ?

Il a sélectionné deux autres sweatshirts et les a posés sur le lit.

– Choisis. Ce sont les plus petits que j'ai.

Je me suis approchée et je les ai examinés attentivement.

– Ce n'est pas grave, ai-je répondu, reprenant la conversation. Mais ça peut être étouffant. Ta mère ne t'appelle pas tout le temps pour savoir comment tu vas ?

Quelques secondes plus tard, il ne m'avait toujours pas répondu. J'ai levé les yeux, étonnée, et je suis restée clouée sur place quand j'ai vu ce qu'il était en train de faire. Il m'étudiait de la tête aux pieds.

Oui, il me matait. Ross. Il me reluquait.

Je me suis rendu compte que je ne portais qu'un débardeur à fines bretelles – trop moulant à mon goût – et qu'il était en train de devenir transparent sous l'effet de l'humidité.

Au moins, je portais mon soutien-gorge préféré. Encore heureux.

Alors que je n'aurais pas dû m'en préoccuper, en réalité.

Il a reporté son regard vers mon visage comme si de rien n'était. Il ne semblait pas gêné. Je ne crois pas qu'il avait conscience de s'être fait choper.

– Ma mère ? a-t-il répété. Non, pas du tout.

– Elle ne te téléphone pas souvent ?

J'ai pris le sweat bleu et je l'ai reposé, pas convaincue.

J'ai résisté à l'envie de me détourner, mais j'avoue que je me demandais s'il me regarderait encore. Et, pour une raison qui m'échappait, cette idée ne me déplaisait pas.

– Non, pas souvent, a-t-il murmuré en glissant ses mains dans ses poches. Elle n'a jamais été du genre à appeler tout le temps pour prendre des nouvelles.

Comme j'avais l'impression que le sujet de conversation ne le passionnait pas, je me suis concentrée à nouveau sur ses vêtements. Finalement, j'ai opté pour le sweat rouge et je l'ai pointé du doigt avec un grand sourire.

– Je ne sais pas pourquoi, je me doutais que tu prendrais celui-là, a-t-il déclaré en secouant la tête.

La silhouette noire de Pumba était dessinée au milieu.

– C'est l'heureux élu, ai-je confirmé.

Et, bien sûr, je lui ai lancé un regard lourd de sens pour qu'il me laisse me changer seule. Mais il s'est contenté de me fixer d'un air tout heureux, les mains dans les poches.

– Qu'est-ce que tu attends ? m'a-t-il demandé, perplexe. Que j'applaudisse ?

– Non. Que tu partes.

– Moi ? Pourquoi ? Je veux rester.

– Je dois me changer !

– C'est justement pour ça que je veux rester.

– Ross ! me suis-je impatientée.

– D'accord, d'accord !

Il est retourné dans le salon et j'en ai profité pour enlever mon débardeur et enfiler le sweatshirt un peu trop grand pour moi. Le tissu chaud et sec était un vrai soulagement. Lorsque je me suis penchée pour rouler les manches qui me couvraient les mains, j'ai remarqué que le vêtement était imprégné de l'odeur de Ross. Et ça ne me déplaisait pas. En fait, je ne l'aurais jamais admis à voix haute, mais j'aimais bien.

Lorsque j'ai rejoint les autres, j'ai souri à Sue, qui était installée dans un fauteuil et mangeait une pizza en tirant la tronche. Elle ne m'a évidemment pas rendu mon sourire. Naya et Will discutaient sur un des canapés.

Ross était assis sur l'autre canapé, je me suis approchée et je me suis installée à côté de lui.

– Tu devrais y aller, était en train de dire Will à Naya.

Elle a plissé le nez et mordu dans une part de pizza pendant que j'en attrapais un morceau, saveur barbecue.

– J'en reviens pas que tu aimes cette pizza, a déclaré Ross.

Je l'ai regardé la bouche pleine en mâchant bruyamment, ce qui l'a fait sourire.

– Ça te pose un problème ?

– Oui, parce que c'est la pire pizza au monde.

– Et toi, tu es la pire personne au monde.

– Tu es toujours tellement affectueuse avec moi.

– Tu t'en prends à ma pizza préférée !

– Ce truc immonde est ta préférée ? Beurk.

– Beurk ? Beurk quoi ?

– Beurk, tu as des goûts de chiottes.

– C'est toi qui as des goûts de chiottes !

– Houhou, les gars, nous a interpellés Naya. Ça me fait super plaisir de voir que vous vous entendez aussi bien, mais... je vis un drame et vous m'ignorez !

On s'est tournés tous les deux vers elle.

– Qu'est-ce qui t'arrive ? l'a interrogée Ross.

– Demain, c'est l'anniversaire d'une fille qui me pourrissait la vie au lycée et, pour une raison incompréhensible, elle m'a invitée. Mais je ne veux pas y aller.

– Tu devrais y aller, a répété Will. Peut-être qu'elle veut se racheter.

– Ou peut-être qu'elle veut t'humilier devant tout le monde pour te traumatiser à vie, qui sait ? a souri Ross.

Will lui a lancé un regard assassin.

– Tu n'aides pas.

– Personne ne m'a demandé de l'aide.

– Et on ne t'a pas demandé ton avis non plus, ai-je souligné avec un sourire avenant.

– Je le donne gratuitement.

Naya a secoué la tête.

– Tu vois ? Même Ross le pense, mon cœur. Je n'irai pas.

– Ça fait trois ans que vous n'êtes plus dans la même classe, a souligné Will. Pendant tes dernières années de lycée, tu ne la voyais jamais. Elle a peut-être beaucoup changé depuis.

– Je ne crois pas.

– Pourquoi ? ai-je demandé.

Naya a soupiré et m'a regardée.

– Tu n'as pas connu au lycée quelqu'un qui était arrogant, relou et populaire ?

– Si.

– Et tu lui as déjà parlé ?

– Plusieurs fois.

– Et qu'est-ce que t'as fait ?

– Je suis sortie avec lui, ai-je avoué en souriant.

– Tu viens de perdre beaucoup de crédibilité, m'a assuré Ross.

– Ce n'est pas la même chose, a déclaré Naya. Cette fille a passé quatre ans à me harceler non-stop. Je ne veux pas aller à sa fête. Je ne veux pas la voir. Je ne sais même pas pourquoi elle m'a invitée. J'aurais préféré oublier son existence.

Elle a soupiré à nouveau.

– Qu'est-ce que vous feriez à ma place ?

– Je laisserais un rat mort dans sa boîte aux lettres, a suggéré Sue.

Ces derniers temps, je m'étais rendu compte que j'étais la seule à être surprise quand elle lâchait ce genre de commentaire. Les autres avaient l'air de trouver ça normal.

– Moi, j'irais, a décrété Will. Je suis sûr qu'elle veut se faire pardonner. Et ça t'aiderait à surmonter cette étape de ta vie. D'ailleurs, je t'accompagnerais si je n'avais pas déjà quelque chose de prévu.

– Je sais, mon cœur.

Elle lui a caressé la joue.

– Ross ?

– Je n'irais pas.

Il a terminé sa pizza et a ajouté :

– Les imbéciles ne changent pas.

– Quel pessimiste, ai-je commenté en faisant la moue.

– Je préfère parler de réalisme.

– Et toi ? m'a interrogée Naya.

J'ai réfléchi un instant.

– J'irais. Le pire qui puisse arriver, c'est que tu t'ennuies.

– Ou que tu te fasses humilier.

Ross a souri en voyant Will le fusiller du regard.

– Si ça ne va pas, tu pourras toujours partir, ai-je renchéri. Ce n'est pas si compliqué.

– Oui, tu as raison, je prendrai de quoi payer un taxi. Tu es sûr que tu ne peux pas venir ? a-t-elle insisté en se tournant vers son petit ami.

– Je serai occupé jusqu'à tard et, après, je serai trop crevé pour aller à une soirée. Mais je me rattraperai.

– Je sais, mon cœur.

Et ils se sont mis à se faire des bisous. Sue et Ross ont levé les yeux au ciel en même temps.

***

Le sweatshirt de Ross se trouvait dans mon armoire quand je l'ai ouverte pour chercher un pyjama. Je ne l'avais pas vu depuis la veille au soir. Il fallait que je le lui rende le plus vite possible, sinon la tentation de le garder allait devenir trop forte.

À côté de moi, Naya s'examinait dans le miroir. Elle avait l'air nerveuse.

– Tu es sûre que tu ne veux pas que je t'accompagne ? ai-je insisté.

– Non. C'est mieux que j'y aille seule.

Elle m'a souri.

– De toute façon, je sais que tu préfères rester.

– Si tu veux que je vienne avec toi, ça ne me dérange pas.

Elle avait été tellement sympa avec moi pendant ces deux semaines que je ne pouvais pas refuser, si elle me le demandait.

– T'inquiète. Il devrait être en bas à l'heure qu'il est.

– Ils sont venus te chercher ?

Elle a rajusté son col et s'est tournée vers moi :

– Non. C'est un taxi. Je n'ai pas le choix.

– Si tu t'ennuies, appelle-moi.

Elle m'a adressé un clin d'œil et a quitté la pièce, me laissant seule.

J'ai regardé mon armoire déprimante et, après avoir pesé les implications morales, j'ai décidé de porter le sweat de Ross. Ce n'était pas grave de le mettre une nuit de plus, si ? Je l'aimais bien. Il était doux. Et puis, personne n'en saurait rien.

Avec un sourire malicieux, je l'ai enfilé par-dessus mon T-shirt pyjama assorti à un short en coton. Super tenue ! Sans parler de mes épaisses chaussettes arc-en-ciel. Heureusement que Monty n'avait jamais dormi à la maison et ne m'avait jamais vue dans une tenue pareille.

J'ai pris mon ordinateur portable et j'ai passé du temps à mettre mes notes au propre en écoutant de la musique de fond, jusqu'à en avoir marre. Après quelques secondes d'hésitation, je me suis installée dans le lit et j'ai commencé à regarder un film avec ce fameux Thor. Bizarrement, ça m'a plu. Et pas seulement parce que le protagoniste était beau. Pour d'autres raisons aussi. Qui auraient constitué un motif suffisant, pour être honnête.

Après ça, j'ai regardé *Captain America.*

J'avais à peine terminé que j'en cherchais déjà un autre.

Je ne sais pas combien de films de super-héros j'ai regardés en une nuit, mais, quand j'ai réalisé que je binge-watchais, il était déjà plus de deux heures du matin.

Je n'avais rien d'important à faire le lendemain, mais je ne pouvais pas continuer à regarder des films jusqu'au petit matin. J'ai retiré mes lentilles de contact, et, juste au moment où j'allais me coucher, j'ai aperçu le sac de la boutique de bandes dessinées. J'en ai sorti le cadeau de Ross.

Étonnamment, c'était pas mal du tout. En fait, j'ai terminé l'album en un temps record, puis je me suis forcée à éteindre, à enlever mes lunettes et à m'allonger. Je me suis endormie en pensant à des super-héros masqués et à des femmes portant des costumes trop inconfortables pour se battre.

Quand j'ai rouvert les yeux, j'avais l'impression qu'une seconde à peine s'était écoulée, mais il était quatre heures. J'ai cligné des yeux. Qu'est-ce que c'était que ce bruit ? J'ai enfilé mes lunettes avec des gestes maladroits et j'ai essayé de me concentrer sur ce qui se passait.

Mon portable sonnait à côté de ma tête. Un numéro inconnu.

Je me suis raclé la gorge en le portant à mon oreille :

– Allô ?

– Tu peux venir me chercher ?

Je me suis réveillée d'un coup. Naya. On aurait dit qu'elle avait pleuré.

– Que... Qu'est-ce qui s'est passé ? lui ai-je demandé en m'asseyant et en enfilant mes bottines.

Je savais déjà que j'allais devoir aller la sauver.

– C'est... Tu peux venir ici, s'il te plaît ? Je n'ai pas d'argent.

– Tu n'en avais pas pris pour le taxi ? lui ai-je demandé, incrédule, en ouvrant mon portefeuille.

– Si, mais...

Elle a reniflé.

– C'est une longue histoire. Je suis près du pont. Enfin, à côté... d'un bâtiment jaune très laid.

– Le pont ?!

C'était à près d'une demi-heure de route. Ça allait coûter cher. Je me suis levée et j'ai réfléchi.

J'avais juste assez d'argent pour aller la chercher, mais pas pour revenir. D'un autre côté, je ne pouvais pas la laisser en plan.

– Peut-être que Will... ?

– Ne dis rien à Will, s'il te plaît, a-t-elle gémi, presque comme si elle lisait dans mes pensées. Je ne veux pas qu'il s'inquiète.

– Naya, je dois...

– S'il te plaît, Jenna. Ni Ross. Ni personne.

J'ai fermé les yeux un instant.

J'ai croisé les doigts pour qu'elle ne détecte pas mon mensonge.

– Je ne dirai rien.

– Oh, merci... vraiment, Jenna. Merci.

– Ne bouge pas. J'appelle un taxi et j'arrive.

– D'accord. Je reste ici.

– Téléphone-moi s'il se passe quoi que ce soit, OK ?

– Promis.

Sans la moindre hésitation, j'ai cherché Ross dans ma liste de contacts – cet idiot s'était enregistré dans mon répertoire comme « coursier » – et je l'ai appelé. Je n'avais pas encore utilisé son numéro. J'espérais qu'il répondrait, sinon ma seule solution serait de prévenir Will.

– Qui que tu sois, tu sais quelle heure il est ? a-t-il répondu à la deuxième sonnerie d'une voix endormie.

– J'ai besoin de ton aide, ai-je annoncé d'un ton insistant.

Il a mis quelques secondes à réagir. J'ai cru qu'il m'avait raccroché au nez, mais il a repris la parole :

– Jenna ?

– Oui, c'est moi. Tu peux me rendre un service ?

– Qu'est-ce qui se passe ? m'a-t-il demandé, beaucoup plus calme.

– Naya m'a appelée en pleurant pour que je vienne la chercher, mais... euh... Écoute, je ne peux pas tout expliquer, mais tu penses que tu pourrais venir avec moi la chercher ?

– Pourquoi elle n'a pas appelé Will ?

– Elle ne veut pas qu'il soit au courant.

– Tu sais ce qu'il me fera s'il découvre que je ne lui ai rien dit ?

– La même chose que Naya si Will apprend quoi que ce soit.

Ross a soupiré.

– On doit le prévenir.

– Elle m'a suppliée de ne pas le faire.

– Il y a une différence entre ce qu'elle veut et ce qu'il y a de mieux...

– Ross, l'ai-je coupé. S'il te plaît.

Il a gardé le silence quelques instants avant de soupirer à nouveau.

– Dans cinq minutes devant ta résidence.

– Merci, merci, merci. T'es le meilleur.

J'ai fait sortir tout l'air de mes poumons.

– On le savait déjà.

J'ai souri et on a raccroché en même temps.

J'ai attendu exactement cinq minutes à la porte de la résidence jusqu'à ce qu'une voiture noire s'arrête près de moi. Ross avait l'air endormi quand je suis montée à côté de lui.

– Vous avez commandé un taxi, mademoiselle ?

– Merci d'être venu.

Il a haussé les épaules.

– Je n'avais rien de mieux à faire. Bon, dormir était une possibilité, mais qui voudrait dormir quand on peut aller sauver Naya ?

– Les sauveteurs, ai-je murmuré, amusée.

J'avais oublié qu'il conduisait comme s'il se fichait de mourir. Même si c'était pour la bonne cause, cette fois : on rejoindrait plus vite Naya.

– Qu'est-ce qu'il s'est passé ? a-t-il demandé, curieux, quelques minutes plus tard.

– Elle ne me l'a pas dit. Mais ça avait l'air assez grave.

– Et pourquoi elle ne veut pas que Will le sache ?

– Tu la connais mieux que moi, c'est à toi de me le dire.

Il m'a regardée ironiquement pendant un moment, profitant d'un feu rouge. J'ai vu que ses yeux allaient et venaient sur ma tenue. Puis il m'a adressé un sourire moqueur.

– Le choix de ta tenue est intéressant.

J'ai baissé les yeux et j'ai rougi en réalisant que j'étais toujours en pyjama... et que je portais toujours son sweat.

Ça commence bien.

– C'est... C'est juste que... je ne savais pas quoi mettre, ai-je bafouillé maladroitement. Mais... j... je te le laverai et... et je te le rendrai, je t'assure.

– Je te fais confiance.

Il a souri.

– C'est juste que...

– Tu peux le garder, m'a-t-il interrompue.

J'ai cligné des paupières, surprise.

– Hein ?

– Il est trop petit pour moi et il te va bien.

Je doutais fort que ce sweat soit trop petit pour lui. Il disait ça pour que j'accepte.

– Mais... c'est à toi.

– Plus maintenant. Il est à toi. Je viens de te l'offrir. C'est ta responsabilité désormais, prends bien soin de lui.

Il n'avait pas l'air de vouloir discuter davantage, alors j'ai abandonné, un peu perplexe.

Nous avons passé un certain temps en silence et il a bâillé plusieurs fois. Je n'avais pas sommeil. Pas du tout. Je regardais par la fenêtre, nerveuse, et je le suis devenue encore plus lorsque j'ai aperçu le pont dont avait parlé Naya. Ross a garé la voiture sur le bord de la route et nous sommes sortis tous les deux. Je me suis mise à chercher le bâtiment jaune et il m'a suivie, les mains dans les poches.

– Je crois que c'est le moment de me dire exactement ce qu'on cherche, chère Jennifer, a-t-il déclaré en jetant un coup d'œil à un groupe de types plus jeunes qui nous observaient de l'autre côté de la route.

En fait, la rue était pleine de groupes de gens qui buvaient. C'était une longue artère bordée de maisons imposantes. Des voitures de luxe étaient mal garées et on entendait de la musique résonner pas très loin.

En conclusion, une soirée chic.

– Un bâtiment jaune très laid, ai-je répété en regardant autour de moi.

Il a cherché aussi autour de lui, mais rien ne semblait jaune et laid.

J'ai avancé, Ross sur mes talons. Je commençais à être vraiment stressée. Et, pour ajouter à la tension, alors que nous passions devant un groupe de garçons, l'un d'entre eux m'a dévisagée.

– Jolies chaussettes, a-t-il dit en haussant les sourcils.

Je l'ai ignoré.

Pas Ross.

– Jolie gueule. Ferme-la si tu veux la garder.

Le mec a froncé les sourcils, mais n'a plus rien dit. Ross s'est posté à côté de moi et je l'ai fixé, surprise.

– Ne me dis pas que tu es un bad boy.

– Moi ? Si, bien sûr. Je suis un danger sur pattes, a-t-il répliqué avec un sourire moqueur.

– Tu avais l'air vraiment menaçant. Tu m'as fait peur aussi.

– Super, maintenant tu connais mon côté obscur.

J'ai secoué la tête, amusée. Je doutais beaucoup qu'il en ait un.

Nous avons continué à marcher et, au bout de quelques secondes, nous avons aperçu un bâtiment visiblement plus vieux que les autres, jaune safran. J'ai accéléré le pas et Ross a posé une main sur mon épaule en me montrant Naya.

Elle était assise sur le trottoir, serrant ses genoux, seule. Elle était trempée, comme si elle avait attendu sous la pluie, alors qu'il ne pleuvait pas. Le maquillage pour lequel elle s'était donné tant de mal était complètement étalé sur ses joues.

Elle s'est levée en nous voyant approcher.

– Ross ? s'est-elle exclamée en me dévisageant alors que le mot « trahison » brillait dans ses yeux. Tu n'as pas... ?

– Elle m'a fait jurer de ne rien dire à Will, lui a-t-il assuré.

Naya m'a fixée quelques secondes avant de se jeter sur moi et de me serrer fort. J'ai eu l'impression qu'elle avait besoin d'un câlin depuis un moment, alors je l'ai serrée moi aussi.

– Qu'est-ce qui t'est... ? ai-je essayé de demander.

Elle s'est écartée et a secoué la tête.

– Je n'aurais pas dû venir. Ils se sont moqués de moi, elle m'a demandé de lui prêter mon collier pour le voir... Comme je ne savais pas quoi dire, je le lui ai tendu... et elle ne me l'a pas rendu... Elle... Elle l'a gardé.

– Et pourquoi tu es trempée ? a voulu savoir Ross, sincèrement intrigué.

– Quand j'ai essayé de lui reprendre mon collier, on m'a poussée dans la piscine. J'avais mon sac sur moi et... je n'ai plus d'argent et je ne sais même pas si mon portable fonctionne. Je ne me suis pas arrêtée pour vérifier. J'ai dû demander à une fille de me prêter le sien et... Heureusement que je me suis souvenue de ton numéro, Jenna...

Elle s'est tue et j'ai vu qu'elle était sur le point de pleurer à nouveau.

– Oh, Naya...

Je ne savais pas quoi lui dire. Je faisais partie de ceux qui l'avaient convaincue d'aller à cette fête. Elle devait être congelée. Mes jambes étaient déjà frigorifiées, alors que je n'étais là que depuis cinq minutes.

– Tu veux ma veste ? lui ai-je proposé.

– J'en ai une en plus dans ma voiture, a précisé Ross. Allons-y, Naya.

– Oui, je ne veux pas rester ici plus longtemps.

Ross a passé un bras autour de ses épaules et elle lui a décoché un sourire reconnaissant.

Ils se sont mis en route, mais, voyant que je ne bougeais pas, ils se sont arrêtés et se sont retournés.

– Pourquoi elle a fait ça ? ai-je demandé.

– Elle aime bien se moquer des gens. J'imagine que ça lui permet de se sentir mieux dans sa peau.

– Et toi, tu n'as plus rien ? Plus de portable, plus d'argent ?

– Tout est inutilisable depuis qu'ils m'ont jetée dans la piscine.

J'ai secoué la tête en regardant la maison qu'elle désignait. Celle qui était juste en face de nous et d'où provenait la musique.

Ross m'a observée d'un air réprobateur, comme s'il savait que j'avais une idée derrière la tête. Une idée répréhensible, pour être précise.

– Ce n'est pas juste, ai-je décrété avec colère.

– Je sais.

– Et ton collier ? Tu y tenais ou... ?

Elle a baissé la tête et a inspiré profondément.

– C'est le premier cadeau que Will m'a offert. Pour mon anniversaire.

– Elle l'a cassé ?

– Non. Elle l'a mis.

– Et tu n'as pas protesté ? ai-je demandé, stupéfaite.

– Ce n'est pas si simple, est intervenu Ross.

– Bien sûr que si.

– Non, Jenna, a insisté Naya. Après tout ce qui s'est passé au lycée... Je me suis rappelé à quel point je me sentais insignifiante à l'époque... Je... J'ai eu un blocage.

Je l'ai observée en réfléchissant.

Je me souvenais très bien d'une fois où un de mes frères, Sonny, était rentré à la maison avec un œil au beurre noir. Il avait prétendu se l'être fait en jouant au foot et nous l'avions tous cru, sauf mon frère aîné, Spencer. Il avait interrogé Sonny jusqu'à ce qu'il éclate en sanglots et avoue que c'était un de ses camarades de classe qui n'arrêtait pas de s'en prendre à lui.

Ce jour-là, il avait tenté de l'affronter et en avait gardé un œil au beurre noir en souvenir.

À ce moment-là, Spencer n'avait pas eu besoin de plus de détails. Il n'avait même pas voulu savoir si Sonny avait fait quoi que ce soit à ce gamin pour mériter le coup de poing. Il était sorti de la maison, avait enfourché sa moto et s'était lancé à la recherche du coupable. Je ne sais pas ce qu'il lui avait fait, mais ce gars n'a plus jamais ennuyé notre frère. Et, bien que Sonny n'en ait plus jamais parlé, je savais qu'il lui en était immensément reconnaissant.

Le plus étrange, c'est qu'après ça Sonny a commencé à prendre des cours de boxe, et qu'il pourrait probablement battre Spencer désormais.

En regardant Naya pleurer, je ressentais la même chose que Spencer ce jour-là. Je n'avais pas besoin de savoir si cette fille avait une raison d'agir comme elle l'avait fait. Je n'avais pas besoin de connaître le contexte. Je détestais l'injustice et, même si je n'étais pas une héroïne – loin s'en faut, surtout dans cette tenue –, il fallait bien que quelqu'un fasse quelque chose. Naya ne méritait pas d'être traitée comme ça. Ni elle, ni personne d'ailleurs.

Je me suis tournée vers la maison.

– Attendez-moi ici.

– T'attendre ? a répété Naya, l'air étonné.

– Je vais chercher tes affaires. Je reviens tout de suite.

– Je t'accompagne, a proposé Ross immédiatement.

– Non, reste avec Naya. Je n'en ai pas pour longtemps.

Il a secoué la tête.

– Pas question que tu y ailles toute seule.

On s'est tournés tous les deux vers Naya.

Elle a hésité un instant avant d'acquiescer et de nous guider. Sa nervosité augmentait à mesure qu'on se rapprochait de la maison. Elle a ouvert sans sonner, ce qui n'a semblé surprendre personne. Elle s'est arrêtée dans le jardin, où j'ai aperçu son sac à main mouillé par terre et une grande fille aux cheveux bouclés qui riait avec ses amis, une cigarette et un verre à la main. Elle avait autour du cou un collier que j'ai reconnu immédiatement.

– C'est elle, m'a informée Naya. Mais ne...

– Reste ici.

Je me suis approchée de la fille comme si j'étais Thor brandissant son marteau et, quand je suis arrivée à hauteur de leur groupe, ils se sont tous tournés vers moi en examinant ma tenue. Ross était juste à côté de moi.

– Je t'ai invitée ? m'a demandé la fille la plus proche de moi, en regardant les chaussettes arc-en-ciel qui dépassaient de mes bottines marron.

– Non, ai-je répondu en croisant les bras. Tu as invité une amie à moi. Elle s'appelle Naya. Ça te dit peut-être quelque chose, vu que tu portes son collier.

La maîtresse de maison a jeté un coup d'œil par-dessus mon épaule à Naya, qui avait l'air partagée entre la honte et la peur.

– Et t'es qui, son garde du corps ? a-t-elle répliqué avec un sourire moqueur. T'es pas très intimidante.

– Pourquoi ne pas lui rendre ce bijou et en finir avec tout ça ? a suggéré Ross.

À ce moment-là, un de ses amis est intervenu. Il était plus petit que Ross, mais il l'a toisé comme s'il allait le mettre KO en lui soufflant dessus.

– Vous feriez mieux de partir.

Ross n'a pas répondu, il est resté là sans bouger, se contentant de hausser un sourcil. Il n'avait pas l'air impressionné le moins du monde.

La fille n'a pas bougé non plus, elle souriait toujours.

– Et pourquoi je vous le donnerais ?

J'ai plissé le front.

– Parce que ce n'est pas à toi.

– Maintenant, si. Je l'ai gagné.

– Non, tu l'as volé.

– Je suis chez moi, je fais ce que je veux.

– N'importe quoi !

– Écoute, cette conversation m'ennuie profondément. Je te rappelle que tu es chez moi. Tu n'es pas la bienvenue et je te conseille de partir.

– Pas sans le collier.

– Je ne le répéterai pas, m'a-t-elle prévenue.

– On ne partira pas sans, a réitéré Ross.

– Pourquoi vous vous mouillez à sa place ? a demandé le garçon en s'approchant de lui. Vous n'avez qu'à dire à votre salope d'amie qu'elle vienne le chercher elle-même, si elle tient tellement à le récupérer.

Cette remarque a eu raison de ma patience. J'ai écarté Ross en lui poussant doucement l'épaule. Il m'a regardée d'un air surpris, mais s'est laissé faire. Je me suis postée devant le mec, qui m'observait d'un air moqueur.

– Ouh, je crève de p...

Je n'ai pas hésité, je me suis rappelé les leçons de Sonny : les pieds bien plantés dans le sol, les poings serrés et placés au-dessus de la ceinture. Oh, et sortir le pouce du poing. Oui, c'était ça.

Et je l'ai balancé en plein dans le nez du gars.

Il a reculé, sous le choc, en se tenant le nez. J'avais frappé fort. Tellement que j'en avais mal à la main, mais je ne l'ai pas montré, pour avoir l'air d'une dure. Il a lâché un juron.

– Tu m'as donné un coup de poing, espèce de psychopathe ! m'a-t-il crié.

– Une psychopathe ne te frapperait pas elle-même, elle convaincrait quelqu'un de le faire à sa place, inculte ! ai-je répliqué sur le même ton.

Il me fixait avec une expression stupéfaite, mais j'étais déjà concentrée sur sa copine.

– Tu peux me donner le collier de mon amie Naya ?

La grande fille aux cheveux bouclés avait cessé de sourire. Après quelques secondes de doute, elle l'a enlevé et me l'a lancé. Quand je me suis retournée, je me suis aperçue que Naya et Ross me fixaient bouche bée.

– On y va ? ai-je proposé.

Ils m'ont suivie pendant qu'on rebroussait chemin. En réalité, j'avais peur que les amis de la fille nous courent après, et je marchais le plus vite possible. Heureusement, personne ne nous a pris en chasse.

Dès qu'on s'est retrouvés dans la rue, Naya et Ross se sont tournés vers moi.

– Tu lui as balancé un coup de poing, a déclaré ce dernier comme s'il avait du mal à y croire. En plein dans le nez, a-t-il ajouté, sur le point d'éclater de rire.

– Bah, c'était pas grand-chose. Tu devrais voir mon frère Sonny. Il est boxeur. Il m'a appris à frapper, mais je n'avais jamais eu l'occasion de mettre ses leçons en pratique. Il faudra que je le lui raconte.

J'ai levé la main. J'avais les articulations et le poignet tout rouges.

Naya a enfin retrouvé l'usage de la parole :

– C'était incroyable ! J'en reviens pas que t'aies fait ça... pour moi !

J'ai esquissé un sourire. Ross s'était approché et il n'avait plus l'air amusé.

– Tu t'es fait mal ? m'a-t-il demandé.

– Un peu.

– Avec la raclée que tu lui as mise, ça ne m'étonne pas, a-t-il murmuré en examinant les dégâts. Heureusement, ça ne semble pas grave.

– On pourrait demander de la glace à Chris quand on arrivera à la résidence, pour que ça ne gonfle pas, a suggéré Naya. C'est la moindre des choses.

– Allons-y, je vous ramène, a proposé Ross en souriant.

Personne n'a dit grand-chose au cours du trajet. Ma main a cessé de me faire mal, Naya a remis son collier et Ross s'est contenté de conduire en fredonnant une chanson qui passait à la radio.

Quand on est arrivés, Naya a remercié Ross et est descendue de voiture. Rien qu'à son pas décidé, j'ai deviné qu'elle allait déranger Chris pour lui demander de la glace, même si je lui avais répété une dizaine de fois que je n'en avais pas besoin.

Je suis restée encore un peu avec Ross.

– Merci d'être venu.

– Je n'oserais pas te contrarier, Jen. J'ai vu les coups de poing que tu donnes.

Il a souri.

– Depuis quand tu m'appelles Jen ?

– Ça fait cinq secondes.

– Je crois que tu ne m'avais jamais appelée comme ça.

– Si tu préfères « petite sauterelle », je peux m'adapter.

J'ai levé les yeux au ciel et je suis sortie.

– Jen, c'est bien. Bonne nuit, Ross.

Il a souri.

– Bonne nuit, Jen.

4

La nonne folle

Après un an à paresser sans quitter la maison ni sortir courir le matin, j'ai profité du fait qu'on était un vendredi pour tenter de m'y remettre. Quand j'ai quitté la résidence, j'ai rassemblé toute ma motivation pour saluer Chris.

Et... cinq minutes plus tard, je regrettais déjà d'avoir eu l'idée de courir.

Au moment précis où j'étais sur le point de cracher un poumon à cause de l'effort.

Quand j'étais petite, je faisais de l'athlétisme, et courir le matin était pratiquement une activité obligatoire. Je le faisais tous les jours avant de partir en cours. Maintenant, j'avais souvent du mal à sortir du lit.

Je me suis quand même forcée à continuer un peu. Après une demi-heure, quand je me suis arrêtée à nouveau, j'ai pris appui sur mes genoux : mon cœur battait à toute vitesse. J'avais définitivement besoin d'entraînement. Je pouvais imaginer le visage déçu de mon ex-entraîneur. Ou plutôt celui de Spencer, mon grand frère, qui était professeur d'éducation physique et m'avait aidée à m'entraîner pendant longtemps. S'il voyait dans quel état courir une demi-heure me mettait...

Je suis revenue à la résidence à bout de souffle, les joues en feu. Chris a souri en me voyant.

– Alors, ce sport ?

– Horrible. J'étais mieux dans mon lit.

Il a ri tandis que je montais les escaliers pour me diriger vers la chambre. Naya dormait toujours (et ronflait, d'ailleurs). J'ai pu faire tout le bruit que je voulais en me douchant : même une grenade explosant à ses côtés n'aurait pas suffi à la réveiller. Alors que j'étais sur le point de sortir, je l'ai vue s'étirer paresseusement dans son lit.

– Bonjour.

Naya a bâillé avant de me répondre :

– Quelle heure est-il ?

– Onze heures.

– Si tôt ?

– Onze heures, c'est tôt ?

– Pour un jour où je n'ai pas cours ? Bien sûr que c'est tôt.

– Tu n'avais pas prévu d'aller prendre le petit déjeuner chez Will ? ai-je demandé en me séchant les cheveux.

Elle a soupiré et s'est assise avec nonchalance.

– C'est vrai. Je me doucherai chez lui. De toute façon, la moitié de ma garde-robe se trouve là-bas...

On aurait dit qu'elle s'adressait plus à elle-même qu'à moi, je me suis donc concentrée sur ma tâche : trouver quelque chose à enfiler. Naya était déjà occupée à lacer ses chaussures.

– Tu viens ?

– Je ne suis pas invitée, Naya.

Elle a levé les yeux au ciel.

– Et alors ? Allez, viens. Si Sue reste seule avec nous, elle va être de mauvais poil. Enfin, de plus mauvaise humeur encore que d'habitude. Et je suis sûre que Ross va demander après toi.

Je me suis arrêtée pour l'observer d'un air curieux.

– Tu crois ?

Elle a levé un sourcil avant de se mettre debout.

– Allez, enfile quelque chose, on y va.

Dans le métro, elle n'a pas arrêté de bâiller et de remettre ses lunettes de soleil en place, comme si elle revenait de la meilleure soirée de sa vie. Elle arborait toujours le même air endormi quand on a sonné chez Will.

Sue a ouvert la porte et soupiré en nous voyant.

– Encore vous ?

– Moi aussi, je suis contente de te voir, lui a répondu Naya en passant à côté d'elle.

Sue a pénétré à l'intérieur sans rien ajouter d'autre, si bien que j'ai dû fermer la porte derrière moi. Quand je suis entrée, Will et Naya étaient déjà en train de se bécoter dans la cuisine, tandis que Sue les regardait d'un air mauvais. J'ai adressé un sourire à Will.

– Bonjour.

– Oh, bonjour, m'a-t-il saluée en s'éloignant de Naya.

J'ai regardé autour de moi.

– Et Ross ?

C'était étrange de ne pas le voir rôder dans les parages.

– Il dort.

– Il dort toujours ?

– On voit que tu ne vis pas avec lui, a murmuré Sue.

– Je peux aller le réveiller ?

Naya a souri d'un air maléfique et est partie sans attendre de réponse.

Will a soupiré alors qu'elle ouvrait d'un coup la porte de la chambre de Ross pour lui crier de se réveiller. J'ai vu un oreiller voler et dix secondes plus tard Ross est apparu, se frottant le visage, clairement d'humeur maussade. Il s'est assis au comptoir à côté de moi en protestant :

– Qui l'a lâchée dans la maison ?

– Hé, je ne suis pas un chien.

– Non, tu es bien pire. Un moustique agaçant.

Naya lui a pointé son majeur sous le nez, mais Ross l'a complètement ignorée.

– Il n'y a rien pour le petit déjeuner ? ai-je demandé.

– Bien sûr que si. De la pizza froide, de l'eau tiède et des bières. Un petit déjeuner riche en protéines pour bien commencer la journée.

– Vous n'avez que ça ?

– Je crois qu'il y a aussi de la glace, mais c'est à Sue. Je te déconseille d'y toucher, à moins que tu n'aies des intentions suicidaires.

– Ross, va acheter un truc à manger, lui a demandé Will.

Ross a grimacé.

– Et pourquoi est-ce que c'est à moi d'y aller ?

– Parce que c'est toujours moi qui m'y colle.

– Et pourquoi est-ce que Sue n'irait pas ?

– Moi, je mange ma glace, a-t-elle annoncé en ouvrant le congélateur.

J'ai froncé le nez.

– Tu manges de la glace au petit déjeuner ?

Elle est restée là à me regarder fixement, ce qui m'a fait rougir.

– C'est bon, j'y vais, a soupiré Ross en se levant.

Il ne lui a pas fallu longtemps pour attraper sa veste et sortir de la maison en grommelant qu'il se faisait exploiter. Will et Naya étaient à côté de moi en train de se faire des papouilles. Sue, quant à elle, regardait la télévision en mangeant sa glace.

J'étais sur le point de me rendormir quand Naya m'a regardée.

– C'était ton téléphone qui sonnait hier soir ?

– Mon téléphone ?

– Oui. Je voulais te prévenir, mais tu dormais et je n'ai pas voulu te déranger.

J'ai fouillé mes poches pour en sortir mon portable, perplexe. Mon cœur a failli s'arrêter en voyant que j'avais douze appels en absence de Monty.

– Merde, ai-je lâché.

Naya a pris un air surpris.

– Qu'est-ce qu'il y a ?

– C'était... mon copain. Il a dû s'énerver parce que je ne répondais pas.

J'ai jeté un coup d'œil en direction de Will :

– Ça te dérange si je l'appelle depuis la chambre ?

– On ne capte qu'ici, désolé.

De mieux en mieux.

Ils m'ont regardée composer le numéro et porter le téléphone à mon oreille. J'étais un peu nerveuse, je l'admets.

Monty a répondu dès la première sonnerie :

– Tiens, qui voilà. Tu es encore vivante ?

Je ne connaissais que trop bien ce ton désagréable. J'ai serré les lèvres, essayant de ne pas m'énerver : je savais que ça ne ferait qu'empirer la situation.

– Désolée. Je n'ai pas entendu mon téléphone.

– Je ne savais pas que ta chambre était si grande que tu n'entendais pas un téléphone posé à côté de ta tête.

J'ai essayé de cacher ma nervosité en blaguant :

– Et qu'est-ce que t'en sais, s'il était à côté de ma tête ?

– J'ai l'air d'être de bonne humeur ? Parce que je t'assure que je ne le suis pas.

– Chéri – pour une raison que j'ignore, j'utilisais ce terme seulement quand j'étais très énervée contre lui –, compte jusqu'à dix. Détends-toi. Ce n'est pas si grave.

– J'étais inquiet.

– Je vais bien, non ?

– Oui, mais tu continues à te comporter comme tu t'es toujours comportée.

– Comme je me suis toujours comportée ? Ça veut dire quoi, ça ?

Cette fois, je n'ai pas pu masquer l'irritation dans ma voix. J'en avais marre qu'il insinue constamment que je me conduisais comme une gamine.

À ce moment précis, Ross a ouvert la porte et a levé deux sacs de nourriture au niveau de nos yeux avec un large sourire.

– Aimez-moi, a-t-il annoncé fièrement en posant les provisions sur la table.

Naya et Will m'ont regardée d'un air entendu avant d'ouvrir les sachets et de commencer à manger. J'ai entendu la voix de Monty à travers le téléphone :

– Tu sais parfaitement de quoi je veux parler. Je savais que tu me ferais ce coup-là.

J'étais de plus en plus confuse.

– Quoi ? Je peux savoir ce que j'ai fait ?

Ross m'a observée d'un air curieux en croquant son toast.

– M'ignorer. Je savais que tu le ferais.

– Je n'étais pas en train de...

Je voulais me donner un air tranquille pour que les autres ne me prennent pas pour une folle, mais dans ma tête j'avais déjà tué Monty trois fois.

– On peut en reparler plus tard ? ai-je demandé.

– Non.

– En fait, là ce n'est pas trop le...

– Tu ne m'as pas appelé de la semaine.

Je n'en pouvais plus, j'ai craqué :

– Et toi, tu m'as appelée ? Pourquoi c'est toujours moi qui dois le faire ?

– C'est toi qui as décidé de partir !

– Partir étudier, pas faire le tour du monde en canoë ! Tu peux te calmer ?

– Je m'en fiche : t'es partie. C'est à toi de m'appeler, pas à moi.

– Je dois te rappeler que tu étais d'accord, ou tu as oublié ce détail ?

– Je ne pensais pas que tu m'ignorerais trois semaines après ton départ !

– Tu l'as dit. Ça fait trois semaines que je suis ici. Qu'est-ce que tu vas faire quand ça fera un mois ? Venir me kidnapper ?

Il s'est tu un instant, agacé.

– Ça ne serait pas une si mauvaise idée. Tu faisais quoi, hier soir ?

– Rien.

Et c'était la vérité. J'avais regardé des films de super-héros et lu une BD.

Enfin... J'avais aussi sauvé Naya avec Ross. Et donné un coup de poing à un gars. Mais ça, ça ne le regardait pas.

– Menteuse. Tu faisais quelque chose.

– Mais non !

– Ne me dis pas que tu n'as pas entendu ton téléphone. Ce n'est pas vrai.

– Monty, je dormais, ai-je dit en fronçant les sourcils.

– Très bien. Continue à te trouver des excuses. Mais ne te fatigue pas à m'appeler.

– Mais...

Je suis restée là à fixer mon téléphone quand il m'a raccroché au nez. Je l'aimais beaucoup, mais ce qu'il pouvait jouer les imbéciles quand il voulait... Je ne sais même pas d'où cette crise sortait. Je n'avais rien fait de mal. À moins que fantasmer sur Thor ne soit quelque chose de répréhensible, mais j'en doute.

Quand j'ai levé la tête, je me suis rendu compte que les autres me regardaient fixement. Ils ont immédiatement essayé de s'en cacher en feignant de parler de la nourriture. Au moins, ils allaient faire comme s'ils n'avaient rien entendu.

Ross m'a tendu l'un des sacs, qu'il avait protégé des tentatives de vol des autres. Il était intact.

– Merci, mais je ne mange jamais rien au petit déjeuner, lui ai-je dit en le lui rendant.

– Tu ne manges pas jusqu'au déjeuner ?

– Non, ai-je dit en essayant de ne pas paraître antipathique.

En vain. J'ai eu l'air antipathique. Et pas qu'un peu. Je me suis instantanément sentie mal. Ce n'était pas sa faute si mon copain était un imbécile.

Je lui ai souri et j'ai attrapé le sachet.

– Mais je vais faire une exception.

Après quelques longues secondes, Will s'est tourné vers nous, rompant le silence :

– Bon. On fait quoi ce soir ?

– Personnellement, je n'ai pas envie de sortir.

– Moi non plus, ai-je ajouté.

Monty me passait l'envie de faire quoi que ce soit, quand il s'énervait comme ça.

– On pourrait aller au cinéma, a proposé Will.

– Je ne dis jamais non à un petit cinéma, a acquiescé Ross.

J'ai fait la moue, l'air mal à l'aise face aux trois paires d'yeux braquées sur moi. Naya, curieuse, a pris la parole en premier :

– Qu'est-ce qu'il y a ?

– Comment dire... Je ne voudrais pas que vous pensiez que je suis bizarre.

– Dis-moi que tu es déjà allée au cinéma.

Ross riait avant même que je confirme son intuition.

– Ce n'est pas vrai, on dirait que tu viens d'un univers parallèle.

– Tu ne veux pas arrêter avec cette histoire d'univers parallèle, espèce de gros lourd ? Tu me l'as dit au moins dix fois depuis qu'on se connaît.

– Parce que c'est vrai. Je peux savoir comment tu as vécu jusqu'ici sans aller au cinéma ?

– Je ne sais pas... Mes frères n'aiment pas ça, j'imagine que c'est pour ça qu'on y est jamais allés.

Dit comme ça, on aurait pu croire que je n'avais pas d'avis personnel. Et je m'étais déjà fait cette réflexion plusieurs fois depuis mon arrivée. Je ne savais pas quoi en penser.

Naya a enfin brisé le silence pesant qui régnait, me sauvant par la même occasion :

– Eh bien, ça sera ta première fois aujourd'hui !

– Ça sonnait tellement mal, a murmuré Sue depuis le sofa.

Naya l'a ignorée pour continuer sa phrase :

– Mais on ira ce soir. J'ai trop bossé ces derniers temps.

– C'est vrai, moi aussi, ai-je acquiescé.

Ross a regardé son téléphone.

– Je dois y aller. Je suis un homme occupé. On se voit ce soir. Vous me direz à quelle heure on y va.

Il s'est levé sans rien ajouter avant de disparaître par la porte d'entrée.

***

Quand je suis rentrée vers dix-sept heures, après avoir planché sur un travail de groupe, Chris était installé derrière le comptoir. Il m'a saluée sans lever les yeux de son jeu.

– Ça va, Jenna ?

– Ça va.

Je lui ai souri.

– C'est un peu flippant que tu me reconnaisses sans lever la tête.

– Je passe des heures ici. C'est un don.

J'ai désigné son jeu de la tête :

– T'as récupéré des vies ?

– Oui. C'est ma mère qui me les a filées.

Il a souri fièrement. J'ai fait de même en secouant la tête. Il a mis le jeu en pause pour me regarder.

– Naya m'a dit que tu t'entendais bien avec ses amis. Je suis content pour toi. Ce n'est jamais facile de démarrer une nouvelle phase.

– C'est vrai, ils sont très sympas. J'ai de la chance.

– Oui...

Son visage a pris un air mauvais.

– Ross ne respecte jamais mes règles, mais à part ça...

– Pourquoi est-ce que ça ne m'étonne pas ? ai-je demandé d'un ton amusé.

– Alors imagine quand Lana vivait encore ici...

Je suis restée là à le regarder un moment, tandis qu'il se replongeait tranquillement dans son téléphone.

– Il a... une copine ?

Je n'avais pas souvenir qu'il l'ait mentionnée. Est-ce qu'il en avait parlé à un moment ? Je ne crois pas. Non.

Non. Définitivement non.

– À ce que je sache, plus maintenant.

Cette nouvelle n'aurait pas dû me soulager comme ça.

– Et... euh... c'est qui, Lana ?

– Une fille avec qui il sortait, mais elle ne vit même plus ici. Je crois qu'elle est partie en France. Ou pas. Va savoir où elle est, maintenant. Sûrement dans une bonne université. Elle était super intelligente. L'une des plus brillantes de sa classe.

– Elle a l'air intéressante, ai-je observé en tapotant des doigts sur le comptoir.

Il a haussé les épaules.

– Elle n'était pas trop mal. Mais elle ne me disait pas bonjour quand elle passait ici.

– Un peu antipathique.

– Si on va par là, alors la moitié de la résidence est antipathique. Tu es une des rares personnes qui prend la peine de s'arrêter pour me parler.

Il m'a adressé un sourire sincère avant de retourner à ses affaires. Je l'ai observé quelques instants, me demandant si je pouvais continuer à le questionner. J'ai fini par me dire que c'était déplacé et j'ai renoncé.

Comme j'avais envie de parler à quelqu'un et que Nel, ma meilleure amie, ne me répondait toujours pas, j'ai décidé d'appeler ma seule sœur et meilleure conseillère, Shanon.

Elle a tout de suite répondu, comme d'habitude :

– Salut, jeune inconnue. Comment ça va, la vie ?

– Bien. Je m'ennuyais, alors je me suis dit que j'allais t'appeler, ai-je dit en m'asseyant sur le lit.

– C'est sympa, tu penses à moi seulement quand tu t'ennuies.

– Ce n'est pas ce que je voulais dire.

– Je sais, je sais. D'ailleurs, tu verrais maman : elle est devenue folle. Il faut lui rendre visite presque tous les jours, elle dit que tu lui manques.

– Sérieux ?

Je n'ai pas pu m'empêcher de sourire.

– Oui. Et papa aussi. Alors que tu n'es pas partie depuis longtemps. Je ne sais pas ce qu'ils feront en novembre.

– J'espère venir vous voir avant ça.

– Jenny, tu sais que tu ne peux pas te permettre de consacrer trop d'argent à ça.

Elle a marqué une pause.

– C'est mieux que tu ne viennes que pour les grandes occasions.

– Oui, tu as raison...

C'était souvent le cas.

– Maintenant qu'on a parlé d'argent et de famille, qu'on s'est bien déprimées... Passons aux choses intéressantes.

Je pouvais presque apercevoir son sourire.

– Tu t'es déjà trouvé un beau gosse, là-bas ?

– Shanon...

– Ou une belle gosse. Je ne juge pas.

– Ce n'est pas...

– Ici, tout le monde est libre de choisir.

– Shanon, aucun des deux.

– C'est ça, oui...

– J'ai toujours un copain, je te rappelle.

– Ah oui. L'autre idiot, là.

– Ce n'est pas un idiot.

– Si, ma chérie. Et pas qu'un peu.

J'ai soupiré.

– On s'est disputés ce matin.

– Non, c'est pas vrai ? Incroyable.

– Shanon !

– Ça va, pardon. Raconte-moi.

– Il a pété un plomb pour une bêtise.

– Comme toujours, quoi...

Quand elle a remarqué mon silence, j'aurais juré la voir lever les yeux au ciel.

– Pfff, désolée, je ne peux pas m'en empêcher. Bon, allez, raconte.

– Il arrive à me faire me sentir mal sans même que je sache pourquoi.

– Je ne peux vraiment pas sentir ce gars.

– Tu ne l'as jamais aimé, mais il ne t'a rien fait.

– Ce n'est pas qu'il m'ait fait quelque chose, c'est juste que... tu mérites mieux que lui.

– Qu'est-ce que tu veux ? Que je me marie avec Brad Pitt ?

– Et pourquoi pas ? Mais j'essaierais de te le voler. Désolée.

– Tu violerais le code des sœurs.

– En amour comme à la guerre : pas de quartier.

J'ai éclaté de rire. Nous avons continué à discuter pendant presque une heure, jusqu'à ce que la nuit commence à tomber et qu'elle m'annonce qu'elle devait aller chercher Owen, son fils, à la natation.

J'avais à peine raccroché que Naya est apparue, l'air profondément ennuyée après avoir passé la journée à étudier à la bibliothèque.

– Alors, elle est pas belle, la vie universitaire ? ai-je souri, amusée.

– Oh si, j'exulte de bonheur. C'est un rêve qui se réalise. J'ai passé un après-midi entier à étudier et j'ai déjà tout oublié. Je hais ma vie.

– Je suis sûre que tu vas avoir une bonne note, Naya.

– J'espère bien.

Je me suis retournée pour regarder l'heure sur mon téléphone.

– On ne devait pas aller au cinéma avec les deux, là ?

– Si, mais on a encore une demi-heure devant nous...

Elle a marqué une pause pour me regarder avec un sourire amusé.

– ... avant notre *double date.*

– Super marrant.

Elle m'a souri, amusée.

– Allez, prems pour la douche.

Quand elle est sortie de la salle de bains, je me suis lavée en vitesse avant de me couvrir de mon peignoir Dory, celui que mon père m'avait offert quelques années plus tôt. Je me suis regardée dans le miroir. Ma mine s'est assombrie quand j'ai vu mes cernes. J'aurais peut-être dû faire une sieste. Après tout, regarder des films, lire une BD et sauver une amie, tout ça en une seule nuit, c'était peut-être un peu épuisant.

J'ai ouvert la porte et je suis restée plantée devant mon lit, sur lequel Ross était étendu, occupé à parcourir mes albums photos, l'air le plus serein du monde. Je me suis figée l'espace d'un instant, avant de me rendre compte que Will et Naya étaient en train de s'embrasser sur le lit de ma coloc.

J'ai failli manifester mon exaspération, mais je me suis retenue.

– Bonjour. Hé ho ?

Ils ne m'ont pas répondu. Ross m'a jeté un regard par-dessus l'album en soupirant.

– Je commençais à me fondre dans le décor, je me sentais presque disparaître. J'en ai marre de tous ces bruits de bouches.

Will lui a lancé un oreiller sans se décoller de sa copine.

– Joli peignoir. Ça se voit que, côté cinéma, tu t'es arrêtée au *Monde de Nemo.*

Sur la défensive, je me suis approchée de lui.

– Je n'en ai pas d'autre. Je peux savoir ce que tu fais avec mon album ?

– Je m'ennuyais.

– Tu n'as pas un téléphone ?

– Si. Mais je préfère les drames réalistes.

Je lui ai enlevé l'album des mains pour jeter un œil à la photo qu'il regardait. On y voyait Monty, un ami à lui, Nel et moi sourire à l'objectif.

– C'est qui ?

Je me suis assise à ses côtés et j'ai commencé à montrer les visages du doigt.

– Mon copain, Monty...

– Monty ?

Il a pris un air horrifié.

– Ce n'est pas vrai, qu'est-ce qu'il a fait à ses parents pour qu'ils le détestent à ce point dès la naissance ?

– Ça vient de Montgomery.

– Je ne sais pas si c'est mieux.

J'ai souri avant de passer à la suivante.

– Elle, c'est Nel, une amie... Bon, plus si amie maintenant.

– Elle t'a dit qu'elle aimait les super-héros pour que tu la renies comme ça ?

– Non. C'est une longue histoire. Longue et ennuyeuse. Et lui, c'est un ami de Monty. Ce jour-là, ils ont gagné l'un de leurs tout premiers matchs de basket.

– Ton copain joue au basket ?

J'ai acquiescé et Ross a pris un air pensif l'espace de quelques instants avant de sourire à nouveau.

– Honnêtement, ils ont l'air super nuls.

– Ils l'étaient. Mais maintenant, plus tant que ça. Ils se sont bien entraînés.

J'ai reposé l'album sur le lit et j'ai attrapé des vêtements dans l'armoire.

– Je serai prête dans cinq minutes, ai-je lancé à la cantonade même si Ross était le seul à m'écouter.

– Si tu veux venir habillée comme ça, pour moi il n'y a aucun problème.

– Merci pour la proposition, mais je vais passer des vêtements.

– Et moi, si ça continue comme ça, je vais finir par me mettre des bouchons dans les oreilles, a-t-il murmuré avant de se recoucher.

Je me suis enfermée dans la salle de bains pour enfiler une tenue et en ressortir aussi vite que possible. Will avait profité de l'intervalle pour se lever, il était maintenant occupé à essayer de défriper ses vêtements, qui avaient souffert dans le feu de l'action. Naya faisait de même, tandis que Ross les observait d'un air ennuyé.

– Prête ? m'a demandé Naya.

– Tu ne veux pas te recoiffer avant de partir ?

J'ai pris un air amusé face à sa chevelure ébouriffée. Elle s'est regardée dans le miroir de mon armoire pour la discipliner comme elle pouvait.

Puisqu'on y allait avec la voiture de Ross, Will s'est assis à l'avant avec lui. Naya et moi nous sommes installées à l'arrière, après avoir poussé deux vestes pour faire de la place sur la banquette.

Ross a pris un premier virage sans activer son clignotant et s'est tourné vers nous :

– On allait où, déjà ?

– Au centre commercial. Au cinéma.

Naya a passé sa tête entre les deux sièges avant.

– On peut aller voir le film de guerre, là ?

J'ai soupiré.

– De guerre ? Je n'ai pas envie de pleurer ce soir.

– Je suis d'accord avec Jenna, est intervenu Will.

J'ai essayé de ne pas paniquer quand j'ai vu Ross s'allumer une cigarette tout en conduisant, l'air tranquille.

– C'est quoi, l'autre option ? a demandé Naya, dépitée.

– Le film d'horreur avec la nonne, a répondu Ross.

– Voilà, ça c'est une bonne idée, a convenu Will.

– Je ne sais pas... ai-je dit.

– Jamais de la vie, a lâché Naya.

– À qui appartient cette voiture ? a demandé Ross.

– À toi, mais...

– Par conséquent, on va voir la nonne folle.

– Ce n'est pas juste, Ross, a protesté Naya.

– La vie est injuste.

– Pas forcément.

– Cette voiture est à moi, tu te souviens ?

– Oui, mais le cinéma, il n'est pas à toi, lui ai-je dit en passant à mon tour la tête entre les deux sièges.

Face à l'air agacé de Ross, Naya et Will m'ont souri, avant que ce dernier poursuive :

– Tu devrais venir plus souvent, Jenna. Il n'y a pas grand monde qui arrive à le faire taire.

Ross m'a regardée comme si je l'avais trahi.

– Je te faisais confiance.

J'ai détourné son visage en pestant :

– Regarde la route !

– Elle va tout droit, la route !

– Comme s'il n'y avait jamais d'accidents dans les lignes droites !

– Bon, a relancé Will, on va voir quoi ?

– Le film d'horreur, a répondu Ross.

– J'ai aussi envie de le voir, a lâché Will.

Il y a eu un moment de silence durant lequel Will et Naya m'ont observée fixement, attendant que je choisisse un camp.

– Alors, va pour le film d'horreur, j'imagine.

Ross et Will ont souri de toutes leurs dents, tandis que Naya levait les yeux au ciel. Puis nous sommes restés silencieux, à écouter la musique qui passait à la radio.

J'ai choisi de me concentrer sur ce qu'il y avait devant moi, c'est-à-dire Ross et les nombreuses imprudences qu'il commettait au volant. Il portait un sweatshirt, si bien qu'il avait la nuque pratiquement nue. Je suis restée là à observer ce qui ressemblait à un bout de tatouage. J'en avais aussi un petit à cet endroit, que je regrettais toujours d'ailleurs. Le sien paraissait plus grand. Je me demandais ce que ça pouvait bien être. J'ai essayé de penser à autre chose.

– Sue ne vient pas ?

– Ça fait longtemps qu'elle a fusionné avec le fauteuil de la maison, a marmonné Ross en soufflant sa fumée par la fenêtre.

– Elle n'aime pas sortir avec nous. Ni avec personne.

– Parfois, j'ai l'impression qu'elle ne m'aime pas, ai-je avoué.

À ma grande surprise, les trois ont éclaté de rire en chœur.

– Ce qui serait bizarre, c'est qu'elle t'aime bien, m'a assuré Naya.

– Pourquoi ?

C'est Will qui a répondu à sa place :

– Elle n'aime pas trop les gens. Elle est un peu bizarre. Mais tu finiras par t'habituer à elle.

– Ou pas, a dit Ross. Ça fait quasiment deux ans que je vis avec elle et je ne suis toujours pas habitué.

À ce moment, Ross est entré dans le parking et s'est garé d'un mouvement du volant là où il pouvait, c'est-à-dire très loin de la porte du centre commercial. En descendant de la voiture, je me suis félicitée d'avoir suivi le conseil de ma mère et d'avoir mis un manteau. Il faisait super froid.

Will et Naya ont mené le groupe bras dessus, bras dessous, comme d'habitude. Ross a soupiré.

– Ils sont tellement gnangnans que j'ai des pics de glycémie en les regardant.

– Allez, tu ferais pareil si t'avais une copine.

Il a haussé un sourcil en me regardant, avant d'accrocher son bras au mien. En arrivant au cinéma, Ross a décidé de nous offrir la séance et nous sommes entrés avec les autres spectateurs.

Les pieds à peine dans la salle, je suis restée bouche bée, surprise par la taille de l'écran.

– Il est énorme, ai-je dit à Ross en pointant la toile.

Quelques personnes qui passaient par là m'ont regardée comme un alien. Ross s'est contenté de me sourire en secouant la tête.

Comme la salle était pratiquement pleine, nous avons dû nous contenter de places à la quatrième rangée. Will et Naya n'ont pas voulu se séparer, alors je me suis assise entre Will et Ross. Ce dernier a commencé à s'empiffrer de pop-corn comme s'il n'avait rien mangé depuis des années. J'ai entamé la conversation avec lui pour patienter jusqu'à la fin des pubs :

– Tu as toujours aussi faim ?

– Toujours.

– Et tu ne grossis pas ?

– Jamais.

– Je crois que je te déteste.

Il s'est mis à rire.

– Non, je ne crois pas.

– D'accord, je ne te déteste pas. Mais tu m'énerves un peu.

– Tu m'aimerais mieux si je t'offrais du pop-corn ?

J'ai réfléchi un instant pendant qu'il m'observait fixement.

– Peut-être, ai-je fini par dire.

Il a souri et m'a tendu son paquet, dans lequel j'ai plongé avant de me mettre à manger. Puis il s'est penché vers moi :

– Hé.

– Quoi ?

– T'as déjà vu un film d'horreur ?

– Euh, non... Pourquoi ?

Il m'a regardée en silence, l'air amusé. J'ai froncé les sourcils.

– Quoi ?

– Je crois que, cette nuit, tu vas regretter d'être venue.

Il m'a fallu attendre une demi-heure pour comprendre de quoi il parlait, quand est arrivée la tombée de la nuit dans ce foutu film. Toutes les cinq minutes, la musique me faisait tressauter, si bien que j'agrippais fortement la première chose que je trouvais. En l'occurrence, il s'agissait de l'accoudoir, mais ça aurait tout aussi bien pu être le bras de Ross. Il avait l'air de prendre beaucoup de plaisir à manger et à me voir morte de trouille. J'ai commencé à vraiment me sentir mal quand cette idiote d'héroïne a continué à se comporter comme une imbécile, comme si elle voulait que cette cruche de bonne sœur folle la poursuive et la tue, quelle dinde, vraiment. Mon irritation commençait à monter.

– Mais pourquoi elle va par là ?

– Si elle ne le faisait pas, il n'y aurait pas de film, m'a répondu Ross à voix basse.

– Je sais, mais elle est tellement bête...

La torture – aussi connue sous le nom de film – est enfin arrivée à sa fin et j'ai lâché le bras de Ross, qui devait être rouge tant je m'étais agrippée à lui. Il n'avait pourtant protesté à aucun moment. J'admets que, quand nous sommes sortis de la salle, j'ai dû déployer des efforts pour ne pas me retourner afin de vérifier qu'il n'y avait pas de nonne folle à nos trousses.

– On y va ? a demandé Naya.

– Passez à la maison, si vous voulez.

La proposition de Will s'adressait à tous, mais je devinais qu'en réalité elle ne concernait que Naya.

– Il faut que je rentre à la résidence...

Naya m'a regardée d'un air boudeur.

– Ne dis pas ça. Allez, s'il te plaît, s'il te plaît...

– Je peux te ramener à la résidence après. Je commence à me demander si je ne suis pas le chauffeur attitré.

J'ai fini par accepter la proposition de Ross sans trop savoir pourquoi. Ou plutôt en sachant exactement pour quelle raison.

Le chemin du retour m'a paru un peu plus long. C'est sûrement parce que j'étais cette fois assise à l'avant : j'ai dû écouter les deux se câliner sur la banquette juste dans mon dos. Ross avait l'air fatigué lui aussi : il a levé les yeux au ciel plusieurs fois, ce qui m'a amusée.

– Tu crois qu'ils volent si je freine sec ? m'a-t-il demandé à voix basse.

– Je ne sais pas, mais ça vaut le coup d'essayer.

Il s'est mis à rire, et j'ai senti un petit coup de poing sur mon bras.

– Je vous entends, imbéciles, a dit Naya.

Une fois à l'appartement, nous avons commandé des pizzas et Will a offert de payer ma part tandis qu'on regardait une émission où l'on rénove des appartements. Sue n'a pas fait acte de présence. Après, je suis allée regarder un film avec Ross dans sa chambre.

Pourtant, je n'étais pas très concentrée sur l'intrigue : je n'arrêtais pas de fixer un recoin sombre de la chambre.

– Qu'est-ce que tu fais ?

Je me suis alors rendu compte que cela faisait quelques secondes que le film était sur pause sans que je réagisse.

– Rien, ai-je murmuré d'un air gêné.

– Tu regardais ailleurs ?

– Non.

– Si, c'est ce que t'étais en train de faire.

– Mais non !

– Tu as peur ?

– Non !

– Ce n'est pas grave d'avoir peur.

– Puisque je te dis que je n'ai pas peur !

– Jen, avoir peur d'un film d'horreur, c'est... quasiment obligatoire. Vraiment, c'est normal.

– Tu n'as pas l'air d'avoir très peur, toi.

Il a souri, amusé.

– Parce que j'en ai déjà vu plein. Et je ne me suis jamais fait attaquer par une nonne assassine. Je t'assure, tu peux dormir sur tes deux oreilles.

J'ai continué à fixer le coin de la pièce, l'air maussade.

– Quoi ?

– Il fait nuit, ai-je répondu.

– Merci de prévenir. Je ne m'en étais pas rendu compte.

J'ai soupiré.

– Ce que je veux te dire, c'est qu'il fait noir.

– Oui, en général il fait plutôt sombre la nuit, a-t-il dit en haussant un sourcil d'un air intrigué.

Je me suis mordillé la lèvre, nerveuse.

– Tu ne voudrais pas... m'accompagner jusqu'aux toilettes ?

Il m'a fixée un moment et, bien sûr, s'est mis à rire comme une baleine.

Je lui ai adressé une grimace.

– Je savais que je n'aurais pas dû te demander.

Il était trop occupé à rire de moi pour me répondre.

– Ross !

Je l'ai frappé à l'estomac avec un oreiller, mais il a continué à m'ignorer.

– Espèce d'idiot !

Je me suis mise debout, énervée, et je me suis dirigée droit vers la porte.

– Non, attends.

Il continuait à rire tout en me suivant.

– Allez, je t'accompagne.

– Non, maintenant je n'en ai plus envie.

Il m'a adressé un sourire et a passé son bras autour de mes épaules.

– Moi, j'en ai envie. Je couvre tes arrières.

La salle de bains était la première porte à gauche dans le couloir, quelques mètres la séparaient de la chambre. Le trajet me paraissait soudain plus long et plus obscur qu'auparavant. Ross affichait toujours le même sourire moqueur. Je l'ai poussé sur le côté pour ouvrir la porte en le pointant du doigt.

– Attends ici.

– Tu ne veux pas que j'entre avec toi ?

– Dans la salle de bains ? Pourquoi ?

– Et s'il y avait un fantôme dans la douche ?

– Je crois que je ferais avec, Ross.

Il a haussé les épaules.

– À tes ordres.

J'ai fermé la porte et je me suis dépêchée de faire pipi. Pendant que je me lavais les mains, je l'ai entendu m'appeler à travers la porte :

– Hé, t'es toujours vivante ?

– Je crois, ai-je répondu en levant les yeux au ciel.

– Et comment je sais que c'est vraiment toi et qu'il n'y a pas une nonne folle en train de te menacer ?

– Parce que je te le dis.

– Mais comment je sais que c'est toi et pas...

J'ai ouvert la porte, l'interrompant. Il riait ouvertement. Je l'ai fusillé du regard.

– Ce n'est pas drôle. J'ai peur.

– Si, c'est drôle, admets-le.

– Non !

– Tu veux un petit câlin pour te réconforter ?

– Va te faire voir.

Je suis directement repartie vers sa chambre et il s'est empressé de me suivre, fermant la porte derrière lui.

Ross s'est laissé tomber sur le lit, si bien que son ordinateur portable aurait rebondi hors du lit si je ne l'avais pas rattrapé à temps.

– Tu n'as jamais eu peur d'un film d'horreur ? ai-je demandé.

– Ben... quand j'étais petit, j'ai vu une scène de *L'Exorciste*. Celle avec l'escalier. J'ai eu peur pendant quelques nuits.

– Et tu ris de moi !

– J'avais huit ans, tu en as dix-neuf !

– Dix-huit, me suis-je défendue.

Il y a eu un moment de silence quand des bruits réservés aux plus de dix-huit ans se sont fait entendre en provenance de la chambre de Will. J'ai rougi comme une tomate, mais il n'a pas eu l'air surpris.

– Que la fête commence, a-t-il murmuré.

– Ils sont toujours aussi...

– ... lourds ?

– J'allais dire *affectueux*.

– Oui, ce sont toujours des gros lourds affectueux. Mais ne t'inquiète pas, Sue ne va pas tarder à leur gâcher la fête.

– Qu'est-ce que tu veux dire ?

Il a montré ses oreilles, l'air d'attendre quelque chose. J'ai froncé les sourcils, confuse.

Soudain, j'ai entendu quelqu'un ouvrir une porte et tambouriner à celle d'à côté. La voix de Sue a résonné dans le couloir :

– Je me réveille à six heures ! Si vous voulez hurler, allez dans la rue, vous êtes pénibles !

Les bruits ont instantanément cessé. Sue est aussitôt retournée dans sa chambre. Ross affichait un air amusé.

– Je me plains toujours de Sue, mais en vérité elle est d'un grand secours pour ce genre de choses. En plus...

Il s'est arrêté en entendant son téléphone sonner. Il a consulté son écran, et je n'ai pas pu m'empêcher de faire de même. J'ai vu la photo d'une fille avec une frange blonde, très mignonne, souriant à l'objectif.

– Tu permets... ?

– Tu es chez toi.

Il s'est levé et s'est rendu dans le salon, déjà occupé à répondre. Comme je n'entendais rien de ce qu'il disait, j'ai continué à regarder le film en pause, tapotant des doigts sur mon estomac. Pour une raison que j'ignore, j'aurais voulu savoir de quoi il discutait, mais je me suis abstenue d'essayer d'entendre.

Comme je m'ennuyais ferme, je me suis allée dans la cuisine. Ross discutait à voix basse avec son interlocutrice au milieu du salon, me tournant le dos. Alors que je me servais un verre d'eau, j'ai vu Will apparaître, seulement vêtu d'un bas de pyjama. Je lui ai tendu le verre, amusée :

– Alors, tu viens reprendre des forces ?

Il a soupiré.

– J'en aurais sûrement besoin si Sue n'était pas venue nous interrompre. Naya s'est endormie.

– Je devrais peut-être rentrer à la résidence, ai-je dit en regardant Ross.

– Tu peux dormir ici, si tu veux, m'a-t-il assuré.

– Mais... vous n'avez pas de chambre d'amis.

– Tu peux t'installer sur un canapé, ou avec Ross, c'est comme un gros nounours. À qui il parle ?

J'ai pensé qu'il valait mieux faire semblant de ne pas avoir vu la photo de la fille. J'ai menti :

– Je n'en sais rien.

Il a terminé son verre d'eau et l'a déposé sur le comptoir en me regardant.

– Tu veux que je te ramène en vitesse à la résidence ?

– Naya est ici, dans la chambre...

– ... en train de roupiller, oui. Laisse-moi cinq minutes, le temps de m'habiller.

En effet, cinq minutes plus tard il a réapparu, vêtu de la tête aux pieds, les clés de sa voiture à la main.

– On y va ?

Ross a raccroché à ce moment précis et s'est mis à nous regarder d'un air réprobateur.

– Tu pars déjà ? On n'a vu que la moitié du film.

J'ai haussé les épaules.

– Je suis fatiguée. Je peux terminer chez moi.

– Ça, c'est une trahison terrible, genre commencer une série à deux pour la terminer tout seul.

– Qu'est-ce qu'il y a, tu veux venir ? lui a demandé Will.

Ross a souri jusqu'aux oreilles en s'avançant.

– Si vous insistez, je ne peux pas résister.

– Personne n'a insisté.

Will a froncé les sourcils, puis il a souri en suivant son ami vers le garage.

La voiture de Will était un peu plus grande que celle de Ross : je me suis sentie incroyablement petite seule sur la banquette arrière, penchée entre les deux sièges avant.

Ross a tourné un bouton.

– Tu ne m'avais pas dit que tu avais changé de radio.

Will est sorti de sa place bien plus délicatement que Ross et s'est dirigé vers la sortie du parking.

– Naya me l'a offerte hier.

– Pourquoi ?

– Je ne sais pas. Parce qu'elle en avait envie, j'imagine.

Ross et moi nous sommes regardés.

– Qu'est-ce qu'il y a ?

– Elle doit t'annoncer une mauvaise nouvelle prochainement ? a demandé Ross d'un air amusé.

– Ça n'a rien à voir.

– Même moi, je sais que ça a quelque chose à voir, ai-je dit.

Will a froncé les sourcils.

– Elle ne peut pas m'offrir quelque chose simplement parce qu'elle m'aime ?

– Non, avons-nous répondu en chœur.

– Vous êtes aussi insupportables l'un que l'autre, a-t-il marmonné en levant les yeux au ciel.

J'étais sincèrement persuadée qu'elle lui avait offert cet appareil au cas où il viendrait à apprendre qu'elle ne l'avait pas appelé au secours le soir de la fête.

La pluie cliquetait sur le pare-brise quand nous nous sommes engagés dans la rue. Will continuait à murmurer que nous étions deux casse-pieds. Quant à moi, j'étais occupée à suivre du regard les gouttes d'eau qui s'écoulaient le long de la vitre.

– ... pas vrai, Jen ? m'a demandé Ross.

Je suis revenue à la réalité en un instant.

– Hein ?

– Batman est plus fort que Superman. Pas vrai ?

– Pourquoi toutes vos conversations tournent autour des super-héros ?

– Parce que parler de l'environnement, c'est plutôt ennuyeux. Allez, Jen, c'est qui le meilleur ?

– Mmmh... Je suppose que les deux ont leurs qualités et leurs défauts.

– Elle dit ça parce qu'elle ne veut pas te blesser.

Will a éclaté de rire. Ross lui a adressé une grimace.

– Elle dit ça parce qu'elle est plus intelligente que toi.

– Batman n'a pas de super-pouvoirs, a répliqué Will.

– Mais il est millionnaire, a répondu Ross sur un ton offensé.

– Superman pourrait tuer Batman du revers de la main.

– Moi, j'aime bien Wonder Woman, ai-je commenté en souriant.

Les deux m'ont regardée en silence, l'air contrarié.

– Qu'est-ce qu'on s'emmerde, avec Wonder Woman, m'a dit Will.

– C'est la meilleure ! ai-je protesté.

– Je lui ai mis le film l'autre jour, a expliqué Ross. Je lui ai peut-être montré le féminisme version super-héroïne un peu tôt. Elle n'était pas prête.

– J'ai aussi lu un comic de *La Ligue des justiciers*, lui ai-je rappelé.

– Elles ne valent rien, ces BD, a protesté Will.

Il commençait à m'énerver.

– C'est toi qui ne vaux rien !

– Regarde-toi. Quand tu es arrivée, tu ne savais même pas qui était Batman, et maintenant tu défends les super-héros comme s'ils étaient tes propres fils. Ils grandissent vite, pas vrai, Will ?

– Et c'est quoi ton problème avec Wonder Woman ? C'est elle qui a eu l'idée de former la Ligue des justiciers.

– Mais...

Will a interrompu Ross d'une tape sur le bras. Nous l'avons tous les deux regardé, confus.

– Ce ne serait pas Mike, là-bas ?

Effectivement, Mike, le frère de Ross, se tenait là, debout devant un bar. On aurait dit qu'il venait de se faire mettre à la porte. Il criait sur quelqu'un, et de l'autre côté de la vitrine une serveuse lui adressait son majeur.

– On devrait s'arrêter, ai-je dit. Je parie qu'il n'a pas de moyen de rentrer chez lui.

– Peut-être que, précisément pour cette raison, on ne devrait pas s'arrêter, est intervenu Ross. On va voir s'il se perd dans les montagnes.

Will a froncé les sourcils.

– Quelles montagnes ? On est en ville, ici.

– Dans une ruelle, alors. Tant qu'il se perd quelque part...

– Ne dis pas ce genre de choses, c'est ton frère quand même.

– C'est bien pour ça que je ne compte pas le ramener.

– Et tu vas dormir tranquillement en sachant qu'il va peut-être passer la nuit seul ici ?

– Très, très tranquillement.

Je lui ai touché l'épaule.

– Oh, allez... pas besoin d'être aussi méchant.

– Avec Mike, ce n'est pas être méchant, c'est être juste.

J'ai fait la moue. Il a protesté, l'air bougon :

– Quoi ?

– Tu le sais très bien.

Il m'a regardée un moment avant de soupirer et d'adresser un signe de tête à Will, qui a tourné le volant en direction du parking du bar. Quand la voiture s'est arrêtée devant Mike, il s'est approché et a regardé à travers la vitre embuée. Il a souri de toutes ses dents.

– Petit frère !

– Tais-toi et monte, a répondu Ross sur un ton bien moins enthousiaste.

– Vous êtes venus à ma rescousse ?

Il m'a regardée.

– Salut, Jennifer.

– Salut, Mike. Tu peux m'appeler Jenna, tu sais ? Comme l'autre jour.

– Génial. Jenna, c'est plus... personnel.

Il est monté dans la voiture et s'est assis à mes côtés. Il m'a adressé un grand sourire, tandis que son petit frère le foudroyait du regard depuis le siège avant.

– Vous alliez où ?

– Ils me raccompagnaient à la résidence, ai-je répondu.

– Déjà ? Mais on est vendredi, aujourd'hui. Et le vendredi, on sort.

– Je n'aime pas trop sortir en soirée.

– Si tu sortais une nuit avec moi, tu adorerais ça.

– Ne l'ennuie pas, Mike, l'a interrompu Ross d'un ton cassant.

– Ne l'ennuie pas, Mike, l'a imité son frère en riant.

J'ai vu Will réprimer un sourire quand Ross a lâché une sorte de soupir exaspéré. Ma question a rompu le silence :

– Pourquoi est-ce que, chaque fois que je te vois, tu te fais virer par une fille de je ne sais quel endroit ?

Mike a souri.

– J'ai un don pour énerver les gens. Mon petit frère en est la preuve.

– En presque vingt ans passés avec toi, c'est la première fois que tu dis quelque chose de sensé, a murmuré Ross.

– Merci.

Mike a souri sans se soucier du ton ironique de son frère.

– Bon, vous comptez mettre de la musique, à un moment ?

Will s'est exécuté, probablement pour éviter une dispute entre les deux frères. Mike a commencé à s'époumoner chanson après chanson, ce qui a fait sourire Will. Ross, quant à lui, regardait droit devant d'un air gêné. Oui, le voyage a été long.

Quand nous sommes enfin arrivés à la résidence, j'ai enfilé ma veste, soulagée de descendre de cette voiture et de ne plus avoir à subir les beuglements de Mike.

– Merci de m'avoir ramenée, Will, ai-je dit en lui serrant l'épaule.

Ross a répété ma phrase en me regardant :

– Merci de m'avoir ramenée, Will ? Et moi, je suis quoi alors ? Le décor ?

– Merci de m'avoir ramenée, Ross.

– C'est tout de suite mieux.

Mike m'a adressé un regard appuyé.

– Merci de m'avoir ramenée, Ross ? Et moi... ?

– Toi, tais-toi, l'a coupé Ross.

Il a fait mine de fermer ses lèvres comme une fermeture Éclair et je suis descendue de la voiture, amusée.

5

L'étape supérieure

J'étais en train de terminer un travail quand un appel entrant est apparu sur l'écran de mon ordinateur portable. Monty ? Mmmh... Sincèrement, après ce qui s'était passé la veille, la dernière chose dont j'avais envie, c'était de bavarder avec lui.

Et pourtant, je ne voulais pas faire la gamine. J'ai réfléchi un moment avant de finalement répondre. Son visage est apparu à l'écran.

– Salut, Jenny, m'a-t-il lancé avec un petit sourire innocent.

– Je vois que ton envie de crier est passée.

Il était dans sa chambre, il avait l'air fatigué. Il s'était sûrement entraîné plus tôt dans la journée. La seule source de lumière était une petite lampe posée à côté de lui.

Monty était assez beau, même si son sourire ne le flattait pas plus que ça. Il avait les cheveux blonds très courts, presque rasés, et il portait une petite boucle d'oreille qui m'avait toujours semblé très sexy. Ah, et ses yeux étaient petits et marron. Une fois, je lui avais dit qu'ils étaient couleur caca et il ne m'avait plus adressé la parole pendant deux jours.

– Comment tu vas ?

Il a fait comme s'il n'avait pas entendu ma pique.

– Bien, ai-je murmuré.

Comme je ne voulais pas non plus rester fâchée avec lui plus que de raison, j'ai décidé de changer de sujet :

– Même si mes cours ne me plaisent toujours pas.

– Toujours pas ?

– Toujours pas. Je n'aime pas les trucs qu'ils nous font lire.

– Si ça peut te consoler, dernièrement je ne suis pas au top aux entraînements. L'entraîneur a perdu la tête, il nous fait jouer deux fois plus pour être sûr qu'on gagne le prochain match.

– C'est quand ?

– Samedi prochain.

– J'aimerais trop venir te voir...

Il a souri.

– Je sais. Je te raconterai.

J'ai baissé les yeux, gênée.

– Dis, Monty... tu as parlé avec Nel ?

Il a froncé les sourcils.

– Avec Nel ? Non, pas plus que ça, pourquoi ?

– Elle ne répond ni à mes messages ni à mes appels. Je commence à croire qu'elle est fâchée contre moi.

– Elle avait l'air très triste, quand tu es partie.

– Et ça lui donne le droit de ne plus me parler ? Heureusement que je suis tombée sur Naya et les autres en arrivant ici. Sinon, je me sentirais très seule.

– Tu m'as moi. Tu le sais.

Pourquoi est-ce que ça ne pouvait pas toujours être aussi facile ? Pourquoi est-ce qu'il se transformait en idiot quand ça lui chantait ?

– J'aimerais pouvoir être là avec toi, ai-je ajouté.

– Au moins... on ne devra pas attendre longtemps. On se revoit dans quelques mois à peine.

J'ai soupiré.

– Ces quelques mois vont me paraître une éternité.

Je lui ai souri, dépitée.

– Mais je suis content que tu te sois fait des amis, mon amour.

J'avais l'impression qu'il gardait pour lui quelque chose qu'il n'osait pas dire. J'ai haussé un sourcil.

– Et ?

– Tu as rencontré quelqu'un ? Tu sais. *Quelqu'un.*

– Ça ne fait même pas un mois que je suis là, Monty. Je n'ai pas eu le temps.

– Tu aurais pu... Personne, vraiment ?

– Personne. Et toi ? Tu n'as rien à me... hum... raconter ?

Ça me faisait bizarre de lui demander ça.

– Ben... en vérité, il y a une fille qui m'intrigue, mais il ne s'est rien passé.

– Oh...

Je ne savais pas quoi répondre.

– Elle est comment ?

– Je croyais qu'on avait dit qu'on ne racontait pas les détails, m'a-t-il répondu d'un air gêné.

– Ah oui ?

– Oui... non ?

Oui, il valait mieux. C'était déjà compliqué d'imaginer mon copain coucher avec une autre. Avec les détails, ce serait encore pire.

J'ai haussé les épaules.

– Bon... Parlons d'autre chose.

– De quoi tu veux parler ?

– Mmmh...

J'ai essayé de trouver une manière d'introduire le thème sans que ce soit trop embarrassant.

– Je me disais qu'on pourrait peut-être essayer quelque chose de plus... intéressant... que simplement parler.

– Comme quoi ?

– Tu sais... quelque chose d'intéressant...

Mon ton se voulait aguicheur, mais il était plus ridicule qu'autre chose.

Il a répété sa phrase, de plus en plus confus :

– Comme quoi ?

– À ton avis, Monty ?

– Je ne sais pas. Et si tu me le disais, qu'on en finisse ?

– Tu sais quoi ? Laisse tomber. Ce n'est rien.

– Si je pouvais être avec toi, je te comprendrais peut-être mieux.

– Je sais, mais, à moins que tu n'aies assez d'essence pour venir me voir, ça va être compliqué.

– Et toi, tu n'as pas un peu d'argent de côté ?

J'ai été distraite par mon téléphone. Ma mère m'avait envoyé un message le matin et, même si j'en devinais déjà le contenu, j'avais préféré ne pas le lire jusque-là. Comme si ça allait arranger les choses.

– Tu sais que je ne peux pas passer mon temps à faire des allers-retours.

– Ou peut-être que tu ne veux pas, a-t-il murmuré.

– Ne commence pas, Monty.

– Désolé, Jenny. Tu sais... je suis super fatigué. Je ne veux pas t'imposer ma mauvaise humeur.

– Je sais. Ne te tracasse pas.

Il m'a souri.

– Il faut que j'aille dormir, chérie. Je t'appelle demain, d'accord ?

– D'accord.

– Bonne nuit. Je t'aime.

– Bonne nuit, Monty.

Je lui ai envoyé un bisou volant avant de fermer l'ordinateur. Mon téléphone était toujours posé à côté de moi. Un message de ma mère est apparu sur l'écran :

Appelle-moi MAINTENANT, Jennifer Michelle Brown.

Je n'ai pas eu le temps de respirer que le message suivant était déjà arrivé :

Ou tu le paieras cher.

Ma mère pouvait parfois avoir des allures de mafieuse.

Il valait mieux ne pas repousser davantage l'inévitable. J'ai appelé son numéro en me levant, les yeux rivés sur la fenêtre. Il était presque neuf heures du soir.

Puisqu'elle attendait évidemment ma réponse avec impatience, il ne lui a pas fallu plus de deux secondes pour décrocher. Je l'ai entendu hurler dans mon téléphone :

– Jennifer ! J'essaie de te joindre depuis ce matin !

– Désolée, maman. Je n'ai pas eu le temps de t'appeler plus tôt.

Ce n'était pas vrai, bien sûr, mais ça, je n'allais pas le lui dire. Je n'avais simplement pas envie d'entendre ce qu'elle avait à me dire.

– Ce n'est rien.

C'était évident qu'elle n'y croyait pas elle-même. Elle a soupiré.

– Mon amour, il faut qu'on parle de...

– D'argent, ai-je terminé pour elle.

– Oui... tu sais que... Enfin... ton père et moi, on traverse une phase un peu difficile.

– Je sais, maman.

– On a dû prêter de l'argent à Shanon pour le matériel scolaire du petit Owen, et tes frères... ils en avaient aussi besoin pour leur garage. Pour le moment, je ne sais pas trop comment te le dire, mais...

– Vous n'avez pas de quoi payer la résidence.

J'ai essayé de masquer mon énervement du mieux que je pouvais. Financer le projet de mes frères alors qu'ils n'y connaissaient rien en mécanique ne posait aucun problème, par contre, dès qu'il s'agissait de mes études...

Mais je ne le dirais jamais à ma mère. Je savais qu'elle essayait de tous nous contenter. Je ne voulais pas qu'elle culpabilise. Même si parfois, du coup, c'est moi qui me sentais mal.

– Je suis désolée, ma chérie.

Sa tristesse avait l'air sincère.

– J'ai essayé de faire les comptes, et il s'avère qu'on n'a vraiment pas le budget. Pas pour ce mois-ci, en tout cas.

– Je comprends, maman.

– Tu es un amour. On devait effectuer le virement hier, et...

Je pouvais presque deviner quand elle allait passer en mode drama.

– Je sais, ai-je répété. J'essaierai de... je ne sais pas... de continuer à vivre ici comme je peux.

– Ah oui, bien sûr...

J'ai attendu la fin de sa phrase, en vain.

– Mais... ?

J'ai levé un sourcil.

– Mais... tu pourrais rentrer à la maison, Jennifer. Passer un mois loin de nous, c'est sympa, mais... tu pourrais peut-être revenir ici, non ? Où pourrais-tu être mieux qu'à la maison avec ta petite famille qui t'aime plus que tout au monde ?

– Maman, on a déjà eu cette conversation.

– Et tu continues d'insister pour rester là-bas, toute seule, sans nous.

– Je ne suis pas seule, je me suis fait des amis.

– Ici aussi, tu as des amis !

– Ah oui, ma grande amie qui ne me parle plus depuis un mois. Génial.

– Et moi, je suis ton amie, non ?

J'ai soupiré.

– Maman...

– D'accord, mais je veux quand même que tu rentres !

– Et moi je veux rester ici. En plus, vous avez payé les cours pour le semestre. Je ne veux pas jeter l'argent par les fenêtres.

– Ton bien-être vaut plus que les sommes qu'on a dépensées, Jennifer, tu le sais très bien. On a passé un pacte, toi et moi.

– Le pacte, c'était jusqu'à décembre. Et tu m'as dit qu'on déciderait à ce moment-là si je voulais continuer ou rentrer à la maison. On est au mois d'octobre. Début octobre.

– Mais si tu veux revenir plus tôt, personne ne te jugera.

– Maman, je veux rester.

Elle a soupiré.

– Tu n'as même pas le temps de chercher du travail, tu as déjà assez de pain sur la planche avec tes études.

– Tu exagères, lui ai-je assuré, on ne fait pas grand-chose.

En tout cas, moi, je ne fichais pas grand-chose. Peut-être que mes amis avaient plus de travail.

– De toute façon, je ne veux pas t'obliger à travailler. Essaie de trouver une manière de payer ce mois-ci ou... Je ne sais pas, Jennifer... Le mois prochain, on ne devra pas aider tes frères, ce qui fait qu'on aura assez pour t'envoyer de l'argent. Essaie juste de... te débrouiller ce mois-ci, d'accord ?

– Ça va, ai-je soupiré.

– Et si tu changes d'avis d'ici là...

Je l'ai interrompue en levant les yeux au ciel :

– Maman ! Dis-moi que ce n'est pas une stratégie pour que je revienne à la maison ?

Son ton est soudain monté dans les aigus.

– Comment tu peux penser ça ?

– Parce que je te connais. Et tu prends une voix stridente quand tu mens.

– Ce n'est pas vrai, a-t-elle répliqué d'une voix toujours aussi aiguë.

– Maman, je pourrais me retrouver à la rue !

– Ou tu pourrais rentrer à la maison.

– D'accord.

Je me suis efforcée de respirer profondément.

– Il vaut mieux qu'on en reste là. Je me débrouillerai. Bonne nuit.

– Ne t'énerve pas, ma chérie...

– Je ne m'énerve pas.

– Ne mens pas à ta mère.

– Tu viens bien de me mentir, toi !

– Et ne me réponds pas comme ça !

J'ai soupiré.

– Bonne nuit, maman.

– Bonne nuit, ma Jennifer chérie, couvre-toi et mange bien, d'accord ?

– Oui, maman.

– Et ne t'énerve pas contre moi !

J'ai raccroché et je suis restée là à regarder à travers ma minuscule fenêtre, le visage triste et figé. Je savais que ce moment arriverait, mais j'espérais qu'il se produirait plus tard, ou en tout cas pas aussi vite.

Si l'argent manquait tellement, c'était surtout parce que ma mère voulait que je rentre à la maison, mais nos faibles revenus étaient aussi bien réels. Nous n'avions jamais été à l'aise. Et je ne voulais pas abuser de mes parents.

Je devrais peut-être chercher un travail. Quelque chose de provisoire pour payer moi-même la résidence, qu'ils puissent m'oublier un moment.

Oh, et je devais me trouver un endroit où passer les quatre prochaines semaines, et vite. Si je ne voulais pas me retrouver à la rue, je n'avais pas le choix.

Comme je ne savais pas quoi faire, j'ai déverrouillé mon portable. Je me suis surprise moi-même à chercher le numéro de Ross.

J'ai porté le téléphone à mon oreille, trop nerveuse pour ce qui n'était qu'un simple appel. Il a répondu quasi instantanément.

– Mais c'est ma petite sauterelle.

– Salut, Ross, ai-je souri.

– Que me vaut le plaisir ?

– Ben... rien de concret, en fait.

Je pouvais presque apercevoir son sourire.

– Tu m'as appelé juste pour entendre le son de ma voix, Jen ? Tu deviens romantique.

J'ai rougi.

– Rien à voir, espèce d'idiot. Tu... Tu es sur quelque chose d'intéressant ?

– Ça dépend. Regarder Will et Naya se lécher la glotte mutuellement pendant que Sue mange une glace, tu trouves ça intéressant ?

– Plus ou moins, ai-je ri.

– Plus ou moins, alors. Pourquoi ? Tu veux venir ?

– Je ne veux pas non plus vous obli...

– Je viens te chercher.

– Hé, Ross, je ne...

Mais il avait déjà raccroché. J'ai secoué la tête avant de ranger le téléphone dans ma poche, un peu ragaillardie. Au moins, Ross apportait de la joie dans cette foutue soirée.

J'ai ôté mon pyjama pour enfiler des vêtements confortables. Je me suis regardée dans le miroir et j'ai essayé pendant quelques instants de cacher la mèche de cheveux qui échappait toujours à mon oreille, avant de m'arrêter brusquement. Pourquoi me préoccupais-je de mon apparence ? J'allais juste chez Will.

Quand j'ai descendu les escaliers, Chris était occupé à jouer sur son téléphone.

– Salut, Chris, l'ai-je salué en passant.

Il a levé la tête si rapidement que j'ai cru qu'il s'était fait mal. Il a posé son téléphone.

– Jenna, il faut qu'on parle ! On a un problème de...

– Le paiement mensuel, je sais... Je suis en train de chercher une solution au problème. Je te promets que, si je ne trouve pas l'argent d'ici deux jours, je me chercherai un autre endroit pour dormir et je ne te dérangerai plus.

– Jenna... Si tu as des problèmes financiers...

– Je vais régler ça, ai-je répété.

– Et où vas-tu dormir en attendant ?

– Je ne... Je ne sais pas.

Chris n'a pas eu l'air d'apprécier particulièrement ma réponse. Il a fait la moue.

– Si tu as des problèmes d'argent, je peux décaler le paiement d'une semaine, le temps que tu trouves une solution. Mais si j'attends plus longtemps, mon patron se rendra compte que tu n'as pas payé.

– Merci beaucoup, Chris, ai-je soupiré.

– Si je te laissais à la rue, je n'en dormirais pas la nuit.

– Je ne... Je pourrais te donner l'argent le mois prochain ? Te régler deux mois d'un coup ? Parce que, pour le moment, je ne peux pas...

– Si ça ne tenait qu'à moi, ça ne serait pas un problème. Mais ce n'est pas possible.

Chris se montrait parfois procédurier pour tout ce qui concernait le règlement de la résidence, mais on ne pouvait pas lui enlever sa bonté d'âme. J'avais presque envie de pleurer. Ça faisait longtemps que quelqu'un ne m'avait pas accordé une telle faveur.

– Tu ne peux pas t'imaginer à quel point j'ai besoin d'un câlin, ai-je chuchoté.

Chris s'est penché par-dessus le comptoir, mais à ce moment précis j'ai senti quelqu'un m'étreindre par-derrière. J'ai levé la tête pour me retrouver nez à nez avec un Ross qui souriait de toutes ses dents.

– Et pourquoi tu ne me le demandes pas à moi ? Je ne te refuserais jamais ça. Oh, salut, Chrissy !

– On avait dit que tu ne m'appellerais plus comme ça, tu te souviens ? Ça sape mon autorité.

Chris a grimacé. Ross a souri avant de me regarder.

– D'accord, Chrissy. Bon, de quoi vous parliez ? De préservatifs aromatisés à la mûre ?

– Ça, c'est un secret de la résidence, a dit Chris en plissant le front.

– Tu ne peux pas distribuer des préservatifs aromatisés à tout le campus et penser que ça reste un secret !

Chris a pris un air indigné.

– Tu es une vraie commère. On parlait des problèmes d'argent de Jennifer.

Je l'ai fixé, les yeux écarquillés.

– Merci pour la discrétion, Chris.

Il a souri d'un air gêné.

– Oups... On parlait de... C'est ça, de préservatifs aromatisés à la mûre.

J'ai soupiré.

– Très, très habile.

Ross a relâché son étreinte.

– Tu as des problèmes d'argent ?

Je ne savais pas trop pourquoi, mais j'avais vraiment honte de parler de ça devant Ross. Il m'examinait avec curiosité, comme si avoir des soucis financiers était la chose la plus bizarre au monde.

– Non. Enfin... si, mais ce n'est rien.

– Tu n'as pas de quoi payer ce mois-ci ? C'est ça ?

– C'est privé, ai-je répondu maladroitement en regardant Chris d'un air amer.

Il faisait semblant de jouer à Candy Crush, mais ne perdait pas une miette de notre conversation.

– Allez, tu peux me le dire, a insisté Ross pour attirer mon attention.

– Oui, je n'aurai pas l'argent avant le mois prochain. Si tu connais quelqu'un qui a du travail, n'importe quoi, dis-le-moi.

Il a réfléchi un instant.

– Non, ça ne me dit rien.

– Mince, ai-je soupiré.

– Mais j'ai mieux : tu pourrais venir vivre chez nous !

Il a souri d'un air enthousiaste. Je suis restée là à le regarder, abasourdie.

– Hein ?

– Tu m'as bien entendu !

– Oui, mais je ne suis pas sûre de comprendre. C'est-à-dire ?

– Allez, tu fais déjà partie de notre très sélect groupe d'amis.

– Ça ne fait même pas un mois qu'on se connaît, Ross. Je pourrais être une tueuse en série.

– Je suis prêt à courir le risque.

– Et tu devrais me supporter toute la journée !

– Je suis déjà chaud, Jenna, pas besoin d'essayer de me convaincre.

J'ai levé les yeux au ciel en le voyant sourire.

– Je ne peux pas accepter.

– Tu vis déjà pratiquement avec nous, allez. Il suffirait de déménager tes affaires.

– Ross, je suis fauchée, ai-je insisté.

– Mais c'est temporaire, non ? Tu as dit que tu aurais l'argent le mois prochain. Tu pourras revenir ici.

– Oui, mais si je vais vivre avec vous, il faudra bien que je participe aux frais.

– Quoi ?

Il a eu l'air presque offensé.

– Arrête tes conneries. Si tu es fauchée, on ne va pas te demander de payer.

– Et comment je règle ma part dans l'appartement ? Avec de l'amour ?

– Si tu le proposes spontanément, je ne m'y opposerai pas.

– Ross, je suis sérieuse ! Je n'ai pas de quoi te rembourser.

– T'es lourde, vraiment. Est-ce que j'ai dit que tu devrais payer quoi que ce soit ?

Je suis restée plantée là, en proie à la confusion.

– Je ne peux pas m'installer chez vous comme ça...

– Bien sûr que tu peux, puisque je te le dis.

– Et si ça énervait Will et Sue ?

– Déjà, Will ne s'énerverait jamais contre toi. Ensuite, Naya viendrait probablement plus souvent à la maison pour te voir, ce qui ravirait Will. On aurait à subir leurs ébats plus souvent, mais ta compagnie en vaut la chandelle.

– Et Sue ?

– Jen, tu sais bien que Sue déteste tout le monde, qu'est-ce qu'on en a à fiche de ce qu'elle pense ? Ce qui est bizarre, c'est qu'elle ne nous ait pas encore tués dans notre sommeil.

– Je ne sais pas quoi te dire, Ross...

– Alors dis oui.

Chris ne se cachait plus, il nous observait avec attention.

– Je ne peux pas considérer que ta chambre est occupée si tu ne paies pas. Si quelqu'un la demande, je devrai la lui donner.

Ross a souri.

– Mais si personne ne la veut... Jen pourra revenir dans deux mois, comme si de rien n'était.

J'ai froncé les sourcils.

– On n'avait pas *dit* un mois ?

Ils m'ont tous les deux ignorée.

– Très bien, mais ça serait un miracle qu'en deux mois personne ne souhaite s'y installer. Tu peux y laisser quelques affaires et, si quelqu'un la veut...

– On viendra les récupérer, a ajouté Ross.

Je m'efforçais de suivre la conversation, malgré le court-circuit que mon cerveau était en train de subir.

– A... Attends, deux mois ? Moi, je parlais seulement d'un...

– Trois mois, ça me paraît bien, m'a interrompue Ross.

– Trois ?! Que... ?

Chris m'a tendu une feuille.

– Bon, alors tu n'as plus qu'à signer ici pour signaler que tu quittes la résidence. J'essaierai de proposer les autres chambres avant la tienne si des filles se présentent. Le formulaire servira à distraire mon patron.

J'ai regardé Chris, puis Ross. Le premier avait l'air pensif, l'autre enthousiaste. Mes yeux se sont attardés sur Ross.

– Mais... tu es sûr ? Tu as de la place pour moi ?

– J'ai toujours de la place pour toi.

– Ross, je suis sérieuse.

– Mais ouiii, je te dis que ça ne pose pas de problème.

– Pour de vrai ? Et où est-ce que je vais dormir ? Sur un canapé ?

– Bien sûr que non.

– Alors ?

– Avec moi, bien sûr.

Chris s'est étouffé dans son verre d'eau et a porté la main à son cœur. J'ai ouvert la bouche, puis je l'ai fermée à nouveau avant de sentir le sang monter à mes joues.

En voyant nos visages, Ross a dû réaliser l'effet que sa proposition avait sur nous. Il a aussitôt levé les mains au ciel, l'air de se rendre.

– Hé, je suis inoffensif, m'a-t-il assuré, je ne te ferai rien.

– J'imagine, ai-je répondu avant de rire.

Nerveusement.

– Sauf si tu me le demandes, bien sûr.

Quelle idiote. C'était la deuxième fois en moins de dix secondes que je rougissais.

– Ça ne risque pas d'arriver, ai-je marmonné.

Il m'a adressé un grand sourire et a posé sa main sur ma nuque.

– On verra bien.

J'ai soutenu son regard, ce qui m'a permis de remarquer que ses yeux brillaient. J'ai secoué la tête, amusée, et il a souri de plus belle. J'ai éloigné sa main de ma nuque.

Pendant tout ce temps, Chris continuait à nous regarder, gêné.

– Hum... J'ai encore besoin de ta signature ici, Jennifer.

J'ai lu le document, pensive, avant de me tourner vers Ross :

– Et toi, ça ne te dérange pas de partager ton lit ?

– Avec toi ? Certainement pas.

– Tu peux être sérieux deux secondes ?

– Qu'est-ce qui te dit que je ne suis pas sérieux ?

– Ross !

– Mon lit est immense, je n'en utilise même pas la moitié. C'est mieux que rien.

– Je ne sais pas...

– C'est quoi, ton plan B ? Dormir sur un banc dans un parc ?

– Ils sont très bien, ces bancs, OK ? Et la vue est magnifique...

– ... et ils sont extrêmement inconfortables, surtout.

J'ai réfléchi un instant.

– Ross... Je ne veux pas t'être redevable...

– Oublie ça, tu ne me dois rien.

Il a attrapé ma main et m'a emmenée en direction des escaliers, un sourire traversant son visage de part en part.

– Allez, on va chercher tes affaires.

– Déjà ? M... Mais... je dois... Je dois prévenir ma... ma mère, et...

Chris a crié en agitant le papier sous mon nez :

– Tu dois signer !

Ross l'a ignoré et a continué à me guider vers la cage d'escalier.

– Tu ne devrais pas prévenir Will ?

– Will ?

– Tu sais, c'est chez lui que tu habites. Je crois que c'est le minimum.

– C'est pas chez Will, c'est chez moi.

Je me suis arrêtée net, surprise.

– C'est chez toi ?

Il a levé un sourcil.

– Je tâcherai d'ignorer votre air ahuri, jeune fille.

– Comment dire... J'ai toujours cru que c'était chez Will. Je ne sais pas pourquoi.

– Eh bien, c'est chez moi. Je t'ouvre les portes de mon humble demeure. J'espère que tu réalises la chance que tu as.

– Oui, et tu m'ouvres aussi celles de ta chambre, ai-je blagué.

– Celles-là, elles étaient déjà grandes ouvertes depuis un moment.

– Allez, arrête de dire des bêtises et viens m'aider.

Pendant la demi-heure qui a suivi, il est resté planté sur mon lit à me regarder m'activer à gauche et à droite. Je balançais des affaires dans ma valise et les y tassais comme je pouvais. Elle me paraissait plus petite que la dernière fois que je l'avais utilisée.

Il s'accroupissait de temps en temps pour regarder un de mes vêtements avec curiosité avant de le remettre à sa place.

– Pourquoi est-ce que tu as autant de trucs ? Tu portes toujours la même chose.

– Ce n'est pas vrai, ai-je répondu, offusquée, en jetant un regard sur ma tenue du jour.

– Ne le prends pas mal, j'adore les vêtements que tu portes. Mais je préférerais que tu n'en portes pas.

Je lui ai balancé un pantalon à la figure, qu'il a reposé sur la valise en riant.

– Tu es très inspiré, aujourd'hui.

– Je suis toujours inspiré. Mais je ne le montre pas, je ne voudrais pas t'effrayer.

– Tu crois que c'est si facile de m'effrayer ?

– Tu veux qu'on reparle de la nonne folle ?

– Ce n'est pas la même chose !

– Non, non. Rien à voir.

Il a marqué une pause pour ranger un pantalon qui avait atterri à côté de la valise.

– Et comment ça se fait que tu n'as pas d'argent pour payer ce mois-ci ? Tu l'as claqué comment ?

– Je ne l'ai pas dépensé du tout. Mes parents ont tout donné à mes grands frères.

J'ai lancé un peu trop fort une paire de chaussettes, qui a, elle aussi, raté sa cible.

– Ils croient qu'il vaut mieux investir dans un garage que dans mes études.

– Combien de frères et sœurs tu as ?

– Quatre.

Il a haussé les sourcils, stupéfait.

– Tous plus vieux que moi.

– Que des garçons ?

– Tous, sauf l'aînée, Shanon. Mais elle vit avec son fils Owen et son copain intermittent.

– Intermittent ?

Il a souri.

– Ce n'est pas le père d'Owen. C'est un gars qu'elle a rencontré il y a quelques mois. Ils passent leur temps à se disputer, à se séparer et à se remettre ensemble. Je suis sûre que le pauvre gosse en a marre de leurs histoires.

Je l'ai regardé sans rien dire l'espace d'un instant.

– Pourquoi tu me demandes ça ?

– Tu ne parles jamais de ta famille.

Je suis restée pensive avant de me recentrer sur mon pliage de vêtements.

– Il n'y a pas grand-chose à raconter, en vérité.

– Moi, je trouve ça intéressant.

– Oui, c'est fascinant, ai-je ironisé.

– Totalement.

Il a attrapé une culotte trop grande et trop vieille que je ne portais que quand j'avais mes règles.

– Magnifique, a-t-il dit en haussant les sourcils.

Je lui ai arraché la culotte des mains pour la fourrer au fond de la valise, gênée.

– Ne touche pas à mes sous-vêtements, l'ai-je averti.

– Bien, madame.

Quand j'ai enfin réussi à fermer la valise, Ross s'est proposé pour la porter jusqu'au rez-de-chaussée, où nous avons retrouvé Chris planté devant la porte comme un agent de police.

– Personne ne sort d'ici tant que tu n'auras pas signé ceci.

– Pousse-toi, Chrissy, a dit Ross en passant à côté de lui avec la valise.

Il s'est époumoné :

– J'ai dit que personne ne sortait d'ici, et ne m'appelle pas comme ça !

– Achète-toi une vie, lui a dit Ross en soupirant.

– J'ai une vie super remplie !

Chris m'a regardée.

– La signature, Jenna.

J'ai signé son document avant de le lui rendre. Il a souri, satisfait.

– Porte-toi bien. Et si tu pouvais le frapper de ma part, ça m'arrangerait.

– J'y penserai à l'occasion. À bientôt, Chris.

Je me suis dirigée vers la sortie du bâtiment en souriant. Ross a chargé ma valise dans le coffre. Dès que nous nous sommes assis, j'ai bouclé ma ceinture – la sécurité avant tout – même si je commençais à m'habituer à sa façon de conduire. En fait, j'y avais presque pris goût : la conduite du commun des mortels me paraissait d'une extrême lenteur comparée à la sienne.

– Will va être content de te voir. Et Naya aussi.

– Naya va se retrouver toute seule dans sa chambre à la résidence. Je ne suis pas persuadée que ça va la ravir.

– Je te l'ai déjà dit, elle vit pratiquement chez nous. Vous vous verrez plus souvent comme ça, je t'assure.

Je l'ai regardé en plissant les yeux, confuse.

– Pourquoi est-ce que cette situation te réjouit tellement, Ross ?

Il a haussé les épaules en souriant.

– Je ne sais pas.

J'ai appuyé mon doigt sur sa joue et il a souri de plus belle.

– Si, tu le s...

Il m'a interrompue en tournant le bouton de la radio.

– Et si on mettait un peu de musique ?

Le trajet s'est déroulé tranquillement, avec quelques mélodies en guise de fond sonore. Nous sommes rapidement arrivés au parking de son immeuble. Il a descendu ma valise de la voiture en grognant.

– Il y a quoi, là-dedans, des pierres ?

– Elle pèse le même poids que le premier jour.

– Je ne crois pas. Je suis sûr que tu as rajouté des trucs pour me compliquer la tâche. Tu as un esprit pervers.

Je lui ai souri d'un air malveillant.

– Soit c'est ça, soit tu es une mauviette.

Il était occupé à se débattre avec la poignée, mais il s'est arrêté pour regarder dans ma direction.

– Tu me mets au défi ?

J'ai arrêté de sourire, confuse.

– Hein ?

– C'est un défi, petite sauterelle ?

– N... Non... ce n'est pas...

– Moi, je crois que c'en est un, m'a-t-il interrompue.

Et avant que je puisse réagir, je l'ai senti m'attraper par les genoux pour me soulever au-dessus du sol. J'ai observé le parking la tête en bas l'espace d'un instant avant de me rendre compte que j'étais suspendue par-dessus son épaule.

– Ross, repose-moi !

– Il ne fallait pas me provoquer.

– Ross !!!

Il m'a complètement ignorée et a attrapé la valise de l'autre main, nous emmenant toutes les deux vers l'ascenseur comme si de rien n'était. J'ai tenté de me dégager du mieux que je pouvais, mais en vain. Finalement j'ai fait le trajet la tête en bas, les bras croisés, l'air renfrogné.

– J'ai le sang qui me monte au cerveau, ai-je protesté.

– Quel cerveau ?

J'ai ouvert la bouche, offensée, avant de le frapper dans le dos. Il s'est crispé.

– Hé ! Attention, ou tu vas nous tuer tous les deux.

– Si tu me reposais, ce serait plus simple pour tout le monde !

– Je suis bien comme ça, a-t-il déclaré en entrant dans l'ascenseur.

– Et pourquoi ça ?

– Si tu étais debout, tu ne me laisserais pas approcher ma main si près de ton cul. C'est une bonne motivation.

Mon visage est devenu sang quand j'ai senti chacun de ses dix doigts juste en dessous de mes fesses. Ils n'étaient pas aussi proches de mon postérieur que ce qu'il insinuait, mais il m'était désormais impossible d'ignorer cette sensation.

– C'est bon, espèce de pervers, repose-moi !

– Je peux te toucher les fesses, avant ?

– Ross !

– Juste pour garder un bon souvenir !

– Non !

– Comme tu voudras, rabat-joie.

Il m'a déposée sur le sol et j'ai remis mes cheveux et mes vêtements en place, grincheuse et rouge comme une tomate. Il m'a observée en souriant.

– Quoi ? ai-je demandé.

– Rien. J'ai adoré toucher tes fesses.

– Tu n'as rien touché du tout, imbécile.

– *Presque* toucher tes fesses, alors. J'étais à deux doigts de goûter au paradis.

– Tu n'y goûteras jamais.

– Tu me mets encore au défi ? Je gagne toujours mes paris, petite saut...

– Ce n'est pas un défi !

Son sourire s'est fait plus espiègle encore, et j'ai froncé les sourcils, méfiante.

– Qu'est-ce qui te fait rire ?

– Si quelqu'un ouvrait les portes et nous voyait là, comme ça... Toi, toute rouge, décoiffée, les vêtements fripés... Qu'est-ce qu'il penserait ?

J'ai pointé mon doigt sur son abdomen.

– Que tu es un idiot. Voilà ce qu'il penserait.

Il a essuyé mon insulte sans broncher et s'est mis à rire à gorge déployée.

Il a ouvert la porte de l'appartement et m'a laissée passer en premier. Il est pourtant arrivé avant moi dans le salon, un sourire de triomphe plaqué sur le visage. On aurait dit qu'il allait annoncer la meilleure nouvelle de sa vie.

– Je suis parti les mains vides et je suis de retour avec une nouvelle colocataire.

Je suis entrée dans le salon avec ma valise.

– Bonjour !

Je les ai salués d'un petit sourire gêné. Will nous a regardés d'un air confus.

– Qu'est-ce qu'il se passe, ici ?

– Je viens vivre avec vous.

Mon ton était plus enthousiaste que ce que j'aurais voulu.

– Exactement, a souri Ross.

– Quoi ? a couiné Naya.

– C'est temporaire, ai-je précisé.

Il a passé un bras par-dessus mes épaules.

– Pas du tout, a rectifié Ross, nous avons décidé de passer à l'étape supérieure dans notre relation. Nous vous demandons de respecter notre vie privée et l'apothéose de notre bonheur intense.

Naya a ouvert des yeux grands comme des soucoupes.

– Quoi ?!

– Ne l'écoute pas, Naya, c'est faux.

Je me suis écartée de Ross, qui riait toujours comme une baleine.

– Je vais passer un petit moment ici. Si ça ne vous dérange pas.

Will m'a adressé un sourire aimable.

– Moi, ça me va très bien. Je suis sûr que tu es de meilleure compagnie que les deux autres.

Sue m'a analysée quelques instants et au moment où elle allait enfin prendre la parole, Will l'a interrompue :

– Tu sais cuisiner ?

– Un peu, oui, ai-je répondu en haussant les épaules.

– Enfin quelqu'un qui sait faire à manger !

Ross l'a regardé, les sourcils froncés.

– Et mon chili con carne, c'est quoi ?

– C'est... dégoûtant.

– Mon chili est parfait !

Je me suis tournée vers lui en souriant :

– Tu sais faire du chili ? Tu m'en feras, un de ces quatre ?

Les autres ont instantanément protesté. J'ai cligné des yeux, surprise.

– Bon, peut-être pas...

– Ne fais pas attention à eux, j'en ferai rien que pour toi. Et tu tomberas encore plus amoureuse de moi.

– Ou tu le détesteras plus que jamais, a murmuré Sue.

– Pardon ? Je suis un excellent cuisinier.

– Qui ne connaît qu'une seule recette, a précisé Naya.

Ross a croisé les bras.

– Je vais faire semblant de n'avoir rien entendu, parce que je suis de bonne humeur et que je sais que, au fond, vous adorez mon chili.

Il m'a regardée d'un air enthousiaste.

– Allez, viens !

– J'arrive, j'arrive...

J'ai traîné la valise en le suivant à travers le salon.

Ross s'est installé dans son lit comme un petit garçon à qui l'on vient d'offrir un bonbon. Il souriait jusqu'aux oreilles quand je me suis arrêtée devant lui.

– Tu peux utiliser cette armoire. Je ne m'en suis jamais servi.

Il m'a désigné un gigantesque placard doté d'un miroir en pied.

– Tu ne l'utilises pas ? Et je peux savoir où tu ranges tes vêtements ?

– Là, a-t-il dit en montrant une commode, ça m'a toujours suffi.

– C'est tout ?

– Qu'est-ce que tu veux que je te dise ? Je suis un homme simple. Bon, je vais chercher quelque chose pour le dîner, comme ça je te laisse seule si tu veux te changer ou quoi. Tu as envie de quoi ?

– Hein ? Je peux choisir ?

– J'achèterai ce que tu me demanderas.

Je suis restée muette un instant. Je n'étais pas habituée à prendre des décisions. À la maison, mes frères avaient toujours le dernier mot. Dans mon cercle d'amis, c'est Nel qui choisissait tout. Dans ma relation, c'était Monty qui décidait. Ça m'a un peu attristée de réaliser à quel point c'était bizarre pour moi de faire un choix.

– Euh... Je ne sais pas. Pizza ?

– Sue en a marre des pizzas.

– Oh, alors...

– Mais je viens de me souvenir que je m'en fous. Si tu veux une pizza, je te rapporte une pizza. C'est moi qui fais les courses, après tout.

Il n'a pas attendu ma réponse. Il est parti, ravi, et je suis restée dans sa chambre à défaire ma valise. J'avais déballé la moitié de mes affaires quand j'ai entendu la porte s'ouvrir. C'était Naya. Elle a pris un air triste.

– Tu vas me manquer, a-t-elle gémi.

– Ross a raison, on se verra plus ici qu'en vivant ensemble. En plus, c'est pour deux ou trois mois maximum.

– Je sais, mais ça va me faire trop bizarre de dormir à la résidence sans voir tes affaires...

– Il reste des affaires, je n'ai pas tout pris.

– Laisse-moi jouer la drama queen en paix !

Naya s'est assise à côté de moi sur le tapis. Elle a commencé à m'aider à transférer mes chaussettes de la valise vers un tiroir ouvert. Quand elle s'est tournée vers moi à nouveau, elle n'avait plus le regard triste. Juste une curiosité malsaine dans le regard.

– Alors... tu vas dormir avec Ross ?

– Oui, pourquoi ?

– Pour rien, pour rien...

J'ai cogné mon épaule contre la sienne d'un air inquisiteur.

– Crache le morceau !

– Rien.

Elle a affiché un petit sourire malicieux.

– En fait... je trouve que vous allez bien ensemble.

Je l'ai regardée sans savoir quoi dire.

– Qu'on va bien ensemble ?

Le ton de ma voix s'est fait un peu plus aigu que d'habitude.

– Oui, comme un couple. Vous êtes totalement en phase l'un avec l'autre. Vous vous complétez bien.

Je me suis à nouveau retrouvée sans savoir quoi dire.

– Dommage que j'aie un copain, alors, ai-je blagué en me concentrant à nouveau sur le pliage de vêtements.

– Dommage, oui, a-t-elle dit. Si vous sortiez ensemble, on pourrait faire des *double dates.*

– Du coup, ça m'arrange d'être en couple.

Naya a ri jaune tout en continuant à m'aider. Ensuite, elle m'a laissée seule afin que je puisse enfiler mon pyjama ridicule avec mes pantoufles en forme de têtes de chien. J'ai enfin troqué mes lentilles contre mes lunettes, même si je déteste les porter.

Quand je suis sortie, je me suis retrouvée nez à nez avec Ross, qui s'apprêtait à toquer à la porte.

– La pizza refroi...

Il s'est interrompu lui-même pour rire de ma tenue. J'ai serré les lèvres.

– C'est mon pyjama, ai-je dit en posant mes mains sur mes hanches.

– Il est magnifique, m'a-t-il assuré, surtout tes pantoufles. Il me faut les mêmes.

J'ai secoué la tête pendant qu'il continuait à se moquer de moi.

– Tu as terminé ?

– Plus ou moins. Tu auras assez de fringues ?

– J'ai laissé quelques trucs à la résidence. Demain, j'irai chercher le reste.

– Pas besoin, tu n'as qu'à mettre un pull à moi.

– J'ai déjà ton sweatshirt Pumba, mais...

– ... tu pourrais innover un peu, non ?

Il est passé près de moi et a ouvert un tiroir. Il a interrompu sa fouille un instant pour me regarder d'un air confus.

– Tu portes des lunettes ?

– Oui, mais je ne les aime pas.

– Pourquoi ?

J'ai murmuré en remettant mes lunettes en place :

– Parce qu'elles sont horribles. Mes lentilles sont juste ici.

– Je ne les trouve pas horribles. Elles te donnent un air intello.

Je l'ai regardé d'un air dubitatif.

– Tu veux dire que, sans elles, j'ai l'air d'une idiote ?

– Ça, c'est une question piège. Je vais faire semblant de n'avoir rien entendu. Choisis vite et viens manger avant que je te vole ta part.

J'ai inspecté le tiroir du dessus à la recherche d'un pull qui me plaise. Mon choix s'est finalement porté sur un sweatshirt noir imprimé. Je l'ai enfilé et j'ai aussitôt senti qu'il était imprégné de l'odeur de Ross. Je me suis demandé si quelqu'un avait déjà senti mon odeur sur mes vêtements. J'espère que je sentais aussi bon que lui.

Quand je suis arrivée dans le salon, Sue avait déjà disparu, il ne restait plus que les trois autres, occupés à regarder la télévision. Ross a souri en me voyant.

– Tu as choisi le pull *Pulp Fiction*. C'était mon préféré.

– C'était ?

– Jusqu'à ce que j'achète un pull *Kill Bill.*

Il était un peu plus grand que le sweatshirt Pumba, mais il était très confortable.

Je me suis assise à côté de Ross. J'ai collé mes pieds aux siens sur la table basse en attrapant ma part de pizza déjà froide.

– Qu'est-ce que vous regardez ?

Naya était scotchée à l'écran.

– L'émission sur les transformations radicales. On vient de l'opérer du nez et ça a foiré, elle est horrible. Là, elle choisit une robe pour la fête.

L'instant d'après, Naya et Will étaient occupés à se bécoter sous la couverture. Ross et moi avons continué à regarder l'émission en lâchant des blagues nulles, qui nous valaient de temps en temps un regard indigné.

Puis est arrivé le moment décisif.

– Nous, on va dormir, a dit Will avant de se lever et de tendre la main à sa copine.

Naya l'a acceptée et m'a jeté un regard en passant.

– Dors bien, Jenna.

Je lui ai adressé une grimace dans le dos de Ross. Quand ils ont disparu, il s'est levé à son tour, l'air le plus tranquille du monde.

– Je crois que je vais faire pareil, a-t-il dit en bâillant.

Il a déposé son assiette sale sur la table.

– On ne devrait pas nettoyer tout ça ?

– Sue s'en chargera. Demain matin, il n'y aura plus rien. C'est comme si une fée du logis vivait ici.

– Et on n'a rien à faire ?

– Si tu venais perturber son écosystème parfait, elle s'énerverait probablement contre toi. Et je ne tiens pas à ce que tu meures.

Je l'ai suivi jusque dans le couloir, où je lui ai annoncé que je me rendais à la salle de bains. Là, je me suis contentée de me regarder dans le miroir un instant. J'étais nerveuse. Très très nerveuse. Et je ne savais pas très bien pour quelle raison. Quelle connerie. Ce n'était que Ross. Et Will me l'avait dit : Ross était comme un ours en peluche.

Au bout de quelques minutes, j'ai enfin osé sortir. Je suis entrée dans la chambre de Ross en fermant la porte derrière moi. Il finissait d'enfiler un T-shirt à manches courtes. Il avait déjà troqué son pantalon contre un large pyjama en coton. Qui lui allait bien. Très bien.

Mais... je m'en fichais.

– Tu préfères quel côté ? a-t-il demandé distraitement.

J'ai cligné des yeux, confuse.

– Hein ?

– Du lit, Jen. Le côté droit ? Gauche ? En dessous ?

– C'est pareil, ai-je dit en m'approchant.

– Alors je prends le droit.

Il s'est laissé tomber sur le lit comme si de rien n'était, alors que j'avais les nerfs en pelote. J'ai fait le tour du lit. Une fois de l'autre côté, j'ai détaché mes cheveux, enlevé mes lunettes, et je me suis frotté les yeux.

– Si tu veux faire quelque chose d'illégal, c'est maintenant, ai-je murmuré en me glissant à ses côtés, je ne vois plus rien.

– Je note, ça pourra me servir plus tard, a-t-il blagué.

Il a tendu le bras pour éteindre la lumière et je suis restée à contempler le plafond dans l'obscurité. Mon cœur battait si fort que je pouvais l'entendre résonner dans ma poitrine.

Je l'ai regardé du coin de l'œil et j'ai vu qu'il bâillait à nouveau, toujours aussi serein.

– Bonne nuit, Jen, a-t-il dit en me regardant.

J'ai soutenu son regard un moment. Je suis restée sans voix. Ça m'arrivait souvent quand j'étais nerveuse. Et à ce moment-là je l'étais, pas de doute.

Finalement, en le voyant confus face à mon silence, je me suis forcée à lui répondre. J'ai murmuré :

– Bonne nuit, Ross.

J'ai rapidement basculé sur le côté pour lui tourner le dos, puis j'ai tenté de me détendre pour trouver le sommeil.

6

Rêves interdits

Quand je me suis réveillée, j'ai à nouveau fixé le plafond un moment. Je transpirais et mon cœur battait plus vite qu'à l'accoutumée.

Je n'avais pas vraiment rêvé ça, si ?

C'était impossible.

J'ai porté mes mains à mon visage et j'ai lâché une injure à voix basse. Je n'avais pas rêvé de ça. Non, je n'avais pas fait un truc pareil.

Je n'avais pas rêvé que je le faisais avec Ross.

Je l'ai observé du coin de l'œil, les joues rouges comme des tomates. Il dormait si calmement, on aurait dit un angelot. À ce moment, il a soupiré et a remis l'oreiller en place, posant une main à côté de sa tête.

Je ne pouvais pas avoir rêvé que je couchais avec lui. C'était impossible. Ross ne me plaisait pas. Pourquoi est-ce que j'avais rêvé ça ? Parce que je me sentais coupable ? Je n'avais rien fait de mal. Et même si c'était le cas, Monty et moi avions un accord. Mais qu'est-ce qui m'arrivait, là ? Pourquoi est-ce que j'étais hystérique comme ça ?

Je me suis légèrement rapprochée du bord du lit et j'ai passé mes mains sur mon visage pour tenter de me calmer. Mon cœur continuait à battre à toute vitesse. Qu'est-ce que j'étais censée faire, maintenant ? Rester là ?

Non. Une chose était sûre, je devais sortir de ce lit. Aussi vite que possible. Et reprendre mes esprits. J'ai enfilé mes vêtements de sport, j'ai attaché mes cheveux et j'ai quitté la chambre. Tout le monde dormait paisiblement, ce qui m'a permis d'éviter des questions gênantes à propos de mes joues en feu et de mon air tendu.

Mais... Le pire, ce n'était pas d'avoir rêvé de ça, c'était que dans mon rêve il... Il était doué. Trop doué. Bien plus que Monty.

Même si mon expérience avec Monty ne me permettait pas de savoir exactement ce qu'il valait au lit, évidemment.

De toute façon, j'avais envie de me rouer de coups.

Ce matin-là, j'ai couru plus longtemps que d'habitude pour tenter de me changer les idées. Une heure et demie. Je voulais m'écrouler pour dormir d'un sommeil sans rêves. À l'arrivée, j'étais si fatiguée que j'avais mal aux genoux et aux cuisses. Je me suis arrêtée un moment devant la porte de l'immeuble de Ross en me tenant les côtes, haletante.

C'est à ce moment que ma sœur m'a appelée.

– Salut, Shanon, l'ai-je saluée en essayant de reprendre mon souffle.

– Euh, il y a quelqu'un qui halète. Tu es sortie courir ou tu faisais des choses plus intéressantes ?

– Je courais.

Sauf dans mes rêves.

– Spencer serait fier de toi. Depuis qu'il donne des cours de gymnastique, il harcèle les gens pour qu'ils fassent du sport. Comme si c'était sain.

– Techniquement, ça l'est.

– Pas pour moi. Sortir courir, ça me fatigue. Ça ne peut pas être bon.

– Ta vie est un drame, Shanon, ai-je souri.

– Bon, comment va la vie ? Maman m'a dit que tu rentrais à la maison.

J'ai secoué la tête. Ah, ma mère...

– C'est ce qu'elle espère, mais en réalité je ne vais pas le faire.

– Elle n'aime pas qu'il n'y ait que les garçons à la maison, je crois.

J'ai éclaté de rire.

– Oh, tu crois ? Je pense que même eux en sont conscients.

– Owen !

Ma sœur a éloigné le téléphone pour appeler son fils en criant.

– Ne cours pas par là ! Tu ne vois pas que tu vas te tuer ? C'est bien.

Elle s'est approchée à nouveau.

– On parlait de quoi ?

– De mes problèmes d'argent.

– Ah oui. Tu as trouvé un travail ?

– Je n'ai pas eu le temps. Mais un ami m'a proposé d'emménager avec lui temporairement.

– Un ami ? Mmmh...

Je me suis raidie instantanément.

– Shanon, non, l'ai-je prévenue.

– Ami à quel point ?

– De l'amitié, je t'assure.

– Oui, bien sûr.

– J'ai toujours un copain, tu te souviens ?

– Ah, sérieux ? Je peux savoir pourquoi ?

Ma sœur ne supportait pas Monty. Elle me l'avait fait comprendre dès le jour où elle l'avait rencontré : elle avait discrètement froncé le nez en secouant la tête. Elle n'avait pas changé d'avis depuis. Et je doutais qu'elle en change un jour.

J'ai grogné :

– Parce que je suis bien avec lui, bravo pour ta délicatesse ! Pourquoi est-ce que tu le détestes autant ?

– D'abord, parce qu'il s'appelle Monty.

Une fois encore, sa rengaine à propos du prénom.

– Ben, c'est... C'est... original !

– Original ? Jenny, s'il te plaît.

– Moi, j'aime bien, d'accord ?

– Tu te drogues déjà comme une vraie étudiante ?

– Très drôle.

– Son nom devrait suffire à ce que tu te poses des questions sur votre relation.

– Est-ce qu'un jour je te présenterai quelqu'un qui te plaira ? Je n'en suis pas sûre.

– Je ne sais pas. Il s'appelle comment, ton ami ?

– Celui chez qui je dors ?

– Oui.

– Ross.

– Ross ?

– Enfin... Jack Ross. Mais tout le monde l'appelle Ross.

– Tu vois ? Jack, c'est un prénom normal. Je suis sûre qu'il est plus acceptable que cet idiot de Monty.

J'ai secoué la tête.

– Il faut que j'aille me doucher, Shanon.

– Tu vas rentrer pour Noël ? C'est dans deux mois et demi seulement. Et maman m'a dit qu'elle préparerait à manger pour tout le monde.

– Bien sûr que je serai là.

Je me suis soudain souvenue d'un détail.

– Si je trouve l'argent pour me payer les billets d'avion, évidemment.

– Dans un mois, c'est l'anniversaire de maman. Il faut que tu sois là aussi.

– Shanon, je suis fauchée...

Elle a articulé chaque syllabe :

– Si tu ne viens pas, je débarque te tirer les oreilles et te foutre la honte devant tous tes nouveaux amis, tu m'entends ?

– Tu es déjà devenue une mère diabolique ?

– Tu m'as bien entendue. Maintenant, arrange-toi pour payer ces billets.

Elle s'est détendue. Je suis restée là à regarder la porte en faisant la grimace.

– Merci pour ton soutien, ai-je marmonné en raccrochant.

J'ai rangé mon téléphone avant d'entrer dans l'immeuble au moment où une vieille dame faisait de même. Je lui ai tenu la porte et elle m'a souri. Nous avons attendu ensemble l'ascenseur. J'allais entamer la conversation, mais, comme je n'avais rien d'intéressant à partager, je me suis tue. C'est elle qui a finalement pris la parole en premier :

– Tu vis ici ?

– Euh... Oui. Temporairement.

– Je vois, a-t-elle commenté d'un air amusé.

Je ne voyais pas ce qu'elle sous-entendait, alors je me suis contentée d'un sourire gêné.

– Avec les garçons du troisième ?

Je suppose que le silence l'embarrassait.

– Vous les connaissez ?

– Oui, ça fait deux ans que je vis ici. Ce sont de bons garçons, non ?

– Oui. Ross, le propriétaire, m'héberge ici gratuitement. Même ma meilleure amie n'aurait pas fait ça pour moi.

– Il doit être très gentil.

– Il l'est.

J'ai affiché un petit sourire idiot en lui répondant. Il s'est tout de suite effacé quand ce stupide rêve m'est revenu à l'esprit.

Nous sommes toutes deux entrées dans l'ascenseur et j'ai fait volte-face pour lui demander à quel étage elle allait. Elle a pris les devants et a appuyé sur le bouton du troisième.

– C'est vous, notre voisine d'en face ?

Face à ma surprise, elle s'est contentée de hocher la tête. Je me suis tournée à nouveau pour regarder la porte. Je me suis sentie inspectée de la tête aux pieds. Je pensais qu'elle allait se plaindre du bruit que nous faisions ou quelque chose du genre, mais la remarque n'est pas venue et j'ai commencé à me sentir nerveuse. En fait, elle semblait ne pas avoir la moindre plainte à exprimer. Au contraire, j'avais l'impression qu'elle était contente.

– Ah, quand j'avais ton âge... Si on m'avait laissée vivre seule avec des garçons, il aurait fait très chaud dans l'appartement. Surtout à cette époque. Tu m'as comprise.

J'ai balbutié, ne sachant comment interpréter la nostalgie qui la gagnait.

– Euh, nous non...

Elle m'a donné un coup de coude espiègle.

– Ne joue pas les innocentes avec moi. J'ai connu les années quatre-vingt, ma fille. Mon corps a ingéré plus de cochonneries que tu n'en verras dans ta vie.

Je n'ai pas pu m'empêcher de rire.

– Vraiment ?

Elle a souri d'un air malicieux.

– C'était une époque intéressante. En plus, je reconnais le couloir de la honte dans tes yeux.

J'ai froncé les sourcils.

– C'est quoi, ça ?

– Pour faire simple, c'est le matin après une nuit où tu as fait quelque chose que tu regrettes.

– Ça se voit tant que ça ?

Oh non, les mots m'ont échappé. J'ai rougi jusqu'aux cheveux.

– Je veux dire... Je ne...

– Tu peux me raconter, m'a-t-elle dit en souriant.

Pour une raison que j'ignore, elle m'inspirait confiance. Et je n'aurais jamais osé raconter ça à quelqu'un qui me connaissait assez pour me juger.

– Comment dire... J'ai rêvé que je... vous savez... avec le propriétaire de l'appartement.

Je l'ai regardée, honteuse.

– Celui qui est toujours tout décoiffé ?

– Oui, celui-là.

Elle m'a observée, surprise.

– Et alors ?

Sa question laissait entendre qu'elle n'y voyait rien de mal.

– Et alors il est censé être mon ami, rien d'autre.

Elle a réfléchi un moment.

– Il était comment, ce rêve ?

– C'est-à-dire ?

– C'était bien ou pas ?

J'ai bégayé un instant, hésitante :

– C'était pas mal, mais...

– C'était génial, donc.

J'ai fait la grimace. Ça ne servait à rien de nier.

– Mieux que mon copain, ai-je murmuré. J'ai l'impression de l'avoir trahi.

Elle a ri ouvertement, amusée.

– Tu devrais peut-être prendre ça pour un signe.

– Vous croyez ?

– Tu es jeune, tu en trouveras, des petits amis. Tu auras le temps de réaliser tes rêves.

J'ai souri, gênée, tandis que les portes de l'ascenseur s'ouvraient.

– Ne t'en fais pas, a-t-elle dit en m'adressant un clin d'œil, je ne dirai rien à personne.

J'allais répondre, mais à ce moment Ross a ouvert la porte de l'appartement et m'a regardée.

– Tu es sortie courir ?

– Oui, Ross, ai-je dit en m'approchant de lui. Certaines personnes prennent cent kilos si elles ne font pas d'exercice, surtout vu ce qu'on mange.

– Tu me plairais quand même avec cent kilos de plus, m'a-t-il assuré avec un large sourire.

J'allais entrer, mais j'ai vu que la vieille dame me fixait toujours alors qu'elle ouvrait la porte de son appartement.

– Salut, mon Jack, a-t-elle dit.

Je suis restée bouche bée à les regarder. Ils se connaissaient ?

Bon... c'était logique qu'ils se connaissent, si ça faisait des années qu'ils étaient vois...

– Salut, grand-mère, a lancé Ross en souriant.

Oh non.

J'ai écarquillé les yeux.

Oh non, s'il vous plaît.

Je ne venais quand même pas de raconter à une vieille dame que j'avais fait des rêves érotiques avec son petit-fils, si ?

Par chance, mon visage était déjà rouge à cause de l'exercice et j'ai pu dissimuler ma gêne. La matinée avait à peine commencé et c'était déjà la deuxième fois que j'avais envie de disparaître sous terre.

Pour ne rien enlever à mon embarras, Ross a passé son bras autour de ma taille et m'a serrée contre lui en souriant de toutes ses dents. Sa grand-mère m'a adressé une moue amusée.

– Ah, Jen, c'est ma grand-mère, Agnès. Grand-mère, je te présente ma nouvelle colocataire.

– On a déjà fait connaissance, a-t-elle affirmé avec un sourire malicieux.

– Super, a dit Ross sans rien comprendre.

J'étais incapable de parler. J'étais morte de honte.

– Bon, je vais prendre mon petit déjeuner. Soyez sages, les jeunes.

Agnès est entrée chez elle et je me suis éloignée de Ross pour regagner l'intérieur de son appartement. Comment pouvais-je être aussi maladroite ?

Je tentais de me convaincre que cet échange n'avait été qu'un mauvais rêve quand j'ai remarqué que Ross cognait sa hanche contre la mienne.

– Ça te va super bien, la sueur.

– Espèce de pervers, ai-je dit en secouant la tête.

– Tu dis ça comme si ça t'étonnait, a-t-il murmuré en enfournant un morceau de pizza froide.

– C'est ça, ton petit déjeuner ?

– C'est l'idée, oui. Il n'y a rien d'autre.

J'ai grimacé en le regardant.

– C'est tout ce qu'il y a à manger ? De la pizza d'hier ?

– Oui, a-t-il dit en haussant les épaules, ici chacun commande la nourriture dont il a envie. Dans les cas désespérés, on va même la chercher au restaurant.

J'ai ouvert le frigidaire. Il y avait une bouteille d'eau, une vingtaine de bières et un yaourt périmé.

– Personne n'a le droit d'avoir un frigo aussi déprimant.

– Il n'est pas déprimant. Il y a des bières. Les bières, c'est bon pour le moral.

Je l'ai regardé d'un air mauvais.

– Vous n'avez pas de pot commun ?

– De quoi ?

– Un pot commun, Ross. Un bocal. Quelque chose.

– Peut-être. Je ne sais pas. Pour quoi faire ?

– Pour mettre de l'argent en commun et aller acheter à manger.

Il m'a regardée, intrigué, avant de mordre à nouveau dans sa pizza.

– Non.

– Vous devriez. Cet après-midi, on achètera autre chose que de la pizza ou des sushis.

– Moi, j'aime bien la pizza et les sushis, a-t-il protesté.

– Et tu n'aimerais pas manger autre chose pour le petit déjeuner ?

Il a haussé les épaules.

– Je ne suis pas très exigeant dans la vie, chère Jen.

– On devrait aller faire les courses.

– Toi et moi ?

– Si tu veux, oui.

– Tu me forces à accepter.

– Ça veut dire qu'on va y aller ?

– Aller où, exactement ?

– Au supermarché. Il y en a un juste en bas.

Il a eu l'air sincèrement surpris.

– Pour de vrai ?

– Ça fait combien de temps que tu vis ici ?

– Un an et demi. Plus ou moins.

– Et tu n'es jamais allé faire les courses ?

– C'est Will qui s'en charge habituellement. Ou pas. Je ne sais pas. Quelqu'un s'en occupe, en tout cas.

Je suis passée à côté de lui en secouant la tête.

– Pour certains trucs, tu es un génie, mais pour d'autres tu es catastrophique.

– Je pourrais te montrer dans quel domaine je suis intéressant et génial. Il suffit de demander.

– Non merci.

Il s'est mis à crier, la bouche encore pleine de pizza :

– Tu vas où ?

– Me doucher, ai-je lancé depuis le couloir.

– Je peux venir ?

– Non !

– Rabat-joie !

– Pervers !

– Rabat-joie !

– Gros lourd !

– Rabat-joie !

– Tu pourrais au moins trouver une autre insulte !

– Ce n'est pas une insulte, c'est affectueux, rabat-joie.

– Oh, tais-toi, t'es pénible.

J'ai fermé la porte en l'écoutant rire.

***

– Poulet bio.

Ross a lu l'étiquette à voix haute puis a placé le paquet dans le chariot, qu'il a poussé pour me suivre dans l'allée voisine du supermarché.

– Pourquoi bio ?

– Parce que ce poulet a eu une belle vie.

J'ai pointé un autre paquet du doigt.

– Celui qui est sur cette étagère-là, non.

– Et ça change le goût ?

Il a souri jusqu'aux oreilles et je l'ai regardé d'un air mauvais.

– Alors, on a du poulet, du poivre, de l'huile, du lait, des céréales...

– Du bœuf pour mon chili...

– Oui, pour ton chili, ai-je dit en le regardant du coin de l'œil, un sourcil haussé.

– Tu vas vite changer de ton quand tu le goûteras, a-t-il réagi, outré.

– On a même des œufs et des fruits.

– Des fruits. Beurk.

– Et des légumes.

– Des légumes. Beurk.

– Il nous manque quelque chose ?

– De la bière ?

– De la bière. Beurk.

Il m'a adressé une grimace.

– Rigole si tu veux, mais il nous manque de la bière.

– Non. Ce qu'il nous faut, c'est de la sauce tomate, ai-je dit en faisant volte-face.

Je l'ai entendu m'emboîter le pas et s'empresser de me suivre.

– Je crois que je préfère acheter de la bière.

– Vous en avez largement assez.

– On n'a jamais assez de bière, Jen.

– Tu es accro, hein ?

– Non, je suis accro au... Merde ! Je n'ai presque plus de tabac.

– Encore mieux, ai-je murmuré, c'est super toxique.

– C'est tes légumes qui sont toxiques.

– Les légumes ne te tuent pas, Ross.

– Il faut bien mourir de quelque chose.

Je me suis retournée pour le regarder :

– Tu as déjà embrassé quelqu'un qui fume ? On a l'impression de lécher un cendrier.

– Tu essaies de me dire quelque chose, Jen ?

J'ai repris mon avancée en l'ignorant.

– Je n'arrive pas à croire que vous n'ayez même pas de sel.

– En même temps, on n'en a jamais eu besoin. On peut acheter du chocolat ou quelque chose du genre ?

– Du chocolat ? Pour quoi faire ?

– Pour profiter un peu de la vie ?

Sa question avait la sincérité de l'évidence.

– Non.

– Pourquoi pas ?

– Parce qu'on a juste assez d'argent pour acheter ça.

– Je peux en rajouter.

– Tu as déjà entendu le mot « dilapider » ?

J'ai tourné au coin d'un rayon et il m'a suivie.

– Tu n'es vraiment pas drôle.

– Et toi, tu n'es qu'un gros lourd.

– Je prends ça pour un compliment.

– Ce n'en est pas un.

– Si, c'en est un.

– Non.

– Si, c'est un compliment.

Je me suis arrêtée pour poser un pot de sauce tomate dans le chariot.

– Non.

– Puisque je te dis que si !

– Non, gros lourd.

– Si, grosse lourde.

J'ai stoppé net pour faire l'inventaire de ce que je pouvais barrer de ma liste de courses mentale. Ross a bâillé.

– Tu essaies de désintégrer le pot du regard ?

– Je réfléchis pour savoir s'il nous manque quelque chose.

– Il nous manque...

– Si tu dis des bières, je te jure que je me barre de chez toi.

Il a souri comme un ange.

– Très bien. Je me tais.

Je l'ai regardé, soudain intriguée.

– Comment ça se fait que tu n'étais jamais allé faire les courses ?

– On avait quelqu'un à la maison qui s'en chargeait quand j'étais petit.

– Sérieux ? T'es riche ou quoi ?

– Mes parents ont de l'argent, a-t-il rectifié en haussant les épaules.

J'ai soupiré.

– Tu ne sais pas à quel point c'est triste, d'être pauvre.

– Si on se marie, ma fortune est à toi, a-t-il souri en continuant à me suivre.

– Mais je devrais te supporter toute la journée. Je ne sais pas si ça en vaut la peine.

– Et tu dis ça après que je t'ai ouvert les portes de mon appartement.

Je me suis arrêtée au niveau de l'une des caisses et j'ai commencé à poser les articles sur le tapis roulant. J'ai été surprise de constater que Ross avait disparu, mais il n'a pas tardé à revenir avec deux tablettes de chocolat, un paquet de bonbons et un autre de pop-corn. Il a tout posé sur le tapis et m'a souri dès qu'il a croisé mon regard assassin.

Il a fini par payer les articles supplémentaires avec sa carte, et nous avons tout rapporté ensemble à la voiture. Il pleuvait toujours, si bien que j'ai ôté mon sweatshirt mouillé en entrant dans le véhicule. Il s'est frotté les mains et a allumé le chauffage.

– Je n'aurais jamais imaginé faire les courses aujourd'hui. Mais ce n'était pas trop mal.

– Moi, j'adorais faire les courses avec mon père, ai-je soupiré d'un air triste.

Il m'a observée du coin de l'œil en attendant que l'habitacle se réchauffe.

– Tu adorais ?

– Oui. Enfin, maintenant je ne le vois plus trop : on ne vit plus dans la même ville.

– Il te manque ?

– Bien sûr. Lui et les autres.

– Et pourquoi tu ne vas pas les voir ?

– Si je n'ai pas d'argent pour payer mon loyer, comment veux-tu que j'aille leur rendre visite ? Pour ne rien arranger, ma mère va s'énerver parce que c'est son anniversaire dans un mois et que je ne pourrai pas être là. Et à Noël, ce sera pareil. Je crois que ma grande sœur va me tuer quand elle me verra enfin.

Il est resté un moment silencieux. Je n'étais pas habituée à ce que quelqu'un me laisse parler aussi longtemps sans s'ennuyer. Monty était le premier à bâiller et à embrayer sur son entraînement. Et à la maison, on ne me laissait pas m'exprimer, il y avait trop de monde. Je me suis mordillé la lèvre inférieure, préoccupée.

– Je... t'ennuie ?

– Même si tu le voulais, tu n'arriverais pas à m'ennuyer, m'a-t-il assuré en souriant.

J'ai entrouvert les lèvres, surprise, mais il a pris la parole avant moi :

– Où as-tu dit que tes parents vivaient ?

– À cinq heures plus au sud.

Il n'a rien dit, mais j'ai vu qu'il restait pensif.

– Quoi ?

– Rien, a-t-il dit en allumant le moteur.

– Ne me dis pas ça. Allez, quoi ?

Je lui ai pincé la joue.

– C'est marrant, cette petite habitude que tu as avec ma joue, hein ? C'est rien, je te dis. Tais-toi, on n'entend plus The Smiths.

Quand j'ai essayé de protester, il a monté le volume et je lui ai fait un doigt d'honneur, ce qui lui a arraché un sourire.

Les autres étaient à la maison quand nous sommes arrivés. Sue était enfermée dans sa chambre, Naya assise sur le sofa et Will buvait une bière dans la cuisine. Il a eu l'air déstabilisé en remarquant les sacs dans nos mains.

– Qu'est-ce qu'il se passe ? C'est l'apocalypse ? Ross est allé faire les courses ?

– Ça n'a pas été facile, mais oui.

Il a posé un sac sur le plan de travail.

– Enfin quelque chose de correct à manger dans cette maison.

– Qu'est-ce que vous avez rapporté ?

Naya s'est approchée du sac de provisions.

– Des bonbons !

– Ils sont à moi !!! a hurlé Ross.

J'ai regardé Will pendant que Ross et Naya se battaient.

– Il veut faire du chili pour le dîner.

Will a soupiré.

– Encore du chili ?

– Qu'est-ce qu'il y a de mal à ça ? ai-je demandé, confuse.

– Tout. J'espère que tu aimes le piquant.

Deux heures plus tard, Ross courait partout dans la cuisine tandis que je le regardais depuis l'un des canapés, occupée à corriger des notes de philosophie. Naya dormait dans l'autre sofa et Will, qui était à côté de moi, zappait en bâillant.

– Aïe !

J'ai entendu Ross crier et porter son doigt brûlé à sa bouche. Je me suis retenue de rire en me mordant les joues.

– Comment ça se fait qu'il n'était jamais allé faire les courses ? ai-je demandé à Will à voix basse.

Il a haussé les épaules.

– Ross ? Ses parents ont de l'argent, ils paient des gens pour faire ce genre de choses à leur place.

– Ça devrait être mon objectif dans la vie, avoir de l'argent, ai-je murmuré.

Il m'a souri. Je l'ai regardé, essayant de réprimer ma curiosité.

– Qu'est-ce qu'ils font dans la vie ?

Will a froncé les sourcils.

– Ross ne t'a jamais parlé d'eux ?

– Pas trop.

– Bon... Son père, c'est Jack Ross. Ça ne te dit rien ?

J'ai réfléchi un moment en l'entendant fredonner dans le fond et fouiller un tiroir les sourcils froncés.

– Pas vraiment. Je sais que sa mère est peintre. Et que son père lit beaucoup.

– Son père lit beaucoup parce que c'est un pianiste à la retraite.

– Il était important ?

– Plutôt. Et sa mère n'est pas seulement peintre, elle est photographe. Elle a cinq galeries d'art.

– Oh...

– Et son père était... Bref, il est assez célèbre. Il a voyagé dans le monde entier. Je crois qu'il a même joué pour le président, ou un truc du style.

– Putain...

Ça m'a échappé. Et moi qui m'étonnais qu'il ne soit jamais allé faire les courses. C'était la deuxième fois que je me sentais idiote aujourd'hui.

En réalité, c'était la troisième fois.

Merci, chère conscience.

– Mais... Ross n'a pas l'air comme ça.

– Comme ça, comment ?

– Euh... riche ?

– Ah, mais Ross est...

Il a cherché le mot juste pendant quelques secondes.

– Ross, c'est Ross.

Will a dû remarquer mon air horrifié : il a souri en me serrant l'épaule.

– Je ne sais pas à quoi tu penses, mais détends-toi.

– Je suis détendue, ai-je menti.

– Ouais, bien sûr, et moi je suis blanc.

L'instant d'après, Ross nous a crié de mettre la table, ce que nous avons fait tous ensemble. Même si nous nous sommes contentés de la table basse, bien sûr. Sue n'est apparue qu'une fois que l'odeur de chili a eu envahi l'appartement entier. Elle s'est assise sans un mot. Mon estomac rugissait quand je me suis installée à côté de Ross dans le sofa.

– Ce n'est pas pour me vanter, a-t-il dit, mais il est délicieux.

– Si, c'est pour te vanter, a rétorqué Will.

– Un peu, c'est vrai, ai-je approuvé.

– Bon, on peut manger, là ? a demandé Naya.

On a entamé nos assiettes et c'était très bon, mais aussi très piquant. Ross avalait ça comme si de rien n'était, mais Naya marquait des pauses fréquentes pour boire de l'eau, ce qui ne faisait qu'empirer les choses. Elle était rouge pivoine.

Ross avait déjà fini son assiette quand j'ai remarqué que Will regardait Sue avec insistance. Elle était particulièrement sérieuse ce soir-là. Puisque personne ne lui avait posé la question, je me suis lancée :

– Ça va ?

Elle a planté ses yeux dans les miens et j'ai regretté instantanément de lui avoir adressé la parole.

– Tu en as quelque chose à faire, maintenant, de savoir si je vais bien ?

J'ai cligné des yeux, surprise.

– Ben... je ne sais pas... Je...

– Je ne sais même pas ce que tu fais là.

Je l'ai observée un instant, moitié décontenancée par son agacement soudain, moitié gênée à cause de la situation.

– Ne réagis pas comme ça, a dit Ross les sourcils froncés, elle voulait juste être sympa.

– Ben elle peut se la garder, sa sympathie, a murmuré Sue.

J'ai avalé ma salive, mal à l'aise.

– Ignore-la, m'a recommandé Will, elle veut juste qu'on fasse attention à elle.

– Oui, bien sûr, ignorez-moi, comme quand vous avez décidé de faire entrer cette fille chez nous.

– On n'a pas besoin de...

J'ai interrompu Ross en posant une main sur son bras et j'ai regardé Sue.

– Non. Tu as un problème avec moi ?

– Il t'a fallu longtemps, pour arriver à cette conclusion ?

– Tu ne le croiras sans doute pas, mais mon cerveau est capable de déduire ce genre de choses.

Mon ironie trahissait mon énervement.

– Oui, j'ai un problème avec toi. Tu es venue t'installer ici alors qu'on ne te connaît absolument pas.

– Si tu as un souci avec le fait que je vive ici...

– Ça ne pose pas de problème.

Ross m'a interrompue, il avait l'air sincèrement fâché contre Sue.

– C'est moi qui le lui ai demandé. Alors, si tu as un problème, ne la fais pas payer, passe tes nerfs sur moi.

– Oh, ne t'en fais pas, tu vas le sentir passer aussi. Ça ne te dérange peut-être pas qu'elle vive ici, mais moi, personne ne m'a demandé mon avis. Et c'est aussi chez moi.

Will a cherché à apaiser la situation :

– Si on devait attendre ton accord, on ne ferait rien du tout. On peut continuer à manger en paix ?

– Quelqu'un m'a demandé si j'étais d'accord pour qu'une parfaite inconnue se balade chez moi ?

Sue m'a pointée du doigt. J'étais tellement abasourdie qu'elle soit agressive envers moi, et que Ross soit soudain aussi sérieux, que je ne savais plus quoi dire.

Ross ne rigolait plus du tout. Je ne l'avais jamais vu en colère. J'étais habituée à le voir de bonne humeur, parfois juste un peu contrarié. Mais jamais fâché.

– Il fallait que tu fasses ça maintenant ? Ce n'est pas le moment.

– C'est quand alors, le moment, Ross ?

– Pas maintenant.

– Oh, tais-toi. Même elle, elle a compris qu'elle est de trop ici.

J'ai senti que sa réponse n'allait pas être aimable.

– Ross...

Je me suis lancée. Je ne voulais pas qu'ils se disputent à cause de moi.

– Non, a repris Ross, c'est une grande gueule, il faut bien que quelqu'un le lui dise.

Son regard s'est à nouveau fixé sur Sue.

– J'en ai marre que tu te plaignes d'absolument tout. Ça te dérange tellement qu'il y ait une personne en plus ici ? Tu passes tes journées à nous ignorer, de toute façon.

– Bien sûr que ça me dérange que tu fasses entrer une inconnue chez moi !

– Vraiment, si ma présence ici pose problème...

Ross m'a coupé la parole une fois de plus :

– Il n'y a aucun problème. Ignore-la.

– Aucun problème, Ross ?

Sue l'a regardé.

– Non, aucun problème.

Elle a souri ironiquement.

– Bien sûr que non. Puisque tu veux la baiser, ça ne te pose pas de problème.

La phrase est restée en suspens dans l'air l'espace de quelques instants.

Quelques instants qui m'ont paru une éternité.

J'ai senti le feu gagner mes joues et j'ai baissé la tête.

Je ne l'ai pas levée pour regarder les autres, mais il régnait un silence si pesant qu'on aurait pu le couper au couteau. J'ai avalé ma salive et je me suis risquée à jeter un œil à côté de moi. Ross avait le regard rivé sur Sue, qui a posé ses couverts brusquement, s'est levée et est partie s'enfermer dans sa chambre.

Will a fixé Ross d'un air étrange, et Naya a souri nerveusement.

– Bon, ai-je dit, on ne devrait pas nettoyer tout ça ? Je ne crois pas qu'elle s'en occupe ce soir, hein ? Haha...

Personne ne m'a répondu. J'ai vu Ross donner un coup de pied sous la table à Will, qui a tout de suite réagi.

– Euh, oui. Pourquoi tu ne vas pas prendre ta douche, Jenna ? On va s'en charger, nous.

Je savais que Ross m'observait, mais je n'osais pas le regarder en retour. Je me suis contentée de m'éloigner rapidement en direction de la salle de bains, non sans jeter un coup d'œil rancunier vers la porte de Sue.

7

Stupide perfection

Je me mordais inconsciemment la langue en cherchant sur Internet, comme une possédée, les réponses à un devoir de linguistique. Je ne comprenais pas pourquoi parler d'une langue devait être aussi compliqué. J'étais seule à la maison, je ne pouvais pas appeler Ross ou Will à l'aide. C'est-à-dire passer pour une idiote en leur demandant de terminer le devoir à ma place.

Bon, techniquement, Will et Naya étaient à la maison, mais ils étaient enfermés dans leur chambre. La musique qui en provenait était bien trop forte. On savait tous ce que cela voulait dire. Donc, techniquement, oui, j'étais seule.

J'avais baissé les bras. J'étais assise là, de mauvaise humeur, quand j'ai entendu la sonnette. Enfin une excuse pour ne pas faire mes devoirs ! Je suis allée ouvrir la porte, plus heureuse que je n'aurais dû l'être.

Mon petit sourire malicieux a vite disparu en voyant qui sonnait à la porte. J'étais face à une fille un peu plus petite que moi, mince, dont la frange blonde était parfaitement assortie aux vêtements de marque et au joli visage.

En fait, tout chez elle était ravissant. Elle avait les traits fins et un sourire charmeur qui a vacillé légèrement quand elle m'a aperçue. Je suppose qu'elle ne s'attendait pas à ce que ce soit moi qui ouvre la porte.

– Bonjour, ai-je murmuré en tentant de revenir à la réalité.

– Bonjour, a-t-elle dit avec un sourire poli, Ross est là ?

C'est à ce moment que les informations se sont organisées dans mon esprit. C'était Lana. La fille dont Naya m'avait parlé quand elle me racontait ses souvenirs de lycée. Celle que Chris avait mentionnée. Et celle que j'avais vue sur l'écran du téléphone de Ross quand elle l'avait appelé. C'était son ex-copine. Mais... elle n'était pas censée vivre en France ?

Penser à Ross m'a mise légèrement mal à l'aise. Après ce que Sue avait lâché au dîner quelques jours plus tôt, la relation s'était... Disons qu'elle était devenue un peu bizarre. Surtout parce qu'on continuait à interagir comme d'habitude, mais que chaque fois qu'on se frôlait, que l'un de nous s'approchait ou que nous soutenions le regard de l'autre, nous nous enfermions dans un silence tendu avant de faire semblant de rien.

Je ne m'étais étrangement pas encore rendu compte que dans notre... relation, nous nous touchions suffisamment pour que le contact physique entre nous puisse me manquer. Parce que oui, il me manquait. Ça me faisait bizarre de ne plus pouvoir me jeter sur lui pour faire rire les autres quand il était allongé sur le sofa. Ou de ne plus pouvoir me blottir à ses côtés quand on regardait un film. Ou simplement de ne plus pouvoir poser ma tête sur son épaule.

Peut-être qu'il valait mieux qu'on prenne un peu de distance. Je n'étais pas sûre que Monty aurait apprécié que je fasse tout ça avec un garçon, pacte ou pas.

Et je ne parle même pas des rêves dans lesquels Ross apparaissait toutes les nuits. Impossible d'avoir la paix. Heureusement, il ne s'en était pas rendu compte.

Je suis enfin revenue à la réalité pour réagir au sourire poli de Lana, qui durait depuis un peu trop longtemps.

– Il n'est pas là.

Je me suis raclé la gorge en pointant du doigt le salon :

– Mais... euh... tu peux l'attendre ici.

– Merci.

– Il ne devrait plus trop tarder. Son cours se termine à...

– Dix-sept heures, a-t-elle souri en entrant, je sais.

Je suis restée plantée là à la regarder de dos en réajustant mes lunettes. Et qu'est-ce qu'elle faisait ici, si elle savait que Ross n'était pas là ?

Lana a examiné la pièce et a enlevé sa veste. Elle portait un pull si étroit que je n'aurais pas osé l'enfiler de peur qu'il fasse ressortir mon ventre. Lana, pourtant, l'assumait parfaitement. Et il lui allait à merveille.

Je ne pouvais pas la sentir. Inutile de le nier.

Et je savais pertinemment qu'elle ne m'avait rien fait, d'accord ? J'en avais bien conscience ! Mais je ne la sentais vraiment, vraiment pas.

Elle a placé ses mains sur ses hanches et m'a regardée en souriant.

– Ça n'a pas changé d'un poil, ici.

J'ai tenté d'entamer une conversation :

– Tu es déjà venue ?

– Oh, plein de fois. Probablement plus que toi. C'est moi qui ai choisi la plupart des meubles.

Je n'ai pas apprécié son ton. Elle accompagnait chacune de ses phrases d'un petit sourire douceâtre, mais ses yeux ne communiquaient pas la même intention. Ça m'a un peu déboussolée. Puis elle a repris la parole, interrompant mon analyse.

Elle a fait un geste en direction de mes notes.

– Oh, tu faisais tes devoirs ? Je t'ai dérangée dans ton étude ?

– Non, non, ne t'inquiète pas.

J'ai ramassé les feuilles pour les fourrer maladroitement dans mon classeur.

Mais pourquoi étais-je aussi godiche ?

– Tu es sûre ? Je peux revenir plus tard.

– Non, vraiment, tu peux rester. J'avais terminé.

Elle a observé ma tenue, qui consistait en un pyjama improvisé avec des vêtements de Ross, et elle a souri en me voyant rougir. Son attitude n'avait pas l'air malintentionnée, mais je me sentais comme un sac de patates.

Pourquoi est-ce que je mettais si souvent les vêtements de Ross ces derniers temps ? J'avais l'air ridicule.

Parce que tu aimes son odeur.

Tais-toi, vilaine conscience. Ce n'est pas le moment.

– Tu dois être Jennifer, a-t-elle conclu en s'asseyant sur le sofa, l'air le plus confiant du monde.

J'ai tenté de sourire.

– Oui. Mais je préfère Jenna. Comment tu le sais ?

– Ross m'a dit qu'une fille vivait avec lui.

– Oh.

Un sourire idiot s'est formé sur mon visage. Il a disparu instantanément quand j'ai remarqué sa façon de m'observer fixement pour détailler ma réaction.

– Il m'a beaucoup parlé de toi, a-t-elle ajouté.

– Ah bon... C'est vrai ?

– Oui, Jennifer.

– Euh... Je t'ai dit que je préférais qu'on m'ap...

– Mais ça, c'est un peu secret. Je ne devrais pas t'en parler.

Elle a ri, et son foutu rire était si parfait que je me suis mordu la langue pour cacher mon énervement.

À cet instant, Naya est apparue dans le couloir. Elle parlait à Will, qui n'était pas loin derrière. Ils venaient de s'habiller. Elle est restée paralysée un moment en voyant Lana assise à mes côtés. Elle s'est ensuite mise à hurler, rapidement imitée par Lana, et pour finir elles sont tombées dans les bras l'une de l'autre. Leur étreinte était si forte qu'elles se sont presque retrouvées par terre.

Je les ai regardées, un peu gênée.

– Je n'y crois pas !!! Je n'y crois pas !!!

Naya criait sans lâcher son amie.

– Et pourtant !

Lana s'est écartée pour embrasser Will, qui lui a adressé un petit sourire poli.

– Ah, comme vous m'avez manqué ! C'est un peu ma deuxième maison, ici.

C'est moi ou elle me regardait fixement chaque fois qu'elle lâchait un truc du genre ?

Et moi, assise dans un des canapés, je cherchais désespérément une excuse plausible pour me sortir de là. Je crois que ça faisait longtemps que je ne m'étais pas sentie aussi peu à ma place. Je ne m'explique même pas pourquoi. J'ai fini par faire semblant de ranger des papiers pour m'occuper les mains et ne pas rester plantée là comme une idiote à les regarder en silence.

Et, comme si ça ne suffisait pas, c'est à ce moment que Ross a ouvert la porte et est apparu dans l'entrée. L'odeur de pizza barbecue m'a mise plus mal à l'aise que jamais.

– Hé, Jen ! Devine qui a acheté cette cochonnerie juste parce qu'il sait que c'est ta préf...

Il s'est figé net et, au lieu de me regarder, il a planté ses yeux dans ceux de Lana en grimaçant.

– Qu'est-ce que...

– Surprise, mon chéri, a-t-elle crié en se jetant littéralement sur lui pour l'étreindre.

Mon chéri ?

J'étais ridicule.

Ce n'était pas mon problème si elle appelait Ross « mon chéri ».

Pas du tout.

Je m'en foutais.

Mais c'était ridicule quand même.

J'ai essayé de toutes mes forces de ne pas serrer les lèvres en regardant Ross du coin de l'œil. Il avait encore l'air surpris. Il m'a regardée par-dessus l'épaule de Lana et je me suis mise à nettoyer les verres de mes lunettes avec son sweatshirt pour faire comme si je n'avais rien remarqué.

– Je vous ai manqué ? Moi, vous m'avez manqué. Beaucoup trop.

Elle s'était éloignée de Ross pour adresser sa question à tout le monde. Ou plutôt à tous les autres mais pas à moi, car elle me tournait le dos.

– Quand est-ce que tu es arrivée ? Tu ne m'as pas dit que tu rentrais, à ce que je sache.

– Ce matin. Je voulais vous faire une surprise !

– Et tu restes ? Pour toujours ? a suggéré Naya avec enthousiasme.

– Non, pas pour toujours. Mais je n'ai pas de billet de retour.

Sue venait d'apparaître dans le couloir. On aurait dit qu'elle avait vu un fantôme. Elle regardait Lana, le visage déformé par l'horreur.

– Je suppose que tu ne vas pas rester ici, si ?

– Bonjour, Sue, l'a saluée Lana en souriant.

– Réponds, et arrête avec tes petits sourires hypocrites, l'a-t-elle coupée.

Elle la regardait plus sévèrement encore que moi. Ça, ça m'a plu. Sue a un peu remonté dans mon estime à ce moment-là. Au moins, il n'y avait pas que moi qui ne pouvais pas sentir cette fille. J'ai eu l'impression d'être un peu moins seule au monde.

– Oh, allez, je sais que dans le fond tu m'aimes bien, Sue.

– Pas du tout.

Lana m'a regardée en souriant de la même façon qu'auparavant.

– Enfin... même si je le voulais, je ne pourrais pas rester dormir. Quelqu'un a pris ma place.

Il y a eu un moment de silence gênant. J'ai entrouvert les lèvres, morte de honte. Naya a ri, nerveuse, avant de donner un coup de coude à Will pour qu'il fasse de même. Ross m'a jeté un coup d'œil avant de se tourner vers madame Parfaite :

– Lana...

– Ce n'est qu'une blague, chéri !

Pourquoi est-ce qu'elle l'appelait chéri en permanence ? Et pourquoi ça me dérangeait autant qu'elle le fasse ? Ça ne voulait rien dire du tout !

– Tu n'es pas vexée, hein ?

En me posant la question, Lana a stratégiquement posé la main sur Ross.

Je l'ai vu la regarder en souriant et en secouant la tête. Je n'avais pas été aussi vexée depuis longtemps, et je ne savais même pas pour quelle raison je ressentais ça.

– Non, ai-je répondu d'un ton plus sec que je ne l'aurais voulu.

– Tu restes manger ? J'ai rapporté des pizzas, et on peut encore commander quelque chose. Tu adores les sushis.

En entendant l'invitation de Ross, l'idée même de manger des sushis m'a révulsée.

– Tu sais très bien que je ne peux pas refuser une proposition pareille, lui a-t-elle répondu en souriant.

Tout le monde s'est approché de la table et, quand Ross s'est installé à mes côtés, je n'ai pas trouvé mieux que de me lever pour rejoindre le fauteuil à côté de Sue. Elle regardait toujours Lana d'un air mauvais. Je me suis donc concentrée là-dessus plutôt que sur les yeux de Ross qui me fixaient. Je ne voulais pas voir l'expression de son visage.

Une fois le dîner commencé, je n'ai pas détaché le regard de ma pizza. J'avais l'impression d'avoir de nouveau quatorze ans et d'être incapable de contrôler mes pics de jalousie adolescente. Chaque fois que Lana prenait la parole – ce qu'elle n'arrêtait pas de faire –, j'avais envie de lui lancer la sauce barbecue à la figure. Au moins, Sue avait l'air de compatir. J'ai surpris son air dégoûté dès que Lana éclatait de rire. Ou même quand elle se contentait de parler.

– La France, c'est incroyable.

Tout le monde était suspendu à ses lèvres en attendant la suite de son récit.

– Vous devriez y aller. Les gens sont charmants. Et les rues sont... magnifiques, vraiment. C'est magique ! J'ai même appris quelques mots de français !

J'espère bien que tu as appris des mots de français après avoir vécu en France, ma fille.

Ma conscience n'était pas toujours des plus sympathiques.

Même si, en ce moment, ça me convenait parfaitement.

– J'aimerais pouvoir partir à l'étranger aussi, a réagi Naya en s'adressant à Will. Mais ça me ferait mal de me séparer si longtemps de mon ourson.

– Mon ourson, a répété Sue en feignant un haut-le-cœur.

Lana a repris son récit :

– Et les soirées sont incroyables, les Français sont vraiment dingues. Et ce n'est pas pour me déplaire.

Je suis restée bloquée un moment en réalisant que tout le monde s'était mis à rire, à l'exception de Sue et moi.

Génial, je me transformais en Sue.

Au même moment, j'ai réalisé que Ross ne souriait pas non plus. En fait, il n'avait pas l'air d'écouter plus que ça sa copine. Il se contentait de jouer avec sa nourriture en lui jetant un coup d'œil de temps en temps, feignant de s'intéresser à la conversation.

– J'ai décidé de rester un petit moment ici. Mes parents me manquaient.

Elle a remis une mèche en place et j'ai vu que sa manucure, comme tout le reste de sa personne, était absolument parfaite.

– Je passerai probablement l'année prochaine en France. Je ne sais pas encore. Mais d'ici là... j'espère pouvoir rester un peu avec vous.

Elle s'est tournée vers Ross et l'a regardé avec insistance. Il a cligné des yeux pour appeler Will à l'aide. Comme d'habitude, ils communiquaient par télépathie comme des extraterrestres : Will a tout de suite compris comment embrayer.

Pourquoi avait-il besoin d'aide pour parler à Lana ?

– Tu peux venir manger avec nous quand tu veux, a fini par répondre Will.

J'ai mordu ma pizza avec plus de force qu'il n'en fallait tandis que Ross souriait d'un air étrange. Lana a fait de même et a posé sa main parfaite sur son genou.

– Bon... et vous n'avez rien à me raconter, vous ? Je n'ai fait que parler.

On avait remarqué.

– La routine, a dit Will en voyant que personne ne se portait volontaire.

– Je suis contente de voir que vous vivez toujours ensemble.

Elle s'est tournée vers Ross :

– Et toi, quoi de neuf ?

Elle m'a regardée du coin de l'œil en posant sa question, mais j'ai préféré me concentrer sur mon assiette vide.

– Pas grand-chose, a dit Ross.

Loin d'être triste, elle a ronronné d'un air enchanté :

– Dommage ! Bon, vous viendrez à ma fête de bienvenue la semaine prochaine ?

– Je ne rate jamais une soirée, a assuré Naya.

– Moi non plus, a enchaîné Ross.

Will a hoché la tête.

Lana m'a regardée directement en ignorant complètement Sue, qui n'avait pas l'air de s'en préoccuper le moins du monde.

– Je ne peux pas, désolée, ai-je dit sans réfléchir.

Ross a levé la tête et m'a fixée d'un air étonné.

– Pourquoi pas ?

Je lui ai adressé un regard trop acerbe à mon goût. C'était plus fort que moi.

– Parce que c'est comme ça.

Mon ton était sans appel, ai-je constaté un peu tard.

La tension était évidente, mais tout le monde a fait semblant de rien. Ross a un peu froncé les sourcils, mais j'ai évité son regard et je lui ai fait comprendre que je voulais changer de sujet. Lana, quant à elle, a soupiré et m'a adressé un sourire éclatant.

– Si tu changes d'avis, l'offre tient toujours. Ça aura lieu à ma sororité. Les filles sont géniales. Elles ont tout organisé pour moi. Ça sera open bar, il ne faut rien apporter.

– J'ai bien l'intention d'en profiter, a insisté Naya en me dévisageant. Et tu devrais aussi.

Je lui ai souri, mais je n'ai rien dit. Je n'irai pas.

Lana s'est remise à évoquer ses voyages en Europe, son séjour en France, ses bonnes notes et sa foutue perfection pendant un bon moment. Les autres l'écoutaient d'un air béat tandis que Sue affichait le même air de dégoût, permettant à chacun de saisir le fond de sa pensée.

Ce qui m'a irritée plus que tout le reste, c'est que la blonde parfaite se tournait parfois vers moi pour me sourire et me poser une question. Pourtant, chaque fois que je m'apprêtais à lui répondre, elle s'empressait d'ajouter quelque chose et de continuer à parler.

Ce tic commençait à m'énerver. Terriblement.

J'ai fini par ne plus pouvoir la supporter. Je me suis levée, et Ross s'est instantanément tourné vers moi :

– Tu vas où ?

– Dormir. Je suis fatiguée... Bonne nuit, tout le monde.

Naya a fait la moue.

– Déjà ? Mais il n'est que vingt-trois heures !

– Je me lève demain et... je suis vraiment crevée.

– Bon, si tu dois te reposer...

– Ça a été un plaisir de te rencontrer, ai-je dit à Lana avec une expression aussi aimable que possible.

– Plaisir partagé, a-t-elle répondu en me rendant mon sourire.

J'ai contourné les sofas en direction de la chambre de Ross. Je pouvais sentir un regard peser sur ma nuque tandis que je m'avançais dans le couloir. Quand je me suis trouvée seule, j'ai lâché un juron qui aurait fait s'étouffer ma mère. Je n'aime pas les gros mots, mais ils sont justifiés en certaines occasions. C'était le cas ce jour-là.

J'étais sur le point de m'asseoir sur le lit quand la porte s'est ouverte. Pendant un moment, je suis restée paralysée en réalisant que c'était Ross. Il a fermé derrière lui en me regardant, les sourcils froncés.

Il n'avait pas l'air énervé. Ni confus. Seulement... soucieux ?

– Ça ne va pas ?

J'ai cligné plusieurs fois des yeux, perdue.

– Quoi ?

– Ça ne va pas ? Tu étais un peu bizarre pendant le repas.

J'ai soupiré en haussant les épaules. Il était si intelligent pour certaines choses et si aveugle pour d'autres... mais il n'avait pas à deviner ce qui m'arrivait, de toute façon. Ce n'était qu'un ami. Et ça avait beau être irrationnel, je savais parfaitement ce qui m'arrivait. J'étais jalouse qu'il ait une autre amie.

Mon comportement était tellement injuste que je me faisais honte à moi-même.

– Je... Je vais me coucher, si ça ne te dérange pas.

J'étais nerveuse, en improvisation totale.

À son expression, j'ai compris que ça ne collait pas. Qu'il y avait quelque chose en plus de tout ça. J'ai avalé ma salive quand il a tendu le bras pour séparer mes mains. Je ne m'étais pas rendu compte que j'avais passé la conversation entière à me tordre les doigts nerveusement.

– Tu n'es pas obligée de me parler si tu n'en as pas envie, je veux seulement t'entendre dire que tout va bien.

J'ai hoché la tête sans le regarder. Pourquoi est-ce que je rougissais encore ?

– Est-ce que tu vas... ?

Je l'ai interrompu :

– Ross. Tu as une invitée dans le salon. Tu devrais lui tenir compagnie. Tu vas t'ennuyer, avec moi.

– Je ne m'ennuie jamais avec toi.

Il m'a regardée, visiblement frustré.

On aurait dit qu'il allait ajouter quelque chose, mais il a soupiré et a hoché une dernière fois la tête.

– Très bien. Je te laisse tranquille. Appelle-moi si tu as besoin de quoi que ce soit.

– D'accord.

Il m'a jeté un dernier coup d'œil et j'ai soutenu son regard. J'ai eu l'impression qu'il allait encore ajouter quelque chose, mais il s'est contenté de faire volte-face et de sortir de la pièce. Quand il a refermé la porte, je me suis sentie respirer à nouveau. Je me suis tournée pour enfin mettre la main sur ce que j'étais venue chercher : mon téléphone.

Et, par conséquent, ma sœur. Parce que j'avais besoin de la conseillère qui était en elle.

Je me suis mise à chercher du réseau comme une folle dans toute la chambre. Pas moyen d'obtenir la moindre barre sans rester immobile sur le rebord du balcon. Et il faisait froid. J'ai vérifié que la porte était bien fermée – je ne voulais pas que quelqu'un entende cette conversation – et j'ai formé le numéro de ma sœur.

– Jenny, m'a saluée Shanon quasi instantanément.

– J'ai un problème. Je n'ai même pas pris la peine d'appeler Nel, elle m'ignore depuis que je suis partie.

– Je suis ton plan B, donc. Ça commence bien.

– Shanon, c'est important.

– Ça va, drama queen, je t'écoute.

– J'ai un problème.

– Ça ne peut pas être bien grave. Qu'est-ce qu'il se passe ?

– Je suis très... jalouse. Je crois.

Il y a eu un moment de silence. Elle a soupiré à l'autre bout du fil.

– Ce n'est pas forcément un mal, d'être jalouse. Il faut juste ne pas dépasser certaines limites, Jenny.

– Non, ce n'est pas ça. Comment dire... Le problème n'est pas là.

– Il est où, alors ?

– Euh... je crois que je suis jalouse alors que je ne devrais pas l'être.

Elle a réfléchi un instant. Je pouvais presque entendre un sourire se former sur ses lèvres.

– C'est par rapport au propriétaire de l'appartement où tu vis pour le moment ?

J'ai soupiré et attendu quelques secondes avant de répondre, alors que nous savions parfaitement ce que j'allais dire.

– Oui.

– Là, ça devient intéressant.

– Shanon !

– Pardon, pardon. Bon, et qu'est-ce qu'il a fait pour que tu sois jalouse comme ça, petite sœur ?

– Une fille... son ex, je crois... Elle est venue à la maison et elle a commencé à raconter à quel point elle est parfaite. Et elle l'est, Shanon. Tu devrais la voir. J'ai l'impression d'être un ogre à côté d'elle.

– Et pourquoi tu te compares à elle ?

– Je ne veux pas me comparer à elle !

– Mais tu ne peux pas t'en empêcher, a-t-elle ajouté.

J'ai grimacé.

– Et les autres étaient complètement fascinés par tout ce qu'elle racontait...

– Je ne crois pas que les autres soient le problème, a-t-elle dit en riant, je crois que c'est ton Ross chéri.

– Ce n'est pas « mon Ross chéri ». On est juste amis.

– Je ne suis pas jalouse quand un ami à moi bave devant quelqu'un. Tandis que, quand c'est quelqu'un qui me plaît...

– Je n'ai pas dit qu'il me plaisait.

Ma réponse a trahi mon anxiété.

– Et ce n'est pas à cause de lui que je suis jalouse. C'est à cause de... de tout le monde.

– Ah, si on pouvait choisir ce qui nous rend jalouses... Allez, Jenny, sois sincère.

– Mais je suis sincère !

Shanon a éclaté de rire.

– Faux. Il te plaît, ce garçon ?

– Hein ?

– Réponds oui ou non. Ce n'est pas si difficile.

Il y a eu un moment de silence. Je jouais inconsciemment avec les cordons du sweatshirt de Ross.

– J'ai un copain, Shanon, ai-je fini par dire.

À ma grande surprise, elle s'est à nouveau mise à rire.

– Ça ne répond pas à ma question. Pas directement, en tout cas. Mais ça explique deux ou trois trucs.

– Ça n'explique rien du tout !

– Allez, réponds simplement : oui ou non ?

J'ai serré les lèvres.

– Non.

J'ai répondu à voix basse, comme si prononcer ce mot m'avait demandé un effort surhumain.

– C'est ça, bien sûr, a répondu Shanon d'un ton provocant.

– Je te dis que non !

Elle commençait à m'énerver.

– Bon, si tu veux te convaincre toi-même qu'il ne te plaît pas, j'accepte de rentrer dans ton jeu. Mais il va falloir que tu m'expliques un peu mieux le problème, parce que je ne comprends pas comment tu peux être jalouse de l'ex-copine de quelqu'un qui ne te plaît pas.

Bien qu'elle ne puisse pas me voir, j'ai soupiré en haussant les épaules sans conviction.

– Je t'ai déjà expliqué notre relation ouverte avec Monty, ai-je murmuré.

– Je sais. Quel crétin.

– Shanon...

– Pardon. Continue.

– Bon... On avait parlé d'une relation ouverte, mais ça, ça me paraît un peu excessif.

– Pourquoi ? Tu as l'impression de le trahir ? Tu es jalouse d'une amie de Ross, rien de plus.

– Un peu...

Il y a eu quelques secondes de silence à l'autre bout de la ligne.

– Ben... je ne sais pas quoi te dire, Jenny. Tu devrais peut-être prendre un peu tes distances avec ce gars.

– Ça va être compliqué. Je dors dans son lit.

– Et vous ne faites que dormir ?

– Oui. On dort, c'est tout, Shanon.

– Ben alors, où est le problème ?

Je suis restée muette un instant.

– Où est le problème, Jenny ? a-t-elle insisté.

– En fait...

J'ai respiré profondément avant de déballer ce que j'avais sur le cœur à toute vitesse :

– J'ai rêvé que je le faisais avec lui quatre nuits d'affilée.

Jamais un silence aussi gênant ne s'était formé autour de moi. En tout cas, c'est l'impression que j'ai eue sur le moment. Je me suis passé une main sur le visage et j'ai remarqué que j'étais brûlante. Je n'arrivais pas à croire que je venais d'avouer ça à quelqu'un. Même à Shanon.

Face à son silence, j'ai fini par l'interpeller :

– Allô ?

– Et c'était bien ?

Sa curiosité n'a pas manqué de m'énerver.

– Tu crois vraiment que c'est ça qui compte, Shanon ?

– Il était meilleur que ton copain ?

Je devinais d'ici son sourire malicieux.

– Ce n'est pas le sujet !

– Il était meilleur que ton copain ! J'adore.

Elle a éclaté de rire.

– Shanon !

– D'accord, d'accord, j'arrête.

Shanon a réfléchi un moment.

– Tu devrais peut-être faire un pas en arrière. Pas pour lui, mais pour toi. Si tu es un peu perdue...

– Je ne suis pas perdue.

– Tu es confuse, admets-le. Tu devrais te trouver une relation plus... amicale, peut-être ?

– C'est ce qu'on a pour le moment.

– Ça t'arrive souvent de rêver que tu couches quatre nuits d'affilée avec tes amis, ou c'est juste avec lui ?

Je me suis tue. Elle avait raison, comme d'habitude. Et j'étais rouge comme une pivoine, pour ne rien changer.

– Mais ce n'est pas ça le plus important. Si tu vois que tu commences à te prendre la tête, appelle ton abruti de copain pour te changer les idées. Après tout, il ne sert qu'à ça. Il te manque, c'est peut-être ça le problème.

– Tu crois ?

– Bien sûr que oui, a-t-elle dit en soupirant, et je crois aussi que ça te perturbe parce que ça te rappelle tu sais quoi.

Mon estomac s'est retourné à cette pensée.

– Je n'ai pas envie d'en parler, ai-je murmuré.

– Ça fait des mois, Jenny, peut-être que si tu en parlais, au lieu de tout garder pour toi...

– Je n'ai pas envie d'en parler, ai-je répété sur un ton sans appel.

– D'accord. Je sais dans quel état tu te mets quand tu penses à... ça. Essaie juste de ne pas faire le lien avec ce qui t'arrive pour le moment, d'accord ? Je n'ai pas envie de venir te chercher.

– Tu n'auras pas à venir, ai-je dit en fronçant les sourcils.

– Et si tu as encore une...

– Shanon !

– D'accord...

Elle a enfin changé de sujet :

– Je dois raccrocher, mais promets-moi que tout ira bien. Et que tu m'appelleras en cas de souci.

– Ça va aller. Je t'appellerai. Et... merci pour les conseils.

– Il n'y a pas de quoi. Tiens-moi au courant, je m'ennuie ici.

– D'accord. À bientôt, Shanon.

J'ai souri sans conviction en l'entendant raccrocher. Je suis rentrée dans la chambre de Ross. J'ai entendu des rires en provenance du salon. J'ai enlevé mes lunettes et je me suis mise au lit.

Je n'arrivais pas à dormir. J'ai entendu Naya et Lana dire au revoir. Alors qu'elles prenaient encore congé des autres, la porte de la chambre s'est ouverte et Ross s'est approché pour se mettre en pyjama. Comme je lui tournais le dos, j'ai fermé les yeux. Je n'avais pas envie de parler avec lui.

Quelques instants plus tard, quand je l'ai entendu se glisser entre les draps, j'ai ouvert les yeux à nouveau.

– Tu dors ?

Je n'ai pas répondu. Il a soupiré sans rien ajouter. Je l'ai entendu gigoter pour trouver une position confortable et, pour une raison inexplicable, j'ai soudain eu envie de pleurer.

J'ai fini par me retourner lentement et j'ai vu qu'il ne dormait pas encore. Il se frottait les yeux. Comme s'il s'était senti observé, il a immédiatement retiré sa main pour planter son regard dans le mien.

– Salut, ai-je murmuré.

Il avait l'air un peu confus.

– Salut... Je croyais que tu dormais.

J'ai évité son regard et j'ai fait semblant de m'installer confortablement dans le lit pour me donner une contenance.

– Je viens de me réveiller. C'était bien, le dîner ?

– Pas mal. Tu vas mieux ?

J'ai hoché la tête sans savoir quoi dire.

– Elle t'a manqué ?

– Lana ?

Il chuchotait, comme s'il voulait me faire comprendre qu'il ne comprenait pas pourquoi j'insistais autant sur ce sujet.

– Oui.

– Sincèrement ?

J'ai de nouveau hoché la tête en observant son expression avec attention. À ma grande surprise, il ne souriait pas.

– Je ne sais pas. Quand elle part, on ne se voit pas pendant de longues périodes. Je suis habitué à ce qu'elle soit loin, pour être honnête.

J'ai cligné des yeux, étonnée.

– C'était sincère, en effet.

Il m'a adressé un sourire en coin.

– Je t'avais prévenue. Tu es sûre que ça va ?

J'ai hoché nerveusement la tête sans réfléchir, comme chaque fois qu'il me posait la question. Ross a levé les yeux au ciel.

– Tu ne sais vraiment pas mentir, a-t-il murmuré.

– Je ne mens pas.

– En tout cas, tes talents de menteuse ne se sont pas améliorés au cours des cinq dernières secondes.

J'ai souri en secouant la tête, cherchant une excuse pour ne pas avoir à lui confier la vérité.

– En fait... peut-être que ma famille me manque un peu, ai-je admis à voix basse.

Ce n'était pas faux. Au contraire. Et je ne m'en étais pas rendu compte avant de le dire à voix haute. Je suis restée silencieuse un moment en pensant à ma mère, à la scène qu'elle m'avait faite à mon départ. Peut-être n'était-ce pas si exagéré, en fin de compte. Quelques mois, c'est bien plus long qu'on ne le croit.

Je suis restée totalement immobile lorsqu'il a tendu la main pour remettre en place la mèche rebelle qui se baladait toujours sur mon visage.

– Désolé.

La sincérité de son chuchotement m'a désarçonnée.

– Ce n'est pas si grave, ai-je ajouté à voix basse, je les reverrai en décembre.

– À Noël ?

– On a passé un accord, ma mère et moi. Je lui ai dit que j'étudiais un semestre ici avant de décider si je voulais rentrer à la maison ou pas. Elle veut que je rentre, bien sûr...

– Et toi ?

C'est alors que j'ai réalisé qu'il me caressait la joue depuis un moment. Mon souffle s'est coupé quand il a descendu son pouce jusqu'à ma mâchoire.

Ce n'est pas le geste en lui-même qui m'a arrêtée, c'est la familiarité avec laquelle il l'avait exécuté. Ross n'avait même pas l'air de réaliser qu'il me caressait. Et j'avais l'impression qu'il l'avait déjà fait mille fois. Je n'avais jamais ressenti ça. Même pas avec Monty.

– Je ne sais pas, ai-je murmuré, je n'y ai pas encore réfléchi.

Il a souri.

– Tu devrais accorder plus d'importance à ton opinion et moins à celle des autres, Jen. En plus, tu as encore quelques mois pour te décider.

Je l'ai regardé un instant.

– Si... Si je restais...

Il m'a observée en silence, l'air intéressé. Il s'est impatienté en voyant que je ne terminais pas ma phrase :

– Oui ?

– Si je restais à la maison... On resterait en contact. Toi, Will, Naya...

– Même si tu pars, on restera en contact, m'a-t-il assuré.

J'ai grimacé en pensant à Nel.

– Si tu le dis...

Il m'a adressé un grand sourire.

– Et ta famille ne devrait pas te manquer. Tu as une deuxième famille, ici. Plus petite, un peu plus bizarre et moins fonctionnelle... mais une famille quand même. À notre manière, on prend soin les uns des autres.

Il a continué à sourire, s'attendant à ce que je fasse de même, mais je n'en étais pas capable. J'ai senti quelque chose à la pointe de mes doigts. Un chatouillement désagréable m'ordonnait de toucher sa mâchoire à mon tour.

Je me suis approchée de lui. Il est resté tout à fait immobile quand j'ai posé un bras sur sa taille et une joue sur son torse. Je pouvais presque le sentir retenir sa respiration.

– Jen ? Qu'est-ce que...

– Ça te dérange si on dort comme ça ?

Je ne sais pas où j'ai trouvé le courage de poser cette question, mais c'était trop tard, c'était fait. Le silence qui a suivi ce moment était horrible. J'ai serré les yeux aussi fort que je pouvais, m'attendant au pire.

C'est alors que j'ai senti son bras chaud m'entourer.

– Bien sûr que non, ça ne me dérange pas...

Soulagée, je me suis remise à respirer quand il a bougé pour attraper une de mes jambes entre les siennes. Je pouvais sentir son souffle dans mes cheveux et son cœur sous ma joue. Et ne parlons même pas de sa chaleur corporelle. Ses jambes, surtout : je ne portais qu'un short. Je sentais le contact de sa peau à travers son large pantalon de pyjama en coton.

La sensation était aussi étrange qu'agréable. Mes poils se sont hérissés quand il a posé la main sur mes côtes. Mon cœur s'est emballé quand il a commencé à les caresser distraitement de son pouce. Gênée, je me suis demandé s'il le faisait consciemment.

– Bonne nuit, Ross, ai-je chuchoté dans l'espoir de ne plus avoir à parler jusqu'au matin.

Je redoutais de ne pas retrouver mes pauvres cordes vocales avant un moment.

– Bonne nuit, Jen, m'a-t-il chuchoté en retour.

J'ai senti ses lèvres s'agiter près de mes cheveux.

J'ai fermé les yeux en essayant de me concentrer sur le battement régulier de son cœur pour que le mien s'apaise et arrête de me marteler les côtes.

Sans trop savoir comment, j'ai fini par m'endormir.

***

Ce matin-là, j'ai couru plus longtemps que d'habitude en écoutant du rock à fond dans mon casque. J'essayais d'effacer ce réveil de ma mémoire, la main de Ross posée sur mes côtes et ma jambe encore fourrée entre les siennes. J'avais dit à ma sœur que j'essaierais de n'être que son amie, et il ne m'avait pas fallu plus d'une heure pour déroger à ma propre règle. Je ne pouvais pas continuer comme ça.

Quand j'ai monté les escaliers de l'immeuble, toujours au pas de charge – un peu d'exercice en plus ne pouvait pas me faire de mal –, j'ai dû marquer une pause pour reprendre mon souffle, les yeux fermés.

Quand je me suis enfin sentie capable de prétendre qu'il ne s'était rien passé la veille – ce qui était la vérité, techniquement –, j'ai ouvert la porte de l'appartement et j'ai passé la tête à l'intérieur à la recherche d'ennemis potentiels.

Sue était la seule à être déjà debout. Elle buvait une bière en mangeant du beurre de cacahuètes directement à la cuillère. J'ai caché mon dégoût du mieux que je pouvais.

– Il n'y a plus de glace ?

– Non, a-t-elle murmuré d'un air renfrogné.

Le silence s'est installé pendant que je buvais. Je n'ai pas tardé à me rendre compte que Sue me regardait.

– Tu n'as pas apprécié, hein ?

– Quoi ?

– L'autre imbécile d'hier. Lana. Moi, je ne la porte pas dans mon cœur.

Je l'ai regardée sans rien dire. Elle a souri d'un air malveillant.

– Tu as raison, je ne l'apprécie pas plus que ça, ai-je admis après m'être assurée que nous étions seules.

– Je n'ai jamais aimé les meufs parfaites, m'a confié Sue en levant les yeux au ciel, ce sont les pires de toutes.

– C'est vrai.

– Tu ne sais pas à quel point c'est une torture quand elle est là. Ils la vénèrent comme une déesse.

– Je l'ai constaté hier, c'était la mort, ce dîner...

J'ai souri. Sue s'est contentée de me regarder, on aurait dit qu'elle m'analysait.

– Tu n'es peut-être pas si horrible que ça, finalement.

Je n'ai pas su comment le prendre. Sue s'est levée en direction du sofa, son petit déjeuner si particulier à la main, mettant fin à notre conversation par la même occasion. Quant à moi, j'ai décidé d'aller prendre une douche.

Quand je suis sortie de la salle de bains, seulement couverte d'une serviette, je me suis retrouvée nez à nez avec Ross, qui allait petit-déjeuner. Il bâillait, mais s'est arrêté tout net en me voyant.

Je suis sûre que j'étais rouge comme une écrevisse. Il m'a saluée joyeusement :

– Bonjour ! J'ai cru que tu t'étais enfuie à toutes jambes quand je ne t'ai pas vue au réveil. Après, je me suis souvenu que tu faisais du jogging tous les matins.

Il s'est mis à rire, mais il a stoppé net en me voyant plus tendue que jamais.

– Elle était si mauvaise que ça, ma blague ?

J'ai remonté ma serviette sur ma poitrine, le visage toujours aussi cramoisi. Il a baissé instinctivement les yeux en direction de mes mains, de plus en plus moites.

– Hé, la serviette te va plutôt bien, mais si tu l'enlevais... ce n'est pas moi qui m'en plaindrais.

Relation amicale.

A-mi-ca-le.

Je l'ai regardé sans lui rendre son sourire, ce qui l'a un peu surpris.

– Bonjour, ai-je dit en passant rapidement à ses côtés.

Je l'ai vu se retourner pour me regarder, confus, mais j'ai fermé la porte avant qu'il puisse dire quoi que ce soit.

Je me suis habillée et je suis partie en cours en m'arrangeant pour éviter tous les résidents de l'appartement, à l'exception de Sue. Pour être honnête, cette journée m'a paru particulièrement pesante. J'ai passé deux heures à la bibliothèque pour boucler un travail de groupe. La moitié des membres ne s'était pas présentée, les autres étaient désespérés : ils voulaient que tout soit parfait.

En résumé, ça n'a pas été une journée terrible. Sans parler du fait que chaque fois que je regardais mes mains, la façon dont Ross les avait fixées alors que je n'étais vêtue que d'une serviette me revenait en mémoire. Ça me rendait nerveuse sans que je puisse y faire quoi que ce soit.

Quand je suis sortie du bâtiment, j'étais épuisée. Je me suis retrouvée face à face avec Mike, qui fumait en regardant des filles au loin. Il leur a souri avant de se tourner vers moi et de me reconnaître :

– Mais qui voilà ! On finit toujours par tomber l'un sur l'autre, hein ? C'est le destin.

– On dirait, oui, ai-je répondu sans enthousiasme.

Il a pris un air faussement attristé.

– Qu'est-ce qu'il se passe ? Ça ne va pas, Jenna ?

– Je suis fatiguée, l'ai-je corrigé.

– Mon frère ne prend pas bien soin de toi ?

– Ton frère est très sympa avec moi.

– Sympa, a-t-il répété, amusé.

– Oui, sympa. D'ailleurs, j'allais justement chez lui.

– Alors c'est fait, tu vis avec eux, maintenant ?

J'ai failli ignorer l'intonation légèrement moqueuse de sa question, mais je me suis arrêtée pour le fixer.

– Qu'est-ce que tu veux dire par là ?

– À un moment, Ross avait une copine qui...

– Comment elle s'appelait ?

Je connaissais déjà la réponse à ma question.

– Lana. Elle n'était pas mal, pas mal du tout, même.

– Je sais, je l'ai rencontrée hier, ai-je marmonné en me dirigeant vers l'arrêt de métro.

Il a jeté son mégot par terre avant de fourrer ses mains dans ses poches et de m'emboîter le pas.

– Quelque chose me dit que tu ne l'aimes pas plus que ça.

– Elle était...

– Adorablement irritante avec toi ?

Sa suggestion était accompagnée d'un sourire amusé. Je lui ai adressé un regard aigri.

– Elle a aussi vécu à l'appartement ?

– Oui. Pendant un temps. Après, ils se sont séparés et elle est partie dans une sororité pour jeunes filles riches à l'autre bout du campus.

D'un coup, je me suis sentie plus mal que jamais. J'avais l'impression de la remplacer. Et en plus, je n'étais qu'une pâle copie. Je ne tenais pas la comparaison. J'ai avalé ma salive en repensant à sa main posée sur le genou de Ross. Puis à la main de Ross sur mes côtes. Je me suis demandé s'il avait éprouvé la même sensation dans les deux cas. J'étais sûre qu'il préférait son contact. Après tout, ils se connaissaient très bien. Bien plus que lui et moi.

Pourquoi ce détail était-il si douloureux ?

– Ne sois pas triste, Jenna. Si ça peut te consoler, elle ne m'est pas très sympathique non plus. Tu es bien mieux.

Il m'a tapé sur l'épaule.

– Merci, Mike.

– Et je crois que mon frère te préfère aussi.

Je l'ai regardé un moment.

– Préfère ?

Je suis restée bloquée sur le mot.

– Dit comme ça, ça peut paraître...

– Préfère à qui ?

J'ai posé la question malgré la réponse évidente.

– Ça ne fait pas si longtemps qu'ils se sont séparés avec Lana, a-t-il dit en haussant les épaules.

J'ai senti que mon cœur avait des ratés.

– Tu veux dire que, quand il m'a invitée à son appartement, il cherchait juste à la remplacer ?

Il a levé les mains au ciel en signe de reddition.

– Hé, ce n'est pas ce que je voulais dire. En fait, je ne sais même pas ce que je voulais te dire. Je ne parle pas beaucoup de tous ces trucs-là avec mon frère, tu comprends ? Je ne sais pas si tu t'en es rendu compte, mais on n'a pas la meilleure relation du monde.

Il s'est tourné vers une fille qui lui avait souri. J'avais les poings serrés malgré moi.

– Maintenant, si tu me permets... J'ai du travail.

Il a suivi cette fille du regard, puis a filé la rejoindre et je suis restée là, absorbée par mes propres pensées. Soudain, ce qui s'était passé la veille m'a paru beaucoup moins important.

Je n'étais qu'une remplaçante ? Rien de plus ?

Pourquoi alors avais-je encore envie de pleurer ?

En arrivant à l'appartement de Ross, j'ai vite remarqué la présence de Lana. Elle était debout dans une robe beige moulante parfaitement ajustée à son corps. Elle mimait une scène devant les autres, hilares. Et ils dînaient. Sans moi. Je suis restée plantée là un moment, comme une parfaite imbécile.

Je n'étais que la copie bon marché de cette fille. C'est pour ça qu'ils m'avaient acceptée aussi vite. Ross et Naya l'adoraient tous les deux. Elle leur manquait. Ils ne s'en rendaient peut-être pas compte, mais j'étais juste un produit de substitution.

Et Will ne l'adorait peut-être pas autant que les autres, mais il était content de voir Naya heureuse, c'était flagrant.

Je n'aurais peut-être pas dû accepter aussi vite de m'installer ici. À cet instant, j'étais tout sauf ravie de mon choix.

– Salut, Jenna.

Sue m'a ramenée d'un coup à la réalité. Ils se sont tous tus, surpris. Je l'ai regardée en essayant de faire sortir un son de ma bouche.

– Salut, ai-je murmuré d'un air confus.

– On t'a gardé un peu de... a commencé Naya.

Oh non. Je n'allais pas rester là. Même pas en rêve.

– En fait, on m'attend. Je venais juste déposer mes affaires.

J'avais besoin de prendre l'air. J'ai lâché mon sac. Un silence gêné a suivi le bruit sourd du sac sur le sol.

– Tu ne manges pas avec nous ?

Will a haussé les sourcils en se tournant vers Ross, tandis que j'évitais son regard à tout prix.

– Non. Salut, tout le monde.

Je ne leur ai pas laissé le temps de répondre. Je suis sortie de l'appartement et j'ai fermé les yeux un moment. J'étais une imbécile. Je n'aurais pas dû me précipiter de la sorte. Je n'avais nulle part où aller. Je n'allais probablement même pas dîner. Mais... la perspective de manger en compagnie de Lana était pire que de rester assise un moment sur un banc dans le parc.

Juste quand je pensais à ça, la grand-mère de Ross a ouvert la porte et m'a souri comme si elle m'attendait.

– Tu as faim ?

Sa question m'a fait hésiter un moment. J'étais tellement surprise que je suis restée plantée là à la regarder sans rien dire.

– Dis quelque chose, chérie.

– Euh... Oui, mais...

– Allez, entre, il fait froid.

Je ne savais pas quoi en penser, mais je suis quand même entrée chez elle.

On aurait dit l'appartement de Ross, mais avec des meubles plus anciens. Et rangé avec soin. Un saladier rempli de crudités était posé sur le plan de travail et une émission de potins passait à la télévision.

– De la salade avec du poulet à la plancha, ça te va ?

– J'adore, lui ai-je assuré.

Quand j'avais faim, je n'étais pas difficile.

– Parfait, assieds-toi.

Je me suis exécutée et elle m'a tendu une assiette. C'était délicieux. Elle a souri en m'observant manger.

Nous avons regardé un moment la télévision sans rien dire, jusqu'à ce qu'elle mette son assiette vide de côté en me regardant à nouveau.

– Pourquoi tu ne voulais pas manger avec eux ? Vu les rires, on dirait qu'ils s'amusent bien.

– Oh oui, ils s'amusent comme des petits fous, ai-je murmuré d'un ton plus amer que je ne l'aurais voulu.

– Et toi, non ?

J'ai soupiré.

– Je ne veux pas vous déranger avec mes problèmes, madame... euh...

– Madame Ross. Mais je préfère Agnès. Et c'est moi qui t'ai posé la question. Ça ne me dérange pas du tout.

Elle a souri. J'ai réfléchi un instant en contemplant mon assiette, aussi vide que la sienne.

– En fait... je sais que c'est une gaminerie, mais ça me dérange qu'ils s'amusent aussi bien avec elle.

– Avec elle ?

– Avec... Lana. C'est une amie de...

– Pourquoi ?

Comme elle m'avait interrompue, j'ai supposé qu'elle savait de qui il s'agissait.

– Je ne sais pas.

Elle m'a regardée sans rien dire. J'étais un peu nerveuse.

– Je ne... Je ne comprends pas la moitié de ce qu'ils racontent. La plupart du temps, ce sont des blagues à propos de trucs qu'ils ont vécus quand ils étaient plus jeunes, au lycée, quand Ross sortait avec elle... En plus, c'est une amie intime de Naya... Et moi, je ne comprends rien alors que tout le monde rigole. Enfin, tous sauf Sue, mais Sue ne rigole jamais. Ce n'est pas le meilleur exemple.

– Alors, si je comprends bien, tu es jalouse.

Ça m'a légèrement irritée qu'elle arrive si vite à la même conclusion que Shanon.

– Je ne suis pas jalouse, ai-je murmuré.

– Bien sûr que tu l'es. Ne nie pas, ce n'est pas un mal en soi, c'est naturel.

J'ai froncé les sourcils. Je n'étais pas jalouse.

Si ?

Si, tu l'es, admets-le.

Satanée conscience.

– Je ne suis pas jalouse, ai-je insisté.

Elle a posé une main sur mon épaule.

– Je sais comment tu te sens.

– Ah bon ?

Je n'étais moi-même pas sûre de savoir ce que je ressentais, comment pouvait-elle l'être ?

– Tu n'es la remplaçante de personne, m'a-t-elle assuré.

Je ne m'attendais pas à ce que ses mots me touchent autant. Et qu'ils soient aussi justes. Je me suis raclé la gorge en haussant les épaules.

– Je sais, ai-je murmuré d'un air peu convaincu.

– Je ne sais pas si ça t'aide, mais moi, cette fille, je ne l'ai jamais appréciée. Et encore moins pour mon Jack.

Je l'ai regardée. Sa réponse me faisait peut-être un peu trop plaisir.

– C'est vrai ?

Enfin quelqu'un qui ne détestait pas tout le monde – comme Sue – mais qui n'aimait pas Lana.

– Oui. Elle n'est pas méchante, mais... je ne crois pas qu'elle lui convienne. En plus, après ce qu'elle lui a fait...

– Qu'est-ce qu'elle lui a fait ?

Elle m'a regardée un moment.

– Ils ne t'ont pas raconté ça ?

– Non.

– Tu verras, elle...

Elle s'est interrompue toute seule :

– Non, chérie, c'est mieux que Jack te le raconte lui-même.

– Je ne lui poserai pas la question, ai-je assuré.

– Bien sûr que si. Dès que vous arrêterez de jouer aux idiots et aux gênés.

– Mais...

– Tu veux du dessert ? J'ai de la tarte aux pommes.

Nous avons changé de sujet. Nous avons parlé de l'émission qui passait à la télé, ma mère la regardait aussi. Agnès était du genre à rendre passionnantes les choses les plus ennuyeuses.

En fait, le temps s'écoulait à une vitesse folle. Il était presque minuit quand elle a bâillé en me regardant.

– Si tu n'y vois pas d'inconvénient, ma chérie, mes vieux os ont besoin de repos.

– Merci de m'avoir invitée à dîner, ai-je dit d'un air sincère en me levant.

– C'était un plaisir. Ferme la porte derrière toi, s'il te plaît.

J'ai déposé les assiettes sales sur le comptoir. Alors que je me dirigeais vers la porte, j'ai entendu sa voix :

– Au fait, ma chérie...

– Oui ?

Elle a esquissé un sourire mystérieux.

– Si mon petit-fils te pose la question, dis-lui que tu as dîné avec un ami.

– Avec un ami ? ai-je répété, confuse.

– Fais ce que je te dis.

Une fois dans le couloir, j'ai hésité un moment avant d'ouvrir la porte. Principalement parce que j'ai entendu la voix de Lana.

Quand je suis enfin entrée dans l'appartement, j'ai fermé le battant derrière moi. Sue n'était plus dans le salon, mais les autres se sont instantanément tournés dans ma direction.

– Bonsoir, les ai-je salués d'un petit sourire.

– C'était bien, ton dîner ? m'a interrogée Naya d'un air intéressé.

– Génial, ai-je souri en pensant aux traits d'humour d'Agnès.

– Oh, sourire suspect, a ronronné Naya sur un ton enjoué.

Je l'ai immédiatement gommé pour qu'elle ne se fasse pas de fausses idées et je me suis assise dans l'un des canapés. J'ai inconsciemment levé les yeux et j'ai croisé le regard de Ross. Il ne souriait pas, il se contentait de tapoter du doigt sur son genou.

– Alors, tu t'es bien amusée ? a-t-il demandé.

J'ai hoché la tête.

– Et... tu étais avec qui ?

J'ai vu Will dissimuler un sourire en secouant la tête. J'ai réfléchi un moment, son regard planté dans le mien.

– Avec... Avec un ami. Curtis. Un gars de ma classe.

J'étais en cours avec un Curtis, ce n'était pas un mensonge. En fait, on était vraiment dans la même année et on s'entendait super bien. On avait quelques projets de groupe en commun et j'adorais travailler avec lui. Même si... en réalité, on n'avait jamais dîné ensemble.

Ross m'a fixée pendant quelques secondes, mais mon regard s'est dirigé vers une bière posée sur la table.

– Je peux... ?

– Bien sûr, a dit Will.

Je me suis penchée en avant et j'ai ouvert la canette avant d'en boire une petite gorgée. Puis j'ai pris conscience du silence qui s'était formé autour de moi. Et du fait que tout le monde me regardait.

– Quoi ? ai-je demandé, un peu perdue.

Naya a pris un air boudeur.

– Tu ne vas pas nous en dire plus ?

– Ne fais pas ta commère, l'a reprise Will.

– Ce n'est pas du commérage, c'est de la curiosité !

Elle s'est tournée à nouveau vers moi. J'ai viré au cramoisi en réalisant que j'étais le centre de l'attention. Je crois que mon rougissement a été mal interprété, puisque Naya a lâché un petit rire.

– Raconte-moi tout ! Tu as dit qu'il allait en cours avec toi ? Il est beau ?

– C'est juste un ami.

Je n'étais pas à l'aise, je m'enfonçais dans le canapé.

– Ça veut dire qu'il est beau, a dit Lana en me regardant à son tour.

Naya commençait à s'enthousiasmer.

– Je n'y crois pas ! Et le pacte ? Tu en as parlé à ton copain ?

Instinctivement, j'ai jeté un coup d'œil à Ross et j'ai vu qu'il me fixait encore, toujours occupé à tapoter sur son genou.

– Il n'y a rien à raconter, ai-je marmonné.

– Tu as un copain ? m'a demandé Lana d'un air surpris.

– Oui. Mais on ne se verra pas avant le mois de décembre. Il est resté dans ma ville.

Parler de Monty m'a détendue. Je déteste mentir.

– Ça doit être dur de ne pas le voir pendant aussi longtemps.

– On parle souvent, c'est comme s'il était avec moi, ai-je répondu en haussant les épaules.

– Mais il n'est pas là, a souligné Ross.

Je l'ai observé un moment et il a soutenu mon regard. Il n'avait vraiment pas l'air à l'aise. C'était la première fois que je le voyais réagir comme ça. Même quand Sue avait fait des siennes le soir du chili, il ne s'était pas mis dans cet état-là. J'ai baissé les yeux, gênée.

Will s'est raclé la gorge, mettant fin à un silence pesant.

– Ils ont une relation ouverte, a précisé Naya.

– Ça marche comment ? a demandé Lana, curieuse.

– Ben... euh... on peut faire ce qu'on veut avec qui on veut. Tant qu'on n'oublie pas que notre relation sera toujours au-dessus de tout le reste.

– Ça a l'air marrant.

– C'est intéressant, oui, ai-je murmuré d'un air gêné.

– Tu as déjà testé ça avec quelqu'un ?

– Non.

– Tu n'as pas eu envie d'essayer ?

J'ai haussé les épaules. Je sentais toujours la même paire d'yeux rivés sur moi.

– Même pas avec ton *ami* ? a insisté Naya, toujours aussi enthousiaste.

J'ai haussé les épaules à nouveau. Qu'est-ce qu'ils avaient, à me bombarder de questions comme ça ? J'ai senti une chaleur dans mes joues et j'ai avalé ma salive. Au petit rire de Naya, j'ai deviné qu'elle avait encore très mal interprété ma réaction. J'ai levé les yeux et j'ai remarqué que Ross avait la mâchoire posée sur son poing. Il évitait mon regard.

Agnès serait fière de toi.

J'ai vu que Will le regardait lui aussi. J'ai fait de mon mieux pour les ignorer.

– Et sinon, tu as passé une bonne journée ?

Lana voulait entamer une conversation avec moi. Je l'ai observée un moment. Je n'avais pas la moindre envie de lui parler, mais je n'avais pas trop le choix.

– Rien de spécial, ai-je confessé, mais j'ai vu Mike sortir de la faculté.

Ils se sont tous tus un moment. J'ai froncé les sourcils, confuse.

– Ça fait longtemps que je ne l'ai pas vu, a dit Lana.

Elle a souri avant de regarder Ross, comme si elle attendait une réaction qui ne venait pas. Il était trop occupé à fixer sa canette de bière, on aurait dit qu'il essayait de la faire exploser du regard.

– Je viens de me rendre compte qu'on s'est à peine parlé depuis que je suis arrivée, Jennifer.

Je sais, chérie, je sais.

– Tu n'es là que depuis hier. On n'a pas encore vraiment eu le temps de faire connaissance.

Je me suis forcée à étirer les lèvres et elle m'a rendu mon sourire. Je me suis demandé si elle ne percevait pas ma haine ou si elle se contentait de l'ignorer.

– C'est peut-être à cause du garçon avec qui tu as dîné, a-t-elle ajouté en souriant, il t'a distraite toute la soirée.

– Je ne sais pas, peut-être, ai-je chuchoté maladroitement.

– Il te plaît beaucoup, j'imagine, a dit Naya. Je ne t'avais pas encore vue aussi nerveuse à cause d'un garçon.

Elle a regardé Ross du coin de l'œil, avec un sourire en demi-lune.

C'est à ce moment qu'il s'est levé si brusquement que le sofa a failli bouger sous son impulsion.

– Je vais dormir, a-t-il décrété.

Ross n'a pas attendu de réponse, il s'est contenté de sortir de la pièce. Je l'ai observé en silence, et j'avoue que j'avais très envie de le suivre pour lui expliquer que ce n'était qu'un mensonge, mais je me suis souvenue de ce que m'avait dit Mike et j'ai instantanément changé d'avis.

Au lieu de faire tout ça, j'ai regardé la blonde parfaite qui trônait sur le sofa.

– Et toi, tu n'as pas de copain, Lana ?

Elle a éclaté de rire.

– Moi ? Non, non. Je suis célibataire.

– C'est bizarre. Tu es si belle...

– Ah, merci. C'est difficile de trouver quelqu'un, de nos jours. En plus, je suis tout le temps à gauche, à droite. Je n'ai pas le temps de m'installer.

– Je vois.

Je savais que ce que je faisais était idiot et qu'elle était adorable avec moi, mais je ne pouvais pas m'en empêcher.

Elle a fini par s'en aller et j'ai souhaité bonne nuit à Naya et Will, qui s'embrassaient déjà sur le sofa. Quand je suis entrée dans la chambre, Ross était assis sur le lit, son ordinateur portable sur les genoux. Il n'a pas levé la tête en m'entendant.

– Je dois enfiler mon pyjama, lui ai-je dit.

Nous avions un accord tacite : chaque fois que l'un de nous devait se changer, l'autre allait dans la salle de bains ou quelque chose du genre. Ça ne ratait jamais. Pourtant, cette fois, il n'avait pas l'air disposé à le faire.

– Génial, ai-je murmuré.

J'étais tellement irritée que cela ne me dérangeait pas de me changer dans la chambre. Je ne me suis même pas retournée pour voir s'il me regardait. Je me suis contentée de lui tourner le dos pour enfiler mon pyjama. Je me suis ensuite approchée du lit et j'ai enlevé mes lentilles. J'ai vu du coin de l'œil qu'il était en train de monter une vidéo ou quelque chose du style. Je n'ai pas posé de questions. Il n'a rien ajouté non plus.

Nous sommes restés dans le silence le plus total pendant un bon moment. Quand je me suis endormie, il était toujours sur son ordinateur.

8

L'équipe de la défonce

En sortant de l'examen, je n'en menais pas large. Ça ne s'était pas trop mal passé, mais j'avais perdu une bonne partie du temps imparti à penser à des choses très éloignée de Chomsky et ses foutues théories linguistiques. J'aurais mieux réussi si j'avais été plus concentrée. Je suis restée un moment sur le parking devant le bâtiment, un peu déçue de moi-même, avant de soupirer et de reprendre mon chemin.

J'allais arriver à l'arrêt de métro quand j'ai aperçu une silhouette s'approcher de moi. C'était Mike. Il m'a adressé un grand sourire.

– Encore toi ?

– Pourquoi tu râles chaque fois que tu me vois ?

– Tu as l'art de me déprimer plus que je ne le suis déjà.

Il a complètement ignoré mon commentaire pour me sourire de plus belle. J'avais remarqué qu'il avait l'habitude de ne pas tenir compte des remarques désagréables. Particulièrement celles de Ross.

De toute façon, je me sentais mal. J'ai secoué la tête.

– Désolée. Dernièrement, je ne vais...

– C'est bon, c'est bon. On a tous des jours sans.

Il m'a donné une tape dans le dos. Mike pouvait faire preuve de plus d'empathie que ce qu'il laissait penser.

– Et des semaines sans, ai-je murmuré.

Ça faisait presque une semaine que Lana avait déboulé à l'appartement. La situation n'avait pas beaucoup évolué depuis. Et Ross et moi ne nous parlions quasiment plus. On échangeait des futilités ou on parlait de nos horaires ou de qui allait faire le lit ce jour-là... Mais rien d'autre. Comme des voisins qui parlent pour éviter un silence gênant dans l'ascenseur.

– Tu vas chez Ross ?

– C'était l'idée.

– Génial, moi aussi, ai-je répondu.

Il a souri de toutes ses dents.

Pendant tout le trajet de métro, Mike a gratté un autocollant collé à la barre à laquelle il se tenait, ce qui a limité notre conversation. Jusqu'à ce que nous arrivions dans l'ascenseur de l'immeuble, du moins.

– Je peux te poser une question ? ai-je dit en le regardant.

– Surprends-moi.

– Tu vis où exactement ?

– Là où le vent me porte.

J'ai souri.

– Je dors où je peux.

– Et tu n'as pas de... chez-toi ?

– Non. Pour quoi faire ?

– Pour te sentir en sécurité. Au cas où tu te retrouverais dehors un jour.

Il a attendu que j'ouvre la porte. Sue était assise dans un canapé en train de lire un magazine. Elle m'a saluée, moi et moi seule, tandis que nous nous asseyions sur le sofa. Mike a sorti une feuille et a commencé à se rouler une cigarette distraitement.

– J'ai dormi plein de fois dans la rue. Ce n'est pas si terrible. Et si je ne peux pas dormir chez une fille ou l'autre, Ross ou mes parents sont là.

J'aurais aimé pouvoir être aussi détendue dans la vie.

– Qu'est-ce que tu fais ? lui a soudain demandé Sue.

Mike a souri, mais je n'ai rien compris.

– Qu'est-ce qu'il y a ? ai-je dit.

– Regarde ce qu'il est en train de faire, m'a-t-elle dit en désignant la cigarette pas encore tout à fait achevée.

– Presque tout le monde fume ici, je ne vois...

– Ce n'est pas du tabac, idiote, a dit Sue en levant les yeux au ciel.

J'ai cligné des yeux en regardant Mike, qui avait terminé et me tendait son œuvre d'art.

– Tu ne m'as pas dit que tu passais une mauvaise semaine ? Ça, ça peut y remédier.

– Ce sont des... stupéfiants ? ai-je demandé d'une voix stridente.

Je n'osais même pas toucher le contenu de sa main.

– Des quoi ?

– De la drogue, a précisé Sue.

– Ah ! Ben oui.

– Éloigne ça de moi, ai-je exigé.

– Ce n'est pas une drogue dure, ce n'est que de la weed.

– Que de la weed ? Je ne... euh... Il vaut mieux que tu ranges ça. C'est illégal, non ? On pourrait aller en prison, pour ça ?

Sue s'est penchée en avant pour l'attraper.

– Ce n'est pas grand-chose. On va se le fumer à trois.

– Vous êtes devenus fous ?

– Détends-toi, tu n'as jamais rien fait de mal de ta vie ?

J'ai regardé Mike un moment.

Pendant toute mon adolescence, ma sœur m'avait posé cette question en boucle. Elle me demandait si je ferais un jour quelque chose d'un tant soit peu risqué, ou au moins si je sortirais un peu de ma zone de confort. Quand elle avait changé de disque, c'est Monty qui avait pris le relais.

Et ils avaient tort. Je pouvais... être complètement folle quand je voulais.

J'étais... euh... très téméraire.

Bien sûr, chérie.

Tu l'es !

– Donne-moi ça, ai-je murmuré d'un air agacé en attrapant le joint.

Mike et Sue se sont mis à applaudir quand je lui ai pris le briquet des mains et que, non sans hésiter une seconde, j'ai allumé le joint et tiré une longue bouffée. Le goût était très étrange et la fumée m'a légèrement brûlé la gorge. C'était un peu désagréable. J'ai failli me mettre à tousser comme une folle, mais j'ai fait de mon mieux pour me maîtriser et jouer les dures.

J'étais sur le point de le tendre à Sue, mais ils m'ont fait tirer deux lattes de plus, amusés. Dix minutes plus tard, ils riaient comme des baleines en me regardant.

– Je n'aurais jamais cru faire ça chez mon frère, a murmuré Mike en rigolant.

– Ross ne va pas apprécier.

Sue aussi s'esclaffait comme une gamine. Ils étaient tous les deux vautrés sur un canapé, tandis que j'avais migré vers un fauteuil. Je regardais le plafond, les pieds flottant dans le vide par-dessus les accoudoirs. Je ne me sentais ni bien ni mal. J'étais... juste là, j'existais, sans plus.

– Alors, la novice ? m'a demandé Mike.

– Bie... Ouf...

Ma voix était bizarre. Je ne sais pas pourquoi, ça m'a paru rigolo. J'ai cligné des yeux en m'efforçant de ne pas rire. Soudain, je me suis sentie si détendue que j'en avais presque le vertige. J'ai tenté de me concentrer sur un point fixe au plafond. J'étais si douée pour ça que j'en ai totalement oublié le reste du monde. J'avais fait le vide dans mon esprit.

– Allôôoooo... ?

J'ai entendu Mike glousser au loin. On aurait dit qu'il y avait de l'écho dans la pièce.

J'ai lâché un rire similaire au sien en revenant à la réalité, avant de pencher ma tête par-dessus le fauteuil pour les observer.

– Vous êtes... assis au plafond, ai-je murmuré un peu confuse.

Mike et Sue ont éclaté de rire, toujours occupés à fumer. Ils m'ont repassé le joint. Je le leur ai rendu, non sans prendre une bouffée supplémentaire.

– Et pourquoi est-ce qu'on... euh... ?

L'espace d'un instant, j'ai oublié ce que je voulais dire.

– Pourquoi est-ce qu'on fume, déjà ?

Mike s'est affalé sur le dossier.

– Parce que. L'humanité a pris plus de décisions sous influence que sobre.

– Je ne sais pas si...

J'ai explosé de rire en voyant Sue tousser à cause de la fumée que Mike lui avait soufflée au visage.

– Qu'est-ce que tu avais ?

– Hein ?

– Tu avais un coup de déprime, non ? a-t-il dit d'une voix étrange.

– J'étais... dépri... déprimée ?

– Elle est jalouse de l'ex de Ross, a dit Sue en hochant la tête.

– Hé ! Je ne suis pas...

J'ai pouffé en la pointant du doigt. Je n'ai pas pu terminer ma phrase tant ils s'esclaffaient, ce qui m'a fait rire à mon tour.

– En fait...

J'ai soupiré pour reprendre mes esprits. Ça m'a fait du bien et m'a filé le vertige en même temps.

– Ouf... Ma sœur croit que je repense à un truc un peu chaud qui m'est arrivé... euh... De quoi on parlait, déjà ?

– De ta sœur et de ton passé obscur, a répondu Sue en rigolant.

– Ah oui ! Il y a quelques mois, j'ai eu un... Comment on appelle ça déjà ? Quand tu te mets dans un état pas possible et que tu restes comme ça.

J'ai fait mine d'être morte, ce qui les a fait exploser de rire. Moi-même, je n'en pouvais plus : j'ai dû m'accrocher à l'accoudoir pour ne pas tomber.

– Une attaque de quelque chose, a dit Sue.

– Oui ! De panique !

– À cause de quoi ?

J'ai cligné des yeux un moment avant de rire.

– Vous allez vous marrer.

– On se marre déjà, a dit Mike en essuyant une larme.

– En fait, dit comme ça, on dirait une blague, ai-je répondu en riant.

– Vas-y, balance, a ironisé Sue en levant les yeux au ciel.

– Même quand tu as fumé, tu restes aigrie, ai-je dit en secouant la tête.

Nous nous sommes fixées un moment avant de nous esclaffer. J'ai porté ma main à mon estomac tellement j'avais mal à force de rire.

– J'ai appris que mon copain Monty et ma meilleure amie Nel avaient couché ensemble dans mon dos pendant les deux premiers mois de ma relation avec lui.

En prononçant ces mots, j'ai vu leur sourire vaciller un moment. Le mien, lui, n'a pas bougé d'un poil. D'ailleurs, je me marrais toujours comme une bossue. Je ne pouvais pas croire que ça me paraissait aussi absurde alors que, quelques mois plus tôt, j'avais cru en mourir.

Parce que oui, j'avais subi une vraie crise de panique. La seule et unique de ma vie. Je me souviens de la sensation de ne plus rien voir, de ne plus pouvoir respirer, de sentir le monde s'arrêter, ses jambes fléchir... C'était horrible. Mais, pour une raison ou pour une autre, à cet instant précis cela ne m'affectait plus le moins du monde.

J'admets, c'était définitivement l'effet de la drogue.

– Tu parles d'une amie...

Sue s'est installée plus confortablement sur le sofa.

– Et tu parles d'un...

Mike s'est interrompu lui-même pour roter, ce qui nous a fait rire tous les trois.

– Et tu parles d'un copain.

– Ouais. Belle paire.

– Qu'ils aillent se faire voir, ai-je dit en riant.

Sue a répété mon injonction en se levant, non sans vaciller.

– Qu'ils aillent se faire voir ! Je vais chercher de la... bière.

– Et que ton frère aille se faire voir ! ai-je dit à Mike.

– T'as raison, qu'il aille se faire voir ! Attends, pourquoi ?

– Parce que je te le dis. Qu'il aille se faire voir !

– Eh bien qu'il aille se faire voir, alors !

Il a accepté la bière de Sue, qui pleurait encore de rire. J'ai attrapé la mienne et j'ai essayé de l'ouvrir du mauvais côté.

– Hé, tu vas tout renverser !

– Ouille... Euh...

À ce moment précis, j'ai entendu au loin un bruit qui ressemblait à celui d'une porte qui s'ouvre. Je suis sortie victorieuse de mon duel avec la canette, les yeux rivés sur l'entrée.

Ross est entré, les sourcils froncés. Il est resté planté là à nous dévisager un moment, moi en particulier. Je ne sais pas pourquoi, mais tout ce à quoi je parvenais à penser en cet instant, c'est qu'il était encore plus beau que d'habitude.

Nous avons tous les trois essayé de dissimuler notre état second en prenant un air aussi sérieux que possible. Ross a planté ses yeux dans ceux de son frère.

– Qu'est-ce qu'il se passe, ici ?

– Je ne... vois pas de... quoi tu parles, a dit Mike en ouvrant sa bière à grand-peine.

– Tu te prends pour qui, en apportant de la drogue chez moi ?

Ross a adressé cette remarque d'un ton sec, puis il lui a arraché la bière des mains et l'a posée sur la table basse.

Mike a levé les mains à hauteur de sa poitrine d'un air innocent.

– De la drogue ? Quelle drogue ?

Sue et moi étions mortes de rire.

– Tu crois que je ne reconnais pas l'odeur du cannabis ?

– C'est aussi chez moi, a protesté Sue, et chez Jenna.

– Elle a raison, ai-je murmuré.

Ross m'a à nouveau regardée. Il a fermé les yeux pendant un moment. Puis il s'est tourné vers son frère et a repris la parole d'une voix posée :

– Tu as drogué Jen ?

Mike a hésité. Ross en a profité pour s'approcher de moi. Je lui ai adressé un petit sourire qu'il ne m'a pas rendu. Il avait l'air furieux.

– On l'a fait ensemble, a protesté Sue, on est l'équipe de la défonce.

J'ai essayé de boire une gorgée de bière, mais je ne m'étais pas rendu compte que, si je la prenais à l'envers, j'allais tout renverser sur moi. Effectivement, j'ai réussi à m'arroser généreusement le cou et le pull. La sensation m'a surprise, si bien que je suis tombée du fauteuil et que je suis restée étalée par terre un moment.

Nous avons tous les trois éclaté de rire. Ross a pris ma bière pour la poser sur la table. Je me tenais l'estomac tandis que Sue essuyait ses larmes. Sans parler des spasmes de Mike.

– Putain, dans quel état tu t'es mise.

Ross m'a tirée par le bras pour m'asseoir. J'ai dû me tenir à son épaule à cause du tournis, toujours morte de rire.

Je me suis regardée moi-même. Sur le coup, voir mon pull couleur moutarde complètement taché de bière m'a paru hilarant.

– Et toi, tu peux arrêter de rire, a dit Ross à son frère sur un ton sec. Quand tu seras redescendu, on discutera.

– Allez, ne fais pas le rabat-joie, ai-je protesté alors qu'il essayait de me mettre debout.

En voyant que la tâche était moins aisée que prévu, il a passé mon bras par-dessus ses épaules avant de passer le sien autour de ma taille. J'ai senti que je m'élevais du sol pour enfin me retrouver debout, toujours morte de rire.

– Allez, Ross, a insisté Sue, on t'en a gardé un peu, ne casse pas l'ambiance.

Le regard qu'il lui a adressé aurait pu geler les enfers.

Au même moment, je l'ai senti poser sa main sur mes côtes au même endroit que la dernière fois. J'ai pris appui plus fort encore sur ses épaules, mais pas à cause du vertige cette fois.

– Alors c'est moi qui le termine, a dit Mike en prenant le joint des mains de Sue.

Ross a décidé de les ignorer. Il ne m'a pas lâchée lorsqu'il s'est tourné vers moi pour évaluer l'ampleur des dégâts sur mon pull. Il était si proche que je n'ai pas eu d'autre choix que de glisser une jambe entre les siennes. Ce qui me convenait parfaitement. Surtout dans cet état.

J'ai claqué des doigts devant son nez.

– Hé, j'ai un copain, monsieur Sans-gêne. Et mes yeux sont ici.

Les deux autres ont ri tandis que Ross me regardait fixement, la mâchoire crispée.

– Ce n'est pas drôle, Jen, a-t-il chuchoté.

– Un peu, si, ai-je répondu en lui touchant le nez du bout des doigts.

Sue et Mike n'en pouvaient plus. Ross donnait l'impression de vouloir nous tuer tous les trois.

– Allez, il faut que t'enlèves ce pull, m'a dit Ross en me tirant vers le couloir.

– Je ne veux pas, ai-je protesté, je suis bien avec mes amis.

– Moi aussi, je suis ton ami, et je te dis que tu dois te changer.

– Mon ami, ai-je répété en riant.

Il m'a adressé un regard sévère.

– Allez, Jen.

– Je ne veux pas, mon *ami.*

– Jen... a-t-il prévenu.

– Je ne veux pas, ai-je répété.

– Et si ton *ami* d'hier soir te le demandait, tu le ferais ?

Il avait l'air énervé. Plus qu'avant. Ce qui, pour une raison ou pour une autre, m'a donné envie de sourire et de poser mes mains sur ses épaules. Il était particulièrement tendu, mais il n'a pas bougé.

– Tu es jaloux, Ross ? ai-je ronronné, amusée.

– Non.

Il a répondu trop rapidement pour être honnête.

– Tout ce que je veux, c'est que tu enlèves ton pull imbibé de bière.

– Tu veux juste voir ses seins, a lancé Mike en riant.

– Ross veut voir les seins de Jenna, a chantonné Sue.

– Ross veut voir les seins de Jenna, a répété Mike en chœur.

Il a réagi sans attendre.

– Je ne...

– Ross veut voir les seins de Jenna ! Ross veut voir les seins de Jenna !

– Je ne... !

– Ross veut voir les seins de Jenna !!!

– Ça suffit. Viens ici.

Il m'a regardée d'un air irrité. Il s'est accroupi et j'ai cligné des yeux, confuse : je ne voyais plus que le sol. Ce n'est qu'alors que j'ai compris qu'il m'avait soulevée par-dessus son épaule. Mike et Sue riaient de moi tandis que Ross me portait dans le couloir qui menait à sa chambre.

– Descends-moi de là, j'ai le tournis, ai-je protesté en le frappant sans conviction dans le dos.

– En fumant cette saloperie, tu as perdu le droit de te plaindre.

– Mes droits sont toujours en vigueur. Nous sommes dans un pays libre.

Je parlais le plus sérieusement du monde en regardant le sol, comme si lui allait m'écouter.

– Ross, n'essaie pas d'entraver ma liberté, parce que...

Il m'a reposée sur le sol, interrompant mes récriminations, et j'ai vu que nous étions déjà dans sa chambre. Je me suis retenue à son bras. Ma tête tournait un peu. Ross m'a soutenue, sans quoi je me serais sans doute vautrée.

– J'ai perdu le fil de ce que j'étais en train de dire, ai-je protesté.

– Quel dommage, a-t-il ironisé en haussant un sourcil.

– Tu vois ? Si tu étais venu plus tôt, tu serais aussi heureux que nous. Et beaucoup moins... aigri. On dirait Sue.

– Je vais tenter d'ignorer cette remarque.

– Hé, Ross, tu devrais profiter un peu plus de la vie, il te reste quelques années devant toi.

– Tu as quelque chose sous ton pull ?

– À moins qu'un camion ne t'écrase, auquel cas...

– Oui ou non ?

– Ce n'est pas un pull de bonne qualité, Ross. Si je ne porte rien en dessous, il pique.

Il a souri et s'est légèrement éloigné pour attraper le bas de mon pull.

– Lève les bras, a-t-il ordonné.

– Oui, mon capitaine, ai-je répondu en riant.

– Marre-toi si tu veux, mais lève les bras.

Je me suis exécutée, amusée, et il a passé mon pull par-dessus ma tête. La sensation était aussi étrange qu'agréable. Comme toutes celles qu'il me provoquait. Encore plus quand il a remis ma mèche en place. Je suis restée en débardeur à me frotter les bras.

– Il fait froid, me suis-je plainte.

– Je m'en étais rendu compte, mais merci de prévenir.

– Pourquoi es-tu toujours *siiiiii* sarcastique ?

Ma protestation a été interrompue par mon propre rire quand il a inspecté mon pull taché.

– Demain, tu trouveras tout ça beaucoup moins drôle, a-t-il murmuré.

Il a soupiré et a fourré le vêtement dans le panier de linge sale avant de m'examiner. J'ai souri, amusée. J'ai essayé de faire semblant de ne pas remarquer qu'il me scrutait de la tête aux pieds. Il s'est raclé la gorge :

– On devrait...

– J'ai enlevé mon pull, ai-je dit en pointant mon doigt sur sa poitrine.

Il a eu l'air de ne pas comprendre.

– Et ?

– Tu dois enlever quelque chose aussi, sinon c'est pas juste, tu ne crois pas ?

Il m'a regardée fixement pendant un moment. J'ai vu quelque chose briller dans son regard, mais il n'a rien dit. Il a serré les lèvres quand j'ai renforcé la pression de mes mains sur ses épaules.

– Il faut que ça soit équitable, ai-je gentiment insisté.

Pendant un moment, j'ai eu l'impression que l'air de la pièce se faisait plus dense. Particulièrement quand il m'a attrapée par la taille. Le petit débardeur que je portais ne couvrait pas entièrement mon dos ; il laissait environ deux centimètres de peau exposée. Quand j'ai senti le contact du bout de ses doigts, ma température corporelle a grimpé en flèche.

Pourtant, c'est à ce moment qu'il a fermé les yeux.

– Tu as beaucoup fumé, Jen ?

Il a articulé sa question avec mille précautions.

– Un peu trop, ai-je admis en m'approchant encore un peu.

Ou au moins en essayant de m'approcher, parce qu'il m'a retenue, les mains toujours posées sur ma taille. Il a secoué la tête.

– Ne fais rien que tu risques de regretter demain, m'a-t-il conseillé en s'éloignant un peu.

– Je ne fais rien du tout.

– Il y a cinq minutes, tu fumais de la weed avec mon frère.

J'ai légèrement baissé la tête, honteuse. Je l'ai entendu soupirer.

– C'était ta première fois ?

Je l'ai regardé, surprise.

– Non, je ne suis pas vierge.

– Je ne... Quoi ?

– Enfin, techniquement, je ne le suis pas.

– Techniquement ?

– C'est une longue histoire. Comment peux-tu me poser ce genre de question dans une situation pareille, Ross ?

– Je parlais de la première fois que tu fumes !

– Ah oui. Ça, oui. Pendant un moment, j'ai cru que tu jouais les pervers.

J'ai souri de toutes mes dents. Il m'a rendu mon sourire, en secouant la tête.

Mon doigt accusateur a visé son torse à nouveau.

– Même si ça t'arrive de lâcher des commentaires vicelards, hein ? Comme celui avec la serviette, l'autre jour.

– Un vicelard attachant, a-t-il protesté.

– Peut-être, mais tu n'es pas un saint pour autant.

Il a décidé de mettre fin à la conversation puisque, en moins d'une seconde, il m'a lâchée et s'est éloigné de deux pas, laissant une distance prudente entre lui et moi. J'ai senti le froid m'envelopper, je me suis mise à me frotter les bras. Il a pointé l'armoire du doigt :

– Qu'est-ce que tu veux te mettre ? Il est tard. Je peux sortir ton pyjama.

– Mon pyjama est affreux, ai-je répondu en levant les yeux au ciel.

Il a eu l'air songeur.

– Tu peux porter mes vêtements, tu le sais bien. Même si tu ne l'as plus trop fait ces derniers jours.

– C'est parce qu'ils sont trop confortables, ai-je répondu, ignorant complètement la seconde partie de sa phrase.

Mais il n'allait pas laisser passer ça, bien sûr.

– Pourquoi tu ne les mets plus, alors ?

J'ai tenté de gagner du temps en m'approchant du lit et en m'asseyant maladroitement dessus.

– Parce que...

J'ai secoué la tête.

– Oublie ça.

– Non, c'est important.

Je l'ai regardé du coin de l'œil.

– Bon... Vu qu'on était... fâchés... j'ai pensé que tu ne voudrais plus que je porte tes vêtements.

J'ai vu ses sourcils se froncer un peu plus à chaque mot. Il a fini par secouer la tête.

– Je ne suis pas fâché contre toi. Je n'en serais pas capable. C'est toi qui te comportes étrangement depuis quelques jours.

– Parce que moi, je suis énervée, Ross.

– Et on peut savoir pourquoi ?

J'ai soupiré en me laissant complètement tomber sur le lit. Je n'avais pas envie de parler de ça. Je voulais juste m'allonger et me détendre. Avec lui, de préférence. Comme l'autre jour avant de dormir. J'avais plus apprécié ce moment que je ne voulais l'admettre. Beaucoup plus.

– Pourquoi est-ce que j'ai mis autant de temps à découvrir le cannabis ?

– Parce que c'est de la drogue et que tu n'aurais jamais dû le découvrir, a-t-il répondu sèchement, Mike va m'entendre.

– C'est un bon gars, Mike, ai-je dit en le regardant, pas comme toi.

Je lui avais déjà adressé un tas de remarques un peu joueuses pour l'ennuyer, mais cette fois j'avais vraiment fait mouche. Son expression s'est métamorphosée du tout au tout ; elle était maintenant glaciale. Je me suis redressée lentement face à sa mâchoire crispée.

– Tu trouves Mike sympa ?

Il était debout face à moi. J'ai attrapé sa main.

– Allez, n'exagère pas. C'était une blague.

Il n'a rien dit, mais il a eu l'air de se détendre un peu. J'ai serré sa main. La mienne était froide, ce qui contrastait avec la chaleur de la sienne. Comme toujours, ou presque.

Ross a regardé nos mains un moment avant de se focaliser sur moi à nouveau.

– Pourquoi est-ce que tu ne l'aimes pas ? Je ne dis pas que c'est la meilleure personne au monde, mais... il est plutôt correct avec toi, non ?

Il n'a pas changé d'expression, mais j'ai instantanément compris qu'il ne voulait pas aborder ce sujet. Ou pas avec moi, en tout cas. J'ai soupiré.

– C'est compliqué, a-t-il fini par dire.

J'ai lâché sa main.

– Peu importe. Ça ne me regarde pas, je comprends.

Il a froncé les sourcils pour murmurer :

– Ce n'est pas ça. Mais... je te raconterai une autre fois. Un jour où tu n'auras pas fumé, par exemple.

Il s'est tu et je me suis frotté le visage. Ma tête tournait encore.

– Hé, Ross, ai-je fait, la main sur les yeux.

– Ça ne va pas ? a-t-il dit en s'accroupissant immédiatement à mon niveau.

– Hein ?

J'ai cligné des yeux en ôtant ma main de mon visage.

– Si, si, ça va. Je suis plus détendue que jamais.

– Qu'est-ce qu'il se passe, alors ?

Il était accroupi devant moi, les bras de part et d'autre de mes jambes. Pendant un moment, l'envie m'est venue de faire quelque chose que je ne devais pas faire. Je me suis contentée de le regarder en me triturant les doigts pour m'occuper.

Il m'a prêté toute son attention et, pour la première fois ou presque, j'ai osé le regarder droit dans les yeux. Je ne l'avais pas remarqué jusqu'alors, mais il avait des yeux brun clair légèrement tachetés de vert, plus particulièrement autour de l'iris. J'ai esquissé un sourire. Il a haussé un sourcil.

– Tu es sûre que ça va ?

– Tes yeux sont magnifiques.

Il est resté complètement silencieux quand j'ai tendu la main pour passer mon doigt le long de sa mâchoire. Sa barbe de quelques jours me piquait les doigts. Je l'ai senti avaler sa salive.

– Même si je préfère quand tu te rases, ai-je blagué.

J'ai plissé les yeux face à son léger sourire amusé.

– Merci pour la recommandation, j'imagine, a-t-il répondu d'un air taquin.

– Ce n'est pas ce que je voulais dire, ai-je murmuré.

Mon doigt parcourait toujours sa mâchoire. Il est descendu vers son menton. J'ai même eu la tentation folle de remonter jusqu'à ses lèvres, mais je me suis retenue et j'ai finalement promené mon index de son cou à sa clavicule. Je ne savais pas comment interpréter la tension que je sentais dans ses épaules, et le fait qu'il retenait sa respiration. Ma tête tournait toujours. Ross s'est raclé la gorge :

– Et qu'est-ce que tu voulais me dire, alors ?

J'ai hésité un moment :

– Tu sais quoi... ? Tu as déjà rêvé de quelque chose dont tu ne devrais pas rêver ?

Il a hésité à son tour :

– Tu as rêvé que tu tuais quelqu'un ?

– Pas exactement, ai-je répondu d'un air pensif.

– Alors ?

J'étais à deux doigts de le lui dire. À deux doigts. Mais quelque chose m'a retenue.

L'instinct de survie.

– Je suis fatiguée, ai-je fini par dire en feignant de bâiller.

Il n'y a pas cru, mais il a souri face à mon mensonge maladroit.

– Allez. Je te laisse te changer toute seule.

Il a exercé une légère pression sur mon genou. Et je n'ai senti la chaleur de sa main sur ma jambe que bien après son départ.

Je suis restée là à contempler le plafond un moment avant d'enfiler maladroitement un sweatshirt. Ça m'a pris tellement de temps que la plupart des effets du joint s'étaient dissipés quand j'ai eu fini. Je me suis observée dans le miroir avant de retirer une nouvelle fois mon haut : je l'avais enfilé à l'envers. J'étais en train de le faire passer tant bien que mal par-dessus ma tête quand la porte s'est ouverte d'un coup.

J'ai instantanément couvert mes seins, juste avant de me souvenir que je portais toujours mon débardeur.

Mais ce n'était que Naya. Elle avait l'air inquiète.

– Mike t'a droguée ?

Elle a pris mon visage dans ses mains.

– Je n'y crois pas. Tes yeux sont tout rouges ! Je vais le tuer !

– J'étais consentante, ai-je répondu en fronçant les sourcils.

J'avais encore le sweatshirt autour du cou. Je suis enfin parvenue à le remettre à l'endroit pour regarder Naya.

Elle a pris un ton sérieux. Très sérieux venant de sa part.

– Il faut qu'on parle, toi et moi.

– Maintenant ? J'ai faim.

– Et moi, j'ai envie de parler.

Elle s'est assise et a tapoté le lit à côté d'elle en me regardant sans sourciller. Mon estomac rugissait, c'est du moins la sensation que j'avais.

– Ça va durer longtemps ? J'ai vraiment...

Elle a terminé ma phrase pour moi :

– Faim, oui, je sais. Tu sais quoi ? On va aller chercher un truc à manger, sinon tu ne m'écouteras jamais.

J'ai souri jusqu'aux oreilles alors qu'elle me guidait à travers le couloir. Mike, Sue et les deux garçons étaient dans le salon. Ils m'ont regardée ouvrir l'armoire de la cuisine et attraper la tablette de chocolat de Ross, l'air le plus confiant du monde.

Ça n'a pas eu l'air de le déranger plus que ça.

– J'ai faim aussi, a murmuré Mike.

Il s'est tu instantanément en constatant que tous les autres le fusillaient du regard.

– J'ai compris, je vais résister à la tentation. Il vaut mieux. Je devrais faire régime. Je commence aujourd'hui.

Naya s'est assise avec Will tandis que je me suis laissée tomber à côté du propriétaire des vêtements que je portais. Il a pris un air amusé quand je me suis allongée pour poser la tête sur ses genoux.

– Je te rappelle que tu ne voulais pas que j'achète ce chocolat, a-t-il signalé en désignant la tablette d'un mouvement de tête.

– Et je te rappelle que si je ne t'avais pas obligé à m'accompagner, il n'y aurait pas de chocolat du tout, ai-je rétorqué la bouche pleine. On fait la paix ?

Mike s'est levé et a regardé son téléphone en titubant. Il a souri à Sue et à moi.

– Je dois y aller. Appelez-moi quand vous voulez, je suis toujours disponible pour une bonne thérapie de rire, hein ?

Nous lui avons toutes deux dit au revoir d'un hochement de tête très solennel. Dès qu'il a disparu, j'ai senti les yeux se tourner vers moi à l'exception de ceux de Sue, qui coupait un bout de chocolat.

– Quoi ? ai-je demandé la bouche pleine.

– Tu ne vas pas nous expliquer ce qui t'arrive cette semaine ? a demandé Naya en croisant les bras.

– De quoi ?

J'ai fait celle qui ne savait pas en cassant à mon tour un morceau de chocolat.

– Tu sais très bien de quoi je parle, a-t-elle dit.

– Arrêtez de lui prendre la tête, est intervenue Sue.

– Voilà, arrêtez.

Ross a pris un air interrogateur.

– Je peux savoir depuis quand vous ne vous détestez plus ? Et depuis quand vous êtes amies ?

Nous nous sommes regardées, Sue et moi.

– Quand on s'est rendu compte qu'aucune de nous deux ne t'aimait, lui a répondu Sue.

Elle et moi avons éclaté en chœur d'un rire infantile.

– Vous avez mis un temps fou avant de vous en prendre à moi, a dit Ross en levant les yeux au ciel.

– Tiens, le chocolat de la paix, lui ai-je proposé.

– C'est *mon* chocolat, a-t-il répliqué.

– Et alors ?

– Tu m'offres mon propre chocolat pour faire la paix ?

J'ai souri d'un air angélique.

– Et tu l'acceptes ?

Après m'avoir observée un moment, il a soupiré et a posé sa main sur la mienne pour tenir la tablette tandis qu'il la cassait en deux de l'autre. Je suis restée là à le regarder manger sa part, à moitié hypnotisée.

– J'étais sérieuse, a dit Naya en interrompant ma contemplation.

Je l'ai regardée paresseusement.

– Je ne vois pas de quoi tu parles.

– Je crois que tu vois parfaitement de quoi je veux parler, Jenna.

J'ai appelé Will du regard. À ma grande surprise, il a tout de suite compris. Il a instantanément ôté les jambes de sa copine de ses genoux pour se lever.

– Je vais fumer. Ça ne te ferait pas de mal, un peu d'air frais pour te changer les idées, tu veux venir ?

Je me suis aussitôt mise debout, laissant le chocolat à Sue. J'étais soulagée de voir que Ross était trop occupé à essayer de prendre le paquet des mains de Sue pour demander à nous accompagner. Naya m'a regardée comme si elle voulait me frapper, mais elle ne nous a pas suivis non plus.

Sur le toit, Will s'est allumé une cigarette et m'a dévisagée.

– Alors, a-t-il dit en fourrant ses mains dans les poches de sa veste, tu es venue pour la vue ou pour me raconter ?

– Je ne sais pas, ai-je murmuré.

Curieusement, il avait raison. Ma légère nausée disparaissait rapidement au contact de l'air frais.

– Tu vas à la soirée samedi ? a-t-il demandé en voyant que je restais silencieuse.

– Quelle soirée ?

– La fête de bienvenue de Lana. Tu es invitée.

J'ai haussé les épaules.

– Ah, cette fête-là. Je ne crois pas, non.

Il m'a regardée un moment avant d'esquisser un sourire. J'ai pris un air mauvais.

– Quoi ? ai-je demandé, sur la défensive.

– Je trouve ça curieux que sa présence t'importune autant, m'a-t-il dit.

– Je ne suis pas mal à l'aise en sa présence.

– Alors ?

– On s'entend super mal.

J'étais peut-être encore un peu trop sincère.

Pourtant, Will n'a pas eu l'air de s'alarmer plus que ça. En fait, il a éclaté de rire en secouant la tête.

– C'est pour ça que tu te comportais comme ça ces derniers jours ?

– Quoi ? Moi ? Mon comportement n'a pas changé d'un poil.

J'ai ri nerveusement. Il a fait mine de ne pas se rendre compte que j'étais en train de lui servir un mensonge gros comme une maison.

– Tout le monde l'adore, Ross compris, a-t-il dit en me fixant.

– Oui, je sais. C'est madame Parfaite. Des notes parfaites, une chevelure parfaite, un sourire parfait, comme...

Je me suis interrompue moi-même pour le regarder.

– Désolée. C'est ton amie.

– Ce n'est pas mon amie, a-t-il immédiatement rectifié.

Je l'ai regardé, surprise.

– Ce n'est pas ton amie ?

– Lana ? Non. Je ne l'ai jamais appréciée plus que ça. Mais Ross et Naya l'adorent, alors j'essaie d'être aimable avec elle.

Est-ce qu'il pensait pareil de moi ? J'espérais que non.

– Pourquoi est-ce que tu ne l'apprécies pas ?

– Pour commencer, nos personnalités ne sont pas très compatibles. Elle exige trop d'attention, et moi, je n'aime pas ça.

– Et comment, qu'elle en demande, ai-je marmonné d'un air mauvais.

– En plus, depuis ce qu'elle a fait à Ross, je préfère ne pas m'approcher d'elle.

J'ai hésité un moment avant de poser la question. J'étais sûre qu'il ne me dirait rien. J'ai pris mon air le plus innocent.

– Qu'est-ce que... Qu'est-ce qu'elle lui a fait ?

Il m'a analysée pendant quelques secondes avant de soupirer.

– Il ne te l'a pas raconté ?

– Je ne lui ai pas posé la question, on a à peine parlé d'elle.

– J'imagine que si je ne te le dis pas, tu poseras la question à Naya.

– Exact.

– Et Naya te répondra sans hésitation.

– Encore plus exact.

Il a réfléchi un moment.

– Bon... En vrai, tout le campus le sait. C'est bizarre que tu ne sois pas encore au courant.

– Qu'est-ce qu'elle a fait ?

J'étais morte de curiosité. Je pense qu'une partie de moi était excitée à l'idée d'avoir enfin une excellente raison de la détester. Un détail qui la rendrait moins parfaite.

– Ross et elle sont amis depuis longtemps, mais ils ne sont sortis ensemble que quelques mois. Ils se sont rencontrés au lycée. On était toujours fourrés ensemble, tous les quatre. Au final, je crois qu'ils ont commencé à sortir ensemble pour ne pas se sentir perdus quand Naya et moi étions là aussi.

Il a marqué une pause, pensif.

– Le truc, c'est qu'aucun des deux n'avait l'air très amoureux... encore moins Ross... Et pourtant, ils restaient ensemble. Le problème, c'est que Lana... mmmh... voyageait beaucoup. Elle n'aime pas rester longtemps au même endroit. Ses parents ont de l'argent et ils ont envie de montrer que leur fille va à l'étranger. Elle passait des semaines sans voir ni appeler Ross.

– Et lui ne l'appelait pas ? ai-je demandé, surprise.

– Oh si. Parfois. Au début. Parce qu'il s'y était engagé, pas parce qu'ils s'aimaient follement. Crois-moi. Après, il a arrêté de le faire. Surtout parce qu'il était pris par ses activités, les courts-métrages, ses études... Tout ça, quoi. Ils pouvaient passer un mois sans se voir ni s'appeler. Et ce qui est bizarre, c'est qu'elle n'avait pas l'air de manquer à Ross. Du tout.

Je n'ai pas pu me retenir de faire la moue. Je m'étais plainte de Monty parce qu'il ne m'avait pas parlé pendant une semaine entière, alors... un mois ? Et sans qu'elle lui manque ?

– C'est à ce moment-là que Lana s'est rendu compte qu'elle le perdait. Enfin, je crois. Lana est du genre à vouloir qu'on lui coure après, et dès qu'on arrête de le faire... ben... ça l'obsède. Donc elle a décidé de revenir et de demander pardon à Ross. Il a accepté ses excuses, bien sûr. C'est Ross. Il ne dirait jamais non à personne.

Je l'ai regardé.

– Laisse-moi deviner. Ça ne s'est pas bien terminé.

Il a secoué la tête.

– Bien sûr que non. On savait tous comment était Lana. Pendant ses années de lycée, elle était déjà partie à plusieurs reprises à l'étranger. Chaque fois, elle se trouvait un copain sur place, elle passait quelques semaines avec, puis elle revenait. Mais, cette fois-ci, son copain l'attendait à la maison.

– Et elle n'a rien fait ?

Will a soupiré.

– Je ne sais pas exactement. Peut-être que non. Qui sait ? Je ne lui ai jamais posé la question. Mais je sais qu'elle parlait à plusieurs garçons, sans qu'il y ait rien de sérieux.

Je n'ai pas pu contenir mon air horrifié.

– Et Ross n'a rien dit ?

Il a soupiré à nouveau.

– Non. Il n'est pas comme ça. Il n'était pas du genre à menacer de la larguer. Simplement, il lui a dit que si elle voulait être avec l'un d'entre eux, elle devait le lui dire. Et si elle voulait sortir avec lui, il fallait qu'elle arrête de leur parler.

– Je ne peux pas croire qu'il ne lui ait rien dit d'autre, ai-je murmuré.

Quand j'ai appris pour Nel et Monty, ça m'a fichu une crise de panique. Ce n'était pas la même chose, mais...

Mais tu es plus sensible.

– Le truc, c'est que Ross ne le lui a pas dit directement, mais il s'était habitué à vivre sans elle. Il a carrément acheté cet appartement sans lui en parler. Et pendant le mois où Lana l'a ignoré, il s'est concentré sur ses études et a fait en sorte de gagner un peu d'argent. Bien sûr, dès qu'elle a appris l'existence de cet endroit, elle a tenté de venir s'installer avec nous. Ross a refusé. Elle ne dormait pas ici. C'était le début de la fin. Il n'était déjà pas très affectueux avec elle à la base... mais les choses se sont encore refroidies à ce moment-là.

Cette version différait légèrement de celle de Mike, mais j'ai préféré ne pas en faire mention.

– Et Lana n'a pas apprécié, j'imagine ?

– Pas du tout. Elle s'est comportée comme une gamine. Elle n'arrêtait pas d'appeler Ross, de lui envoyer des messages, de le soupçonner d'être avec une autre... tout ça parce qu'il ne faisait plus attention à elle. Ross a commencé à se fatiguer d'elle, et pourtant il est plutôt du genre patient. Très patient, même. Mais il ne ressentait plus rien pour Lana. Si tant est qu'il ait jamais ressenti quelque chose pour elle... ce dont je doute fortement. C'est là qu'il lui a dit qu'il voulait être son ami, sans plus.

Il a marqué une pause et j'ai froncé les sourcils.

– Ça coïncide plus ou moins avec le moment où Lana a rejoint la sororité du campus. Où elle réside encore aujourd'hui. Elle a tenté de récupérer Ross par tous les moyens possibles, et au final il a dû se montrer suffisamment désagréable pour qu'elle comprenne que ça n'arriverait jamais. Et elle a décidé de lui faire mal pour se venger. Vraiment mal.

Will s'est tu un instant. J'ai fini par poser la question pour rompre le silence :

– Qu'est-ce qu'elle a fait ?

Il m'a regardée.

– Elle a couché avec Mike.

Il y a eu un moment de silence durant lequel je l'ai regardé, stupéfaite.

– Qu... Quoi ? Avec son... frère ?

– Oui. C'était un coup bas, et avec les antécédents...

– Quels antécédents ?

– Ross n'a eu que deux copines dans sa vie. En fait, si Lana a attiré son attention, c'est parce qu'elle s'appelait presque pareil que la première. Celle-là... la première... elle l'a quitté pour Mike. Ça l'a profondément blessé. Pas pour la fille, mais pour son frère. À partir de là, la relation entre eux s'est distendue. Tu peux imaginer à quel point ça l'a blessé de voir Lana faire exactement la même chose.

– M... Mais... Ross... C'est son frère. Comment... ?

– Mike n'est pas comme Ross. Ça l'amuse de mettre les gens dans la merde. Et il s'est toujours senti inférieur à son frère devant leurs parents. Toute sa vie, il a été traité comme le bon à rien de la famille. Voler la copine de son frère, c'était en quelque sorte un accomplissement personnel. Tu n'as pas remarqué qu'il est très affectueux avec toi dès que Ross est dans les parages ?

L'attitude de Mike avait enfin du sens. Ross avait de bonnes raisons de s'adresser à son frère de la sorte : je comprenais mieux pourquoi il lui parlait toujours aussi mal et pourquoi il lui ordonnait de me laisser tranquille. Même si nous ne formions pas un couple, c'était un sujet très sensible. En me voyant près de Ross, Mike passait en mode compétition. J'ai serré les lèvres.

– Pauvre Ross, ai-je murmuré en baissant la tête.

– Je sais.

– Et comment peut-il continuer à parler à Lana et à Mike ? Je ne comprends pas, après ce qu'il s'est passé...

– Il n'est pas rancunier.

– Quand même, ai-je dit sur un ton dubitatif, comment peut-il faire comme si de rien n'était et les laisser entrer chez lui ?

En prononçant la phrase à voix haute, j'ai réalisé un détail important : j'avais fait exactement la même chose avec Nel et Monty.

Will a haussé les épaules.

– Je te l'ai déjà dit, il est trop bon, ça causera sa perte.

– Mais...

Je ne comprenais toujours pas. Mon cerveau refusait de traiter cette information.

– Comment est-ce qu'elles ont pu plaquer Ross pour Mike ?

– Je ne sais pas.

– Alors que Ross est parfait.

Will m'a regardée, mi-surpris, mi-amusé. J'ai rougi instantanément.

– Pour une autre, ai-je précisé dans la foulée.

Il a hoché la tête d'un air entendu.

– Bien sûr, je crois qu'il te trouve aussi parfaite... pour un autre.

Pendant le silence qui a suivi, j'ai essayé de refroidir mes joues. Will souriait toujours, mais il s'est arrêté pour m'examiner d'un air curieux.

– À qui te fait penser Lana ?

Retour à la réalité.

– Hein ?

– L'autre fois, en la décrivant, tu as insinué qu'elle te faisait penser à quelqu'un. Mais tu n'as pas dit à qui.

Bon, maintenant qu'il m'avait raconté tout ça, je ne pouvais pas refuser de lui déballer mon histoire.

– Elle me fait penser... à une amie à moi. Nel.

– Elle te fait penser à une amie à toi, et tu la détestes ?

Il avait l'air confus.

– C'est compliqué. Nel est ma meilleure amie depuis des lustres. Nous sommes comme des sœurs... mais elle a toujours été meilleure en tout. Plus grande, plus belle, plus intelligente, plus athlétique, plus douée avec les garçons... Je l'ai toujours adorée, mais je me sentais tellement inférieure à elle...

Will me regardait attentivement, l'oreille tendue. Je me suis raclé la gorge :

– Quand j'ai commencé à sortir avec Monty, elle a fait partie de ceux qui ont le plus encouragé notre relation. Monty était le garçon que je convoitais depuis des années. Sortir avec lui, c'était... un rêve qui se réalisait, en quelque sorte. Au cours des deux premiers mois, j'ai eu l'impression d'être la fille la plus chanceuse du monde. Jusqu'à ce que...

J'ai respiré profondément. C'était difficile d'expliquer ça à voix haute en restant sereine. Je me souvenais de la pression dans ma poitrine, du tremblement de mes mains, des sueurs froides... J'ai essayé de me concentrer.

– Jusqu'à ce que je découvre que Nel et Monty couchaient ensemble dans mon dos depuis deux mois, ai-je murmuré.

Will a hésité un moment avant de poser une main sur mon épaule.

– Quand je l'ai appris, ça a été comme si le réel m'infligeait une gifle en pleine face. J'avais tellement confiance en eux... J'aurais donné ma vie pour ces deux-là. Quand j'ai découvert qu'ils me trahissaient, j'ai fait une crise d'angoisse.

– Sérieux ?

Mon visage s'est tordu.

– Oui, je sais que ça paraît exagéré, mais...

– Chacun réagit à sa manière, Jenna. Ça ne fait pas de toi une drama queen.

J'ai soupiré.

– Mais... Ce n'est pas parce qu'ils couchaient ensemble, tu comprends ? C'était parce que... Je ne sais pas, je leur faisais confiance. Tellement confiance...

Et pour la première fois de ma vie, j'avais l'impression d'être spéciale. Tu sais ce que c'est de grandir avec trois frères et une sœur tous plus âgés que toi ? Tu es toujours la dernière en tout. Monty, en revanche, a été le premier à me choisir. Pour qui j'étais. Pas pour mes frères. Pas pour Nel. Pour moi. Et Nel... Elle aurait pu avoir n'importe quel autre gars. N'importe lequel. Mais elle a choisi Monty.

J'ai marqué une pause pour avaler ma salive et desserrer le nœud dans ma gorge. Will a gardé le silence un instant.

– Et tu leur as pardonné ? m'a-t-il finalement demandé.

– J'ai senti que je resterais seule si je ne le faisais pas. Je n'avais pas d'autre amie, et aucun autre garçon ne s'intéressait à moi. Monty était le seul.

Il a froncé les sourcils.

– Il y en aurait eu d'autres. Tu avais quel âge ? Dix-sept ans ?

J'ai haussé les épaules.

– Oui, mais... je ne voyais pas les choses de cette manière à l'époque. Du coup... oui, je leur ai pardonné. Et les deux ont presque arrêté de se parler après ça. On ne s'est plus vus tous les trois. Par ma faute. Je crois que... Enfin, Monty a réalisé les conséquences de ses actes, et il ne commettra peut-être plus la même erreur.

Will m'a regardée comme s'il n'était pas convaincu.

– Et maintenant, je le trouve de nouveau bizarre. Depuis que je suis partie. Il m'appelle à peine, on ne se contacte que par messages. Et quand on se parle, on finit par se crier dessus. Ce n'est pas mieux avec Nel. Le jour où je suis partie, elle pleurait, elle avait l'air triste. Mais... chaque fois que je l'appelle, elle m'ignore.

Je me suis interrompue un instant quand j'ai réalisé que je parlais beaucoup trop vite.

– J'essaie de me convaincre qu'ils n'ont pas pu recommencer, mais...

J'ai avalé ma salive et secoué la tête, comme pour chasser cette idée de mon esprit.

– Et puis Lana est apparue, et elle me fait penser à Nel... C'est plus fort que moi. Je me sens super mal. Je sais que c'est à Ross, Naya et toi que j'ai fait payer toutes mes frustrations. J'en suis désolée. Vous n'avez rien fait de mal.

Will me regardait en silence, comme s'il était en train d'analyser tout ce que je lui avais raconté. Il avait vraiment le sens de l'écoute.

– La vérité, c'est qu'on ne m'a jamais trompé. Et encore moins avec mon meilleur ami. Je ne peux pas imaginer comment je me sentirais si j'apprenais que Naya et Ross...

Il s'est tu un instant et on a froncé le nez de la même manière au même moment. J'ai répété les derniers mots de sa phrase.

– Naya et Ross. Ils sont presque frère et sœur. Ça serait comme... de l'inceste. Beurk.

– Oui, je ne les imagine pas non plus.

Nous arborions tous les deux le même air dégoûté. Non. C'était vraiment impossible.

– Pour revenir à ce qu'on disait avant, tu devrais peut-être essayer de t'excuser auprès d'eux. Je veux dire Naya et Ross. Ils étaient un peu perdus. Ils ne comprennent pas ce qui t'arrive.

– Je ne le sais pas moi-même, ai-je murmuré.

– Tu pourrais le faire samedi, à la fête de Lana.

Je l'ai regardé un instant, pensive.

– Tu as peut-être raison.

– Comme toujours, a-t-il blagué.

– Ça va, c'est bon, ai-je souri, j'irai à la fête avec vous.

9

La fête de Lana

– Tu en as encore pour longtemps ?

Sue tambourinait à la porte de la salle de bains.

– Un moment, ai-je crié du mieux que je pouvais alors que j'appliquais une couche de rouge à lèvres.

Je me suis observée un instant. Je portais une robe noire courte que m'avait offerte Monty. Ce genre de cadeau lui ressemblait assez peu. D'ailleurs, il m'avait envoyé un message pour me demander ce que j'allais faire ce soir et je lui avais répondu que j'allais rester au lit. Je ne voulais pas avoir à lui envoyer une photo de moi bien apprêtée et qu'il m'oblige à enlever son cadeau.

J'ai défroissé la partie inférieure de la robe. Je portais également mes bas favoris, les noirs, et mes bottes à talons. Je ne suis pas douée pour marcher avec ces trucs-là. Elles étaient à la limite de ce que je pouvais porter sans me casser la figure.

Et le maquillage... Bon, j'avais changé trois fois de rouge à lèvres, et j'étais à chaque essai moins convaincue de mon choix. Je n'étais pas tout à fait satisfaite par le troisième et dernier, mais je n'avais plus le temps d'en changer sans que Sue me tue. J'ai relâché mes cheveux et j'ai respiré profondément.

J'étais prête.

J'ai fait la moue : je n'étais pas sûre de moi.

Pourquoi me sentais-je si mal ? Ça m'allait plutôt bien...

Je me suis contemplée dans le miroir et j'ai avalé ma salive avant de balancer le tube de rouge à lèvres dans mon sac. On devait y aller. Je ne pouvais pas continuer comme ça.

– Il te manque... ?

J'ai ouvert la porte et je suis restée là à la regarder. Sue ne s'était pas plus apprêtée que ça. Elle était habillée comme tous les jours, seuls ses cheveux attachés détonnaient. Elle avait dit que c'était au cas où elle devrait vomir. Elle était plutôt prévoyante.

– Prête, ai-je souri en me présentant à elle.

– Tout ça pour ça ? a-t-elle protesté.

– Quoi, ça ne me va pas ?

– Non, a-t-elle répondu en levant les yeux au ciel.

Heureusement que Sue était là pour me remonter le moral quand mon estime de moi était dans mes chaussettes.

Je l'ai suivie dans le salon tout en passant la bandoulière de mon sac par-dessus mon épaule. Will et Ross étaient dans un canapé, morts d'ennui. Ross a posé une question sans lever les yeux :

– Pourquoi est-ce que vous lui mettez la pression ? De toute façon, on sera en retard à cause de Naya.

Will a souri et s'est levé.

– Parce que, quand Naya comprend qu'on l'attend, elle accélère un peu. Putain, Jenna, t'es trop belle.

– Toi aussi, ai-je dit en lui tapant le bras, Naya va baver en te voyant.

Will m'a souri comme s'il savait quelque chose que j'ignorais, mais il n'a rien dit. Peut-être parce que Sue s'est raclé la gorge de façon exagérée, les bras croisés :

– Merci pour le compliment, a-t-elle soupiré.

– Je pensais que tu ne voulais pas que je t'adresse la parole, a réagi Will, un peu confus. En général tu n'aimes pas qu'on te parle.

– C'est vrai, a-t-elle admis avant de se tourner vers Ross. Et toi, on peut savoir ce que tu attends ?

Il était toujours assis et regardait fixement ma robe. Quand Sue s'est adressé à lui, il a cligné des yeux et a toussoté avant de se lever précipitamment. J'ai remarqué qu'il évitait mon regard et j'ai froncé les sourcils, un peu perturbée.

– Tout va bien ? lui a demandé Will d'un air moqueur.

Au vu du regard que Ross lui a adressé, j'ai eu le sentiment qu'il était fâché contre son pote, mais il ne lui a pas répondu. Il s'est contenté de passer à côté de moi pour attraper ses clés, mettant un terme à la conversation.

C'est lui qui est entré en premier dans l'ascenseur. Je l'ai suivi. J'ai regardé instinctivement dans sa direction et j'ai retenu ma respiration en voyant qu'il m'observait du coin de l'œil. Et pas qu'un peu. Il me reluquait de la tête aux pieds.

– On va rentrer fin saouls, a dit Will, nous forçant à tourner la tête pour l'écouter.

Heureusement, il ne s'était pas rendu compte de ce qu'il venait d'interrompre.

– Tout le monde va revenir saoul sauf moi, je conduis, a corrigé Ross en montrant ses clés.

– La fête va être longue pour toi, lui ai-je dit.

Il m'a regardée un moment et s'est raclé la gorge :

– J'en doute.

Il est passé à côté de moi sans me regarder et est monté dans la voiture. Je me suis assise à ses côtés tandis que Will appelait Naya pour la prévenir qu'on se mettait en route. Ça n'a pas changé grand-chose : quand nous sommes arrivés à la résidence, il a quand même dû monter la chercher dans sa chambre. On est restés à écouter de la musique en silence tous les trois, jusqu'à ce que Sue finisse par soupirer.

– C'est fini. Ça fait plus de cinq minutes, si je les trouve en train de baiser, je les tue.

Elle s'est précipitée hors de la voiture comme une furie. Avant que la portière se referme, j'ai entendu Chris lui crier qu'elle ne pouvait pas rentrer.

C'est là qu'un silence tendu s'est installé. Une tension d'un autre niveau.

Du genre de celle qui existait entre Ross et moi et dont je refusais d'admettre l'existence.

Nous avions fait face à quelques silences du genre ces derniers temps. C'était bizarre. Comme si l'un de nous deux voulait prendre la parole, sans y parvenir. Je sentais moi-même que quelque chose devait sortir, mais je ne savais pas très bien quoi. La plupart du temps, je me contentais de fixer mes chaussures. Et lui de me regarder.

Pile ce qu'on était en train de faire en ce moment.

J'ai tapoté des doigts sur mes genoux en remarquant que Ross avait les yeux fixés dessus. Je ne sais pas exactement comment j'en étais si sûre, mais c'était une certitude. Quand je me suis retournée pour vérifier, j'ai eu la confirmation que je ne me trompais pas. Je lui ai adressé un petit sourire, il a regardé mes lèvres et je me suis à nouveau tournée au plus vite, les joues cramoisies. Il s'est raclé la gorge et je me suis touché le cou, nerveuse. J'ai senti son regard rivé sur ma main. Pendant un moment, j'ai imaginé que cette main était la sienne. Comme celle qu'il avait posée sur mes côtes. Je me suis demandé si on dormirait encore comme ça cette nuit-là, et le sang est descendu de mes joues vers mon cou.

C'était moi, ou il faisait très chaud dans cette voiture ?

– Tu as... mis le chauffage ? ai-je demandé d'une voix ténue.

Il a eu l'air confus un moment.

– Non. Tu as froid ? Tu veux que j'en mette ?

– Non, lui ai-je répondu d'un ton un peu cassant.

C'était moi le problème. J'ai fermé les yeux un moment et j'ai tenté de me calmer. Qu'est-ce qu'il m'arrivait ?

– Tu veux ma veste ? m'a-t-il proposé.

Enfiler un vêtement empli de son odeur ? Maintenant ? Que quelque chose qui a touché sa peau frôle la mienne ? La chaleur n'a fait que monter, et mon cœur s'est emballé. J'ai secoué la tête sans le regarder, mais je pouvais sentir ses yeux fixer mon profil.

Impossible de résister plus longtemps : j'ai fini par lui jeter un regard en coin. C'était indubitable, il était lui aussi très beau. Il portait une veste en cuir que je n'avais jamais vue et qui lui allait comme un gant. Et ses cheveux étaient encore plus ébouriffés que d'habitude, ce qui lui allait à ravir. Il était plus que jamais lui-même.

En scrutant son visage, mon regard a croisé le sien. J'ai été surprise par la chaleur que j'y ai trouvée. Il m'a d'ailleurs fallu quelques secondes avant d'être capable d'ouvrir la bouche.

– On dirait qu'ils prennent leur temps, ai-je fini par dire.

Il a esquissé un demi-sourire avant de hocher la tête.

– On dirait, oui.

J'ai avalé ma salive et j'ai repris mon observation de la porte de la résidence, qui ne s'ouvrait toujours pas. J'ai cherché quelque chose à dire, mais tout ce que je trouvais nous ramenait à des sujets qui rendraient la conversation encore plus gênante, si c'était possible.

C'est à ce moment précis que Ross a décidé de rompre le silence à ma place :

– Je ne t'avais jamais vue en robe.

Enfin. Un sujet neutre. Je me suis tournée, l'air plus serein cette fois. Mon sourire demeurait passablement nerveux sans que je sache très bien pourquoi.

– Ben... l'hiver n'est pas la meilleure période de l'année pour porter des robes. À moins d'aller à une soirée, bien sûr.

– On devrait se faire inviter plus souvent, alors, a-t-il blagué.

Je suis restée à le regarder un moment et, pour la première fois, je me suis demandé à quel point ses blagues étaient... eh bien, des blagues. Parce que j'étais nerveuse. Très nerveuse. Et je savais pourquoi. Mais lui ne paraissait pas plus tendu que ça. Pourtant, il n'avait pas décollé les yeux de moi depuis que nous avions quitté son appartement.

Rien que d'y penser, j'en avais l'estomac noué. J'ai tenté de penser à autre chose.

– Je ne l'avais jamais mise. C'est un cadeau de Mon... de ma maman. Et moi, je ne t'avais jamais vu avec une veste en cuir.

Il a souri.

– Je la portais souvent au lycée. Je voulais avoir l'air d'un bad boy.

J'ai souri.

– Ah, le style mauvais garçon...

– Exactement. Ça ne passera jamais de mode.

– Et tu en étais un ?

– Un quoi ?

– Un bad boy.

Il a réfléchi un moment. Un sourire espiègle s'est formé sur son visage.

– Je ne veux pas que tu aies une mauvaise image de moi.

J'ai haussé un sourcil.

– Tu m'as laissée entrer chez toi, jusque dans ton lit, alors que j'étais pratiquement une inconnue. On ne peut pas dire que tu m'aies fait une très bonne impression.

– Mais quelle ingrate !

J'ai posé ma nuque contre l'appuie-tête en le regardant.

– Allez, raconte-moi tes années de lycée. Tu répondais aux professeurs ? Tu sortais avec des tas de filles ? Tu cherchais les emmerdes ? Tu te battais ?

– Je ne répondais pas aux professeurs, a-t-il articulé en souriant comme un ange.

– Donc tu étais un bad boy qui sortait avec plein de filles, cherchait les problèmes et la bagarre. Ça ne te va pas du tout.

Ma remarque a eu l'air de réellement le surprendre.

– Pourquoi pas ?

– Je ne sais pas. Tu as l'air si...

Je me suis interrompue spontanément en me rendant compte du mot que j'étais sur le point d'utiliser. Il s'en est fallu d'une seconde pour qu'un « parfait » m'échappe, mais je me suis retenue juste à temps. Heureusement.

– Si quoi ?

– Si... tranquille.

Il a éclaté de rire.

– Tranquille ?

– Tu ne l'étais pas ?

– Si tu demandais à mes parents comment j'étais quand j'étais au lycée, je doute que « tranquille » soit le premier mot qui leur vienne à l'esprit.

Je me suis approchée de lui.

– C'était quoi, ta pire punition ?

Il a réfléchi un moment.

– La pire ? Ça n'a rien à voir avec le lycée, mais mon père s'est vraiment énervé quand j'ai percuté un mur de pierre avec sa voiture.

J'ai écarquillé les yeux.

– Quoi ? Et tu ne t'es pas fait mal ?

– Je n'étais pas à bord. Je venais de fêter mes seize ans et je voulais impressionner mes amis, alors j'ai volé la voiture de mon père, qui était neuve et super chère. Je suis allé chercher mes potes et on a gravi une petite colline. On traînait devant la voiture quand, d'un coup, on l'a vue dévaler la pente à toute vitesse. Je n'ai rien pu faire pour éviter la catastrophe.

J'ai éclaté de rire.

– Tu avais oublié le frein à main ?

– Oui. Et mon père... Il est devenu fou. Il m'a envoyé dans un camp militaire pendant un été entier.

– Un camp militaire ? Ça existe encore, ça ?

Il a pris un air exaspéré.

– Je t'assure que ça existe. Un groupe de délinquants à la petite semaine encadrés par des professeurs sociopathes qui les obligent à courir en rond en plein soleil. Au moins, à la fin de l'été, j'avais des abdos.

– Et moi qui pensais que mes parents exagéraient quand ils m'ont privée de téléphone pendant un mois...

Il a tendu la main pour remettre en place la bretelle de ma robe.

– Qu'est-ce que tu avais fait ?

Je suis restée stupéfaite l'espace d'un instant, avant de reprendre mes esprits et de réaliser que j'en avais trop dit, une fois de plus.

– Oh... Rien de très grave, euh...

– Allez, qu'est-ce que tu avais fait ?

– Ils prennent leur temps, non ?

Il a insisté, amusé :

– Qu'est-ce que tu avais fait ? Je t'ai raconté mon histoire. C'est donnant-donnant, tu te souviens ?

– Le truc, c'est qu'à côté de ce que tu as fait, ça a l'air débile...

– Et pourquoi tu rougis, alors, petite sauterelle ?

Sa remarque a fait à nouveau monter le sang dans mes joues, ce qui n'a fait qu'élargir son sourire. Ses yeux brillaient de curiosité.

– Je dois savoir.

J'ai pointé un doigt accusateur vers lui.

– Je te raconte seulement si tu me promets de ne jamais, jamais, jamais le répéter à qui que ce soit.

Il a porté une main à son cœur.

– Je le jure.

– Et tu ne me feras pas de blagues à ce sujet ?

– Ça, tu ne peux pas me l'enlever. Sans mes blagues, je ne serais pas vraiment moi.

– D'accord, mais interdit de rire !

Il n'a rien dit. Je savais très bien qu'il allait se moquer de moi.

J'ai respiré profondément.

– Je... Je n'arrive pas à croire que je suis sur le point de raconter ça à haute voix.

– Ça promet, a-t-il souri d'un air amusé.

J'ai évité son regard, honteuse.

– J'avais genre... quinze ans. Il y avait un garçon qui me plaisait. Il était plus âgé que moi. Je crois qu'il avait dix-sept ans. Et il était super beau.

– Arrête, je suis jaloux.

Je l'ai enfin regardé.

– Le truc, c'est que je voulais jouer à la grande pour être... intéressante à ses yeux, d'une manière ou d'une autre. Et Nel, ma meilleure amie, a eu l'idée de... Puisque je ne l'avais jamais fait avec personne et que j'avais peur de perdre ma virginité... Mmmh... On s'est dit que je pourrais essayer une autre méthode.

Il a arrêté de sourire un moment pour hausser les sourcils. Il a demandé d'un air confus :

– Une autre méthode ? Dis-moi que tu n'as pas fait un truc cochon bizarre.

– Non !

Il a eu l'air un peu déçu.

– Mince... Alors, qu'est-ce que tu lui as fait, à ce beau gosse de dix-sept ans ?

J'ai pris une grande inspiration.

– Je... euh... Il m'a envoyé une photo de son...

J'étais déjà rouge avant, mais les choses ne se sont pas arrangées quand j'ai désigné son... Euh, enfin voilà... Il a esquissé un sourire amusé.

– Quoi ? De son petit oiseau ?

– Oui, ai-je murmuré.

Son sourire a disparu à mesure qu'il fronçait les sourcils.

– Attends... Ne me dis pas que tu lui as envoyé une photo de toi et qu'il l'a transférée à quelqu'un d'autre.

– Non ! Je me suis fait choper par Spencer avant de pouvoir envoyer quoi que ce soit.

Il n'a plus su quoi dire. Je m'attendais presque à ce qu'il éclate de rire, mais il s'est contenté d'entrouvrir les lèvres, stupéfait.

– Spencer ? Ton grand frère ?

– Oui. Ce Spencer-là. Je n'en connais pas d'autres.

– Et tu t'es fait choper ? À poil ?

Il avait retrouvé son expression enjouée, mais il était toujours aussi perplexe. J'étais plus embarrassée que jamais.

– Plus ou moins. Il a pris mon téléphone et on s'est mis à hurler l'un sur l'autre pendant que j'essayais d'enfiler un T-shirt à toute vitesse. Ma mère nous a entendus, et Spencer lui a tout déballé, le traître. J'ai été privée de téléphone pendant un mois. Et quand mes frères, les jumeaux, ont appris ça... En fait, ils étaient dans la même classe que ce pauvre garçon. Je crois qu'ils lui ont bien fait comprendre qu'il ne s'approcherait plus jamais de moi. Il n'a jamais réessayé, d'ailleurs.

Après quelques secondes de silence, il a éclaté de rire.

– Je ne peux pas le croire.

– Mon premier échec sentimental, ai-je murmuré.

– Mon histoire de camp a l'air nulle, à côté.

– Tu compares un message avec un été entier sous la tente ?

– Dans ton histoire, tu n'as pas de soutien-gorge. Tu marques des points.

– Pas du tout !

– C'est une victoire écrasante.

Je me suis renfrognée en voyant son sourire.

– Tu as promis de ne le raconter à personne, Ross, lui ai-je rappelé.

– Je sais.

Il souriait toujours autant. J'ai pointé mon doigt sur son torse, on ne peut plus sérieuse.

– Si Naya me fait une blague là-dessus, je saurai que c'est toi, parce que tu es le seul ici à savoir et je vais...

Il a attrapé mon poignet, amusé.

– Je ne le raconterai à personne, je te dis ! Mais ça ne m'empêchera pas de t'ennuyer avec cette histoire jusqu'à ma mort.

– Ce n'est pas drôle ! Mes seins ont failli passer dans le domaine public ! Tout le lycée les aurait vus !

– Dommage qu'on n'allait pas au même lycée.

– Ross !

– Je suis sûr que les prétendants auraient fait la queue.

– Je ne voulais pas d'autres prétendants !

J'ai essayé de libérer ma main, mais il ne l'a pas lâchée. Il a souri face à mes protestations.

– Mason ?

– Il s'appelle Monty. Et il n'est pas horrible.

J'ai encore tenté de récupérer ma main, en vain.

– D'accord, Marty n'est pas horrible. C'était qui, alors ?

– Monty ! Et c'était un garçon que j'ai rencontré après l'épisode que je viens de te raconter. Quand j'avais seize ans, à peu près. C'est lui que j'ai embrassé pour la première fois et... c'était plutôt dégueulasse. On aurait dit un escargot, avec toute cette bave... Arrête de rire ! Et ce n'était pas le pire : un jour, il a essayé de me peloter et je me suis mise à rire comme une hystérique.

Il a pris un air confus tout en continuant de serrer ma main chaque fois que j'essayais de la retirer.

– Pourquoi ?

– Parce que je suis très chatouilleuse. Quand il a essayé de dégrafer mon soutien-gorge, il a frôlé mes côtes et... j'ai gloussé, ce qu'il n'a pas beaucoup apprécié.

– Le pauvre. Je suis sûr qu'il est traumatisé.

– Ce n'est pas ma faute si je suis chatouilleuse !

– Je parie qu'il n'a plus jamais dégrafé de soutien-gorge après cette expérience traumatisante, Jen.

– Même si je n'avais pas été chatouilleuse, je ne l'aurais pas laissé faire !

– Alors, tu l'es toujours ?

– Hein ?

– Chatouilleuse, m'a-t-il dit lentement.

Je me suis mise à paniquer.

– Oui, mais...

En le voyant s'approcher, j'ai désespérément tenté de dégager ma main pour fuir. Quand il a planté un doigt en dessous de mes côtes, j'ai commencé à me tordre sur place.

– Arrête, Ross ! Arrête !!!

On s'est mis à lutter l'un contre l'autre. J'étais à mi-chemin entre le rire et la panique. J'essayais de lui échapper dans l'espace réduit de l'habitacle. Ross, quant à lui, avait l'air de s'amuser comme un petit fou.

– Arrête ou je te frappe, ai-je crié.

Il ne m'a pas beaucoup écoutée.

J'ai réussi à immobiliser l'un de ses poignets à deux mains, mais l'autre était toujours libre. Quand il a tenté de pénétrer mes défenses, je n'ai pas eu de meilleure idée que de poser mes jambes sur le siège, le dos collé à la porte. Je riais et j'essayais de le pousser du mieux que je pouvais. Il a attrapé mes jambes pour les poser sur lui. Au même moment, il a réussi à libérer sa main et a repris sa torture. Je haletais.

– Arrête, s'il te plaît !

Il a finalement cessé, sans pour autant effacer son sourire amusé.

– C'est vrai que tu es chatouilleuse.

– Sans blague, espèce d'idiot !

– Pas besoin de m'insulter, chère Jen. Je ne faisais que vérifier.

Il avait toujours une main sur mon ventre et l'autre sur mon genou. Quand je l'ai vu sourire en bougeant la première, je l'ai immédiatement immobilisée.

– Ross, l'ai-je supplié du regard.

– D'accord, d'accord.

– Moi qui croyais pouvoir te faire confiance. Tu as dit que tu ne rigolerais pas.

– Techniquement, je ne l'ai pas fait. C'est toi qui as rigolé.

Pendant qu'il parlait, je me suis complètement déconnectée de la réalité : je me suis rendu compte que la main posée sur mes genoux caressait le bas de ma robe, pile à mi-cuisses. Mes poils se sont instantanément hérissés. Il a remarqué mon expression et s'est immédiatement arrêté. Il n'était apparemment pas conscient de ce qu'il faisait.

J'ai cette fois encore senti un silence nous envelopper, mais d'une nature différente. Notamment parce que j'étais pratiquement couchée sur lui. Il s'est tourné vers moi et un moment de quiétude s'est imposé dans la voiture quand nous nous sommes regardés droit dans les yeux. J'avais presque oublié que le reste du monde existait, quand il s'est écarté de moi d'un coup sec.

Je ne comprenais pas très bien ce qu'il se passait, ni pourquoi je ressentais une telle déception, jusqu'à ce que je me retourne et réalise que les autres venaient de s'asseoir derrière et nous regardaient d'une drôle de façon.

J'ai immédiatement reposé mes jambes par terre pour m'installer correctement sur le siège. Je me suis éclairci la gorge et j'ai remis ma robe en place, rouge de honte. Naya a réagi, d'un ton espiègle :

– On vous dérange, peut-être ?

– Non, ai-je répondu vivement.

J'ai vu Ross me sourire en démarrant, et je lui ai donné un coup sur le bras qui ne l'a même pas fait sourciller. J'ai décidé de changer de sujet :

– Pourquoi est-ce que vous avez mis autant de temps ?

Sue a désigné Naya de la tête.

– Elle ne savait pas quoi mettre.

Naya a redressé le menton.

– J'avais envie d'être mignonne ce soir, je n'aimais pas la première robe que j'ai essayée.

– Et celle-là, oui ?

En guise de réponse à sa question, Naya s'est penchée entre les deux sièges pour regarder Ross.

– Tu veux que je raconte à Jenna ce qui s'est passé avec Terry quand on était en troisième au lycée, Ross ?

Il a grimacé.

– Ça ne se fait pas.

Je les ai observés, intriguée.

– Qu'est-ce qu'il y a ?

– Rien du tout, a répondu Ross sur-le-champ.

Naya a ouvert la bouche, puis a hésité un moment :

– Non. Il vaut mieux que je garde cette carte pour plus tard. Et elle est magnifique, cette robe, d'accord ?

– C'est toi qui es magnifique, lui a lancé Will en souriant.

Naya a attrapé son menton et ils ont commencé à se bécoter. Sue a fait mine de vomir.

Peu après, nous sommes arrivés devant la sororité de Lana dans le silence le plus complet. J'ai posé ma tête sur le tableau de bord en grimaçant. Incrédule, j'ai demandé :

– C'est sa sororité, ça ?

– Oui, a dit Ross en hochant la tête.

– Je croyais que c'était un musée !

Le bâtiment était immense. Presque aussi vaste que le minuscule lycée de ma ville. Il avait même un parking privé. Je suis restée bouche bée tandis que Ross garait la voiture et nous guidait jusqu'à l'entrée. Il n'y avait personne à l'extérieur. Des voitures vides et rien d'autre. Ça ne ressemblait pas aux autres soirées où j'étais allée, où les invités buvaient dehors en écoutant de la musique à fond.

Nous sommes entrés dans le bâtiment et avons monté un escalier de marbre après avoir traversé un vestibule désert. C'est à ce moment que j'ai commencé à entendre la musique au loin. Ross a franchi un couloir encombré de gens occupés à boire et à rigoler. Il a directement ouvert une porte qui menait vers ce qui ressemblait à une salle de conférence énorme. Et bondée. Étant donné qu'on n'entendait rien depuis l'extérieur, j'ai supposé qu'elle était parfaitement insonorisée.

J'ai regardé les alentours et j'ai repéré un bar avec un serveur. Tout faisait hyper professionnel. Peut-être que j'aurais pu apprécier si la soirée n'avait pas été en l'honneur de Lana.

Will et Ross ont salué quelques personnes alors que nous nous dirigions vers le bar. C'était normal, ils fréquentaient la fac depuis un an. Sue en était même à sa troisième année, mais elle n'était pas du genre à saluer les gens.

Une bière à la main, j'ai jeté un nouveau coup d'œil autour de moi en inspirant profondément. J'avais l'impression que tout le monde savait que je n'avais rien à faire là, que mes vêtements étaient bon marché et que je ne connaissais personne. Mais personne ne me prêtait la moindre attention.

Pourquoi étais-je aussi peu sûre de moi ? Ross s'est approché avec un air amusé.

– Tu cherches quelqu'un à qui envoyer des photos de tes seins ?

Je lui ai tiré la langue.

– Et toi, tu cherches Terry ?

– Tu ne sais pas ce qui s'est passé entre nous, tu n'as pas le droit de l'utiliser contre moi.

– Qu'est-ce qu'il s'est passé, exactement ?

– Tu ne le sauras jamais, a-t-il dit en souriant.

– Allez, Ross !

Nous avons été interrompus par un cri de Lana :

– Chéri !

Chéri ? Elle s'y met déjà ? À cette heure ?

Il a esquissé une espèce de sourire en la voyant. J'ai dû faire un pas de côté quand elle s'est littéralement jetée sur Ross pour l'étreindre. Comme les autres avaient disparu, j'ai fixé ma bière, gênée, pendant qu'ils se câlinaient.

C'est Ross qui s'est écarté en premier, un peu embarrassé. Lana lui a souri.

– Ça me fait plaisir que tu sois là. Tu as mis ma veste préférée ! Celle que je t'ai offerte !

Il a regardé sa propre tenue.

– Oui. En fait, c'est une coïncidence, je...

– Tu sais que je l'adorais au lycée !

J'ai soudain été prise d'une aversion profonde envers les vestes en cuir.

Lana a porté son attention sur moi en m'adressant un grand sourire. Elle m'a donné l'accolade.

– Jenna ! J'ai d'abord cru que tu ne viendrais pas !

– Je suis plutôt imprévisible, ai-je marmonné.

Je m'étais juré de me comporter de façon plus sympathique envers elle. Si je voulais rester habiter chez Ross, je serais souvent amenée à la voir. Elle n'avait jamais fait preuve d'une once de méchanceté envers moi. Elle ne méritait pas que je la déteste autant.

Mais j'avais quand même du mal à me retenir.

– Je vois ça ! Si vous voulez boire autre chose, n'oubliez pas : c'est open bar. Demandez ce que vous voulez. Je vous invite !

– Ta sororité est immense, ai-je commenté en essayant de me montrer sympathique.

Elle a ri.

– Quand tu vis ici, après un moment, le bâtiment te paraît minuscule. Il y a d'autres pièces en haut. Une bibliothèque, une salle commune, une deuxième cuisine, une salle de jeux... Et au dernier étage, il y a les chambres et tout le reste.

Elle racontait tout ça sur le ton le plus normal du monde.

Fichue pauvreté.

Lana a haussé les épaules.

– Dommage que personne ne puisse monter aujourd'hui. Presque toutes les portes sont fermées à clé. Je crois que les terrasses ne le sont pas, mais bon... Tu sais bien. Sans mesures de sécurité, des gens bourrés iraient tout casser.

– Les gens font beaucoup de bêtises quand ils ont trop bu, ai-je répondu en souriant.

Elle m'a rendu mon sourire avant de regarder Ross d'un air enthousiaste.

– Il y a plein d'anciens du lycée, ce soir ! Je leur ai dit que tu venais et ils mouraient d'envie de nous voir ensemble !

Nous voir ensemble ?

Non. Il fallait que j'arrête. Amabilité avant tout.

Amabilité.

Amab... Qu'est-ce qu'elle avait, à s'accrocher à son bras comme ça ?

Ross s'est tourné vers moi d'un air dubitatif :

– Mais...

– Il y a quelques personnes de ma classe, là-bas, l'ai-je interrompu, je crois que je vais aller leur dire bonjour. On se voit plus tard.

Ce n'était pas vrai, bien sûr, mais je ne voulais pas qu'ils se sentent mal. Lana a souri, ravie, et elle a traîné Ross derrière elle entre les groupes de gens.

Et... surprise ! Je me suis retrouvée toute seule.

J'ai fait le tour de la salle. J'avais déjà bu la moitié de ma bière quand j'ai enfin atteint le mur du fond. Je me suis penchée par la fenêtre. Un escalier descendait vers un vaste jardin avec piscine.

Malgré le froid, quelques personnes s'y baignaient. J'imagine que le bassin était chauffé, même si cela n'avait pas beaucoup de sens à l'extérieur.

Des trucs de riches. Tu ne peux pas comprendre.

J'étais sur le point de repartir à la recherche d'un visage connu quand j'ai senti une main sur mon épaule. Je me suis retournée et me suis trouvée nez à nez avec Naya et Will.

– Je vais chercher quelque chose à boire, ai-je prétexté.

Il m'a adressé un regard pesant. Face au sourire de Naya, je me suis rappelé que j'avais promis à Will de m'excuser auprès d'elle. Elle a dû crier pour que je l'entende par-dessus la musique :

– Elle est géniale, cette sororité, non ?

– Elle est plus grande que mon ancien lycée !

Nous avons éclaté de rire toutes les deux, jusqu'à ce que je m'interrompe pour grimacer.

– Hé, Naya. Il faut que je te dise quelque chose.

– Qu'est-ce qu'il y a ?

– Je voulais m'excuser pour... Bon, cette semaine je me suis comportée de façon un peu bizarre avec toi et les autres.

Elle a secoué la tête.

– Ah, ça. C'est déjà oublié, Jenna.

– Non. Parfois, je passe mon énervement sur les autres, et ce n'est pas juste. Tu ne le méritais pas.

– Tu avais de bonnes raisons de t'énerver. Je me serais sentie exclue aussi si quelqu'un comme Lana s'était pointé. On aurait dû essayer de t'impliquer plus dans ce qu'on faisait.

– Et moi, j'aurais dû essayer de mieux m'intégrer.

Elle m'a tendu la main.

– On fait la paix ?

J'ai souri.

– On fait la paix.

– Et je t'en dois toujours une pour le soir du coup de poing.

– Tu ne me dois rien du tout, Naya.

– Un peu, tout de même... Si toi et Ross n'étiez pas venus, je n'aurais plus mon collier.

Je l'ai observée un moment, me demandant si je pouvais lui poser la question :

– Cette fille qui t'a pris ton collier... Pourquoi elle t'avait invitée ?

– Oh, c'est... une longue histoire.

J'ai haussé les épaules.

– J'ai le temps.

Naya a esquissé un petit sourire en regardant sa bière, avant de concentrer à nouveau son attention sur moi.

– Quand j'étais au lycée, je... Enfin, je te l'ai déjà dit, Will, Ross, Lana et moi, on était tout le temps fourrés ensemble. Et... je dois bien reconnaître qu'être l'amie de Lana, ce n'est pas toujours facile. C'est compliqué d'avoir constamment à ses côtés quelqu'un d'aussi parfait qu'elle, tu vois ? En fait... ce n'est pas que je n'aime pas passer du temps avec elle, mais...

Elle m'a souri.

– Je te comprends, ai-je répliqué d'un ton plein d'assurance.

– Oui, je sais. Enfin voilà, ce n'était parfois pas évident d'être son amie. J'avais un peu l'impression d'être dans son ombre. Et un jour, j'ai voulu faire la maligne et aller vers un autre groupe de filles qui... Disons qu'elles étaient plus populaires que nous. Parmi elles, il y avait celle qui m'a invitée à la soirée. En fait, c'est elle qui a profité de la situation. Elles m'ont dit que si je voulais être leur amie je devais faire leurs courses, porter leurs livres, faire leurs devoirs... ce genre de choses.

– C'est horrible, ai-je murmuré, abasourdie.

– Oui, mais je les ai laissées faire. Jusqu'au jour où une fille a jeté de la nourriture à la poubelle et m'a dit que je devais la prendre et la manger si je voulais continuer à faire partie du groupe. Évidemment, j'ai refusé. À partir de ce moment, la relation a changé du tout au tout. Elles ont commencé à se moquer de moi. À propos du divorce de mes parents, par exemple.

– Tu es retournée avec Will, Ross et Lana ?

– Un truc du style. Will nous défendait tout le temps, Chris et moi. Il était plus âgé, mais elles se moquaient quand même de lui. Ross prenait aussi notre défense. Lana, par contre... Bon, elle a toujours été du genre à penser à elle avant tout, voire à oublier l'existence des autres.

Nous nous sommes toutes deux tournées vers elle. Lana était pendue au bras de Ross. Ils étaient occupés à discuter avec un groupe. Naya a soupiré.

– La fille de l'anniversaire a changé de lycée avant la fin de la terminale. Du coup, je n'ai plus eu de nouvelles, jusqu'à ce que je reçoive l'invitation. Quand je suis allée à sa soirée... Je pensais qu'elle avait l'intention de s'excuser, j'avoue, mais non. Elle voulait juste recréer l'ambiance du lycée. Et je te jure que je me suis sentie comme si j'avais de nouveau quinze ans et qu'on m'obligeait à faire des trucs stupides pour se foutre de moi.

Elle a marqué une pause, et j'ai posé ma main sur son bras. Naya m'a adressé un petit sourire reconnaissant.

– La seule chose positive que je retire de tout ça, c'est que j'ai demandé à changer certains de mes cours pour ne pas me retrouver avec elle et ses amies. Et dans le tas, il y avait un cours de psychologie. Je me rappelle que le premier chapitre parlait des enfants vivant dans des familles dysfonctionnelles. Je sais que ça a l'air idiot, mais mes parents venaient de divorcer, et ça m'a paru super intéressant. D'ailleurs, ça m'a tellement passionnée que je me suis inscrite à la fac de psychologie. Si tout va bien, plus tard j'aiderai ce genre de familles. Je ferai tout ce que je peux.

J'ai esquissé un petit sourire fier en la regardant, et elle a cligné des yeux à plusieurs reprises.

– Ne me regarde pas comme ça. J'ai bu, tu vas me faire pleurer.

– C'est parce que je suis fière de toi.

– Oh, tais-toi et fais-moi un câlin.

J'ai souri jusqu'aux oreilles et je me suis exécutée sans me faire prier. Elle a maintenu son étreinte quelques secondes avant de s'écarter et de me donner une claque sur les fesses.

– Maintenant que je t'ai raconté un épisode tragique de ma triste existence, on va boire jusqu'au lever du soleil ! Youhouuuuu !

J'ai effectivement bu avec elle, mais pas assez pour être saoule. Je n'aimais pas me mettre dans des états pareils. Après deux bières, j'étais déjà guillerette : je me suis dirigée avec Naya vers la piste de danse improvisée. J'ai donné tout ce que j'avais, j'ai dansé comme une folle. Par chance, il y avait tellement de gens qui se donnaient à fond que personne n'a fait attention à moi. Au final, je me suis super bien amusée avec Naya, qui avait l'air d'avoir complètement oublié la triste histoire qu'elle venait de me raconter. Elle m'a par ailleurs présenté des amies de sa classe avec qui je me suis super bien entendue.

En résumé, c'était une nuit parfaite. Jusqu'à ce que je commence à avoir chaud.

Il y avait tellement de gens collés les uns aux autres dans cette salle que la chaleur devenait insupportable. J'ai laissé Naya danser avec Will et je me suis écartée du groupe pour m'approcher des fenêtres ouvertes. J'ai inspiré deux fois profondément, l'air frais m'a piqué le visage et le décolleté.

Lana est venue près de moi sans que je m'en rende compte pour me questionner :

– Tu as chaud ?

J'ai désigné la foule du regard.

– Ça fait presque deux heures que je baigne là-dedans. Pas étonnant que j'aie le tournis.

– J'essaie de ne pas y mettre les pieds. Je suis si petite que les gens ne me voient pas : je me prends des coups de coude, ou on me marche sur le pied.

Je doutais fortement du fait qu'on puisse ne pas la voir. Elle attirait trop l'attention pour ça.

– Tu t'amuses bien ?

– Oui, c'est génial, ai-je répondu.

– Je suis d'accord.

– Tu dois être super contente : tout ceci est organisé en ton honneur.

– Techniquement, non. Ils cherchent juste une excuse pour boire. Je ne connais pas la moitié des gens qui m'ont saluée.

Nous avons souri toutes les deux. Peut-être qu'on pouvait être amies, après tout.

– Tu as perdu Ross ?

Elle a levé les yeux au ciel.

– Oh, je suppose qu'il est en train de fumer avec Will. Il vit sa vie, tu le sais bien.

Je n'ai pas vraiment su quoi répondre.

– Euh... Il est toujours aux petits soins.

Elle a hoché la tête en soupirant.

– Oh, il l'est.

Un ange est passé et, pendant ce temps, j'ai regardé mes bottes d'un air gêné. Lana, quant à elle, ne semblait pas mal à l'aise. D'ailleurs, elle m'a souri à nouveau. Et a fini par se confesser :

– Avant de rentrer, j'appréhendais un peu notre rencontre.

J'ai cligné des yeux, surprise.

– Tu avais peur ? De moi ?

– Naya m'a dit que Ross avait fait entrer une fille à l'appartement et qu'elle s'entendait super bien avec tout le monde. Surtout avec lui. J'avais un peu peur que ça ne marche pas entre nous.

– J'aime tout le monde, ai-je menti.

Je me sentais horriblement mal de l'avoir jugée de la sorte.

– Enfin, pour être tout à fait honnête... j'avais peur de tout ce qui a trait à Ross.

Je commençais à me sentir nerveuse.

– Ross ?

Elle a souri aimablement.

– Je redoutais de me trouver face à une fille magnifique, qui dort avec lui. Mais... en fait, tout va bien. Je n'ai plus peur.

J'ai hésité un moment. Je ne savais pas trop comment interpréter son commentaire. Était-elle en train de m'insulter ? En tout cas, son ton n'avait pas changé. Comme une idiote, j'ai fini par lâcher un :

– Hein ?

– Je ne vais pas te mentir, je ne sais pas ce que tu fais ici. Je t'ai invitée par politesse. Je ne m'attendais pas à ce que tu te pointes comme ça en faisant genre qu'on était amies.

J'ai été si déstabilisée que je n'ai pas su quoi répondre.

Même le ton de sa voix s'était fait plus grave. Il était ténébreux, alors que son visage était toujours aussi rayonnant. Elle a haussé les épaules.

– Bon, de toute façon c'est trop tard. Tu es là, maintenant, non ? On ne peut plus rien y faire.

Elle a bu une gorgée de son verre en souriant d'un air angélique.

– Ça sort d'où, ça ? Jusqu'ici, tu étais sympa avec moi, pourquoi... ?

Elle a levé les yeux au ciel, abandonnant son air faussement aimable l'espace d'un instant.

– Bien sûr que j'étais sympa. Je ne sais pas ce que tu as fait à Ross, mais il bave sur toi. Si je t'avais maltraitée, il ne m'aurait même pas laissé entrer chez lui. Mais comme il a vu que j'étais le même petit ange que toujours...

Je ne comprenais toujours rien. Ou plutôt, je savais très bien ce qui se passait, mais j'étais trop surprise pour enregistrer l'information. Elle m'a toisée de la tête aux pieds.

– Et dès que je t'ai vue, j'ai arrêté d'avoir peur.

Il y a eu un moment de silence. J'ai fini par murmurer :

– Et dire qu'une minute plus tôt, je regrettais d'avoir pensé du mal de toi...

– Pense ce que tu veux de moi, mais mon copain...

– Ce n'est pas ton copain. Depuis que tu as couché avec son frère, je pense que les choses sont claires.

J'étais furieuse. Elle est restée plantée là à me fixer en pinçant les lèvres, avant de sourire à nouveau d'un air angélique. Elle s'est approchée de moi.

– Tu vois, je ne voulais pas être cruelle, mais... Allez, sois réaliste. Regarde-toi et regarde-moi. Si j'étais toi, je me barrerais avant de me taper la honte. Tu ne connais pas Ross. Je t'assure. Pas du tout.

Je l'ai observée un moment. Elle m'a rappelé Nel. Ça m'a blessée. J'ai senti ma gorge se nouer et j'ai tenté de reculer d'un pas, mais je me suis cognée contre quelqu'un qui a immédiatement passé un bras autour de mes épaules. Je l'ai reconnu à son odeur, sans même avoir besoin de me retourner.

Ross s'est penché par-dessus ma tête :

– Regarde qui voilà ! De quoi vous discutez ?

Même le frôlement de ses lèvres contre mon oreille n'a pas suffi à me changer les idées.

Lana m'a fixée un moment avant de lui sourire.

– Je disais à Jenna que sa robe lui allait très bien.

Ross a souri avant de me regarder.

– Je ne me lasserai jamais de l'admirer.

Mais j'étais trop occupée à dévisager Lana. Je n'en revenais pas. Comment pouvait-elle être aussi hypocrite ? J'ai pincé les lèvres en réponse à son sourire.

Je ne la supportais pas. Je ne pouvais pas rester près d'elle.

Je me suis extirpée de l'étreinte de Ross. Il m'a regardée, décontenancé.

– Je dois y aller. Mais ne t'inquiète pas, je vais appeler un taxi.

Je l'ai vu se tourner vers Lana un moment avant de courir derrière moi. J'ai fait tout mon possible pour l'ignorer tandis que j'ouvrais une porte au hasard. Par chance, elle donnait sur le couloir principal. Le bâtiment était labyrinthique : je ne savais pas quelle direction prendre. J'ai tourné à gauche avant de m'engager dans un couloir où Ross a fini par me rattraper. Il s'est mis à marcher devant moi sans regarder où il allait pour me faire face.

– Qu'est-ce que tu fais ?

J'étais sur les nerfs, j'avais envie de pleurer.

– Je pars. Je ne sais même pas ce que je fiche ici.

– Mais... tu t'amusais bien, avec Naya, non ? Jen, arrête.

– Non.

Il a posé ses mains sur mes épaules.

– Une seconde. Je t'ai vue tout à l'heure et tu avais l'air de... de bien te marrer.

– Je m'amusais bien. Avec Naya.

Il a froncé les sourcils. Il a serré les lèvres avant de poser enfin la question :

– Qu'est-ce qu'elle t'a dit ?

– Naya ?

– Non. Lana.

– Je ne vois pas de quoi tu...

– Tu sais très bien de quoi je parle. Qu'est-ce qu'elle t'a dit ? Ou qu'est-ce qu'elle t'a fait ?

Je me suis éloignée de lui et j'ai continué à remonter le couloir. Je n'avais pas envie de discuter avec Ross. Il était tellement aveugle, c'était frustrant.

– Comment on sort de ce putain de bâtiment ?

– Je doute que tu trouves la sortie sans mon aide, a-t-il signalé en croisant les bras.

– Comment on sort, Ross ?

– Dis-moi ce qu'elle a fait pour que tu t'énerves comme ça et je t'aiderai.

Je n'ai pas ralenti la cadence et il a levé les yeux au ciel avant de me suivre sans rien dire. J'ai ouvert une porte qui ressemblait à toutes les autres. Mes yeux se sont illuminés en apercevant l'extérieur du bâtiment, mais mon émoi est vite retombé : il s'agissait d'une terrasse aussi grande que déserte, parsemée de chaises longues blanches.

Je me suis approchée de l'une d'elles, fatiguée, et j'y ai posé mon sac avant de m'asseoir. Ross s'est planté droit devant moi, debout, non sans avoir fermé la porte derrière lui.

– Je ne veux pas saboter votre histoire, ai-je dit en secouant la tête.

– Ce n'est pas *notre* histoire.

– Et tu le lui as expliqué ?

Il a soupiré.

– Qu'est-ce qu'elle t'a dit ?

– Pourquoi est-ce que vous m'avez proposé de venir si vous savez très bien comment elle se comporte ? Ça vous amuse ou quoi ?

Il s'est accroupi pour poser ses mains sur mes genoux. Il a secoué la tête.

– Quoi ? Non. Bien sûr que non. Ne dis pas ça.

– Tu la fréquentes depuis le lycée, tu es sorti avec elle, tu ne la connais pas encore ?

Génial. Je pleurais. Pathétique. J'ai essuyé une larme de rage. Pleurer en public me faisait mourir de honte. Et pleurer devant Ross était encore plus humiliant. Le pire, c'est que je savais que dans le fond ce n'était pas à cause de Ross ou de Lana, ou alors à moitié seulement. C'était à cause de Nel. Cette situation me faisait penser à elle. Et à Monty. Et à tout ce qui tournait autour d'eux deux. Pourquoi est-ce que j'étais toujours le plan B de tout le monde ?

– Je pensais que... Je ne sais pas. Que vous pourriez vous entendre. Qu'elle avait changé. C'est l'impression que j'avais.

Je n'en croyais pas mes oreilles.

– Tu crois qu'elle cherche à me plaire ? Ross, elle pense que je lui ai volé une partie de sa vie. Je commence à penser la même chose, d'ailleurs.

– Jen...

– Je suis sa copie bon marché.

– Tu n'es la copie de personne.

– Bien sûr que si.

J'ai froncé les sourcils en essuyant une nouvelle larme. Il fallait absolument que j'arrête de pleurer.

– Elle vous manquait à tous, c'est pour ça que vous m'avez acceptée si rapidement.

Il a pris un air renfrogné.

– C'est elle qui t'a dit ça ?

– Je n'ai pas besoin qu'on me le fasse comprendre. Je ne suis pas idiote.

– Je sais très bien que tu ne l'es pas.

– J'ai raison, alors ?

S'il répondait oui, j'allais fondre en larmes pour de bon.

– Elle vous manquait ? C'est pour ça que tu m'as invitée chez toi ?

Il a marqué une pause pour me dévisager, d'un air presque déçu.

– Non.

J'avais envie d'y croire, mais je n'en étais pas capable.

– C'est faux.

– C'est la vérité, je t'assure.

– Ross...

Il a insisté en fronçant les sourcils.

– C'est la vérité ! Je ne t'ai jamais menti, Jen.

J'ai détourné les yeux. Il a attrapé mon menton pour orienter à nouveau mon visage vers le sien.

Je n'ai pas su quoi répondre. Une partie de moi s'attendait à ce que Ross n'aborde jamais ce sujet avec moi. Surtout pas de façon aussi frontale.

– Pas besoin de faire semblant, je me doutais que tu le savais déjà. Tous les gens qui nous connaissent sont au courant. Lana ne me plaît pas. Elle ne m'a jamais plu. Au lycée, je la trouvais sympa et on pouvait passer du bon temps ensemble, mais... sortir avec elle a été une de mes plus grandes erreurs. Je l'ai fait par automatisme. Je n'étais même pas fâché quand j'ai appris pour Mike.

– Comment est-ce que tu as pu ne pas être fâché ? C'est ton frère... et ton ex.

– Ce que je veux dire, c'est que je n'étais pas jaloux. Bien sûr que ça m'a blessé : même si ce n'était pas la première fois qu'il faisait ce genre de chose, ça reste mon frère. Mais avec Lana... C'était différent. Ça ne m'a pas fait souffrir, je n'ai pas non plus eu envie de revenir en arrière. Je n'ai pas eu l'impression de perdre quelque chose qui en valait la peine.

J'ai baissé la tête un moment, pensive, et j'ai regardé ses mains qui se trouvaient à nouveau sur mes genoux.

– Si tu lui disais tout ça, peut-être que ça dégonflerait un peu son ego.

Il a marqué une pause après ma tentative d'humour.

– Il ne faut pas écouter Lana.

– C'est difficile de ne pas l'écouter, quand elle me parle de tout ça.

– Ce n'est pas si difficile.

– Ça l'est, Ross.

– Alors, écoute-moi à la place.

J'ai mordu ma lèvre inférieure, pensive. Je n'étais pas en droit de lui réclamer quoi que ce soit. Ross n'était qu'un ami. Et pourtant, il me déballait tout, exactement comme si j'étais une petite amie jalouse. J'avais honte de l'admettre, mais ses confessions me remontaient le moral.

J'ai fermé les yeux avant de lui jeter un regard en coin.

– Elle a toujours des sentiments pour toi. C'est évident.

Il a secoué la tête.

– Lana n'a jamais rien ressenti pour moi. Elle est seulement habituée à ce que tout le monde fasse ce dont elle a envie.

J'ai esquissé un petit sourire qui a fait disparaître mes dernières larmes.

– Obéir aux ordres et toi, ça fait deux.

Il a souri à son tour.

– Effectivement. Encore que j'obéirais volontiers aux tiens.

– Vraiment ?

– Vraiment, a-t-il blagué.

– Et si je t'ordonne de m'offrir ta voiture ?

– En fonction de ce que tu me proposes en retour, il est possible que je ne puisse pas refuser.

Je lui ai donné une petite tape sur l'épaule et il a esquissé un sourire. Le mien s'est effacé dès que je me suis souvenue du sujet de conversation qui nous avait amenés jusqu'à cette terrasse. Mon visage s'est tordu.

– C'est pour ça que Lana est aussi mesquine ? Pour s'en tirer à bon compte ?

En réalité, je connaissais déjà la réponse. Elle me faisait tellement penser à Nel... en pire.

Ross a hésité un moment, les sourcils légèrement froncés :

– Elle... Enfin, elle est comme ça.

– Et comment est-ce que tu as pu sortir avec quelqu'un... comme ça ?

– Je ne sais pas. C'était presque... obligé. C'est la faute de Naya. Elle a tellement insisté sur le fait que Lana ressentait quelque chose pour moi que j'ai fini par me convaincre que c'était réciproque. Mais ce n'était pas le cas. Il n'y a jamais eu d'amour entre nous. Seulement de l'amitié... un peu bizarre. C'est pour ça que je n'aime pas être en couple.

– Tu n'aimes... pas ça ?

– Pas trop, non. Quoique tu pourrais peut-être me faire changer d'avis, petite sauterelle.

J'ai haussé un sourcil, amusée.

– Pour que tu te remettes à sortir avec des filles ? Je ne veux pas que tu accordes de l'attention à d'autres.

– T'inquiète, tu seras toujours la première.

– On en reparle quand tu auras rencontré quelqu'un qui te plaît.

Il m'a jeté un coup d'œil étrange avant de sourire en secouant la tête.

– Je ne suis sorti avec personne depuis qu'on s'est séparés, Lana et moi.

Je n'ai pas pu masquer ma surprise :

– Sérieux ?

– Pourquoi est-ce que ça t'étonne tellement ?

– Je ne sais pas... Regarde-toi.

Il a levé un sourcil. L'amusement était lisible dans son regard.

– Qu'est-ce que tu insinues ? Que je suis beau ?

J'ai senti mes joues s'enflammer.

– Hein ? J... Je... Non ! Pas du tout !

– Mais bien sûr : je suis un bon parti, alors ? C'est ça ?

– Tu es sympa, l'ai-je corrigé.

– Sympa, a-t-il répété en rigolant.

– Ne te moque pas !

– Tu viens de m'anéantir.

– C'est très bien, d'être sympa !

– Non, pas du tout.

– Si, je t'assure. Moi, je te trouve... sympa.

– Je n'ai pas envie d'être seulement sympa à tes yeux, Jen.

Je me suis tue un moment pour l'observer. J'ai senti monter en moi la même émotion que dans la voiture. J'ai avalé ma salive et, sans réfléchir, j'ai écarté une mèche de cheveux que le vent avait fait glisser sur son front. Quand j'ai ouvert les yeux à nouveau, j'ai vu qu'il arborait le même air chaleureux que je lui avais toujours connu... jusqu'à notre dispute. Je n'avais pas réalisé à quel point il m'avait manqué depuis.

Quand j'ai écarté ma main de son front, j'ai eu l'impression qu'il penchait la tête en avant pour maintenir le contact quelques instants de plus. Il a enfin rompu le silence pour murmurer :

– Tu ne le vois pas, hein ?

En réalité, je le voyais très bien, mais je refusais de l'admettre.

– Quoi ?

– Pourquoi crois-tu qu'elle est énervée contre toi comme ça, Jen ? Pas juste parce que je l'ignore. D'ailleurs, ce n'est même pas vraiment pour ça.

– Pourquoi, alors ? J'ai cassé un de ses vases sans m'en rendre compte ? Ça ne serait pas la première fois...

Il a souri, amusé.

– Pas à ma connaissance.

– Alors ?

Il a hésité un moment :

– Quand on était ensemble, elle me reprochait régulièrement de ne pas l'aimer assez. Tout le temps. Elle me disait que, d'après ma façon de la regarder, on aurait dit que je n'avais pas envie d'être avec elle. Que quand on m'entendait parler, on aurait dit que je ne voulais pas être en couple avec elle. Je suis sûr que chaque fois qu'elle voit comment je te regarde, qu'elle entend comment je te parle, elle repense à ces moments-là. Ça crève les yeux.

Je n'ai rien pu répondre, mais j'ai senti mon cœur s'emballer. Son regard est descendu vers mes lèvres avant de remonter jusqu'à mes yeux.

– Elle n'apprécie pas que quelqu'un l'ait supplantée.

Il y a eu un moment de silence absolu au cours duquel nous nous sommes contentés de nous regarder sans un mot. Je ne savais pas quoi répondre. Je ne savais pas quoi faire. Ma gorge était sèche.

– Ce n'est pas une compétition, Ross.

Il a souri.

– Si c'en était une, tu l'aurais remportée.

Ces quelques mots ont fait tomber toutes les barrières que j'avais édifiées entre lui et moi sans même m'en rendre compte. J'ai baissé les yeux en direction de ses lèvres et j'ai vu qu'il fixait les miennes. Mon cœur s'est accéléré en sentant ses doigts serrer mes genoux, expédiant une décharge électrique dans chaque fibre de mon corps.

Je ne sais pas lequel des deux a bougé en premier. J'ai d'abord senti mon corps se tendre quand ses lèvres ont touché les miennes. Comme si la sensation m'avait coupé le souffle. Sa bouche était aussi froide que l'air environnant, mais je sentais sa peau brûlante à travers ses vêtements.

Quand il s'est écarté pour me regarder, ma tête tournait à toute vitesse.

Je n'avais jamais rien senti d'aussi fort. Jamais. Même lors de mon premier baiser. Ou avec Monty. Jamais.

Et ça m'a terrifiée.

Mais Ross était si proche de moi que je ne pouvais pas me permettre d'y penser. J'étais incapable d'ignorer son regard, je sentais qu'il était partagé entre la peur de m'avoir dérangée et l'envie de s'élancer à nouveau vers moi.

En l'imaginant le faire, j'ai senti mon cœur tressauter si fort que ma tête s'est mise à tourner de plus belle. Je n'en pouvais plus.

– Jen... Je ne...

Il s'est arrêté quand je me suis avancée pour poser mes mains gelées sur son cou. Sa peau était brûlante. J'ai vu ses lèvres s'entrouvrir quand j'ai fourré mes doigts dans sa chevelure. Sans savoir quoi faire pour prolonger cet instant, je me suis penchée en avant pour l'embrasser doucement.

À cet instant précis, il a perdu le contrôle. J'ai senti sa poitrine se coller contre la mienne quand il a pris appui sur la chaise longue pour se pencher vers moi. Il a pressé sa bouche ouverte sur la mienne. J'ai oublié l'existence du monde autour de nous quand il a attrapé ma cuisse d'une main ferme, au niveau du bas de ma robe.

Je l'ai embrassé comme si ma vie en dépendait. Mon cœur battait à toute vitesse. Mes côtes vibraient à mesure qu'il se penchait vers moi. J'ai senti sa jambe se glisser entre les miennes, et je l'ai attiré vers moi à mon tour, l'incitant à continuer.

Je n'avais jamais eu autant besoin de quelqu'un. Soudain, j'ai pris conscience du fait que j'attendais ce moment depuis longtemps. Trop longtemps.

Sans savoir ce que je faisais, je me suis écartée un peu pour ôter sa veste, qu'il a arrachée d'un geste, comme si elle le dérangeait, avant de la jeter sur le sol et de se coller à nouveau contre moi. Cette fois, il ne s'est plus contenté de frôler le bord de ma robe : il est remonté jusqu'en haut de mes jambes sans que je m'en rende compte.

Son autre main est remontée elle aussi. Je l'ai immédiatement sentie : l'entièreté de mon attention était focalisée sur le contact de ses cinq doigts sur ma peau.

Je ne pensais plus qu'à le toucher, l'embrasser... J'avais besoin de le sentir près de moi. Aussi près que possible.

Les vêtements que je portais laissaient mon dos à découvert : quand il a posé sa main dans le bas de ma colonne vertébrale, tous les poils de mon corps se sont hérissés. J'ai lâché un bruit proche du halètement, un son que je n'avais jamais laissé échapper de toute ma vie. J'étais gênée, mais ça n'a fait que l'inciter à redoubler ses assauts.

Il a cessé d'embrasser mes lèvres et j'ai ouvert les yeux en sentant sa bouche contre ma mâchoire, puis le long de mon cou et sur ma clavicule. Je l'ai embrassé fougueusement en observant la ville dans son dos. Je n'étais plus consciente de l'endroit où nous nous trouvions, ni du fait qu'on pouvait nous surprendre à tout moment. Je savais seulement qu'il était devant moi et que j'avais bien plus besoin de lui que je ne voulais l'admettre.

J'ai senti ses doigts me caresser l'intérieur de la cuisse, comme s'il voulait me tester. Mon estomac a tressauté et j'ai légèrement écarté les jambes. Ross s'est collé si fort contre moi qu'il n'y avait plus aucun espace entre nous. Sa main a remonté le long de mes jambes et j'ai planté mes doigts dans son dos. Chaque fois qu'il bougeait sa main d'un millimètre, tout mon système nerveux réagissait et mon cœur accélérait dans la foulée.

C'est alors que la porte s'est ouverte avec fracas, mettant fin à la magie qui nous ensorcelait. Surpris, Ross s'est écarté de moi et j'ai refermé les jambes d'un coup. Quand j'ai vu le couple qui venait d'arriver contempler ma culotte, je suis devenue rouge comme une tomate et j'ai maladroitement rabaissé ma robe.

C'étaient deux personnes de notre âge que je n'avais jamais vues de ma vie. Elles riaient et avaient l'air ivres. Elles se sont rapidement excusées et nous ont laissés seuls à nouveau. Je les ai entendues s'esclaffer dans le couloir par-dessus le fracas de mon cœur qui tambourinait dans mes tympans.

J'ai regardé Ross : il était assis sur le sol et se passait une main dans les cheveux. Il respirait avec peine.

C'est alors que j'ai pris conscience de ce qui venait de se jouer.

J'avais embrassé Ross.

Oui.

J'avais... embrassé... Ross.

Mmmh.

Ross.

Et tu as adoré ça.

Et ça ne m'a pas plu du tout.

Menteuse.

Ça ne m'a pas plu !

Même moi, ça m'a plu.

Je me suis recoiffée comme je pouvais, en silence, rouge de honte, tandis qu'il regardait partout sauf dans ma direction. Il avait l'air aussi gêné que moi. Je n'arrivais pas à croire que ce qui venait de se produire était bien réel.

Alors que je ne l'avais même pas encore analysé en profondeur.

Pourquoi ne m'étais-je pas écartée ? Ou plutôt, pourquoi regrettais-je qu'on nous ait interrompus ?

Parce que Ross te plaît, idiote.

Ross s'est mis debout et a passé ses mains sur son pantalon, comme s'il voulait gagner du temps. Quand nos regards se sont enfin croisés, je n'ai pas su comment interpréter son expression. J'ai attrapé mon sac dans un mouvement théâtral.

– On... On peut y aller ?

– Oui... euh... je... Allons-y.

Il a récupéré sa veste en se raclant la gorge. Je me suis levée pour lui emboîter le pas en direction de la porte. En chemin, je n'ai pas pu m'empêcher de regarder son dos, le cœur gros. Pourquoi avions-nous fait ce que nous venions de faire ? Je ne voulais pas que nous nous retrouvions dans une situation gênante.

Quand nous sommes arrivés à mi-hauteur dans le couloir, il s'est arrêté pour me regarder. J'ai ouvert la bouche pour tenter de dire quelque chose, mais j'en étais incapable. Il a baissé les yeux vers mes lèvres, et j'ai eu l'impression de sentir sa bouche contre la mienne.

Et j'avais très envie que cette illusion soit réalité. D'une voix ténue, il m'a demandé :

– Q... Quoi ?

J'ai failli avoir un infarctus en le voyant s'approcher de moi. Je suis restée figée sur place quand il m'a tenu le menton pour passer son pouce sous ma lèvre inférieure. Ma respiration s'est à nouveau emballée. C'est alors que je me suis rendu compte qu'il se contentait d'enlever les taches de rouge à lèvres qui maculaient mon visage. Heureusement qu'il n'avait pas ce genre de problème. Je n'aurais pas été capable d'en faire autant sans baver.

J'étais si profondément absorbée par mes pensées que je n'ai pas remarqué que son pouce était toujours posé sur ma bouche. Il a avalé sa salive en me regardant droit dans les yeux et j'ai instinctivement porté ma main à son poignet. J'entendais les battements de mon propre cœur.

– Ross, je...

Il ne lui en a pas fallu plus pour se pencher vers moi, mais ses lèvres ne sont pas parvenues jusqu'aux miennes.

– On y va déjà ?

Cette fois, c'est moi qui me suis écartée en apercevant Naya et Will arriver derrière Ross. Ils étaient en train d'enfiler leurs vestes. Ross ne s'est retourné qu'après avoir fermé les yeux un moment, frustré.

– Oui, on y va, a-t-il répondu d'un air plus tendu qu'à l'accoutumée.

Je savais très bien pourquoi.

Will et Naya ont échangé un regard quand je lui ai emboîté le pas d'un air abattu, le visage toujours en feu. Ils n'ont pourtant pas fait le moindre commentaire.

Sue s'est jointe à nous en chemin. Elle non plus n'a pas prononcé un mot. Elle était trop occupée à boire les dernières gorgées de sa bière.

Je me suis assise sur le siège passager dans la voiture et j'ai attaché ma ceinture en attendant que les autres s'installent à l'arrière. Ross les a attendus en tapotant sur le volant. Il avait l'air tendu. Il a dû sentir mon regard, puisqu'il s'est tourné vers moi. Il m'a observée à son tour.

Une fois de plus, je n'ai pas su comment interpréter son expression.

Je ne parvenais plus à penser à quoi que ce soit d'autre. L'espace d'un instant, j'ai complètement perdu de vue le fait que les autres étaient toujours dans la voiture. D'ailleurs, j'avais carrément oublié que je me trouvais moi-même dans une voiture. J'avais tout oublié. Il accaparait mes pensées. J'ai avalé ma salive et Ross a examiné la base de mon cou.

Il a fermé les yeux et secoué la tête avant de regarder la route à nouveau. Avant que quelqu'un puisse dire quoi que ce soit, il a allumé la radio et accéléré.

Je ne sais pas si les autres étaient trop saouls pour le remarquer, mais nous étions tous les deux noyés dans un silence particulièrement pesant. J'ai évité son regard pendant tout le trajet, tandis que Naya et Sue se lançaient des piques. Will faisait de son mieux pour tenter de les réconcilier.

Les choses ne se sont pas améliorées dans l'ascenseur. J'étais déterminée à ne pas regarder Ross. Je ne savais pas pourquoi, mais quand je me tournais vers lui, j'avais l'impression que...

Non, ce n'était rien du tout. Il fallait que je me détende.

Ce n'était qu'un baiser.

Mais quel baiser, hein ?

Pas de quoi en faire un fromage.

D'accord ?

J'ai examiné mes pieds aussi longtemps que possible tout en sentant son regard sur moi. Et sa présence toute proche. Je n'aurais jamais imaginé que garder les yeux rivés sur le sol pouvait être aussi dur, c'était pourtant le cas.

Tout mon corps tremblait et, d'un coup, sans le vouloir, j'ai frôlé sa main. Mon souffle s'est instantanément coupé et j'ai remarqué qu'il se raidissait.

Je n'en pouvais plus. J'ai levé lentement la tête, passant en revue son cou, ses lèvres et son nez avant de trouver ses yeux.

Il a effleuré ma main à nouveau, avec plus d'assurance que moi, et j'ai entrouvert les lèvres sans le vouloir quand il les a fixées. En sentant son pouce sur mon poignet, je n'ai plus pu y tenir : je me suis écartée, brûlante, le visage rouge vif.

Qu'est-ce qu'il m'arrivait ? Pourquoi est-ce que je sentais des pulsations dans des endroits de mon corps dont j'ignorais l'existence ? J'ai fermé les yeux un moment pour me calmer. Dès que je les ai rouverts, j'ai vu que Will m'observait avec un sourire en coin. La couleur cramoisie de mon visage n'a fait que redoubler.

Quand l'ascenseur s'est enfin ouvert, je me suis précipitée en avant pour ouvrir la porte et m'éloigner d'eux aussi vite que possible. Tandis que j'enlevais ma veste, Will est passé à côté de moi, Naya sous le bras. Ils se sont enfermés dans sa chambre en rigolant. Ross a lancé ses clés sur le comptoir et Sue a posé la bouteille de bière vide à côté du trousseau. Elle avait l'air un peu pompette.

– Bon, je vais dormir, et vomir peut-être. Bonne nuit, mes petits anges. Soyez sages et faites de beaux rêves.

Elle a quitté le hall, nous laissant submergés par le silence le plus tendu et le plus électrique que j'aie jamais connu. Puis Ross s'est dirigé vers la chambre. Je l'ai suivi mécaniquement. Chacun s'est assis de son côté du lit, dos à dos. J'ai enlevé mes bottes, que j'ai posées sur le sol. Peut-être qu'à un autre moment j'en aurais profité pour souligner à quel point mes pieds me faisaient mal, mais je n'ai pas osé parler. J'avais l'impression d'avoir perdu ma voix.

Je l'ai laissé seul un moment pour me démaquiller dans la salle de bains. Pour être honnête, j'ai aussi pris le temps de m'examiner dans le miroir pour essayer de me détendre. Je ne connaissais pas cette facette de ma personnalité. J'avais les joues rouges, j'étais décoiffée et mes yeux brillaient d'une lueur inédite. Ça se voyait que je n'étais pas dans mon état normal. Je ne pouvais m'empêcher de trembler.

J'aurais voulu rester là plus longtemps, mais ça aurait commencé à devenir bizarre : j'ai bien dû retourner dans la chambre.

Ross était déjà en pyjama, mais pas encore au lit. Il était debout, les sourcils froncés. Je me suis arrêtée sur le seuil pour l'observer. Ma voix était plus aiguë qu'à l'accoutumée :

– T... tout va bien ?

Il a soupiré en me regardant.

– Oui, je... Bon, si tu préfères que je dorme dans le salon...

– Quoi ? Non !

Je me suis tout de suite rendu compte de la précipitation de ma réponse, et de la surprise qu'elle provoquait chez lui.

– C'est... ton lit, ai-je ajouté d'un air gêné.

– Je ne veux pas te mettre mal à l'aise.

– Je ne me suis jamais sentie mal à l'aise avec toi, Ross.

Le problème était que *j'aurais dû* me sentir mal à l'aise, mais ce n'était pas le cas. Je me sentais tout à fait, mais alors tout à fait... *autre chose*. Et cette sensation n'était pas très appropriée.

Nous nous sommes regardés un moment. J'ai déposé ma robe à côté de l'armoire avant de m'approcher du lit et d'enlever mes lentilles. J'ai hésité un instant en remarquant qu'il m'observait :

– Si... Si tu veux, moi je peux aller...

Il a failli éclater de rire.

– Tu crois vraiment que je suis mal à l'aise ?

J'ai secoué la tête sans savoir quoi faire, et finalement nous nous sommes glissés dans le lit en même temps.

Nous étions couchés depuis quelques minutes quand... les cris de Naya se sont fait entendre de l'autre côté du couloir.

La situation pouvait-elle devenir plus gênante encore ?

Ross et moi avons tous deux fixé le plafond en écoutant le lit de Will venir heurter le mur avec régularité.

Génial.

J'ai fermé les yeux un moment.

Je me repassais en boucle la scène de notre baiser. C'était plus fort que moi. Pourquoi avais-je autant aimé ce moment ? Était-ce parce que cela faisait des semaines que je n'avais plus embrassé personne ? C'était peut-être ça.

Naya criait toujours. J'ai entendu Ross soupirer.

Peut-être lui arrivait-il la même chose qu'à moi ? À moins qu'il ne soit occupé à regretter ? Peut-être ne voulait-il plus dormir avec moi. Ça expliquerait pourquoi il avait proposé de dormir dans le salon. Si ça se trouve, il regrettait tout ce qui s'était passé à la soirée.

Mais si ça se trouve, je me prenais juste la tête.

Après tout ce que nous avions fait, sentir sa présence aussi près de moi était... étrange. Je savais que je pouvais le toucher, mais j'en étais incapable. Pourtant, toutes les fibres de mon corps en rêvaient. Je ne comprenais pas d'où me venait cette envie si soudaine d'étendre le bras et de saisir sa main. De m'approcher de lui. De le serrer contre moi. Qu'il passe encore son pouce le long de ma lèvre inférieure, qu'il m'embrasse à nouveau en me tenant la cuisse d'une main et le dos de l'autre, tout en...

Non.

Je ne pouvais pas faire ça à Monty.

Même si, en ce moment, je ne pensais qu'à ça... Même si c'était ce dont je rêvais le plus au monde... Je ne pouvais pas.

Mais... Monty et toi avez un accord, tu te souviens ?

J'ai réfléchi un moment.

Bon... Ce n'était pas faux.

On avait passé un accord.

Un accord en prévision de situations exactement comme celle-ci. C'est lui-même qui l'avait dit. Ce n'était rien du tout. On n'avait même pas couché ensemble. C'était juste un baiser. Un baiser que j'avais adoré, mais rien qu'un baiser sans plus.

J'ai respiré profondément.

Je me suis tournée lentement pour regarder Ross. Il était tendu et fixait toujours le plafond. Je l'ai appelé à voix basse :

– Ross ?

Il s'est tout de suite tourné vers moi :

– Oui ?

– Ce qui s'est passé tout à l'heure...

– Oui... ?

J'ai respiré profondément.

– Tu te souviens quand je t'ai parlé de ma relation ?

– Oui.

J'ai marqué une pause. Étais-je vraiment sur le point de prononcer cette phrase à voix haute ? Les battements de mon cœur s'accéléraient à cette idée. Mes lèvres vibraient, comme si elles voulaient me faire comprendre qu'elles aussi voulaient que je continue. En fait, tout mon corps cherchait à communiquer avec moi.

– Je... t'ai... dit que ce n'était rien si on avait quelqu'un qui... Enfin... avec qui f... faire des... choses...

– Oui...

– Ben... par rapport à avant... je...

– Oui.

Mon cœur s'est arrêté quand il s'est tourné pour poser doucement sa main sur ma nuque, me tournant sur le côté pour que je lui fasse face. J'ai senti sa jambe frôler la mienne et j'ai entrouvert la bouche. Il n'en a pas fallu plus pour qu'il étende le bras et passe son pouce sur ma lèvre inférieure. Mon cœur s'est aussitôt emballé.

C'est alors qu'il s'est penché vers moi et m'a embrassée, d'une façon différente cette fois. Sans retenue. Comme s'il avait maîtrisé ses ardeurs jusqu'alors. Inconsciemment, mes mains ont parcouru son dos jusqu'à atteindre ses épaules, l'étreignant et l'attirant vers moi. Comme si la moindre distance entre nous m'était insupportable. J'ai senti son torse et sa hanche se coller contre moi, une de ses jambes s'est faufilée entre les miennes... Et ses lèvres étaient sur mes lèvres. Il a posé une main sur ma taille en me serrant contre lui.

Je n'avais jamais rien ressenti de semblable. Jamais. Ma tête tournait, j'avais l'impression de risquer l'évanouissement à tout instant. Mais je ne pouvais plus m'arrêter de l'embrasser. J'ai arqué le dos dans sa direction. Le bruit de nos baisers a été interrompu par sa respiration haletante quand son corps entier m'a poussée de sorte que je me retrouve étendue sur le dos sous lui.

Quand il s'est à nouveau approché, je l'ai senti m'attraper les cheveux pour m'embrasser sur la commissure des lèvres, la mâchoire et le cou. Mon cœur battait vite, trop vite pour qu'il ne le remarque pas. Mes mains sont descendues le long de son dos, et sans savoir très bien ce que je faisais, j'ai attrapé le bord de son T-shirt et je l'ai relevé. Il a instantanément compris mon intention : il l'a retiré d'une main sans se faire prier.

J'ai caressé ses épaules, son torse, son ventre, ses côtes, ses omoplates... Sa peau était brûlante. J'avais l'impression que son corps s'embrasait au contact de mes doigts. Je me suis attardée sur son tatouage et j'ai découvert avec stupéfaction que sa peau était légèrement plus rugueuse à cet endroit. Je l'ai examiné, mais quand il s'est rendu compte que son tatouage m'intéressait, il m'a embrassée pour faire taire toute question à ce sujet.

J'ai étouffé un soupir contre ses lèvres quand il a commencé à me caresser d'une main à travers mes vêtements, lentement, sans se presser. Je sentais l'envie monter en moi à mesure qu'il me touchait.

Quand il s'est écarté pour me regarder, ses yeux m'ont électrisée dans l'obscurité. Je n'étais plus que tremblements et halètements sous ses mains. Je n'en pouvais plus. J'ai vu la question implicite dans son regard quand il a doucement soulevé le bord de mon sweatshirt.

Il me demandait si j'étais sûre de vouloir le faire, alors qu'il en mourait d'envie.

Et ça n'a fait que confirmer mon désir.

J'ai hoché la tête et il a passé mon sweatshirt et mon T-shirt par-dessus ma tête, me laissant totalement exposée. J'ai senti l'air froid sur ma peau dénudée, et le contraste avec sa main brûlante qui me caressait lentement la hanche a fait courir un frisson tout le long de ma colonne vertébrale. J'ai fermement saisi sa nuque d'une main quand les baisers sont peu à peu descendus le long de mon cou. De l'autre, j'ai agrippé la tête de lit en chassant tout l'air de mes poumons et en fermant les yeux pour me laisser emporter.

Mes souvenirs de cette nuit-là sont devenus un véritable trésor, si précieux qu'on voudrait le garder sous clé. Je me souviens de sa tête entre mes jambes, de la façon dont il a expiré quand j'ai descendu une main entre les siennes, de la manière dont il a ouvert le préservatif avant de l'enfiler sans hésiter, de son souffle dans mon cou quand j'ai plongé mes mains dans ses cheveux. Je me rappelle de la façon dont il a soulevé mes hanches pour me retourner si brusquement que j'ai dû prendre appui sur la tête de lit. Je me souviens des soupirs et des caresses quand je suis montée sur lui, de son sourire quand j'ai posé mon front contre le sien et que mon corps tout entier s'est raidi. Je me rappelle de la manière dont il m'a caressée à la fin, des côtes jusqu'aux hanches, tout en me jetant un regard qui m'a donné envie de me précipiter sur lui à nouveau... Tout était parfait. Si parfait que, quand il s'est endormi, j'ai essayé de rester éveillée pour que cette nuit ne se termine jamais.

Mais, bien sûr, je n'ai pas pu résister et j'ai glissé dans le sommeil entre ses bras.

10

Pas trop mal

Quand j'ai ouvert les yeux, j'ai mis un moment à réaliser ce qu'il se passait. J'ai cligné des paupières en remarquant que j'avais un bras autour de moi et que ma joue était posée dessus. C'est à cet instant seulement que les souvenirs de la nuit me sont revenus à l'esprit. Mon cœur a battu la chamade sans que je puisse y faire quoi que ce soit.

J'ai regardé Ross, qui dormait toujours paisiblement. Une de ses mains était posée dans le bas de mon dos et l'autre était fourrée dans ma chevelure. Je sentais ses lèvres frôler mon front.

Je n'avais jamais dormi comme ça avec personne. Même pas avec Monty. Et, étrangement, c'était... plus confortable que jamais.

J'aurais voulu rester plus longtemps dans cette position délicieuse pour en profiter encore un peu, mais j'avais aussi besoin de m'éloigner pour réfléchir. J'étais confuse. Je savais que je ne parviendrais pas à avoir les idées claires tant qu'il serait si près de moi. Même endormi.

Je me suis écartée prudemment, et il a murmuré quelque chose dans son sommeil. Puis, sans un bruit, je me suis levée. Quand il dormait, on aurait dit un ange. Sur la pointe des pieds, je me suis dirigée vers l'armoire et j'ai enfilé une culotte, un soutien-gorge et ma tenue de sport. Il fallait que je sorte courir.

Et ce alors que j'étais épuisée. Mais ma fatigue avait été causée par une *autre* sorte de sport.

J'ai jeté un dernier coup d'œil en direction de Ross avant de sortir, et je n'ai pas pu m'empêcher de sourire. Je me suis tout de même reprise, me fustigeant intérieurement. Il fallait que j'arrête.

Ce n'était qu'un... euh... moment intéressant... avec... euh... avec un ami.

Oui, c'était exactement ça.

Permets-moi d'en rire.

Il fallait vraiment que je me détende un peu.

Je n'ai pas couru aussi longtemps que d'habitude, ce qui m'a laissé le temps d'acheter un café pour tout le monde et un pot de beurre de cacahuètes pour

Sue. En entrant dans l'immeuble, j'ai senti mon téléphone vibrer. J'ai hésité un moment en voyant le nom de Monty s'afficher sur l'écran.

C'est alors que, sans trop savoir pourquoi, j'ai décidé de ne pas répondre.

En poussant la porte de l'appartement, je suis tombée sur Sue qui fouillait le frigo.

Ross, quant à lui, bâillait, adossé au plan de travail. Il s'était juste donné la peine d'enfiler un pantalon en coton. J'ai regardé l'aigle tatoué dans son dos. Cette nuit, je l'avais caressé et embrassé. J'ai rougi en y repensant.

Will et Naya sont arrivés dans la cuisine à leur tour, l'air toujours endormis. Il était temps de recouvrer mes esprits. J'ai souri en posant mes achats sur le comptoir.

– Regardez ce que je vous rapporte !

Naya s'est approchée en salivant.

– Will, désolé, tu n'es plus le premier dans mon cœur.

– Je m'en remettrai.

Sue m'a dévisagée d'un air mauvais.

– Du café ?

– Et un pot de beurre de cacahuètes pour madame, ai-je dit en le sortant du sac.

Ses yeux se sont illuminés quand elle l'a empoigné. Elle s'est précipitée vers le tiroir pour attraper une cuillère. J'ai regardé Ross et je lui ai tendu sa boisson. Il m'a décerné un sourire trop intime pour être adressé en public et j'ai écarté sa main, gênée, quand il a frôlé la mienne volontairement. J'ai essayé de focaliser mon attention sur mon gobelet en carton, toujours aussi embarrassée, quand je l'ai entendu rire. Will s'est assis à côté de Ross.

– Désolé pour le boucan hier soir. Mon lit est cassé, il fait du bruit pour rien.

Ross a levé un sourcil.

– Pour rien ?

– Pour rien. J'espère que ça ne vous a pas dérangés, a répondu Naya.

Sue s'est assise dans le fauteuil. Elle a murmuré :

– Vous nous dérangez toujours.

– Moi, vous ne m'avez pas dérangée, ai-je assuré.

Ross a souri.

– Moi non plus. D'ailleurs, j'ai super bien dormi. Ça faisait longtemps que je n'avais pas aussi bien dormi. En fait, je ne sais pas si j'avais déjà aussi bien dormi de ma vie. Et toi, Jen ?

Il m'a souri de toutes ses dents. J'ai rougi pour la troisième fois en deux minutes. Il savait très bien ce que cette question sous-entendait. Comme je ne savais pas quoi répondre, j'ai bu une gorgée de café pour gagner du temps. J'ai fini par me racler la gorge avant de déclarer :

– Moi... euh... plutôt bien, j'imagine.

Il a sursauté en entendant ma réponse.

– Comment ? Bien ? C'est tout ?

Je n'ai pas pu m'empêcher de sourire en voyant son air offusqué.

– Pas trop mal.

– Pas trop mal ? Ça veut dire quoi, ça ?

– Ça passe. Tout juste. Cinq sur dix.

– Cinq !

– Cinq et demi, pas plus.

– Allez. Ça valait au moins un huit. Tu le sais.

– Non, je ne sais pas. Parce que ça ne valait pas huit du tout.

– Dix.

– Cinq.

– Neuf quatre-vingt-dix-neuf.

– Sept.

– Neuf quatre-vingt-dix-huit. Maximum.

Les autres ont échangé des regards un peu perdus. Même Will n'avait pas l'air de suivre. Naya a demandé :

– Vous donnez des notes à votre sommeil ?

Ross a répondu d'un air innocent :

– C'est notre hobby.

– Merde, a décrété Sue.

Nous nous sommes tous les quatre tournés vers elle, qui s'était à nouveau approchée de la cuisine. Elle regardait l'eau accumulée au fond de l'évier.

– Il est bouché. J'en profite pour vous prévenir que je n'ai aucune intention de régler ce problème.

Naya a donné un coup de coude à Will.

– J'ai des trucs à faire, a-t-il dit sans tarder.

Ross a pris un air exaspéré.

– Quel genre de trucs ?

– Passer du temps avec moi, a répondu Naya.

Les deux sont restés là à fixer Ross, qui a fini par soupirer bruyamment après quelques secondes.

– Je commence à en avoir marre d'être l'homme à tout faire.

Après une demi-heure à s'esquinter avec la ventouse, il s'est allongé sur le sol, la tête sous le lavabo. Assise sur le plan de travail, je ne perdais pas une miette du spectacle. J'ai croqué dans mon toast en considérant les outils posés à côté de lui.

– Tout va bien, là en bas ?

– Tu t'amuses, non ?

J'ai pris un air réjoui en essayant de ne pas regarder son torse nu. L'occasion était pourtant idéale : il ne pouvait pas me voir.

– Mieux que ce que je pensais.

D'accord, j'allais peut-être l'admirer un petit peu. Mais seulement un petit peu.

– Clé anglaise, m'a-t-il demandé en tendant la main vers moi.

– Et le mot magique, Ross ?

– Donne-la-moi ou je te refais le même coup qu'hier soir.

Je suis devenue rouge comme une pivoine et je lui ai passé l'outil. J'ai vu son torse se secouer tandis qu'il commençait à rire.

– Ce n'est pas ça, le mot magique, lui ai-je rappelé.

– Je crois que si. Ça a marché. Et je suis sûr que tu as rougi.

– Pas du tout.

Les muscles de son estomac se tendaient quand il forçait. J'ai pris une autre bouchée de toast, savourant l'instant présent.

– Je peux te poser une question, Ross ?

– Bien sûr.

– Tu peux m'expliquer pourquoi tu sais déboucher un tuyau mais pas faire les courses ?

– Hé, chacun sa spécialité.

– Oui, c'est juste bizarre...

Il a murmuré, comme s'il forçait pour dévisser quelque chose :

– J'utiliserais plutôt l'adjectif « génial ». Putain, pourquoi est-ce qu'on n'appelle pas un plombier ? C'est un professionnel qui doit se charger de ce genre de choses normalement, tu vois ? C'est leur métier. Je paierai. Ça ne peut pas être si cher.

– Tu as raison, Ross... On pourrait...

J'ai laissé ma phrase en suspens. Il a arrêté ce qu'il était en train de faire.

– Mais... ? a-t-il insisté.

– Mais... honnêtement, je serais assez déçue, Ross.

Il a soupiré et je l'ai vu se tendre en forçant sur la clé anglaise à nouveau.

– Ce qu'on ne ferait pas pour une fille, a-t-il marmonné.

– Tout va bien ?

– J'ai la tête sous un évier, est-ce que j'ai l'air d'aller bien ?

– Ce n'est pas la bonne attitude, Ross.

– J'ai la bonne attitude pour d'autres trucs. Tu sais, ceux où tu me donnes cinq grand maximum.

Je n'ai rien répondu, gênée. Pourquoi étais-je si embarrassée en l'entendant mentionner ouvertement la nuit précédente ?

– Tu profites de la vue ?

J'ai aussitôt cessé de le regarder, bien qu'il ne puisse pas me voir.

– Comment tu sais que...

– Crois-moi, je sens tes petits yeux châtains brillants quand ils se fixent sur moi.

J'ai les yeux brillants ? Depuis quand ?

Il a sorti la tête en soupirant.

– Voilà, c'est réglé. Beurk.

J'ai tendu le bras pour faire le test, et l'eau s'est effectivement écoulée sans problème.

– Le plombier de la maison !

Il s'est lavé les mains en me regardant d'un air mauvais.

– Et le gars à qui tu mets cinq sur dix.

– Allez, il ne fallait pas prendre ça au sérieux.

– Pourquoi ? Tu n'étais pas sérieuse ?

– Hein ? Non... je... euh...

Il a souri d'un air lubrique.

– Je me disais bien.

En voyant qu'il gagnait du terrain, j'ai décidé de revenir sur le sujet de conversation précédent, histoire de me moquer encore un peu de lui.

– Ne me dis pas que tu n'aimes pas jouer à l'homme à tout faire. Tu ne te débrouilles *pas trop mal,* pourtant.

– Je commence à détester cette expression.

– Tu ne mérites pas encore la mention « assez bien ».

– Un petit conseil pour m'améliorer, alors ? Je prendrai des notes pour ce soir.

Il a profité que je réfléchissais pour saisir mon poignet et croquer dans mon toast. Il a enfourné une telle bouchée qu'il a englouti plus de la moitié d'un coup.

– Mais... ? Ross ! Mon petit déjeuner !

– Je l'ai largement mérité, a-t-il dit la bouche pleine en jetant un coup d'œil en coin vers Sue, qui lisait en nous tournant le dos.

Quant à moi, je n'étais qu'indignation.

– Fais-toi ton propre petit déjeuner, au lieu de manger le m... !

Il m'a interrompue en me soulevant le menton pour planter un baiser sur mes lèvres. Le mouvement m'aurait fait tomber à la renverse s'il ne s'était glissé entre mes jambes, me soutenant au niveau des fesses sans la moindre gêne.

Quand il s'est écarté, il arborait un petit sourire malicieux. J'étais encore en train d'essayer de reprendre mon souffle.

– Et ça, ce n'était *pas trop mal*, Jen ?

Tandis qu'il disparaissait dans le couloir et que je me remettais de mes émotions, j'ai vu Sue se pencher par-dessus le sofa pour me fixer, les yeux plissés.

– Alors ?

J'ai commencé à paniquer.

– Quoi ?

Oh non.

– C'était bien, hier ?

Oh non, non. Est-ce qu'elle nous avait entendus ?

– Tu as tiré les cheveux de Lana ou pas ?

Ah, ça. J'aurais bien aimé.

– J'ai failli, lui ai-je assuré en m'approchant.

– Elle n'est pas aussi sympa qu'elle en a l'air, hein ?

– Non, pas vraiment. Elle a été très claire d'ailleurs.

J'ai froncé les sourcils.

– Et toi, pourquoi est-ce que tu ne l'aimes pas, Sue ?

– Je déteste tout le monde.

J'ai fait la moue.

– Même moi ?

Elle m'a dévisagée en grimaçant pendant un instant.

– Dans une moindre mesure.

Venant d'elle, ça équivalait à une déclaration d'amour. J'ai esquissé un large sourire.

– Si on en vient à se tirer les cheveux un jour, je te préviendrai.

Elle a hoché la tête.

– Génial. Je pensais ouvrir une chaîne YouTube. Ça pourrait être ma première vidéo.

J'ai souri et je me suis dirigée vers la salle de bains pour prendre une douche.

Quand je suis sortie enveloppée d'une serviette, Ross avait disparu.

De toute façon, j'ai passé la journée entière à étudier en vue de mon examen suivant, français (ce qui me faisait penser à Lana, et par conséquent me mettait de mauvaise humeur). Je n'ai donc pas eu le temps de penser à lui. Ou plutôt, j'ai tenté de me convaincre que je n'avais pas le temps, parce que je n'arrêtais pas de jeter des coups d'œil à la porte, me demandant pourquoi il n'était toujours pas de retour.

Ce n'est que vers l'heure du dîner que j'ai commencé à me tracasser pour de bon. Je me suis approchée de Will, qui s'ennuyait devant son ordinateur portable.

– Tu ne sais pas où est Ross ?

– Aucune idée.

– Ça te paraît normal qu'il s'éclipse comme ça, sans crier gare ?

– Il rentrera quand il sera fatigué. Il ne supporte pas de dormir ailleurs que dans son propre lit. Et maintenant, il a une bonne raison de revenir, non ?

Il a fallu exactement deux secondes pour que mon visage devienne la quintessence de la honte. Will a éclaté de rire.

– C'était tellement évident, ce matin... a-t-il résumé.

– Naya... ?

– Je suis le seul à le savoir.

Son assurance m'a quelque peu tranquillisée. Mais je ne pouvais toujours pas m'empêcher de penser à Ross et de me demander où il était. Will a dû le noter, puisqu'il a tenté de faire diversion :

– Qu'est-ce que tu as envie de manger pour le dîner ?

– N'importe.

– Tu veux qu'on cuisine un truc vite fait ?

J'ai souri.

– Pourquoi pas. Naya ne vient pas ?

– Pas aujourd'hui. Elle était fatiguée. Elle a examen cette semaine.

– Et Sue ?

– Elle m'a dit tout à l'heure qu'on ne lui prenne rien si on commandait.

Nous sommes tous les deux entrés dans la cuisine. Nous avons préparé un plat simple mais très appétissant, que nous avons mangé devant une émission de bricolage et de rénovation tout en nous lamentant sur les nombreuses malfaçons des maisons remises en état.

Il était vingt-trois heures et Ross n'était toujours pas là. Will s'est levé en bâillant.

– Je vais dormir, Jenna.

– Bonne nuit.

Il s'est arrêté un moment et m'a souri.

– Ne reste pas éveillée à l'attendre. Pas trop tard, au moins, d'accord ?

– Je n'en avais pas l'intention, ai-je menti.

Il m'a laissée seule et j'ai continué à regarder l'émission un moment, avant d'éteindre la télé et de me diriger vers la chambre de Ross.

L'idée ne m'avait pas traversé l'esprit jusque-là, mais... est-ce qu'il avait fui l'appartement à cause de ce qui s'était passé ? Je n'aurais peut-être pas dû lui demander quoi que ce soit. C'était sûrement trop précipité. Merde. Ça devait être ça. En examinant mon reflet dans son miroir, avec mon pyjama, j'ai eu envie de me gifler.

Je me suis glissée dans le lit et j'ai décidé de ne pas dormir, mais je n'y suis pas parvenue. J'ai fermé les yeux un moment et quand je les ai rouverts, j'ai vu que la chambre était toujours plongée dans l'obscurité, mais Ross était assis sur le lit, occupé à changer de pantalon. Je me suis frotté les yeux en demandant d'une voix à moitié endormie :

– Ross ?

Il m'a regardée.

– Je t'ai réveillée ? Désolé, j'ai essayé de ne pas faire de bruit.

– Tu étais où ?

Il a souri.

– Mais quelle curieuse ! Des histoires de famille, rien de bien intéressant.

Je l'ai fixé un moment.

– Tout va bien ?

Il a hoché la tête d'un air distrait.

– Oui. Ne t'inquiète pas. Dors, il est tard.

J'aurais voulu en savoir plus, mais j'étais exténuée. Je me suis blottie dans les draps pendant qu'il changeait de T-shirt et j'ai pu à nouveau observer son tatouage. Il a souri en surprenant mon regard.

– Qu'est-ce que tu regardes, petite vicieuse ?

– Où est-ce que tu veux que je regarde, tu te changes toujours devant moi !

– Oh, tu as découvert mon secret. Je le fais exprès.

J'ai souri quand il est entré dans le lit. J'étais surprise qu'il aille directement au contact, me plaçant dans la même position où nous nous étions réveillés. À ce détail près que cette fois nous étions habillés. Je n'ai pas pu m'empêcher de fermer les paupières en sentant ses doigts dans mes cheveux.

J'ai soupiré et j'ai posé une main sur son torse. Je me suis endormie en comptant les battements réguliers de son cœur sous ma main.

***

– Comment va ma princesse ?

J'ai failli lever les yeux au ciel face au mur en entendant la phrase de Monty. Il savait parfaitement que je n'étais pas fan de ce surnom. Ni de l'entendre utiliser n'importe quel terme affectueux, d'ailleurs : tous me filaient le diabète.

– Aucune idée. De qui tu parles ?

Monty avait l'air particulièrement en forme.

– Tu t'es levée du pied gauche aujourd'hui ? Ça va, toi ?

On était déjà mercredi. On aurait dit qu'une vie entière s'était écoulée depuis la soirée. Les choses étaient revenues à la normale avec Ross. Nous n'en avions parlé à personne. Et hormis le fait que nous dormions dans les bras l'un de l'autre, nous n'avions pas manifesté le moindre signe d'affection. Sue et Naya ne se doutaient de rien.

Quant à Lana... je ne l'avais plus croisée. Et j'espérais bien que les choses continueraient sur cette voie.

– L'autre jour, je suis allée à une soirée, mais je n'ai bu que deux bières.

J'avais acheté un autre pull, étant donné la catastrophe qui s'était produite le jour où j'avais essayé de boire une bière à l'envers. Il faisait déjà nuit, je montais les escaliers de l'immeuble.

– Tu n'as pas l'habitude de boire.

– C'était juste deux bières, Monty.

– Tu sais que je n'aime pas que tu boives quand je ne suis pas là.

– J'étais avec mes amis.

– Tes amis ? Des... garçons ?

– Et des filles.

– Donc il y avait des garçons.

– Peut-être, oui...

– Qui ça ?

– Le copain de ma coloc.

– Et les autres ?

– Il n'y en avait qu'un autre.

– Et c'est qui, cet autre ?

Face à son insistance, j'ai décidé de revenir au sujet de conversation précédent, avant que les choses s'enveniment :

– Et je fais quoi, alors ? Arrêter de boire jusqu'à ce que je te revoie ? Même pas en soirée ?

– C'est une possibilité.

J'ai levé les yeux au ciel, même si j'étais soulagée qu'il ait oublié sa question.

– Tu ne peux pas juste me demander si je vais bien ? ai-je soupiré.

– Euh... Tu vas bien ?

– Non, maintenant c'est trop tard.

Je pouvais presque visualiser sa grimace à l'autre bout de la ligne.

– D'accord. J'étais en pleine forme, mais tu as réussi à me mettre en rogne, comme d'habitude.

Je n'ai pas su quoi dire, je l'ai donc laissé poursuivre la conversation :

– Raconte-moi quelque chose qui t'est arrivé ces derniers jours, alors.

Voilà, c'était le moment.

Je savais qu'on avait un accord, mais, même comme ça, c'était bizarre d'aborder ce sujet avec lui.

– En fait... il faut que je te dise quelque chose, Monty.

Je me suis arrêtée au milieu des escaliers du deuxième étage. Il s'est instantanément raidi.

– Qu'est-ce qu'il y a ? Qu'est-ce que tu as fait ?

– Rien de mal, t'inquiète.

Malgré mes efforts pour le rassurer, il n'avait pas l'air tranquille.

– C'est quoi, alors ?

J'ai regardé mes chaussures en réfléchissant à toute allure. Je faisais tournoyer le sac contenant mon nouveau pull de l'autre main. Pourquoi était-ce si difficile à avouer ?

Parce que tu as aimé ça. Et pas qu'un peu.

Oh, tais-toi, maudite conscience. Ce n'est pas le moment.

Monty commençait à s'impatienter :

– C'est quoi, Jenny ?

– J'ai couché avec un autre garçon.

Je l'ai dit à voix basse, mais il m'a parfaitement entendue.

Il est resté silencieux durant quelques secondes qui m'ont paru une éternité.

J'ai repris la parole, mais mon débit s'est fait plus rapide que d'habitude :

– Deux fois. Enfin... trois. Mais c'était la même nuit. Donc ça ne compte que comme une seule fois, non ?

Comme il ne disait toujours rien, j'ai commencé à m'angoisser. Et quand je panique, je divague sans m'arrêter :

– Je... voulais mettre les choses au clair avant que... je ne sais pas, que tu l'apprennes... Tu l'apprendras d'une manière ou d'une autre. En plus...

– Avec qui ?

– On n'avait pas dit qu'on ne raconterait pas les déta... ?

Il a répété sa phrase, plus énervé cette fois :

– Avec qui, Jennifer ?

Je me suis mordillé les lèvres, nerveuse.

– Tu te rappelles ce garçon dont je t'ai parlé ?

– L'ami célibataire qui était avec toi à cette putain de fête et dont tu ne voulais pas parler il y a deux minutes ?

Oh non. Il commençait à dire des gros mots. J'ai fermé les yeux un instant. Je ne voulais pas empirer les choses, mais c'était trop tard pour faire marche arrière.

– Je ne t'ai pas beaucoup parlé de lui. Il s'appelle Ross. Enfin, Jack Ross, mais je l'appelle Ross, et...

– Oh, tu l'appelles Ross. Et lui, comment il t'appelle ? Qu'est-ce qu'il te crie pendant que vous le faites ?

– Monty, tout le monde l'appelle Ross.

– Et tout le monde baise avec, ou bien c'est juste toi ?

– Tu exagères. Je sais que...

– Tu as aimé ?

J'ai pris une voix stridente :

– Quoi ? Monty, je ne crois pas que...

– Dis oui ou non, putain. Tu as aimé coucher avec un autre ? Oui ou non ?

– Non, non... Je veux dire... bien sûr que non...

– Alors pourquoi vous l'avez fait trois fois, putain ?

Je n'ai pas su quoi répondre. Oh non...

– Je... Monty...

– Ça fait combien de temps que tu es partie ? Évidemment, il ne t'a pas fallu longtemps pour écarter les jambes !

– Tu n'as pas le droit de me parler comme ça ! Je te rappelle que c'était ton idée !

– Et on dirait que l'idée t'a plu, hein ? Tu attendais que je te le propose ou quoi ?

J'ai secoué la tête.

– Ce n'est pas juste de me faire ça maintenant. Ou tu veux me faire croire que tu n'as rien fait ?

Il a hésité un moment :

– Si, j'ai fait quelque chose.

J'ai serré les lèvres.

– Avec qui ?

– La fille dont je t'ai parlé.

– Plus de trois fois ?

Il a hésité à nouveau :

– Oui.

– Et tu te plains de moi !

– On ne parlait pas de moi.

– On parlait de nous deux !

Il m'a brusquement interrompue :

– Sois sincère avec moi, Jenny. Tu as aimé ?

– Et toi ?

– Réponds-moi.

– Réponds-moi d'abord !

Il a respiré profondément, je pouvais imaginer l'expression de son visage. Je jouais avec sa patience, ce qui se terminait rarement bien.

– Non, je n'ai pas aimé, ai-je murmuré.

Monty a réfléchi un moment. Il a eu l'air de se calmer un peu.

– C'est bien. Alors... ça va.

J'étais si mauvaise menteuse que j'étais surprise qu'il ne me démasque pas instantanément.

Ross te connaît mieux.

Tais-toi.

– Et il t'a...

– Vraiment, je préférerais qu'on respecte la règle du « pas de détails ».

– Comme tu veux, a-t-il répondu d'un air peu convaincu.

– Bon, je dois raccrocher. Je vais dîner.

– Oui, moi aussi. Tu vas manger quoi ?

– Je crois que Will a acheté...

– Will ? C'est qui encore, celui-là ?

– Tu peux te détendre ? C'est le copain de Naya. Il vient manger avec nous, de temps en temps.

– Seulement lui ?

– Oui. Seulement lui.

– Tu es sûre ?

– Je te dis que oui, Monty !

– Ça va, ça va... Qu'est-ce qu'il y a pour le dîner, alors ?

– Des hamburgers, je crois.

– Encore des hamburgers ? Tu ne serais pas en train de grossir, toi ?

J'ai immédiatement haussé un sourcil.

– Je cours tous les matins. Et je te rappelle que, si je prends du poids, je prends aussi des seins.

– Oui, je suis sûr que Jack Ross les préfère comme ça.

J'avais repris mon ascension des escaliers, mais je me suis figée d'un coup.

– Monty...

– Quoi ?

– Arrête tout de suite.

– Je ne fais rien de mal.

– On avait dit pas de jalousie, tu te rappelles ?

Il a hésité un moment :

– Ouais.

– Parce que tu es toujours mon copain, je ne l'ai pas oublié.

– D'accord, alors je veux te demander une faveur. En tant que copain.

Oh non.

– Quelle faveur ?

– Je ne veux pas que tu recouches avec ce gars.

Il y a eu un moment de silence, durant lequel j'ai froncé les sourcils.

– Tu as oublié notre...

– Je m'en fous de cet accord. Je ne veux plus que tu lui parles.

– Tu es qui, pour me donner des ordres ?

– Je suis ton copain.

– Exactement, mon copain, pas mon maître.

– Ça sort d'où, ça ? C'est ce que tes nouveaux amis t'ont fourré dans le crâne ? Ce n'est pas toi qui me parlerais comme ça.

– Je n'ai pas besoin qu'on me dicte ce que je dois faire.

– Faire du mal à ton couple, c'est ce que tu veux ? Tu y as réfléchi ? Égoïste de merde.

– Je ne suis pas égoïste, je suis...

– Tais-toi. Tu ne penses vraiment qu'à toi, hein ?

– Menteur !

– Sérieux ? Est-ce que tu m'as seulement remercié de t'avoir conduite à ta foutue résidence ?

– Je... Je t'ai dit merci !

– Je m'en fous de tes remerciements. Je veux que tu arrêtes de parler à ce gars. Je suis très sérieux, Jenny. Ne m'oblige pas à aller te chercher, ou je te jure que tu le regretteras.

Je suis restée silencieuse un moment, soupesant ses mots. J'ai repensé aux rares fois où l'une de nos conversations s'était terminée de la sorte et un frisson d'appréhension m'a parcouru le corps.

– Ne t'énerve pas, l'ai-je supplié.

– Quand tu arrêteras de te comporter comme une salope égoïste.

– Monty...

– Si j'apprends que tu lui as reparlé, c'est fini entre nous. Tu m'entends ? Si tu ne veux pas finir seule, réfléchis bien à ce que tu vas faire. Ne m'oblige pas à aller te chercher ou tu sais très bien ce qui va t'arriver.

Il m'a raccroché au nez avant que j'aie le temps de répondre. J'ai levé les yeux inconsciemment. Agnès venait de sortir de son appartement, un sac-poubelle à la main. Elle m'a regardée et son visage a aussitôt affiché un air paniqué.

– Tout va bien, ma chérie ?

J'ai repris mes esprits aussi vite que je le pouvais.

– Oui. Ça va, mais je viens de rater un examen.

Elle m'a observée avec attention.

– Évidemment.

Je lui ai adressé un sourire timide et je me suis approchée de la porte de l'appartement. J'avais cependant à peine sorti mes clés qu'elle s'est raclé la gorge :

– Dis, Jennifer... je peux te dire quelque chose ?

– Bien sûr.

Je me suis à nouveau forcée à sourire en la regardant. Elle a avancé d'un pas vers moi et m'a regardée à son tour. On aurait dit qu'elle savait exactement ce que je pensais.

– J'ai été mariée pendant quarante ans. Ce n'était pas par amour. C'était un arrangement de nos parents. Et je ne me suis jamais plainte. Je dirais même que j'aimais ça. Au début, il était aux petits soins avec moi. Que pouvais-je demander de plus ?

Elle a marqué une pause et j'ai hoché la tête. Mes mains tremblaient encore.

– Ça devait être charmant, ai-je murmuré.

– Oh, ça l'était. Jusqu'à ce que je fasse une chose qui ne lui plaisait pas. Ou qu'il croie que j'avais fait une chose qui ne lui plaisait pas. Soudain, il n'était plus aussi gentil. En fait, il ne l'était plus du tout. J'ai appris à me taire, à ne plus sortir de chez moi, à ne rien faire du tout... pour qu'il ne s'énerve pas contre moi. Ça a duré tellement longtemps que j'ai fini par oublier ce que j'aimais faire, les lieux où j'avais l'habitude d'aller, les personnes avec qui j'aimais passer du temps. J'étais tellement occupée à essayer de lui plaire que j'en ai fini par oublier qui j'étais. Tu sais de quoi je parle, non, Jennifer ?

Je savais parfaitement quelle situation elle évoquait, mais j'ai secoué la tête d'un air innocent. Elle n'a pas cru à mon mensonge. D'ailleurs, elle a avancé d'un pas supplémentaire dans ma direction. Elle a murmuré en posant une main sur mon bras :

– Il y a deux ans, quand mon mari est mort, je n'ai pas été triste, plutôt désorientée. Je m'étais tellement perdue pour lui que je ne savais plus qui j'étais vraiment. Je me sentais abandonnée, vulnérable... C'est alors que je me suis souvenue que j'aimais aller à la plage, j'y suis allée avec mes deux petits-fils et ma belle-fille. Puis je me suis rappelé que j'aimais boire un petit verre de temps en temps, et j'ai recommencé à le faire. Et j'ai retrouvé une amie. Il s'est avéré qu'elle faisait toujours partie du même groupe... Tu le crois, ça ? Maintenant, on se voit tous les mercredis. C'est le meilleur moment de la semaine.

Elle s'est tue un instant pour me jeter un regard lourd de sens en me serrant le bras.

– Je l'ai laissé m'enlever mon identité. J'ai mis quarante ans à la récupérer, Jennifer. Ne fais pas la même erreur que moi. Ne t'oublie pas toi-même. Pour personne.

Sur ces paroles, elle m'a adressé un dernier regard et s'est dirigée vers l'ascenseur. Quand les portes se sont fermées, j'ai senti ma gorge se nouer. En fait, j'ai mis quelques secondes à me reprendre et à m'assurer que je n'allais pas fondre en larmes. Par chance, c'est à ce moment que ma sœur m'a envoyé un message :

Regarde-moi cet affreux pirate. Ça sera lui, le roi d'Halloween.

En pièce jointe, il y avait une photo de mon neveu. On y voyait Owen, cet adorable petit garçon de sept ans qui avait hérité des yeux et des cheveux châtains de notre famille. Il portait un déguisement de pirate et son œil fermé était maquillé en noir pour imiter un cache. Je n'ai pas pu m'empêcher de rire.

Dis-lui que je lui rapporterai un paquet de bonbons géant quand je reviendrai.

Il vaut mieux que je ne le lui dise pas, sinon il aura encore plus envie que tu rentres.

Oh, Owen... Il me manquait plus encore que les autres. C'est avec lui que j'avais découvert que j'aimais m'occuper d'enfants : avant qu'il naisse, je ne le savais pas. Je l'adorais.

Une fois remise de mon petit coup de mou, j'ai ouvert la porte de l'appartement. J'ai immédiatement entendu le rire d'une personne qui n'était pas chère à mon cœur. Lana.

Enfin, comme aurait dit mon frère Steve, il n'est jamais trop tard pour que la journée se gâte...

Ils se sont tournés tous les cinq en même temps en m'entendant arriver. J'ai posé mon sac par terre et je me suis approchée d'eux.

– La lumière de la maison !

Ross a souri en voyant mon visage pas si illuminé que ça. Il a ouvert les bras pour que je me jette sur lui, avant de les fermer en grimaçant dès qu'il a deviné que je n'en ferais rien. Je me suis contentée d'une simple explication :

– Critique littéraire. Ça viendrait à bout de l'énergie de n'importe qui.

Mais mon cours de critique littéraire n'était pas responsable de mon aigreur. La vraie coupable était la blonde à la langue de vipère assise dans le fauteuil, qui me regardait en souriant innocemment. Et mon copain, jaloux à cause de l'accord qu'il avait lui-même proposé.

Pendant un moment, je me suis demandé si je commettais une erreur en n'écoutant pas sa mise en garde et en continuant à vivre ici. Peut-être aurait-il mieux valu que je rentre à la maison pour que Monty ne s'énerve plus contre moi. Je ne voulais pas qu'il se sente mal par ma faute. Mais quelque chose en moi s'y opposait. Grâce aux conseils d'Agnès, sans doute. Elle avait raison. J'agissais toujours en fonction des autres. Il était temps de penser à moi. Et ce qui me plaisait, c'était d'être avec Ross.

Je me suis assise à côté de lui et il m'a tendu une boîte contenant un hamburger intact. Je l'ai ouverte aussitôt pour me mettre à table. Ce petit drame m'avait ouvert l'appétit.

– Vous parliez de quoi ?

J'ai nettoyé la sauce à la commissure de mes lèvres avec ma langue. J'ai vu que Ross déviait le regard vers ma bouche, mais il a tout de suite relevé les yeux comme si de rien n'était. Ce seul geste a suffi à me faire oublier l'espace d'un instant que nous n'étions pas seuls. J'ai souri.

Fidèle à sa réputation, l'autre lourdingue a pris la parole, effaçant instantanément mon air béat. Lana a minaudé d'un air charmeur.

– Tu es partie tôt, l'autre jour. Je demandais pourquoi aux garçons. Tu m'as manqué.

Sue a levé les yeux au ciel. J'ai haussé les épaules, déterminée à ne pas me laisser affecter par ses gamineries.

– J'avais envie de rentrer.

– Oh, tu n'as pas aimé la fête ?

– Ce n'est pas mon truc, ce genre de soirée.

– Moi non plus, a signalé Ross.

Lana a légèrement froncé les sourcils avant de me regarder.

– C'est dommage. C'est difficile de trouver un taxi bon marché à cette heure.

J'ai hésité une seconde. Peut-être aurais-je dû lui lancer mon hamburger à la figure et reprendre le cours de ma vie comme si de rien n'était. Mais non. Elle n'attendait que ça, une bonne excuse pour se remettre à parler.

Et moi, ce que je voulais, c'est qu'elle se taise une bonne fois pour toutes. J'ai imité son petit air innocent :

– T'inquiète, Ross a proposé de me raccompagner.

Lana a pincé les lèvres.

Prends ça, madame Parfaite.

– Et Ross a raté la fête rien que pour ça ?

– Je n'ai rien raté du tout.

Il m'a adressé un regard espiègle et j'ai poussé son épaule de la mienne, amusée. L'espace d'un instant, j'ai oublié Lana et ses yeux assassins.

Le reste du dîner s'est déroulé sans autre incident majeur. Après un moment, Will et Ross sont montés fumer sur le toit et Sue a filé dans sa chambre. Il ne restait donc plus que Naya, Lana et moi. Lana ne m'avait même pas regardée, depuis que Ross l'avait fait taire.

Jusqu'à maintenant. J'étais en train de raconter un truc qui m'était arrivé en cours à Naya quand elle m'a interrompue :

– Hé, Naya. Tu te rappelles ce que je t'ai raconté l'autre jour ?

Naya m'a regardée d'un air confus avant de se tourner vers Lana :

– Euh... Oui, j'imagine.

– Tu ne sais pas la dernière.

Elle a laissé sa phrase en suspens en me fixant d'un air lourd de sous-entendus, comme si elle voulait que je m'en aille.

– En fait... Jenna était en train de me raconter quelque chose...

– Je sais, mais c'est super important. Et super *privé.*

Je me suis tournée vers Naya en souriant :

– Ce n'est rien. Je vais aller dans ma chambre.

– Dans celle de Ross, a précisé Lana.

Je lui ai adressé un sourire.

– Oui. Dans *notre* chambre.

Je ne me suis pas tournée pour voir son visage, je me suis dirigée vers le couloir en soupirant et en essayant d'ignorer l'existence de cette intruse.

L'instant d'après, quand Ross a ouvert la porte, j'avais les yeux rivés sur l'écran de mon ordinateur portable. J'ai senti l'odeur de tabac qui imprégnait ses vêtements avant même qu'il approche.

– Tu regardes quoi ?

– *Avengers.*

– Et tu en es où ?

– Il ne reste plus que deux minutes.

– Dommage. Je le verrai un autre jour.

J'ai regardé la fin du film tandis qu'il enfilait son pyjama. J'ai sauté directement à la scène post-générique, exactement comme il me l'avait appris. J'ai refermé l'ordinateur pour l'observer.

– Hé, sans vouloir insister...

– Je ne savais pas qu'elle viendrait, m'a-t-il interrompue en se changeant.

– Hein ?

– Lana. Désolé. Je ne voulais pas t'attirer dans un traquenard. Si tu étais mal à l'aise...

– Je ne l'étais pas.

J'avais répondu trop rapidement, je regrettais d'avoir lancé le sujet.

– Alors ?

J'ai hésité un moment avant d'orienter la conversation dans une autre direction :

– Je peux... voir ton tatouage ?

Ross a eu la délicatesse de faire comme si de rien n'était.

Il s'est retourné et a baissé le col de son T-shirt pour que je puisse voir l'aigle qu'il s'était fait tatouer au milieu du dos et dont les ailes s'étendaient jusqu'à ses épaules. Je n'ai pas pu m'empêcher de passer mon doigt dessus. J'ai à nouveau remarqué son aspect rugueux, qui était dû, je le savais, à une marque que l'encre avait recouverte.

– Qu'est-ce que ça veut dire ?

Il a éclaté de rire.

– Qu'un jour j'étais bourré et que j'avais quatre-vingt-dix dollars.

– C'est très joli.

– La première fois, il n'était pas aussi beau. Au début, c'était un oiseau moche et amorphe. J'ai dû aller chez un professionnel pour qu'il me l'arrange un peu.

– Moche et amorphe, ça t'allait mieux.

Il m'a souri.

– Je te pardonne, parce que je sais que dans le fond tu m'adores. Et toi ? Tu n'as pas un petit tatouage caché dans un endroit secret ?

– Ça m'étonne que tu ne l'aies pas vu l'autre jour.

Son sourire s'est immédiatement élargi.

– J'en ai un, mais ce n'est pas grand-chose.

– Il est laid ?

– Ce n'est pas qu'il est laid, c'est qu'il est minuscule.

Je me suis retournée et j'ai écarté mes cheveux pour lui montrer ma nuque, où une petite lune était tatouée.

– Il est pas mal.

Il a passé son pouce dessus, et j'ai dû m'éclaircir la gorge avant de pouvoir articuler :

– C'est Shanon qui me l'a offert pour mes dix-huit ans.

– C'est quand, ton anniversaire ?

– En février. Le seize. On le fête toujours dans la cour derrière chez moi. Mon père sort le barbecue et mes frères mettent de la musique. Et parfois, mes grands-parents et mes oncles viennent.

– Et tes amis ?

J'ai signifié d'un geste leur moindre importance.

– Avec eux, je fête ça le soir.

Il m'a regardée un moment.

– Ils te manquent ?

– Mes amis ? Pas plus que ça.

– Ta famille, a-t-il précisé en souriant.

– Ah, eux... oui. Enfin... ils me manquent, mais... j'aime aussi être ici, tu vois ? Ils me manquent, mais pas au point de me dire « Mon Dieu, il faut à tout prix qu'ils fassent partie de ma vie ou je mourrai de chagrin ». C'est plus du style « Vous me manquez, mais vous êtes bien là où vous êtes, et je m'amuse beaucoup ».

J'ai hésité, en fronçant le nez :

– Je suis aussi horrible que je le pense ?

– À peine. Si ça peut te consoler, le premier mois que j'ai passé hors de chez moi, je ressentais la même chose que toi.

Il m'a recoiffée en écartant mon éternelle mèche rebelle.

– Et tu ne vois jamais tes parents ?

Il a soupiré.

– Si, plus que je ne le voudrais. Même si j'évite mon père autant que possible.

J'ai haussé les sourcils, surprise.

– Vous ne vous entendez pas trop ?

Je ne parvenais pas à imaginer Ross se disputer avec qui que ce soit.

– On n'a pas grand-chose en commun, a-t-il répondu en haussant les épaules.

Je me suis rendu compte que son sourire avait disparu à la mention de son père. J'ai préféré changer de sujet :

– Et avec ta mère ?

Il a souri à nouveau, ce qui a confirmé mon intuition.

– Ma mère est totalement différente. Il n'y a pas longtemps, j'ai passé une journée à l'aider à préparer une exposition qui aura lieu demain après-midi dans l'une de ses galeries.

Mystère résolu, Watson.

– Et tu ne vas pas y aller ?

Il a marqué une pause pour se glisser entre les draps.

– En vrai... j'allais te proposer de venir avec moi.

Il a noté mon silence et s'est raclé la gorge :

– Naya et Will viennent aussi. Peut-être que mon frère se joindra à nous, s'il n'est pas en train de prendre une raclée d'une fille avec laquelle il s'est disputé, bien sûr... Mais ne te sens pas obligée, ce n'était qu'une...

– Tu rigoles ? Bien sûr que je veux venir !

Il a levé les sourcils, surpris par mon enthousiasme.

– Ah oui ?

– Mais bien sûr ! Je ne suis jamais allée à une exposition d'art. J'adore ce genre de trucs. Et encore plus si c'est celle de ta mère. Je peignais avant, tu sais ? Je pourrai chercher le sens de ses peintures pour me sentir intellectuellement supérieure.

– En fait, la plupart des tableaux de l'exposition sont abstraits. Tu ne vas rien comprendre. Elle n'y voit elle-même pas très clair.

– Encore mieux. Si je ne comprends pas ce que je vois, je ne pourrai pas me ridiculiser en le critiquant.

Il a éclaté de rire en me regardant.

– Elle va t'adorer, a-t-il dit en secouant la tête.

Je souriais aussi, mais mon air joyeux a vite disparu quand j'ai repensé à un petit problème à cheveux blonds.

– Lana sera là aussi ?

Il avait les yeux rivés sur mes lèvres. Je l'ai vu se tendre un moment avant de replonger son regard dans le mien.

– Je ne sais pas. Je ne lui ai pas posé la question. Pourquoi ?

– Pour rien.

Il a levé un sourcil.

– Pourquoi est-ce que je dois constamment te rappeler que tu ne sais pas mentir ?

Ça, ça n'arriverait pas avec Monty.

– Je n'ai pas envie de critiquer ton amie, ai-je précisé.

– C'est l'amie de Naya, pas la mienne. Et je suis conscient du fait que tu ne l'apprécies pas, Jen.

– Et elle me le rend bien.

– Qu'est-ce que ça peut te faire, son opinion ?

J'ai hésité un moment :

– L'autre jour, à la soirée... Je crois que tu te trompais.

– Moi ? À quel sujet ?

– Tu lui plais, Ross. Je ne crois pas qu'il soit seulement question d'obtenir ce dont elle a envie. Je pense que tu lui plais vraiment.

La nouvelle n'a pas eu l'air de le réjouir. Ni de le décevoir. Il s'est contenté de cligner des yeux.

– Ah.

– Tu t'en fous ?

– Ce n'est pas son avis qui m'intéresse.

Face à son air pensif, j'ai à nouveau changé de sujet :

– Comment est-ce que je dois m'habiller demain ?

– Hein ?

– Pour aller à l'exposition de ta mère.

– Ben... normal. Moi, je vais porter la même chose que d'habitude.

– Mais les gens sont chics pour ce genre d'occasion, non ?

– Je n'ai jamais fait attention à ça, pour être honnête.

– Tu ne m'aides pas beaucoup.

– Mets ce que tu veux, ce sera parfait.

– Merci pour ton objectivité.

– De rien. Porte des vêtements. Ça t'aide, ça ?

– Dommage, moi qui voulais y aller à poil...

– Je viens de changer d'avis. Je préfère que tu ne portes rien.

Je lui ai décoché un coup sur l'épaule, ce qui l'a fait rire.

J'ai attrapé mon ordinateur portable et je me suis mise à chercher un film. C'est alors qu'il s'est penché vers moi en souriant. Je me suis légèrement tendue quand il a passé son bras derrière mon épaule pour me caresser les côtes.

– Mmmh... Je peux choisir ?

– Non. C'est mon ordi.

– C'est mon lit.

– Et si je reste debout ?

Il a souri d'un air angélique, me serrant un peu plus contre lui.

– C'est ma chambre. Et mon appartement.

J'ai essayé de ne pas prêter attention à la main posée sur mes côtes, à ses lèvres dans mon cou ou à sa jambe collée à la mienne. Je me suis contentée d'avaler ma salive en poursuivant mes recherches.

– Je pensais que tu m'avais dit de faire comme chez moi, ai-je marmonné.

– Seulement quand ça m'arrange.

Il a pris l'ordinateur posé sur moi et s'est mis à parcourir la liste de films. J'ai remarqué une sensation de froid aux endroits où ses mains étaient posées l'instant d'avant, et je me suis demandé pourquoi je ressentais le besoin qu'il me caresse les côtes.

Je crois qu'à ce moment précis, j'ai eu conscience que je ne sentirais jamais rien de tel avec Monty. Mais je n'ai pas osé creuser la question. J'avais peur de la conclusion à laquelle je pourrais aboutir. Et des conséquences qu'elle impliquerait.

J'ai enlevé mes lentilles en bâillant tandis que Ross lisait les titres des films en commentant tout seul ce qu'il avait envie de voir. Je regardais l'écran de l'ordinateur sans y voir grand-chose : je savais que je pouvais m'endormir d'un moment à l'autre.

– Un film d'horreur ? Non, il vaut mieux pas. Tu as été traumatisée pendant une semaine. Une comédie ? Non. Elle n'est pas drôle celle-là, plus gênante qu'autre chose. Mmmh... Un film de guerre ? Non, trop déprimant... Je préfère quand tu te marres, je n'ai pas envie que tu déprimes à cause du soldat Ryan.

J'ai posé la tête sur son épaule en me frottant les yeux.

– Pourquoi on ne regarderait pas un film d'amour ?

– Parce que c'est nul, m'a-t-il répondu sur le ton de l'évidence.

– Il y en a des bons.

– Je ne crois pas, non.

– Je te dis que si.

– Non.

– C'est mathématiquement impossible qu'ils soient tous nuls.

– D'accord, quatre-vingt-quinze pour cent des films d'amour sont nuls, alors.

– Je ne te crois pas.

– Cite-m'en un qui ne soit pas nul, alors.

J'ai réfléchi un moment.

– En fait, je n'en ai jamais vu.

– Parfois, j'oublie que tu viens d'un univers parallèle.

Il s'est mis à chercher des films d'amour, malgré ce qu'il en pensait. J'ai souri de toutes mes dents en passant mes bras autour de son cou, l'embrassant sur la joue. Le naturel avec lequel j'ai effectué ce geste m'a surprise. J'étais tellement à l'aise que je suis restée dans cette position. J'ai même plongé ma tête dans la courbe de son cou, redoublant d'affection en frôlant sa peau du bout de mon nez. Il sentait bon. Comme toujours.

– Si tu continues, on va faire tout sauf regarder des films.

– Je suis bien, comme ça.

– Moi aussi. C'est ça le problème.

J'ai souri en désignant l'écran.

– Et si on regardait celui-là ?

Ross a soupiré.

– *Pretty Woman*. Tu n'as rien de plus connu, non ?

– Allez, j'ai envie de le voir !

– Je l'ai déjà vu mille fois. D'ailleurs, tout le monde à part toi l'a déjà vu mille fois.

– Allez, Ross...

– Non.

– Allez, s'il te plaît...

– Je te dis que non.

– Ça me ferait plaisir.

Il a hésité un moment en me regardant avant de secouer la tête.

– Chaque fois que je crois que j'ai le droit de choisir, tu me rappelles que j'ai tort.

Je l'ai à nouveau embrassé sur la joue quand il a lancé le film à contrecœur. Nous nous sommes tous les deux installés confortablement dans le lit et je me suis lovée contre lui. Je ne sais pas comment c'est arrivé, mais j'ai fini par jouer avec le col de son T-shirt, la tête toujours blottie dans le creux de son cou. Ross, quant à lui, avait posé son bras dans mon dos et regardait le film, les sourcils froncés.

Il n'arrêtait pas de se plaindre des moindres faits et gestes des personnages, tandis que je me contentais de sourire et d'essayer de saisir les dialogues.

Nous étions à la moitié du film quand je l'ai regardé du coin de l'œil.

– Ce n'est pas si mal. Je m'attendais à bien pire.

– Ben moi, je n'aime pas.

– Tu n'es pas très romantique, ai-je soupiré.

– Ce n'est pas réaliste du tout.

– Qu'est-ce que t'en sais ? À cet instant précis, quelque part dans le monde, une Julia Roberts pourrait être en train de croiser un millionnaire qui va changer sa vie.

– Julia Roberts ne devrait pas avoir besoin d'un millionnaire pour changer sa vie.

Je l'ai regardé en silence un moment.

– Tu as eu combien de copines ?

– Euh, je t'avoue que ta question sort de nulle part.

J'ai mis le film en pause pour l'observer, curieuse. Il a soupiré à nouveau.

– Deux.

J'ai haussé les sourcils.

– Seulement deux ? Tu as dit qu'au lycée... Oh, d'accord. Laisse tomber.

Bien sûr. Ce n'étaient pas ses copines, mais quelque chose de bien moins sérieux.

– Je peux savoir ce qui me vaut cette question ?

J'ai haussé les épaules.

– Simple curiosité.

Il a levé un sourcil en souriant.

– De la curiosité... bien sûr.

– C'est la vérité !

– Bien sûr, oui.

Je l'ai repoussé, amusée, et il a attrapé mon poignet d'une main. Je me suis légèrement décalée pour l'embrasser. Je ne savais même pas pourquoi je l'avais fait, mais une chose était sûre, je me sentais instantanément mieux. Plus encore quand il a posé une main dans le bas de mon dos, sous mon pull, et l'autre sur ma nuque, plongeant sa main dans ma chevelure.

Ce n'était pas comme la première fois, ni comme le baiser qu'il m'avait donné dans la cuisine. C'était... tendre. Personne ne m'avait jamais embrassée aussi tendrement. Et j'ai aussitôt réalisé que j'adorais ça.

Ou, du moins, j'adorais ça venant de Ross.

J'ai soutenu sa joue d'une main pour embrasser sa lèvre supérieure, puis sa lèvre inférieure, puis leur commissure, avant d'ouvrir ma bouche sur la sienne. La façon dont il a caressé mon dos de bas en haut du bout des doigts, aussi posée qu'agréable, m'a surprise. Je me suis écartée un moment et il a esquissé un petit sourire quand mon pouce a parcouru sa lèvre inférieure.

Quand je me suis à nouveau penchée vers lui, quelqu'un a frappé à la porte et j'ai vu Lana passer sa tête sans même attendre de réponse. Je me suis instinctivement écartée de Ross pour me tourner vers l'ordinateur portable qui était resté abandonné pendant notre petite session de câlins.

– Je peux t'aider ?

Ross avait clairement l'air contrarié.

– Je ne sais pas comment rentrer chez moi, a-t-elle dit en souriant d'un air angélique.

J'ai essayé de résister à l'envie de lever les yeux au ciel tandis qu'il soupirait en quittant le lit. Il n'était évidemment pas du genre à dire non à qui que ce soit. Même pas à Lana. Il m'a regardée avant d'enfiler ses chaussures. Il a dû sentir mon amour profond pour la blonde qui attendait dans l'encadrement de la porte : il est resté pensif un moment.

– Je reviens tout de suite, m'a-t-il assuré.

Je me suis blottie sous la couette, de mauvaise humeur.

– Eh ben moi, je vais dormir.

J'ai regardé Lana du coin de l'œil sans comprendre son air horrifié. Ou plutôt, je n'ai pas compris jusqu'à ce que je sente la main de Ross me soulever le menton pour me tourner la tête.

– Dormir ? Je ne crois pas, non. Pour ça, tu dois m'attendre.

J'ai conservé le même air perplexe que Lana quand il s'est levé pour sortir de la chambre.

11

Une alchimie indéniable

– Elle est comment, la mère de Ross ?

J'ai chuchoté ma question à Will en m'éloignant de sa voiture. Naya, Sue et Ross se trouvaient quelques mètres plus loin, occupés à se plaindre de je ne sais quoi. En réalité, seuls Naya et Ross se plaignaient. Sue se contentait de soupirer, comme si elle ne voulait pas prendre part à la conversation.

Et moi, évidemment, j'étais super nerveuse. Will a haussé les épaules.

– Elle est très sympa. Je ne l'ai jamais vue se montrer antipathique avec qui que ce soit.

Je suis sûre que tu seras la première.

Merci pour le soutien, chère conscience.

– D'accord, ai-je murmuré d'une voix ténue.

Il a souri, amusé.

– Détends-toi, a-t-il dit en posant une main sur mon épaule, elle va beaucoup t'aimer.

– Tu crois ?

J'aurais aimé ne pas avoir l'air aussi désespérée.

– Mais bien sûr. Je n'ai pas le moindre doute.

Le petit sourire amusé de Will était la preuve que je masquais mal ma nervosité. Je me suis raclé la gorge, plus tendue encore qu'auparavant :

– Et pourquoi est-ce que je devrais lui plaire ?

Ma question, posée sur un ton empressé, n'a pas effacé son sourire.

– Parce que c'est la mère de ton *ami*, non ?

J'ai essayé d'ignorer l'emphase sur le mot « ami ».

– Ah oui, bien sûr. Mon ami Ross, c'est ça.

J'ai rapidement hoché la tête, ce qui n'a fait que l'amuser davantage. Naya a protesté depuis l'entrée de la galerie :

– Vous venez ou quoi ?

Nous nous sommes empressés de la rejoindre. Elle a ouvert la porte et j'en ai profité pour regarder ce qu'elle portait. J'avais passé beaucoup plus de temps devant l'armoire que je n'aurais jamais accepté de l'admettre, tout ça pour ne quand même pas me sentir à la hauteur. Naya, à la surprise générale, s'était apprêtée en cinq minutes. Et elle était bien plus jolie que moi, bien sûr.

Elle avait un don. Elle pouvait porter n'importe quoi, elle avait toujours l'air sur son trente et un. Tout le contraire de moi.

– Ça dure combien de temps, ce genre d'événements ? a demandé Sue en arrivant enfin devant l'entrée.

Ross a souri et nous a tous dépassés pour entrer dans le bâtiment.

– Normalement, ça s'arrête quand il n'y a plus rien à manger.

En lui emboîtant le pas, j'ai aperçu deux hommes en costume qui accueillaient les invités. J'ai supposé qu'il s'agissait d'assistants ou de quelque chose du genre, parce que Ross ne leur a pas prêté plus d'attention que ça : il s'est contenté de leur adresser un signe de tête.

La salle principale était vaste, immaculée, et comprenait quatre piliers sur lesquels des cadres étaient suspendus. Les murs en étaient également couverts. Certaines œuvres étaient en couleurs, d'autres en noir et blanc, on repérait des formes abstraites, des portraits... Il y en avait vraiment pour tous les goûts. Les gens allaient et venaient entre les différentes salles et admiraient les tableaux, un verre de vin à la main. Des serveurs portaient des plateaux et proposaient des boissons à tous les invités. J'ai immédiatement localisé la table du buffet, qui m'a aussitôt donné l'envie de me lécher les babines. Ce que j'aurais fait, si je n'avais pas porté de rouge à lèvres.

Ross a suivi mon regard et m'a questionnée d'un air amusé :

– Tu as faim ?

– Je me suis débattue pendant une heure avec mon rouge à lèvres. Il est un peu tôt pour ruiner mon maquillage.

– Je pourrais...

Il s'est interrompu tout seul quand un homme s'est approché de lui pour lui parler de sa mère et de je ne sais quoi d'autre.

Nos trois amis étaient dispersés dans la salle, et j'ai fait mine de vouloir les rejoindre. Je me suis pourtant arrêtée quand Ross m'a adressé un regard suppliant. Pauvre petit. Je n'allais pas le laisser tout seul.

Je suis restée sur le côté et j'ai souri poliment à l'homme chaque fois qu'il me regardait. Ross discutait avec aisance. Son charme ne le quittait décidément jamais.

Quand l'homme est parti, Ross s'est tourné vers moi en soupirant.

– Tu le connaissais ?

– Je n'ai aucune idée de qui c'était.

J'ai secoué la tête en regardant autour de moi, amusée.

– Oh non... Cours !

Ross a attrapé mon poignet pour me tirer derrière lui en direction de la salle suivante.

– Quoi... ?

– Des amis super lourds de ma mère qui ne m'ont pas encore vu, m'a-t-il répondu précipitamment.

Pourtant, dès que nous avons posé un pied dans l'autre partie de la galerie, un couple nous a barré la route. J'ai adressé un grand sourire à Ross en réalisant que la conversation allait être longue. Cette fois, je l'ai laissé seul pour affronter les prédateurs et je me suis dirigée vers la table avec les apéritifs. Il fallait que je me détende un peu et, sincèrement, la nourriture me paraissait être une excellente distraction.

Un verre à la main, je me suis rendue dans la salle principale. Les tableaux étaient plus beaux que ce que Ross avait laissé entendre. Tous ne me plaisaient pas, mais certains ont retenu mon attention. J'ai observé une série de quatre tableaux d'une voiture bleue. Elle avançait progressivement sur chaque toile jusqu'à disparaître complètement sur la dernière.

J'avoue que je m'ennuyais un peu quand j'ai cherché Ross du regard. Je l'ai aperçu à l'entrée de la salle. Il avait l'air de me chercher, lui aussi. Il a fait mine de s'approcher quand nos regards se sont croisés, mais il s'est arrêté brusquement au moment où trois hommes se sont mis sur son chemin.

Je me suis alors éloignée en direction de la dernière salle qu'il me restait à voir. Les œuvres y paraissaient un peu plus... nostalgiques. Plus tristes. Même les couleurs semblaient plus ternes. Celle qui m'a le plus marquée représentait une petite fille de dos penchée à un balcon. La toile était en noir et blanc, seul le jaune de la robe de la petite fille venait apporter une touche de couleur. Je suis restée un moment à l'observer.

En me retournant, j'ai vu que Ross parlait avec un autre couple. On aurait dit qu'il déployait bien des efforts pour conserver sa gentillesse naturelle jusqu'à la fin de la conversation. Nos yeux se sont rencontrés, et je l'ai presque entendu me supplier de lui venir en aide.

Je ne pouvais pas m'empêcher de trouver la situation amusante. J'ai bu une gorgée de mon verre avant de m'approcher d'eux, élaborant en vitesse une stratégie.

J'ai fourni des efforts surhumains pour ne pas éclater de rire quand je me suis arrêtée à ses côtés et qu'il m'a regardée avec la même expression sympathique qu'il adressait à tout le monde.

Voyant que je m'apprêtais à dire quelque chose, il a pris les devants, envoyant par la même occasion ma stratégie dans la poubelle de luxe qui se trouvait à quelques mètres. Ross s'est approché et a vociféré d'un air enjoué :

– Chérie !

Pitié, on aurait dit Lana.

Le couple s'est tourné dans ma direction, de toute évidence aussi surpris que moi. Les choses ne se sont pas arrangées quand il a entremêlé ses doigts aux miens. Et m'a collé un petit bisou sur la bouche, par-dessus le marché.

Je crois que mon visage était de la même couleur que la voiture rouge sur le tableau juste à côté de nous.

– Pourquoi est-ce que tu ne m'as pas dit que tu étais arrivée ? Je serais venu te chercher à l'entrée.

– Euh... j... Je...

– Veuillez m'excuser, ça fait longtemps que je n'avais pas vu ma fiancée. Vous permettez... ?

– Oh, bien sûr.

Le couple m'a saluée d'un sourire aimable. Et dès qu'ils sont sortis de la salle, Ross a soupiré, soulagé.

– Enfin ! J'ai cru qu'ils ne s'en iraient jamais.

J'ai lâché sa main, toujours aussi rouge de honte.

– Fiancée ? C'est ce que t'as trouvé de mieux ?

Il m'a adressé un sourire éclatant.

– Eh oui. C'était crédible. Notre alchimie est indéniable.

– Il n'y a pas d'alchimie entre nous.

– Continue, peut-être que tu finiras par t'en convaincre...

J'ai ouvert la bouche pour répliquer, mais une autre femme s'est approchée de nous. Ross l'a saluée d'un geste de la tête avant de m'attraper le bras, me guidant d'un pas pressé en direction de la salle principale.

– Qu'est-ce qu'il y a de pire que de tomber sur des amis de ses parents qu'on n'a pas vus depuis des années ? a-t-il soupiré.

– Mais ça fait combien de temps que tu n'as pas assisté à une exposition de ta mère ?

– Moi, ça fait deux mois tout au plus. Eux, ça fait trois ans.

– Oh, je comprends mieux.

Il a souri d'un air fier.

– Je suis un bon fils. Parfois. Quand je n'ai rien de mieux à faire.

– Le fils de l'année, ai-je répondu en secouant la tête.

– Je pourrais tout aussi bien être un excellent fiancé. Mais comme il n'y a pas d'alchimie...

– Oh, tais-toi.

J'ai attrapé un canapé sur le buffet avant de l'enfourner directement. Décidément, les nerfs, ça creuse.

– Et pourquoi est-ce que Mike n'est pas venu ? C'est aussi sa mère.

Ross a levé les yeux au ciel.

– Tu as déjà essayé de le contacter ? Tu aurais plus vite fait de t'échapper de Guantánamo.

– Mais... il traîne tout le temps chez toi.

– Oui, il a le don d'apparaître quand on n'a pas besoin de lui.

J'ai secoué la tête en regardant distraitement un des tableaux. En me tournant à nouveau vers Ross, je l'ai vu m'observer la tête penchée, ce qui m'a aussitôt rendue nerveuse.

– Quoi ?

– Qu'est-ce qu'il t'arrive ? Tu es... différente.

– Tout va bien.

– Tu es tendue parce que tu vas rencontrer ma mère ?

Cette idée avait l'air de l'amuser. J'ai eu un petit rire nerveux.

– Quoi ? Mais qu'est-ce que tu racontes ? Bien sûr que non. Je ne suis plus une gamine.

– Donc tu n'es pas tendue ?

– Bien sûr que non.

J'ai bu une gorgée de mon verre.

– Tu es sûre ?

– Oui.

– Arrête de mentir, Jen.

– Je te dis que je ne suis pas tendue !

– Sûre ?

– Mais quel gros lourd !

– Trop bien. Suis-moi, je vais te la présenter alors.

J'ai avalé de travers : il m'a fallu un moment pour me reprendre et échapper à la noyade. Il m'observait m'étouffer en souriant d'un air malicieux. J'ai cligné des yeux, essayant de faire bonne figure.

– Quoi ? M... Maintenant ?

– On peut y aller à minuit, mais je doute qu'elle apprécie. Il vaut mieux qu'on y aille sans attendre.

– N... Non, mais... je ne... Je ne voudrais pas la déranger. Elle est sûrement en train de parler avec ses invités et...

– Ne te tracasse pas pour ça.

J'ai hésité un instant avant de poser mon verre sur une table. Il a dû percevoir mon hésitation : il a posé une main sur ma nuque, m'obligeant à regarder dans sa direction.

– Je lui ai dit du bien de toi.

– Vraiment... ?

– Oui.

– Et qu'est-ce que tu lui as dit ?

– Ça, tu ne le sauras jamais. Ce que je veux dire, c'est qu'elle t'aime déjà.

Ça a eu le mérite de me rassurer. J'ai hoché la tête comme un soldat prêt à s'élancer sur le champ de bataille.

– Bon. Allons-y.

– Je te préviens, elle est un peu bizarre. Un peu... hippie et tête en l'air.

– Hippie et tête en l'air ?

– Tu comprendras en la voyant.

J'étais sur le point de rétorquer quand j'ai vu une main aux ongles vernis de bleu se poser sur l'épaule de Ross. Une femme d'un âge moyen aux longs cheveux noirs et aux yeux clairs – qui me fixaient, d'ailleurs – s'est penchée pour me scanner de la tête aux pieds. Je me suis inconsciemment raidie.

– Ah, salut, maman.

Sa mère m'a tout de suite fait bonne impression. Elle portait un large pantalon gris et un chemisier. Des feuilles de lierre étaient tatouées sur son poignet et descendaient jusqu'à son auriculaire. Elle n'était pas la femme sérieuse à laquelle je m'attendais. Elle n'était pas non plus la hippie que j'imaginais suite à la très vague description de Ross. Elle était... un mélange des deux, en quelque sorte. Elle a articulé distinctement, d'une voix presque mélodieuse :

– Salut, mon Jack chéri !

Sa façon de me regarder m'a amusée. Elle avait l'air à la fois distraite et très observatrice.

Je commençais à comprendre ce que Ross avait voulu dire.

– Je te présente Jennifer. Je t'ai déjà parlé d'elle.

– Oui, je vous ai vus entrer ensemble. Comment ça va, ma chérie ?

Elle n'a pas attendu ma réponse. Elle m'a donné l'accolade, et j'ai été si surprise que j'ai failli ne pas la lui rendre. Par chance, j'ai réagi à temps.

Et voilà le travail.

Merci, chère conscience.

– Enchantée, madame Ross.

– Mary. Madame Ross, c'est ma belle-mère. Et elle n'aime pas non plus qu'on l'appelle comme ça.

– Mary, me suis-je corrigée, toujours dans un état de nervosité avancé.

– En parlant de ta grand-mère... Ça fait longtemps que je ne l'ai pas vue. Il faut qu'on dîne avec elle un de ces jours.

On aurait dit que Ross allait ajouter quelque chose, mais sa mère l'a complètement ignoré pour passer son bras autour de mes épaules, m'éloignant de lui. Je l'ai vu lever les yeux au ciel avant de nous emboîter le pas.

– Qu'est-ce que tu penses de l'exposition, Jennifer ?

Ross, toujours dernière nous, s'est exclamé :

– Si tu pars à la pêche aux compliments, tu as des candidats bien plus doués, ici.

– Mon Jack chéri, c'est une conversation entre filles, ne nous dérange pas.

La remarque de sa mère, lâchée sans même un regard, n'a pas manqué de m'amuser. Ross a fait la moue.

Je n'ai pas pu m'empêcher de remarquer que sa mère énonçait tout sur le même ton détaché, comme si elle était dans les nuages.

– Alors ? Ça t'a plu ?

– Oui, oui, bien sûr.

– Tu peux me dire non, je ne vais pas me fâcher. Mon fils n'aime pas mon travail, et je ne l'ai pas encore déshérité.

– Ce n'est pas que je n'aime pas, a-t-il grommelé, c'est que ça n'a aucun sens.

– L'art est destiné à ceux qui le comprennent, fiston.

Ross a grimacé de plus belle et je me suis retenue de rire de toutes mes forces avant de me racler la gorge :

– Je... Je peignais, quand j'étais au lycée. Un peu, quoi.

Mary a souri avant de se tourner vers Ross :

– Oh, vraiment ? Et tu ne m'en avais rien dit.

– Je ne savais pas que je devais t'envoyer la biographie complète de tous mes colocataires avant de venir.

– Pas de tous, seulement de ceux que tu embrasses au beau milieu de mon exposition.

Je me suis à nouveau étranglée de façon peu élégante avec ma boisson. Ross est resté silencieux un moment. Sa mère, quant à elle, a esquissé un sourire. Elle avait l'air de s'amuser comme une petite folle.

– C'était...

– Je préfère ne rien savoir de cette partie de ta vie. Il vaut mieux que je ne connaisse pas les détails.

J'étais toujours en train de suffoquer quand elle s'est à nouveau tournée vers moi :

– Alors, quel tableau as-tu préféré, ma chérie ?

J'ai hésité un moment en reprenant mon souffle. En voyant que j'avais du mal à parler, Ross s'est empressé de le faire à ma place :

– Tout le monde choisit toujours celui avec le vélo. C'est la réponse passe-partout.

– C'est vrai, a admis sa mère.

Je voyais très bien de quel tableau ils parlaient. Il se trouvait dans la salle principale. Il représentait un vélo rouge sur un fond coloré. C'est vrai que tout le monde s'arrêtait devant.

– Ben... je l'aime bien aussi.

La mère de Ross avait les yeux brillants.

– Mais ?

– Mais je préfère celui de la fille au balcon.

Elle m'a regardée un moment et j'ai eu l'impression d'avoir réussi une épreuve. La pression sur mes épaules – nerveuse, pas celle de son bras – a légèrement diminué. C'est alors qu'elle m'a souri avant de s'écarter de moi.

– Celui de la fille au balcon. C'est curieux, c'est aussi mon préféré.

Première épreuve de notre nouvelle belle-mère : réussie.

– Tu ne devrais pas dire ce genre de trucs, si ? Point de vue éthique, c'est bof, tu ne trouves pas ?

– Ça serait éthiquement bof si je le disais à un acheteur potentiel.

Elle s'est tournée vers Ross pour lui pincer la joue en souriant. Il s'est écarté en se passant une main sur le visage, visiblement de mauvaise humeur.

– Ne fais jamais ça. Encore moins en public.

– Il a toujours honte de moi. Tu trouves ça normal, toi, Jennifer ?

– Tu ne devrais pas avoir honte de ta mère, Ross.

Il m'a regardée en grimaçant. Mary, elle, souriait de toutes ses dents.

– Bon, j'ai encore plein d'invités à accueillir. J'espère que la prochaine fois qu'on se verra, on aura plus de temps pour discuter, ma chérie.

La prochaine fois ? Comment pouvait-elle être si sûre qu'il y aurait une prochaine fois ?

Même moi, je sais qu'il y en aura une.

Elle s'est tournée vers son fils, qui a levé les yeux au ciel :

– Et toi, j'espère qu'on te verra un peu plus à la maison. Ça fait longtemps que tu n'es pas venu.

– Je suis bien chez moi, a répliqué Ross d'un ton plus sec qu'à l'accoutumée.

– Ça ne veut pas dire que tu ne doives pas rendre visite à tes parents de temps en temps, mon cher Jack. Tu pourrais venir dîner un de ces jours.

– Ça va, merci.

Sa mère a eu l'air d'hésiter avant de se tourner vers moi, comme prise d'une illumination :

– Et pourquoi tu ne viendrais pas aussi, Jennifer ? Peut-être que monsieur daignerait venir, dans ce cas.

– Maman, ne la mêle pas à ça.

– Ce n'est rien. Je... euh... Ce serait un plaisir. Merci pour l'invitation.

– Tu es un amour. Ah, Jack, rappelle-moi d'inviter aussi ton frère. Ça fait longtemps que je ne l'ai pas vu. Comment il va ?

Ross a levé les yeux au ciel.

– La routine.

Sa mère a souri d'un air un peu moins enthousiaste que d'habitude avant de nous regarder.

– Je vois. Enfin, comme je vous l'ai dit, il me reste beaucoup de monde à saluer. J'espère que l'exposition vous plaira, les enfants. Merci d'être venus. Un plaisir de t'avoir rencontrée, Jennifer.

– Plaisir partagé, ai-je répondu timidement.

Quand elle est partie, j'ai vu que Ross me jetait toujours un regard noir.

– Quoi ?

– Tu ne devrais pas avoir honte de ta mère, a-t-il dit en imitant ma voix.

J'ai attrapé son bras en riant.

– Oh, allez, c'était drôle.

– Au moins, on dirait que vous vous êtes bien entendues.

– Elle s'est moquée de toi. Donc oui.

– Quelle déception. Moi qui comptais sur toi pour me défendre...

– Je dois te rappeler que tu passes tes journées à te foutre de ma gueule ?

– Mais, quand ça vient de moi, c'est affectueux. Alors que quand c'est toi qui le fais, c'est méchant.

J'ai secoué la tête et il a regardé l'écran de son téléphone.

– Bon, il se fait tard... Tu as vu les autres ?

– Non, j'avoue.

Je me suis tournée pour tenter de les localiser et j'ai vu qu'ils étaient tous les trois à côté de la sortie, occupés à nous chercher. Naya a été la première à m'apercevoir. Comme à son habitude, elle m'a adressé un signe enthousiaste. Ils sont sortis du bâtiment et j'ai tiré le bras de Ross en direction de la porte.

Nous étions sur le point d'atteindre la sortie quand sa mère est apparue à nouveau.

– Chéri, j'ai failli oublier.

Elle a embrassé son fils, qui a pris un air embarrassé, ce qui n'a pas manqué de m'amuser. Elle a enlevé la tache de rouge à lèvres qui s'était formée sur sa joue du bout du doigt.

– Félicitations. Amuse-toi bien ce soir, d'accord ?

Elle m'a pressé l'épaule amicalement en passant à côté de nous pour aller saluer un groupe dans le fond de la salle. J'ai regardé Ross, curieuse.

– Elle t'a félicité ?

– Il faut croire.

– Pourquoi ?

– C'est mon anniversaire.

Nous étions déjà en dehors de la galerie. Je me suis arrêtée net pour le regarder fixement, perplexe. J'ai cligné des yeux, il m'a fallu un moment avant de réagir.

– Qu'est-ce que... C'est ton anniversaire ?

– Oui, a-t-il dit en haussant les épaules.

– Aujourd'hui ?

– Oui. Pourquoi ?

Je l'ai repoussé et il m'a regardée, décontenancé :

– Ça sort d'où, ça ?

J'ai froncé les sourcils.

– Tu ne m'as même pas prévenue ! Tu pensais me le dire, au moins ?

– Bien sûr.

– Quand ?

– Vers minuit. Comme ça, tu m'aurais foutu la paix.

Je me suis tournée pour appeler les autres à l'aide. J'ai vu Naya et Sue attendre à côté de Will qui s'était allumé une cigarette. Je suis allée à sa rencontre et j'ai entendu Ross m'emboîter le pas. J'ai interrogé Will d'un ton accusateur :

– Tu savais que c'était son anniversaire aujourd'hui ?

Il a répondu, un peu confus :

– Bien sûr. Toi pas ?

Naya a haussé les sourcils.

– C'est ton anniversaire ?

– Ça m'écœure, les anniversaires, a murmuré Sue.

Ross s'est allumé une cigarette. Il avait l'air plus ennuyé que préoccupé.

– Pourquoi tu y accordes autant d'importance ?

– C'est ta journée ! Il faut fêter ça. Tu as dix-neuf ans, aujourd'hui.

– Vingt, m'a-t-il corrigée.

J'ai cligné des yeux en calculant aussi vite que je le pouvais.

– Tu as deux ans de plus que moi ?

Il a souri.

– Oui. Je suis vieux, hein ?

– Mais... Tu n'es qu'en deuxième année.

Ross et Will se sont regardés.

– Euh... Oui. Une année, j'ai eu un... petit problème au lycée.

– Tu as redoublé ?

– Pas exactement, a répondu Will d'un air amusé.

– Et qu'est-ce qu'il s'est passé ?

Derrière son sourire insouciant, j'ai remarqué qu'il n'était pas à l'aise.

– Je ne veux pas te faire mauvaise impression.

J'ai regardé Sue et Naya. La première était toujours en train de manger ce qu'elle avait réussi à voler à l'exposition. La seconde a fait semblant de ne pas me voir.

Comme j'ai compris que personne ne me dirait rien, je me suis tournée vers Ross :

– Bon, alors, tu n'as pas envie de fêter ça ?

– Qu'est-ce que tu veux que je te dise ? Je suis un homme simple.

Naya a apporté une précision supplémentaire :

– Il ne le fête jamais. Au mieux, on va boire des bières.

J'ai secoué la tête.

– Faisons ça, alors. Je n'arrive pas à croire que tu ne veuilles pas fêter ton anniversaire.

– En fait, je crois que je vais rentrer à la maison.

– Ross !

– Je n'ai pas envie de...

– Allez, tu n'es pas drôle.

Les autres l'ont regardé. Eux aussi avaient l'air d'avoir envie d'aller boire un verre. Ross a soupiré.

– Laisse-moi la terminer, a-t-il répondu en désignant sa cigarette.

J'ai souri de toutes mes dents. Pour une fois que j'obtenais ce que je désirais.

Pendant que j'attendais les garçons dans la voiture de Will, mon téléphone s'est mis à vibrer. Monty m'avait appelée deux fois, il venait maintenant de m'envoyer un message :

Pourquoi tu ne me réponds pas ?

J'étais sur le point de lui écrire quelque chose quand un second message est arrivé :

T'es avec qui ? Envoie-moi une photo.

J'ai levé les yeux au ciel en rangeant mon téléphone. Je n'allais pas m'infliger ça le jour de l'anniversaire de Ross.

D'ailleurs, j'y avais déjà beaucoup réfléchi et j'étais de plus en plus sûre de moi : je voulais ne *jamais* avoir à m'infliger ça. Même si je ne pouvais pas prendre cette décision sans en parler avec Monty, bien sûr.

Les garçons sont apparus peu après, et Will a conduit jusqu'au bar où nous avions vu Mike jouer la dernière fois. Nous nous sommes assis à une table près de la fenêtre et nous avons tous commandé une bière à l'exception de Sue, qui s'en tenait toujours à sa précieuse bouteille d'eau.

– Je ne t'en donnerai pas, a-t-elle dit en voyant que je la regardais.

Ross m'a défendue :

– Pourquoi est-ce que tu n'attends pas qu'elle t'en demande pour le lui dire ?

– Tais-toi, toi.

– Sue. C'est son anniversaire.

Elle a hésité un moment :

– Ben... tais-toi... et bon anniversaire.

Elle a regardé ailleurs d'un air digne.

Je ne sais pas combien de temps nous sommes restés là-bas. J'ai bu deux bières et demie, ce qui a suffi à me rendre un peu pompette. Je n'étais pas habituée à boire. Will était le seul à n'avoir commandé qu'un verre. Il devait conduire.

Ross avait bu cinq bières et il était toujours frais comme un gardon. En le voyant poser une bouteille vide sur la table, je lui ai demandé d'un air confus :

– Tu n'es jamais bourré ?

Il a souri.

– J'ai une certaine tolérance. Qu'est-ce qu'il y a ? Tu es déjà saoule ?

– Non. Mais... euh... il vaut mieux que tu la termines.

Amusé, il a attrapé la demi-bière qu'il me restait. Je l'ai regardé du coin de l'œil, tandis que les autres discutaient d'un sujet qui ne m'intéressait pas plus que ça. En me voyant froncer les sourcils, Ross n'a pas tardé à m'interroger :

– Qu'est-ce que tu veux ?

– Comment tu sais que je veux quelque chose ?

– L'instinct. Alors ?

J'ai réfléchi un moment.

– Il t'est arrivé quoi, au lycée ?

– Je croyais que tu avais ravalé ta curiosité...

Il a pris appui de son bras libre sur le dossier de ma chaise. Le sujet de conversation avait l'air de légèrement l'incommoder, mais il a tout de même poursuivi :

– J'ai eu un... mmmh... problème avec un des élèves.

– Et tu as redoublé pour ça ?

– J'avais un problème avec lui et on m'a... expulsé.

Je l'ai regardé fixement pendant quelques instants.

– Quoi ?

– Je t'ai déjà dit que je n'étais pas le même à l'époque.

– Mais... qu'est-ce que tu lui as fait ?

– Ça, je ne te le dirai pas.

– Oh, allez.

– Je te dirai juste que j'ai dû redoubler une année. Alors que j'avais plutôt de bonnes notes. J'étais un peu idiot, mais j'étudiais.

J'aurais voulu en savoir plus, mais j'ai décidé d'attendre de voir s'il continuait à boire pour lui reposer la question plus tard. Et, bien qu'il ait continué encore un moment, il s'est contenté de regarder les autres d'un air désintéressé.

Il n'allait définitivement pas se saouler ce soir.

Par ailleurs, je ne savais pas trop pour quelle raison, mais... chaque fois que je le regardais, je le trouvais plus attirant. Probablement à cause de la bière. J'ai décidé d'essayer d'éloigner ces pensées, pour me concentrer sur d'autres qui me faisaient moins rougir.

– Je n'arrive pas à croire que tu m'aies caché ton anniversaire. Je n'ai pas de cadeau.

– Je ne veux pas de cadeau.

– Ça, c'est exactement ce que disent les gens qui veulent des cadeaux.

J'ai serré les lèvres en sentant mon téléphone vibrer pour me signaler l'arrivée d'un autre message. J'étais sûre que c'était Monty, mais je n'ai pas vérifié.

– Je t'assure que je ne veux pas de cadeau. Ne me pose plus de questions sur cette histoire de lycée et je serai déjà très content.

– Je ne comptais pas le faire, ai-je menti éhontément.

– Je n'en doute pas, a-t-il répondu avec un sourire.

– Et le truc avec Terry ? Naya t'a menacé de me le raconter. Pourquoi ?

Il a terminé sa bière avant de se lever et de sourire.

– Je vais fumer. Tu peux venir, mais je ne te raconterai rien.

Nous sommes sortis sans que les autres aient l'air de le remarquer. J'ai enfilé ma veste, à moitié congelée. Il s'est allumé une cigarette en s'asseyant sur un des bancs en pierre qui délimitaient le parking du bar.

– Tu ne devrais pas fumer autant.

Il a soupiré.

– Ça y est, ça commence...

– À long terme, ça peut provoquer des problèmes cardio-vasculaires, des maladies pulmonaires, un cancer de la bouche, du larynx et de plein d'autres trucs... et ça peut rendre impuissant.

– Dit le docteur.

– Je me suis renseignée sur Internet pour te tenir au courant !

Il a souri.

– Enfin, en ce qui concerne le dernier point, je n'ai pas remarqué de problème. Toi, oui ?

J'ai rougi sur le coup.

– Hein ? Moi ? Non, je ne... On était en train de parler de cette arme de destruction massive que tu as dans la bouche, ne change pas de sujet.

Il a ri aux éclats.

– Cette arme de destruction massive. Tu exagères.

Je l'ai regardé en grimaçant. Au bout de quelques secondes, son rire s'est enfin apaisé.

– Je sais que ce n'est pas bon. Je n'ai pas besoin que tu me le rappelles chaque fois que je m'en allume une, Jen.

– D'accord, je te le rappellerai quand tu ne t'en allumes pas, alors.

– Si je l'éteins, promets-moi que tu arrêteras de regarder tes émissions de téléréalité. Ça, c'est une arme de destruction massive.

– J'aime bien, moi, la téléréalité !

– Et moi j'aime bien fumer, Jen.

J'ai fait la moue, mais j'ai fini par hocher la tête. Il a souri et a écrasé sa cigarette sur le sol.

– Voilà. Tu es contente ?

– Ça dépend. Il t'en reste combien ?

– Hé, je viens de sacrifier une demi-cigarette pour toi. Je sais que c'est le grand amour, mais vas-y doucement.

– Bon... d'accord.

Il a tendu le bras et a pris ma main pour m'attirer vers lui. Je suis restée debout entre ses jambes, et ses mains se sont posées sur mes hanches. Je sentais distinctement chacun de ses doigts malgré les nombreuses couches de vêtements que je portais.

– Je n'arrive pas à croire que tu ne m'aies pas prévenue que c'était ton anniversaire, ai-je dit pour la énième fois.

– Avoir vingt ans ne va pas changer grand-chose à ma vie. Je ne vois pas ce qu'il y a de si important.

À ce moment précis, j'ai senti mon téléphone vibrer. Un nouveau message de Monty. Comme mon portable se trouvait dans ma poche et que sa main n'était pas loin, Ross l'a immédiatement remarqué.

– Tu ne regardes pas ?

J'ai haussé les épaules.

– Si c'est important, on m'appellera.

Malgré tout, je n'ai pas pu m'empêcher de me dire que Monty devait être très énervé, et qu'il le serait encore plus si je ne répondais pas sur-le-champ. J'ai essayé de penser à autre chose. Il m'avait dit que si je reparlais à Ross, c'était fini entre nous. Et j'étais en train de discuter avec Ross. Même si je répondais, il deviendrait fou. J'étais perdante quoi que je fasse.

En conclusion, je préférais continuer à profiter encore un peu de la compagnie de Ross et oublier Monty.

– Maintenant que j'y pense... Ton anniversaire, c'est la veille d'Halloween ?

– Oui. C'est facile à retenir. D'ailleurs, tu as trouvé un déguisement ?

Je l'ai regardé d'un air confus.

– Moi ?

– Non, Jen. Le serveur. À ton avis ?

– Je n'ai pas acheté de costume... Pourquoi ?

– Naya ne t'a rien dit ? Demain, on a une soirée Halloween. L'excuse parfaite pour se bourrer la gueule déguisés en créatures démoniaques.

– Oh, c'est où ?

J'ai vu son expression changer tandis qu'il se raclait la gorge :

– C'est à la sororité de l'autre soir.

– Donc... à la sororité de Lana.

J'ai fait mine de m'éloigner, mais il a maintenu ses mains sur mes hanches et s'est levé pour me retenir.

– On n'est pas obligés d'y aller, a-t-il précisé.

– Je ne vais pas vous empêcher d'y aller juste pour moi, Ross. Mais je n'en ai aucune envie.

– Et moi, je n'ai pas envie d'aller à une soirée sans toi. On peut aussi rester tous les deux à la maison. Ou aller à une autre fête.

J'ai détourné le regard et je l'ai entendu soupirer.

– Même si on y allait... je doute qu'on tombe sur Lana. Et si c'était le cas, je pourrais lui demander de te laisser tranquille.

– Je ne voudrais pas te mettre en porte-à-faux par rapport à ton amie, Ross.

– Mon amie ? Je pensais avoir été clair l'autre jour sur la place qu'elle occupe dans ma vie.

– C'est vrai...

– Si tu ne veux pas y aller, on n'y va pas. Mais ne me dis pas que c'est à cause de ça.

J'ai réfléchi un moment et j'ai levé les yeux en sentant sa main écarter mon éternelle mèche rebelle.

– Je n'ai pas de déguisement, ai-je murmuré.

– On peut aller t'en acheter un.

Je n'avais pas d'argent, mais je n'allais pas lui demander de m'offrir un costume. Impossible.

– Le jour d'Halloween ? Il ne restera plus rien.

– Alors Naya t'en prêtera un. Ou on y va sans se déguiser. On s'en fout, non ?

Il commençait déjà à afficher un sourire victorieux : il savait qu'il était en train de gagner du terrain. J'ai fini par soupirer en hochant la tête. Son sourire s'est encore élargi un peu quand j'ai enfin cédé :

– D'accord. Mais si Lana...

– Elle ne s'approchera pas de toi, m'a-t-il assuré.

– Comment est-ce que tu peux en être si sûr ?

– Parce que je vais te monopoliser toute la soirée.

C'est alors qu'il m'a rapprochée de lui. Son sourire, différent de celui de d'habitude, a suffi à assécher ma gorge.

– Bon, j'ai tout fait pour me retenir, mais ce n'est plus possible. Ça fait un moment que j'ai envie d'étaler ton rouge à lèvres.

Je n'ai pas pu m'empêcher de sourire comme une imbécile.

– Et qu'est-ce que tu attends ?

J'ai senti les poils de ma nuque se hérisser quand il s'est penché en avant pour m'embrasser. J'ai fermé les yeux et je me suis laissé emporter. Alors que j'étais sur le point de l'étreindre, mon téléphone a sonné à nouveau.

J'ai raccroché sans regarder.

– Je crois que quelqu'un t'ap...

Je l'ai fait taire en l'embrassant de plus belle. Ça n'a pas eu l'air de le déranger plus que ça.

On s'est enlacés quelques secondes supplémentaires jusqu'à ce que la porte du bar se fasse entendre. Will et Sue traînaient Naya derrière eux. Elle avait essayé de suivre la cadence de Ross, mais, contrairement à lui, elle était bourrée.

– On devrait peut-être rentrer, a dit Will en la regardant du coin de l'œil.

Nous les avons aidés à monter dans la voiture. Will a assis Naya à l'avant, tandis que Sue, Ross et moi sommes restés à l'arrière. J'étais au milieu.

J'ai eu envie de me tourner vers Ross pendant tout le trajet. Nos jambes se touchaient. Et nos bras aussi. Mais cela ne me suffisait pas. Des chatouillements traversaient la pointe de mes doigts chaque fois que Will prenait un virage et que Ross devait se coller un peu plus à moi. J'ai respiré profondément.

C'est alors que je l'ai senti se rapprocher. Mon cœur a raté un battement quand il m'a embrassée juste en dessous de l'oreille avant de poser sa tête sur mon épaule. Il a effectué ce geste avec une telle familiarité qu'on aurait dit qu'il l'avait déjà fait des milliers de fois, alors qu'il s'agissait d'une première.

Ma respiration s'est coupée l'espace de quelques instants. Je ne savais pas comment réagir. Pourquoi étais-je si perturbée ? Il avait juste pris appui sur mon épaule. Mais j'étais nerveuse. Dans le bon sens du terme. Ou pas. Ça dépend un peu de comment on voyait les choses.

Ce n'est que quand nous sommes arrivés devant l'immeuble qu'il s'est écarté de moi. J'ai senti un froid dans mon cou quand Ross est sorti de la voiture pour m'attendre. Will a porté Naya, qui ne tenait pas sur ses jambes, dans l'ascenseur et à travers le couloir. Ils ont été les premiers à s'enfermer dans leur chambre. Sue n'a pas tardé à disparaître à son tour. J'ai décidé de faire de même.

J'étais en train de retirer mes bottes quand Ross est arrivé dans la chambre en bâillant allègrement.

– Bon anniversaire. Avec tout ça... je ne te l'avais pas souhaité.

Il m'a regardée un moment, son esprit pervers fonctionnant à toute vitesse. Il a souri.

– Merci. Si tu veux vraiment me le fêter, j'ai deux ou trois idées en tête.

Il s'est laissé tomber sur le lit avec une telle force que j'ai rebondi sur le matelas. J'ai enlevé ma seconde botte et je me suis tournée vers lui. Il avait les bras croisés derrière la nuque.

– Je suis fatigué alors que je n'ai rien fait, c'est bizarre, a-t-il murmuré en jouant avec le cordon de mon sweatshirt.

– Bienvenue dans ma vie.

– Toi, tu sors courir tous les jours. Ou gambader dans le parc.

– Je ne gambade pas. Je cours comme une vraie pro. Et pendant une heure et demie.

– Tu aimes tellement souffrir ?

– Je faisais de l'athlétisme. J'étais plutôt douée.

– Tu te rappelles quand je t'ai demandé quelles étaient tes passions et que tu m'as dit que tu n'en avais pas ? Aujourd'hui, j'ai découvert que tu aimais peindre et courir. Petite menteuse.

– Je ne t'ai pas menti ! En fait... ce n'est pas comme si ça me préoccupait beaucoup.

Il a lâché le cordon pour me regarder.

– Peut-être que je devrais aller avec toi un matin pour être sûr que tu ne nous mens pas quand tu dis que tu vas courir.

– Tu ne tiendrais jamais mon rythme, petit malin.

– Jen, tu es à bout de souffle après une volée de marches.

– Ce n'est pas vrai !

Ça l'était.

– Je crois que tu cours cinq minutes et qu'après tu t'arrêtes pour boire un café.

Il a ri quand j'ai essayé de le frapper au visage avec un oreiller. Nous nous sommes engagés dans une lutte pour le coussin et, je ne sais plus comment, je me suis retrouvée couchée sur le lit à l'embrasser à nouveau. J'ai fermé les yeux et j'ai attrapé le revers de sa veste pour attirer son corps vers moi. Il a lentement ôté mon pull, me laissant en débardeur.

C'est alors que mon téléphone s'est remis à sonner.

Ross s'est détendu un instant quand je l'ai sorti de ma poche pour le poser sur la table de nuit. J'ai interrompu mon geste en le voyant lire le nom de Monty sur l'écran.

– Il est lourd. Ne fais pas attention.

J'ai posé le téléphone sur le côté, mais Ross a continué à le fixer.

– C'était lui qui t'appelait avant ?

– Euh... Possible. Je n'ai pas regardé.

Il a soutenu mon regard un moment et, honnêtement, je n'ai pas trop su comment interpréter son expression.

– Vous vous êtes disputés ?

– Tu veux vraiment qu'on parle de Monty maintenant ?

Face à mon air frustré, il a soupiré et s'est écarté pour s'asseoir sur le lit. Il a retiré sa veste et a fait mine d'aller chercher son pyjama dans la commode. Je l'ai retenu par le bras. J'avais éteint et rangé mon téléphone.

– Qu'est-ce que tu fiches ?

– Je vais dormir, m'a-t-il lâché comme si c'était une évidence.

– Mais... non ?

– Jen, ne le prends pas mal, mais c'est difficile de me concentrer alors qu'un autre mec t'appelle sans arrêt.

Il a dégagé son bras et s'est levé. Il a ôté son T-shirt d'une main en fouillant les tiroirs de l'autre. L'aigle dans son dos avait l'air plus tendu qu'à l'accoutumée. J'ai maudit Monty à voix basse en me levant pour m'approcher de Ross avec précaution.

– Tu es fâché contre moi ?

– Non.

Et il avait l'air sincère. Il était parfaitement calme.

– Ross, c'est ton anniversaire, je ne... Je ne veux pas...

– Plus pour longtemps.

J'ai regardé l'heure et j'ai vu qu'il était vingt-trois heures quinze.

J'ai soupiré. Je ne voulais pas aller me coucher là-dessus, sans que notre conflit soit résolu. J'ai repensé aux multiples fois où j'étais allée dormir après m'être disputée avec Monty sans que cela me pose le moindre problème. Mais avec Ross... ce n'était pas pareil. Avec lui, je ne voulais pas me fâcher. J'avais plutôt envie de lui faire un câlin.

Alors c'est ce que j'ai fait.

Je l'ai senti se raidir un peu quand j'ai passé mes bras autour de sa taille pour l'embrasser au milieu de son tatouage. Puis j'ai posé ma joue contre son dos. Il avait la peau chaude.

– Ne te fâche pas, ai-je murmuré.

J'ai senti son corps se détendre : il a soupiré et a cessé de fouiller dans les tiroirs.

– Je ne suis pas fâché, je te l'ai déjà dit.

– Tu n'es pas content non plus.

Il n'a pas répliqué et j'ai fermé les yeux un moment.

– Ross... Ça fait quelques jours que les choses ne fonctionnent plus très bien avec Monty. Lui et moi... hum... on s'est disputés quand je lui ai dit que toi et moi... euh...

Je me suis interrompue de moi-même pour me racler la gorge, embarrassée. Il s'était immobilisé pour m'écouter, totalement impassible. J'ai poursuivi à voix basse :

– Je... sais que ça ne fait pas longtemps que je suis avec Monty. Six mois à peine, j'en suis bien consciente. Et... maintenant que je me suis un peu éloignée de lui... je ne sais pas. Je crois que ça me fait du bien, tu vois ? Ce n'est pas qu'il me traite mal, mais il ne me fait pas du bien non plus. Et moi non plus, je ne lui en fais pas. Ross... Quand il a parlé de cette histoire de relation ouverte, ma plus grande crainte était que Monty me délaisse pour une autre. Et maintenant... j'ai peur que ce soit moi.

Comme il ne disait toujours rien, j'ai tenté le tout pour le tout et je lui ai avoué la vérité :

– Il faut que j'en parle avec lui. Et... je n'ose pas. Je ne sais pas si on est toujours ensemble. Et... j'essaie de retarder aussi longtemps que possible cette conversation. C'est pour ça que je ne réponds pas. Et c'est pour ça qu'il n'arrête pas de m'appeler. C'est bête, mais... c'est la vérité.

Il est resté immobile un moment avant de se tourner vers moi, mes bras toujours autour de son torse. Il m'a regardée droit dans les yeux avant d'esquisser un petit sourire.

– Ça te dit qu'on regarde un film ?

J'ai hésité un moment, surprise :

– Maintenant ?

– Tu as quelque chose à ajouter ?

– Non, mais...

– Alors, c'est oui ?

Honnêtement, je ne m'attendais pas à ça. Dans mon petit monde, les disputes se terminent toujours par des cris, voire pire, mais jamais devant un film. J'ai hoché la tête, confuse.

– Oui... oui, d'accord.

– Génial. C'est moi qui choisis.

– Hein ?

Quand il s'est écarté pour attraper son ordinateur, j'ai froncé les sourcils, réalisant enfin ce qui était en train de se passer.

– Et pourquoi ce serait toi ?

– Parce que c'est mon anniversaire.

– Mais...

– C'est mon anniversaire, a-t-il répété d'un ton impérieux.

J'ai souri et je me suis couchée dans le lit à côté de lui. Ross était déjà occupé à parcourir l'immense catalogue de films sur l'ordinateur.

– Je suis désolée de ne pas t'avoir expliqué avant la situation avec Monty, ai-je ajouté à voix basse.

Il s'est arrêté un moment pour me regarder avant de secouer la tête.

– Vous devez résoudre ça entre vous, c'est pas à moi de le faire. En plus... je savais très bien que tu avais un copain.

– Techniquement, je crois que ce n'est plus mon copain.

– Pourquoi pas ?

– Parce qu'il m'a dit que si je te reparlais, on ne serait plus ensemble.

Ross a froncé les sourcils avant de me sourire.

– Heureusement que tu n'as pas arrêté de me parler. Pour être honnête, je crois que sans nos conversations idiotes, mes journées me paraîtraient bien vides.

12

Anges et démons

J'ai grimacé en sortant de la classe : il pleuvait à verse. Je me suis arrêtée devant l'une des fenêtres de l'entrée en pensant au fait que je n'avais ni parapluie ni argent pour le métro. Je me demandais s'il fallait que j'attende qu'il s'arrête de pleuvoir, ou que ça se calme un peu au moins, quand j'ai reçu un message de Naya :

J'ai laissé le déguisement sur votre lit. <3

Amusée, j'ai secoué la tête avant de lui répondre :

Tu crois que Will peut venir me chercher à la fac ?

Il est en cours. Mais je suis sûre que Ross sera ravi de le faire.

Après quelques secondes d'hésitation, j'ai composé son numéro et j'ai porté le téléphone à mon oreille. Il a répondu dès la deuxième sonnerie :

– Voilà ma petite préférée !

– Qui appelle son petit préféré, ai-je blagué.

– Tu l'admets enfin.

J'ai levé les yeux au ciel, amusée.

– En quoi puis-je t'être utile en cette douce soirée ?

– Tu... es sur quelque chose d'important, là ?

– Plus important que toi ? Je ne crois pas.

– Ross, je suis sérieuse.

– Qu'est-ce qu'il se passe ? Tu as besoin d'un chauffeur ?

J'ai regardé mes mains, un peu honteuse.

– Ben... je ne dirais pas non. Enfin... si tu peux. J'ai oublié mon portefeuille, je ne peux pas prendre le métro. Et attendre, ce n'est pas mon...

– Jen, pas besoin de te justifier. Il suffit de demander.

Je n'ai pas pu m'empêcher de sourire comme une idiote.

– Tu peux venir me chercher ?

– Je suis déjà dans la voiture, a-t-il répondu d'un air amusé.

J'ai secoué la tête.

– À tout de suite, alors.

– J'aurai mérité un bisou pour me remercier.

– On verra ça.

– Ce n'est donc pas exclu...

– Tu veux bien raccrocher ? Tu n'es pas en train de conduire ?

– Je suis capable de faire deux choses à la fois.

– Ross, tu devrais être plus prudent au volant, tu vas finir par... !

– Oui, maman, a-t-il marmonné avant de raccrocher.

J'ai rangé mon téléphone dans ma poche et j'ai regardé les alentours en l'attendant. Ross allait arriver d'un moment à l'autre. Même par ce temps, il conduisait comme un fou. Et Will m'avait précisé qu'il roulait beaucoup plus lentement quand j'étais à bord ; je ne voulais même pas imaginer comment il conduisait seul.

Pour passer le temps, j'ai parcouru le panneau d'affichage qui se trouvait à côté de moi. Au début, je le lisais d'un œil distrait, mais je me suis concentrée dès que j'ai compris ce qu'il contenait : des offres d'emploi. Je les ai toutes examinées, et une en particulier a retenu mon attention. On recherchait une serveuse, avec ou sans expérience. Le salaire était horrible et les horaires pires encore, mais ce n'était pas loin de chez Ross et je n'avais pas encore trouvé comment payer la résidence à temps. Pensive, je me suis mordu la lèvre inférieure en lisant l'annonce une seconde fois.

À ce moment précis, j'ai senti quelqu'un m'attraper par la taille par-derrière, se collant contre mon dos. Je n'ai pas eu besoin de me retourner pour savoir de qui il s'agissait.

– Qu'est-ce que tu regardes comme ça, petite sauterelle ?

– Comment est-ce que tu as fait pour arriver aussi vite ?

– En roulant imprudemment. C'est quoi, ça ?

– Une offre d'emploi.

Je la lui ai montrée, et il a froncé les sourcils en découvrant le contenu de l'annonce.

– Et je peux savoir en quoi ça t'intéresse ?

– Ross, il faut que je travaille.

– Tu n'as pas besoin de travailler. Du tout.

J'ai ouvert de grands yeux.

– Je t'assure que c'est indispensable.

– Ce dont tu as besoin, c'est d'argent.

– Ben... oui. C'est pour ça que les gens travaillent.

– Oublie ces exploiteurs. Il te faut combien ?

J'ai cligné des yeux, surprise, en réalisant qu'il était sérieux.

– N... Non... Enfin... je n'en ai pas besoin tout de suite. C'est pour payer la résidence quand j'y retournerai. Sinon, je vais me retrouver sans chambre.

– Reste avec nous, alors.

J'ai souri, amusée.

– Oui, bien sûr... jusqu'à ce que Sue me tue dans mon sommeil.

– Étonnamment... Sue t'aime bien. Et Will aussi. Et je ne crois pas avoir besoin de t'expliquer ce que je ressens quand je te vois gambader dans l'appartement. Si ?

– Je garde quand même l'annonce.

J'ai voulu la récupérer, mais il l'a écartée hors de ma portée.

– Ross !

– Non, pas celle-là. On dirait de l'esclavage.

– Ce ne sont que quelques heures supplémentaires.

– Ce n'est même pas légal. Je ne devrais pas replacer cette arnaque sur le tableau.

– Ross, il me faut un travail, ai-je insisté sans rire cette fois.

– Et pourquoi est-ce que tu n'acceptes pas simplement mon argent ?

Il m'a regardée en se mordillant les lèvres comme s'il réfléchissait à toute vitesse. J'ai croisé les bras d'un air renfrogné.

– D'accord, a-t-il concédé, mais pas ce job-là. Trouves-en un où ils te respecteront, au moins.

– Je ne trouverai rien de mieux.

– Bien sûr que si. Ne sois pas défaitiste.

Il a posé l'annonce sur l'appui de fenêtre. J'ai soupiré.

– D'accord. Mais seulement parce que j'ai faim et que j'ai envie de rentrer à la maison.

Quelque chose s'est illuminé dans son regard quand j'ai utilisé le mot « maison » pour parler de son appartement. Je ne l'avais jamais fait. Pas à voix haute, du moins. Je me suis raclé la gorge, un peu gênée, avant de faire un geste en direction de la sortie :

– Tu as... euh... des parapluies ?

– J'ai mieux.

– Quoi ?

Il m'a attrapé la main pour me tirer vers la porte. Je l'ai vu mettre la capuche de sa veste avant d'en soulever les pans pour me couvrir. La seule solution pour rester sèche était de me coller à lui pour marcher jusqu'à la voiture. J'ai glissé en chemin, manquant de me faire mal, ce qui ne l'a pas empêché de rire de moi. Je l'ai poussé, non sans mouiller mes chaussettes et mes chaussures de sport. Il en a profité pour se moquer de moi de plus belle. Ross riait encore quand il s'est glissé au volant après m'avoir déposée du côté passager et avoir fait le tour de la voiture.

– Ce n'est pas drôle, j'aurais pu attraper la crève à cause de toi !

– Quelle drama queen. Enlève tes chaussures, c'est bon.

– Mes chaussettes aussi sont mouillées, ai-je répondu d'un air bougon en croisant les bras.

– Eh bien, enlève-les.

– Et je marche pieds nus de la voiture à chez toi ?

– Si tu voulais que je te porte dans mes bras, il fallait le dire tout de suite.

J'ai souri en me déchaussant. Il a allumé le chauffage et j'ai senti l'air chaud souffler sur mes pieds nus. Il m'a regardée du coin de l'œil avant de me demander :

– Tu as un déguisement pour ce soir ?

Sans trop savoir pourquoi, j'ai souri comme une bienheureuse.

– Oui. Naya va m'en prêter un.

– C'est un costume de petite sauterelle ?

– Désolée, mais non.

– D'infirmière sexy, alors ?

– Non plus.

– Une fée ou quelque chose du genre ?

– Peut-être. Et toi, c'est quoi ?

Il a souri en secouant la tête.

– Tu devras attendre ce soir pour le savoir.

C'était à mon tour de l'interroger :

– Allez, balance !

– D'accord, mais c'est juste pour que tu comprennes que je suis plus sympa que toi. Je vais me déguiser en Michael Myers, l'assassin du film *Halloween*.

– Sa version sexy ?

– Bien sûr. Je n'ai pas le choix, je serai forcément irrésistible, tu le sais.

– Je devrais peut-être me déguiser en l'héroïne du film.

– Je devrais peut-être te poursuivre toute la nuit pour me mettre dans la peau du personnage.

Je lui ai filé une petite tape sur le genou et il a souri en se penchant pour monter le volume de la radio.

Nous n'avons parlé de rien d'autre sur le chemin, et j'ai constaté qu'il conduisait effectivement plus lentement quand il était avec moi : le trajet de retour a duré presque deux fois plus longtemps que l'aller. Je ne sais pas pourquoi, ça m'a donné envie de lui sourire quand il s'est garé. En remarquant mon air avenant, il a haussé un sourcil, curieux.

– J'ai raté quelque chose ?

– Non. Juste un bisou de remerciement.

Sans réfléchir, j'ai enlevé ma ceinture et je me suis penchée vers lui pour l'embrasser sur la bouche. J'ai lâché un petit cri de surprise quand il m'a attrapé le bras pour m'asseoir sur ses genoux.

– Hé !

– Je voulais me faciliter la tâche, a-t-il dit en souriant d'un air angélique.

J'ai secoué la tête en me penchant vers lui. J'ai senti ses mains sous mon pull, sur mes hanches, au contact direct de ma peau. J'ai posé les miennes sur ses joues pour embrasser sa lèvre inférieure, puis sa lèvre supérieure, puis leur commissure avant de me perdre dans sa bouche.

– Tu vois ? a-t-il murmuré, on pourrait rester ici au lieu d'aller à la soirée. Si c'est pour faire ça... pour moi, il n'y a aucun problème.

– Ce n'est pas toi qui m'as convaincue d'y aller ?

– Je ne savais pas que tu serais aussi affectueuse !

– Je suis toujours affectueuse !

– Mon cul, oui. C'est toujours moi qui dois faire le premier pas. J'en ai marre de toute cette pression.

J'ai souri et je me suis penchée vers lui à nouveau. Cette fois, je l'ai vraiment embrassé, joignant mes mains derrière sa nuque. Mon attention s'est ensuite portée sur sa mâchoire, et sa barbe de trois jours m'a piqué les lèvres.

– Tu n'aimes pas ?

– Si.

– Tu veux que je te dise ce que j'aime, moi ?

J'ai écarquillé les yeux quand il a baissé les bras pour attraper mes fesses à deux mains sans la moindre retenue. Il a souri en voyant mon air paniqué.

– Je te jure que tu as le meilleur cul que j'aie vu de ma vie.

– Q... Quoi... ?

– Je suis très sérieux. Je te laisse toujours marcher devant moi pour mieux le voir.

– Ross, ne... !

Il m'a interrompue en serrant à nouveau mes fesses avant de se pencher en avant pour me donner un baiser qui m'a filé le tournis.

Puis, sans prévenir, il a ouvert la porte de la voiture et est descendu en me portant, les mains à nouveau posées sous mes fesses. Une fois à l'intérieur, il s'est dirigé vers l'ascenseur le plus naturellement du monde, comme s'il était normal de me porter dans ses bras. Je me suis débattue pour qu'il me pose.

– Du calme, la bête, m'a-t-il dit en souriant.

– On pourrait nous voir !

Il m'a ignorée, est entré dans l'ascenseur et a appuyé sur le bouton du troisième étage.

– On ne fait rien de mal. Je te porte, c'est tout.

– Oui, en me tenant par le cul.

– Oui, par ton petit cul parfait.

J'ai senti mes joues s'embraser.

– Ross...

– Même si tes jambes et tes lèvres ne sont pas mal du tout. Je ne sais pas ce que je préfère.

– Sérieux ? Il n'y a que mon physique qui t'intéresse ?

– Je pourrais jouer les romantiques, mais je préfère la version pervers. C'est beaucoup plus drôle.

J'ai ouvert la bouche pour répliquer, mais il m'a interrompue en me donnant un bisou sous l'oreille. Ça faisait maintenant un moment que je le tenais par les épaules, mais mes bras ont instinctivement glissé pour enlacer son cou. Il a pris ça pour une invitation : l'instant d'après, il a collé mon dos à la paroi de l'ascenseur pour m'embrasser avec fougue. Et plus encore.

– Vous avez besoin d'une personne en plus ?

J'ai failli avoir dix infarctus à la fois en entendant la voix de Mike dans l'ascenseur. Ross a levé la tête, mais il ne s'est pas écarté de moi avant que je le repousse, rouge de honte.

– Je peux savoir ce que tu fais là ?

– Hé, ne t'énerve pas. Je ne voulais pas casser l'ambiance. Je voulais juste me rendre utile.

– Très efficace, ai-je murmuré.

Ross a levé les yeux au ciel et m'a jeté un coup d'œil tandis que je remettais mes vêtements en place. Il s'est approché pour recoiffer ma mèche rebelle et j'ai rougi à nouveau quand il a posé sa main dans le bas de mon dos pour me guider vers la porte. Il a complètement ignoré son frère, qui a crié derrière nous en nous suivant :

– Attends ! Tu n'aurais pas quelque chose à bouffer ? Je meurs de faim.

– Je n'ai rien, a répondu Ross sans même lui adresser un regard.

– Oh, allez, frérot. Je suis triste et mort de faim.

J'ai soupiré en regardant Ross avant d'ouvrir la porte.

– Il y a plein de choses à manger, ce n'est rien, lui ai-je répondu à voix basse.

– Je refuse qu'il vienne manger.

– Dommage, parce que je suis déjà là et que ma gentille belle-sœur vient de m'inviter !

En entendant comment il venait de m'appeler, je me suis tapie derrière la porte ouverte pour qu'il ne voie pas la couleur de mon visage. Si ça continuait comme ça, ma tête allait exploser.

Les autres étaient installés dans le salon, Will compris. J'ai regardé Naya sans comprendre : elle m'avait dit qu'il n'était pas là. Pour répondre à mon interrogation, elle m'a souri d'un air amusé : elle avait menti à propos de Will pour que Ross vienne me chercher.

J'ai secoué la tête et je me suis dirigée vers un canapé, suivie de près par Ross. Mike a fait mine de s'asseoir sur l'un des fauteuils, mais il s'est arrêté en voyant le regard haineux de Sue. Il s'est finalement installé près de moi. Will l'a interpellé :

– Ça va, Mike ? Je ne savais pas que tu viendrais.

Mike nous a désignés de la tête.

– Eux non plus. Je les ai surpris alors qu'ils se pelotaient dans l'ascenseur, on aurait dit des babouins en rut.

J'ai failli m'étouffer avec ma part de pizza. Ross s'est tourné vers son frère, lui décochant un regard assassin, tandis que les autres se sont figés, abasourdis. Mike a levé les yeux au ciel.

– C'était une blague. Vous ne savez vraiment pas rigoler.

Les autres ont eu l'air d'y croire, et il m'a filé un coup de coude en m'adressant un clin d'œil. Au bout d'un moment, Sue m'a regardée et a murmuré :

– Je peux savoir pourquoi tu ne portes pas de chaussures ?

J'ai baissé les yeux vers mes pieds nus et, puisque je ne disais rien, Ross a répondu à ma place :

– C'est une longue histoire.

– Ne me la racontez pas, alors. La flemme.

L'instant d'après, Naya m'a tirée jusqu'à la chambre de Ross pour me montrer le déguisement posé sur le lit. J'ai pris un air horrifié en le voyant.

– Tu ne m'avais pas dit qu'il était aussi...

– Aussi... ?

– ... provocant.

Elle a éclaté de rire.

– Ce n'est rien, ça ! Tu verras comment les autres filles seront habillées. Ross va perdre la tête en te voyant dans cette petite jupe.

– Je ne porterai pas ce truc.

– C'est vrai, tu n'as pas besoin de ça, tu l'as déjà rendu dingue de toi.

Je lui ai balancé un coup de coude et elle s'est remise à rire. L'instant d'après, nous étions occupées à enfiler nos costumes.

– Allez, on dirait un petit couple, m'a-t-elle dit.

– On n'en est pas un.

– Ça ne te plairait pas ?

Je me suis arrêtée, surprise.

– Quoi ?

– C'était une question innocente, a-t-elle ajouté rapidement.

– Je n'y ai même pas réfléchi, ai-je marmonné.

Je sautillais sur place pour essayer de rentrer dans la jupe du déguisement.

– Je suis trop grosse pour ce truc.

– Tu n'es pas grosse. Qu'est-ce que je ne donnerais pas pour avoir ton cul.

Qu'est-ce qu'ils avaient tous avec mon cul, aujourd'hui ? Ils exagéraient. J'ai grimacé en le regardant dans le miroir de mon armoire, avant de poursuivre ma séance d'essayage. Naya m'a aidée à attacher l'arrière et, pour une raison ou pour une autre, je me suis retrouvée à me demander si ça ne serait pas trop compliqué à enlever plus tard, avec Ross.

Mince, il fallait vraiment que je parle à Monty. Et vite.

Naya était occupée à se coiffer face au miroir quand, tout à coup, elle m'a lancé :

– Will a appris pour le coup de poing à la fête. Ça l'a énervé.

– Quoi ? Comment est-ce qu'il a su ?

Naya a fait la moue.

– Un des gars de sa classe m'a vue à la soirée. On l'a croisé au bar après l'exposition de la mère de Ross, et il a raconté l'histoire à Will, l'enfoiré. Heureusement que j'étais bourrée, sinon il se serait fâché contre moi. Et pas qu'un peu.

– Je n'arrive toujours pas à imaginer Will en colère.

Elle a haussé les épaules.

– C'est vrai, c'est souvent moi qui m'énerve. J'ai de la chance d'être avec lui. Presque personne ne me supporte. Lui, ce n'est pas juste qu'il me supporte, c'est que je lui plais en plus ! Qui l'eût cru ?

L'espace d'un instant, j'ai arrêté de me tortiller dans le déguisement pour la regarder. Quand elle l'a remarqué, Naya s'est immobilisée elle aussi. Elle m'a regardée d'un air confus.

– Quoi ?

– Ne dis pas ça.

– Quoi ?

– Que personne ne te supporte. Ce n'est pas vrai. Moi, je te supporte. Et tu me plais aussi. Pas comme tu plais à Will. Mais tu me comprends. Si tu n'étais pas là, je me serais retrouvée toute seule à la fac.

– Je ne crois pas.

– Et moi je le sais. Au cas où tu ne l'aurais pas remarqué, je suis une vraie inadaptée sociale. J'aimerais te ressembler un peu plus.

Naya a esquissé un sourire timide. Depuis que je la connaissais, c'était la première fois que je la voyais comme ça.

– Tu le penses vraiment ?

Je lui ai lancé le haut du déguisement.

– Bien sûr. Allez, enfile-moi ça avant que cette conversation ne devienne encore plus gnangnan.

– Moi, j'aime bien quand tu es gnangnan. Et si on oubliait les deux autres et qu'on se pécho ?

Elle m'a adressé un clin d'œil.

– Attends, je bois une bière et je te réponds. Hé, il te va super bien, ce corset.

Elle a tourné sur elle-même, ravie.

– Je trouve aussi. Toi, il ne te manque plus qu'une auréole blanche.

– Oh non. T'es pas sérieuse ?

– C'est la touche finale parfaite pour un déguisement comme ça !

J'ai attrapé le cercle de plastique blanc pour le poser sur ma tête, le maintenant en place à l'aide de quelques mèches de cheveux. Naya a applaudi, enthousiasmée. Je lui ai montré ses petites cornes rouges avant de les lui lancer.

– Si je mets l'auréole, tu mets ça.

– Mais elles ne vont pas avec...

– Si je porte la couronne, tu mets les cornes, je te dis !

– D'accord, c'est bon !

Je me suis contemplée dans le miroir et je me suis mordu la lèvre en tournant sur moi-même. Je portais un ensemble blanc deux pièces qui ressemblait à un corset avec une jupe. C'était étonnamment plutôt confortable. Et je ne montrais rien que je ne voulais pas montrer, ce qui me soulageait. Je portais aussi des gants blancs qui ressemblaient à de la soie et m'arrivaient jusqu'aux coudes. Et des bottes blanches. Et une auréole. Et des ailes, bien sûr.

– Un vrai petit ange !

L'exclamation de Naya n'a pas suffi à me convaincre.

– Tu crois ? J'espère que je ne vais pas faire de taches sur ton déguisement. Il est très... blanc.

– Ça fait trois ans que je ne l'ai pas mis. Tu pourrais même le garder, ça m'est égal. Bon... tu m'aides à enfiler le mien ? La fermeture Éclair est bloquée.

J'ai hoché la tête avant de lui prêter main-forte. Nous étions parfaitement assorties, même si son déguisement lui allait bien mieux qu'à moi, évidemment. Ses ailes étaient rouges et ses bottes à talons étaient noires. On aurait dit un mannequin s'apprêtant à défiler. Je ne comprenais pas comment Naya, qui était belle à tous points de vue, pouvait être complexée comme ça.

Nous nous sommes rendues à la salle de bains. Je l'ai maquillée en premier, puis elle m'a rendu la faveur. Je passais vraiment du bon temps avec Naya. Je m'amusais mieux avec elle qu'avec Nel, mais je ressentais de la culpabilité de penser ça. Avec Naya, je savais que je pouvais être moi-même et discuter de tout. Et j'avais l'impression qu'elle aussi pouvait me montrer son vrai visage et aborder n'importe quel sujet avec moi.

Elle a appliqué une dernière touche de mascara.

– Parfait. Je n'ai pas exagéré. Tu es censée être une créature innocente.

J'ai souri à mon reflet dans le miroir. J'avais du fard à paupières rose, les lèvres roses elles aussi, et les sourcils à peine plus foncés. C'était parfait, il ne me fallait rien d'autre. Naya était vraiment trop belle. Son maquillage était plus sombre et aguichant, ce qui lui plaisait beaucoup.

Évidemment, pendant que nous étions occupées dans la salle de bains, les autres nous attendaient, prêts depuis longtemps. Tous à l'exception de Mike, qui avait disparu une fois de plus.

Naya est entrée dans le salon en tournoyant sur elle-même, et Will s'est illuminé en la voyant. Il l'a regardée de la tête aux pieds plusieurs fois, dans son costume de Dracula.

– Diablesse ? Tu ne me l'avais pas dit.

– C'était une surprise. Est-ce que ça te plaît, mon vampire sexy ?

– Si ça me plaît ? Viens ici.

Et ils ont recommencé à s'embrasser, comme d'habitude.

Ross attendait toujours dans un canapé. Je me suis approchée de lui et il a esquissé un sourire en voyant mon déguisement.

– Un ange ?

– Qu'est-ce qu'il y a ? Tu n'aimes pas ?

– Je crois que je l'aime tellement que j'ai envie de te l'enlever.

Il s'est levé. Mes joues rosies contrastaient parfaitement avec le blanc de mes vêtements. Il a tendu le bras et a passé ses doigts sur les douces petites ailes dans mon dos, intrigué.

Ross était habillé comme annoncé : il portait une combinaison bleue tachée de faux sang qui couvrait l'intégralité de son corps, des bottes noires où il avait rentré le bas de son pantalon et un couteau en plastique dans la poche avant. Je l'ai attrapé en faisant mine de le menacer.

– Je suis un ange vengeur.

– Et moi un assassin amoureux.

Je lui ai rendu l'arme, amusée, avant de secouer la tête.

– Michael Myers se baladait à visage découvert ?

– En fait, il portait un masque. Mais je ne voulais pas t'enlever le plaisir de voir mon visage.

Il a placé le masque devant sa figure et j'ai hoché la tête.

– Je suis sûre que tu es la version améliorée de Michael Myers.

– Tu n'as pas vu l'original, m'a-t-il signalé en enlevant le masque.

– Pas besoin.

Un sourire malicieux est apparu sur ses lèvres. Il s'est penché en avant pour m'embrasser, mais il s'est arrêté quand j'ai posé ma main sur son torse. Sue venait d'entrer dans le salon et elle pouvait nous voir. Will et Naya ne me préoccupaient pas plus que ça. Ils étaient si occupés à rire et s'embrasser qu'ils auraient pu être dans un univers parallèle.

J'ai dû contenir un rire quand j'ai vu que Sue était habillée en Mercredi de la famille Addams. Et le costume lui allait trop bien. Dans tous les sens du terme.

– Hé, Sue, on avait dit qu'on se déguisait, a rappelé Ross.

Sue a levé les yeux au ciel.

– Très drôle. On peut y aller, maintenant ? J'ai soif.

Nous sommes arrivés à la soirée en un rien de temps, Ross ayant conduit à une vitesse qui lui paraissait raisonnable. J'ai eu l'impression qu'il y avait plus de gens que d'habitude. Ou peut-être était-ce parce que tout le monde était déguisé. Quand j'ai vu les costumes des filles autour de moi, j'ai relativisé le côté provocant du mien.

J'étais en train de tirer Ross par la main pour fendre la foule en direction de la cuisine quand j'ai vu venir en sens inverse une fille vêtue d'un minuscule costume de chat. Elle lui a adressé un grand sourire sans remarquer que ma main était logée dans la sienne. Je l'ai fusillée du regard, mais je me suis vite ravisée : ça se voyait que Ross n'avait d'yeux que pour moi. Ou plus exactement pour la jupe de mon déguisement.

Nous sommes enfin arrivés dans la cuisine.

– Je t'en prie, Jen, déguise-toi en ange tous les jours jusqu'à ma mort, m'a dit Ross.

J'ai éclaté de rire. La fille-chat était déjà oubliée. Les autres s'étaient perdus dans le bâtiment, j'ai sorti deux bières de l'énorme seau à glace et Ross les a ouvertes à mains nues. Je me suis toujours demandé comment il faisait pour les décapsuler ainsi sans se faire mal. J'ai bu une gorgée et j'ai à nouveau attrapé sa main, pour le guider vers la fête cette fois.

J'avais rarement envie de danser, mais cette nuit-là faisait figure d'exception. Nous sommes tombés sur nos amis dès que nous avons atteint la piste de danse improvisée. Nous avons passé presque deux heures à danser – à l'exception de Sue, qui se contentait de soupirer en dodelinant de la tête –, à rire et à boire tous ensemble. J'avais déjà avalé trois bières et demie quand j'ai quitté la piste pour me diriger vers la porte de la terrasse, morte de chaleur. J'ai entendu Ross me suivre et je me suis appuyée sur la balustrade en pierre. Il s'est arrêté à côté de moi.

Il a désigné la bouteille à moitié vide dans ma main :

– Tu veux que je la termine ?

J'ai pris un air exaspéré.

– Ça va. J'ai découvert il y a longtemps que c'est mieux que je m'arrête à quatre bières. Et j'en suis à la moitié de la quatrième.

J'ai marqué une pause pour lui adresser un regard malicieux.

– Même si... en y réfléchissant bien... tu peux la boire. Au cas où.

Il a éclaté de rire avant d'accepter la bouteille en s'adossant à la balustrade en pierre à mes côtés. Sa main était posée juste à côté de la mienne, mais il n'a pas essayé de la toucher. Je me suis mordillé la lèvre inférieure, pensive, tandis qu'il prenait une gorgée de ma bouteille.

– Je peux te poser une question ?

– Tu es déjà en train de me poser une question, a-t-il signalé en me regardant d'un air amusé.

– Non... un autre genre de question.

– Ça y est, tu m'intrigues.

– Euh... Pourquoi tu ne ramènes jamais de filles à la maison ?

Il est resté silencieux un moment, surpris.

– Elle sort d'où, cette question ?

– Je vois comment les filles te regardent, Ross.

– Quelles filles ?

– Tu vois très bien : celles qui te font des petits sourires en essayant de s'approcher de toi.

– Honnêtement, je ne m'en suis même pas rendu compte.

J'ai grimacé.

– Je ne te crois pas.

– Je suis sérieux, a-t-il insisté.

– Et tu n'as jamais ramené de fille à la maison ?

– Je t'ai ramenée, toi.

– Ce n'est pas pareil.

Il a soupiré en regardant la bouteille avant de se tourner vers moi à nouveau.

– Si, j'ai déjà ramené des filles, a-t-il fini par concéder.

J'ai ressenti comme un grand coup de pied dans l'estomac. Mes lèvres se sont réduites à une fine ligne dure en l'imaginant faire ce qu'il faisait avec moi dans ce lit avec une autre. Et chaque fois que je pensais à quelque chose de nouveau, je m'apitoyais un peu plus sur moi-même. Mais c'était injuste de ma part. Il parlait d'avant notre rencontre. Ou avant de commencer notre... bon, ce qu'il y avait entre nous, quoi.

– Jen, ne fais pas cette tête, je t'en prie.

J'ai répondu sur un ton aussi neutre que possible :

– Quelle tête ?

Je n'avais pas le droit de me fâcher. Même si j'avais été sa copine, je n'en aurais pas eu le droit. Et je n'étais pas sa copine.

J'ai levé la tête en sentant ses doigts dans ma nuque tirer doucement mes cheveux et remettre mon auréole en place.

Ross était là devant moi, ses pieds à côté des miens et une main posée sur la rambarde au niveau de ma taille. La bouteille de bière était abandonnée sur l'une des chaises longues.

– Ça fait longtemps que je ne l'ai pas fait, m'a-t-il dit à voix basse en caressant ma mâchoire avec la jointure de ses doigts.

– Je n'aurais pas dû te poser la question, tu n'as pas de comptes à me rendre.

Il a arrêté de me caresser un instant, les sourcils froncés.

– Mais je veux t'en parler.

– Ross, c'est ta vie, je ne...

– Je te dis que ça fait longtemps que je ne l'ai pas fait. Et je n'ai aucune envie de le refaire.

J'étais en train de me mordre la lèvre quand il l'a délicatement saisie pour la libérer de mes dents. Je ne sais pas si c'était l'alcool ou ce qui était en train de se passer, mais je n'ai pas pu m'empêcher de lui poser la question :

– Ça fait... combien de temps que tu ne... ?

– Depuis que je te connais.

– Allez, Ross.

– C'est la vérité.

– Tu ne peux pas mentir à un ange, tu sais ? Tu iras tout droit en enfer.

Il a à nouveau éclaté de rire.

– Je ne t'ai jamais menti, je te l'ai déjà dit. Et je n'ai aucune intention de commencer maintenant.

J'ai baissé les yeux vers ses lèvres. Elles étaient encore humides de bière. Je me suis surprise à ravaler ma salive, mais j'avais encore quelques questions en tête.

– Et... tu n'as pas envie de... le refaire ?

– Pas du tout, a-t-il répondu en souriant.

– Pourquoi pas ?

– Pourquoi est-ce que je le ferais ?

– Je ne sais pas...

– Tu en aurais envie, toi ?

– Bien sûr que non.

– Moi non plus. Il faut que je t'explique pourquoi ?

Mes questions idiotes me rendaient nerveuse. On aurait dit que j'essayais de me saboter toute seule. Pourquoi ne pouvais-je pas simplement profiter de ce qui se passait entre nous ? J'aurais aimé pouvoir me comporter aussi naturellement que Naya avec Will.

Il fallait que je discute avec Monty le plus vite possible. C'était peut-être ça, non ? Peut-être était-ce le sentiment de culpabilité. Je ne pourrais pas m'en débarrasser d'un coup, même en rompant avec lui, mais... au moins je serais sincère avec moi-même.

Ross a remarqué mon silence.

– Ça va ?

J'ai étreint son torse de mes deux bras en me penchant en avant pour cacher mon visage à la naissance de son cou. J'ai été surprise par la familiarité avec laquelle j'avais effectué ce geste. On aurait vraiment pu croire qu'on était en couple. Je me sentais tellement confuse et coupable que, l'espace d'un instant, j'en aurais pleuré. Mais ce sentiment n'a pas duré : son bras était trop chaleureux pour ça. J'ai fermé les yeux quand il a saisi ma mèche pour la replacer derrière mon oreille.

– Ça va ? a-t-il répété.

J'ai hoché la tête, toujours collée à lui.

– On peut rentrer ?

Il a hésité un moment :

– Je vais prévenir les au...

– Juste toi et moi, ai-je précisé.

Il s'est à nouveau arrêté un moment. Je n'ai pas osé le regarder, mais je l'ai senti bouger et sortir son téléphone de sa poche. Il a échangé quelques mots avec Will avant de s'écarter pour me dévisager, les sourcils froncés.

– Tu es sûre que ça va ?

J'ai hoché une nouvelle fois la tête, mais il n'avait pas l'air convaincu.

Il m'a tout de même tenu la main pour nous frayer un chemin dans la foule vers la sortie. Dès que nous sommes arrivés à la voiture, il m'a regardée d'un air préoccupé.

– Jen, tu vas...

– Il faut que tu me promettes quelque chose.

Il a écarquillé les yeux avec prudence, en entendant la gravité de mon ton.

– Euh... D'accord.

– Tu ne sais pas encore ce que je vais te dire, Ross.

– Je t'écoute.

– Je ne veux pas que tu te sentes mal par rapport à Monty.

Il a contenu un rire.

– Ne le prends pas mal, Jen, mais ton copain, je m'en fous pas ma...

– Ce n'est pas mon copain. En tout cas... pas officiellement. Je ne parle pas de ça. Je... voulais me convaincre moi-même que ce qui s'est passé entre nous la première nuit où on a... euh... tu vois... c'était à cause de l'accord qu'on avait avec Monty. C'est pour ça que je t'en ai parlé, d'ailleurs. Mais ce n'est pas vrai. Je me... enfin... tu me plaisais déjà. Ne va pas croire que tout ça... a le moindre rapport avec lui.

– Je sais, Jen, m'a-t-il assuré à voix basse.

– D'accord, mais... promets-moi que si tu le pensais un jour, tu me le dirais.

– Je t'ai dit que je ne...

– Ross, juste... promets-le-moi.

– D'accord. Je te le promets. Mais je ne comprends pas...

Je l'ai interrompu en l'embrassant dans le cou. J'ai posé ma tête contre son épaule et il est resté immobile quelques secondes avant de démarrer la voiture. Je l'ai senti se raidir quand j'ai caressé son genou distraitement du bout du doigt, mais il s'est vite détendu. D'ailleurs, j'ai eu l'impression qu'il conduisait plus lentement que d'habitude.

Quand nous sommes arrivés sur le parking, j'étais déjà de meilleure humeur. Ou plutôt, moins perdue. Il m'a regardée du coin de l'œil quand je me suis écartée pour lui sourire.

– Je crois que c'est la première fois qu'on est tout seuls à l'appartement.

– C'est pas évident de suivre tes sautes d'humeur, tu sais ?

– Mes frères pensent la même chose. Ils m'appelaient l'hystérique. C'était affectueux, bien sûr.

Il a éclaté de rire en me suivant vers l'ascenseur. Dès que les portes se sont fermées, je l'ai regardé et j'ai vu qu'il avait les yeux rivés sur la paroi à côté de moi, là où... ça... s'était passé cet après-midi même.

J'ai attrapé l'avant de sa combinaison en souriant d'un air lubrique avant de coller mon dos à la paroi et de l'attirer vers moi. Son regard s'est assombri quand il a compris où je voulais en venir.

En moins d'une seconde, il s'est penché vers moi pour m'embrasser. Pourtant, pendant le trajet, il avait été doux comme un agneau. Il a remonté ses mains le long de mon dos et j'ai plongé les miennes dans ses cheveux.

Nous avons failli rester dans l'ascenseur toute la nuit, tant on a eu du mal à se séparer. Je n'ai pas pu m'empêcher de sourire en remarquant qu'il ouvrait la porte de l'appartement avec plus d'empressement que d'habitude. J'ai décidé de le provoquer un peu :

– Tu es pressé ?

– Pas toi ?

– Pas tant que ça.

– Menteuse.

J'ai souri quand il a attrapé mon poignet pour me faire pénétrer avec lui dans l'appartement, nous dirigeant sans détour vers la chambre. Dès qu'il a fermé la porte, il m'a tirée vers lui pour m'embrasser de plus belle.

J'ai soupiré d'excitation dans sa bouche en défaisant les premiers boutons de sa combinaison. J'ai fait glisser les manches de ses épaules, caressant sa peau et le dénudant jusqu'aux hanches. Il s'est écarté pour enlever ses bottes et la combinaison, ne gardant que ses sous-vêtements. J'ai balancé l'auréole dans un coin de la pièce en baissant ma jupe. Tout allait bien jusqu'à ce que je retire ces foutues ailes. Ou plutôt que j'essaie de les retirer. J'étais en train de sautiller et de gesticuler quand il s'est tourné vers moi en riant.

– Arrête de pouffer et aide-moi !

Il souriait toujours quand il s'est approché pour m'embrasser. Ses bras m'ont étreinte et ses doigts ont détaché les ailes sans que j'aie le temps de m'en rendre compte. Elles sont tombées par terre comme un poids mort et je les ai repoussées du talon. Je me suis mise sur la pointe des pieds pour lui caresser le dos pendant qu'il effleurait mon corsage.

Au bout de quelques secondes, je me aperçue que j'étais incapable de défaire les lacets moi-même. Je me suis mise à rire en l'embrassant. Il a souri et j'ai guidé sa main jusqu'au premier lacet, qu'il a dénoué sans tarder. Le deuxième a vite suivi. Mais il en restait douze.

– Et puis merde. On en achètera un autre à Naya.

Il a attrapé le corset des deux mains pour le déchirer en deux avant de le laisser tomber sur le sol. J'ai éclaté de rire.

Mais c'est à cet instant précis que mon téléphone a sonné.

Il a levé la tête et j'ai tendu la main pour raccrocher sans même regarder. Il a souri malicieusement et m'a passé une main dans le dos pour dégrafer mon soutien-gorge et le jeter au loin. Il était sur le point d'embrasser la peau ainsi découverte, mais mon téléphone s'est remis à pépier.

– Putain, ai-je grogné avant de refuser à nouveau l'appel.

– Je ne t'avais jamais entendue dire de gros mots, a-t-il noté d'un air amusé.

– Ce n'est pas ma faute.

Il a souri et s'est penché vers moi pour me pousser sur le lit d'un air enjôleur...

... quand mon téléphone s'est remis à sonner.

– Ça ne serait pas plus facile que tu répondes ?

– Ou que je le mettes en silencieux.

– Ça me paraît être une bonne solution.

Je me suis retournée pour me coucher sur le ventre et attraper mon téléphone. J'ai souri en sentant ses lèvres sur mes épaules. Puis j'ai regardé l'écran de mon téléphone et mon sourire a instantanément disparu.

J'avais douze messages de Monty et plus de vingt appels en absence.

Je suis restée paralysée un moment. En parcourant en vitesse quelques-uns des textos, j'ai compris qu'il était en crise de parano une fois de plus. C'est à ce moment qu'il m'a rappelée. J'étais à deux doigts de raccrocher. À deux doigts. Je ne savais pas comment le dire à Ross.

– Je... Je vais répondre, d'accord ? Juste pour le faire taire.

– Je t'attends ici.

Je lui ai adressé un petit sourire reconnaissant et j'ai attrapé le haut de mon pyjama, que j'ai enfilé en marchant. Je suis arrivée dans le salon juste à temps pour lui répondre.

– Monty, la dernière fois qu'on a parlé, tu étais déjà...

– Jenny, je suis désolé.

Je me suis tue instantanément.

– Tu... pleures ?

– Je suis désolé, Jenny. Je regrette ce que je t'ai dit. Je... ne voulais pas te parler comme ça.

Mon envie de l'envoyer bouler a disparu sur-le-champ et je suis restée silencieuse, abasourdie. Je ne l'avais pratiquement jamais vu – ou entendu, plus précisément – pleurer.

– Monty...

– Je sais que je suis un imbécile. Mais... Jenny, je t'aime. Ces quelques jours où tu ne m'as pas répondu m'ont paru tellement longs. Je n'avais pas le droit de te dire ce que je t'ai dit. Je suis désolé. J'étais... jaloux. Je pensais que tu allais me quitter pour ce mec. Je suis désolé. Je me suis comporté comme un connard. Je ne te mérite pas.

Je me suis passé une main sur le visage en ravalant ma salive. Soudain, j'avais honte d'admettre que l'idée de le plaquer m'était passée par la tête. J'en avais même plus ou moins parlé à Ross.

– Ce n'est pas vrai. Tu n'es pas méchant, Monty, mais...

– Oui, je sais ce que tu vas me dire. Notre accord. Tu avais raison. Tu peux voir ce gars autant de fois que tu le voudras. Je... Je t'aime, Jenny. Je te fais confiance. Totalement. Je sais que tu ne me trahirais jamais.

– Tu m'as dit que si je lui reparlais, c'était fini entre nous. Je lui ai reparlé, Monty. Et... plus que ça. On devrait déjà avoir rompu.

– Je retire ce que j'ai dit. Ce que je ressens pour toi est plus fort que ces conneries. Je te l'ai déjà dit, Jenny. Je te fais confiance. Je sais que tu ne me ferais jamais ce coup-là. Excuse-moi. On est ensemble, d'accord ? Je... trouverai une manière de me faire pardonner. Je te jure.

J'ai fermé les yeux de toutes mes forces. Ça me brisait le cœur de l'entendre dévasté par ma faute. Je me suis laissée tomber sur le sofa.

– Tu dis toujours ça, ai-je murmuré.

– Mais cette fois-ci, c'est vrai. Allez, Jenny, qui peut t'aimer plus que moi ? Si je te demande pardon, c'est parce que ce qu'il y a entre nous compte beaucoup pour moi. Parce que *tu* comptes beaucoup pour moi. J'en ai marre de tout ça. Je veux juste... qu'on soit ensemble. C'est toi qui poses les règles. Tout ce que tu voudras. Je te jure, je ne réagirai plus mal. C'est promis.

Je me suis tue pendant ce qui m'a semblé être une éternité. J'avais envie de pleurer de frustration : nous savions tous les deux comment cette conversation se terminerait.

– Donne-moi encore une chance. Une dernière. C'est tout ce que je te demande. J'ai besoin de toi.

J'ai levé la tête inconsciemment et mon envie de pleurer s'est faite plus forte encore quand j'ai vu que Ross m'observait, une épaule appuyée contre le mur du couloir.

Vu la tête qu'il faisait, il avait déjà compris ce qu'il se passait à l'autre bout du fil.

Pendant une seconde, j'ai été tentée de faire ce que j'avais réellement envie de faire : dire non à Monty. Mais... seulement pendant une seconde.

L'idée de briser le cœur de Monty me faisait me sentir tellement misérable... que j'en ai été incapable.

– D'accord, une dernière chance, ai-je murmuré les yeux baissés.

Je sentais le regard de Ross sur moi. J'étais incapable de le regarder en retour. Je ne voulais pas qu'il me voie comme ça, même si ce qui m'arrivait était largement mérité.

– Merci, Jenny. Je t'aime. Tu ne sais pas à quel point je t'aime. Pendant un moment, j'ai cru que... Ce n'est rien. Je t'aime.

– Je... dois y aller, Monty.

– Je t'aime, a-t-il répété pour la énième fois.

– Bonne nuit.

J'ai raccroché lentement. Je n'osais toujours pas lever les yeux. Il m'a fallu quelques secondes avant de me lancer, quand j'ai senti que le silence autour de moi se faisait si pesant que je risquais de m'étouffer.

Ross me regardait toujours fixement. Et ce qui m'a fait le plus mal, c'est qu'il n'avait pas l'air fâché. Seulement déçu.

– Je suis désolée, ai-je murmuré.

– Ne sois pas désolée. C'est ton copain, non ?

– Ross, ce n'est pas aussi simple que ça... Il...

– Tu ne me dois aucune explication.

Nous nous sommes regardés droit dans les yeux sans rien dire. Il s'est passé une main dans les cheveux avant de soupirer et de m'adresser un sourire forcé.

– Je crois que je vais retourner un peu à la fête.

– Ross, tu n'es pas obligé de partir. Je vais dormir dans le sofa.

– Pourquoi est-ce que tu ferais ça ?

– Sinon... ça serait gênant, non ?

Il m'a regardée un moment. Il a pincé les lèvres en haussant les épaules.

– Pourquoi ça serait gênant de dormir avec une amie ?

Je n'ai pas su quoi lui répondre. La vérité, c'est que j'avais bien mérité tout ce qui m'arrivait. Il s'est détourné avant de secouer la tête et de partir. Je me suis allongée sur le sofa en me demandant si j'avais pris la bonne décision.

13

Les lasagnes de la discorde

Ross et moi n'avons pas beaucoup discuté le lendemain. La situation était tendue. Et je n'ai pas parlé à Monty non plus. Malgré tout ce qui s'était passé, il ne m'avait pas envoyé de texto ni appelée. Je ne l'avais pas contacté non plus. En réalité, j'avais envie de passer au moins une journée sans voir ni l'un ni l'autre. Ça peut sembler égoïste, mais j'avais besoin de mettre de l'ordre dans mes idées.

Cependant, lorsqu'il m'a finalement appelée, alors qu'on était presque le soir et que j'étais sur le campus, j'ai décidé de répondre pour ne pas aggraver la situation.

– Salut, ai-je murmuré.

Silence. *Oh non.*

– On peut savoir pourquoi tu ne m'as pas appelé de toute la journée, Jenny ?

Dès que j'ai entendu son ton agressif, je me suis arrêtée un instant. Je connaissais trop bien ces intonations. Je savais ce qu'elles présageaient.

– Détends-toi, l'ai-je averti.

– Me détendre ? Putain, je peux savoir ce que ma copine a bien pu faire pour ne pas me parler de toute la journée ?

– Je t'ai demandé de te détendre.

– Oh, c'est facile pour toi. C'est tout le temps moi qui t'appelle. Ça te tuerait de me téléphoner de temps en temps ?

– J'ai été super occupée, d'accord ?

– Occupée par quoi ? La bite de Jack Ross dans ta bouche ?

J'ai senti mes joues chauffer et j'ai explosé, indignée :

– Ne t'avise pas de me parler comme ça ! Tu es en colère, mais ça ne te donne pas le droit de...

– Qu'est-ce que tu faisais, alors ? m'a-t-il brusquement coupée.

– Je ne faisais rien !

– Alors tu n'as vraiment aucune excuse pour avoir été une petite amie de merde toute la journée.

J'ai essayé de ne pas faire preuve de mauvaise humeur – ou plutôt de *pire* humeur – et de rester parfaitement courtoise. J'ai pris une profonde inspiration et je me suis pincé l'arête du nez. Je visualisais son expression furieuse, et mon seul soulagement était qu'au moins il n'était pas devant moi pour évacuer ses frustrations en frappant son oreiller.

– Écoute, Monty, ai-je repris lentement, tu es en colère et je ne vais pas tarder à l'être aussi. Je ne pense pas que ce soit le meilleur moment pour discuter de ça.

– Parler de quoi ? Qu'est-ce que t'as fait ?

– Je n'ai rien fait du tout !

– Pourquoi t'es dans cet état, alors ? Pourquoi tu te sens coupable comme ça ?

Il avait l'air très nerveux.

– Qu'est-ce que t'as fait, Jennifer ?

– Je n'ai pas dit que je me sentais coupable !

– C'est évident ! Qu'est-ce que t'as fait, putain ?

– Oh mon Dieu...

Je me suis frotté les yeux.

– Qu'est-ce qui te prend ? ai-je enchaîné. Tu as fait une connerie et tu as peur que je fasse la même chose ou quoi ?

– Je n'ai rien fait, mais j'ai peur que toi, tu l'aies fait.

– Eh bien, je n'ai rien fait, alors tu me cries dessus pour rien, bravo !

– Tu es certaine que tu n'as rien fait ?

– Je dois y aller, l'ai-je prévenu, épuisée, on se rappelle plus tard.

– À partir de maintenant, je veux que tu répondes à tous mes messages, d'accord ?

– Je ne suis pas obligée de faire ce que tu me dis.

– Putain, Jennifer, tu ne peux pas accepter de faire ce que je te demande, une fois dans ta vie ?

– Je fais toujours ce que tu demandes, parce que tu es psychotique.

– Tu veux que je te dise ce que toi tu es ?

– Monty...

– Tu veux que je vienne te dire en face ce que tu es ?

J'ai senti une boule se former dans ma gorge et j'ai secoué la tête.

– Non, ai-je murmuré.

– C'est bien ce qui me semblait.

Mon ton soumis a semblé lui plaire davantage.

– Maintenant, sois gentille et promets-moi de répondre à mes messages.

– Monty...

– T'es sourde ? Allez, promets-moi.

J'ai pris une nouvelle inspiration pour tenter de me calmer un peu.

– Je te le promets, ai-je articulé à voix basse.

– J'aime mieux ça. Maintenant, dis-moi ce que tu portes.

– Un pull, un pantalon...

– Quel pull ?

– Le vert, Monty.

– Qu'est-ce que tu fais en ce moment ? Ou plutôt, qu'est-ce que tu vas faire ce soir ?

– Tu vas trop loin, l'ai-je prévenu.

– Tu vas voir ce Jack Ross ?

– Je... Je ne sais pas...

– Ça veut dire qu'il y a une chance que tu le voies.

– Monty, je ne sais pas, je te dis.

– Tu es vraiment une petite amie de merde.

– Tu m'as dit que je pouvais faire ce que je voulais !

– Et ça t'a plu, hein ? Je t'ai donné l'excuse parfaite pour continuer à te taper...

– Je ne vais pas continuer cette conversation, Monty. Je raccroche.

– Je jure devant Dieu que si tu me raccroches au nez, je fracasse mon putain de téléphone contre le mur.

– Au revoir, Monty.

– N'y pense même...

J'ai raccroché et j'ai respiré à plusieurs reprises pour essayer de me calmer. Ces disputes m'épuisaient. C'étaient toujours les mêmes. Je n'en pouvais plus. Pourquoi n'était-il plus jamais le garçon charmant dont j'étais tombée amoureuse ? Pourquoi fallait-il qu'il soit devenu ce taré, jaloux à s'en rendre malade, qui n'arrêtait pas de dire des gros mots ? Un jour s'était à peine écoulé qu'il avait déjà rompu sa promesse de ne plus se fâcher contre moi pour des bêtises.

Je m'apprêtais à lâcher un juron quand j'ai senti que mon téléphone portable vibrait.

Ma main allait le jeter dans mon sac, mais je me suis arrêtée net quand j'ai vu que c'était Ross. J'ai hésité un instant. Le matin, on s'était à peine parlé et... maintenant, il m'appelait ?

– Ross ?

– Tu fais quelque chose ce soir ? m'a-t-il demandé joyeusement.

J'ai cligné des yeux, surprise.

– Je... euh... non. Pourquoi ?

– Ma mère nous a invités à dîner. Will et Naya viennent. Puis-je confirmer ta présence à la table présidentielle ?

On était en froid et, d'un coup, il m'invitait chez ses parents. Génial. Et c'était moi qui étais difficile à comprendre ?

– Ce soir ? ai-je répété en sortant du bâtiment.

– Oui, si tu veux, je peux venir te chercher à la fac.

Je n'ai rien dit pendant un moment. Je ne savais plus quoi penser.

– Jen ? a-t-il demandé, perplexe.

Je suis revenue à la réalité.

– Oui, je suis là.

– Qu'est-ce qu'il y a ?

– Je...

J'ai hésité un instant :

– Rien. Je suis un peu... paumée.

– Pourquoi ?

– Pour rien, juste... Rien.

Il y a eu un moment de silence.

– Tu sais que tu peux me dire tout ce que tu veux, hein ? a-t-il déclaré d'une voix pleine de douceur.

Sans que je sache pourquoi, ses paroles m'ont donné envie de pleurer. J'ai secoué la tête, même s'il ne me voyait pas.

– C'est juste... juste qu'on s'est disputés, Monty et moi.

Malgré mes efforts, je ne réussissais à parler qu'avec un filet de voix.

– Je ne veux pas en parler. Vraiment pas, ai-je ajouté.

Ross a marqué une nouvelle pause.

– Jen... je...

Il s'est éclairci la gorge.

– Si à un moment... à un moment, tu sens que tu ne le supportes plus... dis-le-moi.

– Ça ne t'affecte en rien, Ross, ai-je murmuré.

J'avais encore plus envie de pleurer.

– Bien sûr que si, ça m'affecte. Dès que tu arrêtes de sourire à cause d'un connard, ça me touche.

Cette fois, je ne savais plus quoi répondre. J'ai dégluti et je me suis débarrassée de la boule qui m'obstruait la gorge. Ross était trop gentil par moments. Et je crois qu'il ne s'en rendait même pas compte. Je l'aimais d'autant plus.

– Tu devrais être en colère contre moi, ai-je fini par dire.

Il a hésité quelques secondes :

– J'ai du mal à être en colère contre toi, Jen.

J'ai esquissé un petit sourire... Je me sentais déjà un peu mieux.

– Je ne sais pas si je dois aller à ce dîner.

– Pourquoi ? s'est-il étonné.

Parce que Monty serait furieux contre moi. Parce que je continuerais à jouer avec les sentiments de Ross. Mais je n'osais pas lui dire tout ça, alors je ne lui ai avoué que la troisième excuse :

– Tu devrais me voir. Je suis affreuse.

– J'en doute très fort.

– Tu n'en douteras plus quand tu me verras.

– On va chez mes parents, pas à un banquet royal.

– Eh bien, je ne sais pas...

– Je dois te prévenir que ma mère est plus reloue que Naya quand elle veut quelque chose. Je viendrais, si j'étais toi.

– C'est bon, ai-je fini par acquiescer, un peu plus décidée. Je serai là. À quelle heure ?

– Génial... Je viens te chercher.

Il a raccroché avant que je puisse répondre. J'ai fixé l'écran en plissant les yeux.

Effectivement, sa voiture est apparue devant ma résidence cinq minutes plus tard. Je suis montée à l'avant et il m'a examinée de la tête aux pieds avant de lever les yeux au ciel.

– Quoi ? Qu'est-ce qu'il y a ?

Je me suis auscultée, un peu effrayée, à la recherche d'un défaut qui m'aurait échappé.

– Et tu as prétendu que tu étais affreuse, a-t-il marmonné en secouant la tête.

Il a mis de la musique et a roulé rapidement jusque chez lui. Naya et Will nous attendaient dans l'entrée de l'immeuble. Comme ils parlaient de je ne sais quoi à propos de la classe de Naya, j'ai rapidement cessé d'écouter. Ross semblait faire de même.

– Où est-ce qu'ils habitent ? ai-je demandé en regardant par la vitre.

Nous nous éloignions du centre-ville.

– À une dizaine de minutes d'ici. En roulant vite.

Je ne savais pas si je devais plaisanter. Finalement, je n'ai pas pu m'en empêcher.

– Si je comprends bien, ils habitent à vingt minutes ; vu ta vitesse de croisière, ça veut dire dix pour toi.

Il a esquissé un demi-sourire.

Comme c'était facile de se réconcilier avec Ross, alors que c'était si difficile avec Monty...

C'est parce que Ross est mieux.

Merci pour ton impartialité, conscience bien-aimée.

– J'essaierai de ne pas prendre ça comme une insulte à mes talents de conducteur, a-t-il répliqué, me ramenant dans la conversation.

– Tu te débrouilles plutôt bien pour la vitesse à laquelle tu vas, ai-je admis.

– J'ai de bons réflexes.

– La police est du même avis ?

– Si jamais je me fais choper, je n'oublierai pas de poser la question.

En effet, une dizaine de minutes plus tard, nous entrions dans un quartier résidentiel avec de grandes maisons, de vastes jardins et des voitures de luxe. Autrement dit, la version riche de mon ancien quartier.

Comme il faisait sombre, je n'ai pas pu voir grand-chose de plus avant que Ross tourne dans l'allée d'une immense villa contemporaine couleur ivoire, avec des fenêtres et des portes en bois foncé. Il s'est arrêté devant un garage qui s'est ouvert quelques secondes plus tard. Il était assez grand. Sa voiture y entrait facilement, de même que ce que je supposais être les voitures de ses parents.

J'ai pensé au pauvre garage chez moi, tristement devenu le garage de Steve et Sonny, mes deux frères.

Ross a serré le frein à main. Will et Naya sont sortis, et je me suis empressée de les imiter. J'étais nerveuse sans savoir pourquoi. Pas autant que dans la galerie, mais stressée tout de même.

J'ai été un peu surprise de voir que Ross m'attendait avant de se diriger vers la maison.

– Nerveuse ? m'a-t-il demandé.

Heureusement, nos amis étaient trop loin pour nous entendre. J'ai hoché la tête.

– Un peu. On sera juste avec ta mère ?

– Et Mike, probablement.

– Ton père... ?

– Non, il ne sera pas là.

Son visage s'est crispé un peu, et je n'ai pas insisté.

Naya et Will se sont approchés de nous.

– J'ai faim, a-t-elle protesté.

– Ça sent la nourriture, a-t-il murmuré.

– Ça sent les lasagnes, a corrigé Naya, qui plissait les yeux comme si elle se concentrait pour renifler et identifier l'odeur.

Ross nous a ouvert la porte de la maison et je suis passée la première. L'intérieur était semblable à l'extérieur : simple, chic et luxueux, mais joli. Et bien rangé. Et très propre. Ça sentait la perfection et l'argent.

Nous étions dans le hall. Ross l'a parcouru sans sourciller et nous sommes entrés dans un salon gigantesque, avec une cheminée, dans laquelle brûlait un feu, et une télé plus grande que la nôtre. À nouveau, nous avons simplement traversé cette pièce sans nous arrêter pour passer dans la salle à manger, où était dressée une longue table en verre. Un lustre majestueux était suspendu au plafond et je l'ai admiré un moment.

– Salut ? Maman ? a appelé Ross en passant la tête dans la cuisine voisine.

La mère de Ross a levé les yeux en nous entendant arriver. Elle était en train de surveiller le four. Elle a souri distraitement, comme lors de notre rencontre à la galerie.

– Bonjour, mes chéris, a-t-elle joyeusement lancé. Il fait froid, allez vous asseoir dans le salon, près de la cheminée. C'est prêt.

– Vous avez préparé des lasagnes ? a demandé Naya en se penchant.

– Tu as le nez fin, a souri la mère de Ross. Allez, filez. Mon mari et le plus désastreux de mes fils ne vont pas tarder à arriver.

Naya et Will s'étaient déjà éloignés, mais je me suis arrêtée dans mon élan lorsque j'ai remarqué que Ross s'était raidi. Il fixait sa mère, les sourcils froncés.

– Papa est là ?

Sa mère lui a adressé une grimace d'excuse.

– Il est arrivé il y a une heure, mon chéri. Je ne savais pas qu'il rentrerait si tôt. Je t'aurais prévenu.

Il n'a rien dit, mais j'ai deviné qu'il n'appréciait pas beaucoup cette surprise. Il l'a regardée encore un moment avant de se rendre compte que j'étais toujours là. Il ne semblait pas savoir quoi faire.

– Pourquoi ne montres-tu pas le salon à Jennifer, chéri ? a-t-elle suggéré.

Il n'a rien dit, mais m'a pris la main et m'a entraînée vers le salon. Naya et Will étaient déjà assis sur un des canapés. Je me suis accordé un moment pour examiner la pièce. Elle était meublée de plusieurs étagères remplies de livres, et les murs étaient ornés de tableaux et de photos que je supposais peints et prises par Mary.

Un énorme piano à queue noir était disposé près d'une baie vitrée.

Cette maison respirait le luxe. Je me sentais jalouse ! Je me suis tournée vers Ross :

– Je peux poser une question super évidente ?

Il a haussé un sourcil, curieux.

– Surprends-moi.

– Pourquoi tu vis dans cet appartement alors que tu as cette maison ?

Il a souri en haussant les épaules.

– J'aime bien mon appart.

– Mais... ici, tu as tout ça !

– Et là, je t'ai toi.

Je suis restée immobile un instant. Naya et Will ont échangé un regard, et j'ai remarqué qu'elle ne prenait pas la peine de cacher son petit sourire.

Non. Ce n'était pas bien. J'avais pris une décision, et je ne voulais pas jouer avec les sentiments de Ross. J'ai lâché sa main sans réfléchir à ce que je faisais.

Puis, avant que j'aie eu le temps de digérer ce qui venait de se passer, la porte d'entrée s'est ouverte et j'ai entendu des sifflotements approcher. J'ai pris le temps de regarder non pas Ross mais son frère, qui est apparu avec un sourire radieux sur le visage. Je me suis quand même installée à côté de Ross.

– Bonjour, tout le monde, nous a salués Mike tout joyeux, en effectuant une pirouette à la Michael Jackson. La fête peut commencer, je suis là.

– C'était trop beau, a murmuré Naya.

Mike a sauté l'un des canapés, a marché négligemment dessus, et s'est posé entre Ross et moi avec un sourire effronté. Son frère l'a fixé comme s'il voulait le tuer.

– L'autre canapé n'était pas suffisant pour toi tout seul ? a-t-il demandé.

– Comment ça va, Jenna ? m'a lancé Mike en l'ignorant.

– Bien, ai-je répondu en m'écartant pour nous faire de la place. Je croyais que tu ne serais pas là.

– Je suis toujours partant quand on m'offre à dîner, s'est-il justifié en souriant. Surtout si la compagnie est agréable.

– Tu n'intéresses pas la compagnie, a marmonné Ross sans le regarder.

Mike a fait semblant de ne pas l'entendre.

– J'ai de nouveaux morceaux, a annoncé Mike avec un sourire maléfique. Si tu t'ennuies, appelle-moi. Et appelle aussi la meuf aigrie. N'oublions pas qu'on forme une équipe.

– De nouveaux morceaux ? a répété Naya, étonnée.

Au moment où Ross et Mike se disputaient pour la place sur le canapé, j'ai vu un homme d'âge moyen descendre un escalier en colimaçon à quelques mètres de là. Ses cheveux étaient soigneusement coiffés en arrière, il portait une barbe grisonnante très courte et des lunettes à monture noire. La ressemblance avec ses deux fils m'a tout de suite frappée.

Mike et Ross se ressemblaient beaucoup de visage... même si aucun des deux n'aimait l'admettre. Comme leur père, ils avaient la mâchoire prononcée, des pommettes hautes et des yeux marron clair. Toutefois, Ross était plus grand et plus mince, comme sa mère, tandis que Mike était plus petit et plus musclé, comme son père.

– Bonjour, les jeunes, a lancé le père de Ross sans le sourire caractéristique de sa femme.

Son ton m'a paru beaucoup plus formel.

– Papa, l'a salué Mike avec un sourire.

Il l'a ignoré et s'est dirigé vers la cuisine sans ajouter un mot. Personne d'autre que moi n'a eu l'air surpris. D'ailleurs, je n'ai pas pu m'empêcher de remarquer que Ross ne l'avait pas salué.

Lorsque nous nous sommes dirigés vers la table, j'ai été priée de m'asseoir entre Ross et Mike, ce qui n'était pas vraiment la situation idéale. Mais je ne risquais pas de m'ennuyer, en tout cas. Will et Naya étaient de l'autre côté de la table. Elle fixait les lasagnes comme si elle allait se jeter sur le plat et s'enfuir avec. Les parents de Ross étaient assis chacun à une extrémité de la table et ne se regardaient pas.

Cinq minutes plus tard, chacun était concentré sur son assiette. La mère de Ross essayait de me sourire quand je croisais son regard. Son père avait une expression plutôt sérieuse. Ross semblait encore contrarié qu'il soit là. Mike n'arrêtait pas de se resservir du vin. Les autres, moi compris, mangeaient en attendant que quelqu'un dise quelque chose.

C'était très gênant.

C'était le genre de situation où l'on pourrait retrouver un mort une fois les lumières rallumées, si elles venaient subitement à s'éteindre.

– Bien...

Le père de Ross s'est enfin décidé à briser le silence, et je me suis faite toute petite quand j'ai remarqué que son attention se focalisait sur moi.

– Tu dois être Jennifer. Tu es la seule qui ne me semble pas familière.

– Oui, c'est moi.

J'ai souri, mal à l'aise.

– Je suis ravie de vous rencontrer, ai-je aussitôt ajouté.

Pourquoi est-ce que je me sentais obligée de faire bonne impression ?

– Je ne sais pas si c'est à cause de toi, mais je voulais te remercier d'avoir convaincu Jack de venir. Je n'avais pas dîné avec lui depuis des mois.

Il a fait cette déclaration en fixant Ross, qui lui a rendu son regard avec la même expression. Laquelle n'avait rien d'amical.

– Je suis sûr que je t'ai manqué, a-t-il commenté sèchement.

Voyant que les choses se tendaient, Mary m'a souri.

– J'ai dit à mon mari que tu avais l'œil pour les tableaux.

– Moi ? ai-je demandé, stupéfaite.

– C'est vrai, a-t-elle insisté d'un ton plus jovial. Tu aimes la même chose que moi. C'est ça, le bon goût...

– Qu'est-ce que tu étudies ? l'a coupée son mari en se tournant vers moi.

J'avais l'impression qu'il évaluait financièrement tout ce qu'il regardait. C'est en tout cas ce qu'il faisait avec moi. J'ai deviné à son expression qu'il ne trouvait pas ma valeur très élevée.

– Lettres, ai-je marmonné.

– Lettres ?

M. Ross a secoué la tête.

– Non, tu devrais laisser tomber ça. Ça ne te mènera nulle part. Si tu as un œil pour l'art, tu devrais...

– Chéri, est intervenue Mary avec un sourire avenant, ne commence pas. Nous sommes à table.

– C'est une simple suggestion, s'est-il défendu sans la regarder. Et je suis sûr que Jennifer aime les suggestions, n'est-ce pas ?

– Pardon ?

Ça y est, je recommençais à avoir l'air d'une débile.

– Oh oui, bien sûr...

Il semblait vouloir ajouter autre chose, mais Mike a pris la parole, la bouche pleine de lasagnes :

– Vous savez que j'avais un concert ce soir ? J'ai refusé pour ne pas rater cette merveilleuse soirée. J'espère que vous êtes contents.

– C'est gentil de ta part, a commenté sa mère en souriant.

– Tes fans doivent être effondrés, a murmuré Ross.

– Oh, il y a un groupe de filles qui le sont.

Je me suis dit que Mike ne saisissait pas souvent l'ironie de son frère.

– Celles qui sont venues l'autre jour, a-t-il repris. Celles qui portaient des T-shirts moulants et des pantalons serrés qui montraient...

– Je crois qu'on a compris, Michael, l'a interrompu sèchement son père.

– Ton concert était très bien, ai-je affirmé pour essayer d'être gentille. C'était... fun.

– Merci, belle-sœur.

J'ai rougi, mais heureusement Naya a détourné l'attention en s'exprimant.

– C'était très bien ? s'est-elle exclamée avec une grimace. Tu as trop de cérumen dans les oreilles ou quoi ?

– Naya, il reste des lasagnes, s'est empressé de lui proposer Will, tourné vers Mary : Mary, votre exposition était très réussie aussi.

– Merci beaucoup, mon chou.

Elle lui a souri, avant de s'adresser à Mike :

– Dommage que tu l'aies ratée.

– J'avais un truc, a-t-il affirmé avec nonchalance.

– Alors, tu es toujours dans ce... groupe, a commenté son père avec un mépris évident.

Son expression indiquait ce qu'il pensait du groupe de Mike. Et celle de son fils aîné manifestait bien qu'il se fichait complètement de son avis.

– Ce n'est pas n'importe quel groupe, lui a-t-il rappelé d'un ton enjoué. C'est *mon* groupe. Et on est vraiment bons, tu devrais venir nous voir et...

– Et tu n'as toujours pas envisagé de te trouver un emploi ? l'a coupé son père. Un poste qui te permettrait d'avoir un revenu mensuel et t'offrirait une certaine stabilité, si possible.

– Non, ce n'est pas pour moi.

Mike a haussé les épaules et continué d'engloutir des lasagnes.

Son père l'a foudroyé d'un regard qui m'a rappelé celui que le mien avait adressé à ma sœur quand elle lui avait annoncé qu'elle était enceinte. Ross, lui, a gardé la tête baissée. Il avait l'air inquiet.

Machinalement, j'ai tendu la main et j'ai trouvé la sienne sous la table. Il m'a regardée, surpris, et je lui ai fait un petit sourire. À ma grande surprise, il s'est détendu immédiatement. J'ai attiré sa main sur mes genoux et je l'ai caressée distraitement avant de me tourner vers Mary pour rompre le silence :

– Les lasagnes sont délicieuses.

J'ai adressé un regard appuyé à Will.

– Oh oui, super bonnes, a-t-il approuvé en hochant solennellement la tête.

– Oh, merci, mes chéris. Le truc, c'est de...

– Que font tes parents dans la vie, Jennifer ? m'a interrogée le père de Ross, coupant court à ma tentative de conversation.

J'ai hésité un instant. Je ne sais pas pourquoi, j'avais l'impression que le dire à voix haute allait déprécier leurs emplois. J'ai passé le bout de mes doigts sur ceux de Ross, toujours sur mes genoux.

– Ma mère est infirmière et mon père était chauffeur de camion.

– Était ?

– Il a eu un problème de dos et a dû arrêter.

– Et tu as des frères et sœurs ?

– Oui, quatre.

– Plus âgés ou plus jeunes ?

– Plus âgés. Tous.

– Vous devez former une famille très unie, car ton visage s'est illuminé, m'a souri Mary.

Puis je l'ai vue regarder son mari comme si elle voulait qu'il se taise.

– Le salaire d'une infirmière est suffisant pour faire vivre une famille aussi nombreuse ? a voulu savoir M. Ross.

Il a bu une gorgée de son verre en m'observant.

J'ai froncé légèrement les sourcils avant d'essayer de trouver les mots justes. Je ne comprenais pas pourquoi, mais j'étais gênée.

J'ai remarqué que la main de Ross se resserrait sur mes genoux et j'ai poursuivi mes caresses. Même si je ne savais plus si c'était pour le détendre ou pour *me* détendre.

– Mon père touche une pension d'invalidité pour sa blessure. Et ma sœur aînée ne vit plus à la maison, donc techniquement ils n'ont à faire vivre qu...

– Pourquoi ne vit-elle pas avec vous ? Elle étudie à l'étranger ?

– Non, elle... elle... Elle a eu un enfant assez jeune et maintenant elle vit avec lui.

– À quel âge ?

– Dix-sept ans.

– C'était un accident, je suppose.

Et avec un prof de son lycée, mais ça ne le regardait pas.

– Oui, effectivement, ce n'était pas voulu.

Je me sentais un peu sur la défensive.

– Pourquoi n'a-t-elle pas avorté ?

– Parce qu'elle a décidé de ne pas le faire.

– Elle aurait pu faire adopter l'enfant.

– Nous aimons beaucoup Owen, me suis-je défendue.

Cette fois, je n'ai pas pu m'empêcher d'être irritée.

– En fait, ma sœur a énormément mûri depuis qu'elle est maman. Et je sais qu'elle ne regrette pas cette décision le moins du monde.

Il m'a observée quelques instants avant de m'adresser un petit sourire narquois et de murmurer un :

– Je vois.

Il continuait à me fixer avec une expression que je ne parvenais pas très bien à interpréter.

La dernière fois que je l'avais vue, c'était lorsque j'avais accompagné Nel dans une parfumerie hors de prix avec mes vêtements manifestement bon marché. La vendeuse m'avait toisée de la même façon. Et je m'étais sentie aussi mal qu'en cet instant.

Lorsque Ross a tenté rageusement de retirer sa main de mes genoux, j'ai enlacé ses doigts et les miens. Son père continuait à me poser des questions comme si de rien n'était :

– Et tes frères ? Qu'est-ce qu'ils font dans la vie ?

– C'est un dîner, lui a rappelé Ross d'un ton sec. Pourquoi tu transformes toujours tout en interrogatoire ?

– Si tu permets, je pose une question à mon invitée, a-t-il répondu poliment, sans cesser de me regarder avec la même expression. Tu travailles, Jennifer ?

Cette fois, j'ai cessé de caresser la main de Ross parce qu'il a serré les poings tandis que mes joues rougissaient.

– Eh bien, non... mais... je cherche un emploi, et...

– Et tu vis avec mon fils dans son appartement ?

J'ai hésité un instant, ne sachant pas quoi dire :

– Euh... oui, mais... Mais c'est tempo...

– Tu paies un loyer ?

– Jack, est intervenue sèchement Mary.

– C'est de la simple curiosité, s'est-il excusé, les yeux toujours rivés sur moi. Tu paies un loyer, Jennifer ?

J'ai baissé la tête. J'ai remarqué que tout le monde m'observait.

– Je... Non, ai-je marmonné.

Le père de Ross s'est tourné vers Will :

– William, tu vis avec mon fils, non ?

Il a acquiescé après m'avoir adressé un sourire d'excuse. La tension était à couper au couteau. La mâchoire de Ross était crispée. Il a retiré sa main de mes genoux. Il avait l'air furieux.

– Et tu paies un loyer pour la chambre ? a demandé M. Ross.

Will m'a jeté un rapide coup d'œil sans rien dire. Il a juste hoché la tête une fois, presque gêné.

– Je vois.

– Je te rappelle que c'est mon appartement, est intervenu Ross d'un ton sec. Ce que je fais ou pas, ce sont mes affaires. Pas les tiennes.

– Je pense que j'ai le droit de savoir ce qui se passe dans la vie de mon fils, de manière à pouvoir le conseiller correctement. Et pourquoi ne paies-tu pas de loyer, Jennifer ?

– Je... euh...

Je ne savais pas quoi répondre.

– C'est temporaire, c'est juste...

– Les locations sont généralement temporaires. C'est pour ça qu'on les appelle comme ça.

– Jack, ça suffit, est intervenue la mère de Ross, visiblement en colère.

– Je veux juste savoir pourquoi cette fille peut vivre gratuitement dans l'appartement de mon fils alors que tous les autres doivent payer.

– Ce ne sont pas tes affaires, a répété Ross.

– Tu es sa petite amie ? C'est ça ?

– Jenna a un petit ami, a répondu Naya pour essayer de prendre ma défense.

– Oh, donc elle a un petit ami et habite avec mon fils. Étant donné que tu couches probablement avec Jack, ton copain doit être ravi.

– C'est... C'est compliqué...

– Dis-moi, Jennifer, que fais-tu exactement à mon fils pour pouvoir vivre à ses crochets ?

Je l'ai fixé, bouche bée, avant d'entendre un grincement à côté de moi. Ross s'était levé, malmenant sa chaise.

– C'est fini. Viens, Jen, on y va.

Je me suis tournée vers Will. Je n'arrivais toujours pas à comprendre ce qui venait de se passer. Il s'est levé, lui aussi.

– Ne fais pas l'enfant, a dit son père en secouant la tête.

J'ai vu Ross le regarder avec une expression qui ne m'a pas fait plaisir. Je ne l'avais jamais vu en colère comme ça. Mike ne souriait pas non plus, et ça ne lui ressemblait pas. Mary avait enfoui son visage dans ses mains.

Puis j'ai remarqué que Naya me tirait par le bras. Je l'ai laissée me guider vers la porte, pendant qu'on entendait les voix de Ross et de son père monter de plus en plus dans les tours. Et celle de sa mère qui tentait en vain de les calmer. Je préférais ne pas écouter ce qu'ils disaient. Nous sommes arrivés à la voiture de Ross et nous sommes tous montés. J'ai fixé mes mains, seule à l'avant.

Je ne savais pas quoi penser. Je me sentais humiliée. Et je m'en voulais d'avoir été la cause de la dispute entre Ross et son père.

– Ce n'est pas ta faute, m'a assuré Will, comme s'il pouvait lire dans mes pensées.

– En théorie, il n'était pas censé être là aujourd'hui, a ajouté Naya. Normalement, on ne vient que quand il n'est pas là. Il ne s'entend pas avec ses fils.

– Ni avec personne, a renchéri Will.

Nous avons attendu encore quelques minutes. Je commençais à envisager d'aller voir si Ross allait bien quand la porte du garage s'est ouverte et qu'il est apparu. Il tirait la tête. Il s'est installé au volant et a claqué la portière.

Nous avons tous gardé un silence absolu. Il était tellement sérieux que c'en était flippant.

Il avait déjà mis le contact quand Mike est apparu. Comme Ross ne montrait aucun signe de vouloir baisser la vitre, je l'ai fait, et il a fait le tour pour venir de mon côté et se pencher à l'intérieur.

– Petit frère, je peux dormir chez toi ce soir ? Comme tu l'auras compris, je n'ai pas trop envie de rester ici.

Ross avait les yeux rivés sur le volant, la mâchoire serrée. Puis il a regardé Will, qui a immédiatement ouvert la portière à Mike.

D'un coup de volant, Ross a démarré et est sorti du garage en trombe.

Cette fois, je me suis discrètement cramponnée au siège. Je savais qu'il ne nous mettrait pas en danger à cause de sa colère, mais quand il conduisait vite, il fichait vraiment la trouille. Il avait les lèvres pincées et les jointures de sa main posée sur le levier de vitesse étaient blanches. Il roulait trop vite.

Instinctivement, j'ai tendu le bras et j'ai posé la main sur la sienne. Il a ralenti brusquement en posant les yeux sur mes doigts, puis sur moi. Il a enfin eu l'air de se calmer. Il a repris une vitesse normale et j'ai caressé le dos de sa main avant d'entrelacer à nouveau mes doigts sur mes genoux.

Quand nous sommes arrivés à l'appartement, Ross a jeté les clés sur le plan de travail. Comme nous avions déposé Naya à la résidence, je me retrouvais avec les trois garçons. Mike a enlevé sa veste et l'a jetée avec moins d'adresse que son frère sur un canapé. Elle est retombée sur le sol avec un bruit sourd.

– J'imagine que c'est moi qui dois dormir là, a-t-il déclaré en s'asseyant dessus.

Ross a fait comme s'il n'avait pas entendu et s'est dirigé vers sa chambre sans un mot.

Will a soupiré. Mike nous a souri.

– Il ne supporte toujours pas papa, hein ? Il y a des choses qui ne changent pas.

– Ils se disputent chaque fois qu'ils se voient ? ai-je demandé aux autres.

– Presque chaque fois.

Will a secoué la tête.

– Ils s'engueulent pour n'importe quoi. Au moins, aujourd'hui, il avait une bonne raison de se fâcher contre son père.

Je n'ai rien dit. En réalité... la réaction de Ross n'était peut-être pas si justifiée que ça. Après tout, ce que son père avait dit était vrai.

J'avais le moral dans les chaussettes, j'avais envie d'aller me coucher.

– Bonne nuit, les gars.

Will m'a souri et est allé dans sa chambre pendant que Mike allumait la télé.

Quand je suis arrivée dans la chambre de Ross, j'ai fermé la porte derrière moi. Il était en train de changer de T-shirt et avait encore l'air furieux. J'ai hésité un instant. Je ne savais pas s'il voulait que je lui parle ou s'il préférait que je respecte son silence.

Comme je ne connaissais pas cet aspect de sa personnalité, j'ai décidé d'enfiler un pyjama sans rien dire et de me mettre au lit. Il a pris son temps et, quand j'ai cru qu'il allait enfin se coucher lui aussi, j'ai vu qu'il restait assis là, le dos tourné.

Au moment où j'allais dire quelque chose, il a pris les devants :

– Je ne sais pas si je dois le laisser dormir ici.

Il m'a fallu quelques secondes pour comprendre qu'il parlait de Mike.

J'ai essayé de poursuivre la conversation pour faire baisser la tension :

– Il n'a pas d'appart ?

– Si, mais il s'est fait mettre à la porte.

– Pourquoi ?

– Je ne sais pas. C'est chaque fois pour une raison différente. Je préfère ne pas le savoir. Il habitait chez mes parents, mais maintenant... il veut y passer le moins de temps possible. Et je le comprends.

J'ai réfléchi un moment à ce que j'allais dire, en serrant mes doigts sur mon ventre.

– Si tu ne l'avais pas laissé dormir ici, il se serait peut-être retrouvé à la rue. Je pense que tu as bien fait, Ross.

Il n'a rien dit.

– Il aurait peut-être dû passer la nuit dans la rue justement, a-t-il fini par murmurer en se mettant au lit. Ça le forcerait à regarder la réalité en face, pour une fois.

J'ai pris le temps d'enlever mes lunettes et de les poser sur la table de nuit. Puis j'ai fixé mes mains. Je me suis rendu compte que j'effectuais souvent ce geste quand j'étais nerveuse. Je l'ai deviné à l'expression tendue de Ross quand il m'a vue faire.

– Je ne sais pas exactement ce que tu penses, a-t-il déclaré lentement. Mais tu peux oublier.

– Je ne pense rien du tout, ai-je menti.

– Mon père n'a rien à dire sur cet appartement. C'est le mien, pas le sien. Il n'y a carrément jamais mis les pieds.

– Ce n'est pas ça, Ross...

– Alors qu'est-ce qu'il y a ?

Je ne savais pas comment le dire :

– Dans deux jours, ça fera un mois que je suis ici.

Je n'osais pas le regarder, mais je sentais ses yeux posés sur moi.

– Et qu'est-ce que tu veux dire par là ?

Il avait l'air agacé, ce qui ne m'étonnait pas. Quelle soirée il passait, le pauvre ! Et je n'étais pas en train d'arranger les choses.

– Peut-être...

J'ai levé les yeux vers lui, cherchant les mots justes :

– Peut-être que ton père n'a pas totalement tort.

– Jen...

– Je ne peux pas continuer à vivre ici sans rien payer. J'ai l'impression de profiter de toi. Je ne contribue pas. Je n'apporte rien. Je dérange, c'est tout.

– Quoi... ? Tu m'apportes beaucoup, Jen. Énormément. Ne dis pas le contraire.

– Je... Je devrais appeler mes parents et leur demander s'ils ont réuni l'argent. S'ils ne l'ont pas, je me trouverai un travail, pour de bon cette fois, et...

– Pourquoi est-ce que tu veux partir ? m'a-t-il demandé en fronçant les sourcils.

– Je ne veux pas partir, Ross, c'est que...

– Eh bien, moi j'ai l'impression que si, a-t-il répondu sèchement. Chaque fois que j'aborde le sujet de l'appart, tu m'expliques que tu veux partir.

J'ai hésité un instant :

– Tu es en colère à cause de la dispute avec ton père, et...

– Oui, c'est vrai, ça m'a fichu en rogne.

Il s'est levé brusquement et a ajouté :

– Putain, que cette journée de merde se termine !

Quand je l'ai vu se diriger vers la porte, j'ai plissé le front.

– Où vas-tu ? l'ai-je interrogé en me redressant.

Il ne m'a pas répondu. Il a empoigné sa veste sans me regarder.

– Ross ! ai-je insisté, légèrement inquiète.

– Je sors sur le balcon prendre un peu l'air ! m'a-t-il informée avec brusquerie. Et fumer. Et être seul. Et si tu te sens si mal ici, avec moi, alors... fais ce que tu veux. J'en ai assez de te répéter que je veux que tu restes. Et je me fiche de ton fric, je ne sais plus comment te le dire. Tu crois vraiment que je veux que tu restes pour ça ? Comment peux-tu croire ça ?

– Non, je ne...

– Je ne veux pas de ton argent. Je veux que tu vives ici avec moi. Et Will. Et Sue. Et je sais que tu en as envie aussi, mais tu essaies de te convaincre du contraire. Et je ne comprends pas pourquoi.

– Je n'essaie pas de me convaincre de quoi que ce soit, me suis-je défendue.

– Arrête de mentir, Jen. Tu ne sais pas le faire.

– Je ne mens pas !

– Alors qu'est-ce que tu cherches, putain ?

Il a lâché sa veste, qui est tombée sur le sol.

– Tu veux rester ? Tu veux partir ? Qu'est-ce que tu veux ? Parce que j'essaie de te comprendre, mais tu me rends la tâche impossible.

J'ai gardé le silence. J'étais intimidée par son regard rivé sur moi. J'ai baissé la tête.

– Je ne sais pas, ai-je avoué.

– Pourquoi est-ce que tu prêtes attention à ce que racontent des gens comme mon père, au lieu de m'écouter moi ? Je me fiche de ce que dit mon père. Et tu devrais t'en foutre aussi.

– Je ne m'en fiche pas du tout.

– Eh bien, tu devrais. Tout ce qu'il dit, tout ce qu'il fait... c'est pour foutre la merde. C'est précisément pour ça que je voulais que tu viennes chez moi un jour où il ne serait pas là. Je savais qu'il tenterait de tout gâcher. Comme d'habitude.

– Ne parle pas de ton père comme ça.

– Tu ne le connais pas, Jen.

– Peut-être, mais c'est quand même ton père.

Ross a affiché un sourire amer.

– Ce n'est plus mon père depuis longtemps.

Je ne savais pas quoi lui dire. Quand il s'est à nouveau éloigné, je me suis assise sur le lit.

– Ross, tu ne peux pas t'échapper chaque fois qu'on a un problème.

– Bien sûr que si. Regarde : c'est ce que je fais.

– Ross, arrête.

J'étais frustrée. Je me suis levée. Il s'est retourné, surpris par mon ton.

– Tu n'as pas imaginé que je me sentais peut-être nulle d'habiter ici sans te payer quoi que ce soit ? Que je ne te disais peut-être pas ça pour te mettre mal à l'aise ?

– Tu as vraiment envie d'avoir un boulot à ce point-là ? m'a-t-il interrogée d'un air perplexe.

– Non, je n'ai pas envie de travailler, j'ai envie de bien faire les choses ! Tu ne comprends pas ? J'en ai marre que tout le monde m'ignore ou me considère avec pitié, comme si j'étais une fille naze.

– Je ne ferais jamais ça.

– Non, pas maintenant, mais tu finiras par le faire si je continue à me faire entretenir et à vivre ici sans rien payer.

Il y a eu un moment de silence au cours duquel il s'est tourné vers moi, l'air tout ce qu'il y a de plus sérieux.

– Attends, c'est pour ça ? m'a-t-il demandé en se radoucissant et en s'approchant de moi. Tu as peur que j'en aie marre de toi ?

Je me suis sentie tellement vulnérable que j'ai eu envie de revenir en arrière. Mais c'était impossible.

– Non, ai-je affirmé.

– Arrête de mentir, s'est-il emporté, frustré. C'est pour ça. C'est ça qui te fait si peur, alors ? Que je te traite comme ton petit ami te traite.

– Tu ne sais rien de notre relation.

– Je sais certaines choses. Je vois comment tu te comportes quand tu es avec moi et comment tu te comportes quand tu lui parles. Tu as peur de lui, Jen.

– Pas du tout !

– Si, admets-le. Tu as peur d'être avec lui, mais tu crains aussi de le quitter. C'est évident. C'est pour ça que tu t'es remise avec lui l'autre jour, pas vrai ? Parce que tu préfères rester avec lui, même si tu es mal, que d'essayer d'être avec moi. Et tu as peur d'être avec moi parce que je pourrais te faire du mal si je me comportais comme lui.

– Arrêtez de parler de moi comme si...

– Parce que c'est beaucoup plus facile d'accepter d'être maltraitée par quelqu'un qui t'indiffère que d'accepter que quelqu'un que tu aimes vraiment le fasse. Pas vrai, Jen ?

– Ferme-la !

– Non ! J'en ai assez de me taire. Tu vas vraiment laisser un connard continuer à te maltraiter comme ça ? Aime-toi un peu, bordel de merde.

Ces derniers mots ont déclenché quelque chose en moi. J'accumulais sans le savoir une énorme boule de frustration et j'ai senti qu'elle allait soudain exploser contre lui.

Je l'ai repoussé si brusquement que Ross a reculé, décontenancé.

– Tu me dis de m'aimer un peu ? ai-je répété d'une voix forte, sans me soucier que les autres puissent nous entendre. Et toi, Ross ?

– Quoi, moi ?

– Je t'ai dit que j'avais un petit ami, et tu m'as quand même draguée. Je t'ai dit que je t'utiliserais juste pour le sexe en l'absence de mon mec... et tu as accepté !

– Parce que je savais que ce n'était pas vrai.

– L'autre jour, je t'ai largué pour mon copain... et tu ne t'es même pas fâché contre moi ! Chez ta mère, j'ai repoussé ta main et tu n'as même pas réagi ! Réagis, merde ! Mets-toi en colère contre moi pour de bon ! Jette-moi hors de ton lit et hors de ton appart, putain !

Quand j'ai voulu le pousser à nouveau, il s'est détourné en fronçant les sourcils.

– Tu te fâches parce que je ne suis pas en colère ? C'est une blague ?

– Non, ce n'est pas une blague ! Réagis, Ross ! lui ai-je crié, hors de moi. Je suis horrible avec toi, putain ! Pourquoi tu ne te fâches pas contre moi, bordel ?!

– Oui, c'est vrai, je devrais être vénère contre toi.

– Alors pourquoi tu ne l'es pas ? Pourquoi tu ne me dis pas d'aller me faire foutre ?

– J'en sais rien, Jen !

– Alors, ne me conseille pas de m'aimer un peu ! Tu ne t'aimes pas non plus !

– Ah non. Ne nous compare pas. Pas sur ça.

– Ah oui, vas-y, dis-moi, c'est quoi la différence ?

– Moi, je suis à côté de mes pompes avec toi, m'a-t-il expliqué en se rapprochant de moi. Tandis que toi, tu es paumée avec tout le monde ! Tu as passé tellement de temps à te préoccuper des désirs des autres que tu as oublié ce que tu voulais !

– Ce n'est pas vrai !

– Ah non ? Parmi les vêtements que tu as, combien en as-tu achetés parce qu'ils te plaisaient et combien parce que ta famille ou ton petit ami débile te les ont conseillés ? Combien d'activités que tu aimais est-ce que tu as abandonnées parce qu'ils ont cessé de te soutenir ou parce qu'ils t'ont carrément dit d'arrêter ? Combien de fois tu as pensé à ce que tu désirais, au lieu de penser à ce que les autres voulaient ? Pas souvent, hein ?

J'allais répliquer. Ou plutôt, je voulais le faire. Mais rien ne sortait. J'étais juste capable de le fixer. La colère remplissait mes yeux de larmes.

– Tu as tellement l'habitude qu'on te dise ce que tu dois faire que quand tu as un peu de liberté, tu es paumée, a-t-il poursuivi à voix basse.

Encore une fois, j'ai voulu répliquer, mais rien n'est sorti. Je suis juste parvenue à contenir mon envie de pleurer. Et je ne savais pas si c'était pour lui, pour moi ou à cause de ce qu'il disait.

– Et oui, je suis peut-être à côté de mes pompes, a-t-il ajouté en me fixant, mais je sais ce que je veux. Je veux être avec toi. Tu le sais. Et je peux respecter le fait que tu ne veuilles pas la même chose, mais tu sais que ce n'est pas le cas. Si tu ne voulais pas être avec moi, tu ne serais plus ici depuis longtemps. Tu ne me regarderais pas à tout bout de champ. Tu ne te comporterais pas comme tu le fais quand tu es près de moi. Tu peux te mentir autant que tu veux, mais ça ne marche pas avec moi.

Il a marqué une pause et a secoué la tête.

– Et je comprends que tu aies besoin de temps, je t'attendrai autant que tu voudras, mais pas dans ces conditions, Jen. Ne retourne pas avec lui juste parce que l'habitude te donne une illusion de sécurité ou parce que tu as peur d'être avec moi. Au moins, sois honnête avec toi-même et sors de ta foutue zone de confort.

– Monty n'est pas ma zone de confort.

– Si. Et ta famille aussi. Et faire tout ce qu'ils te disent de faire. C'est ta zone de confort. Ne jamais avoir ton mot à dire. Tu es dans ta zone de confort depuis tellement longtemps que tu ne sais même plus comment en sortir.

J'ai baissé la tête et je n'ai plus eu la force de retenir mes larmes. J'étais soulagée que Ross ne vienne pas me réconforter, je me serais sentie encore plus mal. J'ai pris mon visage dans mes mains et j'ai tenté de me calmer. Heureusement, je ne sanglotais pas bruyamment, seules quelques larmes se sont échappées. Pourtant quand j'ai retiré mes mains, je n'ai pas osé le regarder en face.

– Je ne veux pas être comme ça, ai-je fini par avouer. Je ne... Je ne m'aime pas comme ça.

Je n'ai réalisé à quel point c'était la vérité que lorsque je l'ai avoué à haute voix. Ross s'est finalement approché de moi et a posé ses mains sur mes épaules.

– Tu n'es pas comme ça.

– Si.

– Non, c'est en ça que des gens qui n'en valaient pas la peine ont essayé de te transformer, mais ce n'est pas toi. Ta personnalité, tes goûts... Tout ça ne dépend de personne d'autre que toi, Jen.

– Je ne sais même pas... Je ne sais même pas comment...

– Si, tu le sais, m'a-t-il assuré d'une voix calme.

Il l'a affirmé avec une telle assurance qu'il m'a presque convaincue. J'ai secoué la tête.

– Je ne veux pas jouer avec tes sentiments, lui ai-je confié du fond du cœur.

– Je sais.

– Mais... je ne veux pas faire de mal à Monty.

– Jen, qu'est-ce que *tu* veux ?

– Je ne veux pas lui faire de mal, ai-je répété.

– Bon sang, Jen, oublie cet imbécile un moment. Qu'est-ce que tu veux faire ? Qu'est-ce qui te ferait du bien ?

J'ai réfléchi un moment. J'hésitais, comme si je me trouvais confrontée à une mer d'incertitudes. Mais, au fond de moi, je savais très précisément ce qui me ferait du bien.

– Je ne veux pas être avec lui, ai-je murmuré.

Je ne le regardais pas, mais je sentais que Ross hochait la tête.

– Alors il est temps que tu fasses ce que tu as envie de faire, non ?

– Sans doute.

J'ai esquissé un demi-sourire un peu triste et j'ai levé les yeux vers lui.

– Je pense quand même que tu devrais être en colère contre moi.

– Oh, je le suis, Jen. En fait, ce qui m'énerve le plus, c'est que je ne parviens pas à être en rogne contre toi comme je le devrais. Tu n'imagines pas comme c'est frustrant.

– Si, j'imagine très bien, Jack.

Nous sommes restés tous les deux immobiles pendant un moment. Son expression est passée de la frustration à la stupéfaction. Je ne l'avais jamais appelé par son prénom, seulement par le surnom que les autres utilisaient. Je ne savais absolument pas pourquoi j'avais fait ça. Je n'avais pas réfléchi. En fait, prononcer son prénom avait été si naturel que je ne m'en serais même pas rendu compte s'il n'avait pas eu l'air aussi stupéfait.

Je me suis raclé la gorge, mal à l'aise, et je me suis un peu rapprochée de lui.

– Je ne veux pas partir, lui ai-je assuré à voix basse, je suis bien ici avec toi et les autres... mais j'ai l'impression de te devoir quelque chose.

– Tu ne me dois rien, a-t-il murmuré, visiblement remis de sa surprise.

Je n'ai pas pu m'empêcher de lui demander :

– Pourquoi est-ce que tu fais ça pour moi ?

– Quoi ?

– Pourquoi tu fais tout ça ? Je ne comprends pas.

– Parce que... j'en ai envie, a-t-il déclaré, perplexe.

Je ne parvenais pas à comprendre. Personne n'avait jamais rien fait pour moi de façon désintéressée.

Pas même mes frères.

– Tu veux vraiment continuer à discuter de ça ? m'a-t-il demandé.

– Non, ai-je avoué.

– Tant mieux, parce que j'ai eu mon compte de discussions pour la journée.

– Alors, reviens au lit avec moi.

Cette proposition aussi m'a paru étrangement naturelle.

Il a soupiré et je me suis sentie complètement détendue quand il a ramassé sa veste par terre et l'a reposée sur la chaise. Je l'ai attendu et, dès qu'il s'est allongé à côté de moi, il a éteint la lumière et j'ai senti qu'il se détendait, lui aussi.

– Bonne nuit, Jen.

J'étais tentée de m'approcher de lui, mais je me suis retenue. Pas cette fois. Je devais d'abord parler à Monty. Il fallait que je mette les choses au clair. Après, je me rapprocherais de Ross.

Il ne me restait qu'une chose à dire :

– Bonne nuit, Jack.

***

J'ai levé les yeux au ciel en sortant du cours, dès que j'ai vu que Monty recommençait à me bombarder de messages me demandant où j'étais. Ce matin, je lui avais écrit pour lui dire que je ne voulais plus qu'on soit ensemble.

C'était lâche, je le savais. Mais j'étais lâche. Et Ross avait raison sur un point : j'avais peur de Monty. Vraiment peur.

Je suis revenue au présent et j'ai décidé d'appeler ma sœur pendant que je traversais les couloirs du bâtiment pour rejoindre la sortie. J'ai parlé à mon neveu pendant un moment, puis j'ai raccroché de meilleure humeur. Même si ce n'est pas très gentil à dire, ces deux-là étaient mes préférés dans la famille. Et ceux avec qui je me sentais le mieux.

J'ai dit au revoir à quelques étudiants de ma classe qui me dépassaient et je suis sortie. J'étais épuisée. Je voulais juste rentrer chez moi et prendre une douche.

– Jenna !

Je me suis retournée quand j'ai entendu Mike m'appeler joyeusement. Ce jour-là, il portait un bonnet en laine rose. Il m'a souri.

– Tu vas chez Ross ?

– Oui, comme d'habitude.

– Super, je t'accompagne.

– Joli bonnet.

– Merci. Je l'ai volé.

– Mike !

– Quoi ? Il était dans les objets trouvés. Je ne crois pas qu'il manquera à quelqu'un.

J'ai secoué la tête.

– Tu n'avais pas de filles à embêter, et c'est pour ça que tu as décidé d'aller voler un bonnet rose ?

– Possible. Hé, t'as fichu en rogne un type baraqué, récemment ?

Je me suis arrêtée et je l'ai fixé sans comprendre.

– Hein ?

– Il y en a un qui arrive et il a l'air très, très énervé. Je dois me mettre en position défensive ? Ou me préparer à attaquer ?

Je me suis retournée, amusée, cherchant de qui il parlait.

Mais le sourire s'est figé sur mon visage lorsque j'ai vu un grand mec blond, fulminant, foncer droit sur nous.

– Bonjour, Jennifer, a-t-il dit sèchement en se plantant devant moi.

J'ai ouvert des yeux comme des soucoupes et je l'ai observé de la tête aux pieds pour m'assurer qu'il était bien réel et que je n'étais pas en train de faire un cauchemar.

– Monty ?

14

Un petit service

Mon sang a quitté mon visage d'un coup, me laissant livide. Si un fantôme était apparu devant moi, et non mon ex, je n'aurais pas eu l'air plus paniquée.

Monty était très tendu, il serrait les lèvres et les poings. Son regard s'est posé sur Mike, qui ne comprenait rien à la scène.

– C'est qui, lui ?

Le ton brusque de Monty laissait clairement entendre qu'il n'accepterait pas « Ross » pour réponse.

– Mike. Enchanté. Même si je ne sais pas qui tu es.

Ça l'a calmé un peu, mais pas suffisamment : quand il s'est tourné vers moi, il avait toujours l'air aussi remonté.

– Alors comme ça, tu n'es pas morte, m'a-t-il craché à la figure.

J'ai mis un moment à réagir :

– Qu'est-ce que... Qu'est-ce que tu fais ici ?

– Tu le sais très bien, je crois.

Monty a jeté un regard assassin à Mike.

– Et toi, tu n'as rien d'autre à faire que de nous casser les couilles ? Va te faire voir ailleurs.

Mike a légèrement froncé les sourcils et je me suis raclé la gorge en voyant qu'il était sur le point de répliquer :

– Mike, je... Il vaut mieux que tu nous laisses, d'accord ? Pars. S'il te plaît.

Il fixait toujours Monty, mais semblait hésitant. J'ai cru comprendre pour quelle raison il ne voulait pas s'en aller comme ça.

– Tout va bien, ai-je précisé.

Mike a hoché la tête, toujours perplexe. Il a jeté un coup d'œil méfiant en direction de Monty.

– Tu veux que je reste un moment ?

Sa question m'a prise de court.

– Qu'est-ce qui te fait penser qu'elle voudrait que tu restes, connard ?

Voyant que la température commençait sérieusement à monter, j'ai posé une main sur le bras de mon ex en suppliant Mike du regard de s'en aller.

– On en discutera une autre fois, d'accord ?

Il n'avait toujours pas l'air convaincu, mais il a haussé les épaules.

– Comme tu veux. On se voit chez Ross.

Mon cœur s'est figé.

Oh non.

Oh non, non, non...

Mike s'est éloigné. J'ai senti le bras de Monty se raidir sous ma main et j'ai serré les paupières de toutes mes forces. Il a dégagé son bras et m'a regardée fixement. Il était hors de lui.

– Chez Ross ? Ce Ross-là, hein ? Celui que tu te tapes.

Il commençait à élever la voix, les gens nous observaient.

– Monty, calme-toi.

Il m'a attrapé le bras.

– Que je me calme ? C'était quoi, ce message, Jennifer ?

J'ai regardé autour de moi, aussi gênée qu'effrayée. Il m'a saisi le bras pour me tourner vers lui et me tirer de force dans sa direction. Il serrait si violemment qu'il me faisait mal. Sur l'écran de son téléphone, le message que je lui avais envoyé ce matin était affiché.

– C'est quoi, ça ? Tu te prends pour qui pour me plaquer, hein ? Espèce d'ingrate !

– Lâche-moi, ai-je susurré entre mes dents.

– Te lâcher ? Ce n'est pas te lâcher que je devrais, mais...

– Tout va bien ?

Nous nous sommes tous les deux tournés vers deux inconnues qui s'étaient approchées de nous. Elles affichaient un air préoccupé. L'une d'entre elles avait les yeux rivés sur Monty, le téléphone à la main, prête à appeler. L'autre, celle qui avait pris la parole, me regardait. Elle m'a interpellée à son tour :

– Tout va bien ? Tu veux qu'on appelle la police ?

Monty commençait à fulminer.

– La police ?

– Je vais bien.

L'autre fille a montré son téléphone.

– Tu es sûre ? S'il te dérange...

– Tu es sourde ou quoi ? Ne vous mêlez pas de ce qui ne vous regarde pas. Et toi, tu viens avec moi, maintenant.

Elles ont reculé d'un pas face au ton brusque de Monty. Il m'a tirée à travers le campus en direction du parking tandis que j'essayais en vain de me dégager. Quand nous sommes arrivés devant sa voiture, il s'est arrêté et m'a lâchée en respirant profondément. Je me suis immédiatement éloignée de quelques pas, méfiante.

– Tu as conduit jusqu'ici à cause de ce message ?

– Mais bien sûr, Jennifer ! Tu voulais quoi ? Que je reste là les bras croisés ?

– Monty... je t'ai largué.

– Ça, c'est ce que tu crois.

– Je te jure, relis le message et...

– Je n'en ai rien à foutre de ton message, d'accord ? Tu n'es personne. Personne. Tu ne peux pas me larguer. Sors-toi ça de la tête une bonne fois pour toutes.

J'ai reculé, légèrement effrayée, ce qui a eu l'air de l'énerver encore plus. Il me regardait fixement.

– Tu n'as rien à me dire ? Parce que j'espère que tu as une bonne excuse.

– Je n'en... Je n'ai pas...

– Tu es juste une copine de merde ? C'est tout ?

– Je ne veux plus être avec toi, Monty.

On aurait dit qu'il était sur le point de balancer une horreur, mais il s'est retenu.

– Et on peut savoir pourquoi ?

J'ai osé m'approcher un peu et poser une main conciliante sur son bras, si tant est que ce soit possible dans un moment aussi tendu.

– Parce que... regarde-toi. Tu ne peux pas te mettre dans des états pareils.

– Qu'est-ce que tu veux que je fasse ? Tu as essayé de me larguer ! Moi ! Ton mec !

Il s'est arrêté et m'a adressé un regard d'avertissement. Du genre de ceux qu'il me lancent avant que les choses partent sérieusement en cacahuète.

– Tu n'es qu'une sale égoïste, tu sais ça ?

Je n'en croyais pas mes oreilles.

– Moi ?

– Oui, toi. Tu ne vois pas que j'étais inquiet ? Ce n'est plus comme avant. Tu n'es plus à la maison, je ne peux pas passer te chercher pour m'assurer que tu vas bien. Tu es... Tu es à cinq heures de route, putain. Et avec l'autre...

Il a étouffé un nouveau juron.

J'ai avancé d'un pas dans sa direction en soupirant. D'accord, j'aurais peut-être dû répondre à ses appels. Je me sentais mal de l'avoir obligé à venir jusqu'ici.

J'ai tendu la main pour toucher son épaule, toujours sur mes gardes. Il ne s'est pas écarté. Au contraire, il m'a saisi la nuque pour m'attirer vers lui et essayer de m'embrasser. Son geste était si brusque qu'il m'a effrayée et mon premier réflexe a été de m'éloigner. Ça a été la goutte d'eau qui a fait déborder le vase : son visage est aussitôt devenu rouge de rage.

– Tu viens d'essayer de m'esquiver ?

Je ne savais pas comment le lui dire.

– Monty, je t'ai... Je t'ai largué.

– Viens ici.

– Je ne veux pas que tu m'embrasses. Tu ne compren...

– Tu n'as pas idée de tout ce que j'avais à faire et que j'ai laissé en plan par ta faute. Par ta faute, putain. À cause de ton foutu message.

J'ai froncé les sourcils.

– Tu es sûr que c'était à cause de ça, Monty ? Tu ne voulais pas voir à quoi ressemblait Ross ?

– Ah oui, *Ross*, ton nouveau mec, a-t-il dit sur un ton aussi dédaigneux que possible.

– Ce n'est pas mon mec.

– Mais t'as écarté les cuisses en moins d'un mois.

– Je mérite un minimum de respect, Monty.

– Je te montrerai du respect quand tu le mériteras.

– Arrête de me traiter comme ça !

– C'est toi qui m'y obliges ! Tu me connais, tu sais comment je peux réagir et tu me provoques quand même ! C'est ta faute !

– Tu ne... peux pas rejeter la faute sur moi comme ça !

– Qu'est-ce que tu allais faire cette nuit chez *Ross* ?

J'ai hésité un moment. Je me trouvais à une sorte de carrefour. Il ne savait pas que je vivais avec Ross, Will et Sue. Il croyait peut-être que je le voyais une fois par semaine ou quelque chose du genre. En me voyant douter, il s'est approché à nouveau en fronçant les sourcils, ce qui m'a contrainte à improviser à toute vitesse :

– J'allais juste... dîner avec eux. Qu'est-ce qu'il y a de mal à ça ?

Il m'a fixée droit dans les yeux quelques secondes avant de me toiser de la tête aux pieds.

– Habillée comme tu l'es ?

Je me suis regardée moi-même en passant machinalement mon doigt le long du col en V de mon pull.

– Oui, pourquoi ?

– Oh, tu le sais très bien.

Il s'est approché pour tirer vers le haut la fermeture Éclair de ma veste, cachant mon petit décolleté de rien du tout.

– S'il te plaît, Monty, on voit à peine mon cou.

– C'est ça, oui.

– Tu ne peux pas être aussi...

– Donne-moi ton téléphone, a-t-il dit en tendant la main vers moi.

– On a déjà eu cette discussion. Je ne te le donnerai pas.

– Et pourquoi pas ? Qu'est-ce qu'il y a là-dedans que je ne peux pas voir ?

– R... Rien... C'est juste... !

– Si tu n'as rien à cacher, donne-le-moi.

– Je n'ai pas à le faire !

– Donne-le-moi tout de suite, Jenny !

– C'est *mon* téléphone !

– Et tu es *ma* copine !

– Non !

Il a serré les lèvres et m'a soulevée par la taille pour m'arracher le téléphone des mains. Je n'ai même pas pris la peine d'essayer de l'en empêcher. J'avais déjà vécu cette situation assez de fois pour savoir que c'était inutile. Que cela ne ferait qu'empirer les choses.

Monty a examiné le contenu en silence, les lèvres pincées et les doigts glissant à toute vitesse sur l'écran. Je l'ai regardé faire les bras croisés.

– Tu es content ?

– Non. Pas du tout.

– Rends-le-m...

– Il est où ?

– Qui ?

– Jack Ross. Il est où ?

C'est alors que je me suis souvenue qu'il s'était enregistré lui-même comme « coursier ». Je n'aurais jamais cru que ça me sauverait la vie.

Ross était une fois de plus l'homme de la situation.

– Je n'ai même pas son numéro. Quand j'ai envie de les voir, j'appelle Naya ou son copain.

J'ai récupéré mon téléphone, mais il me regardait toujours le front plissé.

– Tu n'y crois pas toi-même.

J'ai haussé un sourcil.

– Tu l'as trouvé dans mes contacts ? Non.

– Je ne te crois pas, Jennifer. Je n'en crois pas un mot.

Il a contourné la voiture. J'ai cru qu'il partait, mais il est resté debout devant la portière ouverte.

– Monte, m'a-t-il ordonné.

– Quoi ?

– Monte. Maintenant.

– C'est ridicule, ai-je murmuré.

– Tu vas me forcer à répéter, Jennifer ?

– Tu vas monter seul dans ta voiture, parce que je n'ai aucune envie d'aller où que ce soit avec toi.

Il s'est appuyé de tout son poids sur le toit du véhicule en me regardant.

– Monte ou je te force à monter, m'a-t-il avertie.

J'ai croisé les bras. J'ai tenté de camper sur ma position sans montrer de signe de faiblesse.

– Non.

– Jennifer...

– J'ai dit non.

– Qu'est-ce que tu vas faire ? Appeler ton copain à la rescousse ? Ou tu n'as vraiment pas son numéro ?

– Si ça se trouve, je l'appelle pour d'autres trucs.

Il m'a regardée sans bouger, fou de rage, et j'ai su que j'étais allée trop loin. Il s'est brusquement écarté de la voiture et s'est approché de moi en deux foulées. J'ai voulu l'esquiver, mais il m'a attrapé le bras pour m'installer sur le siège passager sans ménagement.

J'ai tenté de m'extirper du véhicule, mais il m'a attrapée par l'épaule pour me ramener à l'intérieur de l'habitacle avant de claquer la porte avec une telle violence que les vitres ont tremblé.

Quand il est monté pour s'asseoir à côté de moi, j'avais l'impression de ne jamais l'avoir vu aussi furieux.

– Tu es ridicule, ai-je murmuré presque malgré moi.

– Tais-toi, putain. Je suis sérieux. Ferme-la !

J'ai baissé la tête par automatisme. Il a lâché un juron à voix basse avant d'accélérer, puis a conduit jusqu'à ma résidence sans dire un mot.

Quant à moi, j'étais en train d'essayer de trouver une excuse pour que Chris ne soit pas surpris de me voir. Mais nous étions déjà arrivés : Monty s'est garé devant le bâtiment.

– Va chercher tes affaires, m'a-t-il ordonné.

Je me suis instantanément tournée vers lui, oubliant complètement Chris :

– Quoi ?

– Tu m'as très bien entendu.

– Oui, mais je crois que je ne te comprends pas.

– Fais-toi à l'idée, Jenny. On rentre à la maison.

J'ai entrouvert les lèvres en essayant d'ouvrir la portière, mais elle était verrouillée. Un frisson, comme un signal d'alarme, a parcouru mon épine dorsale.

– Ouvre la porte, Monty.

– J'ouvrirai quand tu me diras que tu vas chercher tes affaires.

– Je ne rentrerai pas !

Il a fermé les paupières un moment avant de planter ses petits yeux durs dans les miens.

– J'ai l'air de rigoler ?

– Je n'ai aucune intention de quitter cette ville, Monty. Ouvre la porte.

– Et moi je te dis qu'on rentre.

– Je refuse !

– C'est dommage. Va chercher tes affaires.

– Non !

– Tu vas rentrer chez toi !

– Je suis chez moi !

– Non, tu n'es pas chez toi, mais tu le seras d'ici quelques heures !

Je n'ai pas bougé d'un pouce, j'ai regardé droit devant moi. Il a lâché un juron en éteignant le moteur.

– Je ne peux pas croire que tu me fasses ce coup-là, a-t-il dit en se passant les mains sur le visage.

– Quel coup ? Je veux rester. Je m'amuse bien, ici !

– Oui, c'est ça. Sans moi.

Je l'ai fixé d'un air de défi.

– Oui, sans toi. Je t'ai largué, Monty. Parce que tu te comportes toujours comme ça.

– Je ne me comporterais pas comme ça si tu ne m'obligeais pas à le faire.

– Parce que tu crois que toute ma vie tourne autour de notre couple ! Je... J'ai d'autres choses en tête, tu sais !

– Jack Ross, par exemple.

– Et arrête avec Ross ! Il ne t'a rien fait !

– Il a couché avec ma copine !

– Je te rappelle que je ne suis plus ta copine, et que la relation ouverte, c'était ton idée !

– Je retire ce que j'ai dit !

Je l'ai regardé un moment.

– Hein ?

– Je veux qu'on arrête avec ces bêtises.

Je n'ai pas pu m'empêcher de répéter, comme une idiote :

– Hein ?

Il a secoué la tête.

– Je veux qu'on arrête avec cette histoire de relation ouverte. Putain, Jennifer, tu ne t'imagines pas ce par quoi je suis passé ces dernières semaines, je croyais que... tu...

Je ne savais pas comment réagir. J'étais si habituée à ce qu'il soit en mode connard que le voir vulnérable comme l'autre soir m'a prise au dépourvu.

Une petite voix en moi me criait qu'il essayait de me manipuler, mais je ne savais pas quoi en penser.

– Et si on oubliait tout ça ? On pourrait faire comme si rien ne s'était passé. Revenir à notre relation normale. Fermée. Tout ce qu'il y a de plus classique. Juste toi et moi. Ça ne te plairait pas ?

– Monty...

Il a passé sa main sur ses lèvres avant de reprendre la parole :

– Ça fonctionnait bien. Tu le sais. On a eu quelques mauvaises phases, mais... le plus important, c'est qu'on les dépasse ensemble, tu ne crois pas ?

J'ai ouvert la bouche pour répondre, mais je ne savais pas quoi dire.

– Je t'aime, Jenny. Tu le sais. Tu sais à quel point je t'aime. Tu ne... Tu ne peux pas m'en vouloir de réagir comme ça. Tu ne ferais pas la même chose ? Tu ne te sentirais pas mal avec tout ce qui s'est passé ?

– Si, mais...

– C'est tout. On arrête avec tout ça. On redevient toi et moi. On rentre à la maison ensemble. Oublie ce... Ross, ou je ne sais pas quoi. On passe du bon temps, toi et moi, non ?

– Je ne peux pas revenir en arrière, Monty.

– Tu peux, mais tu ne veux pas.

– Non, je ne veux pas. Je m'amuse bien, ici. Je me suis fait des amis, et... je ne veux plus partir.

Il a baissé la tête.

– Je pensais que tu m'aimais.

– Je...

– Je croyais que t'en avais quelque chose à faire de notre histoire.

– Ne dis pas ça.

– C'est toi qui me fais dire ça.

– Monty...

– Tu ne m'aimes pas.

Je n'ai pas répondu.

– C'est toujours moi qui te le dis, Jenny. Je n'arrête pas de te le dire : je t'aime. Toi, tu ne l'as jamais fait. Pas une fois. Ou tu vas encore le nier ?

– Je ne te l'ai jamais dit, mais...

– Alors, dis-le-moi. Dis-moi que tu m'aimes.

– Je ne peux pas.

– Ce sont trois mots, Jenny. C'est plus facile que ça en a l'air.

– Ce n'est pas juste.

– Si, c'est juste. Dis-le.

Il commençait à m'angoisser.

– Ne me mets pas la pression. Tu fais toujours ça. Je déteste ça, Monty.

– Dis-le et j'arrête.

– Je te le dirai quand je... ai-je répondu avant de m'interrompre de moi-même.

– ... quand tu seras désolée, a-t-il murmuré à ma place.

Il y a eu un moment de silence absolu, que je me suis finalement sentie obligée de rompre.

– Monty, ce n'est pas si facile. Comment tu veux que je te le dise si je ne le sens pas vraiment ?

– Alors, tu ne m'aimes pas.

Je me suis écartée de lui en levant les mains au ciel.

– Ce n'est... ! Ce n'est pas que je m'en fous de toi. Tu comptes pour moi, mais tu ne peux pas m'obliger à le dire. Et... je t'ai largué, tu ne peux...

– Trois mots !

– Pour moi, ils ont du sens ! Et pas qu'un peu ! Je n'ai jamais dit ça à personne à part à ma famille, alors, quand je le ferai, je veux être sûre de le penser vraiment ! Ça me rend triste de te voir comme ça, mais tu ne peux pas m'obliger à ressentir quelque chose que je n'éprouve pas.

J'ai respiré profondément, son regard cloué sur moi.

– Très bien, a-t-il murmuré, nous n'avons plus rien à nous dire.

– Merci, ai-je grommelé.

Il est resté là à regarder le volant, pensif. Je connaissais cet air. Je savais qu'il n'avait rien de bon en tête, mais je n'ai rien dit.

Malgré la tension évidente, il a tenté de calmer le jeu :

– Tu ne vas même pas me montrer ta chambre ?

– Maintenant ?

– Putain, Jenny, je suis venu jusqu'ici. C'est la moindre des choses.

J'ai hésité un moment :

– Je... D'accord.

Nous sommes sortis de la voiture pour pénétrer dans la résidence. Chris a levé la tête et m'a devisagée, confus.

– Jenna ? Qu'est-ce que... ?

Je lui ai adressé un regard aussi significatif que possible.

– C'est mon ex-copain. Je lui ai dit que je lui montrerais *ma* chambre, si ça ne te dérange pas.

Chris m'a regardée quelques secondes dans le silence le plus total. J'ai vu l'expression de Monty se faire un peu plus méfiante. J'étais sur le point de dire quelque chose quand Chris a enfin réagi.

– C'est ta chambre, pas la mienne, a-t-il souri d'un air gêné.

J'ai senti l'air revenir dans mes poumons. J'ai guidé Monty jusqu'à la chambre. Cela faisait tellement longtemps que je n'avais pas mis les pieds dans la résidence que je trouvais bizarre d'y revenir ainsi, accompagnée de Monty... et sans Naya. Elle devait être chez les garçons.

Chez toi.

Chez Ross.

Une fois dans la minuscule chambre, Monty a regardé autour de lui avant de diriger son attention sur la partie que j'étais censée occuper. Je lui ai montré la photo où on nous voyait lui et moi aux côtés de Nel et son ami.

– On est trop beaux, tu ne trouves pas ?

Il a hoché la tête sans rien dire. La tension était évidente. J'ai tapoté des doigts sur la commode, nerveuse. Sans me regarder, il a demandé :

– Et ton ordinateur ?

Je devais improviser, je n'avais pas le choix :

– Euh... J'ai dû le prêter à Naya. Elle doit encore être à la bibliothèque en ce moment.

– Mmmh.

Il n'a rien ajouté. Ce n'est que quand il s'est emparé de mes lunettes de rechange que je me suis vraiment tendue.

– Et tes lunettes ?

Je me suis posée sur le lit en souriant nerveusement.

– Tu les as en main. Viens t'asseoir près de moi.

– Celles que tu utilises d'habitude, je veux dire. Et le truc pour tes lentilles ? Et tes chaussures ?

– Euh... dans l'armoire.

J'ai pâli d'un coup quand j'ai vu qu'il avait la main posée sur la poignée du placard.

– Hé, c'est privé !

Il a fait mine de s'arrêter un moment, mais il n'a pas tardé à changer d'avis pour ouvrir toutes les portes une à une. Nous sommes tous deux restés silencieux face au peu de vêtements que j'avais laissés derrière moi. Il s'agissait pour la plupart de T-shirts à manches courtes et de robes. Et nous étions en automne. J'ai cru que mon cœur allait s'arrêter.

– Il fait un peu froid pour porter ça, a-t-il lâché en haussant les sourcils.

J'ai essayé de trouver une explication, mais j'étais trop paniquée.

– En fait... ils sont chez...

Il a attrapé un de mes T-shirts.

– Tes vêtements aussi, tu les as prêtés à Naya ? On dirait que c'est la seule excuse que tu as trouvée, non ?

– Calme-toi, Monty.

– Tu ne vis pas ici, a-t-il dit en me regardant fixement.

J'ai feint la surprise du mieux que j'ai pu.

– Quoi ?

Il a plissé les yeux.

– Tu me prends pour un con ? Ne me dis pas que...

Il s'est interrompu et s'est retourné vers l'armoire à moitié vide. J'ai porté ma main à ma tête. Mon cœur battait à toute vitesse.

– Ne va pas croire que...

Je me suis arrêtée net quand il a fait volte-face pour me balancer un T-shirt à la figure. Malgré la surprise, je suis parvenue à l'attraper à temps. Je suis restée là à le regarder, bouche bée.

– Qu'est-ce... Qu'est-ce que tu fais... ?

Il m'a lancé un deuxième T-shirt.

– Tu as oublié des vêtements ici. Tu allais les emporter dans ton nouveau chez-toi, j'imagine. Chez ton mec.

– Monty ! Arrête !

Quand j'ai vu qu'il commençait à balancer mes affaires par terre sans ménagement, je me suis levée. J'ai essayé de m'approcher, mais il m'a repoussée sans sourciller. Il a sorti un tiroir de son rail pour le projeter à l'autre bout de la pièce.

– Tu vis avec lui, non ? Je vais t'aider à faire tes valises, putain.

Je me suis emparée d'un deuxième tiroir qu'il s'apprêtait à jeter avant de crier :

– Arrête ça tout de suite !

Il a saisi la robe noire que je portais à la fête de Lana.

– Ça, c'est moi qui te l'ai offerte. Mais je crois que tu n'en auras plus besoin.

– Quoi... ? Non !

Je suis restée muette en le voyant la déchirer d'un coup sec. J'avais les bras chargés de vêtements que j'allais reposer dans l'armoire mais je les ai lâchés en voyant qu'il commençait à détruire tout ce qu'il restait à l'intérieur.

– Lâche ça ! C'est à moi ! Tu n'as pas le droit de... !

Il m'a à nouveau poussée pour m'écarter de son chemin. Mais j'étais déjà hors de moi. Je lui ai rendu la pareille, si bien qu'il s'est cogné contre l'armoire, qui a menacé de s'écrouler sous son poids.

L'espace d'un instant, nous nous sommes regardés droit dans les yeux. Il m'avait déjà poussée auparavant, mais je ne lui avais jamais tenu tête. J'ai reculé d'un pas, atterrée, quand j'ai vu son visage se crisper.

Il a pris mes lunettes de rechange et, pendant une courte et terrifiante seconde, j'ai cru qu'il allait me les lancer au visage. Il les a écrasées au sol à la place. J'ai entendu un bruit de verre cassé, et quelque chose en moi s'est brisé. Nous savions tous les deux combien coûte une paire de lunettes neuves. Et que mes parents ne pourraient pas me les payer. Après ce qu'ils avaient dû économiser pour financer celles-là...

Il a profité du fait que je regardais mes lunettes, complètement pétrifiée, pour déchirer un T-shirt qu'il m'avait offert.

– Ça... Ça ne vaut rien. Comme tout ce qu'il y a dans cette pièce. Comme toi.

Je ne savais plus quoi dire. Ni quoi faire. Je ne m'étais jamais retrouvée dans une telle situation. Je n'étais même pas capable de l'empêcher de causer plus de dégâts. J'étais paralysée.

– Ton nouveau mec n'a qu'à t'en acheter d'autres, a-t-il craché d'un air furieux.

Je n'ai rien répondu. C'est alors qu'il a jeté les cadres photo au sol. Les éclats de verre ont rebondi jusqu'à mes pieds. J'étais toujours incapable de réagir.

Face à mon silence, il s'est énervé de plus belle et a saisi un des derniers cadres encore intacts pour me le lancer à la figure. Je ne sais pas trop comment, j'ai réussi à l'esquiver. Comme si mon cerveau revenait enfin à la réalité. J'ai hurlé, furieuse :

– Tu es taré ou quoi ? Tu m'aurais fait un mal de chien si tu m'avais... ?!

– Et toi, tu crois que tu ne me fais pas mal ?!

– Ce sont mes affaires ! Tu n'as pas le droit de les toucher !

– C'est moi qui t'ai acheté tout ça, tu es fauchée !

– Je ne savais pas que tu étais devenu millionnaire !

Il a pincé les lèvres en me regardant.

– À partir de maintenant, tu n'as qu'à demander à ton copain de te payer ce qu'il te faut. Je n'ai pas l'intention de gâcher une seconde de plus avec quelqu'un comme toi.

J'ai éclaté de rire malgré mon envie de pleurer.

– Quelqu'un comme moi ? Et qu'est-ce que j'ai fait ? Depuis le début de notre histoire, je suis à la merci de tes humeurs et de tes pétages de câble. De ta possessivité, de ta jalousie. On fait toujours ce que tu as envie de faire.

Et je te rappelle que tu t'es tapé ma meilleure amie alors qu'on sortait à peine ensemble !

– Attention, Jennifer.

– Je fais autant attention que toi !

– Tu sais parfaitement que je n'aime pas parler de ça !

– Eh bien moi oui, alors tais-toi et écoute pour une fois dans ta vie !

Il a paru abasourdi que je lui parle comme ça. J'en ai profité pour enchaîner :

– J'ai dû endurer tout ça pour... une foutue robe ? C'est tout ?

– Une foutue robe, oui, c'est bien plus que ce que tu mérites.

– Ah oui ? Tu veux savoir ce que j'ai fait dans cette robe ?

Il y a eu un moment de silence absolu, durant lequel j'ai réalisé ce que je venais de dire.

Si j'en croyais les signaux envoyés par mon cerveau, lui balancer ce genre de choses dans un moment pareil n'était pas la meilleure idée du monde, mais c'était plus fort que moi. Je voulais lui faire mal. Comme il m'avait fait mal.

La porte s'est ouverte au moment précis où Monty venait d'avancer d'un pas dans ma direction, le poing serré. Chris a passé sa tête à l'intérieur de la chambre en souriant d'un air gêné.

– Les gars, il y a eu des plaintes, vous faites du boucan et...

Il s'est interrompu en voyant l'état de la chambre :

– Qu'est-ce que... ?

Monty a détaché son regard du mien avant d'attraper sa veste sur le lit. Il a repoussé Chris contre la porte sans ménagement en passant à côté de lui pour sortir. En constatant l'ampleur des dégâts, j'ai senti mes yeux se remplir de larmes. Chris l'a vite remarqué.

– Tout va bien ?

– Oui.

Bien n'est pas exactement le mot que j'aurais employé, mais mon ton était étonnamment convaincant.

– Tu veux que j'appelle quelqu'un ?

– Non. Donne-moi juste un moment pour nettoyer tout ça et je rentre chez moi.

– D'accord... Tu as besoin d'aide ?

– Non, ne t'inquiète pas. C'est gentil. Je... suis désolée du dérangement. Présente mes excuses aux filles qui se sont plaintes, s'il te plaît.

À ma grande surprise, il n'a rien dit d'autre et m'a laissée seule.

Mes vêtements étaient entassés, fripés, déchirés... J'ai ramassé mon T-shirt préféré et j'ai eu envie de pleurer en voyant qu'il était abîmé sur le devant. Ça faisait des années que je l'avais... et maintenant... Pourtant, ce n'est que quand j'ai trouvé mes lunettes cassées que les larmes se sont réellement mises à couler. Je ne les ai pas retenues. J'ai senti de grosses gouttes chaudes dégouliner le long de mes joues. Cette paire avait coûté les yeux de la tête à mes parents. Et je l'avais toujours manipulée avec une prudence extrême. Et maintenant... elle était détruite. Tout ça à cause de Monty et de sa jalousie maladive.

Je me suis passé une main sur le visage avant de m'asseoir sur le sol pour contempler l'ampleur du désastre. C'est alors que la porte s'est ouverte à nouveau. Mais, cette fois, ce n'était pas Chris.

C'était Ross.

Il m'a regardée moi, puis a regardé les vêtements qui jonchaient le sol. J'ai vu son expression passer de la confusion à l'inquiétude.

– Quand je verrai Chris, rappelle-moi de le remercier de n'avoir appelé personne, ai-je grommelé en séchant mes larmes.

Ross a avancé d'un pas dans ma direction et a refermé la porte. Sans un mot. Il a vu les lunettes cassées dans mes mains. Il a fini par s'accroupir à côté de moi pour demander :

– Qu'est-ce qu'il s'est passé ?

– Monty. Voilà ce qu'il s'est passé.

Il a regardé mon T-shirt préféré complètement détruit et sa mâchoire s'est crispée.

– Il t'a fait quelque chose ?

– Oui, au cas où tu n'aurais pas remarqué, il a démoli toute la putain de chambre.

– Je ne parlais pas de ça. Il t'a fait quelque chose à toi ?

– Non, ai-je répondu en secouant la tête.

Ross s'est tu tandis que je me tournais pour commencer à rassembler les vêtements inutilisables. Je le voyais m'aider du coin de l'œil, il lançait les T-shirts déchirés sur une pile et les quelques hauts encore mettables sur une autre. Il n'a pas prononcé un mot pendant les quinze minutes qu'a duré le rangement.

Mes photos étaient éparpillées au sol. Je les ai récupérées pour les poser sur la commode, à côté de mes lunettes cassées que je serrais toujours. Ross m'a regardée sans rien dire. Le silence était assourdissant. Je détestais quand il était comme ça : ça me donnait envie de lui parler, et à cet instant je savais que si je le faisais, j'allais fondre en larmes.

Quand je me suis tournée, j'ai vu qu'il me fixait toujours en silence. Cependant, son expression me suffisait pour deviner le contenu exact de ses pensées.

– Je suis trop conne, ai-je dit en secouant la tête.

– Ce n'est pas ta faute. Le seul responsable, c'est lui.

J'ai attrapé une petite valise que j'avais laissée sous le lit pour y fourrer le tas de vêtements, toujours aussi énervée.

– Si, si, c'est ma faute. J'aurais dû le plaquer il y a longtemps. Tout ça ne serait jamais arrivé. Je suis vraiment une imbécile.

Ross s'est approché et je l'ai entendu soupirer.

– Tu ne pouvais pas savoir qu'il réagirait comme ça.

En croisant le regard de Ross, j'ai cru que j'allais vraiment m'effondrer.

– Bien sûr que si, j'aurais dû le voir venir. Ça se passe toujours comme ça. Je raconte à tout le monde qu'on ne se dispute pas, mais c'est faux. On est heureux, il m'offre des cadeaux, et d'un coup il se braque pour une connerie avec laquelle je n'ai rien à voir et il se met à... à tout casser. Mais il n'avait jamais fait ça avant. Normalement, il déchire un T-shirt et puis il s'excuse. Mais aujourd'hui...

J'ai fermé la valise pour la hisser sur le lit, remettant en place ma foutue mèche qui s'échappe toujours.

– Merci pour le coup de main, ai-je dit à voix basse.

Ross a pincé les lèvres en regardant la valise.

– Qu'est-ce que tu vas faire de ça ?

J'ai haussé les épaules en me mordant l'intérieur de la joue pour ne pas pleurer.

– Les jeter à la poubelle. Je ne peux plus les mettre. Même pas les donner.

J'ai perçu son regard posé sur moi et je me suis sentie tellement honteuse qu'il assiste à tout ça que je me suis mise à gémir. Il a posé une main sur mon épaule pour m'attirer vers lui et me prendre dans ses bras. Je me suis laissée aller, contente de ne plus me faire violemment repousser ou balancer des vêtements à la figure.

– Ce ne sont que des fringues, je peux t'accompagner pour aller en racheter.

Je me suis écartée de lui pour me frotter les yeux. Je ne voulais plus pleurer. Surtout pas à cause de Monty.

– Des vêtements, j'en ai assez. Je veux juste... me débarrasser de tout ça.

Ross a eu l'air surpris.

– De la valise aussi ?

– C'est lui qui me l'a offerte. Je ne veux plus la voir. Tu peux me donner un coup de main ?

Ross a attrapé le bagage sans rien dire et j'ai fourré un peu n'importe comment le reste des affaires dans l'armoire. En descendant les escaliers, j'ai vu quelques filles me regarder d'un drôle d'air. Je suppose qu'elles avaient entendu la dispute. Chris m'observait prudemment lui aussi, comme s'il s'attendait à ce que je m'énerve parce qu'il avait appelé Ross, mais je n'ai rien dit. Je voulais juste sortir au plus vite.

En plus, je lui étais sincèrement reconnaissante d'avoir passé ce coup de fil.

Une fois dans la voiture, j'ai senti mon téléphone vibrer dans ma poche. J'étais sur le point de raccrocher, pensant que c'était Monty, mais je me suis figée en voyant que c'était Shanon qui m'appelait.

– C'est lui ? a demandé Ross d'un air dur.

– Non, c'est ma sœur. Ça te dérange si je... ?

Il a secoué la tête et j'ai décroché.

– Bonjour bonjour, m'a saluée Shanon d'un air enjoué, tu ne devineras jamais qui a trouvé un billet de vingt dans la rue !

– Shanon...

– Je sais que c'est moralement répréhensible et tout, mais... on ne vit qu'une fois, merde. J'allais acheter quelque chose à manger, puis j'ai décidé de m'accorder un petit caprice. Tu devrais voir les chaussures que...

– Monty est venu me voir.

Elle s'est arrêtée net.

– Quoi ? Monty ? L'autre idiot ?

– Oui, lui.

– Chez ton ami ?

– Non. Il s'est pointé à la fac. Il a fait son petit numéro de... copain méga jaloux devant tout le monde.

Ross ne disait rien, mais je savais qu'il entendait tout. Il a eu le tact de faire semblant de ne pas y prêter attention.

– Il a encore cassé quelque chose ?

J'ai ri jaune.

– Quelque chose ? Tout le contenu de mon armoire. Je n'ai pratiquement plus de T-shirts.

– Ce n'est pas vrai ?

Je me retenais de pleurer.

– Et il a pété mes cadres, mes lunettes... Tu te souviens ? Papa les a payées une fortune.

– Dis-moi qu'au moins tu lui as donné un coup de pied où je pense.

– Je n'ai pas vraiment eu le temps de réagir.

– Mais tu vas bien ? Il n'a touché qu'à tes affaires ?

– Oui, je vais bien, je suis avec Ross, ai-je répondu en le regardant du coin de l'œil.

– Ça veut dire que je n'aurai plus jamais à penser à ce mec de ma vie ? À part quand il reviendra, bien sûr, je compte bien me présenter chez lui avec un fusil à pompe.

– Shanon !

– Quelqu'un doit défendre l'honneur de la famille, Jenny. Tu n'y mets pas du tien.

– Je ne compte pas l'appeler, si c'est ça que tu veux dire.

– En fait, si j'apprends que tu as rappelé un mec qui a démoli ta chambre, c'est moi qui viens jusqu'à toi pour te donner une bonne leçon.

– Merci pour ta compréhension, Shanon.

– Laisse-moi parler à Ross.

Je me suis arrêtée, surprise.

– Hein ?

– Tu m'as très bien entendue.

– Mais... pourquoi... ?

– Passe-le-moi et tais-toi.

J'ai décollé le téléphone de mon oreille, confuse. Ross m'a regardée du coin de l'œil quand je lui ai passé ma sœur.

– Elle veut te parler, ai-je murmuré.

Il s'est emparé du téléphone sans hésiter. Il a salué Shanon avant de l'écouter pendant quelques secondes durant lesquelles j'ai fait de mon mieux pour ne pas tendre l'oreille et espionner ce qu'elle disait. Depuis le début de leur conversation, Ross affichait le même petit sourire amusé.

– Très bien. Non... Pas à ce que je sache, en tout cas... Bien sûr.

– De quoi vous parlez ?

Il a complètement ignoré ma question.

– Non. Oui, t'inquiète.

Il a ajouté une bêtise que je n'ai pas bien comprise avant de me rendre le téléphone. Ma sœur avait déjà raccroché. Je l'ai regardé, un sourcil haussé.

– Vous parliez de quoi ?

– Elle ne t'a pas dit ?

– Non.

– Alors tu ne le sauras pas. Je ne suis pas une balance.

J'ai fourré mon téléphone au fond de ma poche en faisant la moue.

Un peu plus tard, nous nous sommes arrêtés pour jeter la valise à la poubelle. Je savais que je ne reverrais jamais ce cadeau. Je n'aurais jamais cru qu'un geste aussi simple puisse me soulager à ce point. Une fois dans la voiture, j'ai fermé les yeux en laissant échapper un soupir bruyant. En l'entendant, Ross n'a pas tout de suite allumé le moteur.

– Qu'est-ce qu'il y a ?

– On doit vraiment y retourner ?

– À la résidence ? Bien sûr que non.

– Chez toi, ai-je précisé.

– Si tu n'en as pas envie, alors non.

– On pourrait... aller au cinéma ?

Il a souri.

– Toi, tu sais comment me séduire.

Il a démarré la voiture pour faire demi-tour en direction du centre commercial.

– Mais c'est moi qui choisis le film, ai-je immédiatement ajouté.

– Ah non. C'est mort.

– C'est moi la dépressive.

– Et c'est moi le chauffeur.

– Mais le cinéma n'est pas à toi, tu te souviens ?

Il a serré les lèvres.

– Si je deviens riche un jour, je te jure que la première chose que je ferai, ça sera de racheter ce cinéma.

J'ai souri en secouant la tête.

– Tout ça pour projeter des films d'horreur ou de super-héros.

– Et qu'est-ce qu'il y a de mal à ça ?

– Rien, rien.

– Vas-y, dis-le.

– Rien, je te dis, ai-je assuré d'un air amusé, mais je crois que le public ne sera pas au rendez-vous.

– Et alors ? Je serai riche. Je m'en foutrai, du public.

– On aurait toute la salle pour nous, ai-je blagué.

– Avec pop-corn et soda à volonté !

J'ai souri en regardant par la vitre, et je me suis rendu compte que j'avais oublié Monty l'espace d'un instant. Ross avait ce pouvoir.

Il a mis de la musique pendant le reste du trajet. Comme on était un jour de semaine et qu'il faisait déjà noir, il a pu se garer facilement juste devant l'entrée. Nous sommes restés un bon moment à débattre de quel film on allait choisir. Il optait pour une affiche couverte de sang, tandis que j'essayais de le convaincre d'aller voir une comédie. Au final, nous avons tous les deux perdu, notre choix s'est porté sur un thriller qui allait commencer, si bien que nous n'avons même pas eu le temps d'acheter du pop-corn.

Le film n'était pas mauvais. Nous étions pratiquement seuls dans la salle. Il ne s'est rien passé de notable, je me suis contentée de lui serrer le bras pendant les moments de tension...

... jusqu'à ce qu'arrive la scène de sexe.

En voyant les personnages s'embrasser à pleine bouche, je me suis instinctivement tournée vers Ross, qui a fait mine de ne rien voir. Les choses ont commencé à chauffer. Sur l'écran, l'intensité a encore monté d'un cran et, sans trop que je sache pourquoi, je me suis sentie nerveuse. J'ai avalé ma salive et je n'ai pas pu m'empêcher de regarder Ross.

Il était concentré sur l'écran, mais il s'est tourné vers moi quand il a remarqué que je le dévisageais. Je me suis tournée, gênée. Je sentais encore son regard. J'ai eu énormément de mal à ne pas lui faire face. Je tapotais mes doigts sur mes genoux quand il s'est raclé la gorge. Pourquoi étais-je aussi nerveuse ?

Nous n'avons pas reparlé jusqu'à la fin du film.

J'ai simplement essayé de ne pas faire attention à lui. Ce qui n'était pas tâche aisée. J'aurais aussi voulu dissimuler ma nervosité. Ce qui était encore plus ardu.

En sortant du cinéma, il m'a proposé d'aller manger dehors, ce que j'ai accepté. Pendant un moment, j'ai pensé qu'il m'emmènerait dans un endroit chic. Ça ne me réjouissait pas plus que ça. Je n'ai pas pu m'empêcher de sourire en le voyant arrêter la voiture devant un vieil établissement le long de la route, juste à la sortie de la ville. Il ressemblait plus à une cafétéria qu'à un restaurant.

Comme il pleuvait, nous avons couru jusqu'à l'entrée. L'intérieur sentait le café, les vieux meubles et la nourriture fraîche. C'était un étrange mélange. Les tables, les chaises et même les cadres au mur paraissaient très anciens. Il y avait quelques personnes seules et des groupes assis aux tables. Il n'y avait qu'un autre... enfin, *un* couple... à l'autre bout du restaurant.

Ross s'est arrêté devant une des tables à côté de la baie vitrée de l'entrée et je me suis assise en face de lui.

– Je ne sais pas pourquoi, ai-je murmuré en retirant ma veste, mais j'ai l'impression que tes parents ne t'emmenaient pas ici quand tu étais petit.

– Comment tu le sais ? Je venais avec Agnès, ma grand-mère. Elle dit que c'est ici qu'on sert les meilleurs hamburgers de la ville. Je crois que le chef s'appelle Johnny. Parfois, il écoute Britney Spears ou les Spice Girls en cuisinant. Elles doivent l'inspirer, parce que ses burgers sont incroyables.

– Tant mieux, j'ai faim.

La serveuse, une femme d'une trentaine d'années à l'air fatigué, s'est approchée de nous. Nous avons passé commande et, même pour une chose aussi anodine, je n'ai pas pu m'empêcher de comparer Ross à Monty. Mon ex choisissait toujours pour nous deux. Sans me demander ce que je voulais. Ross non.

Il fallait que j'arrête de penser à Monty. Il ne méritait pas autant d'attention. Nous n'étions même plus ensemble. J'étais enfin libre.

Il n'a pas fallu plus de deux minutes pour que nos hamburgers soient prêts. La serveuse les a posés devant nous en même temps que les boissons, sans grande conviction. À la seconde où j'ai mordu dedans, j'ai su que Ross avait bien choisi le restaurant.

J'en étais à la moitié de mon hamburger quand j'ai regardé Ross : il avait déjà pratiquement terminé. J'ai déposé le mien pour attraper une frite.

– Tu sais, parfois j'ai l'impression que tu ne me parles jamais de toi, ai-je lâché.

– Tu vis avec moi, je crois que tu me connais plutôt bien.

– Oui, enfin... Je te connais toi, mais pas ton contexte, tu vois ce que je veux dire ? Je crois que je ne suis pas claire.

– J'avais compris, a-t-il dit d'un air amusé, mais qu'est-ce que tu veux savoir ?

J'ai réfléchi un instant. J'avais bien une question en tête : pourquoi s'entendait-il si mal avec son père ? Mais je n'avais pas envie d'aborder ce sujet dans l'immédiat.

J'ai plissé les yeux.

– Parle-moi de ton enfance. Heureuse ? Triste ? Tu étais un enfant bizarre et solitaire ou rieur et extraverti ?

– Plutôt la première option, a-t-il dit en souriant.

Je ne m'attendais pas à cette réponse.

– Ross ? Bizarre et solitaire ?

Il a haussé les épaules.

– Mon frère était largement plus sociable que moi, il fallait bien que je compense. Je n'avais pas beaucoup d'amis, mais ma propre compagnie me suffisait.

– C'est triste.

Ross a pris un air offensé.

– Je te jure que je m'amusais bien. Après, avec la puberté et toutes ces choses-là... les gens ont commencé à me trouver plutôt cool : je me suis fait des copains. Et des copines.

– Tu as rencontré ta première copine ?

– Oui, a-t-il dit avec un hochement de tête.

– Comment elle s'appelait ?

Il m'a regardée d'un air aussi surpris qu'amusé.

– Pourquoi est-ce que j'ai l'impression de passer un interrogatoire ?

– Allez ! Tu sais quelle culotte j'utilise quand j'ai mes règles ! Euh, je veux dire...

– Elle s'appelait Alanna.

Heureusement qu'il m'a interrompue, je crois que j'allais m'enfoncer encore plus.

– Alanna. Ça ressemble beaucoup à Lana.

– C'est parce que leurs noms se ressemblaient que j'ai retenu celui de Lana.

Ah oui, Will me l'avait dit. Je n'ai pas pu m'empêcher de comparer leurs prénoms avec le mien, qui n'avait heureusement rien à voir.

– Et ça s'est bien passé avec Alanna ?

– Ça dépend quelle partie, a-t-il répondu avec un sourire en coin.

– Je ne veux pas entrer dans les détails. Pervers.

– Fallait pas poser la question, alors.

– Vous êtes sortis combien de temps ensemble ?

Il a réfléchi un moment.

– Mmmh... Même pas trois mois.

– Pourquoi ?

Il a détourné le regard un instant.

– Parce que... j'ai appris qu'elle avait couché avec Mike.

Je me suis interrompue net.

– Oh...

Je ne savais pas quoi dire. En vérité, je le savais déjà, mais je ne m'attendais pas à ce qu'il me lâche ça comme ça.

Il a haussé les épaules.

– Mais je n'étais pas très amoureux. La rupture n'a pas été plus douloureuse que ça.

Exactement comme avec Lana. Mike avait l'air d'être un bon gars de l'extérieur, mais vu sous cet angle...

– Et toi, alors ? À part le pervers des photos et celui des chatouilles... tu as eu d'autres prétendants ?

– J'ai dû embrasser un gars à une soirée, mais c'était assez dégueulasse. Je ne sais pas ce qu'il avait bu, mais il avait un affreux goût en bouche. À toi, maintenant ! Tu avais quel âge quand tu as embrassé une fille pour la première fois ?

– Un petit bisou ou un vrai ?

– C'est quoi, un vrai ?

– Celui qui implique...

Il a terminé sa phrase par un geste assez évocateur.

– Un petit bisou, ai-je dit en essayant de ne pas rougir.

– Quand j'avais quatorze ans. Devant chez moi. Je ne savais même pas ce que je faisais. Je n'ai jamais reparlé à la fille. Allez, à toi.

J'ai réfléchi un moment à la quantité de détails que j'étais prête à inclure dans ma réponse.

– Seize ans. C'était assez... sanglant.

Il était sur le point de boire une gorgée de sa bière, mais il s'est arrêté pour grimacer.

– Qu'est-ce que tu veux dire ?

– Il avait un an de plus que moi, donc c'est lui qui a fait le premier pas. Mais il portait un appareil, alors, chaque fois que j'essayais de l'embrasser, je m'entaillais les lèvres. C'est te dire si j'étais douée. Je me suis ouvert la bouche trois fois en un mois avant qu'on décide d'en rester là.

Ross a secoué la tête d'un air amusé.

– À quel âge tu as perdu ta virginité ? ai-je demandé, morte de curiosité.

Il m'a souri, énigmatique. Il avait l'air surpris de l'aisance avec laquelle j'abordais le sujet.

– Et toi, Jen ?

Je me suis tortillée sur mon siège, gênée.

– Toi d'abord.

– Tu as peur que je me moque de toi ?

– J'en suis certaine. Mais toi d'abord.

– À quinze ans, a-t-il dit.

J'ai haussé les sourcils.

– C'est jeune.

– À ton tour, m'a-t-il rappelé.

J'ai réfléchi un moment.

– Euh...

– Tu as oublié ? C'était il y a si longtemps que ça ?

J'ai ri nerveusement.

– Mmmh... non. Quand est-ce qu'ils ont ouvert ma résidence ?

Ma question l'a pris par surprise.

– Ta résidence ?

– Oui. C'était quand ?

– Ça va faire deux mois.

– Alors... Ça fait deux mois et une semaine.

Il tapotait ses doigts distraitement sur la table depuis un moment, mais il s'est arrêté d'un coup pour me regarder fixement. Il n'avait pas l'air de bien comprendre ce que je lui disais.

– Qu'est-ce que... Ça faisait combien de temps que tu étais avec ton copain ?

J'ai secoué la tête.

– Quatre mois... plus ou moins... mais j'étais mal à l'aise dès qu'on parlait de coucher ensemble. En plus, il était si brusque que... comment dire... il ne m'inspirait pas plus confiance que ça.

Si je n'avais pas encore eu toute l'attention de Ross auparavant, c'était maintenant chose faite. Il m'observait fixement, bouche bée. Puisqu'il n'avait pas l'air de vouloir parler, j'ai continué :

– Mais, la semaine avant que je vienne ici, il m'a convaincue que je le regretterais si je partais sans l'avoir fait.

J'ai marqué une pause.

– Alors on l'a fait et... pour être honnête, j'ai trouvé ça très surcoté, le sexe. Comment dire ? Ce n'est pas que c'était nul ou quoi que ce soit, ça ne m'a pas fait mal non plus, mais ce n'était pas le truc de dingue que j'imaginais. Et après... euh... ben je t'ai rencontré, et...

– Je t'ai fait changer d'avis, a-t-il dit en souriant de toutes ses dents.

– Je n'ai pas dit ça, petit prétentieux.

Il a bu une gorgée en secouant la tête.

– Pas besoin que tu le dises. Mais je dois avouer que je n'aurais jamais cru. Loin de là.

– Tais-toi.

– C'est la vérité. On aurait dit que tu avais bien plus d'expérience.

– Arrête, ai-je protesté.

Ce qui ne l'a pas empêché de se moquer de moi.

Il ne m'en fallait pas plus. J'ai décidé de mettre fin à mon déluge de questions et nous sommes retournés à la voiture. Pendant le trajet, je l'ai longuement observé du coin de l'œil, mais il ne s'en est même pas rendu compte. Il me racontait de drôles de choses sur le groupe qui passait à la radio. Brainstorm ou un nom comme ça. Il pouvait s'emballer en parlant de ce genre de trucs. Ses yeux brillaient.

J'avais l'image de Monty en tête. J'ai repensé aux événements de ces dernières heures, qui, d'une manière ou d'une autre, m'avaient conduite à Ross.

Quand il s'est aperçu que je ne lui répondais pas, il m'a regardée un moment.

– Qu'est-ce qu'il y a ?

– Rien, ai-je souri en me tournant à nouveau vers la route.

Peut-être que, au final, larguer Monty était un pas dans la bonne direction.

15

Un de plus

J'étais seule dans le salon en train de siroter une bière en révisant mes notes de linguistique quand Ross est apparu. J'étais si concentrée que je ne l'avais pas entendu arriver.

– Quand tu te concentres, tu as une ride qui ressort sur ton front.

J'ai instantanément porté une main à mon visage, ce qui n'a pas manqué de le faire rire.

– Je rigole, mais rien que pour la tête que tu as faite, ça en valait la peine, a-t-il lâché en souriant innocemment.

– Trop drôle.

Il s'est assis à côté de moi pour me chiper ma bière sans la moindre gêne.

– Qu'est-ce que tu fais ?

J'ai soupiré.

– Je travaille ma linguistique. J'ai examen dans deux jours et je n'en suis nulle part.

– Peut-être que si tu avais commencé à étudier plus tôt...

Son air amusé était la preuve qu'il savait qu'il s'agissait pour moi d'un sujet sensible.

– Merci du conseil, papa.

– On t'appelle.

J'ai soupiré en retournant mon téléphone pour ne pas voir le nom de Monty s'afficher. Il n'avait pas arrêté de m'appeler pendant la semaine qui avait suivi la dispute. Je n'avais pas répondu une seule fois, naturellement.

Ross n'avait pas reparlé de l'incident, ce dont je lui étais reconnaissante, mais je pense que je ne pourrais pas y couper après ça.

– Tu ne peux pas continuer comme ça, a-t-il dit comme pour confirmer mes soupçons.

– Et qu'est-ce que tu veux que je fasse ?

– Tu veux que j'intervienne ?

– Pas besoin, Ross...

– Tu as pensé à le bloquer ?

– S'il ne peut plus passer son temps à m'appeler, il pourrait avoir une autre idée de génie et revenir me voir, ai-je murmuré en fermant mon ordinateur pour le poser à côté de moi.

– Je défendrai ton honneur, a-t-il dit en souriant de toutes ses dents.

– Je préférerais m'en passer.

Il est resté à réfléchir en silence un moment, tandis que je l'observais du coin de l'œil.

– Qu'est-ce qu'il y a ?

Ross a passé son bras par-dessus le dossier du sofa, derrière moi. Il avait l'air particulièrement tendu.

– Rien, c'est juste que... Tu es sûre qu'il ne t'a rien fait ?

J'ai ouvert les lèvres pour les refermer aussitôt. Puis j'ai secoué la tête. Une sensation de mal-être s'est installée en moi.

– Bien sûr que non, ai-je murmuré.

– Jen...

– Je te dis que non, lui ai-je répondu un peu plus brusquement.

J'ai instantanément regretté de lui avoir parlé sur ce ton, mais il n'a pas eu l'air offensé. D'ailleurs, il s'est contenté de hausser les épaules.

– Très bien.

Le silence qui a suivi ces deux mots était si gênant que je me suis empressée de me racler la gorge pour changer de sujet aussi vite que possible :

– J'en ai plein les bottes de la littérature, de la linguistique... et de tout.

J'ai croisé les bras, bougonne, ce qui a eu l'air de l'amuser.

– Je ne comprends pas pourquoi tu poursuis ces études, si le domaine ne te plaît pas.

– Parce qu'elles sont déjà payées. Donc je vais au moins finir le semestre. Même si je dois me taper toute cette stupide littérature.

– Ne parle pas comme ça de la littérature, s'il te plaît.

– D'accord, elle n'est pas stupide, seulement compliquée.

– Tu veux te changer les idées ? a-t-il demandé en levant et baissant les sourcils.

J'ai failli esquisser un sourire, mais j'ai vite pincé les lèvres pour me retenir.

– Pourquoi est-ce que tout ce que tu dis paraît toujours aussi... aguichant ?

– Je qualifierais plutôt ça d'intéressant.

J'ai éclaté de rire, je ne pouvais plus m'en empêcher.

– Eh bien je t'assure que tu es très intéressant, ai-je rétorqué.

Il est resté un instant sans réagir, surpris.

– Moi ?

– Oui, toi.

Il a froncé le nez.

– Tu es en train de me dire d'une façon détournée que je suis sexy, en fait ?

– Non. Je suis en train de te traiter de pervers. Frontalement.

Cette fois-ci, c'est lui qui a éclaté de rire. J'allais faire de même, mais j'ai sursauté au contact de ses mains sur mon estomac.

Oh non, pas les chatouilles !

– Hé, je n'ai rien dit, ai-je protesté en reculant comme je pouvais sur le sofa.

– Tu m'as traité de pervers !

– Parce que tu en es un !

J'ai éclaté de rire. Il m'a attrapé la cheville et m'a tirée vers lui sans la moindre difficulté. Je me suis retrouvée couchée sous son corps, en train de me débattre pour lui échapper.

Ou... peut-être que je n'avais pas tellement envie que ça de m'échapper.

Sentir ses lèvres sur ma gorge ne m'a pas donné envie de partir non plus. Et quand il s'est complètement collé contre moi, j'ai arrêté de rire et ma respiration est devenue difficile.

– Tu vois le genre de pervers que tu... ?

Il m'a interrompue en m'embrassant sur la bouche avec une intensité à laquelle je ne m'attendais pas.

J'étais appuyée sur les coudes, mais je me suis laissée retomber pour m'étendre. Ross m'a suivie, passant une main le long de mon dos pour la poser sur mes fesses sans la moindre gêne. Il m'a attirée vers lui de sorte que mon ventre soit collé au sien.

– Vous n'êtes vraiment pas discrets, hein ?

J'ai sursauté. Je me suis tournée pour me trouver face à Will qui nous observait depuis la cuisine, l'air très amusé. Ross lui a adressé un regard plein d'animosité.

– Quoi ?

– Je ne voulais pas interrompre votre échange de salive. Je me suis juste dit que c'était le moment de vous prévenir que Naya est en train de monter.

– Et ? a dit Ross en fronçant les sourcils.

– Merde, écarte-toi, ai-je bafouillé.

Il a soupiré lourdement quand j'ai poussé sur ses épaules pour nous rasseoir à nos places respectives. J'ai maladroitement remis mes cheveux en place, priant pour que mes joues ne soient pas trop roses. Ross m'a dévisagée du coin de l'œil. Will s'est quant à lui tranquillement dirigé vers la porte.

L'instant d'après, Naya entrait dans l'appartement, tout sourire.

– Comment ça, Ross n'est pas en train de crier à tue-tête ? Quelqu'un est mort ou quoi ? a-t-elle demandé.

– Ton sens de l'humour, ai-je lâché d'un air amusé.

Naya m'a adressé un doigt d'honneur, ce qui a fait éclater de rire Ross, et nous nous sommes tapés dans la main, toujours hilares.

Will a sorti son téléphone de sa poche, avant de s'asseoir dans un des canapés.

– J'ai faim, on dîne ? a-t-il demandé.

– On peut commander quelque chose. Vous avez envie de quoi ? a répliqué Ross, qui avait l'air de se calmer enfin.

– Vous, je ne sais pas, mais Jen et moi, on est au régime, a répondu Naya.

Je l'ai regardée, étonnée.

Le mot « régime » ne faisait pas partie de mon vocabulaire.

– Je suis au régime ? Moi ?

– Oui. En fait, j'ai décidé de perdre du poids, et sans toi je n'y arriverai pas.

Bon, c'est vrai que j'avais un peu grossi ces dernières semaines. C'était difficile de suivre le rythme de Ross sans prendre de poids. Tout le monde n'a pas la chance de pouvoir engloutir n'importe quoi sans prendre un gramme. Je faisais toujours du quarante, mais je rentrais moins bien dedans qu'avant.

– Allez, d'accord. On est au régime. C'est officiel.

Naya a battu des mains, enthousiasmée.

Les garçons sont restés silencieux un moment, me regardant comme si je venais de leur annoncer que j'étais une espionne russe. Will avait l'air particulièrement perplexe.

– Au régime ? Pourquoi ?

– Pour maigrir, bien sûr, ai-je répondu.

Sue, qui venait de sortir de sa chambre, s'est installée dans le fauteuil en haussant un sourcil.

– J'ai entendu le mot « régime » ?

– Naya et moi, on va essayer de faire attention à ce qu'on mange, l'ai-je informée.

Elle a eu un rire sardonique, auquel Naya a répondu par une grimace.

– Si mon humble avis t'intéresse, m'a dit Ross, tu me plais comme tu es.

– Mais ton avis ne compte pas, a répliqué Naya en levant les yeux au ciel.

Ross a froncé les sourcils.

– Et pourquoi pas ?

– C'est comme l'avis d'une mère. Pas objectif, quoi.

– Et pourquoi pas ? a-t-il répété.

Naya a esquissé un sourire malicieux.

– Tu vas m'obliger à te le dire ?

En voyant mon visage, Will s'est empressé de l'interrompre.

– Bon, a-t-il dit en s'éclaircissant la gorge, qu'est-ce que vous voulez manger, alors ?

– De la salade avec du poulet à la plancha, a répondu Naya.

– Sérieux ? ai-je soupiré.

J'avais été contente d'en manger le soir où Agnès m'en avait préparé, mais... honnêtement, si c'était nous qui la préparions, ça serait loin d'être aussi bon. Je ne me faisais pas d'illusions.

Sue et Ross se moquaient de moi depuis tout à l'heure.

– Il est encore temps de faire marche arrière, m'a rappelé Will.

J'ai croisé les bras.

– Non. Je suis au régime. Je veux tenir au moins une semaine.

– Pour moi, ça sera une pizza, mon organisme ne peut pas se contenter de salades et de poulet à la plancha, a annoncé Ross d'un air amusé.

Une demi-heure plus tard, je bavais devant leurs pizzas en préparant mon assiette équilibrée dans la cuisine. La scène était plus que triste.

Comme Will était allongé sur un sofa, que Sue était posée dans l'un des fauteuils et que Naya et Ross occupaient l'autre canapé, je n'avais pas d'autre choix que de m'asseoir par terre. Ross a dû deviner mon dilemme : il a souri d'un air espiègle en donnant de petites tapes sur ses genoux.

Je me suis assise sur lui, m'installant confortablement. Ross a soufflé et je l'ai regardé, confuse.

– Quoi ?

– Heureusement que tu es au régime, tu as failli m'aplatir.

Je lui ai donné un bon coup de coude, ce qui l'a fait rire.

– C'est une blague, petite sauterelle. De toute manière, tu pourrais prendre cinq cents kilos, mes sentiments ne changeraient pas.

– Tu es tellement romantique, Ross, a murmuré Sue en secouant la tête.

J'ai regardé l'émission de rénovation de maisons en mangeant ma salade et mon poulet du bout des lèvres. Chaque fois qu'il attrapait un morceau de sa pizza, il me le fourrait sous le nez avant de croquer dedans, ce qui me donnait envie de me jeter par la fenêtre. Et cela ne faisait même pas une heure que j'étais au régime. Je ne tiendrais pas une semaine. C'était impossible.

– Tu es sûre que tu n'en veux pas ?

J'ai regardé fixement mon poulet, faisant de mon mieux pour ignorer le délicieux fumet qui m'envahissait les narines.

– Non.

– Elle est super bonne, je te promets, s'est-il exclamé en mordant dedans à pleines dents.

– Je te hais.

Il a éclaté de rire avant de se remettre à manger. Sue a encore levé les yeux au ciel.

Nous avions tous fini de manger et Sue s'était déjà enfermée dans sa chambre quand j'ai entendu mon téléphone vibrer sur la table basse. Je n'avais aucune envie de voir le nom de Monty s'afficher sur l'écran une fois de plus. Pourtant, en regardant de plus près, j'ai vu que ce n'était pas lui.

C'était quelqu'un de bien, bien pire.

Ma mère.

Oh non.

– Hé, ma belle-mère t'appelle, a dit Ross.

Je me suis levée brusquement.

– Oh non. Oh non.

Will s'est retourné, surpris :

– Qu'est-ce qu'il se passe ?

Ils me fixaient tous les trois, décontenancés. Je me suis arrêtée et j'ai porté une main à mon visage.

– Rien... je... Rien.

– Tu es toute pâle, Jen, a dit Ross, qui ne souriait plus du tout.

– Comment dire... Elle va se fâcher contre moi. Très fort.

– Pourquoi ? a demandé Naya.

Ma messagerie était à deux doigts de s'enclencher, je devais répondre, et vite.

– Parce que... Oh non. Je... Oh non.

J'ai lentement levé mon téléphone à hauteur de mon oreille, l'air horrifié.

– Bonjour, mam...

– Jennifer Michelle Brown !!!

J'ai failli laisser tomber mon portable sous l'effet de la surprise. J'ai vu Naya ouvrir des yeux comme des soucoupes, tandis que Will souriait et que Ross, loin d'être gêné, rigolait à n'en plus finir.

– Michelle ?

Il se marrait tellement qu'il était à deux doigts de tomber du canapé.

– Tais-toi, ai-je chuchoté en lui pinçant l'épaule.

– Hé, a-t-il protesté, meurtri.

J'ai entendu ma mère hurler dans le combiné :

– Tu m'écoutes ?

J'ai instantanément repris mes esprits.

– Bien sûr, maman, c'est juste que...

– Ça fait plus d'un mois que tu vis chez un inconnu et tu ne m'en as rien dit ?

Les autres entendaient tout, évidemment. Quand on crie aussi fort...

Ross m'a regardée.

– C'est moi, ça ?

– Je ne crois pas qu'elle parle de moi, lui a répondu Will d'un air amusé.

J'ai fait mine de me diriger vers les chambres, mais Naya m'a retenue.

– Il n'y a pas de réseau, là-bas, m'a-t-elle rappelé en souriant d'un air diabolique.

Génial. Ils allaient tout entendre. Il ne manquait plus que ça.

– J'allais te le dire, maman. Mais avec les cours et tout le reste, j'ai oublié, et...

– Tu as oublié !!! Ça ne te viendrait pas à l'esprit de m'en parler, non ? Moi, ta pauvre mère que tu as abandonnée à tes deux babouins de frères.

J'ai entendu les babouins en question se plaindre en fond.

– Taisez-vous ! Et toi, tu ne me racontes plus rien. J'ai l'impression qu'on ne se connaît plus.

– Allez, maman...

Will, Ross et Naya me regardaient encore comme une extraterrestre. Je leur ai adressé une grimace et ils ont ri de plus belle en me voyant tourner en rond autour des canapés, nerveuse.

– Si tu me laissais t'expliquer...

– Il n'y a rien à expliquer ! Ton père est vert de rage aussi.

– Mais papa ne se fâche jamais contre moi, ai-je dit en fronçant les sourcils.

– Eh bien, cette fois, il est vraiment en colère !

– C'est faux !

– D'accord, c'est faux ! Mais il devrait l'être !

– Je comptais t'appeler ce soir pour tout te raconter, ai-je menti sans réfléchir.

– Jennifer Michelle, tu es sortie de mon ventre, je te rappelle. Tu crois vraiment que je ne sais pas quand tu mens ?

J'ai lâché un juron entre mes dents qu'elle n'a heureusement pas entendu. Ross oui, apparemment : il était toujours mort de rire.

– Et on peut savoir qui c'est, ce gars ?

– Un ami.

– Un ami, a répété Ross en secouant la tête.

Ma mère a pris sa plus belle voix de détective privé :

– Mmmh... Et c'est un garçon respectable ?

J'ai regardé le principal intéressé : il a souri d'un air angélique.

– Dis-lui du bien de moi, d'accord ?

– Il est un peu lourd, mais plutôt sympa.

– Quelle ingratitude, Michelle, je te signale que je t'ai ouvert les portes de mon appartement.

J'ai couvert le micro de mon téléphone d'une main en le fusillant du regard.

– Appelle-moi encore une fois Michelle et je brûle toutes tes clopes.

– Ne touche pas à ça !

– Et toi, laisse mon nom tranquille, gros lourd !

Ma mère s'est remise à crier à l'autre bout du fil :

– Jennifer !

– Pardon, ai-je dit en revenant à notre conversation.

– Alors, c'est un ami à toi ?

– Non, ai-je dit en riant avant de me reprendre aussitôt. Enfin... oui, je suppose que... J'imagine.

– Oui ou non ?

– Oui, enfin... plus ou moins.

J'ai entendu ma mère étouffer un cri et j'ai rougi comme une tomate : je savais très bien ce qui m'attendait. J'ai essayé de ne pas regarder Ross, qui souriait de plus belle.

– Ne me dis pas que c'est ton copain ? Tu n'es plus avec Monty ?!

Sa voix s'est faite plus aiguë sous le coup de l'émotion.

– Quoi ? Maman, ce n'est pas ce que...

Elle a soupiré.

– Enfin ! Ma chérie, je sais que tu l'aimais beaucoup, mais il ne m'inspirait rien qui vaille. Il ne vaut pas tripette.

– Maman, je ne...

– Avec ses entraînements et toutes ses histoires... il n'avait pas de temps à consacrer à votre couple ! Non, il ne te convenait vraiment pas. J'espère que le nouveau ne passe pas ses journées à faire du sport, sinon on va avoir le même problème.

– Maman...

– Et je ne parle même pas de ses accès de colère. Il était un peu dérangé, non ? Il a eu de la chance de tomber sur toi, tu es trop patiente. À ta place...

– Maman !

– Il est comment, ce garçon ? Pourquoi tu ne m'as pas parlé de lui plus tôt ? Ça fait combien de temps que vous êtes ensemble ?

– Tu veux bien m'écouter au lieu de raconter n'importe quoi ?!

J'étais rouge pivoine. Les autres riaient toujours.

– Passe-la-moi, si tu veux, je vais me présenter, m'a proposé Ross.

J'ai attrapé un coussin pour le lui balancer à la figure.

– Oui, on n'est plus ensemble avec Monty. Je lui ai envoyé un message, l'autre jour. Un matin, je lui ai dit que je ne voulais plus être avec lui. Et il s'est pointé... pour réclamer des explications. Et laisse-moi te dire qu'il était plutôt énervé.

– J'espère que tu as été claire avec cette espèce d'orang-outan.

– Maman...

– Monty, c'est du passé ? Vous n'allez pas vous remettre ensemble ?

– Non. Je t'assure que non.

Il y a eu un moment de silence et j'ai haussé un sourcil.

– J'espère que tu n'es pas en train de sourire, maman.

– Non, a-t-elle répondu alors que je devinais son rictus malicieux malgré la distance.

– Maman !

– Désolée, ma fille, mais tu as toujours eu tellement mauvais goût en matière de garçons...

– Ce n'est pas vrai !

– De ce que j'en sais, elle n'a pas tort, a signalé Naya.

Je lui ai adressé une grimace et ma mère a soupiré dans le téléphone.

– Bon, on en parlera quand tu viendras me voir pour mon anniversaire.

Je suis restée paralysée un instant, je ne savais pas quoi répondre. Elle a remarqué mon silence, puisqu'elle a vite émis un bruit qui s'apparentait à un soupir particulièrement théâtral.

– Tu ne vas pas venir, c'est ça ?

– Je...

– Je le savais ! Il ne t'aura pas fallu longtemps pour oublier ta pauvre mère. C'est toujours la même histoire ! Maintenant que tu es grande et que tu n'as plus besoin de moi, tu m'abandonnes. Comme un jouet cassé. Ou des vieilles chaussures. Un ballon crevé. C'est toujours le même refrain. Avec Shanon, c'était déjà la même chose, et...

J'ai baissé la voix et j'ai tourné le dos aux trois autres.

– Maman, tu sais bien que j'adorerais rentrer, mais... là, je ne sais vraiment pas comment je paierais le trajet.

J'avais vraiment cherché du travail. Un job que je puisse garder en parallèle de mes études, si possible. Mais tous les postes que je trouvais exigeaient une expérience préalable – que je n'avais pas – ou que je sois disponible pendant les heures de cours. J'avais quand même postulé pour des emplois qui ne me convenaient pas tout à fait, mais même pour ceux-là on n'avait pas voulu de moi. Conclusion : je n'avais pas d'argent.

– Alors on te le paie, a-t-elle insisté.

– Je sais où vous en êtes financièrement. Vous ne pouvez pas vous le permettre.

– On pourrait demander de l'aide à...

– Maman, non.

Elle a soupiré.

– Et en voiture ?

– Ça fait cinq heures aller, cinq heures retour. Et je n'ai même pas le permis.

– Peut-être que si Spencer allait te chercher...

Nous savions toutes les deux que ça n'arriverait jamais.

Elle a respiré profondément. Je savais très bien qu'elle était sur le point de pleurer pour que je m'apitoie sur son sort et que je n'aie pas d'autre choix que de rentrer.

– Allez, maman, ne te mets pas dans des états pareils, lui ai-je chuchoté.

Si elle pleurait, j'allais le faire aussi.

– Non, je comprends. C'est mon soixantième anniversaire, mais on n'a pas d'argent pour que tu viennes me voir. Je comprends.

– Je te promets que je vais vite trouver du travail : je t'achèterai un cadeau pour compenser, d'accord ?

– Je ne veux pas de cadeau, Jennifer. C'est toi que je veux.

– Je sais, maman, mais...

Je suis restée pétrifiée en sentant qu'on me prenait le téléphone des mains. J'ai levé la tête, horrifiée, pour me trouver nez à nez avec Ross, qui l'a porté à son oreille le plus tranquillement du monde.

Là, les choses devenaient intéressantes.

– Madame Brown ? a-t-il demandé de sa voix la plus mielleuse.

– Qu'est-ce que tu fous ?! me suis-je offusquée, dix décibels plus fort.

Je me suis jetée sur lui pour essayer tant bien que mal de lui reprendre le téléphone. Il m'a écartée d'un geste sans sourciller tandis que je forçais comme une folle pour qu'il me le rende.

– Ross, je ne rigole pas, rends-moi ça !

– Non, c'est chez moi, ici.

Il a à nouveau collé le téléphone contre sa joue et s'est présenté le plus tranquillement du monde, sans laisser rien paraître des efforts qu'il déployait pour garder l'appareil en main.

– Jack Ross. Oui, cet ami-là. Oui... Enfin, on ne sait pas trop si on est seulement amis. Votre fille n'est pas encore tout à fait décidée.

– Ross !

Il a souri d'un air angélique.

– Ne vous tracassez pas. Non, vraiment. Comment dire ? Si ma mère fêtait ses soixante ans et que je n'étais pas là pour la féliciter, elle serait tellement triste... Je ne voudrais pas que ça vous arrive.

– Quel lèche-bottes, a murmuré Will en rigolant.

– Qu'est-ce que tu racontes ? Raccroche !

Il a souri en m'ignorant.

– Non, bien sûr. Oui, ne vous en faites pas. Vraiment. Mais bien entendu. Vous me revaudrez ça un jour. Ce n'est pas pressé.

Comme j'ai entendu ma mère se confondre en remerciements, j'ai décidé de me taire pour mieux écouter la conversation. Ross en a profité pour troquer sa grimace contre un sourire innocent, me repoussant d'un doigt sur le front. Il m'a regardée en mimant la phrase « C'est privé » du bout des lèvres.

Je lui ai fait la moue en guise de réponse.

– Mais pas du tout. Oui... Oh, ce serait un plaisir. Oui, bien sûr. Voulez-vous que je vous passe votre fille ?

Il m'a tendu le portable en souriant.

– C'est ta mère.

Je ne savais toujours pas quoi faire. J'ai porté le téléphone à mon oreille à toute vitesse pendant qu'il m'observait d'un air amusé.

– Qu'est-ce que... ?

Je n'ai même pas eu le temps de finir ma question que ma mère criait déjà, pleine d'enthousiasme :

– Dieu merci, tu as enfin largué Monty !

Ross a éclaté de rire.

– Maman !

– Rester avec lui alors que tu as l'autre pour toi, ça n'avait aucun sens. Il est génial, Jenny ! Ne le laisse pas filer !

– Maman, je t'en supplie, reviens au vingt et unième siècle...

– Tu peux te moquer de moi, je m'en fiche ! Je suis trop contente ! Ton nouveau copain a proposé de t'offrir le voyage !

– Ce n'est pas mon... Attends, quoi ?

J'ai cligné des yeux avant de les planter dans ceux de Ross.

– C'est un amour ! a-t-elle ajouté.

– Mais... non... Mais...

Ross s'est tranquillement rassis sur le canapé. Quant à moi, j'étais sur le point de m'effondrer.

– Je t'interdis de refuser, m'a avertie ma mère, je le rembourserai moi-même.

– Maman, ne...

– Je suis trop contente ! On va être tous réunis ! Enfin !

– Maman !

– Je dois filer, mon amour, ça fait une heure que ton frère m'appelle.

– Non, attends... !

– Et embrasse bien ton copain de ma part !

Elle a raccroché avant que je puisse répondre. Je suis restée à regarder le téléphone un moment pour enfin me tourner lentement vers Ross.

– Mon amour, je crois que c'est l'heure d'aller au lit, a dit Naya en se levant.

– Tu as raison, a répondu Will.

Ils ont aussitôt disparu, me laissant seule avec Ross, qui s'est tourné vers moi pour m'adresser son sourire parfait.

– Qu'est-ce qu'il y a ?

– Je peux savoir ce qui te passe par la tête ? ai-je demandé en montrant mon téléphone.

– Plein de choses. Dont toi, bien souvent.

– Ross ! Je suis sérieuse ! Je vis déjà ici à l'œil, je ne peux pas te laisser tout payer pour moi !

– Je ne te paie pas tout.

– Tu es sûr ?

Il a réfléchi un moment avant de hausser les épaules.

– L'université, tu l'as payée avant qu'on se rencontre.

Je l'ai foudroyé du regard et il a levé les mains en signe de reddition, l'air amusé.

– Prends ça comme une avance sur ton cadeau de Noël.

– Pour Noël, on offre des parfums, pas des voyages !

– Hé, c'est personnel, un parfum. Je ne voudrais pas mettre le nez dans ce qui ne me concerne pas.

– Tu veux bien être sérieux une seconde ? ai-je insisté.

Il a arrêté de sourire, confus.

– Je te prends toujours au sérieux, Jen.

– Je ne crois pas, non ! Je ne suis pas en train de rigoler, là, alors arrête, s'il te plaît !

Il a cligné des yeux, surpris de me voir vraiment fâchée. Il avait l'air trop occupé à essayer de comprendre ce qu'il se passait pour regretter ce qu'il avait dit.

– Tu n'as pas envie de voir ta famille ?

Je l'ai regardé fixement. Comment ne pouvait-il pas comprendre ?

– Ce n'est pas ça, ai-je murmuré, déjà plus calme.

– Alors ? Tu veux y aller, oui ou non ?

– Bien sûr que je veux y aller, mais...

– Alors tu iras. Maintenant, on oublie tout ça et on...

– On n'oublie rien du tout. Tu ne vois pas que je te dois déjà plein d'argent, Ross ?

Il a soupiré en se passant les mains sur le visage.

– Ça y est, on recommence... Tu es très matérialiste, ma chère Michelle.

– Je ne suis pas matérialiste, je suis pauvre ! Tu crois vraiment que je vais pouvoir te rendre une somme pareille ?

– Et tu crois vraiment que je vais te la réclamer ?

Cette fois, il avait l'air carrément offensé.

J'ai secoué la tête.

– Je n'en reviens pas... Ça doit être dingue d'avoir tellement d'argent que tu peux le filer à n'importe qui sans te tracasser.

– Tu n'es pas n'importe qui.

– Si tu le dis...

Il a froncé les sourcils.

– Pourquoi est-ce que tu te tracasses toujours autant pour l'argent ?

– Et pourquoi tu ne t'inquiètes jamais de rien ?

– Il y a des choses plus importantes dans la vie.

– Quoi, par exemple ? Le bonheur ?

– Par exemple.

– Eh bien moi, honnêtement, je préfère pleurer dans un yacht qu'être heureuse sur un banc dans un parc.

Il a souri, mais son amusement s'est évaporé dès que je l'ai fixé d'un air accusateur.

– Je ne suis toujours pas à l'aise avec ça, Ross.

Il a eu l'air de réfléchir un moment, puis il a soupiré.

– Tu veux savoir ? Chaque mois, on me vire plus de trois mille dollars. À part pour payer cet appartement, je n'y touche pas. Je ne suis pas très dépensier, alors à force ça s'accumule.

La mâchoire m'en est tombée.

– Trois mille... ?

– Ils dorment, je te jure. La dernière chose que je me suis achetée, c'est un pull à vingt dollars. Et je crois que c'était il y a plus d'un an. Maintenant que j'ai une bonne raison de toucher à cet argent, j'ai envie de le faire et je le fais... Où est le problème ?

Évidemment, dit comme ça... Pourtant, mon cerveau refusait d'y croire.

– Tes parents te versent vraiment trois mille dollars par mois ?

Il a éclaté de rire.

– Mes parents ? Non, bien sûr que non. Cet argent, je le reçois grâce à des courts-métrages que j'ai réalisés l'année dernière. Ça fait des années que je ne demande plus rien à mes parents.

Et il me lâchait ça comme ça...

J'ai cligné des yeux, revenant à la réalité.

– Je ne peux pas accepter, Ross.

– Bien sûr que tu peux.

– Je suis sérieuse. J'ai l'impression de profiter de toi.

Il m'a souri.

– Tu peux profiter de moi tant que tu veux. Je ne demande pas mieux.

– Jack...

– Pense un peu à ta mère. Elle va être tellement contente de te voir.

– Oui, mais...

– Allez, oublie l'argent et viens ici.

Je n'enregistrais toujours pas ce qui était en train de se passer. Je me suis assise à côté de lui et il s'est mis à changer de chaîne jusqu'à tomber sur un film à son goût.

– Des courts-métrages ? Depuis quand tu fais des courts-métrages ?

– L'année dernière, j'ai aidé à en monter quelques-uns. Je les ai réalisés, aussi.

– Et c'est grâce à ça que tu gagnes autant d'argent ?

– Ce n'est pas grand-chose. Mais ils ont pas mal fait parler d'eux. J'ai eu dix, à ce cours.

– Et comment ça se fait que tu ne me l'avais jamais dit ?

Il a réfléchi un moment tout en mangeant un morceau de tomate de ma salade avant de hausser les épaules.

– Je ne sais pas. Tu ne m'avais pas posé la question.

– Pardon, je n'avais pas deviné que tu avais pour source de revenus des courts-métrages réalisés l'année dernière. Comment n'y avais-je pas pensé ?

Il a pris un air amusé sans détourner les yeux de l'écran.

C'est alors que j'ai pris conscience du fait que dans deux semaines je passerais un week-end avec ma famille. J'ai légèrement souri. Je verrais Shanon et Owen, mes frères et mes parents. Peut-être même mes grands-parents.

Et Monty, Nel... et les autres. Même si cette idée ne m'enthousiasmait pas plus que ça. J'ai essayé de ne pas trop y penser.

– Je rentre à la maison, ai-je murmuré.

– C'est maintenant que tu le réalises ? Ça fait un moment qu'on en parle.

– Je vais aller voir ma famille, lui ai-je répondu d'un ton enjoué.

– Ça me fait plaisir de te voir comme ça, m'a-t-il assuré en riant.

Je l'ai étreint de toutes mes forces avant de l'embrasser sur la joue. Il a ri en essayant de ne pas faire tomber mon assiette de salade.

– Tu es le meilleur, ai-je clamé, toujours en le couvrant de bisous.

– J'aime mieux ça, a-t-il blagué.

Je me suis écartée de lui pour le regarder d'un air sérieux.

– Mais promets-moi que tu ne me paieras plus rien.

– Je n'ai aucune intention de te promettre ça.

– Je ne rigole pas. Attends au moins que je te rembourse le voyage.

– Si tu me rends le moindre centime, je te jure que je t'achète un manoir à Las Vegas.

J'ai secoué la tête. Mais j'étais quand même contente, et je ne me suis pas privée de le câliner comme un koala. Normalement, je n'étais pas du genre affectueux, mais en cet instant c'était plus fort que moi. Il avait l'air de profiter du moment.

– Et ce n'est pas pour me vanter, mais je crois que ta mère me préfère déjà à toi.

Elle t'aime plus que Monty, en tout cas, ai-je pensé.

Il s'est tourné vers moi en remarquant que je le fixais avec intensité. Il a posé l'assiette de salade sur la table.

– Quoi ?

Je ne m'étais pas rendu compte que je le dévisageais depuis un moment. J'ai détourné les yeux, gênée.

– Rien.

Mais je savais très bien ce que j'avais derrière la tête.

– Tu as envie de... dormir ? lui ai-je demandé.

Il a hésité un moment avant d'éclater de rire :

– Qu'est-ce qu'il se passe dans ce petit crâne ?

– Rien, ai-je assuré.

Il y a eu un moment de silence.

– Tu n'es pas fatigué ?

– De toi ? Jamais.

J'ai levé la tête pour l'attirer vers moi. Je n'ai pas eu à le forcer beaucoup, il était déjà en train de se pencher spontanément. J'ai fermé les yeux, attendant son baiser, mais je les ai rouverts en voyant qu'il n'arrivait pas.

Ross regardait en direction du couloir en se retenant de rire. Sue se trouvait là, debout. Elle nous fixait d'un air horrifié.

Elle nous a sorti son soupir le plus théâtral.

– Oh non. Pas un deuxième couple, s'il vous plaît.

– On peut faire quelque chose pour toi ? ai-je demandé après m'être raclé la gorge.

– J'allais nettoyer ça. Mais si vous restez là à vous rouler des pelles, je n'arriverai pas à me concentrer. Ça me donne envie de vomir.

Elle a croisé les bras en nous attendant patiemment. J'ai souri en passant à côté d'elle pour me diriger vers la chambre de Ross. Il s'est empressé de me suivre, heureux comme un gamin. J'ai entendu Sue soupirer derrière nous.

***

Je ne dormais toujours pas, alors qu'il était déjà tard. J'étais couchée. Ross avait la tête appuyée sur ma poitrine. Il respirait paisiblement, les yeux fermés. Ça faisait déjà un moment qu'il dormait. D'une main distraite, je caressais machinalement son visage et ses cheveux.

Je n'ai pas pu m'empêcher de constater qu'il avait souvent envie de dormir dans cette position, ces derniers temps. Ce qui ne me posait aucun problème, bien entendu.

J'ai passé mon index le long de son menton. Puis je suis remontée jusqu'à ses lèvres. Qui étaient magnifiques, d'ailleurs. Très... « embrassables ». Si tant est que le mot existe.

Toujours du même doigt, je suis montée jusqu'à son nez avant de passer entre ses sourcils foncés et ses yeux sublimes. Ils étaient marron, mais devenaient verts avec des touches de jaune à mesure que l'on s'approchait de l'iris. Je me suis demandé si quelqu'un le lui avait déjà dit.

À part moi quand j'étais défoncée, bien sûr.

J'ai fini par plonger ma main dans ses cheveux, ce qui l'a fait soupirer. J'ai esquissé un petit sourire sans cesser de le caresser. J'en étais à la nuque et aux épaules quand j'ai fermé les yeux pour m'endormir.

Pourtant, quelque chose m'a fait les rouvrir. C'était quoi, ce bruit ? La porte de la maison ? Probablement mon imagination.

J'ai fermé les yeux à nouveau, mais le bruit s'est reproduit. Cette fois, le doute n'était plus possible : je n'avais pas rêvé. Je me suis blottie sous les draps et Ross a resserré son étreinte en murmurant quelques paroles inintelligibles.

Je l'ai secoué par l'épaule.

– Ross. Ross, réveille-toi...

– Mmmh ? a-t-il demandé, à moitié endormi.

– Allez, réveille-toi.

– Laisse-moi dormir un peu avant le troisième round, a-t-il murmuré.

– Je ne parle pas de ça, idiot ! Je crois qu'il y a quelqu'un à ta porte.

Il a soupiré et s'est enroulé dans la couette avant de poser sa joue pile sur mon cœur.

– Ça te dérangerait de continuer à me caresser ?

– Tu m'écoutes ?

En voyant qu'il s'était rendormi, je l'ai frappé à l'épaule pour l'obliger à réagir.

– Je suis sérieuse, Ross, réveille-toi.

– Ah, tu redis Ross, maintenant ?

Je lui ai adressé une grimace.

– Si je t'appelle par ton prénom, tu m'écoutes ?

– Peut-être.

– Pour la millième fois, réveille-toi, Jack.

Il a souri en me regardant.

– Ce n'est qu'un bruit. Ça doit être Will. Ou Sue. On s'en fout, non ?

– Non. C'était le bruit de la serrure. Et Will et Sue sont déjà dans l'appartement.

– Alors ça doit être le voisin, il se plaint toujours du bruit qu'on...

– Ce n'est pas le voisin, je te dis !

Il m'a fixée d'un air moqueur.

– Qu'est-ce qu'il y a ? Tu as peur ?

– Oui. Si ça se trouve, c'est un cambrioleur.

– Il n'a qu'à prendre tes sacs de salade.

– Jack !

– D'accord, d'accord...

Il a fait mine de s'étirer avant de se lever rapidement pour enfiler un pantalon de pyjama. Il n'avait pas l'air plus tracassé que ça. D'ailleurs, il s'est étiré de plus belle en bâillant.

Je commençais sérieusement à perdre patience.

– Ross ! Si ça se trouve, quelqu'un est en train de cambrioler ton appart !

– Tu m'en vois terrifié, a-t-il assuré.

J'ai soupiré.

– Passe-moi ma culotte.

– Pour quoi faire ?

– Pour aller voir avec toi.

– Je préférerais que tu y ailles dans cette tenue.

Il a souri de toutes ses dents et je lui ai adressé une grimace en guise de réponse avant de passer à côté de lui. Mes joues se sont embrasées quand il m'a observée sous toutes les coutures alors que je me baissais pour récupérer ma culotte. J'étais en train de l'enfiler, mais j'ai retenu ma respiration quand il a collé sa poitrine à mon dos et posé ses mains sur mes hanches.

– Je crois que j'ai une meilleure idée que de partir à la chasse aux intrus.

– Jack, passe-moi mon T-shirt.

– Je suis en train d'essayer de t'enlever ce que tu as sur le dos, pas de t'aider à t'habiller.

– Je ne rigole pas ! J'ai peur !

– Et qu'est-ce que tu vas faire si quelqu'un vient ? Le massacrer à coups de poing ?

– Je t'utiliserai comme bouclier humain pour m'enfuir en courant.

– Et si on le laissait cambrioler pendant qu'on...

À ce moment précis, le bruit s'est à nouveau élevé, plus fort cette fois. Ross a levé la tête et son sourire s'est immédiatement effacé.

– Tu vois ? ai-je chuchoté.

– Reste ici, m'a-t-il chuchoté.

– Mais... !

– Jen, ne bouge pas.

J'ai croisé les bras en prenant un air renfrogné quand il est sorti de la chambre. J'ai attrapé son T-shirt et je me suis empressée de le suivre. Je n'étais pas arrivée à la porte qu'il avait déjà remarqué que je me cachais dans son dos.

– Décidément, tu ne m'écoutes jamais, a-t-il murmuré.

– Je ne compte pas rester plantée là à attendre.

– Tu veux passer devant ou je peux y aller ?

– Vas-y, continue.

Il a souri en hochant la tête.

Nous sommes tous deux arrivés devant la porte principale. Effectivement, quelqu'un manipulait la poignée. J'ai regardé Ross l'ouvrir d'un grand coup. J'étais complètement crispée, fronçant les sourcils depuis le salon.

Mais, à ma grande surprise, il s'est contenté de lever les yeux au ciel en lâchant un juron.

– On peut savoir ce que tu fais ici ?

Mike est enfin entré dans l'appartement.

– Bonjour, ça va, merci, et toi ?

Il m'a regardée en titubant. Je crois que c'est à ce moment que j'ai pris conscience de l'état dans lequel je me trouvais. J'étais décoiffée, en culotte, et je portais un des T-shirts de son frère.

– J'interromps quelque chose ?

– Comment ça se fait que tu as la clé ? a demandé Ross d'un air irrité.

– Je ne sais pas laquelle est celle de chez toi. Je les essaie toujours toutes avant de trouver la bonne.

Mike s'est penché pour me regarder à nouveau :

– C'est toujours un plaisir de te voir, Jenna.

– Bien sûr, Mike, ai-je dit en secouant la tête.

J'ai levé les yeux vers Ross, qui avait l'air d'être dérangé par le simple fait que son frère m'adresse la parole.

Comme d'habitude.

– Qu'est-ce que tu fais ici ? lui a-t-il demandé à brûle-pourpoint.

Mike m'a souri un moment avant d'entrer dans le salon pour poser son manteau sur un des fauteuils. Il a regardé autour de lui avant de se tourner vers son frère :

– Je me suis disputé avec mon ex et j'ai pensé que ça ne te dérangerait pas si je restais ici quelques jours.

– Eh bien, figure-toi que ça me dérange.

– Allez, Ross, je suis ton grand frère.

Ça ne m'étonnait pas qu'il ne soit pas enchanté à l'idée que son frère reste dormir ici. Il n'arrêtait pas de me sourire, et, chaque fois qu'il le faisait, on aurait dit que les veines de Ross doublaient de volume dans son cou. Si ça ne s'arrêtait pas bientôt, il allait finir par exploser.

– Alors... c'est officiel ? a-t-il demandé en nous regardant.

– Euh...

Je ne savais pas quoi répondre.

– Ça veut dire que ça ne va pas le faire entre toi et moi, Jenna ? Moi aussi, j'ai des T-shirts à te prêter, si tu veux.

Mes joues ont rougi et les veines dans le cou de Ross se sont mises à palpiter dangereusement.

– Il faut vraiment que tu y ailles, a-t-il craché à l'intention de son frère.

– Tu vas me laisser à la rue ?

– Tu ne peux pas rester ici. On n'a pas la place.

– Tu sais, j'étais sûr que tu dirais non.

– Et tu avais raison, Mike.

– Tu n'as même pas une petite place pour ton frère ?

– Il y a toujours le canapé, ai-je remarqué.

J'ai regretté d'avoir ouvert la bouche à l'instant où Ross m'a fusillée du regard.

– Elle veut que je reste, a triomphé Mike en me pointant du doigt.

– Je ne veux rien du tout, me suis-je aussitôt défendue.

Ross a fermé les yeux un moment avant d'examiner son frère.

– Seulement pour cette nuit. Et demain, tu pars tôt. Où tu veux, je m'en fous.

Il a ôté ses chaussures et s'est laissé tomber sur le sofa.

– Bien sûr, bien sûr. Tu ne veux pas rester un peu pour me tenir compagnie ?

– Non, a dit Ross d'un ton sec en se dirigeant vers le couloir.

– C'est à elle que je parlais.

Ross s'est figé net et a fait demi-tour pour m'attraper le poignet.

– Arrête de l'embêter, l'a-t-il averti brusquement.

– Je ne l'embête pas ! Hein, Jenna ?

– Je... ne...

Je ne savais pas quoi dire.

– Encore un commentaire du genre et tu es dehors, c'est compris ?

Mike a levé les mains, faisant mine de se rendre, mais il affichait toujours le même air amusé.

Ross m'a tirée en direction du couloir et je me suis laissé entraîner tandis que son frère me suivait des yeux. Dès que nous nous sommes trouvés seule à seul, j'ai regardé mes mains d'un air gêné.

– Je... euh... n'aurais peut-être pas dû dire ça, si ?

– Ce n'est rien, m'a-t-il assuré.

– En fait...

Il a eu l'air de se détendre un peu.

– Ce n'est rien. Je suis souvent de mauvaise humeur quand il est dans le coin. Il finit toujours par m'attirer des problèmes, d'une manière ou d'une autre.

Il s'est assis sur le lit et a passé une main dans ses cheveux. Je n'ai pas pu m'empêcher de me sentir mal pour lui. Je me suis approchée pour m'asseoir sur ses genoux, passer mes bras autour de son cou et le regarder dans les yeux.

– On s'en fout, non ? Ce n'est que pour un jour. Même pas. Une nuit. Il s'en va demain.

Il a souri amèrement.

– On voit que tu ne le connais pas. Il ne va pas déguerpir aussi facilement.

– Si ça se trouve, ça va s'arranger avec sa copine.

– Il a trop de copines et pas assez de temps pour ça, Jen, il ne se remettra pas avec elle.

Je me suis mordu la lèvre, pensive. J'avais envie qu'il se sente mieux. Je me suis installée plus confortablement encore sur ses genoux pour lui embrasser le bout du nez.

– Tu sais, ai-je murmuré, je sais comment te faire oublier Mike et tous les autres.

Ça a eu l'air de lui plaire, il a esquissé un petit sourire.

– Ah oui ?

– Mmmh.

J'ai commencé à me frotter doucement contre lui.

– J'ai des méthodes plutôt convaincantes, ai-je chuchoté.

– Je meurs d'envie de voir ça, a-t-il dit en m'enlaçant.

J'ai souri.

J'ai posé mes lèvres sur les siennes. Nous nous sommes lentement laissés basculer en arrière jusqu'à nous retrouver tous deux allongés, en train de nous embrasser et de nous caresser. Il n'a malgré tout rien voulu faire d'autre, nous n'avons même pas enlevé le peu de vêtements que nous portions. Il faisait souvent ça, et ça me donnait l'impression qu'il avait seulement besoin d'affection ou envie que quelqu'un lui murmure des choses gentilles à l'oreille, moitié chuchotements moitié baisers, aussi cucul que cela puisse paraître. En tout cas, je m'en chargeais avec plaisir.

Quand j'ai ouvert les yeux le matin, j'ai vu que Ross dormait toujours. J'ai enfilé mes vêtements de sport avant de sortir de la chambre sur la pointe des pieds.

Son frère roupillait toujours sur le sofa, pratiquement dans la même position que la veille. Je n'ai pas pu m'empêcher de sourire. Ils avaient beau s'entendre comme chien et chat, ils se ressemblaient par bien des côtés.

J'ai couru pendant un bon moment. J'ai aussi discuté avec Spencer, mon frère, sur le chemin du retour, le café que je m'étais acheté à la main.

Je suis montée dans l'ascenseur et j'ai salué un voisin que je croisais depuis plusieurs jours au moment où il rentrait de sa propre séance d'exercice. En pénétrant dans l'appartement, la première chose que j'ai entendue a été un sifflement d'approbation en provenance de la cuisine. Je me suis tournée, tout sourire, espérant me trouver face à Ross, mais mon air enjoué s'est instantanément effacé en constatant qu'il s'agissait en fait de Mike, qui me jaugeait de la tête aux pieds.

– Je ne savais pas que tu étais en forme comme ça le matin, belle-sœur.

– Tu es toujours aussi lourd, Mike ? J'avais un meilleur souvenir de toi.

– Chaque fois que je te vois, j'ai une copine ou quelque chose qui y ressemble. C'est la première fois que tu me vois complètement libre. Je suis tout à toi.

C'est à cet instant que Will est sorti de sa chambre. Il bâillait, mais il s'est figé en voyant Mike.

– Bonjour, Will.

Il l'a salué sans même détourner les yeux de moi. Ça en devenait presque gênant.

– Mike ? a dit Will en m'interrogeant du regard.

– Il s'est pointé hier soir. Demande à Jack.

Oups. Jack. C'était sorti tout seul.

Mike a ri d'un air moqueur.

– Jack ? Tu ne l'appelles plus Ross ? On est clairement sur une relation sérieuse et solide.

Will a ouvert le frigo pour en sortir une brique de lait.

– Je vois que tu n'as pas changé. Tu pars quand ?

– Je ne sais pas. Quand je m'ennuierai.

– Tu as dit à ton frère que tu partirais ce matin, lui ai-je rappelé en fronçant les sourcils.

– Il ne t'a pas dit que j'avais tendance à changer facilement d'avis, belle-sœur ?

Je lui ai adressé une grimace.

– Je vais me doucher, ai-je annoncé.

J'ai fermé la porte de la salle de bains, enlevé mes vêtements, sauté dans la cabine et fermé la porte de la douche. J'étais en train de me shampouiner les cheveux quand j'ai entendu quelqu'un ouvrir brusquement la porte. J'ai lâché un cri de surprise avant de me couvrir la bouche, gênée.

En me penchant prudemment de sorte que seule ma tête soit visible, j'ai pu apercevoir Mike faire pipi comme si de rien n'était.

– On peut savoir ce que tu fais ? Je suis en train de prendre ma douche !

– Tranquille, je n'en ai pas pour longtemps. Et on ne voit rien du tout.

Ce qui était vrai, la paroi était translucide. Mais quand même, il ne pouvait pas rester là !

– Va-t'en ! lui ai-je crié.

– C'est bon, c'est bon. Mais quelle lourde, celle-là...

Il a remonté sa braguette lentement et je me suis sentie gagnée par un étrange mélange de rage et de honte.

– Hé, m'a-t-il dit en se lavant les mains, tu peux continuer, ça ne me dérange pas.

– Sors d'ici, je te dis !

Ross a dû m'entendre crier, puisqu'il a passé la tête dans la salle de bains en fronçant les sourcils pour fusiller son frère du regard.

– On peut savoir ce que tu crois que tu es en train de faire ? lui a-t-il craché, plein d'animosité.

– Calme-toi, petit frère, je...

Ross ne l'a pas laissé terminer. Il l'a attrapé par le col de son T-shirt pour le sortir de la salle de bains d'un coup, lui claquant la porte au nez. Je l'ai vu se passer une main dans les cheveux.

– Je suis désolé, a-t-il dit en me regardant, il est con.

– Ce n'est rien. Mais s'il remet ça, j'ai bien l'intention de lui lancer la bouteille de shampoing à la figure.

Il a souri en secouant la tête.

– Je paierais pour voir ça.

Il s'est immobilisé l'espace d'un instant. J'ai froncé les sourcils.

– Qu'est-ce qu'il y a ? ai-je demandé.

Il a esquissé un petit sourire.

– Il y a de la place pour deux, là-dedans ?

– Seulement si l'autre personne c'est Mike.

En voyant son air amer, j'ai éclaté de rire et j'ai tendu la main vers lui. L'amertume s'est vite envolée lorsqu'il s'est approché de moi en se déshabillant, le sourire aux lèvres.

L'avantage de se doucher avec Ross ? On rigole, il me savonne tout en me massant, il ouvre le robinet pour couvrir le son de nos voix, il me sourit quand je pointe le jet vers sa figure comme si je ne voulais pas qu'il m'approche...

Le désavantage, quand on prend sa douche avec Ross ? Le savon qu'on me passe quand j'arrive en cours avec une demi-heure de retard.

16

La légendaire Daisy

Naya et Will étaient chez les parents de Naya pour deux jours et Sue en visite chez je ne sais qui : ils avaient tous trouvé le moyen de disparaître, juste avant mon départ pour mon week-end en famille. J'espérais les croiser le lendemain, pour les saluer avant de partir.

Mais leur absence avait un avantage : je pouvais rester seule avec Ross toute la nuit, pour la première fois.

Il n'y avait qu'un léger obstacle : Mike.

Il faisait les cent pas dans le salon, affolé. Je le regardais depuis le couloir, perplexe, quand il a retourné les poches de sa veste et l'a jetée au sol, frustré.

– Qu'est-ce que tu fais ?

Il m'a enfin fait face et j'ai remarqué qu'il était plus pâle que d'habitude. Il ne souriait même pas. Ce n'était pas le Mike auquel j'étais habituée.

– Je... euh...

Il m'a observée un moment.

– Je ne trouve pas mon portefeuille.

– Oh.

J'ai hésité un instant :

– Je t'aiderais bien, mais...

– Tu as de l'argent ?

Tu as frappé à la bonne porte... ai-je pensé.

– Tu en as besoin tout de suite ?

– Oui, c'est urgent, tu en as ou pas ?

Mon instinct me chuchotait de ne pas lui en donner, mais il avait l'air d'en avoir vraiment besoin. J'ai failli sortir mon portefeuille, mais je me suis forcée à m'arrêter.

– Je n'ai rien sur moi, ai-je menti. Si tu veux, je peux appeler Ross et...

– Non, m'a-t-il coupée. C'est pas grave. Laisse tomber.

Il a refermé violemment le tiroir qu'il venait d'ouvrir et s'est assis sur un canapé en se passant les mains sur le visage.

– Je t'aiderais bien à chercher ton portefeuille, mais je dois aller en cours... Je suis arrivée en retard hier, je ne peux pas recommencer. J'espère que tu le trouveras vite. Sinon, je suis sûre que Ross te prêtera ce dont tu as besoin. Ou moi.

Il n'a pas répondu. Comme j'avais l'impression qu'il voulait être seul, j'ai pris mes affaires et je suis partie.

J'ai envoyé un texto à Ross depuis l'ascenseur :

Mike est bizarre ce matin. Je crois qu'il a besoin d'argent. Tu devrais peut-être l'appeler.

Je n'ai pas attendu qu'il réponde parce que je ne voulais vraiment pas être en retard. J'ai jeté mon portable dans mon sac et j'ai couru sans ralentir jusqu'à l'arrêt de métro.

***

Quand je suis sortie de la fac, j'avais une tête de déterrée, entre autres parce que cette nuit-là je n'avais pas dormi autant que je l'aurais voulu. Pour ne rien arranger, les cours s'étaient terminés très tard et j'avais faim. Je descendais les escaliers de l'entrée du bâtiment quand j'ai cru entendre mon prénom. J'ai cligné des yeux et j'ai regardé autour de moi. Mes yeux se sont posés sur une femme qui s'approchait.

La mère de Ross.

– Mary ? me suis-je étonnée.

– Bonjour, ma chérie, m'a-t-elle saluée avec son sourire habituel, même si elle semblait un peu préoccupée.

J'ai descendu les dernières marches et je me suis arrêtée devant elle.

– Il y a... quelque chose qui ne va pas ?

Elle a mis un moment à me répondre, et j'ai senti mon cœur s'emballer.

– Oh non, m'a-t-elle assuré avec un sourire qui n'atteignait pas ses yeux. Nous avons décidé de dîner chez moi ce soir et mon Jack chéri ne pouvait pas venir te chercher.

– Comment ça se fait ? ai-je demandé, surprise, en la suivant jusqu'au parking.

C'était étrange que Ross ne puisse pas passer me prendre.

– Il est allé chercher Mike.

Elle ne m'a pas donné d'autre explication.

Sa voiture était une Audi bleu métallisé qui devait coûter plus cher que ma chambre. L'habitacle sentait bon et était impeccable. Je m'en suis voulu de salir le tapis immaculé avec mes vieilles bottes humides.

Mary m'a adressé un petit sourire avant de démarrer.

– Mon Jack chéri m'a dit que tu allais bientôt rendre visite à ta mère.

Jack s'était abstenu de préciser que c'était lui qui m'avait payé le billet.

– Oui, c'est son anniversaire.

– Tu le lui souhaiteras de ma part.

Est-ce qu'elle était au courant du type de relation que nous avions vraiment, Ross et moi ? En réalité, je ne savais pas trop moi-même comment la définir. Mais je lui ai confirmé que je transmettrais ses compliments à ma mère.

– Ross va bien ? me suis-je enquise après une ou deux minutes de silence.

– Oui, bien sûr, pourquoi cette question ?

– Parce que c'est la première fois qu'il ne peut pas venir chercher quelqu'un depuis que je le connais.

– En ce moment, il est très pris par cette histoire de court-métrage...

Il en avait parlé, mais sans en dire grand-chose. Je savais juste qu'il travaillait sur un nouveau projet et que c'était pour ça qu'il passait très peu de temps à l'appart. Ross n'aimait pas parler de son travail, je ne lui posais pas trop de questions à ce sujet pour ne pas l'embêter.

– Oui, ai-je murmuré, il nous manque à la maison...

J'ai lâché ça sans réfléchir. Heureusement, elle n'a pas vu que je rougissais.

– En plus, il devrait bientôt savoir s'il sera accepté dans cette école... a-t-elle terminé.

Une seconde. Il ne m'en avait rien dit.

– Quelle école ? ai-je demandé, intriguée.

– Oh, il a envoyé sa candidature il y a un an, a-t-elle précisé pour me rassurer d'un geste de la main. C'est normal qu'il ne t'en ait pas parlé. Je suis sûre qu'il ne s'en souvient même pas. Il est tellement désordonné...

Ma curiosité était piquée au vif, mais je ne voulais pas que ça se voie.

– C'est une école de... d'audiovisuel ou quelque chose comme ça ? ai-je demandé en feignant l'indifférence.

– Oui. Une des meilleures d'Europe. C'est en France. Il a toujours voulu étudier là-bas, mais... on ne sait jamais avec lui. Mon Jack chéri... il n'est pas vraiment prévisible. Peut-être qu'il sera admis et qu'il ne voudra plus y aller.

J'ai souri. C'était vrai.

Je ne sais pas comment on en est venues à ça, mais Mary s'est mise à me raconter des anecdotes drôles sur l'enfance de Ross et Mike. Elle venait d'en terminer une quand elle a manœuvré pour rentrer la voiture dans le garage.

Mike et Ross n'étaient pas encore arrivés, mais j'ai constaté avec soulagement que leur père n'était pas là.

Mary a dû déchiffrer mon expression, car elle m'a adressé un petit sourire en se dirigeant vers la cuisine. Je l'ai suivie.

– J'essaie de faire en sorte que mon mari et mes enfants ne soient jamais là en même temps, m'a-t-elle expliqué en ouvrant le frigo pour examiner un gaspacho qui m'a fait saliver. Ils ne s'entendent pas très bien, comme tu as pu le constater.

– J'ai pu le remarquer, oui, ai-je murmuré.

J'ai immédiatement levé les yeux pour m'assurer qu'elle n'était pas fâchée. Au contraire, elle semblait amusée.

– Bon, il ne reste plus qu'à attendre que les deux catastrophes qui me servent de fils daignent arriver.

Elle a débouché une bouteille de vin.

– Tu en veux ?

– Je n'aime pas le vin.

Elle a souri et a sorti une bière du frigo.

– Tu as de la chance. Quand Mike est là, elles ont tendance à disparaître comme par magie.

Quand j'ai vu qu'elle allait dans le salon, je me suis dépêchée de décapsuler la bouteille et de la suivre. J'avais l'impression d'être une petite fille. Je ne savais ni quoi faire ni quoi dire. J'avais envie de l'impressionner, mais... je ne disposais pas d'armes secrètes pour éblouir qui que ce soit. En réalité, j'étais plus douée pour me ridiculiser.

– Assieds-toi si tu veux, a-t-elle proposé en tapotant à côté d'elle.

Oh non. L'inspection fatale, ai-je pensé.

Même si je ne sortais pas avec Ross, j'avais l'impression de me retrouver dans la même position que le jour où j'avais rencontré pour la première fois la mère de Monty, qui ne voyait pas d'un bon œil cette fille qui pourrait lui disputer l'amour de son fils unique trop gâté.

– Comment ça se passe avec ton petit ami ? m'a demandé tout à coup Mary.

Génial. Quel démarrage !

J'avais oublié que quelqu'un avait dit que j'avais un petit ami, au cours du dîner avec le père de Ross...

– Agnès me raconte presque tout, a-t-elle précisé en lisant la question implicite dans mes yeux.

– Oh, eh bien... Je ne suis plus avec lui.

– Ah bon, je suis désolée.

– Moi pas.

Ça venait du fond du cœur, mais je me suis empressée de rectifier :

– C'est-à-dire que... euh... je l'ai quitté il y a quelque temps, mais en réalité ça faisait un bon moment que j'avais l'impression qu'on n'était plus ensemble. Surtout après avoir fait la connaissance de Ro... Depuis mon arrivée i... ici.

J'étais rouge comme une pivoine. Super.

Mary a bu une gorgée de son verre en m'observant. J'avais l'impression de subir un interrogatoire, même si elle se montrait très gentille avec moi. Je m'enfonçais toute seule, sans son aide.

– Bon, parle-moi de toi, a-t-elle suggéré en continuant à me fixer. Tu as dit que tu étudiais les lettres, c'est ça ?

– Oui...

– Et ça se passe bien ?

– Euh...

– Je vois.

Elle a souri, l'air amusé, comme si elle avait parfaitement compris.

– Tu n'envisages pas de changer de parcours ?

– C'est juste que... Je ne suis douée pour rien d'autre...

– Il doit bien y avoir une matière. Qu'est-ce que tu fais de ton temps libre ?

– Plus grand-chose. Je faisais de l'athlétisme. Surtout parce que mon grand frère m'y obligeait. Mais j'ai fini par aimer ça. Ensuite, j'ai entraîné l'équipe de base-ball de mon neveu. C'était... euh... intéressant. On a remporté une compétition pour enfants. Voilà, c'est à peu près tout.

– Il doit bien y avoir autre chose.

– Eh bien...

Elle a vu que j'avais du mal à le dire et ses yeux ont brillé de curiosité.

– J'aimais bien... peindre, ai-je murmuré en m'efforçant de ne pas rougir. Je crois que je vous en ai touché un mot à la galerie. Mais évidemment, je n'étais pas douée...

– Qu'est-ce que tu peignais ?

J'ai minimisé :

– Des bêtises. Mes amis aimaient bien que je fasse leurs portraits.

– Des portraits ?

– Oui, mais ils étaient nuls.

– Ils ne devaient pas être si nuls que ça, si tes amis te les réclamaient.

– D'accord, ils n'étaient peut-être pas horribles, mais...

J'ai haussé les épaules.

– Ils n'étaient pas très bons non plus.

– Moi aussi, j'ai commencé la peinture par les portraits. Alors, crois-moi, tu ne m'apprends rien que je ne sache déjà.

J'ai esquissé un sourire, me détendant enfin un peu.

Juste à ce moment-là, la porte d'entrée s'est ouverte. Ils n'avaient pas besoin de s'annoncer. Leurs voix se sont fait entendre bien avant qu'ils apparaissent.

– ... toujours pareil ! criait Ross.

– Oh, ça va, il ne s'est rien passé, détends-toi.

Mary a levé les yeux au ciel.

– Les enfants...

Elle a soupiré, comme si elle n'avait que trop l'habitude de ce genre de disputes.

Ross est entré le premier dans le salon, et il était tellement en colère qu'il ne nous a même pas vues. Il a enlevé sa veste et l'a jetée sur le canapé à côté de nous. Mike était derrière lui, un sourire insouciant sur le visage, comme d'habitude. Il m'a tout de suite repérée.

– Bonjour, Jenna, m'a-t-il saluée avec son ton habituel.

Ross s'est retourné. Il a eu l'air de se calmer en nous voyant assises là. Ou, du moins, il a fait semblant.

– Qu'est-ce qui ne va pas ? l'ai-je interrogé.

– Rien, m'a assuré Mike.

– Cet imbécile était au commissariat, nous a annoncé Ross en le regardant comme s'il allait le tuer. Pour la raison habituelle.

– La... La raison habituelle ?

– J'ai essayé de m'écarter, a commencé Mike en s'asseyant sur un des canapés. Mais ce type était sur mon chemin et ce qui devait arriver est arrivé.

– Qu'est-ce que tu lui as fait ? lui a demandé Mary avec un air grave.

– Je l'ai un peu bousculé.

– Il lui a cassé le nez et ça pissait le sang.

Ross a secoué la tête en s'asseyant à côté de moi.

– Et mon frère a été assez bête pour ne pas s'enfuir...

– Je suis un honnête citoyen. J'assume les conséquences de mes actes.

– Oh, Michael... a soupiré Mary.

Ross continuait à le dévisager.

– Qu'est-ce qu'il y a ? a voulu savoir Mike.

– Tu crois que venir te chercher dans un commissariat à l'autre bout de la ville est ma passion dans la vie ? J'avais des trucs prévus ce soir.

– Oh ! a fait Mike d'un air moqueur. Tu avais un rendez-vous ?

– Ça ne te regarde pas, a répliqué Ross. Tu pourrais au moins t'excuser.

– Désolé, petit frère.

– Pas auprès de moi.

Mike a lâché un soupir sonore et s'est tourné vers moi. Je n'ai pas pu m'empêcher de me sentir un peu mal à l'aise.

– Excuse-moi, belle-sœur.

Ce dernier mot... Mary a eu un sourire amusé. Ross a levé les yeux au ciel.

– Vous avez dîné ? m'a-t-il demandé.

– Non, pas encore.

– Le gaspacho est dans le frigo, l'a informé Mary.

– Du gaspacho !

Mike s'est levé d'un bond et a disparu dans la cuisine.

Ross a soupiré et l'a suivi, me laissant à nouveau seule avec sa mère.

– Où est la salle de bains ? lui ai-je demandé.

– Monte à l'étage. Chaque chambre a sa propre salle de bains. Celle de mon Jack chéri est la dernière à droite.

– Et ça ne le dérangera pas... ?

En voyant la façon dont elle me regardait, je me suis tue et je me suis levée. Mes bottes ont résonné dans l'escalier en métal et verre. Dans l'immense couloir du premier, la moquette qui recouvrait le sol m'a semblé trop propre pour que je puisse marcher dessus, aussi ridicule que ça puisse paraître. J'ai examiné les portes. Elles étaient toutes en bois parfaitement poli. Et l'air semblait si pur, pas comme dans ma maison. Chaque fois qu'on nettoyait un coin chez moi, quelqu'un déboulait pour le salir à nouveau.

Je me suis arrêtée devant la porte que Mary m'avait indiquée et j'ai esquissé un demi-sourire en voyant un symbole de radioactivité sur le battant. Oui, c'était bien la chambre de Ross.

Je l'ai ouverte et j'ai allumé. La pièce était un peu plus grande que notre... que celle de son appart. Elle était parfaite, avec un immense tapis moelleux, un lit géant avec des draps bleus, beaucoup de coussins et plusieurs meubles assortis. Il y avait un placard et un grand miroir en pied juste à côté, mais j'avais du mal à y apercevoir mon reflet parce qu'il était couvert d'autocollants de jeux vidéo et de films.

Toute une étagère était réservée à des vinyles. Je me suis demandé s'il possédait aussi un de ces vieux juke-box que je n'avais vus qu'en photo ou au cinéma. Juste à côté, une autre étagère, encore plus grande, était remplie de films et de séries, et en dessous de comics et de livres.

C'était tellement... lui.

J'aurais voulu pousser mon inspection plus loin, mais je mourais d'envie de faire pipi. Je suis entrée dans la salle de bains, qui était immense. Beaucoup plus grande que celle de l'appart. Je ne comprenais toujours pas pourquoi il habitait là alors qu'il aurait pu passer ses journées dans cette magnifique demeure.

Quand j'ai rouvert la porte, l'esprit ailleurs, j'ai failli avoir une crise cardiaque en voyant Ross tranquillement allongé sur son lit, les bras croisés derrière la tête. Il s'est retourné en plissant les yeux d'un air soupçonneux :

– Tu as perdu ton portable ?

– Hein ?

– J'ai essayé de te dire que ma mère allait venir te chercher plusieurs fois et tu n'as pas répondu.

– Oh, eh bien...

J'ai souri innocemment.

– Je l'ai jeté dans mon sac et je n'y ai plus fait attention.

Il n'a pas insisté, ce qui m'a surprise. J'avais tellement l'habitude de me disputer pour des bêtises...

– Mike allait bien ? ai-je demandé en examinant distraitement son étagère de films.

– En cellule ?

Il a affiché un demi-sourire.

– Il se portait comme un charme.

– Non, quand je t'ai envoyé un texto. Ça n'avait pas l'air d'aller du tout.

– Oh, ça... a soupiré Ross.

J'ai attendu un moment qu'il ajoute quelque chose, mais il n'a plus rien dit. Quand j'ai ouvert la bouche pour l'interroger, il a pris les devants.

– Mike a eu un problème de drogue il y a quelque temps, a-t-il expliqué. Il n'a plus touché à rien depuis un an... Rien de trop dur, en tout cas. Il a juste fumé de l'herbe... C'est pas génial, mais c'est mieux qu'avant. Aujourd'hui, il a failli faire une rechute.

– Une... Une rechute ?

– Oui, ça arrive quand il est très stressé. Avant, il volait de l'argent ou vendait tout ce qu'il pouvait pour continuer à se droguer. Heureusement, aujourd'hui, il s'est contenté de se défouler en frappant ce pauvre type. Sinon, il aurait sans doute fait pire.

Je ne savais pas quoi répondre. Ross me racontait ça avec tellement de naturel...

J'ai baissé les yeux un instant, mal à l'aise.

– Il m'a demandé de l'argent et je ne lui en ai pas donné, ai-je admis.

– Tu as bien fait, Jen.

J'ai acquiescé en lui jetant un coup d'œil à la dérobée. Il avait l'air d'avoir envie de changer de sujet.

– Alors, c'est l'ancienne tanière du loup, ai-je plaisanté en tapotant l'étagère.

Il a levé les yeux au ciel, mais il avait l'air amusé. Et soulagé que je lance une nouvelle conversation.

– Ça l'est toujours dans mon cœur. Toute ma jeunesse est ici.

– Tu as vingt ans, pas quatre-vingts.

– Je suis un vieux.

Il s'est redressé en me souriant, puis s'est mis à fouiller dans sa table de nuit. Il a ouvert un tiroir et je me suis approchée, curieuse. La première chose que j'ai vue, c'est un paquet de préservatifs. Je l'ai pris en haussant les sourcils et il m'a adressé un sourire angélique.

– C'est un paquet de dix, ai-je constaté en riant presque. Et il ne t'en reste que deux.

– Estime-toi heureuse d'en avoir trouvé un.

Il a repris ses fouilles et a semblé enfin dénicher ce qu'il cherchait dans le fond.

– La légendaire Daisy ! a-t-il annoncé.

C'était une sorte de récipient en verre d'où sortait quelque chose. J'ai froncé les sourcils.

– Qu'est-ce que c'est que ça ?

– *Ça*, mademoiselle, s'appelle Daisy. Un peu de respect, je te prie.

– Mais qu'est-ce que c'est ?

– Tu n'en as jamais vu ? s'est-il étonné, sur le point d'éclater de rire.

– Hein ?

Je me suis immédiatement sentie gênée.

– Si, bien sûr... Si.

– Et qu'est-ce que c'est ?

J'ai hésité un instant :

– C'est... un... hum... jouet.

– En tout cas, l'amusement est garanti avec ça, a-t-il blagué. C'est un bong, une pipe à eau, peu importe le nom qu'on lui donne. Mais, dans mon cœur, c'est Daisy.

– Donc c'est pour fumer.

Je n'ai pas pu m'empêcher de hausser un sourcil.

– J'ai passé beaucoup d'après-midi tristes et solitaires avec elle comme seule compagne.

– Tu l'utilises encore ? l'ai-je interrogé en m'asseyant à côté de lui et en tenant l'ustensile avec précaution pour ne pas le lâcher.

C'était plus lourd que je ne l'aurais cru.

– Non, je ne suis plus comme avant.

– Avant, tu étais un hors-la-loi, ai-je ironisé.

– Disons que ça n'aurait pas été pareil entre nous si je t'avais connue au lycée.

– Tu ne m'aurais même pas remarquée, ai-je déclaré alors qu'il rangeait Daisy dans le tiroir.

– Qu'est-ce que tu racontes ?

– Tu étais le bad boy de l'école, non ? Dans les romans, c'est cool, mais dans la vraie vie... c'est pas pareil. Et moi j'étais la timide de la classe. Tu n'aurais jamais posé les yeux sur moi.

– Je crois que si. C'est difficile d'ignorer ce cul, a-t-il ajouté avec un sourire malicieux.

– Jack !

– Mais je ne parle pas de ça, a-t-il ajouté.

– Alors... ?

– Si le Ross du lycée était ici, la situation serait très différente.

– Dans quel sens ?

– Tu porterais moins de vêtements, pour commencer.

Je ne savais pas quoi dire. Il a souri. Il s'amusait beaucoup.

– Dommage que ça ait changé et que ce soit si ennuyeux, a-t-il ajouté.

Puis il m'a examinée d'un air pensif. J'ai immédiatement plissé les yeux.

– Qu'est-ce qu'il y a ? ai-je demandé, méfiante.

– Will et Naya ne sont pas là.

– Je le sais.

– Et Sue non plus.

Il a haussé un sourcil, comme s'il attendait une réaction de ma part. Je suis restée de marbre.

– C'est la première fois qu'on aura l'appart vide, a-t-il déclaré en secouant la tête. Une oasis de paix. Enfin.

Il m'a pris la main et m'a tirée vers la porte avant que je puisse réagir. Il semblait heureux à l'idée qu'on se retrouve seuls.

– Jack, on n'a pas dîné.

– On mangera à l'appart.

En descendant, j'ai remarqué que Mike avait enfilé sa veste.

Le sourire de Ross s'est instantanément évanoui.

– Pas question, a-t-il lancé à son frère avant qu'il puisse prononcer un mot.

– Mais... a commencé à protester Mike.

– Tu dors ici, l'a-t-il interrompu avec une expression sévère.

– Papa sera là demain matin et je vais devoir le croiser !

– Ouin ! Je pleure pour toi.

Au bout d'une assez longue discussion, Mike a fini par nous accompagner. Dans la voiture, il n'arrêtait pas de papoter. J'ai souri à Ross, qui avait l'air furieux.

De retour à l'appartement, on a mis un film pour nous trois et on a dîné en vitesse. Ross a passé un bras dans mon dos quand Mike s'est mis à faire un boucan infernal en essayant d'ouvrir un paquet de bonbons. Quand il a vu nos regards réprobateurs, il a souri. Ross a poussé un soupir théâtral, pendant que je fixais l'écran avec un sourire amusé. Puis... je me suis souvenue que c'était ma dernière soirée avant d'aller rendre visite à mes parents. C'était ma dernière nuit avec Ross avant lundi.

D'un coup, le week-end à venir m'a paru interminable.

J'ai jeté un coup d'œil dans la direction de Ross : il semblait encore de mauvaise humeur. Mike mastiquait bruyamment un bonbon. Quand il a vu que je le regardais, il m'a tendu le paquet en souriant et j'ai refusé poliment. Puis, sans trop savoir pourquoi, j'ai tendu la main à Ross et j'ai serré ses doigts entre les miens. Je n'avais jamais montré de marques d'affection envers lui en présence d'autres personnes. Aucun de nos amis ne nous avait jamais vus nous embrasser. Juste Will une fois, mais ça ne comptait pas. Je n'avais même pas parlé à Naya de ce qui se passait entre nous.

Ross devait s'être fait la même réflexion, car j'ai senti que sa main se raidissait un instant avant de se détendre à nouveau. Le bruit que faisait son frère ne semblait plus le déranger. Instinctivement, j'ai commencé à tracer des cercles sur le dos de sa main avec mon pouce. Je n'avais jamais fait ça à personne.

Et je me sentais... étrangement bien.

Le film allait se terminer et je n'y avais pratiquement pas prêté attention. J'étais plus concentrée sur la main que je caressais. Ross semblait penser la même chose.

– Je... Je crois que je vais aller dormir, ai-je annoncé en me raclant la gorge et en me levant.

Mike n'a rien répondu, il avait les yeux rivés sur l'écran. Cependant, alors que j'arrivais à la porte de la chambre, j'ai entendu Ross dire quelque chose de similaire et je l'ai attendu.

Dès qu'il est entré, il a refermé le battant derrière lui et on s'est dévisagés pendant un moment. J'avais toujours été attirée par lui, mais là, c'était différent. C'était un autre type d'attirance. Quand je le regardais, je n'avais pas envie de coucher avec lui pour le plaisir du sexe, mais... pour l'avoir plus près de moi.

C'était une impression étrange, que je n'avais ressentie avec personne. Même si je n'avais pas été attirée par beaucoup de gens non plus.

Honnêtement, c'était vraiment différent avec Ross.

– Tu ne devrais pas préparer tes affaires pour demain ? s'est-il enquis, m'arrachant à mes pensées.

– Si... Enfin, j'ai un sac à dos prêt. Je n'ai pas besoin de beaucoup de trucs. Ce n'est que deux jours et demi.

– Deux jours et demi, ça peut être très long, a-t-il murmuré en se rapprochant de sa commode.

– En plus, j'ai encore quelques vêtements à la maison...

J'ai soupiré de bonheur.

– Je vais enfin voir ma famille. Ils m'ont manqué.

– Et tes amis.

– Oui, je vais poser quatre ou cinq questions à Nel. Comme par exemple : pourquoi tu n'as répondu à aucun de mes appels, putain ?

– Ces deux jours et demi vont être intéressants, a-t-il plaisanté.

– Oui, mais après tout reviendra à la normale.

Il s'est tu un instant, et j'ai compris qu'il n'allait pas me toucher et qu'il n'allait pas s'approcher de moi. Il m'a tourné le dos pour changer de T-shirt et j'ai contemplé son tatouage. Ce brusque changement d'attitude m'a déstabilisée.

Parfois, j'aurais aimé être dans sa tête...

J'ai décidé de me mettre en pyjama. Il était assis sur le lit, dos à moi, pendant que je retirais mes lentilles. Je n'ai pas pris la peine de mettre mes lunettes. Je me suis glissée sous la couette et je l'ai observé un moment.

– Ça va ? lui ai-je demandé.

– Oui.

Il a semblé revenir à la réalité, mais il ne m'a pas regardée.

– Allez, Ross...

– Je préférais quand tu m'appelais Jack.

J'ai hésité un instant. Je me suis tordu les doigts. J'étais toujours nerveuse quand nous étions seuls.

– Qu'est-ce qui t'arrive ? ai-je insisté.

– Je ne veux pas que tu te tracasses maintenant.

– Eh bien, moi je veux savoir. Peu importe ce que c'est.

Il n'a pas répondu. Il a fixé ses mains, le front plissé. Je n'aimais pas ça. J'avais un mauvais pressentiment.

– Jack.

Ma voix était inquiète.

– Tu vas me manquer, a-t-il déclaré en se tournant vers moi. Même si ce n'est pas long.

Dès qu'il a eu prononcé ces mots, j'ai compris que ce n'était pas la vraie raison de son attitude. Pourtant, je n'ai rien dit quand il s'est approché de moi et a passé une main le long de mon menton.

– Ma mère ne va pas arrêter de me poser des questions sur toi, ai-je déclaré en décidant de faire comme si je le croyais.

– J'espère qu'elle aura une bonne image de moi, a-t-il plaisanté.

J'allais répliquer quelque chose quand il m'a interrompue en se penchant vers moi. Il ne m'avait jamais embrassée comme ça. J'ai trouvé ça bizarre. Il m'a embrassée... trop lentement. Il avait presque l'air triste. J'ai froncé les sourcils quand il s'est éloigné et j'ai soupiré.

– Dormons, a-t-il murmuré en me tirant par le bras pour me rapprocher de lui.

Il s'est mis dans la même position que celle de la première nuit que nous avions passée enlacés, et je l'ai laissé faire, malgré mon trouble. J'ai fini par sombrer dans le sommeil en sentant qu'il continuait à être tendu à côté de moi et qu'il fixait le plafond.

17

La terroriste aux boulettes

Je n'en revenais pas que nous ayons l'air si tristes en arrivant à l'aéroport. Naya avait même préparé un paquet de mouchoirs. Je me suis retournée devant les portes coulissantes.

– Ce n'est que pour deux jours, ai-je souligné en voyant sa lèvre inférieure se mettre à trembler.

– Deux jours et demi !

Je l'ai laissée me serrer dans ses bras, partagée entre l'amusement et la surprise. Je n'étais pas habituée à ce que quelqu'un me déclare ouvertement que je lui manquerais. À part ma mère, bien sûr.

– Amuse-toi bien.

Will m'a adressé un sourire amical en me tapotant le dos.

Sue semblait mal à l'aise. Quand je l'ai regardée, elle a fait une drôle de grimace, puis un bref signe de tête. Pour elle, c'était beaucoup.

J'ai hésité un instant en observant Ross. Il semblait attendre que je fasse comme je voulais. Une petite voix intérieure me disait qu'il n'allait pas prendre d'initiative – du genre m'embrasser – parce qu'il ne savait pas comment j'allais réagir.

Je ne l'avais jamais embrassé en public. Il était peut-être temps.

J'étais sur le point de me lancer, mais je me suis dégonflée et je me suis contentée de passer les bras autour de sa taille et de le serrer.

S'il était déçu, il ne l'a pas laissé paraître. Il m'a juste souri et m'a souhaité bon voyage.

Oh, Ross, tu es trop gentil, ai-je pensé.

***

Je suis descendue de l'avion avec l'estomac noué. Lorsque j'ai franchi les portes de la zone d'arrivée, mon cœur a bondi dans ma poitrine quand j'ai aperçu mes parents et Spencer, mon frère aîné. Ils brandissaient une pancarte

« Bienvenue à la maison ». Je n'ai pas pu m'empêcher de sourire, les larmes aux yeux. Je n'arrivais pas à croire qu'ils m'aient tant manqué, en trois mois à peine.

Mon père était toujours aussi petit, avec sa barbichette blanche et son polo de golf. Ma mère, à côté de lui, avait relevé ses cheveux bruns en un petit chignon et avait déjà sorti un paquet de mouchoirs en prévision des retrouvailles. Elle m'a fait penser à Naya. Mon frère aîné, beaucoup plus grand que moi, avait des cheveux bruns courts et un tatouage de femme pirate sur le bras. C'est lui qui m'avait aperçue en premier, mais c'est ma mère qui a poussé un cri en me voyant, et la moitié de l'aéroport s'est retournée vers nous.

– Oh, ma chérie !

Elle a commencé à m'embrasser sur les deux joues.

– Tu es enfin là ! Tu n'imagines pas comme tu m'as manqué. Je t'ai manqué ?

– Tu sais bien que oui, maman.

J'ai ri et je l'ai laissée me couvrir de bisous et me serrer. Mon père s'est approché et m'a souri. Il n'aimait pas trop les câlins.

– Tu as minci ? a-t-il demandé en fronçant les sourcils.

– Tu ne manges pas bien ?! s'est écriée ma mère.

– Je mange très bien. C'est juste que je me suis remise à courir le matin.

– Je suis sûr que tu n'es toujours pas plus rapide que moi, a commenté Spencer en souriant.

Il m'a prise dans ses bras et m'a soulevée du sol. Je lui ai rendu son étreinte avec enthousiasme avant qu'il me repose.

– Regarde-toi, une vraie petite femme, m'a-t-il taquinée en m'ébouriffant les cheveux.

– Arrête de me décoiffer !

– Chaque fois que je te vois, tu me parais plus petite.

– Et toi, tu me parais de plus en plus vieux.

On a commencé à se pousser, tandis qu'il souriait méchamment.

– Les enfants, ne commencez pas.

Ma mère avait sorti un mouchoir dont elle se servait de façon théâtrale.

– Bon, on y va ? a suggéré mon père, mal à l'aise parce que tout le monde nous observait.

Il faisait beaucoup plus froid ici. J'ai serré les bras autour de moi en les suivant. J'ai mis ma valise dans la voiture de Spencer et je suis montée à l'arrière avec mon père. Ma mère n'a pas arrêté de se retourner pendant le trajet pour me poser des questions sur la fac, mes nouveaux amis... et, bien entendu, sur Ross.

– Ne l'embête pas, a protesté mon père.

– C'est pas grave, lui ai-je assuré.

Quand j'ai vu qu'on arrivait dans notre rue, j'ai souri et j'ai regardé par la vitre. Notre maison était celle du bout, avec vue sur la mer, qui en cette saison n'était pas très attirante à cause du froid. Par ailleurs, la plage était sale en permanence à cause des gens qui y passaient la soirée pour se saouler et laissaient leurs bouteilles dans le sable. Il valait mieux se baigner dans le quartier des hôtels, un peu plus à l'est.

Spencer a laissé la voiture près de la porte du garage et m'a aidée à porter ma valise. Quand je suis entrée, l'odeur familière de la maison m'a envahi les narines. Je ne me souvenais même pas qu'il y flottait une odeur particulière, mais j'ai soudain découvert que je l'adorais. J'ai traversé la cuisine et je me suis baissée quand une énorme boule de poils a galopé vers moi.

– Biscuit ! me suis-je exclamée en laissant mon chien me lécher le visage.

J'ai passé un long moment à lui caresser le dos et la tête pendant qu'il me léchait joyeusement les mains. Puis je me suis arrêtée dans le salon, où mes deux autres grands frères, Steve et Sonny, discutaient d'un match qu'ils étaient en train de suivre à la télé.

Je les ai hélés joyeusement :

– Salut !

Ils se sont tournés vers moi et ont fait la moue en même temps.

– Oh non, elle est de retour, a murmuré Steve.

– Elle a mis le temps, a commenté Sonny en hochant la tête.

– Le pari était à combien ?

– J'ai dit qu'elle tiendrait deux semaines, tu as dit un mois, Spencer a dit trois mois, et Shanon a parié qu'elle ne reviendrait jamais.

J'ai croisé les bras.

– Personne n'a gagné. Vous pourriez faire semblant que je vous ai un peu manqué !

– On avait la salle de bains pour nous tout seuls.

Steve m'a regardée comme si j'étais responsable de tous ses problèmes.

– Oui, c'est fini la tranquillité dans cette maison.

– Je vous aime aussi, bande d'idiots !

Je leur ai sauté dessus et je les ai serrés dans mes bras alors qu'ils continuaient à protester. Pourquoi était-ce si amusant de les embêter ? Pour couronner le tout, Biscuit s'est joint à la fête, se jetant sur moi : nous étions tous les deux au-dessus de mes frères comme des poids morts.

C'étaient mes fameux frères du garage auto. C'était à cause d'eux que je n'avais pas d'argent pour rester dans la résidence. Je ne savais pas si je devais être en colère ou me montrer reconnaissante. Après tout, c'était grâce à eux que je vivais avec Will, Sue et... Ross.

– Faites un câlin à votre sœur, leur a ordonné mon père en passant devant nous, voyant qu'ils essayaient de me repousser.

– Lâche-moi, a protesté Sonny. On était en train de faire des trucs importants.

J'ai souri et j'ai retourné sa casquette, parce que je savais que ça l'énervait. Ma mère s'est remise à pleurnicher dans la cuisine.

– Tu ne peux pas rester ? a-t-elle voulu savoir.

– Maman, ne commence pas, a dit Spencer en levant les yeux au ciel et en posant ma valise.

– Ma chambre... ? ai-je demandé.

– Je n'ai rien touché, m'a assuré ma mère.

– J'ai voulu m'y installer, mais elle ne m'a pas laissé faire, s'est plaint Steve.

– Tu n'avais pas emménagé avec ton nouveau copain ? m'a interrogée Sonny à contrecœur.

– Ce n'est pas mon petit ami.

J'ai rougi sans le vouloir

Oh non.

C'était une grosse erreur.

À son expression, j'ai deviné que la torture avait commencé.

– Elle est devenue toute rouge !

Le sourire de Steve s'est élargi.

– Maman, Jenny a un petit ami !

– Ce n'est pas mon petit ami, bande de nazes !

– Si, elle vit avec lui maintenant, a poursuivi Sonny pour continuer à me taquiner.

– Avec son nouveau copain, a répété Steve en se moquant de moi.

– Oh, la ferme, tous les deux !

– Pourquoi est-ce qu'il n'est pas venu avec toi ? Qu'est-ce qui cloche chez lui ? a voulu savoir Sonny.

– Il n'y a rien qui cloche chez lui.

– Je suis sûr qu'il doit avoir un truc qui ne va pas.

– Oui, n'oublions pas qu'il sort avec toi, Jenny.

– Pourquoi est-ce que ça impliquerait que quelque chose ne tourne pas rond chez lui ?

– Tu vois, tu sors avec lui ! Tu sors avec lui !

Je leur ai jeté deux coussins à la figure pendant qu'ils continuaient à se moquer de moi.

– Ma chambre est toujours à moi, les ai-je avertis en revenant au sujet de la discussion.

– C'est ce que tu crois, a murmuré Sonny.

– Oui, quand est-ce que tu repars ?

– On pourrait y installer nos affaires sans que maman le sache.

Il faudrait que je cache la clé, c'était sûr.

Je suis montée à l'étage et je me suis arrêtée à la troisième porte à gauche. Je sentais les émotions frémir en moi quand je l'ai ouverte avec un sourire. J'avais l'impression qu'une éternité s'était écoulée depuis la dernière fois.

Effectivement, tout était comme je l'avais laissé en partant : le petit lit entre les deux fenêtres, un bureau que j'avais obligé Steve à peindre en rose – et que maintenant je détestais –, mon armoire désormais presque vide et le tapis blanc sur lequel j'avais passé tant d'après-midi à étudier avec Nel.

J'ai regardé ma collection de disques et j'ai souri. Elle m'avait été offerte par ma tante quand j'étais plus jeune, mais je n'avais jamais écouté tout ça. J'aurais bien aimé que Ross la voie. J'étais sûre qu'il connaissait chaque album.

J'ai passé l'après-midi avec ma famille, à aider mon père – le cuisinier officiel de la maison – à préparer le gâteau pour l'anniversaire de ma mère le lendemain. C'était son préféré, au chocolat et aux biscuits. Idéal pour mon régime. J'ai jeté un morceau de biscuit au chien en imaginant, amusée, la tête de Naya si elle me voyait entourée de tant de calories.

Je n'ai pas pu sortir de la maison ce jour-là faute de temps, mais ça ne m'a pas dérangée. Je n'avais pas envie de voir d'autres personnes que mes parents et mes frères et sœur. J'ai regardé le match de foot avec les garçons, en soutenant l'équipe qu'ils n'aimaient pas, juste pour les embêter. Ma mère s'est rangée de mon côté. Elle avait l'air sincèrement contente que je sois de retour à la maison.

Je la comprenais, vivre avec ces quatre-là devait être épuisant pour une femme seule.

Après le dîner, même si j'étais techniquement une invitée, mes frères ont insisté sur le fait qu'ils avaient mis la table et que c'était à moi de me charger de la vaisselle. J'étais donc en train de laver un plat à contrecœur quand Spencer est apparu avec un bol de céréales au chocolat. Juste après le dîner. L'exemple même d'une alimentation équilibrée.

– Les profs de gym ne sont pas censés manger sainement ? lui ai-je demandé en soufflant sur ma mèche rebelle pour l'éloigner de mon visage.

– T'as déjà vu un prof de sport courir ?

– Non.

– Parce qu'on ne le fait jamais.

Il a souri.

– Donner l'exemple, c'est pas notre truc.

Il a avalé la dernière cuillerée, a posé le bol sur la pile d'assiettes sales, puis s'est assis sur le plan de travail pour m'examiner.

– Alors, tu as vraiment largué ton mec ? Celui de l'équipe de basket ?

J'ai levé les yeux au ciel.

– C'est maman qui te l'a dit ?

– Non, c'est Shanon. Elle est passée hier pour me dire de faire semblant que je n'étais pas au courant si tu m'en parlais.

– Félicitations, Spencer, tu as super bien réussi à le cacher.

Il a haussé les épaules.

– J'avais la flemme de jouer la comédie.

– Vous avez beau être les aînés, vous êtes les pires, ai-je déploré.

– Alors, c'est oui ?

– Oui, il n'y a pas longtemps.

– Pourquoi ?

J'ai réfléchi un instant. Si je racontais à Spencer ce qui s'était passé, je savais que sa première réaction serait d'aller frapper Monty. Voire pire. Ce n'était pas exactement ce que je voulais qu'il fasse. Je voulais juste rester à distance de tout ce qui concernait Monty, de près ou de loin.

– Jenny ?

Son expression est passée de la curiosité à la prudence.

– Je ne sais pas. Pour des conneries. Comme d'habitude, je suppose. Peu importe ce qu'il a fait.

J'ai haussé les épaules.

– Je ne suis plus avec lui. Je ne le serai plus jamais.

– Jenny, tu sais comment il est, ce type.

– Oui, je sais comment il est... ai-je marmonné en me concentrant sur l'assiette que je lavais.

– Tu as pensé qu'il pourrait débarquer à l'improviste dans l'appartement où tu habites ?

– Je me suis entraînée à courir, pas de problème, ai-je plaisanté.

– Jenny...

Mon frère ne semblait pas d'humeur à rire.

– Il ne le fera pas, ai-je insisté.

– Je n'aime pas l'idée qu'il puisse venir te chercher.

– S'il le fait, Ross, Will, Sue et Naya lui montreront la sortie au cas où je n'y arriverais pas toute seule. Tu es rassuré ?

Il a réfléchi quelques secondes.

– Ce n'est pas l'idéal, mais c'est déjà mieux, oui.

– Eh bien...

– Ross est ton petit ami ?

La question m'a prise au dépourvu et l'assiette a glissé de mes mains savonneuses. Elle est tombée dans l'eau et a éclaboussé mon T-shirt. J'ai tiré la tête en fusillant du regard Spencer, qui avait éclaté de rire.

– Je prends ça pour un oui.

– Je n'ai pas dit oui !

– Pas besoin !

Il a souri, amusé. Il semblait sur le point d'ajouter quelque chose, mais quand il a entendu qu'un but avait été marqué et que mes frères poussaient des cris de protestation, il est parti en courant, me laissant seule.

Quand je me suis mise au lit, dans le mien et pas dans celui que je partageais avec Ross (que c'était bizarre), j'ai fermé les yeux et j'ai soupiré. C'était étrange d'être seule. J'avais... trop d'espace. Le lit était trop grand. Et c'était pourtant un lit pour une personne.

Bon, il fallait que j'arrête de penser à mes amis. Surtout à Ross.

Comme si elle avait lu dans mes pensées et qu'elle voulait contrarier ma volonté, Naya m'a envoyé un texto pour me demander de la part de tout le monde comment j'allais. Je lui ai envoyé une photo de mon pyjama à motifs de moutons et elle m'a envoyé des émoticônes qui éclatent de rire.

J'étais partie depuis quelques heures et elle me manquait déjà. Qu'est-ce qui ne tournait pas rond chez moi ? J'ai laissé mon téléphone sur mon ventre et je me suis passé les mains sur le visage. Soudain, l'envie d'appeler Jack s'est intensifiée, et...

Une seconde...

Je venais de l'appeler Jack dans ma tête ? Mentalement, je l'avais toujours appelé Ross. Et, pour une raison stupide que j'ignorais, j'ai rougi. Heureusement que personne ne pouvait me voir.

La tentation a failli me faire appeler deux fois, mais je me suis retenue. Je ne sais pas pourquoi. À la troisième, j'ai craqué, mais je ne savais pas vraiment pourquoi non plus. Ou... peut-être que je ne le savais que trop bien. Il m'a répondu dès la première sonnerie, et j'ai commencé à tripoter nerveusement le bas de mon pyjama. Pourquoi étais-je nerveuse à l'idée de parler à Ja... à Ross ? Je le faisais tous les jours. Littéralement.

– Tu ne devrais pas dormir ? a-t-il demandé d'emblée.

– Salut à toi aussi, ai-je plaisanté, avec une voix un peu trop aiguë à mon goût. Je vais bien, merci de m'avoir posé la question.

– Il est minuit passé, a-t-il souligné.

– Je n'ai pas sommeil.

– Tu t'es levée à six heures, Jen.

– L'énergie me fait tenir.

– Et tu vas te coucher à quatre heures du matin, c'est ça ?

– Quand je suis avec toi, ça n'a pas l'air de te poser de problème.

C'était sorti spontanément. J'ai une fois de plus piqué un fard. Une fois de plus. Il n'a rien dit.

Du moins, pas pendant quelques secondes. Puis j'ai entendu un petit rire à l'autre bout du fil.

– Dommage que tu ne sois pas avec moi, alors.

J'ai retrouvé mon sourire stupide. J'étais sur le point de me donner une gifle d'avertissement pour l'effacer. Je devais me concentrer un peu.

C'était moi ou sa voix était plus sexy au téléphone ?

Et ma conscience ne m'aidait pas beaucoup : elle manquait complètement d'impartialité.

– Comment va ta famille ? m'a-t-il interrogée en changeant de sujet.

– Ma mère pleurniche, mon père se plaint et mes frères ne veulent toujours pas que je les serre dans mes bras. Oh, et ils se moquent tous de moi, bien sûr. Tout va bien, donc.

Il s'est mis à rire et j'ai aussitôt eu envie d'être avec lui.

Bon, on se calme, s'il te plaît. Concentration.

– Je suis content qu'ils aillent tous bien, a-t-il déclaré avec sincérité.

– Qu'est-ce que tu faisais ? lui ai-je demandé en fixant involontairement le côté vide de mon lit.

– Je regardais un film dans ma chambre.

– Sans moi ?

Mon ton laissait paraître mon immense déception.

– Ce n'est pas pareil, a-t-il admis, et je pouvais deviner son sourire, mais il faut bien passer le temps pendant ta courte absence.

J'ai souri et j'ai regardé mes mains.

– Je me sens tout de même trahie.

– Je me rattraperai à ton retour.

Oh non, ça recommençait. Comment faisait-il pour enflammer mes joues même à distance ?

– Et vous, comment ça va ?

– Ça fait littéralement dix heures que tu es partie, Jen. Pareil qu'à ton départ.

J'ai soupiré.

– Pfff, t'es froid, quand tu veux.

Ça a été à son tour de soupirer.

– Sue est fidèle à elle-même, mais Naya n'arrête pas de se plaindre que personne ne la comprend et erre de pièce en pièce dans l'appart. C'est un cauchemar. Ça énerve même Will.

– Will ? ai-je répété en riant. Je crois que je ne l'ai jamais vu énervé.

– Je le connais depuis toujours et je l'ai rarement vu comme ça. Je comprends Naya, par contre.

Il a marqué un temps d'arrêt. Je savais exactement ce qu'il allait me demander.

– Tu as revu tes amis ?

– Non.

J'ai aussitôt essayé de changer de sujet :

– Tu devrais voir ce que je vois.

Il a eu la gentillesse de faire semblant de ne pas remarquer le changement de direction que j'avais donné à la conversation.

– Qu'est-ce que c'est ?

– Ma collection de disques.

Il a étouffé un cri exagéré et je me suis mise à rire.

– C'est mieux que ce que tu imagines ! ai-je protesté.

– Si c'est la tienne, madame Je-n'écoute-pas-beaucoup-de-musique, je ne me fais pas d'illusions.

– Ce n'est pas la mienne, malin. C'est un cadeau de ma tante. Et c'est très varié.

– Tu ne peux pas me dire ça sans m'envoyer de photos.

– Je te promets de t'en envoyer plus tard. Je suis sûre que tu connais tous les disques.

– Si je ne les connaissais pas, je ne serais pas un bon candidat pour être ton petit ami.

Boum. J'étais rouge comme une tomate à présent. Bon sang.

– Tais-toi, ai-je marmonné.

– Et c'est moi qui suis froid...

Après ça, nous avons un peu discuté de musique. Enfin, ça m'a semblé court, mais, quand j'ai consulté le réveil, j'ai vu qu'il était presque deux heures du matin. Ça faisait deux heures que je papotais avec lui. C'était ridicule. Je ne voulais pas lui dire au revoir, mais je savais que je devais le faire. Et je ne voulais vraiment pas. J'avais l'impression de devoir partir à la guerre !

Mais nous allions nous retrouver dans deux jours !

Deux jours seulement et j'en faisais toute une histoire. Qu'est-ce qui m'arrivait ?

– Il faut que j'aille dormir, ai-je annoncé à contrecœur, je dois aider mon père à cuisiner demain. Et faire bonne figure devant le troupeau de gens de ma famille.

– Repose-toi bien, m'a-t-il dit, amusé. Et bonne chance.

– Bonne nuit.

– Bonne nuit, Jen.

J'ai raccroché après un moment et j'ai posé mon portable sur ma poitrine. L'espace d'un instant, j'avais eu l'impression d'avoir envie de lui avouer quelque chose, mais je ne savais pas quoi. J'ai tourné l'écran vers moi et je me suis mordillé la lèvre en hésitant à lui envoyer un message.

Non. Il fallait que je me calme un peu. Deux jours seulement, ce n'était pas long.

J'ai rangé mon téléphone sur la table de nuit et je me suis retournée, fermant les yeux pour essayer de m'endormir.

***

J'ai passé toute la matinée avec mon père dans la cuisine, puis les invités ont commencé à arriver. Il y avait mes grands-parents, mes oncles et tantes, ma sœur aînée accompagnée d'Owen, qui m'a serrée en criant « Tata ! » ; la petite amie de Spencer, qui était une pimbêche que mes frères ne supportaient pas ; et ma petite cousine, qui a passé tout son temps sur son téléphone en nous ignorant complètement.

En fait, j'ai plutôt passé un bon moment. Ma mère aussi, et c'est ce qui comptait le plus.

Et j'en ai profité pour avaler tout ce que je n'avais pas pu manger ces derniers temps à cause du régime de Naya. Même si je visualisais son regard accusateur.

Mon père m'a fait signe de venir dans la cuisine et nous avons allumé les bougies du gâteau au chocolat, puis nous avons chanté « Joyeux anniversaire » pour ma mère pendant qu'on déposait le plat devant elle. Ma grand-mère l'a mitraillée pour immortaliser la scène, mais au final une seule photo était réussie parce que son doigt était devant l'objectif sur toutes les autres.

Ce n'était pas ma grand-mère, à vrai dire, c'était sa sœur. Ma mamie était morte avant ma naissance, comme son mari. Par conséquent, ma grand-tante nous avait toujours traités comme ses petits-enfants. Surtout moi. Elle n'avait pas eu une vie facile, elle avait été obligée de trimer du lever au coucher du soleil depuis son plus jeune âge. Derrière son air dur, elle était très tendre. Il suffisait d'être capable de voir ce que cachait son masque.

Elle était en train de découper le gâteau et posait les parts dans des assiettes pour les distribuer.

– N'approche pas le couteau de Jenny ! s'est exclamé Steve en riant.

Sonny s'est mis à rire aussi.

– Oui, elle va sûrement finir par poignarder quelqu'un.

La seule qui ne riait pas était ma grand-mère, qui pointait la lame vers eux.

– Encore une blague de ce genre et je vous le balance à la figure, compris ?

Elle était la seule à me défendre quand mes frères se moquaient de moi.

Elle m'a serré l'épaule en souriant et a placé devant moi la plus grosse part.

L'après-midi, Shanon a eu la merveilleuse idée d'aller faire du shopping avec Spencer et moi. J'avais un peu honte de penser ça, mais c'était beaucoup plus agréable d'être avec eux qu'avec les autres. Steve et Sonny avaient toujours formé un duo inséparable. Ils étaient toujours complices pour me taquiner. C'était difficile de passer du temps avec eux sans qu'ils finissent par se moquer de moi.

Spencer m'a offert un milk-shake, que j'ai bu avec plaisir pendant qu'ils parlaient de je ne sais quoi à propos du cours de gym. Parfois, quand j'étais avec eux deux, j'avais l'impression d'avoir à nouveau dix ans. Ils discutaient toujours de sujets... trop adultes pour moi. Et moi, je buvais des milk-shakes et je les suivais.

Spencer s'est éloigné pour saluer des amis et Shanon en a profité pour attraper mon milk-shake et le jeter à la poubelle.

– Hé, j'ai protesté.

– Viens ici.

Elle est entrée dans la première boutique qu'elle a trouvée, où on vendait de la lingerie. Elle a fait semblant de regarder un article, mais en réalité elle voulait juste me prendre à part pour me parler.

– T'étais obligée de jeter mon milk-shake à la poubelle ?

– Oui. On n'a pas le droit d'entrer dans un magasin avec de la nourriture ou des boissons, c'est malin.

– Bon...

J'ai soupiré.

– Qu'est-ce qui se passe ?

– Je me retiens depuis que je suis arrivée.

Elle a haussé un sourcil.

J'ai observé distraitement un soutien-gorge, jouant les innocentes.

– D'accord.

– D'accord ? Tu sais parfaitement ce que je veux te demander.

– Je n'en ai aucune idée.

Je lui ai décoché un sourire angélique.

– Allez. Tu sors avec un mec mignon, de ton âge, gentil avec toi, qui a de l'argent...

– L'argent n'a pas d'importance, Shanon...

– ... et en plus, tu lui plais ! C'est ce qui compte le plus au final.

– La prochaine fois, tu pourrais essayer d'avoir l'air moins stupéfaite.

– C'est juste qu'après Monty je pensais que n'importe quel garçon me paraîtrait assez bien. Mais tu m'as agréablement surprise. Quand est-ce que tu me le présentes ?

– Je ne sors pas avec lui.

Je ne sais pas pourquoi, mais à ce moment-là je me suis souvenue que je n'avais pas encore demandé à Ross ce qui n'allait pas la veille de mon départ. Et il était clair que quelque chose le tracassait.

– Pour l'instant, a souligné Shanon, me ramenant au présent.

– Tu n'en sais rien.

– Oh si, je le sais.

Elle a soupiré.

– Je vois que Spencer commence à avoir des soupçons. On achète quelque chose ?

– Hein ?

Elle a pris l'ensemble que j'avais regardé sans grand intérêt et l'a soulevé pour l'examiner.

– C'est ta taille.

Elle a fait monter et descendre ses sourcils d'un air suggestif.

– Je n'ai jamais rien porté d'aussi osé !

– Allez, ne joue pas les saintes-nitouches !

Elle me l'a lancé, et j'ai dû le rattraper.

– Va l'essayer.

– Ça coûte combien ?

– Essaie-le ! Je te l'offre.

Une demi-heure plus tard, je sortais de la boutique, un sac à la main. À l'intérieur, il y avait un ensemble rose pâle que Shanon avait préféré au premier. Moi aussi, mais je ne le lui aurais jamais avoué.

Spencer nous attendait près de la fontaine, absorbé par son téléphone. Il a glissé un bras derrière mon épaule pendant que nous retournions à la voiture. Ma mère avait déjà appelé, exigeant qu'on rentre pour qu'elle puisse passer du temps avec moi.

Et tout se passait à merveille jusqu'à ce que la voix de Spencer me demande :

– Ce n'est pas ton ex, Jenny ?

Oh non. Je me suis raidie d'un coup.

Mon regard s'est immédiatement porté sur l'un des cafés que j'avais l'habitude de fréquenter avec mes amis quand j'habitais ici. Plus précisément sur la silhouette de Monty, qui était assis avec... Nel.

D'un côté, je n'étais pas du tout surprise, mais de l'autre j'ai senti mon cœur s'arrêter un instant. Ils papotaient tous les deux tranquillement, comme si de rien n'était, mais je connaissais Nel. Je la connaissais par cœur. Je savais comment elle s'habillait quand elle voulait séduire quelqu'un. Je savais quelles expressions elle affichait et comment elle parlait. Il était évident qu'ils étaient ensemble.

Tellement évident que j'ai eu l'impression que la réalité me balançait une gifle en pleine figure.

– Je n'arrive pas à y croire, a commenté Shanon, stupéfaite.

Même si je n'étais plus avec Monty, c'était une douche froide. Pas parce qu'il m'avait brisé le cœur, mais... Nel ? Sérieusement ? C'était pour ça qu'elle ne m'avait pas répondu pendant tous ces mois ? À cause de Monty ? Depuis combien de temps est-ce qu'ils sortaient ensemble ? Est-ce qu'il m'avait encore trompée ? La fille dont il m'avait parlé, celle avec qui il avait couché, est-ce que c'était Nel ?

Et moi qui croyais que je pouvais à nouveau lui faire confiance, ainsi qu'à Monty !

J'ai senti une boule se former dans ma gorge. Des imbéciles. Eux et moi. Tous les trois.

– Laisse-moi aller les tuer, a grondé Shanon.

– Ne bouge pas, bête féroce.

Spencer l'a arrêtée et m'a dévisagée avec inquiétude.

– Jenny, ça va ?

J'ai fait non la tête. Je n'allais pas bien du tout. Pendant plus de six mois, j'avais cru pouvoir faire confiance à ces deux personnes. Et maintenant, elles étaient là. Je me sentais... stupide. Trahie. Bernée.

– On se tire, a suggéré Spencer à Shanon.

– Tu rigoles ? Allons leur fracasser la tête avec une chaise !

– Je ne pense pas que ce soit le moment.

Finalement, ma sœur nous a suivis jusqu'au parking pendant que Spencer me serrait contre lui pour tenter de me soutenir moralement. Je parvenais juste à me dire que j'avais été ridicule et que leur histoire durait probablement depuis des mois.

Dans la voiture, l'atmosphère était horrible. Spencer a attendu avant de mettre le contact. Shanon l'injuriait de ne pas l'avoir laissée aller étriper Nel. Ou Monty. Ou les deux. J'étais au bord des larmes.

Le pauvre Spencer ne savait pas comment réagir.

– Shanon ! a-t-il fini par crier, à bout de patience. Tais-toi, maintenant !

– Si tu m'avais laissée faire, ils auraient la tête dans la fontaine en ce moment !

– Tu vas te calmer : c'est bon, là, la crise d'hystérie ?

Il a démarré et ils ont continué à se disputer pendant que, sur la banquette arrière, mes yeux se remplissaient de larmes. J'ai craqué et je me suis mise à sangloter. Ils ont mis fin à leur discussion et Shanon s'est tournée vers moi.

– Oh, allez, ne pleure pas pour ce connard, m'a-t-elle dit à contrecœur.

La sensibilité en personne.

Mais j'étais incapable de m'arrêter. Shanon a poussé un soupir et a regardé devant elle. Spencer ne savait pas quoi dire. Je savais avec qui j'avais envie de parler : j'ai sorti mon portable et j'ai cherché le nom de Naya dans mes contacts. Elle a répondu presque tout de suite.

– Bonjour, étrangère ! m'a-t-elle saluée joyeusement.

Puis je l'ai entendue s'éloigner du téléphone.

– C'est Jenna. Non, c'est à moi qu'elle veut parler maintenant, Ross. Quand elle voudra te parler, elle t'appellera ! Ne sois pas relou.

– Naya ?

J'ai tenté de lui cacher que je pleurais, mais c'était impossible de ne pas le remarquer.

– Non, je te dis d'attendre, a-t-elle ordonné à Ross.

Elle s'est à nouveau concentrée sur moi.

– Comment ça va ?

– Mal, lui ai-je avoué directement.

– Mal ? a-t-elle répété, surprise.

– Il faut que je te parle. Juste à toi, tu comprends ?

Je ne voulais surtout pas inquiéter Ross. Il était capable de venir jusqu'ici juste pour s'assurer que j'allais bien, ce fou. Naya, aussi discrète que d'habitude, a laissé échapper un cri alarmé et j'ai entendu Will lui demander ce qui n'allait pas.

– Je reviens tout de suite, ne me dérangez pas, a-t-elle annoncé en s'éloignant du téléphone. Non, Ross. C'est privé. C'est privé, je te dis !

Finalement, elle a repris la conversation :

– Bon, je suis dans la chambre de Will. Dis-moi tout avant que Ross vienne m'arracher mon portable.

– Il y a du réseau dans cette pièce ?

– Oui, il y en a. Je l'ai découvert il y a quelques...

Elle s'est interrompue.

– Pourquoi est-ce qu'on parle de réseau ? Explique-moi ce qui se passe !

– Tu te souviens de Nel ?

– Oui, ta copine. Celle qui ne répondait pas à tes messages.

– Et Monty ?

– Ton connard d'ex que tu as largué.

– Eh bien, je viens de voir mon amie et mon connard d'ex ensemble dans un café.

Il y a eu un moment de silence. Naya a parfaitement compris ce que je voulais dire.

– Sérieux ?

– Je ne sais même pas quoi penser.

– Les enculés.

J'étais stupéfaite d'entendre ce mot sur ses lèvres.

– J'y crois pas !

– Je ne sais pas quoi faire.

– Tu ne fais rien ! Je vais venir et... Allez, sors d'ici !

Elle a marqué une pause. J'ai froncé les sourcils.

– Naya ?

– Ross, barre-toi ! Non, elle ne veut pas te parler, elle veut me parler à moi parce que je suis son amie de cœur. Laisse-moi tran... Hé !

– Qu'est-ce qui se passe ? a exigé de savoir Ross pendant que j'entendais Naya protester.

– Rien.

C'était la dernière personne à qui je voulais parler de ça.

– Passe-moi Naya.

– Non, a-t-il répondu avec fermeté. Qu'est-ce qui ne va pas ?

– Rien de grave, Jack.

Même dans cette situation tendue, mon frère et ma sœur se sont regardés instantanément en entendant ce prénom. Shanon a affiché un sourire maléfique.

– Je ne raccrocherai pas tant que tu ne me l'auras pas dit, a insisté Ross.

J'ai soupiré, cherchant les mots justes :

– J'ai vu Monty.

Il y a eu un moment de silence.

– Qu'est-ce qu'il t'a fait ? m'a-t-il demandé à voix basse.

– Rien, me suis-je empressée de lui assurer. Il ne m'a pas vue. Il était avec Nel... Ils étaient ensemble.

Nouveau silence. C'est alors que je me suis rendu compte que je l'avais appelé Jack au lieu de Ross. Encore une chose que je ne faisais qu'en privé normalement.

– Au moins, maintenant, tu connais la vérité, a-t-il conclu.

– C'est juste que...

Je n'ai pas pu m'empêcher de me remettre à pleurer.

– Je croyais que... je ne sais pas... que c'était mon amie. J'ai essayé de me convaincre qu'elle l'était... que tout pouvait redevenir comme avant qu'elle... qu'elle et Monty...

– Ne pleure pas, s'il te plaît, Jen.

– Je n'arrive pas à m'en empêcher.

– Si tu continues à pleurer, je vais venir te chercher, m'a-t-il prévenue.

– C'est ça, en jet privé, ai-je rétorqué en m'essuyant les yeux.

– Je n'ai pas besoin d'un jet, juste d'une voiture.

Je n'ai pas réagi tout de suite.

– Tu es sérieux ? ai-je fini par demander.

– Évidemment.

Il avait presque l'air vexé.

– Tu viendrais me chercher ? Juste... parce que je pleure ?

– Je ne peux pas rester là, les bras croisés, en sachant que tu vas mal.

Je suis restée sans voix. Shanon m'a jeté un regard en coin, mais je l'ai ignorée. Je ne sanglotais plus, mais j'avais encore la gorge nouée.

– Jen ?

Il avait l'air inquiet.

– Tu es toujours là ?

– Oui.

– Alors ?

– Je ne vais pas si mal que ça, ai-je affirmé.

Mais ce n'est pas ce que je voulais lui dire. Je voulais lui dire quelque chose de très différent. Mais je ne savais pas exactement quoi.

– Tu es sûre ?

– Non, mais j'ai deux gardes du corps devant moi, ai-je répondu, un peu plus joyeuse. Je pense qu'ils ne laisseront personne m'approcher.

– C'est plutôt rassurant.

– C'est nous, a plaisanté Shanon en donnant un coup de poing dans l'épaule de Spencer. Les gardes du corps.

– Tu es sûre que ça va ? a insisté Jack.

– Oui, je vais bien, relou.

– D'accord, reloue.

J'ai souri en secouant la tête. C'était le seul à pouvoir m'arracher un sourire dans un moment pareil.

– Je peux parler à Naya maintenant ? Elle doit avoir envie de te tuer.

– On dirait, oui.

– Alors passe-la-moi. Je n'ai pas envie de te retrouver mort à mon retour.

Il y a eu un moment de silence, puis il a rendu son portable à Naya, qui avait tout entendu.

– Comme il est mignon quand il se tracasse pour toi, a-t-elle pépié joyeusement.

Et à partir de là, elle s'est contentée d'insulter Monty et Nel, puis de me raconter sa vie, avant qu'on décide toutes les deux de raccrocher.

De retour à la maison, aucun de mes deux gardes du corps n'a parlé de ce qui s'était passé et je leur en ai été reconnaissante. Nous avons dîné tous ensemble, ce qui a ravi ma mère. Ensuite, nous avons regardé une des émissions de pêche de mon père, qu'il était le seul à aimer, et dès qu'il s'est mis à ronfler dans son fauteuil, on a changé pour un truc plus intéressant.

Ma sœur et Owen étaient déjà partis, alors je me suis allongée, la tête sur les genoux de Spencer, pendant que Steve changeait de chaîne avec l'air de s'ennuyer.

Tout à coup, j'ai senti mon téléphone vibrer. Mon cœur s'est accéléré parce que je croyais que c'était Jack, mais c'était Monty.

Une minute... *C'était Monty ?*

Oh non, je n'avais pas envie d'avoir de contact avec lui.

Mais ma curiosité a pris le dessus. J'ai lu son message, le front plissé :

Je suis dehors. Sors et viens me parler.

J'ai hésité un instant. Comment savait-il que j'étais à la maison ? Il m'avait peut-être aperçue tout à l'heure, finalement. Je ne voulais pas le voir. Mais... il fallait bien que ça arrive un jour. J'ai prévenu mes frères que je revenais tout de suite, j'ai pris mon manteau et j'ai descendu les marches de l'entrée pour aller à la rencontre de Monty. Il semblait avoir un peu maigri. Au début, on s'est dévisagés en silence. C'était bizarre de le voir. Comme s'il était devenu un parfait inconnu. Même si, en réalité, j'avais l'impression de ne jamais l'avoir vraiment connu.

– Salut, a-t-il murmuré.

– Comment tu savais que j'étais là ?

Mon ton n'était pas très agréable.

– Je t'ai vue... au centre commercial.

J'ai serré les lèvres.

– Alors comme ça, vous êtes ensemble, maintenant.

– Quoi ? Non.

Il a secoué la tête.

– Ne me prends pas pour une idiote, Monty.

– Je ne sors pas avec Nel, Jenny. Je ne suis plus avec elle depuis... des mois. Quand tu l'as appris.

– Et qu'est-ce que tu faisais avec elle, alors ?

– Nel...

Il a soupiré.

– Elle a beaucoup insisté pour me voir.

– Te voir ?

– Tu sais ce que je veux dire.

Voyant mon expression, il a fait un pas vers moi. J'ai reculé aussitôt.

– J'ai refusé chaque fois qu'elle me l'a demandé, a-t-il affirmé aussitôt.

– Et pourquoi est-ce que je te croirais ?

– Parce que c'est... C'est la vérité.

– Aussi vrai que ce que vous faisiez quand on a commencé à sortir ensemble ?

Je savais que ce sujet le mettait en rogne. Il a pincé les lèvres, mais il n'avait pas l'air d'être en colère.

– Je n'ai été avec personne ces derniers temps, m'a-t-il juré. Juste avec la fille dont je t'ai parlé. Ce n'était pas Nel. Elle ne me plaît pas.

– Pourquoi est-ce qu'elle insiste pour te voir ?

– J'en sais rien !

En réalité, je n'aurais pas été très surprise que ce soit la vérité. Connaissant Nel... Mais ça faisait mal quand même.

Il a détourné le regard en voyant mon expression changer.

– C'est elle qui a voulu ? l'ai-je interrogé à voix basse. La première fois que c'est arrivé.

Il a hésité un instant avant d'acquiescer.

Et j'ai su instinctivement qu'il ne me mentait pas.

– Pourquoi tu ne m'en as pas parlé ? Je considérais que c'était entièrement ta faute, Monty.

Je n'arrivais pas à comprendre.

– Je sais.

– Tu aurais pu me dire que c'était elle qui avait pris l'initiative.

– Je sais, a-t-il répété.

J'ai secoué la tête, perdue.

– Pourquoi tu ne me l'as pas dit ?

– Je ne sais pas. Parce que... Parce que c'était ton amie. Je ne voulais pas que ça te fasse de la peine.

Je ne savais pas quoi répondre. J'avais fait de Monty un monstre à l'époque et j'avais du mal à croire qu'il ait pu faire quelque chose de bien pour moi.

– Oh, Monty...

Ne sachant pas quoi faire, je l'ai serré dans mes bras. Ça m'a semblé bizarre, il n'y avait plus aucune complicité entre nous. Il n'y en aurait probablement plus jamais. Il m'a serrée aussi, et pendant quelques secondes nous n'avons rien dit.

Puis j'ai remarqué qu'il repoussait mes habituelles mèches indisciplinées.

– Remets-toi avec moi, m'a-t-il demandé avec douceur.

J'ai tenté de m'éloigner, mais il me tenait fermement par la taille.

Finalement, j'ai penché la tête en arrière pour maintenir une distance entre nous.

– Monty, lâche-moi.

– Je t'en prie. Je t'aime.

J'ai réussi à me dégager et j'ai secoué la tête.

– Je ne peux pas.

– Pourquoi ? a-t-il insisté. On était bien.

– Non, on n'était pas bien. Et tu le sais.

– On était super bien ! Je n'ai jamais ressenti pour personne ce que je ressens pour toi, Jenny.

Il s'est à nouveau approché et m'a reprise fermement par la taille. Il s'est penché vers moi et, quand j'ai senti qu'il allait m'embrasser, j'ai détourné la tête. Ses lèvres se sont écrasées sur ma joue et je l'ai entendu soupirer, frustré.

– Pourquoi tu me fais ça ?

– Tu as détruit toutes mes affaires, lui ai-je rappelé.

– Parce que tu as emménagé avec un autre !

– Je n'ai jamais touché à tes trucs. Je n'ai jamais rien cassé de ce qui t'appartient. J'aurais dû te prévenir que je vivais avec Ross, mais ça ne te donnait pas le droit de tout saccager.

Il a pris un moment pour respirer profondément et se calmer.

– Remets-toi avec moi, a-t-il répété en prenant ma main dans la sienne alors que j'étais parvenue à m'écarter. S'il te plaît, Jenny.

– Je ne peux pas.

– Si, tu peux, il suffit que tu dises oui.

– Monty...

– Je te promets que je ne te ferai plus jamais de mal.

– Je ne peux pas me remettre avec toi.

Je déployais beaucoup d'énergie pour paraître calme, alors que je commençais à me sentir mal à l'aise.

Il a lâché mes mains avec une moue mécontente.

– Pourquoi ? Ce mec te plaît ? Jack Ross ?

– Eh bien... oui.

En le disant, j'ai réalisé à quel point c'était vrai. J'aimais bien Jack. Je l'aimais beaucoup. Et ce n'était pas nouveau. J'avais des sentiments pour lui depuis longtemps. Mais je n'avais pas voulu le dire à voix haute jusqu'à ce moment-là, comme si ça permettait de rendre la situation moins réelle.

Mais c'était tout ce qu'il y a de plus réel. Tellement concret que c'en était flippant.

– J'aime Jack, ai-je déclaré, plus pour moi-même que pour lui.

Monty m'a examinée, l'air interloqué. Puis son expression s'est assombrie. Il a lâché ma main et je me suis éloignée.

– On est restés ensemble un moment, a-t-il souligné d'un ton bourru.

– Je sais.

– Et maintenant, le premier imbécile venu débarque dans ta vie et tu sors avec lui ? Sérieux ?

– Ce n'est pas un imbécile. Et encore moins le premier imbécile venu.

– Qu'est-ce qu'il a que je n'ai pas ?

– Monty...

– Dis-le-moi !

J'ai perdu patience.

– Je l'aime ! Bien plus que je ne t'ai jamais aimé !

L'espace d'un instant, j'ai été assez bête pour croire qu'il accepterait l'idée. Il a eu l'air étonné, comme si je l'avais poussé.

Une seconde plus tard, il est redevenu lui-même. C'est-à-dire le connard impulsif qui avait détruit mes affaires. Il s'est jeté sur moi si vite que j'ai dû bondir en arrière, m'écrasant le dos contre la rambarde de l'escalier. Il m'a attrapée par le col de mon pull et m'a rapprochée de force. Il a essayé de m'embrasser si violemment que ma réaction a été... plus violente encore. Avant que je puisse réfléchir à ce que je faisais, j'ai tendu la main et je l'ai giflé.

Il a reculé, désarçonné, et je suis restée figée sur place. Je n'avais jamais giflé personne. J'avais bien donné un coup de poing au mec qui avait embêté Naya à la soirée, c'est vrai, mais ça ne comptait pas... Le plus que j'avais jamais fait à Monty, c'était le repousser.

Il a porté une main à sa joue. Je doutais fort de lui avoir fait mal, mais il était furieux. Je l'ai fixé, le cœur battant à tout rompre.

Il allait me frapper à son tour. J'en avais la certitude. Je sentais l'adrénaline et la terreur affluer dans mes veines. Je connaissais ce regard.

Quand il a fait un pas en avant vers moi, j'ai reculé maladroitement et j'ai atterri sur les fesses sur les marches. Il m'a de nouveau saisie par le col de mon pull et un bruit de tissu qui se déchire s'est fait entendre quand il m'a tirée pour me remettre debout. J'ai essayé de me dégager en agrippant ses avant-bras, mais il était évidemment beaucoup plus fort que moi. Le col de mon pull s'enfonçait dans ma nuque et m'immobilisait ; je commençais vraiment à avoir mal.

– Lâche-moi ! ai-je hurlé avec colère, mais il ne m'écoutait pas.

Il était hors de lui.

Tout à coup, j'ai réussi à le faire lâcher prise en reculant de quelques pas. Je me suis accordé quelques secondes pour me reprendre parce que j'étais en hyperventilation. Il en a profité pour essayer de m'attraper à nouveau. J'ai monté les marches à toute allure pour rejoindre la porte et appeler Spencer à l'aide. Je ne pouvais pas affronter Monty seule. Même si mes frères m'avaient appris à me battre.

Malheureusement, je n'en ai pas eu le temps, car il en a profité pour me balancer un coup de poing dans les côtes. On ne m'avait jamais frappée comme ça. Jamais. Ça m'a tellement surprise que je suis restée assise sur l'escalier pour essayer de reprendre ma respiration. J'avais l'impression de m'être pris un coup directement dans le poumon. Quand j'ai relevé les yeux, Monty avait déjà disparu.

Je me tenais les côtes. Ça faisait mal. Très mal. Comme si j'allais exploser. Je me suis remise sur pied en grimaçant de douleur. Quand les élancements ont diminué, quelques secondes plus tard, j'ai soulevé mon pull. Il y avait une zone rouge sous mes côtes, juste à côté du nombril. J'espérais que le coup ne laisserait pas de marque.

Au moins, je pouvais oublier Monty une bonne fois pour toutes. Il n'oserait plus s'approcher de moi après ça.

J'ai envisagé de raconter à Spencer ce qu'il m'avait fait. Je savais que Sonny, Steve, Shanon et lui – et même mes parents – s'en prendraient à lui dès qu'ils seraient mis au courant. Shanon la première. Avec un fusil, si nécessaire. Elle pouvait se montrer très violente quand elle voulait défendre quelqu'un.

Mais je voulais juste oublier Monty... Pourquoi est-ce qu'il ne pouvait pas me laisser tranquille ? Et puis, je devais apprendre à me défendre seule. Et... je m'étais plus ou moins défendue, non ? Il ne reviendrait pas m'embêter de sitôt.

J'ai hésité encore un peu avant de prendre une décision. J'espérais que c'était la bonne.

Je me suis levée et je suis entrée dans la maison avec un air calme, comme s'il ne s'était rien passé. Quand mes frères m'ont demandé où j'avais disparu, je leur ai répondu que j'étais sortie pour téléphoner et ils m'ont crue. Je me suis assise sur le canapé et j'ai remercié Biscuit de venir se blottir contre moi et de me regarder comme s'il voulait me réconforter.

***

Quand je me suis levée le lendemain matin, la première chose que j'ai faite a été d'examiner mes côtes. Une petite zone violette était entourée d'un rouge profond qui me donnait un peu le tournis. Ça ne faisait pas mal tant que je ne la touchais pas...

Je n'avais rien dit à personne. Même pas à Shanon. Quand j'ai enfilé un sweatshirt, j'ai remarqué que la douleur remontait le long de mon bras, même si l'hématome n'était pas très gros. Chaque fois que je m'étirais, je le sentais palpiter contre mes côtes. Je préférais ne pas imaginer la douleur que les boxeurs devaient ressentir après un combat. Et mon pull était fichu, évidemment. Monty avait tiré si fort que l'encolure était déchirée. Et ça n'avait pas l'air réparable. Je commençais à en avoir marre de ne plus rien avoir à me mettre à cause de lui.

Il ne me restait qu'un jour à passer en famille. Je ne pouvais pas le gâcher à ruminer cette histoire. Mon avion ne décollait qu'à vingt heures, j'avais quelques heures devant moi pour être avec eux. J'ai passé le reste de la matinée avec mes parents. Je les ai accompagnés au centre commercial, où, heureusement, je n'ai rencontré personne, et j'ai donné un petit coup de main à mes frères au garage, même si mon rôle a principalement consisté à changer la station de radio pendant que je nettoyais la graisse de mes mains et qu'ils protestaient parce que ma présence les dérangeait, comme d'habitude.

Comme Spencer était parti déjeuner avec sa copine, et que Steve et Sonny avaient disparu, je suis restée seule avec mes parents, que j'ai aidés à débarrasser la table. Pendant un instant, j'ai eu l'impression que tout était redevenu comme avant.

Puis mon regard s'est posé sur la cabane dans l'arbre qui se trouvait dans le jardin. De la cuisine, on ne voyait que l'arrière, la partie de la construction qui n'avait pas de fenêtre.

– Personne n'est monté là-haut depuis que tu es partie, m'a informée ma mère.

– Personne ?

– Tu nous aurais tués si on avait laissé quelqu'un y aller, a souligné mon père en levant les yeux au ciel.

C'était vrai. Mes grands-parents l'avaient fabriquée pour mes frères et moi quand j'étais petite, mais au final il n'y avait que moi qui l'utilisais. Les autres prétendaient que c'était pour les gamins.

Je ne laissais jamais personne y entrer. J'avais fait une exception une fois pour Nel et je n'avais jamais recommencé parce qu'elle avait laissé tomber sa boisson sur ma couverture préférée.

Oh, Nel... J'avais encore de la peine en pensant à ce qui s'était passé. Je n'avais pas pris contact avec elle. Je ne voulais pas la voir. Je ne voulais rien savoir à son sujet. Même si j'étais bien consciente de devoir l'affronter un jour. Ce ne serait pas cette fois-ci. Monty m'avait suffi.

Je suis sortie dans le jardin et Biscuit m'a suivie en me tournant autour. Quand j'ai gravi l'échelle en bois, il m'a observée avec curiosité. J'ai poussé la trappe et j'ai passé la tête à l'intérieur. La cabane était poussiéreuse.

Je me suis alors rendu compte que j'avais cessé d'y venir depuis le moment où j'avais commencé à sortir avec Monty. C'était étrange. C'était comme si, au cours de notre relation, je m'étais séparée de celle que j'étais vraiment. Et je n'en avais même pas eu conscience à l'époque.

Mais là, en cet instant, j'avais précisément besoin de retrouver ma véritable essence.

Comme je n'avais pas grand-chose d'autre à faire et que j'avais envie d'être seule, j'ai ouvert les petites fenêtres qui donnaient sur la mer – même si elle était encore un peu basse – et j'ai passé une heure à faire le ménage.

C'était là qu'étaient entreposés mes premiers jeux de société, mes poupées préférées, un ensemble de voitures colorées, mon sac à dos rouge, un tapis moelleux que j'avais toujours adoré, un petit couvre-lit pas très confortable mais que j'aimais bien, et une petite table couverte de magazines que je lisais quand j'étais plus jeune. Sans parler des photos de beaux garçons torse nu découpées dans des revues. Bien qu'ils m'aient fait rêver à l'époque, ils me semblaient des gamins en comparaison de...

Jack.

Ma conscience, parfois, aurait bien eu besoin d'une douche froide.

Quand j'ai rejoint mes parents, Shanon et Owen étaient venus me rendre visite. Mon neveu m'a serrée très fort et j'ai passé un long moment à jouer avec lui sur la console de mes frères, rien que pour foutre en l'air leurs statistiques.

– Quand est-ce que tu rentres à la maison, tata ? m'a-t-il demandé lorsque nous avons éteint la console.

– Je ne sais pas.

– Maman m'a dit que tu reviendrais peut-être en décembre.

J'ai soupiré. Ça me faisait de la peine de ne pas pouvoir lui promettre que je resterais avec lui aussi longtemps qu'il en avait envie.

– Je reviendrai plus souvent que tu ne le penses. Tu en auras marre de moi.

Même s'il n'avait pas l'air très convaincu, il n'a pas protesté.

Et l'heure est finalement venue d'aller à l'aéroport.

Sans surprise, ma mère s'est mise à pleurer, ma sœur a levé les yeux au ciel et mon père m'a dit que c'était lui qui me conduirait. Comme Spencer était déjà venu me chercher et que mes deux autres frères n'avaient pas l'air très enthousiastes, j'ai accepté sa proposition.

– Allons-y, a-t-il lancé en prenant les clés.

Maman s'est approchée de moi et m'a serrée tellement fort dans ses bras que j'en ai eu le tournis.

– Le câlin de maman ours, a plaisanté Spencer.

– Maman, laisse-moi respirer, ai-je protesté.

Elle s'est détachée et a reniflé en prenant mon visage entre ses mains.

– Mange bien, m'a-t-elle ordonné d'un ton péremptoire, tu m'entends ? Et couvre-toi bien. Si jamais je découvre que tu te promènes sans manteau...

– Jack Ross le lui rappellera, est intervenu Sonny avec un sourire malicieux.

– Je crois qu'il préfère le lui enlever, a corrigé Steve, et ils ont éclaté de rire.

Spencer a soupiré et a donné à chacun une tape dans la nuque. Ils ont arrêté de rire et l'ont fusillé du regard.

– J'ai mis de la nourriture dans ton sac à dos, m'a informée ma mère en les ignorant, et j'ai été payée hier. Je t'ai versé l'argent de ton billet pour que tu puisses rembourser ton petit ami.

– D'accord, maman...

Il était inutile de répéter que ce n'était pas mon petit ami. Ils continuaient à insister.

J'ai hésité un instant :

– On va me laisser emporter de la nourriture à l'aéroport ?

– Ils vont croire que c'est une terroriste, a commenté Steve.

– La terroriste aux boulettes de viande, a renchéri Sonny, et ils ont éclaté de rire.

Spencer a soupiré à nouveau, acceptant l'évidence que c'étaient deux imbéciles.

– Je ne voudrais pas les voir essayer de l'en empêcher, a commenté mon père d'un air amusé. Ça ne leur plairait pas que ta mère les force à changer d'avis.

Ma mère s'est écartée de moi et Shanon m'a fait un câlin rapide, comme d'habitude. C'était toujours elle qui me manquait le plus. Au fond, elle était presque ma meilleure amie.

– Appelle-moi souvent et tiens-moi au courant.

Elle a souri un peu.

Owen est resté accroché à mes jambes un moment, comme s'il ne voulait pas que je parte si tôt. Spencer m'a aussi fait un câlin d'adieu et Biscuit m'a léché les mains, comme toujours. Ma mère a dû forcer Steve et Sonny à me dire au revoir, mais ils étaient occupés à me crier dessus parce qu'ils avaient allumé leur console et venaient de remarquer que leurs statistiques étaient bousillées. J'ai quitté la maison en leur tirant la langue, ravie du tour que je leur avais joué.

Dans la voiture, j'ai bouclé ma ceinture et j'ai soupiré. J'étais nerveuse. Et angoissée. J'avais envie de rentrer chez moi.

C'est-à-dire... chez Jack... hum. Ce n'était pas *chez moi*.

Mon père ne parlait pas beaucoup. C'était une des choses que j'avais toujours appréciées chez lui. Mais, dans des moments comme celui-là, j'avais l'impression qu'on aurait dû parler, le silence n'était pas très confortable.

Le trajet jusqu'à l'aéroport n'était pas long, mais j'ai eu l'impression qu'il s'éternisait à mesure que je voyais mon quartier disparaître lentement derrière la vitre. La plage était un de mes endroits préférés. Le premier jour de l'hiver, la tradition voulait que les élèves de terminale inaugurent la saison en se jetant à l'eau tout habillés. Je n'avais jamais osé le faire, contrairement à mes frères, bien sûr. Ils continuaient à me narguer avec ça encore aujourd'hui. Ils me traitaient souvent de dégonflée.

Mon père a enfin pris la parole, me ramenant au monde réel :

– À qui est-ce que tu parlais hier soir ?

Oh oh.

Je détestais quand il faisait ça. Pourquoi me connaissait-il si bien ?

Je n'avais pas besoin de le lui dire. S'il me posait la question, c'est qu'il avait déjà compris ce qui s'était passé.

– Je n'ai pas mal, ai-je menti.

– Où est-ce qu'il t'a frappée ?

– Dans les côtes.

Il a pincé les lèvres. Parfois, sa droiture me surprenait.

– Ta mère est au courant ?

– Non, bien sûr que non. Elle serait sortie pour le tuer. Comme Shanon et les autres.

– Je sais.

Lui ne l'aurait pas fait. Il avait un tempérament différent. Il n'avait jamais tenté de résoudre mes problèmes. Il avait toujours choisi de m'apprendre à m'en sortir par moi-même. Et il avait bien fait, mais... hier, j'avais laissé Monty s'en tirer.

Quand j'ai vu l'expression de mon père, j'ai su qu'il pensait la même chose que moi.

– Qu'est-ce qui ne va pas ? ai-je fini par demander, impatiente.

– Rien. Je voulais juste m'assurer que tu allais bien.

– Je vais bien.

– D'accord.

J'ai soupiré quand il a à nouveau gardé le silence.

– Qu'est-ce qu'il y a ? l'ai-je interrogé.

– Tu le sais très bien.

– Oui, je sais. J'aurais dû le quitter depuis longtemps, ai-je répondu, sur la défensive. T'es content ?

– Je ne sais pas. Et toi ?

– Je déteste quand tu fais ça.

– Je ne fais rien.

J'ai soupiré pour la deuxième fois.

– C'est ma faute s'il m'a balancé un coup de poing, c'est ça ? ai-je demandé en croisant les bras.

– Je n'ai pas dit ça, a-t-il infirmé aussitôt, d'un ton posé.

– Alors ?

– Jennifer, nous savons tous les deux que ça ne t'a pas vraiment surprise qu'il te frappe.

– Tu crois que je m'attendais à ce qu'il le fasse ?

– Je pense que tu savais depuis longtemps que ça finirait mal, a-t-il corrigé. Et pourtant, tu ne nous as rien dit.

– Et qu'est-ce que tu voulais que je dise ? Hé, papa, maman, mon copain vient de me donner un coup de poing dans les côtes, ça vous dirait d'aller au centre commercial demain ?

– Ne prends pas à la légère ce qui s'est passé.

Mon père ne se mettait pas souvent en colère, mais quand il le faisait... l'enfer tremblait.

– Pour l'amour du ciel, Jennifer !

Il a secoué la tête, changeant de vitesse en faisant grincer le boîtier.

– Tu crois que je suis aveugle ? Peut-être que ta mère ne l'a pas remarqué, mais j'ai vu que tu avais une marque sur le bras il y a quelques mois.

– Ce n'est pas...

– Et quelques semaines avant, j'en ai vu une autre sur ton épaule.

– Papa...

– Sans compter ce que je n'ai pas vu. Je préfère ne pas savoir.

– Il n'y avait rien d'autre à voir.

– Ne mens pas à ton père, m'a-t-il prévenue sèchement.

J'ai pincé les lèvres. J'avais toujours l'impression d'être une petite fille quand il me parlait comme ça.

J'avais honte de discuter de ça avec lui, car je savais qu'il avait raison. Quand Monty se mettait en colère, il m'attrapait violemment et, parfois, je gardais la trace de ses doigts sur ma peau, mais rien de plus ; il ne m'avait jamais donné de coup de poing auparavant. Mais il me faisait déjà me sentir comme une merde.

– C'est ce qu'on t'a appris ? m'a demandé mon père. Tu crois que ce type était le meilleur petit ami pour toi ?

Sans savoir pourquoi, je tenais à le défendre.

– Monty n'était pas... n'est pas... une si mauvaise personne.

– Non, bien sûr. Il a juste couché avec ta meilleure amie et t'a frappée.

– Il ne m'a frappée qu'une fois.

– Je te l'ai déjà dit deux fois, Jennifer, et je le redis une dernière fois. Ne me mens pas.

– Il m'a juste frappée une autre fois... Mais ce n'était même pas un coup de poing, c'était juste une gifle, ai-je fini par admettre. Et je l'avais cherché.

– Tu ne te rends pas compte qu'il y a un gros problème quand tu penses que c'est ta faute si quelqu'un te frappe ? Jennifer, sérieusement, arrête de prendre sa défense. Il ne fait plus partie de ta vie. Pense un peu à toi.

Je l'ai regardé, surprise.

– C'est ce que je fais, ai-je murmuré.

– Non, c'est faux.

– Si, je t'assure.

– Si tu le faisais, tu lui aurais rendu ses coups hier soir et tu l'aurais laissé étendu sur le sol.

– Papa, il mesure plus d...

– Tes frères et moi t'avons appris à te défendre contre des choses pires qu'un imbécile à la main lourde, m'a-t-il interrompue.

J'ai serré les dents.

– La violence n'est pas toujours la meilleure solution.

– Peut-être pas, mais dès que quelqu'un lève la main sur toi, tu as le droit d'oublier ces bêtises et de lui péter le nez.

J'ai failli rire, mais la situation était tendue. Chaque fois qu'il me faisait avoir honte de moi, je me sentais tellement mal dans ma peau que j'étais énervée contre lui.

– C'est ça que tu voudrais que je sois ? Une fille qui ne sait répondre que par la violence ?

– Non. Ce que je veux, c'est que tu sois toi-même. Ma fille. Parce que je n'ai pas élevé une fille qui sort avec quelqu'un qui ne l'aime pas, qui se laisse frapper, qui ne se défend pas et qui, au final, pense qu'elle est coupable alors qu'elle n'a rien fait.

Je n'ai plus rien dit et j'ai regardé par la vitre. Mon père avait le don de me mettre mal à l'aise sans même élever la voix. J'essayais de trouver une réplique intelligente, mais rien ne me venait à l'esprit.

– Au moins, je constate que ces mois loin de la maison t'ont un peu ouvert les yeux. Quand tu vivais ici, tu traitais ce garçon comme s'il était tombé du ciel.

Sur ce point, il avait raison, je devais l'admettre. Monty n'avait jamais été un petit ami exemplaire, et pourtant je l'avais toujours traité comme le mec idéal.

– Il me reste encore un mois à l'université, ai-je murmuré.

– Tu sais ce que tu vas faire après ?

– Hein ?

– Tu as dit à ta mère que tu resterais jusqu'en décembre et que tu déciderais ensuite de continuer ou non. Tu y as déjà réfléchi ?

J'ai secoué la tête.

– Non, pas vraiment.

– Eh bien, c'est ta décision, ma fille. Tu sais, si tu veux rentrer à la maison, j'en serais ravi, mais...

– Mais... tu préfères que je poursuive mes études, ai-je terminé à sa place.

– Tu as l'air beaucoup plus épanouie que quand tu es partie. Je ne suis pas un expert, mais si ça te rend heureuse de passer quelques mois de plus loin de la maison... alors c'est mieux comme ça.

Il a marqué une pause.

– Bien que je ne pense pas que ton bonheur soit dû au fait que tu es loin de chez nous, a-t-il ajouté, un peu plus détendu.

Je me suis tournée vers mon père et j'ai rougi en voyant son petit sourire entendu.

– Ce... Jack Ross... a l'air d'être un jeune homme intéressant, a-t-il déclaré.

Et, rien qu'avec cette phrase, j'ai compris où il voulait en venir. Parfois, c'était incroyable de constater qu'un simple regard suffisait pour qu'on se comprenne.

– Tu veux le rencontrer ? ai-je demandé, surprise. Tu n'as jamais montré beaucoup d'intérêt pour la vie amoureuse de tes enfants.

– Il a fait beaucoup de choses pour toi, Jennifer. Je voudrais le remercier.

– Papa...

– Pas de discussions. Je veux faire sa connaissance.

Son ton était sans appel, mais quand nous nous sommes regardés, nous avons échangé un sourire complice.

Oh... il m'avait tellement manqué.

– Attends.

J'ai sursauté et j'ai regardé autour de moi.

– Qu'est-ce que tu fais ?

– Je conduis.

– Non. Je veux dire, où vas-tu ?

– Au commissariat, a-t-il répondu sans la moindre hésitation. Tu vas montrer ce coup à la police et tu vas dénoncer ce type, Jennifer. Je ne veux plus qu'il t'approche.

Je pense qu'il s'attendait à ce que je proteste, mais je ne l'ai pas fait. J'ai juste hoché la tête et je me suis réinstallée sur mon siège.

Lorsque j'ai pris l'avion deux heures plus tard, j'ai fermé les yeux un instant.

J'avais hâte de retrouver mes amis... et Jack.

J'ai regardé par le hublot. J'étais très nerveuse. Très angoissée.

Mais je rentrais à la maison.

18

Original

Lorsque je suis descendue de l'avion, j'avais le cœur serré. Je ne savais pas pourquoi j'étais si nerveuse. Mes jambes tremblaient. Je me suis mordillé la lèvre et j'ai suivi les autres passagers jusqu'à la sortie. Là, j'ai scruté la foule qui attendait. Il y avait surtout des familles avec des enfants qui retrouvaient leurs parents. Mon cas était différent.

Tout à coup, j'ai aperçu Naya, qui me cherchait et se frayait sans ménagement un chemin dans la masse de gens. Will se tenait en retrait, gêné, surtout lorsqu'elle a ordonné avec brusquerie à un homme de s'écarter de son chemin. Sue était à côté d'eux et mangeait des bonbons avec l'air de s'ennuyer profondément. Le simple fait qu'elle soit venue m'a un peu émue. Peut-être qu'elle s'était prise d'affection pour moi au final.

Jack fixait la porte les sourcils froncés. Même s'il paraissait parfaitement calme, je pouvais presque sentir sa nervosité. Il tendait sans cesse le cou pour voir qui sortait.

Puis Naya s'est retournée, m'a aperçue et a poussé un cri d'excitation suraigu. Les trois autres ont sursauté et la plupart des gens l'ont dévisagée.

Je commençais à m'habituer à ce qu'on se retourne sur moi dans les aéroports.

Elle s'est élancée et m'a serrée dans ses bras, m'écrasant presque. Je n'ai pas eu le temps de me préoccuper des autres.

– Enfin ! s'est-elle exclamée. Tu n'imagines pas comme j'ai trouvé le temps long ! Ils étaient trois contre moi ! C'était épuisant. C'est déjà difficile de les supporter quand tu es là, imagine-toi seule, face à ces terreurs !

– Je suis désolée, ai-je répliqué, amusée.

– J'espère au moins que tu rentres de bonne humeur ! On va devoir leur balancer un max de vannes pour se rattraper.

J'ai souri en secouant la tête.

– Bon, tu as fini ?

La voix de Jack m'a ramenée à la réalité dès il s'est approché de moi.

– Tu n'es pas la seule à vouloir lui dire bonjour.

– Je n'ai pas terminé, a protesté Naya.

– Si, a décrété Will en la tirant par le bras pour qu'elle vienne près de lui.

Jack m'a dévisagée, et c'est à ce moment précis que je me suis rendu compte qu'il m'avait manqué. À un point qui dépassait l'entendement. J'avais l'impression qu'il y avait une éternité qu'on ne s'était pas vus.

Je n'avais évidemment pas besoin de lui pour respirer, mais j'avais remarqué son absence dans mille petits détails de la vie courante. Dormir seule, faire les cent pas dans la cuisine sans sentir ses yeux sur moi, m'asseoir sur un canapé sans qu'il s'allonge à côté de moi, regarder un film sans ses commentaires... Tellement de choses.

Et ça m'effrayait autant que ça me ravissait.

Ça me faisait flipper parce que je n'avais jamais éprouvé ça, je ne m'étais jamais sentie aussi vulnérable émotionnellement face à qui que ce soit, comme si je m'exposais à être une cible facile.

J'ai eu l'impression qu'il allait dire quelque chose, mais ce n'était pas nécessaire. Je n'avais pas besoin de l'entendre. Je l'ai attrapé par les cordons de son sweat à capuche et l'ai tiré vers moi. Tout son corps s'est raidi de surprise quand j'ai posé mes lèvres sur les siennes. Mais quand je me suis écartée, je n'ai pas osé le regarder. J'ai préféré le serrer contre moi et enfouir ma tête dans son cou. Son odeur aussi m'avait manqué. Oh là là, qu'est-ce qui m'arrivait ?

J'ai souri à Will par-dessus l'épaule de Jack et nous avons hoché la tête en même temps. Parfois, il me faisait vraiment penser à Spencer... Enfin, à une version améliorée, qui ne me balançait pas des céréales au chocolat à la tête quand il était fâché contre moi.

– Comment allaient tes parents ? m'a-t-il demandé alors que Jack s'éloignait pour me laisser parler aux autres.

Je ne pouvais toujours pas me résoudre à regarder sa réaction, d'ailleurs.

– Très bien. Ils m'ont mieux traitée durant ces deux jours et demi que je ne l'ai été de toute ma vie.

– Voilà ce que c'est que de manquer à quelqu'un, a commenté Sue.

– Merci d'être venue, lui ai-je dit en lui souriant.

Elle a semblé mal à l'aise et a froncé les sourcils. Elle n'était pas habituée à ce qu'on la remercie.

Jack s'est frotté les mains.

– Bon, on rentre à la maison ?

– Avec plaisir. Mes lentilles me tuent.

Ils étaient venus à bord de la voiture de Jack. J'ai jeté un coup d'œil amusé à ses autocollants, je me suis assise sur le siège passager et j'ai enlevé mon manteau. Il avait l'air vraiment heureux quand il a démarré. Il m'a regardée, a souri et a accéléré.

– Qu'est-ce que vous avez fait pendant mon absence ? ai-je demandé en me tournant vers les autres.

– Mon père est venu me rendre visite, a répondu Naya. Il voulait voir où j'étudiais et tout. Will et moi avons dîné avec Chris et lui.

– On est aussi allés voir une exposition de la mère de Ross, m'a informée Will.

– Oui, et la première chose qu'elle a faite en voyant son fiston, c'est lui demander où tu étais passée, a ajouté Naya.

– Avant il n'y avait que mes absences qui l'inquiétaient, a-t-il protesté. J'ai l'impression d'avoir été remplacé.

– Si ça peut te consoler, ai-je répliqué, ma famille m'a posé plus de questions sur toi que sur moi.

Un sourire suffisant a illuminé son visage.

– C'est vrai ?

– J'aurais adoré aller à l'expo, ai-je déclaré pour changer de sujet.

J'étais un peu gênée d'admettre que j'avais parlé de lui à ma famille.

– Tu pourras aller à la cinquantaine d'autres qu'elle organisera comme à son habitude, m'a consolée Jack. Chacune plus inintéressante que la précédente.

– Et toi, qu'est-ce que tu as fait chez toi ? s'est enquise Naya. Quelque chose d'intéressant ?

– J'ai passé presque tout mon temps avec mes parents et mes frères et sœur.

Je n'avais toujours pas parlé de Monty. Je n'en avais pas envie. Ils ne semblaient pas remarquer cette omission. Sauf Jack, qui m'a jeté un regard en coin.

Je ne sais pas si ça me plaît ou non qu'il nous connaisse si bien, Jenny.

Une fois dans l'immeuble, nous avons croisé Agnès, qui m'a saluée, m'a demandé comment s'était passé mon voyage, si mes parents allaient bien... Bref, les questions habituelles. Comme toujours, elle s'est montrée adorable avec moi. Elle nous a dit au revoir et nous a informés que Mike venait d'arriver à l'appartement.

En effet, assis sur un canapé, il était en train de bâiller. Quand il nous a entendus, il s'est levé et, à mon grand étonnement, il est venu me serrer dans ses bras en me soulevant du sol. J'étais tellement stupéfaite que je n'ai pas su comment lui rendre la pareille. Jack l'a fixé avec une moue réprobatrice.

– Enfin, a-t-il soupiré en se détachant de moi et en me reposant. La pacificatrice.

– La... quoi ?

– J'ai remarqué que l'humeur de ton petit ami varie en fonction de ta présence.

Il a affiché un grand sourire.

– Au moins, maintenant, il ne voudra plus étriper tout le monde.

J'ai rougi, sans vraiment savoir pourquoi. Jack a soupiré et l'a poussé légèrement vers le canapé, lui disant d'arrêter ses conneries.

Je suis allée dans la chambre me changer. Enfiler mon pyjama – c'est-à-dire les vêtements de Jack – et chausser mes lunettes m'a donné l'impression d'être au paradis. Quelle détente...

J'étais tellement contente... Mon bonheur a été interrompu lorsque je suis sortie de la chambre et que j'ai constaté que Lana avait débarqué.

Elle m'a jeté un regard en coin, mais je n'ai rien dit. Je ne voulais pas mal m'entendre avec elle. Pas ce soir-là, en tout cas. Je voulais juste être bien avec tout le monde. Et ça l'incluait. Surtout si elle était l'amie de Jack, parce que cela signifiait que j'allais la voir souvent et je ne voulais pas qu'il se sente mal à l'aise.

– Maintenant que j'y pense... ai-je commencé.

Je me suis arrêtée alors que j'allais m'asseoir.

– J'ai une petite surprise pour vous.

– Un plat cuisiné maison ? a demandé Sue en se léchant les babines.

– En effet.

J'ai sorti un des deux tupperwares que ma mère avait mis dans mon sac à dos.

– Les biscuits de mon père. Sa recette spéciale. Et... Oh mon Dieu, combien d'autres choses a-t-elle glissé dans mon... ?

Je n'avais pas fini de le dire que Jack m'avait déjà arraché la boîte des mains. Les autres se sont jetés sur lui comme des rapaces pour le dévaliser. Will a été le seul qui, après cinq minutes de négociations, lui a pris le tupperware et me l'a rendu.

– Ce sont les biscuits de Jenna, leur a-t-il signifié, comme si c'étaient des enfants.

– Ils sont à tout le monde ! s'est insurgé Mike.

– Exactement, a renchéri Sue.

Will les a ignorés et m'a tendu la boîte.

– Tu es le seul gentleman ici, ai-je commenté en fixant les deux frères qui se disputaient une place sur le canapé. Ils se sont arrêtés pour me regarder, l'air offusqué.

– Je suis un vrai gentleman, a protesté Mike.

– Moi aussi, a renchéri Jack, indigné.

– Je n'en reviens pas, s'est exclamée Naya en portant la main à son cœur. C'est la première fois depuis des années qu'ils sont d'accord.

Ils ont hésité un instant, se sont toisés, puis se sont installés chacun à une extrémité du canapé, l'air mal à l'aise. Je me suis assise au milieu en plaçant la boîte sur la table et tout le monde s'est servi. La moitié était déjà engloutie quand j'ai remarqué que Lana n'en avait pas mangé. Elle observait les autres en fronçant les sourcils.

– Tu n'as pas faim ? l'ai-je interrogée.

Elle m'a dévisagée d'un air méfiant.

– Si je mange ça, je vais prendre cent kilos.

– Ils sont à la farine complète, l'ai-je rassurée. Ma mère est au régime. Ou du moins elle essaie. Elle oblige mon père à ne plus rien préparer de trop calorique.

Je lui ai tendu le tupperware.

Je ne savais pas trop pourquoi j'étais gentille avec Lana. Elle n'avait pas été très sympa avec moi. Cependant, je sentais qu'il était inutile de rester à couteaux tirés avec elle. Je ne voulais pas me comporter comme une gamine de dix ans.

Elle a visiblement hésité. Puis, comme si nous avions signé un pacte de paix provisoire, elle m'a adressé un petit sourire – le premier sincère que je voyais sur son visage – et elle a pris un biscuit.

– Maintenant que j'y pense, est intervenue Naya en examinant son biscuit, on n'était pas au régime, Jenna ?

– Vous l'étiez, au passé, a corrigé Jack.

– Oh non, dis-moi que tu n'as pas arrêté de surveiller ton alimentation depuis deux jours et demi !

J'ai hésité un instant quand tout le monde m'a regardée, attendant ma réponse :

– Euh...

– Je n'y crois pas !

– Tu manges des biscuits ! lui a fait remarquer Jack.

– À la farine complète !

– Et tu crois que du coup ils ne font pas grossir ?

– Ne la défends pas, Ross, elle ne mérite pas de l'être !

J'ai essayé maladroitement de me justifier :

– C'était l'anniversaire de ma mère !

– Quelle trahison, a-t-elle décrété avec une moue déconfite.

– Je suis désolée, Naya, je suis faible, ai-je soupiré. Je déclare officiellement que j'arrête le régime.

– Bienvenue dans le monde du bonheur, m'a souri Jack.

– Est-ce que ça veut dire que je ne verrai plus de sachets de salade chaque fois que j'ouvrirai le frigo ? a voulu savoir Sue. Je trouvais ça déprimant.

– Ça ne fait que quelques semaines, sale traîtresse !

– Je suis étonnée d'avoir tenu plus d'une heure, ai-je avoué.

Will s'est tourné vers Naya :

– On n'a pas mangé des hamburgers hier, Naya ?

Elle a réfléchi. Après quelques secondes, son expression est passée de l'indignation totale à un sourire innocent.

– Bon, d'accord... je crois aussi qu'il est temps de mettre fin à ce régime.

Je lui ai jeté un biscuit au visage, il a rebondi sur les genoux de Mike alors qu'elle protestait. Mike l'a tranquillement enfourné sans nous prêter attention.

Nous avons passé près d'une heure à goûter la nourriture que mes parents avaient placée dans mon sac à dos. Pas étonnant qu'il ait été si lourd. J'ai arrêté de manger la première. Après tout, j'avais passé deux journées dans ma famille et j'en avais eu plus qu'assez. Les autres avaient le droit d'en profiter eux aussi. Lana était celle qui mangeait le plus. Elle se léchait même les lèvres. Jack et Mike semblaient être sur ses talons.

On aurait dit deux puits sans fond. Et aucun des deux ne grossissait, quelle que soit la quantité de nourriture qu'ils mangeaient. Encore un point commun. Un parmi tant d'autres, même s'ils refusaient de l'admettre.

À l'heure d'aller se coucher, Naya a décidé de retourner à la résidence. Mike est resté sur le canapé pendant que les autres faisaient leurs adieux à Lana. Comme toujours, elle a serré tout le monde dans ses bras, sauf Sue et Mike. Quand elle s'est approchée de moi, elle m'a aussi serrée un bon moment, ce qu'elle n'avait jamais fait. J'étais tellement surprise que je n'ai pas réagi immédiatement. J'ai fini par lui donner une petite tape dans le dos, un peu perplexe.

Était-ce un plan diabolique ou s'était-elle simplement réveillée de bonne humeur ? Mystère !

Les biscuits de ton père font des miracles.

– Bon...

Will s'est étiré une fois que Lana et Naya ont été parties.

– Je crois que je vais aller dormir.

– Oui, allez-vous-en, a murmuré Mike. Je veux appeler une amie et vous me dérangez.

– Ne ramène personne chez moi, l'a averti Jack. Surtout pas sur mes canapés.

– J'ai dit appeler, s'est indigné son frère. Pour qui tu me prends ?

– Je te connais. C'est pour ça que je te mets en garde.

Il y a eu quelques secondes de silence. Mike a fixé son portable d'un air innocent.

– D'accoooord, je ne la ramènerai pas ici.

– J'aime mieux ça.

– C'est pas juste, pourquoi tu peux faire ce que tu veux avec Jenna dans ta chambre alors que moi je ne peux même pas ramener une fille sur le canapé ?

J'ai essayé de m'éloigner vers le couloir, gênée. Jack a ignoré son frère et m'a suivie dans la chambre.

Là, l'embarras que Mike m'avait causé s'est dissipé dès que je me suis écroulée sur le lit. Il était tellement confortable.

– Tu te moquerais de moi si je te disais que j'ai tellement pris l'habitude de dormir ici que je me suis sentie bizarre dans mon propre lit ?

Il a esquissé un demi-sourire, mais n'a pas répondu.

Je me suis redressée rapidement.

– Ah, j'oubliais. J'ai l'argent des billets d'avion.

– Je n'en veux pas.

– Mais...

– C'est un cadeau de Noël en avance.

J'ai haussé un sourcil.

– Encore ?

– C'est impoli de refuser un cadeau, Michelle.

Je lui ai jeté un oreiller à la tête, et il a éclaté de rire.

– Ne m'appelle plus jamais comme ça.

– D'accord, Mich... D'accord !

Il a levé les mains en signe de reddition lorsque j'ai fait mine de lui jeter mon portable à la tête.

– Tu dois vraiment détester ce prénom. Tu étais prête à sacrifier ton téléphone. Pourquoi est-ce que tu ne l'aimes pas ?

– Oh, et toi, il te plaît ?

Il a haussé les épaules.

– C'est original.

Je n'ai rien dit. Ses yeux pétillaient de curiosité, comme toujours quand je me taisais.

– Est-ce qu'il y a une histoire humiliante et drôle derrière, Michelle ?

– Si tu m'appelles encore comme ça...

– D'accord, d'accord, mais je meurs d'envie d'entendre cette histoire.

Il a attendu patiemment, comme un enfant qui espère une friandise. J'ai tambouriné sur mon ventre avec mes doigts, un peu gênée.

– Quand j'étais petite, j'avais honte de tout. Je devenais rouge comme une tomate. Surtout quand les profs m'interpellaient en classe. Ils utilisaient toujours mon nom complet. Un jour, on parlait du film *Mulan*, l'histoire de la fille qui s'est engagée dans l'armée pour...

– Je sais qui est Mulan, m'a-t-il coupée d'un air vexé.

– Eh bien, le prof s'est trompé et m'a appelée Mushu au lieu de Michelle. Depuis, tout le monde s'est mis à m'appeler comme ça quand je piquais un fard.

Il m'a examinée quelques secondes et j'ai vu dans son regard le rire qu'il réprimait.

– Ce n'est pas drôle ! ai-je protesté.

– Mushu est un personnage attachant, Michelle, il n'y a pas de quoi avoir honte...

– Appelle-moi encore Michelle et...

– Ah oui, qu'est-ce que tu vas faire, Michelle ?

– J'irai dormir avec ton frère.

Il s'est arrêté instantanément, levant les mains en signe de paix.

– D'accord, tu as gagné.

Il a pincé les lèvres, essayant de toutes ses forces de ne pas rire.

– Ne le prends pas mal. Je ne riais pas.

Je me suis levée et je me suis dirigée vers ma valise.

– Je ne riais pas ! a-t-il insisté.

– Ce n'est pas ça, idiot.

– Idiot, a-t-il répété... (Et cette fois il riait.) On m'a déjà traité de tous les noms, mais jamais d'idiot.

– Pourtant, tu es un idiot.

– Quelle maturité, Mich...

Il s'est arrêté net quand je l'ai foudroyé du regard.

– Je ne sais pas si je dois être vexé par cette insulte.

– Chaque fois que tu m'appelleras Michelle, je te traiterai d'idiot.

J'ai enfin trouvé le sac que je cherchais dans ma valise.

– J'ai une surprise pour toi, lui ai-je annoncé avec un petit sourire.

Il a plissé les yeux en voyant que je cachais quelque chose dans mon dos.

– J'espère que ce n'est pas un engin explosif parce que je t'ai appelée Michelle.

– Ce n'est pas une bombe.

– D'accord.

Il s'est redressé et s'est assis sur le bord du lit.

– Qu'est-ce que c'est, alors ? De la lingerie sexy ?

– Hein ?

Sérieux, j'étais vraiment encore en train de rougir ?

– Non !

– J'ai moins envie de voir ce que c'est, alors.

J'ai soupiré et je lui ai montré le sac. Il l'a pris et l'a inspecté d'un air dubitatif.

– Un cadeau ? s'est-il étonné en voyant l'emballage argenté.

– Je ne t'ai rien offert pour ton anniversaire, lui ai-je rappelé.

– Oh si, a-t-il répliqué avec un sourire malicieux.

– Jack !

– Le plus beau cadeau de ma vie.

– Allez... ouvre-le !

Il semblait très excité en déchirant le paquet que j'avais eu tant de mal à faire. Quand il a eu fini, il a brandi son cadeau. Pendant une seconde, il n'a rien compris. Puis il a entrouvert les lèvres.

– Est-ce que c'est... ?

Il était tellement surpris qu'il n'a pas terminé sa question.

J'ai souri nerveusement.

– Une première édition d'un comic de Thor. Tu m'as dit que tu aimais bien Thor, non ?

Il m'a regardée d'un air stupéfait. Mon sourire commençait à s'estomper.

– Ça ne te plaît pas ? ai-je demandé, un peu déçue.

– D... D'où tu sors ça ?

Enfin, c'était lui qui bégayait !

– Mes grands frères aiment les comics, je te l'ai dit. Spencer l'avait dans sa chambre. J'ai dû laver sa voiture pour l'obtenir, mais ça en valait la peine. Il m'a dit qu'il préférait qu'il soit entre les mains de quelqu'un qui saurait l'apprécier.

Il a tourné les pages, la bouche entrouverte.

– Je peux t'offrir autre chose si ça ne te plaît pas, ai-je ajouté, un peu perdue.

Après tout le mal que je m'étais donné pour nettoyer cette satanée voiture...

Il a enfin réagi et s'est tourné vers moi :

– Évidemment que ça me plaît. Je suis flatté. Tu as lavé une voiture pour me faire plaisir. C'est la chose la plus romantique qu'on ait jamais faite pour moi.

– Eh ben, on n'a pas dû faire beaucoup de gestes romantiques pour toi, ai-je remarqué, amusée.

– Je ne reçois pas beaucoup de cadeaux, a-t-il dit en refermant la bande dessinée.

– Même pas à Noël ?

– Oh si, de mes parents, mais ils ne me connaissent pas assez pour m'offrir des choses qui me plaisent.

– Qu'est-ce qu'ils t'offrent ? l'ai-je interrogé, intriguée.

– Une année, j'ai reçu une voiture, a-t-il murmuré en posant le comic sur la table de nuit.

Lorsqu'il s'est retourné et a vu que je le fixais bouche bée, il a eu l'air amusé.

– Qu'est-ce qu'il y a ?

– Une voiture, ce n'est pas grand-chose ? me suis-je exclamée d'une voix aiguë.

– Ce n'est pas que ça ne m'a pas fait plaisir, mais...

– Il y a un mais ? Ils t'ont offert une voiture ! Une putain de bagnole ! Moi j'ai droit à des chaussettes ! Et moches en plus !

– Ce n'est pas le prix du cadeau qui compte, c'est l'implication émotionnelle.

Sa réponse m'a déconcertée. Je n'avais jamais pensé à l'implication émotionnelle possible d'un cadeau de mes parents.

Il m'a ramenée à la réalité en me tendant la main. Je l'ai prise et je l'ai laissé m'attirer à lui.

– Donc un baiser en public.

Il a ajouté avec un sourire malicieux :

– Je ne sais pas si j'étais prêt à ce que tu me sortes du placard.

– Oh, allez, tu n'étais pas dans le placard.

– Bien sûr, madame Ross-en-public-Jack-en-privé.

J'ai pincé les lèvres, mais il semblait le prendre avec humour.

– Je t'ai appelé Jack et je t'ai embrassé devant les autres, remets-toi.

– Oh, je vais avoir du mal à m'en remettre, crois-moi.

Il m'a prise dans ses bras et m'a assise sur ses genoux d'un air enjoué.

– Est-ce que ça veut dire que je n'ai plus à me retenir en public ? a-t-il voulu savoir.

Je ne lui ai pas répondu. Je n'avais plus envie de parler. J'étais d'humeur à... euh... d'autres choses.

Je me suis penchée vers lui et j'ai saisi son visage à deux mains. Il m'a rendu mon baiser tout de suite. J'adorais ses baisers, ils n'étaient jamais deux fois les mêmes. Celui-ci était plus profond que d'habitude. Même s'il n'avait pas cessé de me taquiner, je lui avais peut-être manqué pendant mon absence.

Ses lèvres ont quitté les miennes pour descendre le long de mon cou tandis que ses mains remontaient dans mon dos. Quand elles se sont arrêtées à mon soutien-gorge, la douleur que j'avais ressentie le matin s'est étendue à tout mon torse. Pourtant, il n'avait pas touché mon ecchymose. C'était comme si mon corps me rappelait ce qui s'était passé.

Jack a évidemment remarqué que je me raidissais. Il s'est écarté, étonné.

– Qu'est-ce qu'il y a ?

Le coup. Je l'avais oublié. La marque n'était pas très grande, mais s'il la voyait... je ne savais pas comment j'allais lui expliquer.

– Rien, ai-je affirmé. J'ai mes règles.

Il m'a observée pendant un moment. De toute évidence, il savait que je mentais. Il le devinait toujours... Il était pire que ma sœur.

– Qu'est-ce qui ne va pas, Jen ? a-t-il répété d'un ton moins détendu.

J'ai soupiré. Je devais m'entraîner davantage pour apprendre à mentir sans me faire choper.

– C'est une bêtise... ai-je commencé, essayant de l'embrasser à nouveau, mais il m'a arrêtée en reculant un peu.

C'était la première fois qu'il s'écartait au moment où je voulais l'embrasser.

– Quoi comme bêtise ?

– Rien. Laisse tomber.

– Pourquoi tu ne veux pas enlever ton pull ? m'a-t-il demandé avec méfiance.

– Je me suis fait tatouer ton visage, ai-je plaisanté.

– Jen...

Il n'avait pas l'air de trouver ça drôle.

Comment est-ce qu'il pouvait savoir que c'était grave ? Je jouais si bien la comédie !

Non, tu n'en es pas capable, ma chère.

– Alors ? a-t-il insisté.

– Arrête, l'ai-je prévenu, sur la défensive.

Il a froncé les sourcils pendant que je me levais. Je ne voulais pas lui montrer la trace du coup. Je ne voulais pas penser à Monty, ni à Nel, ni à quoi que ce soit en rapport avec eux. Je ne voulais pas en payer les conséquences avec Jack.

– Donc c'est quelque chose de grave, a-t-il conclu à ma place, sans bouger.

– Non, ai-je répondu d'un ton désagréable.

– Jen...

– Ce n'est pas ton problème, d'accord ?

– Si ça te concerne, c'est fatalement mon problème.

Comment parvenait-il à paraître tendre, même dans un moment pareil ? Et comment est-ce que je réussissais à me comporter de façon aussi insupportable alors qu'il était si gentil avec moi ? Je m'en voulais.

– Montre-moi, m'a-t-il demandé calmement.

J'ai hésité, puis je me suis dit qu'il finirait par le voir, et j'ai remonté mon pull jusqu'à mon soutien-gorge. Là, juste en dessous de mes côtes, la zone rouge et bleue était bien visible. Elle semblait plus grande que la dernière fois que je l'avais examinée, mais c'était peut-être à cause de l'expression de Jack, qui s'était assombrie.

– T'es content ?

J'ai rabaissé mon pull, partagée entre l'embarras et la colère.

– J'ai l'air content ?

– Ce n'est rien de grave, ai-je déclaré en levant les yeux au ciel.

Il m'a lancé un regard qui m'aurait probablement tuée si ça avait été possible. Il ne m'avait jamais foudroyée comme ça. Je n'ai pas aimé ce que j'ai ressenti. J'aurais tout donné pour qu'il ait à nouveau l'air tendre. Même si je ne le méritais pas.

– Tu t'es pris un coup de poing, et ce n'est pas grave ? a-t-il chuchoté.

– Comment tu sais... ?

– J'ai vu suffisamment de blessures causées par des coups pour savoir que tu as été frappée, m'a-t-il coupée.

– Je l'ai frappé aussi. Je l'ai giflé.

– Pourquoi ?

J'ai dégluti.

– Il a essayé de m'embrasser, ai-je avoué.

Pourquoi avais-je l'impression de subir un interrogatoire ? J'ai à nouveau dégluti. Une boule s'était formée dans ma gorge.

– Je l'ai frappé aussi, ai-je répété, voyant que son expression ne changeait pas.

Peut-être que ça a eu le même effet qu'appuyer sur un bouton pour lui faire perdre patience, parce qu'il a serré les dents et baissé la tête, puis, quand il l'a relevée, j'ai vu sa colère monter.

– Pourquoi est-ce que tu continues à le défendre, putain ? s'est-il énervé. Il a détruit tes affaires, il t'a frappée et je ne veux même pas savoir ce qu'il a fait d'autre. Qu'est-ce qu'il te faut de plus pour comprendre que c'est un connard, bordel ?

J'ai cligné des yeux, surprise.

Il n'avait jamais utilisé ce genre de jurons. J'ai reculé, intimidée, comme j'avais le réflexe de le faire avec Monty. Mais ce n'était pas Monty. Il ne s'est pas approché de moi. Il me fixait juste, toujours aussi furieux.

– Ça arrive à tout le monde de faire des conneries.

– Mais enfin, Jen. Ce n'est pas faire une connerie, c'est être un...

Il s'est interrompu.

– J'arrive pas à croire que tu le défendes encore.

– Je ne le défends pas ! me suis-je indignée, en me rappelant que mon père m'avait dit exactement la même chose.

– Tu justifies le fait qu'il t'a frappée ! Tu te rends compte comme c'est malsain ?

– Mais...

– Il n'y a pas de justification ! Il t'a frappée ! Et tu ne comprends toujours pas à quel point c'est grave !

– Ce n'est pas...

– Ne me dis pas que ce n'est pas si grave !

Il a fermé les yeux un instant.

– Tu n'as pas pensé à appeler à l'aide ? Tu étais seule avec lui ?

– Oui...

– Putain, pourquoi est-ce que tu étais seule avec lui alors que tu le connais très bien ?

– Parce que je suis capable de me défendre ! Je sais... Je sais donner des coups de poing !

– Tu peux exécuter des mouvements de karaté parfaits, mais ça ne sert à rien si, le moment voulu, tu ne t'en sers pas !

– Je sais me défendre ! ai-je répété, furieuse.

– Non, tu ne peux pas ! En tout cas pas avec lui ! Tu te caches derrière cette façade de dure à cuire, mais en réalité, quand il te maltraite, tu te soumets à lui !

– Je ne suis pas soumise, Jack.

– Tu étais dans une relation toxique, bordel ! Ouvre les yeux !

– Ce n'était pas une relation toxique !

– Tu as déjà consulté la définition d'une relation toxique, Jen ? Je crois que ça pourrait t'éclairer.

Il a dit ça comme si j'étais débile, et je me suis sentie encore plus honteuse et furieuse.

– Je te rappelle que c'était mon couple, Ross, pas le tien.

– Oh, maintenant je suis de nouveau Ross ?

– Oui !

– Pourquoi ? Parce que j'essaie de te faire voir la réalité en face ?

– Je n'ai pas besoin que tu m'ouvres les yeux, je ne suis pas une imbécile !

– Non, mais quand tu parles de Monty, tu agis comme si tu l'étais !

– Pourquoi ? Parce que tu es jaloux ?

Les mots sont sortis avant que je puisse les retenir. Je les ai immédiatement regrettés. Il m'a observée un moment en silence et j'ai senti ma bouche se dessécher. Je détestais qu'il me dévisage avec cette expression-là. Son air déçu m'a fait plus de mal que les mille coups de poing dans les côtes que Monty aurait pu me balancer.

– Je suis désolée, je ne voulais pas dire...

– Oui, m'a-t-il interrompue. C'est exactement pour ça.

Je suis restée sans voix un instant. Il me fixait sans ciller. J'ai senti mon cœur s'emballer.

– Je t'aime, tu le sais. C'est pour ça que je ne supporte pas de te voir comme ça. Avant, je croyais que c'était le simple fait de te voir avec lui, mais ce n'est pas ça. C'est bien plus. Je pourrais supporter que tu sois avec quelqu'un qui te rende heureuse, mais ça... je n'y parviens pas, Jen. Tu ne peux pas exiger que je te regarde subir ça... que tu te laisses faire... Je ne peux pas faire semblant que je m'en fiche.

– Que je me laisse faire ? ai-je répété à voix basse.

– Que tu le laisses te traiter comme ça.

Il a secoué la tête.

– Pourquoi tu le laisses faire ?

Je ne savais pas quoi dire. La boule dans ma gorge gonflait. Oh non.

– Je ne sais pas, ai-je avoué d'une toute petite voix.

Et je me suis rendu compte que Jack avait raison. Pourquoi est-ce que je continuais à protéger Monty ? Pourquoi est-ce que je ne m'étais pas défendue ? J'aurais pu le faire. Mais je ne l'avais pas fait.

– Tu crois que c'est le mieux que tu puisses avoir ? m'a-t-il demandé en se rapprochant de moi. Ce n'est pas le cas. Tu ne mérites pas d'être maltraitée. Personne ne mérite ça.

– Je ne suis plus avec Monty, ai-je murmuré.

– Et s'il venait frapper à la porte et se mettait à pleurnicher et à te supplier de le pardonner... qu'est-ce que tu ferais ? Tu ne te remettrais pas avec lui ?

– Non. Je ne l'ai même pas envisagé.

– Oh, ça va, Jen.

– C'est vrai !

– Imagine qu'il ait débarqué ici il y a un mois et qu'il l'ait fait, tu ne te serais pas remise avec lui tout de suite ?

– Je ne sais pas ce que j'aurais fait il y a un mois, mais je sais ce que je ferais maintenant. Je dirais non.

– Comment le sais-tu ?

– Parce qu'il me l'a demandé ! Il m'a suppliée de me remettre avec lui. Et j'ai refusé.

Jack m'a examinée pendant un moment.

– Parce que... je tiens à toi, pas lui, ai-je ajouté à voix basse.

Je n'osais plus relever la tête.

J'avais éprouvé des sentiments pour un ou deux garçons dans ma vie, mais je n'avais jamais osé le leur dire. Jamais. C'était ma première déclaration.

Si ça se passe mal, ça va être un fameux traumatisme.

Au bout de quelques secondes de silence, j'ai fini par lever les yeux. Il me fixait sans me voir. Il était sûrement en train de réfléchir à toute vitesse, comme d'habitude. Et son expression était indéchiffrable. C'était étrange qu'il soit si ouvert pour certaines choses et, pour d'autres, totalement... impénétrable.

– Tu lui as dit ça ?

Son ton coupable m'a surprise.

– Quoi ?

– Il t'a frappée parce que tu lui as dit que tu tenais à moi ?

Oh non. Mon cœur s'est mis à fondre. Il s'en voulait. Mais non, ce n'était pas sa faute. Il n'avait rien à voir avec ça.

– Jack...

– Ça te fait mal ? m'a-t-il interrompue.

J'ai secoué la tête. Je n'avais plus trop mal depuis le matin.

– Tu veux que je fasse quelque chose ? Si tu dis non, j'essaierai de ne pas le faire, mais si tu dis oui...

– Je veux juste oublier Monty. Je l'ai dénoncé au commissariat avec mon père avant de prendre l'avion. Dès qu'ils ont vu le coup, ils m'ont crue. Et ils m'ont appris qu'il avait des antécédents pour des bagarres, des faits de violence. À la fin... Eh bien, en gros, ils m'ont dit que je devais attendre un peu, mais qu'un juge prononcerait très certainement une injonction d'éloignement. C'est... un soulagement.

Jack a hoché brièvement la tête. Ça me paraissait étrange que quelqu'un qui n'était pas de ma famille essaie de me protéger. C'était une impression... agréable.

– Et tu as raison, c'était une relation toxique, ai-je admis à contrecœur. Satisfait ?

– Oui, très.

Il a souri un peu.

– Je suis désolée de l'avoir défendu.

– C'est rien.

– Et désolée de t'avoir appelé Ross.

Je n'aurais jamais imaginé m'excuser auprès de lui pour ça.

– Et moi, je suis désolé d'avoir élevé la voix comme ça, a-t-il grommelé.

– Je le méritais un peu, tu n'as fait que réagir.

Il n'a pas nié, même s'il n'avait plus l'air en colère.

– Viens, tu devrais mettre de la glace dessus, m'a-t-il conseillé en soupirant.

– Je n'ai plus mal.

– Combien de fois dois-je te répéter que tu mens mal pour que tu finisses par arrêter ?

– Combien de fois vas-tu me le répéter, relou ?

– Autant de fois qu'il le faudra.

Il s'est éclipsé un instant et, lorsqu'il est revenu, il avait placé des glaçons dans un torchon. Il m'a fixée en attendant patiemment. J'ai enlevé mon pull et je suis restée en soutien-gorge. Il connaissait sans doute mieux mon corps que moi. Je n'étais même plus gênée. Il a soigneusement placé la poche de glace sur mon ecchymose, et j'ai frissonné.

– C'est super froid, me suis-je plainte en la serrant.

– Ah bon, je croyais que la glace était chaude, Mushu...

Je l'ai fusillé du regard.

– Comment m'as-tu appelée, Jack Ross ?

– Tu méritais que je t'appelle comme ça au moins une fois.

– C'était la dernière ! ai-je exigé.

– Comme tu veux, a-t-il concédé aussitôt, amusé, mais nous savions tous les deux que ce ne serait pas le cas.

Et c'est comme ça que tout est rentré dans l'ordre. C'était si facile de se réconcilier avec lui... Je me suis allongée sur le lit et il s'est étendu à côté de moi. Pendant un moment, nous avons contemplé le plafond. Puis j'ai remarqué qu'il avait passé son bras derrière mes épaules et je me suis blottie contre lui en maintenant la glace. Il m'a embrassée sur les cheveux. Ça m'a rappelé la première fois que nous avions dormi dans les bras l'un de l'autre.

– Mushu. Les gens de ta classe n'étaient pas très originaux, a-t-il observé.

– Eh bien... il est rouge et je devenais rouge...

– Seul un génie peut en arriver à cette conclusion.

Je me suis redressée un peu pour lui jeter un regard critique.

– Et toi, tu es plus doué qu'eux pour les surnoms ?

– Je ne suis peut-être pas plus original, mais je suis meilleur.

– D'accord, comment m'appellerais-tu ?

– Ma petite amie.

Mon cœur s'est figé un instant.

Est-ce qu'il venait de... ?

Oui, il l'a dit.

Non, non... il ne l'a pas dit, ce n'est pas possible...

Je te dis que si.

Mais...

Allez, réponds !

– Eh bien, a-t-il souri, je n'espérais pas un oui du tac au tac... mais je ne m'attendais pas non plus à un silence interminable accompagné d'un visage horrifié.

– Je...

J'étais sans voix. J'ai fermé les paupières un instant, revenant à la réalité. J'avais besoin qu'il me le confirme.

– Un oui ? À quoi, exactement ?

– Tu le sais très bien.

J'ai cligné des yeux pendant qu'il soupirait.

– Écoute, tu n'es pas obligé de me le dire maintenant. J'ai peut-être brûlé les étapes.

– Jack...

– Je veux dire... on a tout le temps. On se voit, littéralement, tous les jours.

– Jack, écoute-moi...

– Et tu viens de sortir d'une relation. Si tu n'es pas prête, je comprends. Enfin... euh... si je me suis précipité...

– Jack.

Je l'ai attrapé par le menton pour attirer son attention.

– Oui.

Il a eu l'air totalement stupéfait pendant quelques secondes.

– Oui ?

– Oui, ai-je répété alors qu'un sourire involontaire se dessinait sur mes lèvres. Bien sûr, idiot.

Je me suis penchée vers lui et j'ai pressé mes lèvres contre les siennes. La glace est tombée sur le côté. Il a enfoui la main dans mes cheveux tandis que je me laissais emporter. Quand je me suis écartée, il m'a décoché un immense sourire qui rayonnait d'un bonheur absolu.

– C'est la troisième meilleure chose qui me soit arrivée dans la journée.

– La troisième ? ai-je répété en haussant un sourcil.

– J'ai bu une bière et j'ai réussi un examen, a-t-il déclaré le plus sérieusement du monde. Il y a des choses dans la vie qui sont difficiles à battre, Mushu.

Il a éclaté de rire en voyant ma moue boudeuse.

– Tu avais juré que c'était la dernière fois !

– D'accord, cette fois-ci, c'était la dernière.

– Tu me le promets ?

– Bien sûr que non.

19

Le champion de jiu-jitsu

– Alors... c'est officiel maintenant, non ?

J'ai mordu dans mon pain grillé pour gagner du temps et ne pas avoir à répondre tout de suite.

Les yeux de Mike, de Sue, de Naya et de Will étaient braqués sur moi. Je me suis raclée bruyamment la gorge, gênée :

– Hum... Eh bien, j'imagine que... oui.

Naya a poussé un cri d'excitation qui a failli faire tomber Sue à la renverse.

– Ne hurle pas comme ça, t'es malade ou quoi ?! s'est emportée cette dernière, visiblement irritée.

– Enfin !

Naya a fait un tope-là enthousiaste avec Will.

– Tu te souviens quand je les ai présentés et que je t'ai dit qu'ils finiraient ensemble ? J'avais raison !

Il a plissé le nez.

– C'est moi qui te l'ai dit. Tu avais peur que Ross la fasse fuir.

– N'importe quoi, c'est moi.

– Mais oui, c'est ça.

Leurs chamailleries m'amusaient beaucoup.

– Alors, a conclu Mike en pointant son pain grillé dans ma direction, c'est officiel aussi : tu es ma belle-sœur.

– Oui, c'est ce qu'il me semble.

– Dommage. Notre histoire d'amour ne pourra jamais se concrétiser.

– Il n'y a jamais eu d'histoire d'amour, a souligné Jack en apparaissant dans le couloir l'air encore somnolent.

Mike l'a toisé.

– C'est ce qu'elle te raconte pour ne pas te faire de peine. Mais il y avait une alchimie entre nous.

Jack l'a ignoré et j'ai rougi lorsqu'il est arrivé derrière moi et m'a prise dans ses bras pour m'embrasser juste en dessous de l'oreille. Je portais encore ma tenue de sport et, en sentant le contact de ses mains sur mon ventre, j'ai failli m'étouffer avec ma tartine.

J'ai regardé les autres, gênée, et je me suis aperçue qu'ils étaient tous tournés dans notre direction. Naya souriait jusqu'aux oreilles, Sue grimaçait.

– Notre cher Ross s'est enfin rangé, a chantonné Naya. Je n'aurais pas cru assister à ce miracle de mon vivant.

– La ferme, lui a ordonné Jack en levant les yeux au ciel tout en piquant un peu de nourriture.

– On ne devrait pas fêter ça ? a suggéré Naya en regardant Will. On pourrait aller au cinéma, ou dîner, ou...

– Au cinéma ? a répété Sue avec une moue horrifiée. Laissez tomber vos propositions débiles, et bourrons-nous la gueule.

Mike a secoué la tête.

– Toujours prête à pécher...

– Toi pas, peut-être.

Il a affiché un large sourire.

– C'est pas faux.

– Il y a une soirée toutes les semaines, dans la sororité de Lana, a suggéré Will, pas très convaincu. Mais je ne sais pas si c'est...

– C'est parfait, l'a coupé Mike. Là-bas, je tombe toujours sur une fille avec qui sortir.

– Comme c'est romantique, a commenté Naya d'un air réprobateur.

Ils se sont mis à discuter entre eux et j'ai remarqué que Jack m'observait.

– Tu veux y aller ? m'a-t-il demandé.

– Oui, bien sûr, pourquoi pas ?

Il a noté le doute dans ma voix. Il s'est arrêté de manger pour scruter mon visage.

– Qu'est-ce qu'il y a ?

– Rien, c'est juste que... Tu crois que Lana va être très contente que... hum... ?

– Qu'on sorte ensemble ?

– Oui.

– Honnêtement ? Je m'en fiche.

– Mais...

– En plus, j'ai vu l'autre jour que vous n'essayiez pas de vous entretuer. Ça ne veut pas dire que vous vous entendez bien ?

– Je lui ai offert des biscuits de mon père. Il n'y a pas de meilleure offrande de paix.

– Alors, c'est réglé.

Il m'a embrassée au même endroit qu'avant.

– Va prendre une douche et je te dépose à la fac.

***

Les cours étaient un peu ennuyeux, c'est vrai, mais j'avais au moins réussi à m'intégrer dans un groupe d'étudiants de ma classe avec lesquels je m'entendais bien. Surtout un certain Curtis – celui qui m'avait servi d'excuse une fois – qui adorait commenter le cul de notre prof de techniques d'expression. Il en parlait encore lorsqu'on s'est salués en sortant du bâtiment. Il pleuvait à nouveau.

J'ai hésité, me demandant si je devais appeler quelqu'un, quand j'ai reconnu la voiture de Jack de l'autre côté de la rue. Un grand sourire s'est formé sur mon visage, j'ai couru et je suis montée à côté de lui. Il avait déjà mis le chauffage à fond.

Et... le moment de vérité était arrivé. On était ensemble à présent, or les couples étaient censés s'embrasser quand ils se retrouvaient... non ? J'ai décidé de me lancer, je me suis penchée et je lui ai fait un bisou sur la commissure des lèvres. Il a esquissé un sourire amusé.

– Moi aussi, je suis content de te voir, Jen. Comment s'est passée ta journée ?

– Super chiante. Et toi, ton examen ?

Si je me souvenais bien, il attendait une note importante.

– Tu dois vraiment me poser la question ? a-t-il répliqué d'un air suffisant.

– Tu m'énerves quand tout te réussit...

– Je survivrai.

Il a démarré et j'ai consulté mon portable. Shanon m'avait envoyé un message pour me réclamer des nouvelles. Je lui ai raconté ce qui s'était passé la veille au soir. Les détails que je voulais bien partager, du moins. Le fait que Jack était officiellement mon petit ami. Le reste, il valait mieux que je ne le confie pas à ma sœur. Quelle honte.

– Tu es sûre que tu veux aller à la soirée tout à l'heure ? m'a-t-il demandé.

– Pourquoi, tu n'as plus envie ?

– En réalité, ça m'est un peu égal.

– Tu m'étonnes, ai-je ironisé.

Il a souri et a préféré changer de sujet :

– Will m'a demandé de rapporter quelque chose pour le dîner. Qu'est-ce qui te ferait plaisir ?

– Mmm... je voudrais...

– Tout ce que tu veux à part une pizza barbecue, je te préviens.

J'ai affiché une moue boudeuse.

– Qu'est-ce que tu as contre cette pizza ? Elle est trop bonne.

– C'est répugnant.

– C'est ma préférée !

– Je sais. Personne n'est parfait.

Il s'est arrêté devant une pizzeria, m'a demandé de l'attendre et s'est dépêché d'entrer dans le restaurant. Dès qu'il a disparu, j'ai composé le numéro de Shanon.

– Je suppose que tu es seule maintenant, a-t-elle dit en décrochant.

– Tu me connais bien.

– Alors, tu as de nouveau un petit ami ?

– Je ne sortais plus avec Monty depuis longtemps.

– Tu vois ce que je veux dire.

J'ai laissé durer le suspense quelques secondes, amusée.

– Jenny ! a-t-elle protesté.

– Oui, on sort ensemble.

– Officiellement ?

– Officiellement.

– MAMAN !

J'ai sursauté quand elle s'est détournée du portable pour crier :

– Ta fille et son petit ami sont officiellement en couple.

J'ai entendu l'exclamation excitée de ma mère et j'ai grimacé.

– Shanon !

– Désolée, j'ai promis de la tenir au courant.

– Tu aurais pu au moins attendre que je raccroche !

– La pauvre n'en pouvait plus, Jenny ! Et Spencer et papa voulaient aussi savoir.

– Et pourquoi est-ce qu'ils ne me posent jamais la question directement ?

Elle a soupiré et j'ai su qu'elle allait me dire quelque chose qui n'allait pas me plaire.

Je me suis impatientée.

– Qu'est-ce qu'il y a ?

– Sans vouloir te vexer, petite sœur, tu es plus compliquée qu'un exercice de maths.

– Il y a des exercices de maths très faciles, ai-je râlé.

– Tu fais partie de ceux que le prof donne comme devoir parce qu'il est incapable de les résoudre en classe.

– Merci beaucoup.

– Tu ne peux pas me donner un peu plus de détails ?

– Je ne suis pas si compliquée que ça, finalement ?

– Allez, ne sois pas cruelle.

J'imaginais son sourire amusé à l'autre bout du fil.

– J'ai attendu vingt-quatre heures avant de t'appeler pour te laisser du temps, mais je ne tiens plus. Je veux des détails croustillants.

– Comme quoi ?

– Est-ce qu'il t'a bien accueillie ? Tu vois ce que je veux dire.

J'ai rougi jusqu'aux oreilles quand Jack est remonté dans la voiture et a posé les pizzas sur la banquette arrière. Il m'a examinée avec curiosité en voyant mon visage empourpré.

– C'est ta sœur ? a-t-il deviné.

J'ai hoché la tête.

– Je ne compte pas t'en parler, ai-je chuchoté à Shanon.

– Oh, allez, fais pas chier. Tu veux que je te raconte comment était le père d'Owen ?

– Non ! Et laisse tomber, tu es reloue.

– Oh, il est à côté de toi ?

Jack conduisait comme si de rien n'était, mais il ne perdait pas une miette de la conversation.

– Oui.

– Donc, si je me mets à crier des obscénités, il les entendra.

– Shanon !

– D'accord, d'accord, a-t-elle concédé en riant, je les garde pour moi. Mais sache que papa et maman veulent faire passer un examen à ton petit ami. Tu devrais l'amener ici un de ces jours.

– On est littéralement ensemble depuis moins de vingt-quatre heures.

– Je dirais qu'on est ensemble d'une certaine façon depuis plusieurs mois, petite sauterelle, a murmuré Jack distraitement.

– Et toi, je t'interdis d'écouter ! lui ai-je lancé, avant de reporter mon attention sur Shanon. J'en ai assez de cette conversation. Je raccroche.

– D'accord, râleuse. Amuse-toi bien avec ton nouveau copain.

J'ai secoué la tête et raccroché. Jack avait un drôle de sourire aux lèvres.

– Qu'est-ce qu'il y a ? l'ai-je interrogé en fronçant les sourcils.

– Rien.

– Tu m'as pris ma pizza barbecue ?

– Oui. C'est celle qui pue.

– Tu es le meilleur.

– On le savait déjà.

Il ne nous a pas fallu longtemps pour arriver à l'appartement. J'ai dû dîner à toute vitesse pour avoir le temps d'aider Naya à choisir sa tenue. Comme d'habitude, elle en avait essayé mille avant de revenir à la première qu'elle avait choisie. Quand le processus a pris fin, je suis allée dans la chambre de Jack pour trouver quelque chose à me mettre. Je finissais d'attacher mes bottes, assise sur le lit, quand il est entré et s'est assis à côté de moi.

– Sue commence à faire de l'hyperventilation parce qu'elle dit que tu mets trop de temps, m'a-t-il informée d'un air amusé. Elle ne pourra pas avoir d'enfants.

– J'aidais Naya ! Normalement, je ne mets pas autant de temps pour me préparer...

Alors que je me penchais pour attacher ma seconde botte, j'ai senti qu'il passait un doigt le long de ma colonne vertébrale. Je me suis tournée vers lui et j'ai vu son petit sourire.

– Quoi ?

– Et si on les faisait patienter encore un peu ? Tu es très jolie aujourd'hui, Michelle...

– Un, si tu m'appelles encore Michelle, j'enlève cette magnifique botte et je te frappe avec en pleine figure.

– Un, à choisir, je préférerais que tu enlèves cette magnifique jupe.

– Deux, Sue te tuera si elle découvre que tu tentes de me séduire pour que je mette plus de temps à me préparer.

– Le jeu en vaut la chandelle, a-t-il affirmé en agitant les sourcils d'un air suggestif.

J'allais protester, mais j'ai senti qu'il m'attirait vers lui. En moins d'une seconde, j'étais allongée sur le côté, sa main sur la courbe de ma taille et ses lèvres contre les miennes. J'ai essayé de me dégager, amusée, mais il a passé son autre bras autour de moi pour me retenir.

– Jack, arrête.

J'ai enfin réussi à me libérer.

– Je ne veux pas que tu te fasses tuer si tôt. Attends au moins qu'on soit ensemble depuis quelques mois.

Il a soupiré.

– Elle fait chier, Sue.

Il s'est levé d'un bond

– Allez, c'est bon. Allons à cette soirée.

Comme c'était au tour de Will de conduire, ce soir-là, je me suis retrouvée entre Sue et Jack à l'arrière.

Pendant tout le trajet, nous avons regardé chacun dans une direction différente, tandis que Naya bavardait sur le siège passager et que Will hochait la tête comme s'il l'écoutait, alors que j'avais l'impression qu'il avait décroché depuis longtemps.

La fête était comme toutes celles auxquelles j'avais assisté, à la seule différence qu'il y avait moins de monde que d'habitude.

Nous sommes allés dans la cuisine et Naya nous a servi de l'alcool à Sue et à moi. Will et Jack avaient déjà disparu avec leurs bières.

J'étais avec mes deux amies quand quelqu'un s'est approché de nous. C'était Lana. Toujours aussi radieuse. J'ai essayé de rester détendue.

– C'est surprenant de vous voir ici, a-t-elle déclaré en souriant. Ça me fait plaisir de te voir, Sue.

Sue lui a jeté un regard acerbe.

– Moi pas.

Lana a secoué la tête – elle n'avait pas l'air trop vexée – et s'est tournée vers moi :

– J'ai entendu dire que... eh bien... que vous deux, c'est officiel.

– En effet, a immédiatement confirmé Naya.

J'ai pris une gorgée de mon verre, que j'ai finalement vidé d'un trait. J'avais besoin de me laisser le temps de réfléchir pour ne pas dire un truc complètement idiot.

Mais elle m'a devancée :

– Je... Je suis contente pour toi.

Elle m'a souri avec une telle sincérité que j'étais stupéfaite.

– Ça se voit que Ross est heureux, a-t-elle poursuivi. Ça... Ça me fait plaisir.

Et juste après, elle a proposé de nous offrir un verre. J'étais tellement abasourdie que Sue a dû me donner un coup de coude pour que je réagisse et que je les suive.

J'ai passé une grande partie de la soirée avec elles. Je n'ai aperçu Jack et Will que de temps en temps avec des copains. Et en réalité, je me suis mieux amusée que je ne m'y attendais.

Bon, c'est vrai que j'ai sans doute pas mal bu.

Quand Naya et Lana se sont éloignées en discutant entre elles, je me suis retrouvée à papoter avec Sue avant qu'elle me suive jusqu'à la cuisine.

– La sueur humaine me dégoûte, a-t-elle décrété alors que je me servais un verre. On dirait des babouins en chaleur.

– Qui ?

– Tout le monde sauf toi et moi.

J'ai éclaté de rire quand j'ai vérifié et réalisé qu'elle n'avait pas tort. À quelques mètres de là, il y avait au moins cinq couples qui dansaient et se frottaient l'un contre l'autre.

– Tu as déjà dansé comme ça avec quelqu'un ? ai-je demandé, sincèrement curieuse.

– À ton avis ?

– Je ne crois pas, mais... qui sait ?

– Eh bien, non, je ne l'ai jamais fait.

– Moi non plus.

– Ça ne m'étonne pas, a-t-elle conclu.

J'ai cligné des yeux, surprise.

– Pourquoi ?

– Allez, Jenna.

– Quoi ?

– On sait bien toutes les deux que tu es un peu sainte-nitouche.

Il fallait qu'elle utilise la même expression que ma sœur ! J'ai croisé les bras si vite que j'ai failli renverser mon verre d'alcool.

– Je ne suis pas une sainte-nitouche !

– Si tu le dis...

– Je ne... !

– Salut.

J'ai sursauté lorsqu'un garçon s'est arrêté juste à côté de moi. Je ne l'avais pas vu venir et j'ai vraiment flippé !

– Salut, ai-je répondu, un peu décontenancée, en m'assurant que je n'étais pas appuyée contre un tonneau de bière auquel il voulait se servir ou quelque chose comme ça.

– Tu t'appelles comment ?

Ce n'est qu'à ce moment-là que j'ai compris qu'il n'était pas là pour m'écarter de son chemin, mais pour me draguer.

Super, c'était la première fois de ma vie que ça m'arrivait et il fallait que ce soit le lendemain du jour où j'avais commencé à sortir avec Jack. J'ai regardé Sue pour lui demander de me venir en aide, mais elle s'est contentée de sourire, amusée par la situation.

– Elle s'appelle Jenna, a-t-elle répondu à ma place.

Je l'ai crucifiée du regard et son sourire s'est élargi.

– Jenna, a-t-il répété. Enchanté.

– Moi aussi, ai-je murmuré en acceptant sa main par politesse.

– Vous êtes venues seules ?

– En fait...

– Oui, m'a interrompue malicieusement Sue. On est seules et on s'ennuie. Tu n'as pas une idée pour y remédier ?

– Sue !

– Si, j'en ai quelques-unes.

Il s'est adressé à moi :

– J'ai un pote qui pourrait être intéressé par ta copine si tu viens avec moi.

– Je ne...

– Moi, tu me fous la paix, lui a ordonné Sue sèchement.

– Juste toi et moi, alors.

Le mec a fait un pas vers moi.

– Qu'est-ce que tu en penses ?

Je me suis raclé la gorge, mal à l'aise et furieuse que la situation fasse rire Sue, puis j'ai reculé en titubant. Je n'avais même pas réalisé que j'étais saoule au point de ne pas tenir sur mes jambes.

– Écoute, je suis sûre que tu es un type génial... ai-je commencé.

– Merci, a-t-il répondu avec un sourire ravi.

– Mais je ne suis pas venue seule.

– Je sais, mais ta copine m'a dit...

– Non, je ne parle pas d'elle. Je veux dire mon petit ami.

Son sourire s'est effacé d'un coup.

– Tu as un petit ami ? Il est où ?

– Qu'est-ce que j'en sais ? Il doit être en train de danser.

– S'il n'est pas avec toi, c'est que tu ne l'intéresses pas tant que ça.

Sue riait déjà aux éclats, tandis que j'essayais de me tirer de ce mauvais pas sans détruire l'estime de soi du pauvre gars.

– Il n'est pas avec moi parce qu'il est avec un pote.

– Et son pote l'intéresse plus que toi ?

– Bon, ça suffit, a sifflé Sue avec un geste pour qu'il s'éloigne. C'était marrant au début, mais là, je m'ennuie. Va en chercher une autre.

Il l'a ignorée. J'ai soupiré et j'ai cherché Jack des yeux, quand le mec a fait un pas vers moi.

– C'est quoi ton problème ? m'a-t-il craché à la figure.

Je me suis tournée vers Sue, qui avait l'air aussi abasourdie que moi.

– C'est quoi ton problème ? a-t-il répété. Si t'as un petit ami, pourquoi tu dragues d'autres mecs ?

– À quel moment je t'ai dragué ? J'étais juste là, tranquillement en train de boire mon...

– Salope.

Je n'en croyais pas mes oreilles. Peut-être que si je n'avais pas été aussi bourrée, ça ne m'aurait pas fait rigoler. Mais j'ai laissé échapper un gloussement, et Sue a essayé de ne pas sourire. Le type est devenu rouge de colère.

– Ça te fait marrer ? s'est-il écrié d'une voix aiguë.

– Juste un peu, hi, hi...

C'était plus fort que moi, je rigolais encore.

– Mais qu'est-ce que... ?

– Qu'est-ce qui se passe ?

La voix de Will m'a distraite. Il avait surgi de nulle part. Je me suis appuyée sur son bras en continuant à rire et j'ai pointé le pauvre garçon qui était venu me parler.

– Regarde, Will, il m'a traitée de salope, hi, hi...

Il a écarquillé les yeux, stupéfait. Je me suis tournée vers le type :

– C'est mon ami Will. Il est champion de jiu-jitsu. Je te conseille de ne pas l'emmerder.

Sue a essayé de ne pas rire quand Will a froncé le nez et que le garçon l'a examiné de la tête aux pieds pour savoir si je lui avais dit la vérité.

– Jenna, qu'est-ce que... ? a commencé Will.

Je pleurais de rire.

– Hé, Willy, pourquoi tu ne lui fais pas une clé de jiu-jitsu ?

– Il est parti, a-t-il remarqué en haussant un sourcil.

Je me suis retournée, étonnée, et j'ai vu le gars s'éloigner en secouant la tête. Sue riait encore à côté de moi quand Will m'a soulevé le menton.

– Combien de verres as-tu bu ?

– Pas assez pour que tu fasses cette tête, ai-je protesté.

– Tu n'as rien mangé ?

– Mike m'a piqué ma part de pizza.

Il a examiné Sue et constaté qu'elle allait très bien. J'étais la seule à être saoule. Il m'a fait signe.

– Viens. Allons retrouver ton homme avant qu'il me tue parce que je ne l'ai pas prévenu.

– Je n'ai pas besoin de baby-sitter.

– Jenna, allons-y...

– Je me débrouille très bien ici avec Sue, on fait fuir les prétendants.

Il s'est passé une main sur le visage.

– Tu préfères que ce soit Ross qui vienne te chercher de force, ou que je t'aide à quitter la soirée ?

J'ai réfléchi un instant.

– On s'en va déjà ?

– Oui, il est cinq heures.

– Quoi ?! Comme le temps passe vite... Hier on jouait encore à la poupée sans savoir que la vie est dure et aujourd'hui on se bourre la gueule...

– Jenna, allez, viens. Laisse-moi t'aider.

J'ai soupiré lourdement et je l'ai laissé passer un bras autour de mes épaules pour ne pas me casser la gueule. Sue nous a suivis en silence tandis que Will se frayait un chemin parmi les gens qui se déchaînaient encore sur la piste de danse. Je commençais à avoir le tournis, quand soudain j'ai entendu une voix familière :

– Qu'est-ce qui se passe ?

Oh, c'était mon Jack adoré.

– Pourquoi tu la soutiens ? Qu'est-ce qui s'est passé ?

– Elle est bourrée.

J'ai senti le bras disparaître et être remplacé par un autre plus chaud. Plus familier. J'ai levé la tête quand il m'a forcée à le regarder en tenant mon menton à deux doigts. J'ai cligné des yeux plusieurs fois pour faire la mise au point sur son visage. Il fronçait les sourcils.

– Bonjour, mon Jack chéri, ai-je chantonné, comment ça va ?

– Qu'est-ce que tu as bu ? m'a-t-il demandé en se retenant de rire.

– Je ne sais pas. C'est Naya qui m'a servie. C'est entièrement sa faute.

– Hé, l'ai-je entendue protester.

Jack a levé les yeux au ciel.

– À quel moment as-tu pensé que c'était une bonne idée de laisser Naya te servir tout l'alcool qu'elle voulait ?

– Je ne sais pas. Je m'amusais bien... Oups, le monde est à l'envers.

J'ai senti le sang affluer à mon cerveau tandis qu'il me hissait sans trop d'efforts sur une épaule.

Les gens nous ont regardés avec curiosité passer dans le couloir puis descendre les escaliers. J'ai laissé échapper un petit rire amusé en voyant mes cheveux tomber devant moi, avant de me souvenir d'un petit détail.

– Jack, attends, repose-moi !

J'ai commencé à me tortiller.

– Qu'est-ce qu'il y a ?

– Je porte une jupe ! Pose-moi ou je vais montrer mon intimité à tout le monde !

– Ne t'inquiète pas, on ne voit rien.

– Sûr ?

– Tu crois que je laisserais des inconnus regarder ta culotte, Jen ?

– Qu'est-ce que j'en sais ? Tu es bizarre parfois.

J'ai laissé ma tête retomber et je me suis laissé transporter en bâillant jusqu'à la voiture de Will. Quand nous sommes enfin arrivés, Jack m'a lâchée sur la banquette arrière et s'est assis à côté de moi. Il m'a fallu deux secondes de plus pour m'étirer, les jambes sur Sue et la tête sur lui. Il a levé les yeux au ciel quand je lui ai pincé la joue.

– Si tu ne retires pas tes jambes, on va avoir un problème, m'a prévenue Sue.

– Oh, allez, fais pas chier. Je suis hyper confo.

– Et pourquoi moi je n'ai pas le droit de l'être ?

J'ai décidé de l'ignorer pour voir si elle me laisserait faire, et ça a marché. Je me suis retournée vers Jack, qui secouait toujours la tête comme si j'étais une déception ambulante.

– Hé, mon Jack chéri...

– Je ne sais pas si j'aime bien quand tu m'appelles comme ça, en fait.

– Tu sais qu'un mec a essayé de me draguer ?

Il a levé un sourcil.

– Quoi ?

– Mais j'ai réussi à le mettre en déroute.

– C'est bien.

– Je lui ai dit que Will pratiquait le jiu-jitsu et il a eu peur.

– Il l'a cru ? s'est étonnée Naya.

J'ai entendu une gentille claque voler, suivie d'un gloussement et d'un bisou, avant que la voiture démarre. Jack me tenait la taille d'une main pour m'empêcher de décoller à chaque virage.

J'ai continué à l'embêter pendant le trajet, mais comme ça ne servait à rien, j'ai préféré m'en prendre à Sue. Mal m'en a pris : j'ai fini par devoir m'asseoir sur mon siège parce qu'elle a écarté mes jambes de ses genoux.

Une fois dans l'appartement, Jack a réussi à me traîner dans la salle de bains pour me démaquiller du mieux qu'il pouvait. Heureusement, je suis parvenue à retirer moi-même mes lentilles. Je ne voyais presque rien pendant qu'il me portait dans ses bras jusqu'à la chambre. Lorsqu'il m'a lâchée sur le lit, j'ai rebondi en gloussant.

– Qu'est-ce que tu vas faire maintenant ? lui ai-je demandé en m'étirant.

– Te mettre ton pyjama.

J'ai grimacé quand il a commencé à m'enlever mes bottes. Il les a jetées par terre et j'ai croisé les bras.

– Alors ça y est, c'est notre première soirée en tant que couple officiel !

– T'as vu ton état ?

– T'exagères, je ne suis pas si saoule que ça.

– Si tu le dis... mais je ne te toucherai pas ce soir, petite sauterelle.

Je l'ai regardé d'un air boudeur quand il a enlevé ma jupe et m'a laissée en culotte.

– J'ai compris, maintenant qu'on est officiellement ensemble, tu vas commencer à me négliger.

J'ai laissé échapper un soupir théâtral.

– Te négliger ?

Il s'est arrêté pour me fixer d'un air mécontent.

– Je m'occupe de toi, là.

– Pas comme je le voudrais.

– On aura tout le temps pour ça, m'a-t-il assuré en souriant. Lève les bras.

– Je ne veux pas.

– Jen, lève les bras.

Je me suis exécutée de mauvaise grâce. Mon chemisier a disparu. Je n'avais même pas réalisé qu'il m'avait déjà enlevé ma veste. Je me suis laissée tomber en arrière sur le lit pendant qu'il détachait mon soutien-gorge et se dirigeait vers mon armoire pour chercher quelque chose à me mettre.

– Tu es le pire petit ami du monde.

– Mais oui, c'est ça.

– Quel genre de petit ami laisse sa copine au lit sans soutien-gorge et cherche un pyjama ?

– Le genre de petit ami qui ne veut pas abuser de sa copine saoule.

– Pfff, t'es pas marrant.

Il a souri et s'est approché de moi. Il m'a tenu le dos pour me maintenir droite, tout en réussissant à m'enfiler un T-shirt à manches courtes et un de ses sweatshirts.

– Je n'ai jamais porté ce sweat, ai-je deviné en le regardant me mettre un short en coton.

Il a marqué une pause, surpris.

– Comment le sais-tu ? Tu n'y as même pas jeté un coup d'œil.

– C'est l'odeur. Il sent trop comme toi.

– Et c'est une mauvaise chose ?

– Non, j'aime bien.

J'ai fermé les paupières, allongée, et j'ai senti qu'il terminait de m'habiller. Puis je me suis écartée un instant du matelas et il m'a remise en place, cette fois, la tête sur l'oreiller. J'ai bâillé et je me suis recroquevillée, cherchant son corps à tâtons. Mais je ne l'ai pas trouvé. J'ai ouvert les yeux et j'ai vu qu'il se changeait. Mon regard s'est attardé sur son tatouage.

– Qu'est-ce qu'il cache, ce tatoo ? lui ai-je demandé, à moitié endormie.

Il s'est arrêté un instant, et ses épaules se sont raidies.

– Laisse-moi tranquille, Jen.

– Allez, je veux savoir...

– Il y a de fortes chances que tu ne te souviennes même pas de cette conversation demain.

– Alors qu'est-ce que ça change pour toi de me le dire ?

Il a soupiré et a fini d'enfiler son T-shirt. Il s'est glissé sous les draps à côté de moi. J'ai senti qu'il m'attirait jusqu'à ce que ma tête repose sur son torse. Quand j'ai essayé de la redresser pour le regarder, il m'a remise en place.

– Dors, espèce de reloue.

– Tu ne vas pas me le dire ?

– Non.

J'ai soupiré bruyamment, mais je l'ai laissé écarter mes cheveux de mon visage. J'étais vraiment bien contre lui. Mais j'étais surtout lessivée. J'ai fermé les yeux.

– C'est une cicatrice.

Je les ai rouverts lentement.

– Une cicatrice ?

– Ce qu'il y a sous le tatouage, a-t-il précisé.

J'ai réfléchi quelques instants. J'avais l'impression que mon cerveau fonctionnait au ralenti.

– Comment tu te l'es faite ?

– Je ne vais pas te raconter ça maintenant, Jen.

J'ai acquiescé lentement et bâillé. Il s'est déplacé pour que je sois plus à l'aise sur lui.

– Bonne nuit, a-t-il murmuré, et je me suis endormie aussitôt.

20

Le requin intérieur

Quand je me suis réveillée, j'avais l'impression qu'on m'avait martelé la tête toute la nuit.

Comme d'habitude, Jack dormait encore à poings fermés. J'ai songé à ne pas aller courir pour rester avec lui. Juste une fois. Finalement, j'ai décidé de me montrer raisonnable, je me suis levée et j'ai enfilé ma tenue de sport pour sortir.

Quand je suis rentrée une heure et demie plus tard, Mike était au téléphone. Sans vouloir pour autant jouer les commères, j'ai enlevé mes écouteurs pour mieux entendre ce qu'il disait. Il parlait à voix basse à l'autre bout de la pièce et il avait l'air furieux. C'était bizarre. Je ne me souvenais pas de l'avoir déjà entendu se fâcher. Will, Sue et Jack l'observaient depuis le comptoir.

Quand je me suis arrêtée à côté de Jack, il m'a attrapée par la taille avec un petit sourire malicieux et a déposé sur mes lèvres un baiser qui m'a presque coupé le souffle. Lorsque je me suis écartée, mes joues étaient en feu. Il allait falloir que je m'habitue : ce n'était pas la dernière fois qu'il faisait ce genre de truc.

Will nous a adressé un petit sourire alors que Sue soupirait et se passait une main sur le visage, désespérée.

– Qu'est-ce qu'il y a ? ai-je voulu savoir.

– Je viens de réaliser que je suis la seule célibataire à vivre ici. C'est déprimant.

Mike est revenu vers nous avec un grand sourire, comme si la scène de l'engueulade au téléphone n'avait pas eu lieu.

– Moi aussi, je suis célibataire, a-t-il souligné d'un air ravi.

– D'accord. Bon, je suis la seule à être célibataire parce que je ne prends pas en compte le parasite.

– Je ne t'ai pas vue entrer, m'a dit Mike en l'ignorant. C'est dommage. Tu es ravissante aujourd'hui, chère belle-sœur. Très sexy.

J'ai soupiré et Jack s'est figé un instant pour fusiller son frère du regard.

– Mike... l'ai-je imploré pour qu'il ne commence pas.

Il a levé les mains en signe de capitulation.

– C'était un avis objectif.

– Personne ne t'a demandé ton avis, a maugréé Jack.

– Ne l'écoute pas, alors.

Il y a eu un instant de silence. Je n'en revenais pas que personne ne lui pose de questions sur l'appel et j'ai finalement décidé de le faire moi-même.

– Tout va bien ?

– Moi ça va, a-t-il affirmé avant de jeter un coup d'œil à son frère, mais je crois que, pour ton petit ami, ça va être plus compliqué très bientôt.

Puis j'ai senti qu'une connexion extrasensorielle s'établissait entre eux. Malgré le fait qu'ils ne s'entendaient pas, ils étaient frères et ils avaient grandi ensemble. Un regard suffisait pour qu'ils se comprennent parfaitement.

– Oh non, a grogné Jack, horrifié.

– Oh si, a répliqué Mike avec un large sourire.

Will avait l'air aussi perdu que moi, ce qui m'a étonnée. D'habitude, il décodait ce genre de choses. Sue les a fixés en haussant les sourcils tout en continuant à manger sa glace, tranquille.

– Ça me tente aussi peu que toi, si ça peut te consoler, a grommelé Mike en attrapant une des tranches de pain grillé de Jack.

– Je pensais que cette année on n'aurait pas à le faire, a-t-il protesté en récupérant brusquement son toast.

– Moi aussi.

Mike s'est renfrogné quand son frère lui a donné une tape sur la main pour l'empêcher de piquer son pain.

– Il adore cette tradition. Et il nous aime à la folie, bien sûr.

– On peut savoir de quoi vous parlez ? suis-je intervenue.

– Oui, on n'a pas le contexte, a renchéri Will.

Jack s'est tourné vers nous et nous a expliqué d'un air excédé :

– Chaque année, mon père insiste pour qu'on aille à la maison du lac fêter son anniversaire.

– C'est son anniversaire ? a demandé Will, sincèrement curieux.

– Vous avez une maison au bord du lac ? ai-je demandé en haussant les sourcils.

– Oui. Et oui, c'est son anniversaire.

La perspective n'avait pas l'air d'enthousiasmer Jack.

– Dans trois jours.

– Et tu ne veux pas y aller ? ai-je deviné.

– Tu as un don pour comprendre les gens, a ironisé Mike.

– Hé !

Jack a pointé son toast vers lui.

– Il n'y a que moi qui ai le droit de me moquer d'elle.

– D'accord, d'accord.

Mike avait toujours l'air amusé.

– Le truc, c'est que d'une minute à l'autre...

Il n'avait pas fini sa phrase qu'on frappait à la porte. Jack a laissé échapper un juron pendant que son frère se levait pour aller ouvrir.

Il est revenu avec Mary.

C'était assez amusant de voir le visage de mon petit ami s'assombrir alors que celui de Mike s'illuminait de seconde en seconde.

– Bonjour, les enfants, nous a-t-elle salués, très cordiale.

Elle était si bien habillée en toutes circonstances que j'ai eu l'impression d'être négligée avec mes vêtements de sport. Toutefois, son sourire est resté impeccable même lorsqu'elle a remarqué mon accoutrement affreux.

– Ne fais pas cette tête, mon Jack chéri, l'a réprimandé sa mère.

– Je changerai peut-être, en fonction de ce que tu vas dire.

Elle s'est tournée vers moi, et je me suis instantanément crispée.

Oh oh.

– Mike t'a parlé de la maison du lac ?

J'ai hoché la tête lentement, avec prudence.

– Eh bien, mon mari voudrait que tu viennes. Ça lui ferait très plaisir.

– Qu'il aille se faire foutre, a balancé Jack d'un ton bourru.

Je lui ai décoché un coup de coude, mais il a fait semblant de ne pas s'en apercevoir.

– Surveille ton langage, lui a recommandé sa mère d'un ton sévère.

– Après ce qu'il a fait la dernière fois que Jen est venue à la maison ? Il espère qu'elle va venir à son anniversaire ?

Il a secoué la tête en signe de dénégation.

– Qu'il lui fiche la paix, a-t-il ajouté.

– Heureusement, c'est à Jen que je le proposais, pas à toi, mon fils.

– Et moi je te dis qu'on ne veut pas y aller.

– Vous parlez d'une seule voix ? a raillé Mike.

– Toi, ne m'énerve pas, l'a prévenu Jack.

– Pourtant, ce serait un beau geste que Jack chéri te présente officiellement, non, belle-sœur ?

– Tais-toi, Mike, avons-nous répliqué en chœur.

Mary est revenue à la charge en s'adressant à Jack :

– Mon cœur, ton père a envie de connaître ta petite amie, c'est parfaitement normal.

– Il la connaît déjà. Et il s'est arrangé pour lui donner la pire impression de notre famille.

J'ai haussé un sourcil.

– Une seconde... Comment est-ce que ton père sait qu'on sort ensemble ?

Nous nous sommes tous les deux tournés lentement vers Mike, qui sirotait son verre de lait d'un air innocent.

– Sale mouchard, a marmonné Jack en le fusillant du regard.

– Je suis le bon fils, je n'ai fait que mon devoir, a-t-il protesté.

– Je te demandais simplement si tu voulais venir, ma chérie, a insisté Mary avec douceur. Qu'en dis-tu ?

– Je... ai-je balbutié, hésitante.

J'ai jeté un coup d'œil à Jack, qui a secoué la tête.

– Il viendra de toute façon, m'a assuré sa mère. C'est l'anniversaire de ton père, Jack chéri, ne fais pas cette tête. Tu viens.

– Est-ce... Est-ce que toute ta famille sera là ? ai-je demandé, un peu nerveuse à cette idée.

– Juste nous quatre, a répondu Mike. Oh, et grand-mère Agnès. Parfois, elle frappe papa avec une canne. Elle est fascinante. Fun assuré.

– Et une fois, Mike est venu avec une fille, a ajouté Jack.

Si j'en croyais l'expression de Mary, ça ne s'était pas très bien passé.

– Et c'est la dernière fois que nous avons reçu une fille à la maison du lac, a-t-il conclu.

Mary m'a adressé un sourire éblouissant.

– Jusqu'à ce jour. Si ça t'intéresse, nous partons demain matin. La maison est à moins d'une heure de route.

– Ou une demi-heure si on conduit comme un fou, ai-je corrigé en adressant à Jack un sourire en coin.

Il m'a jeté un regard acerbe qui m'a fait sourire de plus belle.

– Oh, et n'oublie pas de prendre un maillot de bain, m'a conseillé Mary.

– En hiver ?

– Pour le jacuzzi, a précisé Mike.

– Un ja... cuzzi ?

C'était comme s'il s'était adressé à moi dans une autre langue.

– Je suis sûre qu'Agnès sera ravie de te voir, elle aussi, a renchéri Mary.

– Je ne sais pas...

– Et ça me ferait beaucoup de peine si tu refusais, a-t-elle ajouté en portant la main à son cœur.

– C'est du chantage affectif, s'est exclamé Jack, écœuré.

– Laisse ta petite amie répondre.

Trois paires d'yeux se sont tournées vers moi, et je me suis faite toute petite. J'ai regardé Jack. Puis sa mère. Puis lui. Puis elle. Mmmh...

Je veux aller dans un jacuzzi, Jenny.

Je ne sais pas trop, chère conscience...

Allez, je veux essayer au moins une fois au cours de mon existence de pauvre !

– C'est d'accord, me suis-je entendue dire.

Jack s'est étranglé :

– Quoi ?

Mary m'a décoché un sourire radieux.

– Parfait. Vous venez avec nous ou dans ta voiture, Jack ?

– On ira avec Ross, a répondu Mike à sa place.

Jack me fixait toujours, bouche bée. Mes joues sont devenues brûlantes, et je me suis empressée de manger pour ne pas avoir à dire quoi que ce soit.

– Très bien, alors on se retrouve un peu avant le déjeuner à la maison du lac.

Mary a rajusté sa veste, qu'elle n'avait même pas pris la peine d'enlever.

– J'ai du travail. Amusez-vous bien, mes chéris.

Et, après avoir semé la zizanie, elle est partie en souriant.

Un long silence pesant a suivi son départ : Jack continuait à me fixer et les autres observaient la scène avec prudence.

– Bon... Je crois que c'est l'heure de ma douche matinale, a annoncé Mike.

– Ouais, j'ai des trucs à faire aussi, a grommelé Sue avant de s'enfuir presque en courant.

– Moi aussi, a dit Will sans demander son reste.

Génial. Personne ne voulait assister à la dispute.

Jack avait toujours le même air furibard. J'ai essayé de plaisanter :

– Ne me regarde pas comme si j'avais tué ton chien.

– Pourquoi tu as accepté ?

– Ça me semblait impoli de refuser.

– Et ça ne t'a pas paru impoli, tout ce que ce connard t'a dit au cours du dîner ?

– Ce connard ? Jack, c'est ton père...

– On ne choisit pas sa famille. C'est un connard, c'est tout.

– Il veut peut-être s'excuser ?

– Bien sûr.

– Si on ne lui en offre pas l'opportunité, on ne le saura jamais.

Il a déposé son assiette dans l'évier avec des gestes un peu trop brusques.

– Tu ne devrais pas lui en donner une, il ne le mérite pas.

Je l'ai attiré vers moi et il s'est laissé faire.

– On va bien s'amuser. J'ai envie de voir la maison. Et d'aller dans le jacuzzi.

– Bah, c'est pas si super, m'a-t-il assuré.

– Et ta chambre.

Son expression a changé immédiatement. D'un coup, il a souri.

– Pour quoi faire, petite perverse ?

– Pour voir à quoi elle ressemble, petit pervers.

– Je suis sûr que ce n'est pas ça que tu as en tête.

– Si, je t'assure.

J'ai souri et il m'a prise par la taille.

– Tu vois ? Tu n'as plus l'impression que c'est si horrible. Tu exagères toujours.

– Tu exagères toujours, a-t-il répété en imitant ma voix.

– Je ne parle pas comme ça.

– Je ne parle pas comme ça, a-t-il recommencé.

Je l'ai poussé en riant, pendant qu'il réussissait à m'embrasser.

***

– ... puis le tueur réussit à l'attraper par le pied et... Bang ! Morte. Et bien sûr, comme c'était la dernière, quand les flics débarquent, ils ne comprennent pas ce qui s'est passé et... le tueur s'en tire ! Comme ça, hop ! Incroyable ! Hein ? Tu ne trouves pas, belle-sœur ? Hein ? Hein ? VOUS NE TROUVEZ PAS ?

Mike nous racontait un film gore, plein de sang, de tripes et de meurtres, pendant le trajet et parlait de plus en plus fort, au point de finir par hurler. Derrière ses lunettes de soleil, Jack fixait la route, mais ça ne masquait pas son envie d'infliger à Mike ce que le tueur du film avait fait subir à ses victimes.

– Vous ne trouvez pas ? a répété Mike avec enthousiasme.

Comme son frère n'avait pas l'intention de répondre, j'ai acquiescé :

– Incroyable.

– Heureusement que tu m'écoutes, belle-sœur, a-t-il constaté avec une grimace et un regard en coin à son frère. Qu'est-ce qu'il a ? Vous n'avez pas baisé ce matin ?

– Ce que j'ai, c'est que ma tête va exploser à force de t'entendre, a répliqué Jack d'un ton nonchalant.

J'ai haussé les épaules.

– Il a sans doute mal dormi.

– J'ai très bien dormi, a-t-il protesté.

Il était resté de bonne humeur la veille, mais dès que nous étions montés dans la voiture, il était redevenu le Jack irritable qui n'avait pas envie de passer le week-end chez ses parents.

J'ai décidé de rompre le silence qui s'étirait depuis plus de cinq minutes :

– Vous avez acheté un cadeau pour votre père ?

Jack s'est tourné vers moi et Mike s'est penché entre les sièges pour me regarder, avec le même air interloqué que son frère.

– C'est... ce qu'on fait pour les anniversaires... non ?

Ils avaient toujours l'air aussi abasourdis. Parfois la ressemblance entre eux était flippante.

– Vous ne seriez pas contents d'avoir un cadeau ? ai-je insisté.

Silence incrédule.

– Allô ?

Toujours pas de réponse.

J'ai croisé les bras.

– Très bien, si vous avez décidé de passer le reste du trajet sans ouvrir la bouche, c'est comme vous voulez.

Depuis qu'on était partis, Jack avait le coude appuyé contre la vitre et la joue posée sur le poing, mais quand j'ai eu fini de parler, il a soupiré et s'est redressé. J'ai masqué un sourire triomphant quand il s'est raclé la gorge avant de prendre la parole :

– Le film que tu nous as raconté, il a une suite ? Je crois que je l'ai vue.

C'est ainsi qu'ils se sont remis à bavarder. Pendant un moment, on aurait même pu croire qu'ils s'entendaient bien. Jusqu'à ce que Mike critique un film de Tarantino et que Jack menace de le chasser de la voiture à coups de pied. Cette fois, j'ai laissé le silence remplacer la conversation houleuse.

Finalement, j'ai mis de la musique. La radio me semblait une meilleure solution qu'une dispute entre frères.

Nous avions quitté la ville en direction de l'ouest. C'était la région la plus chaude de l'État. Les maisons se faisaient plus rares à mesure que nous roulions, et nous nous sommes retrouvés sur une route déserte qui longeait de grandes parcelles où l'on pouvait de temps en temps apercevoir des cultures et du bétail. Je regardais distraitement par la vitre quand Jack a bifurqué à un carrefour et s'est engagé sur une petite route qui traversait une forêt.

Cinq minutes plus tard, il s'est mis à ralentir et nous nous sommes finalement arrêtés devant une clôture grise fraîchement repeinte. Jack n'a pas eu besoin de sonner, elle s'est ouverte devant le véhicule. L'allée était en gravier et se divisait en deux : un côté menait au bâtiment principal et l'autre à une maison tout aussi grande, mais un peu plus à l'écart.

La maison principale ne possédait pas de garage, mais j'ai vu qu'il y avait une voiture garée sur le côté, sous un appentis. Jack s'est rangé à côté et quand il est sorti avec Mike, je me suis empressée de les suivre.

La maison était gigantesque. Encore plus impressionnante que celle qu'ils avaient en ville. Tout était décoré en chêne, en marbre et en pierre polie. Le sentier qui menait de la voiture à l'entrée était une pelouse fraîchement tondue parsemée de grosses pierres plates.

Jack et Mike n'avaient évidemment pas de sac. Ils avaient déjà tout le nécessaire sur place. Jack a pris le mien et a passé la bandoulière sans me demander mon avis.

– Il fait chaud ou c'est moi ? ai-je demandé.

– Si tu veux enlever des vêtements, ce n'est pas moi qui vais t'en empêcher.

Il a souri quand je l'ai regardé. Mais c'était vrai. Il faisait chaud. Je n'avais pas besoin de ma veste.

– Je suis sérieuse.

– Alors, attends l'après-midi, ce sera pire. Il fait vraiment froid la nuit, mais la journée... Ce n'est pas pour rien que je t'ai dit que c'était inutile d'emporter des pulls dans ton petit sac à dos.

Il a prononcé ce mot comme s'il se moquait de mon sac à dos rose vif.

– Ne dis pas « sac à dos » comme ça, ai-je protesté.

– Tu y es tellement attachée ?

– Il m'a accompagnée dans de nombreux moments cruciaux de ma vie !

Il m'a tendu la main d'un air amusé.

– Allez, viens.

J'ai accepté sa main. Elle était chaude à cause du volant. Il m'a tirée doucement dans l'allée.

Le porche était en bois et les marches qui y menaient étaient minces, mais elles ont supporté mon poids. Plusieurs chaises avec des coussins et une balancelle étaient disposées sur la terrasse. La double porte était en bois et semi-vitrée. Mike venait de sonner.

Une femme d'âge moyen est venue ouvrir en souriant.

Je ne me souvenais pas de l'avoir déjà vue. Ce n'était pas censé être juste moi et sa famille ?

– Bonjour, les garçons, les a-t-elle salués aimablement.

– Lorna, a répondu Jack en lui rendant son sourire.

J'ai eu l'impression qu'elle avait haussé les sourcils en voyant qu'on se tenait par la main, mais elle a retrouvé son sourire si vite que je n'en étais pas sûre. Elle s'est écartée pour nous laisser entrer.

Ça sentait bon la nourriture, ce qui m'a ouvert l'appétit. Le vestibule était gigantesque, avec plusieurs fauteuils et des étagères. L'ouverture qui nous faisait face menait à un salon encore plus vaste. Tout était dans des tons marron et rouges. Et luxueux, bien sûr. Des baies vitrées occupaient presque tous les murs. Celles qui ne donnaient pas sur le lac de l'autre côté de la maison donnaient sur la forêt environnante.

C'était magnifique.

Jack a dû remarquer que j'étais béate d'admiration, car il a esquissé un petit sourire. Mike, quant à lui, a filé droit dans le salon et s'est écroulé bruyamment sur l'un des canapés.

– Merde, j'avais oublié qu'il n'y avait pas de télé ici.

– Il y a Internet, lui a rappelé Jack.

J'ai poussé une porte coulissante pour passer la tête dans la cuisine, morte de curiosité. Elle était plus grande que la moitié de ma maison. Et ça sentait divinement bon.

– Jen ? ai-je entendu Jack m'appeler. Allons poser tes affaires.

J'ai acquiescé et je l'ai suivi dans le salon. J'ai aperçu une salle à manger où des chaises élégantes entouraient une table. Les escaliers étaient en bois également, mais les marches n'ont pas grincé quand on les a gravies. Une autre volée montait plus haut encore, mais Jack est resté à cet étage, a traversé le petit couloir qui menait à une pièce circulaire, avec des fauteuils et un piano, et s'est arrêté à l'avant-dernière porte à droite.

– Tu préfères une autre chambre ? m'a-t-il proposé, hésitant un instant. Il y en a plein.

– N'importe.

Il a poussé le battant. La première chose que j'ai remarquée, c'est que le plafond était incliné en pente douce vers le sol. Une fenêtre incurvée occupait toute une paroi. Le mur du fond était en briques, mais tout le reste était en bois. Le mur en briques accueillait une bibliothèque pleine de livres, de films et de mille autres choses que je n'ai pas eu le temps d'examiner. La fenêtre était ornée de rideaux couleur crème. Sous le grand lit gris, un tapis déclinait plusieurs tons de beige.

J'ai cligné des yeux tandis que Jack posait mon sac à dos sur le sol et s'asseyait sur le matelas en soupirant.

– Pfff, ça me saoule, a-t-il gémi.

– La maison ? me suis-je exclamée, abasourdie.

Il avait perdu la tête.

– Non, mon père. La baraque est géniale, hein ?

– Trop de bois, ai-je plaisanté. Imagine qu'elle prenne feu.

– Crois-moi, mon père ne laisse rien au hasard. On risque plus de brûler nous-mêmes que la maison.

– Quel soulagement !

Je me suis approchée de la fenêtre, qui donnait sur le lac, et j'ai pu apercevoir un petit embarcadère. La terrasse arrière était équipée de plusieurs fauteuils, de canapés, d'un bar, d'un barbecue et d'une table pour manger.

– Pourquoi est-ce que vous ne vivez pas ici ? Je crois que je pourrais mourir ici maintenant... et je serais heureuse.

– T'exagères.

– Allez, réponds.

Il a haussé les épaules.

– Mon père ne l'aime pas trop.

– Ce n'est pas lui qui a eu l'idée de nous convier ici ?

– Rectification : il aime bien venir ici, mais seulement quelques jours. C'est trop éloigné de tout.

– Et c'est une mauvaise chose ? ai-je demandé en me rapprochant.

– Je ne sais pas.

J'ai enlevé ses lunettes de soleil pendant qu'il parlait.

– Ça a ses avantages. Si tu cries, personne ne t'entend. Comme dans l'espace.

J'ai haussé un sourcil en posant ses lunettes sur mon nez.

– Tu viens de me menacer ?

– Tu viens de me voler mes lunettes ?

– Elles me vont mieux qu'à toi.

– C'est vrai.

Il m'a attrapée par le bras et m'a tirée jusqu'à ce que je me retrouve au-dessus de lui. Il m'a prise dans ses bras et m'a embrassée juste en dessous de l'oreille, ce qui m'a donné la chair de poule. J'adorais qu'il fasse ce genre de choses. J'étais si peu habituée...

– C'est qui la dame qui nous a ouvert ? l'ai-je interrogé en me redressant un peu pour le regarder.

Il a retiré mes lunettes et les a posées sur le côté.

– Lorna. Ray, son mari, et elle s'occupent de la maison quand on n'est pas là.

– Tout le reste de l'année, donc.

– Ils ne vivent pas ici. Ils habitent tout près. Ils s'occupent aussi de la maison des voisins, celle d'à côté.

– Les voisins ?

– Des amis de mes parents. Ils n'habitent pas ici non plus. C'est leur résidence secondaire.

– Oh.

– Ray et Lorna s'assurent que tout va bien. Ils entretiennent le jardin, nettoient la maison... tout ça. Je ne pense pas qu'on les reverra.

– C'est nul d'être pauvre, ai-je marmonné.

Il a souri en secouant la tête.

– Sans blague ?

– Mon Jack chéri ? a résonné la voix d'Agnès au rez-de-chaussée.

Quand nous sommes descendus, nous avons vu qu'elle était arrivée avec Mary.

Agnès semblait toujours ravie de me voir, mais sa joie était encore plus vive quand elle pinçait les joues de Jack et qu'il protestait. Comme avec sa mère. Mary s'est approchée de moi et m'a serrée dans ses bras, comme d'habitude.

– Comment vas-tu ? Je suis ravie que tu sois venue, ma chérie.

– Oui, c'est toujours un plaisir de voir de nouveaux visages ici, est intervenu le père de Jack en s'approchant de moi.

Jack a aussitôt cessé de sourire.

– J'espère que la maison est à ton goût, Jennifer.

Je ne savais pas trop comment le prendre. Je ne l'avais rencontré qu'une seule fois, et il avait été désagréable avec moi. J'ai souri.

– Elle est magnifique.

Je me suis tournée vers mon petit ami :

– Je le disais justement à Jack.

Il m'a semblé voir le sourire d'Agnès s'élargir en m'entendant l'appeler par son prénom.

– Tu n'as pas offert un verre à ton invitée ? a demandé sèchement son père à Jack, qui a pincé les lèvres en signe de réprobation.

– Si, mais je ne voulais rien, me suis-je empressée de mentir.

Alors que la tension était encore palpable, M. Ross a quitté la pièce pour déposer les affaires dans la plus grande chambre tandis que Jack filait chercher Mike pour qu'il vienne saluer ses parents et sa grand-mère. Je suis restée avec Agnès et Mary dans le salon.

– Ça a l'air de bien se passer, a commenté cette dernière en croisant les jambes. Ils ne se sont pas encore crié dessus, c'est déjà ça.

– Laissons-leur le temps, a soupiré Agnès.

Je n'ai pas pu m'empêcher de demander :

– Pourquoi s'entendent-ils si mal ?

Elles ont échangé un regard. Ma question était peut-être déplacée.

– Ils ont des personnalités très différentes, m'a expliqué la mère de Jack en souriant.

Je continuais à penser que ça ne pouvait pas tout expliquer, mais je n'ai pas insisté. Je ne voulais pas me montrer impolie. Jack est revenu peu après avec son frère. M. Ross n'est pas redescendu, ce qui m'a surprise. Finalement, nous sommes restés tous les cinq un long moment à bavarder et à rire.

Puis Mary et Agnès se sont éclipsées dans la cuisine pour voir ce que Lorna nous avait préparé à manger. Comme j'avais l'impression que c'était une excuse pour parler seule à seule, je suis restée avec les garçons.

On a joué aux cartes et quand Jack a perdu, je me suis retrouvée seule contre Mike. On avait parié de l'argent... Enfin, ce que j'avais pu mettre en jeu, c'est-à-dire vingt dollars. Le premier à s'emparer de l'as de trèfle remporterait la mise. Nous avons tous les deux tiré nos cartes lentement, pour faire monter la tension.

– Allez, Jen, m'a encouragée Jack en s'asseyant à côté de moi et en se penchant sur mon épaule. Je vais le distraire, tu dois gagner.

– C'est ça, pas de pression, ai-je ronchonné sans quitter les cartes des yeux.

– Tais-toi, Ross, a grogné Mike en se mordant la lèvre, l'air plus concentré que jamais. Je suis en train de remporter la partie.

– Avec vingt dollars en jeu ? Ne te fais pas d'illusions.

Un silence absolu s'est emparé du salon. Puis, comme s'il tombait du ciel, l'as de trèfle est apparu. Jack discutait avec Mike, j'en ai profité pour abattre une main avec force sur la carte, en riant.

– Yes ! me suis-je exclamée joyeusement.

Mike a tourné la tête vers moi :

– Hein ? Non, attends !

– Ça, c'est du travail d'équipe !

Jack a passé un bras dans mon dos et m'a embrassée sur les lèvres avec désinvolture.

– J'ai l'impression de t'avoir aidée à décrocher une médaille aux jeux Olympiques.

– C'est surtout parce que je gagne toujours à ce jeu.

Mike râlait.

– J'ai l'impression d'avoir raflé ta place sur le podium, ai-je plaisanté, ce qui a fait rire Jack encore plus fort.

J'ai remarqué qu'il se raidissait brusquement, et je me suis retournée machinalement. Son père nous observait depuis l'escalier, avec un visage impénétrable. Même Mike semblait tout à coup tendu.

– Ne vous interrompez pas pour moi.

Il s'est assis sur le canapé pour nous toiser avec son air qui signifiait « Je suis riche et je le sais ».

– C'est rare de voir mes deux fils s'amuser comme ça. Je crois que c'est à toi que je le dois, Jennifer.

J'ai souri, à la fois gênée et ravie par le compliment. Mais mon sourire s'est évanoui quand j'ai remarqué que Jack augmentait la pression de ses doigts sur mon épaule. Il fixait son père avec intensité. Je ne comprenais pas pourquoi... Il venait de se montrer gentil avec moi.

M. Ross semblait ignorer la tension tandis que Mike rassemblait les cartes dans un silence total. Ce n'était peut-être pas intentionnel, mais l'arrivée de son père avait gâché l'ambiance.

– Jack...

Il lui a adressé un sourire froid.

– Quand tu pourras, j'aimerais te parler en privé.

La conversation ne serait sûrement pas agréable, car Jack s'est crispé plus encore.

– Maintenant, c'est le bon moment pour moi, a ajouté M. Ross. À moins que tu ne veuilles en discuter ici, devant tout le monde.

Jack a tressailli, avant de se lever. Je les ai regardés se diriger vers la terrasse. Dès que la porte vitrée s'est refermée, Mike a lâché un soupir de soulagement.

– Ils vont se disputer ?

– Peut-être.

Il a haussé les épaules.

– Tant que ça ne m'éclabousse pas.

– Je peux... te demander pourquoi vous vous entendez si mal avec lui ?

Il m'a adressé un sourire en coin.

– Tu es sûre de vouloir le savoir ? Tu n'avais pas l'air très convaincue.

– Mmmh...

J'ai observé le père et le fils, dehors, à travers la baie vitrée. Jack ne regardait pas son père, qui s'adressait à lui.

– Peut-être que je ne veux pas savoir, ai-je fini par admettre.

– Sage décision. C'est une odeur de purée que je sens ?

Le repas a été plus agréable. M. Ross n'a presque rien dit, et Agnès et Mary ont animé la conversation. Tous les plats étaient délicieux.

– Au fait, comment allaient tes parents ? m'a demandé Mary au milieu du repas.

Je me suis empressée d'avaler tout ce que j'avais en bouche.

– Oh, très bien. Je leur avais manqué. Ils m'ont mieux traitée que jamais.

– Moi aussi, j'ai eu l'impression d'aimer davantage ces deux catastrophes ambulantes à partir du moment où ils sont partis.

– Merci pour ton amour inconditionnel, maman, a répliqué Jack.

– Oui, maman, merci beaucoup, a renchéri son frère.

– Vous tombez d'accord quand c'est pour vous en prendre à quelqu'un ? ai-je plaisanté, mais je me suis arrêtée quand ils m'ont tous les deux jeté le même regard furieux.

Sérieusement, c'était flippant de voir à quel point ils se ressemblaient.

Le dîner s'est déroulé tranquillement, même si j'étais un peu perturbée par le silence de M. Ross. Il a été le premier à quitter la table. Jack a jeté un coup d'œil dans sa direction sans faire de commentaire.

Agnès est revenue avec une bouteille d'alcool noir et un sourire malicieux.

– Oh non, s'est exclamé Jack.

– C'est l'heure de s'amuser.

Mary s'est frotté les mains.

– Approche ton verre, Jennifer, mon chou.

J'ai fait mine de le faire, mais Jack a posé la main dessus.

– Je ne suis pas venu ici pour que vous saouliez ma petite amie.

Ma petite amie. Ça faisait toujours aussi bizarre.

– J'ai envie de goûter, ai-je protesté.

– Tu as déjà bu de l'absinthe noire ?

– Non...

– Alors, suis mon conseil et n'y touche pas.

– Allez, ne sois pas rabat-joie.

J'ai retiré sa main avec un large sourire.

– C'est vrai, mon Jack chéri, ne gâche pas l'ambiance, a insisté sa grand-mère en remplissant le petit verre. Vas-y, bois.

Puis elle a servi tous les autres à l'exception de Jack. Il secouait la tête.

– Ne vous moquez pas de moi, s'il vous plaît, a-t-il marmonné alors que nous avalions la première tournée d'un trait dans un même mouvement.

Le goût m'a aussitôt déplu. Mon Dieu, comme ça brûlait la gorge. Je n'ai pas pu m'empêcher de tousser. Tout le monde s'est mis à rire sauf Jack, qui a froncé les sourcils.

– Ne lui en donnez pas plus, a-t-il protesté.

– Ça va, lui ai-je assuré, même si je faisais toujours la grimace. C'est vraiment mauvais.

– Mais ça saoule bien, a décrété Mike avec un grand sourire.

– Grand-mère... l'a implorée Jack quand elle a voulu remplir mon verre.

– Tais-toi.

Quelques minutes plus tard, j'étais déjà un peu... disons plutôt... pas mal pompette.

Mais le plus drôle, c'était Agnès, qui n'arrêtait pas de s'en prendre à tout ce qui l'entourait. Je ne pouvais pas m'empêcher de rire à gorge déployée. J'en avais mal au ventre. Mary riait aussi. Mike, assis à côté de moi, avait accaparé la bouteille. J'ai surpris Jack en train de m'observer à la dérobée. Je me suis tournée vers lui avec un sourire narquois :

– Qu'est-ce que tu regardes, espèce de harceleur ?

– J'aime bien te voir rire.

Je me suis rapprochée de lui en douce.

– C'est généralement toi qui me fais le plus rire, ai-je murmuré en profitant du fait que les autres parlaient à Agnès.

– Je te fais juste rire ?

Il a parlé assez bas pour que personne d'autre ne l'entende.

– Jusqu'à présent, ce soir, oui.

– La nuit est longue. Ça peut changer.

Il m'a adressé un sourire en coin et je n'ai pas pu me retenir, je me suis penchée et je l'ai embrassé sur la commissure des lèvres. Son sourire s'est élargi. Tout à coup, j'ai remarqué que tout le monde s'était tu. Agnès et Mary me fixaient d'un air amusé tandis que Mike continuait à remplir tranquillement son verre.

– Oh, ne t'écarte pas, m'a dit Agnès. C'est surprenant de te voir affectueux avec quelqu'un, mon Jack chéri.

– Je suis très affectueux, s'est-il défendu avec le ton d'un petit garçon.

– Je te connais depuis vingt ans et je n'ai jamais remarqué ça, a rétorqué Agnès.

Mary lui a décoché un sourire moqueur qui m'a rappelé celui de Jack quand il me taquinait.

– Je pensais que tu ne serais jamais avec une fille comme il faut...

– Oui, son tableau de chasse est intéressant, a renchéri Mike.

– Tu peux parler ! a répliqué Jack.

– Non, notre Jack chéri n'a pas toujours très bon goût, a admis sa grand-mère. Heureusement qu'il a un peu changé.

– Vous pouvez arrêter de parler de moi comme si je n'étais pas là ?

– Ta copine trouve ça drôle, a souligné Mike d'un air amusé.

J'ai essayé de masquer un sourire quand les yeux accusateurs de Jack se sont tournés vers moi, mais je n'y suis pas arrivée. Il a marmonné qu'on était relous et a quitté la pièce sous les huées d'Agnès, de Mary et de Mike. Je me suis levée et je me suis précipitée derrière lui. Je l'ai rattrapé dans le jardin, alors qu'il se dirigeait vers l'embarcadère. De là, je ne voyais plus les autres, mais j'entendais leurs rires.

Je l'ai pris par le poignet.

– Ne sois pas fâché.

– Super, ils t'ont déjà saoulée.

Mais il m'a quand même laissée me coller contre lui.

– Je ne suis pas saoule, je suis heureuse.

– Dit-elle, complètement bourrée.

– Et toi, tu n'es pas... ?

Une seconde, maintenant que j'y réfléchissais... la seule boisson alcoolisée que je l'avais vu consommer depuis que je le connaissais, c'était de la bière.

– Tu ne bois pas d'alcool fort ?

– Non.

– Pourquoi ?

Il a froncé les sourcils en examinant ma robe sans manches.

– Tu vas prendre froid, Jen.

– Non, t'inquiète, je suis bien.

– Allons te chercher une veste.

– Ça vaaaa, je te dis.

Je l'ai retenu par la main alors qu'il essayait de s'éloigner.

– Allez, sois sympa.

Quand tu seras moins saoule, tu te rendras compte qu'il a évité la question.

– Tu sais, on vit près de la mer. Je veux dire... mes parents.

Je ne savais pas trop où je voulais en venir, mais je venais de me souvenir d'une tradition.

– Ah oui ?

– Oui. Et chaque premier jour de l'hiver, les élèves de terminale doivent se baigner tout habillés. Je ne l'ai jamais fait. Mes frères me narguent encore avec ça. Ils me traitent de lâche.

Il avait l'air perplexe, et encore plus quand j'ai lâché sa main et reculé d'un pas pour me rapprocher de la jetée.

– Qu'est-ce que tu fais ? s'est-il inquiété.

– Mushu va arrêter d'être une dégonflée, ai-je plaisanté en faisant un deuxième pas en arrière.

Il a froncé les sourcils lorsque j'ai enlevé maladroitement mes chaussures.

– Jen...

– Hi, hi...

J'ai esquivé dès qu'il a essayé de me rattraper.

– Ne fais pas de bêtises, Jen.

J'ai souri plus largement et j'ai continué à reculer. Il a accéléré et je me suis mise à rire en l'entendant jurer. Je me suis retournée et j'ai couru sur la jetée. J'ai entendu ses pas résonner derrière moi. Il m'a évidemment attrapée par-derrière avant que j'atteigne le bout. Mais j'étais fermement décidée à défendre mon honneur... je n'étais plus qu'à un mètre de sauter. C'était un véritable exploit.

– Allez, arrête tes conneries, m'a-t-il lancé en me coinçant avec ses bras. L'eau est glaciale.

– C'est bon.

J'ai soupiré.

– Rabat-joie.

– Je ne suis pas rabat-joie, je suis...

– Rabat-joie.

– Je ne suis pas...

– Rabat-joie.

Même si je ne le regardais pas, j'ai senti qu'il levait les yeux au ciel.

– Allons dans ta chambre, ai-je proposé en levant la tête vers lui.

Son expression s'est détendue instantanément.

C'était mon arme secrète.

– Pour faire quoi ?

– Viens avec moi... et tu le sauras.

Je me suis frottée à lui pour confirmer qu'il avait compris mon sous-entendu, et il a décrété :

– J'ai hâte de voir ça.

Il m'a lâchée et a voulu me conduire vers la maison, mais il s'est arrêté en remarquant mon sourire triomphant.

– C'est le premier mensonge que je réussis à te faire avaler ! me suis-je exclamée fièrement.

Son expression ravie a fait place à la stupéfaction.

– Quoi... Jen, ne... !

– Youhooooou !

Plouf !

L'eau glacée a aiguisé mes sens d'un seul coup. Je suis restée sous l'eau pendant une seconde, sentant ma robe et mes cheveux flotter autour de mon corps. Puis je suis remontée à la surface. Jack me fixait depuis le quai. On aurait dit qu'il voulait m'étriper.

– C'est pas si froid, l'ai-je rassuré en me maintenant à la surface avec un sourire jusqu'aux oreilles. Tu dramatises.

– Et toi, tu ne sais pas boire.

– Allez, viens !

– Non, toi, viens. Ou tu vas faire de l'hypothermie.

– Ou tu vas faire de l'hypothermie, ai-je répété en imitant sa voix.

– Tu veux que je t'appelle encore Michelle ?

Je lui ai tiré la langue.

– Allez, mon Jack chéri, ai-je insisté en me moquant du nom affectueux que lui donnaient sa mère et sa grand-mère.

– Il n'est pas question que je mette un pied là-dedans.

– Allez, mon amour !

Je me suis accrochée à l'embarcadère et je lui ai fait la grimace.

– Non.

– Je suis là, dans l'obscurité, toute seule...

– Je suis littéralement à un mètre de toi.

– Et si un requin arrive ?

– Dans un lac ? Combien de verres as-tu bu ?

– Tu pourrais jouer le requin ?

Il m'a regardée un moment alors que je commençais à nager en arrière avec un sourire innocent. Il a changé d'expression pour en prendre une que je connaissais très bien. Celle qu'il avait toujours au lit.

Mmmh... ça marchait.

– Personne ne nous verrait ici... ai-je ajouté. Dans le noir, cachés...

– Oh, et puis merde, a-t-il marmonné en ôtant ses chaussures.

– Yes ! ai-je crié, surexcitée.

Il m'a adressé un sourire fugace avant de prendre de l'élan et de sauter dans le lac juste devant moi. Je me suis détournée pour éviter les éclaboussures, mais quand j'ai à nouveau regardé, je ne l'ai vu nulle part.

Je n'ai pas pu réfléchir longtemps, car il m'a attrapé les jambes et m'a tirée sous l'eau.

Je suis restée quelques secondes sous la surface, à me débattre avec lui. Puis il m'a lâchée et je suis remontée pour reprendre mon souffle. Il se tenait devant moi avec un air amusé. Des gouttes tombaient de ses cheveux sur son cou. Il était super craquant.

Je n'aurais jamais cru qu'une goutte puisse me paraître sexy.

– Tu avais raison, elle n'est pas si froide, a-t-il constaté.

– J'ai avalé de l'eau à cause de toi !

– C'est pas moi. C'est le requin qui était en moi.

– J'aurais pu mourir !

– Tu dramatises.

Je lui ai aspergé le visage et il a souri de plus belle. Puis j'ai réalisé qu'il avait pied. Pas moi. J'étais obligée de nager comme une acharnée. Je me suis accrochée à lui comme un koala, ce qui n'a pas eu l'air de le contrarier.

– Nous n'avons pas besoin d'un lit pour... tu sais, ai-je murmuré en me rapprochant de lui.

Je l'ai embrassé sur la commissure des lèvres, la joue et le menton, qui piquait un peu. Je me suis arrêtée à son oreille. J'avais envie de le couvrir de baisers.

– Ça ne me dérange pas tant que ça que tu sois saoule, a-t-il déclaré en riant et en me collant contre lui.

– C'est oui ?

– Ma famille est à vingt mètres.

– Impossible qu'ils nous voient, ai-je susurré en attrapant son lobe entre mes dents.

D'accord, je n'aurais jamais fait ça sans être un peu ivre.

Merci l'alcool.

– Jen... m'a-t-il avertie.

– J'ai envie de faire quelque chose pour me sortir un peu de la routine.

– Et faire l'amour dans un lac figure sur ta liste ?

Je l'ai ignoré et je me suis approchée de sa bouche. J'ai embrassé sa lèvre supérieure, puis sa lèvre inférieure. Il a essayé de se pencher vers moi en souriant, mais j'ai écarté mon visage.

– Je veux me faire tatouer, ai-je annoncé.

Jack a gardé son sourire pendant quelques secondes, exactement le temps qu'il lui a fallu pour assimiler ce que je venais de dire.

– Quoi ?

– Tu m'accompagnes ?

– Euh... ?

– Allez, mon Jack chéri, réagis un peu !

– Mais... tu ne voulais pas... ? Tu sais...

– On aura tout le temps pour ça, ne sois pas obsédé !

– Mais c'est toi qui as proposé !

Il m'a suivie des yeux, indigné, tandis que j'atteignais les marches de la jetée et que je les montais maladroitement. L'eau froide avait dissipé mon petit moment d'ivresse. Je ne vacillais même plus.

Jack est sorti du lac derrière moi. Il avait encore l'air perplexe.

– Sans vouloir te vexer, a-t-il commencé prudemment, je suis presque sûr que les tatoueurs ne travaillent pas la nuit. Et encore moins avec des jeunes filles saoules dont les vêtements sont trempés.

– Je peux me changer.

– Oui. Mais il y a encore d'autres problèmes...

– Tu ne connais pas quelqu'un qui pourrait nous rendre ce service ?

J'avais dit ça en plaisantant, mais ses yeux se sont illuminés lorsqu'il m'a tendu une serviette qui était posée sur un des transats et qu'il a gardé l'autre.

– Eh bien... Peut-être... Peut-être... que je peux appeler le gars qui m'a fait celui que j'ai dans le dos. C'est un ami d'enfance.

– Sérieux ?

– Il m'enverra peut-être promener.

– Essaie.

J'ai joint les mains sous mon menton pour le supplier :

– S'il te plaît, Jack, s'il te plaît, s'il te plaît...

Il a encore hésité, puis il a fini par se sécher et entrer dans la maison pour chercher son portable. Sa famille a commencé à rire et à poser des questions lorsqu'ils l'ont vu dans ses vêtements mouillés, mais quand il est ressorti dans le jardin, personne ne l'a suivi. En fait, il était déjà en ligne et ne cessait de jeter des coups d'œil dans ma direction.

Quand il a raccroché, il avait l'air un peu résigné.

– Ton caprice va te coûter deux fois plus cher qu'un tatouage normal, m'a-t-il prévenue.

– Je peux me le permettre !

– Tu peux te le permettre alors que tu passes ton temps à répéter que tu es fauchée ?

– Je n'ai jamais dit que j'étais sincère.

Il a secoué la tête en souriant, puis m'a examinée d'un air curieux.

– On peut savoir pourquoi tout à coup tu veux un tatouage ?

– Je ne sais pas, j'ai juste envie de faire une bêtise.

– Et pourquoi un tatouage ?

– Parce que j'ai quatre-vingt-dix dollars et que j'ai trop bu.

J'ai fini de m'essuyer les cheveux – du moins autant que je le pouvais – avant de monter sur la pointe des pieds dans sa chambre pour me changer. Je ne sais pas pourquoi, j'ai décidé de porter un de ses T-shirts. Il avait son odeur. J'aimais beaucoup ça. Jack m'a ouvert la portière et nous sommes montés tous les deux dans sa voiture. Mes cheveux étaient encore humides.

– Tu es sûre de vouloir te faire tatouer ?

– Tu n'étais pas censé être le plus aventurier dans notre couple ?

– Je ne veux pas que tu le regrettes demain.

– Je ne regretterai rien de ce qui se passera ce soir, je te l'assure.

Il a levé les yeux au ciel, l'air amusé, et a démarré en trombe.

Une heure plus tard, j'étais assise sur une sorte de civière, le T-shirt remonté jusqu'au-dessus du nombril. Le tatoueur a haussé les sourcils en voyant l'ecchymose qui s'estompait déjà sous mes côtes.

– Ça a dû faire mal.

– Ça a fait plus mal à celui qui lui a fait ça, a répliqué Jack.

J'ai serré sa main fermement en sentant l'aiguille s'approcher de ma peau.

– On m'a déjà demandé des trucs bizarres, mais un tatouage à une heure du matin pour quelqu'un qui a manifestement bu... c'est une première.

– Je ne suis pas saoule, ai-je protesté.

Ils m'ont fixée tous les deux l'air de sous-entendre « Mais oui, c'est ça ».

– Je pourrais aussi me faire un tatouage, a réfléchi Jack à haute voix en regardant son ami se mettre au travail.

– Tu en as déjà un.

J'ai grimacé en observant l'aiguille.

– Je pourrais en avoir un autre. Je pourrais avoir ton prénom imprimé sur la fesse, par exemple. Chaque fois que quelqu'un verrait mon cul, il y aurait un gros Jen dessus.

– Comme tu es romantique.

– Jenn ? a demandé le tatoueur.

– C'est Jen, a corrigé Jack. Avec un *n*.

– Je préfère Jenn.

– Jen avec deux *n* est bizarre et moche, Jen avec un *n*, c'est stylé et élégant.

Et, sur fond de cette discussion absurde, j'ai continué à grimacer pendant que l'aiguille s'enfonçait dans ma peau.

Quelques heures plus tard, Jack se garait à nouveau devant la maison du lac. Tout le monde dormait déjà. Nous avons monté les escaliers sur la pointe des pieds et nous sommes entrés dans sa chambre. La première chose que j'ai faite, ça a été de m'arrêter devant le miroir et de soulever mon T-shirt pour examiner ma hanche.

– Je ne sais pas si c'était la meilleure décision du monde, a murmuré Jack en se postant derrière moi.

– Je l'aime bien.

– Tu es une copieuse.

– Et toi un relou.

– Achète-toi une personnalité.

Je m'étais fait tatouer le même aigle que celui qu'il avait dans le dos, juste au-dessus de l'os du bassin.

– C'était ton idée !

– Maintenant, j'ai une excuse pour que tu enlèves ton T-shirt.

J'ai souri et je me suis retournée pour passer les bras autour de son cou.

21

La protection sacrée

Quand je me suis réveillée le lendemain matin, Jack avait disparu. Je me suis levée avec un léger mal de crâne et, après avoir cligné des yeux, j'ai remarqué qu'il m'avait laissé un mot sur son oreiller.

Cet imbécile de Mike a laissé son chargeur de téléphone chez moi et on est allés le rechercher. Je reviens dans un moment, disait le mot.

J'ai secoué la tête et j'ai filé dans la salle de bains. En me brossant les dents, je n'ai pas pu m'empêcher de jeter un nouveau coup d'œil au tatouage. Il était encore recouvert d'une pellicule protectrice et était un peu douloureux, mais j'aimais vraiment bien me voir avec.

Lorsque je suis descendue – avec des vêtements présentables cette fois –, une odeur de peinture m'a frappé les narines. Je l'ai suivie distraitement jusqu'à la terrasse. Mary était sous le porche, perchée sur un tabouret face à une toile. Elle était en train de dessiner quelque chose, mais c'était difficile de deviner quoi, car elle venait juste de commencer.

– Bonjour, l'ai-je saluée en m'approchant tout en me frottant les yeux.

– Bonjour, ma chérie. Tu as pris ton petit déjeuner ?

– Je n'ai pas faim.

J'avais la bouche sèche. *Maudit alcool.*

Elle m'a adressé un sourire par-dessus son épaule en mélangeant deux couleurs sur la palette.

– Je me suis réveillée inspirée aujourd'hui.

– Je vois. Qu'est-ce que c'est ?

– Depuis le temps que je peins, j'ai appris à ne jamais révéler ce que j'ai dans la tête. Il vaut mieux laisser chacun donner son avis une fois que c'est terminé.

Quand elle a eu achevé sa phrase, elle s'est figée et m'a fixée. J'ai cligné des yeux, pensant que j'avais peut-être fait ou dit une bêtise.

– Tu veux m'aider ? m'a-t-elle proposé.

– Moi ?

Ma voix était trop aiguë.

– Eh bien, pas avec celui-ci en particulier. Mais j'ai plus de dix toiles vierges.

– Je... Je ne...

Oh non. J'étais déjà en train de paniquer.

– Tu ne m'avais pas dit que tu aimais peindre ?

Elle avait l'air sincèrement enthousiaste alors que de mon côté je n'étais pas encore remise de son offre.

– Si, mais... ça fait longtemps que je n'ai pas...

– Avec quoi est-ce que tu dessinais ?

– Avec... avec du fusain. Mais...

– Du fusain ?

Elle a eu l'air surprise.

– Ça n'a jamais été mon fort. J'ai du mal à garder mon poignet immobile. Je suis plutôt peinture à l'huile. Je crois que j'ai tout de même un peu de fusain ici. Voyons voir...

Elle ne m'a pas laissé le temps de protester. Avant de pouvoir réagir, j'étais installée devant une feuille blanche avec un fusain, la gomme mie de pain et l'estompe. Elle m'a regardée avec un sourire jusqu'aux oreilles.

– Qu'est-ce que tu vas dessiner ?

– Je ne sais pas...

– Tu ne m'avais pas dit aussi que tu représentais tes amis ?

– Si...

– Tu pourrais faire un portrait.

Le visage de Jack m'est venu à l'esprit automatiquement. Comme ça aurait été gênant devant sa mère, j'ai choisi quelqu'un d'autre.

J'ai pris une grande inspiration.

– D'accord. Mais je parie que le résultat sera horrible.

– Je suis sûre que non, m'a-t-elle rassurée en se concentrant sur son propre tableau. Et si c'est raté, on n'en parlera à personne, c'est tout.

Dès que j'ai esquissé la première ligne, j'ai eu l'impression que je n'avais aucune idée de ce que je faisais. J'ai tout de même continué sans réfléchir. Je n'avais rien de mieux à faire, de toute façon.

– Tu as suivi des cours ?

– Un seul. La seule chose dont je me souviens, c'est que le prof criait parce que quelqu'un avait mis des gants. Il disait qu'il fallait se salir les mains pour comprendre l'art.

– Ma prof était pareille. Elle passait tout son temps à...

La mère de Jack m'a raconté des anecdotes sur elle et sur les enseignants excentriques auxquels elle avait été confrontée au cours de ses études. J'ai passé plus d'une heure avec elle. Comme ça faisait longtemps que je n'avais pas pratiqué le fusain, je progressais lentement. Finalement, je ne me débrouillais pas si mal, même si j'ai dû recommencer plus de trois fois un œil pour obtenir le résultat que je recherchais.

Mes compétences artistiques ne me semblaient pas si mauvaises, au bout du compte, du moins jusqu'à ce que je me retourne et que j'examine le tableau parfaitement harmonieux de Mary.

J'avais terminé depuis un moment et j'observais son travail quand j'ai entendu deux voix très familières se disputer dans le salon.

Mike a été le premier à apparaître. Il avait les yeux tellement levés au ciel qu'on aurait dit qu'il n'avait plus de pupilles.

– Maman, tu peux dire à ton fils cadet de me laisser tranquille ?

– Qu'est-ce qu'il y a encore ? l'a-t-elle interrogé en soupirant.

– Tu m'as dit que c'était un chargeur !

Jack est arrivé, furieux.

– Et je l'ai ! s'est défendu Mike en agitant un chargeur en l'air.

– Oui, après avoir pénétré par effraction dans une putain de baraque.

J'étais en train de boire de l'eau et je me suis étranglée.

– Quoi ? me suis-je exclamée, abasourdie.

– Je l'avais laissé chez mon ex.

Mike a soupiré de façon théâtrale, en se laissant tomber dans le fauteuil qui était à côté de moi.

– Y a pas de quoi en faire tout un plat. C'était juste quelques minutes. Et personne ne s'est rendu compte de rien.

– Je vais te le dire lentement pour que ton cerveau limité puisse l'assimiler, a déclaré Jack. Entrer... dans... une... maison... qui... n'est... pas... la... tienne... est... un... délit.

Mike lui a adressé un sourire innocent.

– Un dé-lit.

Jack a ponctué chaque syllabe en voyant qu'il ne réagissait pas.

– On ne s'est pas fait choper, si ?

– Et alors ?

– Alors, si personne ne te voit, ce n'est pas illégal !

– Tu n'aurais pas pu attendre que la fille soit là et lui demander qu'elle t'ouvre ?

– J'en avais besoin maintenant, pas à son retour. Ne te mets pas dans un état pareil, petit frère. Tu ne t'es pas amusé ? C'était une aventure.

Voyant l'expression de tueur en série de Jack, j'ai décidé d'intervenir :

– Pourquoi tu ne m'as pas demandé le mien ? Je te l'aurais prêté.

Mike s'est lentement tourné vers moi, l'air interloqué. Puis il a repris son sourire innocent.

– Oups, je n'y avais pas pensé.

– Oh, quelle surprise ! a ironisé Jack.

– Mon Jack chéri... l'a mis en garde sa mère, qui semblait fatiguée de ces disputes.

– T'énerve pas, petit frère. C'est du passé. Reprenons le cours de nos vies.

– Je ne te rendrai plus service. Plus jamais.

C'est ce qu'il disait à chaque fois, avant de recommencer quelques jours plus tard.

– Tu t'es mise au fusain, maman ?

La question de Jack m'a ramenée à l'instant présent.

Sa mère s'était levée et s'essuyait les mains sur un chiffon en contemplant mon tableau.

– Non, ce n'est pas moi qui ai fait ça.

Sur ce, elle est rentrée dans la maison, nous laissant seuls. Les deux frères se sont tournés vers moi en même temps, avec la même expression surprise.

– C'est toi qui as dessiné ça ? m'a interrogée Jack.

– Merci d'avoir l'air aussi étonné.

Mike m'a observée en inclinant la tête.

– Tu dessines aussi ? Il y a quelque chose que tu ne sais pas faire ?

– Réussir à ce que le frère de mon petit ami arrête de me parler comme ça, ai-je plaisanté.

– Qui est-ce ? a voulu savoir Jack.

– Mon neveu Owen. Je ne trouvais pas d'autre modèle.

– Et moi ? s'est-il écrié, vexé.

– Tu veux poser nu pour moi ?

Il m'a répondu avec un doigt d'honneur pendant que Mike allumait distraitement une cigarette. Maintenant que j'y pensais, ça faisait longtemps que je n'avais pas vu Jack fumer. Même s'il ne semblait pas prêter attention à ce que faisait son frère, j'ai remarqué qu'il se crispait un peu. Est-ce qu'il essayait d'arrêter ?

– Bon, qu'est-ce qu'on fait aujourd'hui ? ai-je demandé pour lui changer les idées.

Je me suis levée et je me suis assise sur ses genoux, passant le bras autour de ses épaules.

– Ne rien faire est toujours un bon plan, a répondu Mike. Le meilleur, je dirais.

Jack a soupiré.

– Cet après-midi, je ne sais pas. Ce soir, il sera temps de faire semblant d'aimer notre père à la folie, au moment de lui souhaiter un joyeux anniversaire.

– C'est vrai, c'est son anniversaire aujourd'hui, a commenté Mike en faisant la moue.

J'ai secoué la tête.

– Parfois, je suis surprise de voir à quel point vous l'adorez.

– Tu ne le connais toujours pas bien, a souligné Mike.

– Oui, c'est vrai, a renchéri Jack.

À ce moment-là, Agnès est arrivée dans la cuisine. On aurait dit qu'elle n'avait pas dormi depuis dix ans. Gueule de bois, ai-je supposé. J'ai esquissé un sourire juste avant que mon portable sonne. Jack l'a pris sur la table et me l'a tendu. C'était Spencer.

Le visage de Mike s'est illuminé quand il a vu la photo de mon frère.

– C'est ton amant ?

– C'est son frère, imbécile.

– Bonjour, Spencer.

Ça me faisait toujours plaisir de lui parler.

– Salut, petite sœur.

Il avait l'air joyeux.

– Comment ça se passe là-bas ?

– Bien. Il y a quelque chose qui ne va pas ?

– Pourquoi voudrais-tu que quelque chose n'aille pas ?

– Parce que chaque fois que tu m'appelles, c'est pour me demander quelque chose.

– En fait...

J'ai souri en réalisant que j'avais raison.

– Maman est un peu nerveuse, là, à côté de moi.

– Nerveuse ?

– Oui. Ou plutôt... Le terme exact est surexcitée.

– Surexcitée, ai-je répété en commençant à avoir un peu peur.

– Oui, maintenant elle sait que tu ne sors plus avec ce connard...

– D'accord...

J'ai attendu qu'il continue.

– ... et Shanon nous a dit que tu étais avec ce garçon... et que tu passais le week-end avec sa famille.

– Quelle traîtresse, ai-je marmonné.

– C'est vrai, alors ? m'a-t-il interrogée, surpris. Tu sors avec lui ?

– Oui, ai-je admis, un peu gênée.

– Et tu comptais me l'annoncer quand ?

Jack me fixait comme s'il me posait la même question avec les yeux.

– Tu sais aussi bien que moi comment tu te comportes quand je veux te présenter un petit ami. Tu actives ton mode relou.

– Combien tu lui en as présentés ? m'a demandé Jack, vexé.

– Il ne veut pas rencontrer le charmant frère de ton copain ? est intervenu Mike.

– Tu comptais nous le dire quand ? Maman fait de l'hyperventilation. Elle est outrée d'avoir appris la nouvelle par Shanon et pas par toi. Surtout si tu passes carrément du temps avec sa famille.

Et, comme invoquée par la grâce divine, ma mère a pris le portable de Spencer.

– Jennifer Michelle !!!!

– Maman...

J'ai rougi en voyant Jack articuler en silence « Mushu ».

Fichu deuxième prénom. Fichu surnom. Fichu tout.

– Tu es chez tes beaux-parents et tu ne m'as rien dit ! Tu devrais avoir honte !

– J'allais...

– J'espère au moins que tu utilises la protection sacrée !

Mon visage devait avoir la couleur du sang quand elle a hurlé ça dans le téléphone, rendant sa remarque parfaitement audible pour les deux frères qui étaient avec moi.

– Maman !

– Je n'ai jamais eu cette discussion avec toi, Jennifer. Et je sais que c'est un peu tard pour commencer, mais...

– C'est trop tard ! Beaucoup trop tard !

– Il faut que tu saches qu'un préservatif peut t'éviter bien des problèmes. Crois-en mon expérience.

– Je sais, maman, je...

Je me suis interrompue brusquement.

– Attends une minute, comment ça crois-en mon expérience ? Qu'est-ce que ça veut dire ?

Elle est devenue nerveuse.

– Hein ? Oh là là, il se fait tard.

– Maman !

– Tu as intérêt à me raconter tous les détails de votre relation cette semaine, tu m'entends ?

– Oui...

– Bon, c'est tout. Amuse-toi bien. Et mange bien. Et...

– Maman, je vais bien...

J'ai levé les yeux au ciel.

– Ils s'occupent bien de toi ?

– La mère de Jack s'occupe de moi exactement comme tu le ferais, lui ai-je assuré.

– Il y a des choses que seule une mère comprend, a-t-elle conclu d'un ton dramatique. Je dois raccrocher maintenant, appelle-moi vite ou je serai furieuse !

– D'accord, maman.

– Bisou, ma chérie.

Lorsque j'ai raccroché, les deux autres m'observaient avec attention. J'espérais avoir perdu un peu de mes couleurs.

– Bisou, ma chérie, m'a taquinée Mike.

Je lui ai lancé un des coussins du canapé à la figure. Il a dû l'intercepter à l'aide de la main qui ne tenait pas sa cigarette.

– Oui, Michelle, bisou, s'est moqué Jack.

– Vous êtes des gamins.

Je me suis levée, furieuse, et je suis allée dans la cuisine en les entendant rire encore dans mon dos. Agnès était assise au comptoir et avait l'air d'avoir envie de mourir. Je n'ai pas pu m'empêcher de sourire en la voyant.

– Le réveil n'a pas été trop difficile ?

– Chaque fois que j'entends un de mes petits-enfants rire, je me demande pourquoi j'ai eu des enfants, a-t-elle décrété d'une voix rauque.

J'ai rempli un verre de jus d'orange et je le lui ai tendu.

Elle a marmonné un petit merci comme si elle agonisait et a bu une gorgée.

– Quand j'avais ton âge, je pouvais boire tout un magasin d'alcool et, le lendemain, j'étais fraîche comme une rose, a-t-elle déploré.

– L'âge ne pardonne pas.

J'ai levé la tête en entendant la voix de M. Ross. Il venait d'entrer dans la cuisine en ajustant ses lunettes de marque. Il m'a adressé un sourire aimable. J'avais du mal à croire que c'était le même homme qui m'avait pratiquement mise à la porte de sa maison quelques semaines plus tôt.

– Bonjour, monsieur Ross, ai-je répondu cordialement. Et joyeux anniversaire.

– Merci, Jennifer.

Il m'a serré amicalement l'épaule.

– Maman, tu as bu hier soir ?

– Ne te mêle pas de ça, l'a prévenu Agnès sans le regarder.

– À ton âge, tu ne devrais pas...

– Honnêtement, mon chéri, là, j'ai juste envie de mourir. Je n'ai pas besoin de sermon matinal.

J'ai esquissé un sourire amusé, qui s'est évaporé lorsque j'ai remarqué que M. Ross me regardait comme s'il allait s'adresser à moi.

– Tu veux qu'on discute un peu, Jennifer ? a-t-il suggéré.

Son ton autoritaire laissait entendre qu'il n'accepterait pas de refus.

– Oui, bien sûr. Pas de problème.

Je l'ai suivi hors de la cuisine et j'ai vu, du coin de l'œil, que Jack était en pleine conversation avec son frère. Ils n'ont rien remarqué. J'ai dégluti quand leur père s'est mis à monter l'escalier, mais je l'ai suivi quand même. Il s'est arrêté près du piano, à l'étage. Il m'a indiqué un des deux fauteuils noirs d'un air aimable, mais la situation ne me plaisait pas vraiment.

– Je t'en prie.

Il est resté debout, la hanche appuyée contre le piano, et m'a observée en inclinant la tête.

– Qu'est-ce que tu penses de la maison ?

J'ai eu l'impression qu'il me posait cette question pour me mettre à l'aise.

– Elle est magnifique.

C'était la vérité.

– Et très... cosy. Si ça a un sens.

– Tout à fait, a-t-il concédé de bonne grâce. C'est l'un des premiers biens que j'ai achetés quand j'ai eu trente ans. J'avais toujours rêvé d'une maison au bord d'un lac pour échapper de temps en temps à la civilisation. La vie en ville est agréable, mais elle peut être intense, tu ne trouves pas ?

J'ai acquiescé, même si je ne savais toujours pas ce que je faisais ici, à parler avec lui.

– Je pense que je ne me suis pas bien comporté lors de notre première rencontre, Jennifer, a-t-il déclaré.

Oh... c'était donc ça.

– Je ne savais pas si tu avais de bonnes ou de mauvaises intentions à l'égard de mon fils. Quand on a de l'argent, il faut toujours être prudent. J'espère que tu le comprends.

Traduction : j'espère que tu n'en veux pas à mon argent, même si tu es pauvre.

– Oui, bien sûr, ai-je marmonné.

– Je vois que vous vous entendez bien. Et tu t'entends bien avec Mike aussi, ce qui est... Enfin, je sais que ce n'est pas gentil, mais il est très compliqué. Nous en sommes tous conscients. Il est tellement indifférent à tout...

Cette dernière phrase semblait être une réflexion à haute voix. Il s'est aussitôt recentré.

– Je voulais juste m'excuser. J'espère que nous pourrons prendre un nouveau départ.

– Pas de problème, me suis-je empressée de lui assurer. Je comprends. C'est votre fils et vous voulez le protéger.

Il m'a souri gentiment et semblait sur le point d'ajouter autre chose, mais s'est interrompu lorsque sa femme est apparue. Elle s'est arrêtée pour nous observer avec prudence.

– Qu'est-ce qui se passe ? a-t-elle demandé doucement, mais il était évident que quelque chose n'allait pas.

– Je discutais avec Jennifer, a répondu M. Ross.

Mary lui a jeté un regard que je n'ai pas compris. Il l'a ignorée et m'a souri.

– Jennifer, ma chérie, m'a dit Mary sans poser les yeux sur moi, tu pourrais redescendre ? Je voudrais discuter un instant avec mon mari.

J'ai cligné des yeux, surprise, et je me suis levée pour les laisser seuls. Je les ai entendus chuchoter. J'aurais aimé savoir ce qui se passait, mais j'ai préféré rejoindre les autres. Jack riait avec sa grand-mère sur le canapé du salon et Mike rechargeait son portable en fronçant les sourcils.

– Où étais-tu ? m'a lancé Jack en me voyant arriver.

– Ton père voulait me parler en privé, lui ai-je expliqué en m'asseyant à côté de lui.

Le visage de Jack s'est décomposé.

– Quoi ?

– Rien de grave, l'ai-je rassuré.

J'ai remarqué que Mike et Agnès me fixaient également.

– Qu'est-ce qu'il t'a dit ? m'a interrogée Jack avec brusquerie.

– Hein ? Rien d'important...

– Tu en es sûre ?

– Qu'est-ce qui te prend ? Il s'est juste excusé pour l'autre jour. Il m'a proposé qu'on reparte sur de bonnes bases.

Il y a eu quelques secondes de silence pendant lesquelles j'ai cru qu'il se calmait. En réalité, il s'est levé, complètement remonté. J'ai voulu le suivre, et je me suis arrêtée en voyant Mike secouer la tête.

– C'est un manipulateur de première, a marmonné Jack en montant l'escalier quatre à quatre.

Je me suis tournée vers Agnès pour obtenir une réponse, mais elle avait toujours l'air à l'article de la mort à cause de sa gueule de bois. J'ai tendu l'oreille, mais je n'entendais que des bruits de pas et des voix étouffées. Puis les voix sont devenues plus fortes. Mike s'est levé en entendant son prénom et a disparu lui aussi dans l'escalier. Je ne comprenais rien à ce qui se tramait. Et Agnès s'endormait sur son poing.

Une fois que j'ai été sûre qu'elle dormait pour de bon, je me suis levée sur la pointe des pieds et je me suis approchée de l'escalier. J'ai monté furtivement les marches. Ils criaient maintenant. Quand j'ai atteint le premier étage, j'ai trébuché parce que Mike est passé devant moi en trombe. Il est redescendu à toute vitesse. Je n'étais pas encore remise de ma surprise quand Jack est apparu à côté de moi, mon sac à dos à la main.

– On s'en va, a-t-il décrété sans me laisser le temps de protester.

J'ai regardé Mary passer devant moi. Elle essayait visiblement de ne pas pleurer tandis que son mari semblait indifférent à la situation, assis dans l'un des fauteuils.

Jack s'est figé.

– Jen... m'a-t-il implorée à voix basse.

Je me suis dépêchée de le suivre. Agnès dormait encore sans se rendre compte de rien.

Jack est allé directement à sa voiture, il a jeté le sac à l'arrière et je me suis installée sur le siège passager. Je me suis tournée vers Mike. Il avait le visage grave et regardait par la vitre. Jack s'est installé au volant, a claqué la portière et a démarré en trombe.

Je n'ai pas osé poser de questions pendant tout le trajet. Comment les choses avaient-elles pu déraper si soudainement ? Je n'aurais peut-être pas dû dire quoi que ce soit. La main de Jack était crispée sur le levier de vitesse. J'ai posé la mienne dessus et, comme il ne protestait pas, je l'ai prise pour la mettre sur mes genoux.

– Ça va ? ai-je murmuré.

– Non, a-t-il marmonné, mais il n'a pas retiré sa main.

Mike avait toujours le même air déconfit, et je me suis dit que ce n'était pas une bonne idée d'essayer de faire la conversation.

En rentrant, j'avais l'impression de revenir d'étranges et courtes vacances. Jack a passé le sac à dos sur son épaule et nous sommes montés tous les trois dans l'ascenseur. Quand nous sommes entrés dans l'appart, Will et Sue étaient dans le salon avec leurs notes. Ils ont tous les deux levé les yeux en nous entendant arriver.

– Quelles têtes vous tirez, a noté Sue, décontenancée.

Personne n'a rien répondu. Will m'a lancé un regard interrogateur, mais je n'avais pas de réponse. Jack m'a tendu mon sac.

– Je vais prendre une douche, a-t-il annoncé laconiquement avant de disparaître dans le couloir.

Mike a soupiré et est ressorti. J'ai supposé qu'il allait fumer sur la terrasse quand j'ai entendu le bruit de la fenêtre du couloir.

– Qu'est-ce qui s'est passé ? m'a interrogée Will.

– Je ne sais pas. Tout se passait bien, le père de Jack m'a demandé pardon, et je ne sais pas... Tout à coup, tout le monde s'est mis en colère. Ils se sont disputés.

– Quel excellent compte rendu, a ironisé Sue.

– C'est ce qui arrive dès que Ross et son père passent plus d'une heure ensemble, a déploré Will.

– Je ne comprends toujours pas pourquoi ils s'entendent si mal, ai-je commenté.

– Si ça peut te consoler, je ne le sais pas non plus, a-t-il admis.

S'il ne le savait pas, alors Jack ne l'avait vraiment expliqué à personne. J'ai sursauté lorsque mon portable a vibré. Monty m'appelait. Oh, super. Il ne manquait plus que ça. J'ai raccroché et j'ai cherché conseil auprès de Will et Sue.

– Je dois lui dire quelque chose ?

Ils n'ont pas répondu.

Jack n'a pas tardé à sortir de la douche et je l'ai suivi dans la chambre. J'ai refermé la porte tandis qu'il enfilait un pantalon.

– Ça va, a-t-il répété avant que je puisse lui poser la moindre question.

– Il n'a rien dit de mal, ai-je dit.

– Oh, je sais.

Il a eu un sourire amer.

– Tu... Tu le sais ?

– Parfaitement.

– Alors pourquoi... ?

– Je ne veux pas discuter de mon père, Jen, m'a-t-il coupée avec douceur.

J'ai hésité un instant avant d'acquiescer :

– D'accord. Mais... si jamais tu as besoin d'en parler à quelqu'un...

Son expression s'est adoucie dès qu'il m'a vue jouer avec mes mains, nerveusement.

– Je sais que je peux t'en parler.

Il m'a souri, s'est rapproché de moi et a pris mon visage à deux mains.

– Surtout que tu es une commère.

– Pas du tout ! ai-je protesté.

– Si, tu montais en douce pour écouter aux portes !

– Et alors… Avoue que tu l'aurais fait aussi !

Il est passé devant moi, l'air amusé.

– Viens, allons regarder un film et oublions tout ça.

22

L'épreuve du consolateur

C'était rare que Mike ne plaisante pas. Il était resté plongé dans un étrange silence toute la matinée. Même Jack commençait à l'étudier d'un air perplexe. On s'était dit que ça lui passerait après la nuit, mais on s'était trompés. Il restait devant la télé ou sur son portable. Je supposais que c'était à cause de son père et quand il m'a dit pour la troisième fois qu'il ne voulait pas en parler, j'ai décidé de ne plus insister.

Ce jour-là, les cours m'avaient semblé interminables – pour changer – et j'avais donné rendez-vous à Naya pour le déjeuner... Elle est apparue avec Lana. Ma première réaction a été de vouloir m'enfuir, puis je me suis ravisée en me rappelant que je m'étais promis de bien m'entendre avec elle. Ne serait-ce que pour Naya et Jack. Je me suis donc contentée d'esquisser un léger sourire et je me suis montrée aimable alors qu'on s'installait toutes les trois dans la cafétéria de ma fac.

Pour être honnête, je n'avais jamais entendu Lana parler d'autre chose que des garçons avec qui elle était sortie ou de ses dizaines de voyages en Europe. C'était bizarre de la voir commenter un devoir. Elle paraissait tout d'un coup tellement plus intelligente. Ça n'aurait peut-être pas dû me surprendre à ce point. Après tout, Chris m'avait dit plusieurs fois qu'elle avait de bonnes notes. Très bonnes, même.

– Comment va ton frère ? ai-je demandé à Naya. Ça fait longtemps que je ne l'ai pas vu.

– Comme d'habitude. Il est toujours aussi chiant avec les règles. Mais c'est un emmerdeur attachant.

– Je me souviens, quand je vivais dans la résidence, a commencé à raconter Lana en souriant, il a failli faire une crise cardiaque en découvrant que Ross avait escaladé la façade jusqu'à ma fenêtre pour entrer dans ma chambre et y passer la nuit entière...

Elle s'est interrompue en se souvenant que j'étais là. C'était la première fois qu'elle semblait sincèrement regretter d'avoir parlé de Jack. Ses joues rouges ne laissaient pas le moindre doute à ce sujet.

– Je veux dire... C'était il y a longtemps, a-t-elle bafouillé.

– Je sais qu'il a eu d'autres petites amies avant moi, l'ai-je rassurée. Je ne mourrai pas d'entendre l'histoire.

Nous nous sommes dévisagées et, après un bref instant de tension, elle a repris son récit. On aurait presque pu croire qu'il n'y avait pas de problème entre nous.

Mon portable a de nouveau vibré. Merde... Monty. Il avait essayé de me joindre plusieurs fois. Je commençais à détester son nom. J'ai raccroché sans répondre. Les deux autres m'observaient.

– Monty ? a deviné Naya en voyant mon expression agacée.

J'ai hoché la tête.

– Ce n'était pas ton petit ami ? a demandé Lana.

Sans que je sache trop pourquoi, j'ai eu envie de lui expliquer ce que Naya savait déjà. Les pires détails étaient réservés à Jack, le seul à avoir vu mon ecchymose... qui avait presque disparu depuis, heureusement.

À propos de cette affaire, trois jours plus tôt, mon père m'avait enfin appelée pour me dire que le rendez-vous avec un juge était fixé. J'avais dû me rendre dans un tribunal un peu minable. Jack m'avait accompagnée et n'avait pas fait le moindre commentaire pendant la procédure. J'avais dû signer pas mal de papiers... et tout était prêt. Le juge avait déclaré que Monty n'avait plus le droit de m'approcher. Ça m'a laissé une impression désagréable, mais ça valait mieux.

Lana était bouche bée quand j'ai eu fini de lui résumer les détails les moins horribles de ma relation.

– Pourquoi tu ne le bloques pas ? m'a-t-elle suggéré.

Le pire, c'était que la décision du tribunal lui interdisait aussi de m'appeler, mais il le faisait quand même.

– Il est capable de débarquer ici s'il voit que je le bloque. C'est... incroyable qu'il continue à s'acharner.

– Oui, il devrait comprendre qu'il ne t'intéresse plus, a souligné Naya.

– Je sais, mais il croit que je suis avec Jack pour le rendre jaloux ou quelque chose comme ça.

Lana a levé les yeux au ciel.

– Ah, les hommes...

J'ai souri. Elle m'a souri en retour.

Quel moment étrange.

Et grâce à ce bref instant de complicité, une idée diabolique m'est venue à l'esprit. Il fallait que je saisisse cette opportunité. Je ne savais pas si je me retrouverais un jour dans une situation aussi idéale que celle-là, avec elles deux. J'ai donc fait quelque chose dont, eh bien... eh bien... je ne suis pas très fière.

Mais c'était pour le bien de tous !

Ta curiosité personnelle n'est pas le bien de tous, ma chère.

– Je peux vous poser une question ?

Je les ai regardées innocemment, en remuant ma nourriture avec ma fourchette.

– Bien sûr, a répondu Naya en souriant.

– Vous savez pourquoi Jack et son père s'entendent si mal ?

Jack n'avait clairement pas l'intention de me le révéler. Mike... ne voulait même pas parler de son père. Et Will n'aurait jamais trahi son ami. Naya et Lana, en revanche, semblaient être des cibles à ma portée. Je m'attendais à ce qu'elles se consultent du regard en se demandant si elles devaient m'en parler, mais elles ont toutes les deux eu la même réaction : elles ont haussé les épaules. Elles ne savaient pas non plus ? Je ne m'attendais pas à ça.

– Je crois que même Will ne le sait pas, a murmuré Naya.

– Ils se sont toujours mal entendus, est intervenue Lana. Déjà quand on était au lycée. Parfois... souvent... Ross dormait chez Will parce qu'il ne supportait pas d'être avec son père.

– Il m'a parlé de sa phase au lycée, ai-je commenté. Il était un peu moins... sage que maintenant.

Elles ont lâché toutes les deux des ricanements moqueurs, et j'ai haussé les sourcils.

– Quoi ? ai-je demandé, perplexe.

– Moins sage ? a répété Naya, amusée.

– Eh bien, il m'a raconté qu'il cherchait les ennuis, qu'il draguait beaucoup...

– Je crois que c'est l'euphémisme du siècle, a lâché Lana, hilare.

– Tu l'as dit, a renchéri Naya.

– Qu'est-ce qu'il y a ? ai-je insisté, agacée qu'elles rient de quelque chose que j'ignorais.

– Quand on était au lycée, Ross était...

Naya a réfléchi au mot juste.

– ... une catastrophe, a complété Lana.

– Oui, une vraie catastrophe.

– Oh oui.

– Dans quel sens ? ai-je voulu savoir.

– Il ne venait jamais en classe, il était insolent avec les profs...

Il m'avait raconté qu'il n'avait jamais eu de problèmes avec les enseignants. Est-ce qu'il m'avait menti ? Naya a continué son énumération :

– ... il se bagarrait, il traitait tout le monde comme de la merde, il s'est même fait tatouer alors qu'il était bourré, non ?

– L'aigle, ai-je murmuré.

– Oui, celui-là, a acquiescé Lana. Et il s'est mis à boire. À boire... beaucoup. Énormément.

– C'est quoi, énormément ?

– Énormément, c'est énormément, a répliqué Naya.

J'ai compris à son ton que c'était grave.

– J'aurais bien aimé que ça s'arrête là, a-t-elle conclu.

Je commençais à avoir peur.

– Qu'est-ce qui s'est passé ?

– Ce qui arrive à beaucoup d'ados de cet âge qui ont plus d'argent que de bon sens.

Naya a souri tristement.

– Il a commencé à prendre... de la drogue.

Quoi ?

Jack ? *Mon* Jack ?

Non, c'était impossible.

– Rien de fort, m'a rassurée Lana en voyant mon visage décomposé. Enfin... peut-être que si, mais...

– Ce n'est pas Mike qui a un problème de drogue ? ai-je demandé, perplexe.

– Oh, Mike en a eu plus tard. En fait, il s'occupait plutôt bien de Ross à l'époque.

C'était comme imaginer un univers parallèle. Mike qui s'occupait de Jack ? Non, c'était impossible.

– Qu'est-ce qui lui arrivait avec les drogues ? ai-je voulu savoir, un peu effrayée.

Lana a haussé les épaules.

– Il faisait beaucoup la fête. Il s'est mis à fréquenter des copains peu recommandables.

– Il a dû lui arriver un truc à cette époque, a murmuré Naya pensivement. À Ross, je veux dire... Parce que tout s'est passé très vite. En quelques semaines. Avant, c'était un mec adorable et, d'un coup, il est devenu l'abruti typique du lycée.

– Oui, je suis d'accord, a renchéri Lana.

– Et il ne s'est pas calmé quand il a emménagé avec Will ? ai-je voulu savoir.

– Si, un peu... Il a arrêté de se défoncer et tout. Je pense que c'était surtout parce qu'il voulait aider Mike. Mais, pour le reste, ça n'a pas beaucoup changé.

– Honnêtement, je pense que son problème était de vivre avec son père, a avancé Lana.

Ils étaient toujours incapables de rester ensemble plus d'une demi-heure sans avoir envie de s'entretuer. Elle avait raison sur ce point. Peut-être que le fait de vivre loin de lui l'avait aidé.

– Mais... le plus grand changement n'est pas lié à son déménagement.

Lana a lancé un regard lourd de sens à Naya, puis elles se sont tournées vers moi en même temps. J'ai cligné des yeux, perdue.

– Quoi ?

– Il a beaucoup changé quand il t'a rencontrée, a avoué Naya.

– Il a changé ?

Lana s'est mise à rire.

– Il a *vachement* changé.

– Je n'ai rien remarqué, ai-je marmonné, perplexe.

Lana a levé les yeux au ciel.

– Parce que tu ne le connaissais pas. Même moi, je l'ai remarqué quand je suis rentrée. Il ressemblait au garçon qu'il était avant que tout ne parte en sucette. Sincèrement, ça m'a donné de l'espoir pour lui.

– Oui... a acquiescé Naya. Tu te souviens du jour où je te l'ai présenté ? Quand je lui ai demandé de ne pas t'effrayer parce que je voulais que tu restes ma coloc ?

J'ai hoché lentement la tête. Je n'arrivais pas à croire à tout ce qu'elles me racontaient.

– Alors, Ross... Disons qu'il avait le don de sortir avec des filles puis de les larguer. Il a arrêté de le faire au moment où je vous ai présentés. Je te le jure. Même Will n'en revenait pas. En fait, le premier soir, quand vous êtes allés dans sa chambre... j'ai pensé que... Enfin...

Je me suis souvenue que Naya était entrée pour vérifier que Ross se comportait correctement. J'avais pris ça pour une blague, mais c'est vrai qu'elle semblait un peu pressée qu'on retourne à la résidence.

– Il ne s'est rien passé, me suis-je empressée d'affirmer.

– Je sais. C'est justement ça qui est... étonnant.

Il m'a fallu quelques secondes pour trouver quoi dire.

– C'est pour ça que Sue s'est mise en colère quand on est allés à l'appartement ? ai-je deviné.

– Oui. J'imagine qu'elle en avait marre de voir défiler les filles chez eux. C'est aussi pour ça qu'elle a fait ce commentaire le jour où Ross a cuisiné et que nous étions tous silencieux.

Je m'en souvenais. *Puisque tu veux la baiser, ça ne te pose pas de problème.* J'avais cru sur le moment que le silence de mort était provoqué par mon malaise évident. Mais... c'était peut-être autre chose.

– Pourquoi est-ce que je n'étais pas au courant de tout ça ?

– Ross ne veut pas que tu le saches.

Naya a levé les yeux au ciel.

– Il est terrifié à l'idée que tu ne le voies plus jamais de la même façon.

– À ce point ?

J'ai failli rire.

– En tout cas, ce qui est clair, c'est que ça a été un coup de foudre pour lui, m'a dit Naya avec un immense sourire.

J'ai vu Lana baisser un peu la tête. Ça ne devait pas être agréable de s'entendre dire que l'actuelle petite amie de son ex s'était mieux débrouillée qu'elle. Je ne savais pas comment réagir. À vrai dire, je me sentais un peu mal pour elle.

– Il a arrêté l'alcool aussi, a ajouté Naya, me ramenant à la réalité. Je ne crois pas l'avoir vu boire depuis. Enfin, des bières, mais... tu vois ce que je veux dire. Rien de fort.

– Et il a arrêté de fumer, ai-je déclaré.

– Oui, Will me l'a dit. Tu vois ? Et toi, tu t'inquiètes pour l'autre imbécile.

Elle a pointé mon téléphone du doigt. Monty me rappelait. J'ai raccroché. Je ferais bien de prévenir la police.

– Ross le taillera en pièces s'il le croise, a murmuré Lana.

– Je préfère qu'ils ne se croisent jamais. Monty peut devenir un peu... violent.

Elles ont à nouveau éclaté d'un rire moqueur.

– On voit bien que tu n'as pas rencontré Ross avant qu'il se transforme en gentil garçon, a commenté Naya.

– Pourquoi ?

Elles ont à nouveau échangé des regards. Elles commençaient à m'énerver.

– Disons que Ross... sait se débrouiller dans une bagarre, a expliqué Lana.

– Il fait mieux que se débrouiller, a renchéri Naya.

Après ça, nous avons changé de sujet.

La journée m'a paru trop longue : je n'avais jamais eu autant envie de rentrer à l'appart. Les mots des filles résonnaient encore dans ma tête.

Jack avait changé. Grâce à moi. Ou peut-être que je n'étais qu'une raison parmi bien d'autres, mais ça n'avait pas d'importance. L'essentiel, c'était qu'il avait essayé d'améliorer son comportement. Et il avait dû traverser des moments difficiles, sans savoir si je le préférais à Monty. Je me sentais tellement bête... Je mourais d'envie d'être avec lui. J'avais envie de me rattraper.

Quand j'ai ouvert la porte de l'appartement, j'avais un petit sourire timide sur les lèvres. Ça faisait longtemps que ça ne m'était pas arrivé. C'était étrange. Mike était sur un canapé et semblait d'un peu meilleure humeur : il discutait avec Sue. Naya et Will étaient blottis l'un contre l'autre devant la télé et Jack était seul sur l'autre canapé. Il s'est retourné dès qu'il m'a entendue arriver.

– Regardez qui rentre d'une longue journée de travail, a-t-il plaisanté.

J'ai posé mon sac par terre et je me suis approchée d'eux. Jack a fait de la place pour que je m'installe à côté de lui, mais je me suis laissé emporter par l'enthousiasme et je me suis assise sur ses genoux. Il a haussé les sourcils. Il a été encore plus surpris quand j'ai posé une main sur sa joue et que je l'ai embrassé sur les lèvres.

Je ne lui manifestais presque jamais publiquement mon affection. Il était temps que ça change. Parce que je savais qu'il m'aimait. Et si j'étais timide devant les autres, ce n'était pas par manque d'amour mais parce que j'étais un peu gênée. Il fallait que je m'habitue. Et pour lui, je pouvais y arriver.

Je me suis écartée et je lui ai donné un bisou plus court que le précédent au milieu des lèvres et au coin de la bouche. Il a souri.

– Je t'ai manqué ? m'a-t-il demandé, un peu perdu.

– On peut dire ça, ai-je marmonné.

Les autres faisaient soigneusement semblant de ne pas nous voir. Je me suis à nouveau penchée vers lui et je l'ai embrassé brièvement. J'ai entendu Sue faire semblant de vomir derrière moi, Mike éclater de rire, et Will et Naya les gronder pour qu'ils nous foutent la paix. Jack ne comprenait toujours pas ce qui se passait, ce qui ne l'empêchait pas de répondre à chacun de mes baisers.

– Jen, tu es sûre que ça va ?

J'ai fait oui de la tête en réfléchissant à toute allure. Il m'observait, toujours intrigué.

– Viens, aide-moi à chercher mon pyjama, ai-je proposé en me relevant.

Il avait l'air perplexe. Mike s'est retourné avec la même tête que son frère :

– Il doit t'aider à chercher ton pyjama ? Tu ne sais pas où tu l'as rangé ?

– Je veux bien, a répondu Jack en haussant les épaules, mais je ne sais pas si je te serai d'une grande aide.

Je l'ai regardé en écarquillant les yeux pour tenter de lui faire passer un message, tendant le bras pour qu'il me prenne la main. Il a semblé enfin comprendre. Son expression est passée de la confusion à un sourire malicieux en moins d'une seconde. Il a attrapé ma main et s'est levé. Dès qu'on s'est retrouvés dans la partie du couloir où personne ne pouvait nous voir, il m'a fait basculer par-dessus son épaule pour me porter dans sa chambre.

Près d'une heure plus tard, nous sommes revenus dans le salon, où les autres venaient de commander à dîner. Will nous a fixés d'un air amusé.

– Tu as trouvé ton pyjama, Jenna ?

Jack a souri, tandis que je rougissais. Comme s'ils ne savaient pas ce que nous étions allés faire.

Je me suis rendu compte que j'avais faim quand un hamburger est apparu devant moi. Naya avait remis son émission de rénovation de maisons, à laquelle, honnêtement, j'étais devenue accro. Ma sœur m'avait envoyé une photo de mon neveu Owen endormi pour me demander comment j'allais. Je lui ai répondu avec plusieurs messages pour qu'elle sache que j'allais bien alors que Jack suivait avec attention l'émission, un bras dans mon dos. J'aimais beaucoup quand il me caressait le bras distraitement.

Et... le visage de Monty est apparu sur mon écran.

J'ai immédiatement rejeté l'appel. Il ne manquait plus que ça. Quel imbécile.

Malheureusement, il a réapparu, et cette fois je n'ai pas été aussi rapide. Jack a cessé de me caresser et j'ai soupiré. Je me suis tournée vers lui. Il avait le front plissé.

– Il continue à te faire chier ? a-t-il chuchoté.

J'étais reconnaissante qu'il ne l'ait pas dit à voix haute parce que je ne voulais pas que la terre entière soit au courant. J'étais touchée qu'il respecte mes souhaits, même dans des moments comme celui-ci.

J'ai haussé les épaules.

– Un peu. Mais je gère.

– Jen...

– Je gère, je te dis.

– Je ne pense pas que tu puisses, en réalité, a-t-il insisté avec douceur. Il y a des gens qui sont tout simplement ingérables. Même si tu sais te défendre.

– Je ne sais pas vraiment le faire.

– Un coup de poing dans le cou ou un coup de pied dans les couilles.

Il a souri, avant de conclure :

– Voilà, tu connais les bases, félicitations.

Pendant un instant, j'ai cru qu'il avait oublié Monty et j'ai souri, mais son air grave m'a fait comprendre que non.

– Tu devrais appeler la police, Jen.

– Je ne veux pas qu'il se fasse arrêter.

– Tu veux que je lui dise d'arrêter ?

– Jack Ross, garde du corps à domicile.

Ma plaisanterie ne l'a pas fait rire.

– Ça va lui passer. Il va trouver une autre fille et il m'oubliera.

Il m'a étudiée un instant, presque vexé.

– Tu penses vraiment que tu es si facile à oublier ?

J'ai cligné des yeux, surprise.

Quel compliment ! Je ne m'y attendais pas. Et il l'avait dit si... franchement. Je n'ai pas pu m'empêcher de rougir, ça a suffi pour qu'il me caresse à nouveau le bras, l'air plus détendu.

Quand tu rougis, ça l'attendrit et ça le distrait. C'est une information à garder à l'esprit.

– Si tu te sens en danger à un moment ou à un autre, promets-moi de me prévenir. Et d'appeler la police.

– OK, d'accord.

– Il faut que tu me le promettes, Jen.

Je l'ai regardé droit dans les yeux.

– Je te le promets. Je te préviendrai.

– Bien.

Il a semblé rassuré.

– Bien, a-t-il répété.

***

Ce matin-là, j'avais un examen et, comme j'avais passé pas mal de temps à réviser comme une malade, je n'avais pas pu aller courir. C'était étrange à quel point je m'étais habituée à faire de l'exercice. Un jour sans courir et je me sentais comme un mollusque ! Spencer serait sûrement fier de moi si je le lui racontais.

Jack et Will avaient dit en plaisantant à moitié qu'ils m'offriraient un gâteau au chocolat pour célébrer ma réussite... Ils n'avaient pas pensé que ça pourrait mal se passer. Pourtant, c'était le plus probable.

J'espérais ne pas être privée de pâtisserie. Je me suis assise dans la salle d'examen et j'ai respiré à fond.

Et... j'ai super bien réussi !

Ils m'attendaient tous les deux à la sortie et je me suis amusée à tirer une tête déconfite. Will a décoché un coup de coude à Jack, qui a tout de suite manifesté la préoccupation qu'on attend d'un petit ami. Il s'est approché de moi et m'a fait un câlin d'ours amoureux.

– Tu veux qu'on aille menacer le prof ? a-t-il proposé d'un ton aussi paisible que s'il me proposait d'aller acheter des bonbons.

– Pas besoin.

J'ai affiché un grand sourire.

– Ça s'est hyper bien passé.

– Hein ?

– Je vous ai fait une blague. Mais tu as réussi l'épreuve du consolateur.

Et à cause de ce simple mot, « consolateur », ils se sont moqués de moi pendant tout le trajet. Surtout Jack. J'en ai eu tellement marre qu'ils rient de moi que j'ai menacé d'aller dormir à la résidence. Ils n'en ont pas rajouté, mais ont continué à pouffer en cachette.

Idiots.

– Attends, ai-je dit à Jack alors qu'il s'apprêtait à entrer dans le garage, je vais acheter des bières pour fêter ça.

– Tu veux que je t'accompagne ? m'a proposé Will.

– Je vais aller au supermarché en bas. Allez d'abord vous garer.

Je suis sortie de la voiture tout heureuse et je les ai entendus entrer dans le garage. J'étais tellement concentrée sur les emplettes que je n'ai pas fait attention à une voiture que je connaissais pourtant très bien stationnée devant l'immeuble.

Je ne l'ai remarquée que lorsque Monty m'a arrêtée en m'attrapant fermement le bras. Je me suis retournée, stupéfaite, et je me suis figée en voyant son visage.

– Tu vis encore, a-t-il déclaré en me relâchant sans ménagement. Quelle surprise !

Oh non, pitié. Ça n'allait pas recommencer.

Je l'ai observé de la tête aux pieds en vérifiant que ce n'était pas un cauchemar. Il était revenu sans prévenir. Je n'arrivais pas à y croire.

– Je vais appeler la police, l'ai-je prévenu, juste avant de me rendre compte que j'avais laissé mon portable dans la voiture.

Et, même si je n'avais pas envie de l'admettre, j'étais paniquée. J'ai senti une douleur sous les côtes, comme si elles se souvenaient du coup de poing.

J'ai jeté un regard à la porte de l'immeuble. D'après mes estimations, Jack mettrait environ deux minutes pour sortir du parking. Il suffisait que je gagne du temps en parlant et ils m'aideraient à me débarrasser de Monty.

S'il vous plaît, venez vite.

– Je suis venu voir ce que faisait ma petite amie.

Il m'a enfoncé avec fureur un doigt dans la clavicule.

– Puisqu'elle ne répond ni à mes textos ni à mes appels...

– Monty, tu fais l'objet d'une injonction d'éloignement, lui ai-je rappelé de ma voix la plus douce. Ce n'est plus un jeu, c'est grave maintenant.

– Tu crois que j'en ai quelque chose à foutre de l'injonction ? Je suis venu pour arranger les choses entre nous.

– Il n'y a rien à arranger.

– Tu ne sais pas ce que tu racontes, Jenny, tu es trop têtue !

Il m'a attrapé le bras avec moins de force qu'avant, mais je ne pouvais m'empêcher d'avoir peur.

Les gens commençaient à nous observer. Je me suis dégagée.

– Je suis sérieuse, Monty, je vais appeler les flics...

– Tu vas venir chez moi et on va mettre fin à ces conneries.

– Lâche-moi !

– On va tirer un coup et oublier tout ça. Comme on aurait dû le faire depuis le début.

– Tirer un coup ! ai-je répété, abasourdie. Pour qui tu te prends ?

– Pour ton petit ami. Alors arrête tes conneries et monte dans cette putain de bagnole.

J'ai senti la colère bouillonner.

– Pas question, me suis-je emportée. Ce ne sont pas des conneries, je t'ai dénoncé aux flics, bordel, et je veux que tu me fiches la paix !

– Jennifer...

– Je ne veux pas te parler, je ne veux pas monter dans ta voiture et tu peux être sûr d'une chose : je ne veux plus jamais m'approcher de toi !

J'ai pris une profonde inspiration et c'est à ce moment-là que j'ai réalisé que j'avais haussé le ton.

– Comment est-ce que je dois te dire de me foutre la paix pour que tu le fasses ? Porter plainte contre toi n'est pas suffisant ? Qu'est-ce que tu veux de plus ?

Il m'a fixée pendant quelques secondes, furibard.

Mon cœur battait à toute allure. J'étais terrifiée.

Jack, Will, où êtes-vous ?

Coup de poing ou coup de pied. Cou et couilles. En cas d'urgence, je savais quoi faire. Pas vraiment.

– Monte dans la voiture, m'a-t-il ordonné à voix basse.

– Non.

J'ai fait un pas de plus vers l'immeuble.

Il s'est avancé brusquement et m'a à nouveau attrapé le bras, plus violemment cette fois.

Au moment où je l'ai vu lever la main et où les passants se sont écartés, quelque chose en moi s'est déclenché et j'ai réagi plus vite que lui. Je l'ai poussé de toutes mes forces, le faisant reculer de quelques pas. Il s'est cogné brutalement contre le capot et m'a regardée, les yeux écarquillés.

– Qu'est-ce que tu crois que tu... ?

– Tu ne me frapperas plus jamais de ta vie, lui ai-je lancé avec fureur en me rapprochant de lui. Tu comprends ? Plus jamais.

J'ai prononcé ces mots avec une rage qui m'a surprise moi-même. Il lui a fallu quelques secondes pour se ressaisir.

– C'est moi le salaud, parce que je t'ai frappée ? Tu as pensé aux dégâts émotionnels que tu me causes ?

– Mon Dieu...

J'avais presque envie de pleurer.

– Comment est-ce que j'ai pu gâcher quatre mois de ma vie avec toi ?

Il m'a encore une fois saisi le bras sans ménagement.

– J'en ai marre que tu me traites comme une merde, a-t-il grondé en entrouvrant la portière. À partir de maintenant, tu vas...

J'ai titubé en arrière quand il m'a lâchée brusquement. Jack avait surgi de nulle part. Il a saisi Monty par le col du T-shirt et l'a plaqué contre la portière de la voiture, qui s'est refermée en claquant. Mes yeux se sont écarquillés.

– Qu'est-ce que... ?

Monty ne s'attendait pas à ça. Il a essayé d'esquiver, mais, à notre surprise à tous les deux, Jack lui a enfoncé le dos dans la portière avec une force et une adresse que je ne lui connaissais pas.

– Lâche-moi tout de suite ou...

– Emmène-la loin d'ici et appelle la police, a dit Jack à voix basse.

Je n'ai pas compris tout de suite qu'il s'adressait à Will, qui a posé doucement une main sur mon épaule.

– Viens, Jenna.

– Quoi ?

J'ai jeté un coup d'œil à Monty, qui était vert de rage. Il allait tuer Jack dès qu'il en aurait l'occasion.

– Non !

– Will... l'a imploré Jack.

Et, à ma grande stupéfaction, Will s'est penché, m'a soulevée sur son épaule et m'a portée jusqu'à l'ascenseur. Je me suis tortillée dans tous les sens pour qu'il me libère. Je ne voyais plus rien d'où j'étais. Et j'ai commencé à me débattre comme une petite fille.

– Repose-moi, Will !

– Il vaut mieux que tu ne sois pas là, m'a-t-il assuré avec calme.

– Lâche-moi tout de suite !

Il m'a ignorée.

– Tu n'as même pas la décence d'avoir l'air inquiet ! l'ai-je accusé, furieuse.

– Oh, je ne le suis pas du tout, a-t-il répondu simplement.

– Jack est seul avec ce... avec ce... !

– Ross sait ce qu'il fait, Jenna. Détends-toi.

Sue et Mike nous ont observés d'un air ébahi quand Will est entré dans l'appartement en me portant toujours. Il m'a posée et j'ai reculé de deux pas, tremblant à la fois de nervosité et de colère.

– Tu te trompes de fille, a signalé Sue, amusée.

– Oui, c'est la meuf de mon frère.

– Laisse-moi passer ! ai-je crié à Will, furieuse, quand il m'a bloqué le passage avec le bras. Will, je suis sérieuse !

– Ross veut que tu restes ici et que tu appelles la police, m'a-t-il rappelé avec douceur.

Merde, la police.

Les autres ne riaient plus quand je me suis précipitée sur mon téléphone, que Will avait récupéré dans la voiture. J'ai composé le numéro les doigts tremblants et j'ai été soulagée lorsqu'une voix féminine m'a affirmé que les autorités seraient bientôt là. Sans la moindre hésitation. Ça m'a un peu rassurée, mais pas assez.

– Ils sont en route, ai-je annoncé à Will en tremblant de la tête aux pieds.

– Tu vois ? Tout va bien. Ça va s'arranger.

– Ça m'est égal ! Tu l'as laissé seul avec ce malade !

– Jenna, calme-toi.

– Il pourrait lui faire du mal ! Et toi et moi on est ici au lieu d'être en bas, à l'aider !

– Crois-moi, a déclaré Will avec un sourire triste, Ross n'a pas besoin de notre aide.

– Je m'en fiche, je veux descendre !

– Ross ne veut pas que tu descendes !

Will perdait patience.

– Je m'en fous de ce qu'il veut !

– Jenna, il ne veut pas que tu le voies comme ça ! Arrête d'insister !

J'ai encore essayé de passer et je me suis sentie horriblement frustrée quand il m'a à nouveau bloqué le passage. Je me suis assise sur l'accoudoir du canapé le plus proche et je me suis passé une main dans les cheveux. J'ai eu l'impression qu'une éternité s'était écoulée sans que personne apparaisse. Je devenais folle en pensant à Monty. Je l'avais déjà vu se déchaîner contre un type.

Surtout au lycée. Je me souvenais d'un mec en particulier qui avait essayé de me draguer, et Monty lui avait mis le nez en compote. Imaginer Jack avec un nez cassé par ma faute me donnait envie de pleurer.

La porte s'est enfin ouverte et je me suis levée d'un bond.

Tout le monde s'est tourné vers Jack, qui semblait aussi calme que s'il ne s'était rien passé. Il était accompagné d'un policier.

J'ai examiné Jack des pieds à la tête, abasourdie. Pas une égratignure.

Je n'y comprenais rien.

Will et lui ont échangé un regard et se sont tout raconté sans ouvrir la bouche. Je détestais qu'ils fassent ça et me laissent dans le noir.

L'agent s'est tourné vers moi :

– Mademoiselle Brown ? Vous devez nous accompagner au commissariat.

J'ai acquiescé comme si j'étais dans une galaxie parallèle. En fait, j'avais l'impression que mes gestes étaient accomplis par une autre que moi. Je me suis rendue au poste, accompagnée par Will et Jack, et j'ai raconté tout ce qui s'était passé. Je n'ai pas revu Monty, mais j'ai entendu sa voix. Ils l'avaient mis dans une cellule. Et, d'après ce que j'ai compris, il risquait une peine de prison. De six mois à un an.

– Ne vous sentez pas coupable, m'a conseillé le policier lorsqu'il a vu mon visage effrayé. Il était bien conscient des conséquences de ses actes. Les appels incessants, les messages... Un étudiant nous a rapporté qu'il l'avait vu vous observer sur le campus. Il s'est également rendu à votre domicile actuel. Un classique. Nous voyons ça très souvent.

– Sérieusement ?

– Des ex qui n'arrivent pas à accepter la rupture et qui ne respectent pas une injonction d'éloignement ? Malheureusement, c'est fréquent. Même si je peux vous assurer que, après un certain temps derrière les barreaux, ils perdent l'envie de recommencer. Beaucoup d'entre eux ne finissent pas au trou, car ils écopent d'un sursis, mais la condamnation leur fiche la frousse et ça les calme.

Ça m'a apaisée. Je l'ai remercié du fond du cœur et j'ai quitté le commissariat encore en état de choc. Je n'ai pas ouvert la bouche pendant tout le trajet de retour. Je me suis d'ailleurs rendu compte que je n'avais pas parlé avec Jack ou avec Will. Je ne trouvais pas les mots que j'aurais voulus.

Mike et Sue étaient toujours à l'appartement, mais ils étaient d'une humeur très différente. Le frère de Jack faisait nerveusement les cent pas dans le salon, et Sue était assise les bras croisés sur un canapé. Ils ont tous les deux sursauté et nous ont dévisagés dès que nous sommes entrés.

– Tout va bien ? a demandé Sue avec une voix si pressante que nous nous sommes immobilisés tous les trois pour la fixer.

– Tu es... inquiète ? lui a demandé Jack, stupéfait.

– Oui, imbécile, tu ne le vois pas ? Qu'est-ce qui s'est passé ? On a vu les voitures de police et... Qu'est-ce qui s'est passé ?

J'ai jeté un coup d'œil hésitant aux garçons, et Will a hoché la tête.

– Si vous alliez dans la chambre tous les deux ? Je vais leur expliquer.

Je crois que je ne me suis jamais sentie aussi reconnaissante envers quelqu'un. Je me suis approchée de lui et je l'ai serré très fort dans mes bras. Il m'a rendu mon étreinte, étonné.

– Tu es un tellement bon ami, ai-je murmuré de façon un peu théâtrale.

– Ouais, je t'aime bien aussi, a-t-il répondu, amusé. Allez, va rejoindre Ross.

Jack était assis sur le lit quand je suis entrée dans la chambre. Je ne savais pas comment réagir face à lui. Il m'a jeté un regard méfiant.

– Ça va ?

Nous nous sommes posé la question exactement en même temps.

Il y a eu un moment de silence gênant. Puis je me suis approchée de lui.

– Jack Ross, ai-je commencé doucement, c'est la dernière fois que tu te retrouves seul avec un connard comme Monty, tu m'entends ?

– Ce n'était pas si grave, a-t-il minimisé.

– Ah non ? On peut savoir ce qui t'arrive ?

Ma question a eu l'air de le surprendre. Il a haussé les sourcils, m'observant avec prudence.

– Jen...

Il ne semblait pas savoir quoi répondre.

– Tu ne sais pas comment il est quand il s'énerve, Jack !

– Je n'ai rien, tu vois.

– Ne reste plus jamais seul avec lui ! Je me fiche de savoir que tu es doué pour te battre !

– Jen, écoute-moi...

– Non ! Toi, écoute-moi ! Ne me refais plus jamais ça ! Ne me laisse plus jamais sur la touche pendant que tu vas tout seul faire un truc pareil ! Jamais ! Tu m'entends ?

Il n'a pas répondu. Je crois que je ne l'avais jamais vu sans voix. Du moins, pas à ce point-là. Mes poings tremblaient. Il a tendu la main vers moi, hésitant, et l'a finalement reposée sur ses genoux.

– Je vais très bien, m'a-t-il tranquillement répété.

J'ai pris une grande inspiration et je l'ai à nouveau examiné attentivement. Il avait l'air indemne. Pas la moindre égratignure... Je n'y comprenais rien.

– Tu peux l'oublier, a-t-il déclaré. Je doute qu'il s'approche à nouveau de toi, en plus...

– Je vais te tuer.

Il a cligné des yeux, stupéfait.

– Tu crois que je m'inquiète pour moi, espèce d'idiot ? J'ai failli faire une crise de panique parce que je ne savais pas si tu allais bien, putain ! Ne refais jamais ça ! La prochaine fois, on montera tous les deux ou on restera tous les deux ! Ensemble !

Il a ouvert la bouche et l'a refermée, complètement abasourdi.

– D'... D'accord... Je... Je suis désolé. Et... Je suis désolé de ne pas être revenu plus tôt.

Son ton a instantanément apaisé ma colère. Une partie de moi détestait le fait qu'avec lui j'étais incapable de rester fâchée plus de cinq minutes, mais l'autre partie de moi l'aimait pour ça. J'ai soupiré et oublié le mauvais moment que je venais de passer. Ou du moins j'ai essayé. J'ai pris son visage entre mes mains. J'avais encore envie de pleurer.

– Ne t'excuse pas, tu m'as défendue. Je devrais te remercier. Même si tu t'es comporté comme un idiot et que je contrôlais la situation.

– Tu contrôlais la situation ? C'est une blague ?

– Si tu étais arrivé une seconde plus tard, tu m'aurais vu lui donner un coup de poing dans le cou et un coup de pied dans les couilles.

Ça a eu l'air de l'amuser.

– Eh bien, heureusement que je suis arrivé avant que tu le mettes KO avec tes talents de ninja.

J'ai souri et je me suis assise à côté de lui, épuisée. J'ai posé la tête sur son épaule.

– Je suis désolée de te saouler avec mes histoires, Jack.

– En réalité, tu rends ma vie distrayante.

– Distrayante ?

J'ai secoué la tête.

– Tu as de drôles de goûts en matière de distraction.

23

Matinées productives

Jack était à moitié endormi, la tête posée sur ma poitrine. Sans trop m'en rendre compte, je passais mes doigts dans ses cheveux. Il ronronnait comme un animal paresseux.

– J'aime bien quand tu fais ça, a-t-il murmuré sans prendre la peine d'ouvrir les yeux.

Il s'est installé encore plus confortablement sur moi.

– Quoi ?

– Ça.

Il a désigné ma main dans ses cheveux.

– C'est apaisant.

Comme il appréciait, j'ai continué. Quelques jours s'étaient écoulés depuis l'incident avec Monty, et nous n'en avions pas reparlé. Je ne savais pas ce que Jack avait fait, mais une chose était sûre : ça avait marché. Mon ex ne m'avait pas rappelée.

– Jack ?

– Mmm...

Je n'étais pas sûre qu'il m'écoutait vraiment.

– Je ne pense pas t'avoir remercié correctement pour Monty.

– Pas besoin de me remercier. J'ai pris beaucoup de plaisir à faire ça.

Je me suis mordillé la lèvre, cherchant les mots justes. Je ne savais par où commencer.

– Qu... Qu'est-ce que tu... lui as fait ?

– Je l'ai retenu un peu, m'a-t-il expliqué en se mettant à l'aise. Jusqu'à ce que la police arrive.

J'ai froncé les sourcils. Pourquoi évitait-il de me donner des détails ?

– Tu l'as frappé ?

Il a soupiré bruyamment.

– Jen, il te fout la paix. C'est ce que tu voulais, non ?

– Oui, mais...

– Eh bien voilà.

– Jack, pourquoi est-ce que tu imagines que je vais m'enfuir si tu me confies quelque chose de négatif sur toi ?

Il a souri contre la peau nue de mon torse.

– Qu'est-ce que tu racontes ?

– Je... Je ne sais pas. J'ai l'impression de ne pas tout savoir sur toi.

– Très bien, a-t-il murmuré. Vas-y, pose-moi des questions. Ma couleur préférée est...

– Combien de fois tu t'es battu ?

Il a semblé se raidir un instant. Il a rouvert les yeux et m'a fixée d'un air surpris. Tout à coup, il n'avait plus l'air endormi du tout. Il m'a paru méfiant.

– Pourquoi tu me demandes ça ?

– Je ne sais pas...

J'ai haussé les épaules, jouant les innocentes.

– Simple curiosité.

Il a mis quelques secondes interminables à répondre. J'ai essayé de garder mon calme et de ne pas retirer ma question.

– Avec qui as-tu parlé ? m'a-t-il interrogée.

– Moi ? Avec personne, pourquoi ?

Il a levé les yeux au ciel.

– Jen...

– Avec personne.

– Avec Lana et Naya, c'est ça ?

J'ai cligné des yeux, stupéfaite.

– Comment tu le sais ? Tu es flippant, parfois.

Il s'est retourné pour s'allonger à côté de moi. J'ai instantanément senti mon corps se refroidir. Je n'aurais peut-être pas dû aborder ce sujet, mais il était trop tard pour revenir en arrière. Je lui ai jeté un coup d'œil en coin. Il affichait une moue un peu boudeuse.

– Qu'est-ce qu'elles t'ont raconté ?

– Pourquoi tu ne m'as jamais parlé de... de ton passé ?

– Parce que je n'en suis pas fier.

– Tu crois que je suis fière que mon frère m'ait surprise en train d'envoyer des photos de moi seins nus à un garçon ? ai-je rétorqué pour tenter de détendre l'atmosphère.

J'ai réussi à le faire sourire un instant. Une petite victoire.

– Jack, je te connais très bien. Mentalement et physiquement. J'ai... vu les articulations de tes doigts.

Il a baissé les yeux sur sa main droite, le front plissé. Je l'ai prise tendrement et j'ai passé mon pouce sur les traces encore visibles.

– Mon frère Sonny était boxeur. Pendant un certain temps, il a refusé de porter des gants à l'entraînement... et il avait les mêmes marques. Mais je n'ai pas l'impression que tu te sois fait ça en frappant un sac de boxe.

Il a écarté sa main, visiblement mal à l'aise.

– Combien de bagarres ? ai-je insisté.

Il fixait ostensiblement le mur.

– J'ai perdu le compte, a-t-il avoué.

Je me suis mise sur le côté pour pouvoir le regarder.

– Combien de filles ?

Il m'a adressé un demi-sourire.

– Tu veux vraiment savoir ?

– Oui.

Il a soupiré et s'est détourné, l'air gêné.

– J'ai perdu le compte aussi.

Je n'ai pas pu m'empêcher de me sentir mal. Peut-être que je ne voulais pas connaître la vérité, au fond.

– Combien de fois... depuis que tu vis ici ?

– Jen, je n'ai pas envie de parler de ça.

– Je veux savoir.

– Pourquoi ?

– Pour mieux te connaître.

Quand il a essayé de se redresser, je l'ai tiré par l'épaule pour le faire retomber.

– Jack, je suis ta petite amie. Je veux tout savoir sur toi. Les bonnes et les mauvaises choses, tu comprends. Combien ?

– Je ne sais pas...

Il s'est passé la main dans les cheveux, agacé.

– Plus que je ne voudrais.

– Elles venaient de la fac ?

– Non, a-t-il répondu avec véhémence. Je ne voulais pas les recroiser une fois qu'elles auraient quitté l'appart. J'ai toujours veillé à ce qu'elles n'étudient pas dans mon université.

J'ai dégluti. Jack avait la mâchoire crispée.

– C'est ce que tu voulais savoir ?

– Je... Je ne sais pas. Tu ne m'as jamais semblé être... ce genre de mec.

– Parce que je ne le suis pas. Plus maintenant.

– Lana a dit que tu te comportais maintenant comme tu le faisais avant ce qui est arrivé au lycée.

Il n'a pas fait de commentaire.

– Pourquoi tu avais changé comme ça ?

Il m'a étudiée pendant quelques secondes. Je commençais à bien déchiffrer ses expressions faussement indifférentes. Et même s'il ne voulait pas l'admettre, il était tendu.

– Je ne sais pas, a-t-il fini par murmurer. C'était compliqué. Je... sentais que je devais le faire. C'était la seule chose qui me faisait me sentir vivant, tu comprends ? Mais je ne suis pas fier de cette période de ma vie. Je n'étais pas fier sur le moment non plus. Ça n'a pas de sens, je sais.

– Mais si. C'est très logique, Jack.

J'ai marqué une pause, hésitant encore. Je me suis approchée de lui et je l'ai embrassé sur la commissure des lèvres.

– Merci de me l'avoir raconté.

– Je ne t'ai presque rien dit.

– Merci de ne m'avoir presque rien dit, alors.

Il a levé les yeux au ciel.

– Tu n'es pas en colère contre Naya ou Lana, j'espère ?

– Attends...

Il s'est tourné vers moi, perplexe :

– Tu as peur que je sois fâché contre Lana ?

– Ben... oui.

Il lui a fallu quelques secondes pour se remettre de sa surprise.

– Qui es-tu ? Et qu'as-tu fait de ma petite amie ?

– Elle m'a confié tout ça, tu sais. Elle n'est peut-être pas si antipathique, finalement.

Ça l'a surpris plus que tout le reste. Je n'ai pas pu m'empêcher de sourire en voyant son expression interloquée.

– Imagine que je devienne la meilleure amie de tes ex, ai-je plaisanté en lui tapotant la joue. Ça me permettrait d'obtenir des informations très précieuses à ton sujet.

– Quelles informations ? a-t-il demandé en boudant comme un petit garçon.

– Tes secrets les plus sombres, ai-je répliqué en passant un doigt sur son torse.

Il a arrêté ma main en m'attrapant le poignet, mais il avait l'air amusé.

– Je n'en ai pas, a-t-il prétendu.

– Tout le monde en a.

– Et toi, c'est quoi le tien ?

– Toi d'abord.

Il a secoué la tête et m'a repoussée doucement contre le matelas pour reprendre la même position qu'avant.

– Je dois me lever super tôt demain matin et tu m'empêches de dormir, a-t-il protesté.

– Désolée, Belle au bois dormant.

– Dors, Maléfique.

J'ai souri en passant à nouveau mes doigts dans ses cheveux. Quelques minutes plus tard, j'ai remarqué que sa respiration était devenue plus régulière. Il avait sombré dans le sommeil.

***

Quand je suis retournée courir le lendemain matin, j'étais de bonne humeur. Pour une fois, il ne pleuvinait pas. Je me suis juste accordé une pause pour appeler mon père et Shanon, et leur raconter ce qui s'était passé quelques jours plus tôt quand Monty avait débarqué.

Mon père s'est contenté d'un « Mmmh... » approbateur et Shanon s'est lancée dans une diatribe contre mon ex, comme je m'y attendais.

Après mon jogging, j'ai grimpé les escaliers quatre à quatre et je suis tombée sur Agnès, qui ouvrait la porte de son appartement. Elle s'est arrêtée en me voyant et m'a souri.

– Bonjour, ma chère.

– Bonjour. Vous semblez plus en forme que la dernière fois que je vous ai vue.

– Un jour, j'apprendrai à consommer de l'alcool avec modération.

Elle a haussé les épaules.

– Mais, en attendant, j'ai l'intention de boire jusqu'à en perdre la raison.

J'ai ri en sortant mes clés de ma poche et j'ai pointé la porte du doigt.

– Vous voulez entrer ?

Elle a souri d'un air angélique et est passée devant moi pour entrer chez nous. La première chose qu'elle a aperçue, c'est Mike qui dormait la bouche ouverte sur un canapé. Elle a secoué la tête et s'est assise avec moi au bar de la cuisine.

– Un café ? lui ai-je proposé.

– S'il te plaît.

Quand j'ai posé la tasse devant elle, elle a baissé la voix pour que son petit-fils ne se réveille pas.

– Comment va mon Jack chéri ?

– Très bien.

J'ai repensé à notre départ précipité de la maison du lac.

– Je suis plus inquiète pour Mike, lui ai-je confié.

– C'est un garçon très sensible. Il a du mal à s'intégrer, m'a-t-elle expliqué avec une moue désolée. Mais il m'a dit que tu prenais bien soin de lui.

Je me suis arrêtée juste avant de mettre du lait dans son café, surprise.

– Mike... vous a dit ça ?

– Oui.

Elle a eu l'air étonnée que cette information me surprenne.

– Ce n'est pas le cas ?

– Eh bien... je ne...

J'étais sous le choc.

– Je suppose...

– Tant qu'on est ensemble, je voulais te parler, m'a-t-elle interrompue en changeant brusquement de sujet.

Je me suis appuyée des deux mains sur le bar en face d'elle.

– De quoi ?

– Dans quelques semaines, ce sera Noël.

– Oui, je sais... Les examens approchent.

– Tu t'en tireras bien. Tu es une fille intelligente.

Elle a marqué une pause. Nous savions toutes les deux qu'elle n'était pas là pour discuter de mes notes.

– J'aimerais vraiment que Jack accepte de dîner avec son père pour Noël.

Je n'ai pas répondu tout de suite, laissant la phrase planer entre nous.

– Je vois, ai-je murmuré, vous le lui avez demandé ?

– Ma chérie, tu le connais presque mieux que moi. Tu sais ce qu'il me répondra.

– Il est très têtu dès qu'il est question de son père.

– Mais si c'est toi qui lui en parles...

Elle m'a adressé un sourire innocent. J'ai fait non de la tête.

– Je suis désolée, Agnès, je ne...

– Tu es la seule personne qu'il écoute.

– Jack se met de très mauvaise humeur quand j'aborde le sujet. Surtout depuis notre séjour écourté à la maison du lac.

– Je sais.

– Comment pourrais-je le convaincre de voir son père ? Et pour Noël ?

– Eh bien...

J'ai deviné à son expression qu'elle avait une idée derrière la tête. J'ai plissé les yeux.

– Quoi ?

– Vous êtes ensemble depuis un moment, non ?

– Oui... presque un mois.

– Et officieusement ? a-t-elle insisté en haussant un sourcil.

– Trois mois, ai-je marmonné, un peu gênée.

– Je me suis dit que ce ne serait peut-être pas une mauvaise idée que... enfin... nos deux familles fassent connaissance.

Je me suis étouffée avec l'eau que j'étais en train de boire. J'ai porté une main à ma poitrine.

– Ma famille ? Et la vôtre ?

– Ce n'est pas une idée si loufoque, si ?

– C'est juste que... je ne...

Je ne parvenais pas à imaginer la scène.

– Ma famille n'habite pas près d'ici.

– Nous irions chez vous. Ce n'est pas une question d'argent, j'espère ?

– Mais...

Mon cerveau fonctionnait à plein régime...

– Mary et M. Ross sont d'accord ?

– Oh oui, a-t-elle répondu avec un grand sourire. C'est leur idée. Pour se réconcilier avec leurs fils.

J'ai soupiré, déjà fatiguée par la perspective.

– Je ne sais pas, Agnès. Il faudrait que j'en parle à Jack, à Mike, à mes parents...

– Je sais que tu les convaincras.

Elle s'est levée, sa tasse était vide.

– Préviens-moi le plus tôt possible. Quelle que soit la réponse. Je dois y aller, ma chérie. Bisou.

Juste avant qu'elle parte, je me suis éclairci la gorge.

– Agnès...

Elle s'est retournée :

– Oui ?

– Je... Vous souvenez-vous de la conversation que nous avons eue à propos de... votre mari ?

Elle a paru intriguée, tout en hochant la tête.

– Bien sûr.

– Eh bien... je voulais juste vous dire que... je l'ai fait. J'ai pris mes distances avec mon ex. Cette fois-ci, pour de bon.

Nous nous sommes regardées un moment, et elle m'a offert un sourire rempli de fierté. Personne ne m'en avait jamais adressé de pareil. Puis elle s'est détournée :

– Tu n'imagines pas comme ça me fait plaisir.

– Je voulais vous le dire parce que... parce que ce que vous m'avez raconté m'a vraiment aidée à franchir le pas pour le quitter. En fait, ça a été crucial. Honnêtement, je ne sais pas ce qui se serait passé si je ne vous avais pas parlé. Je voulais juste vous remercier. Du fond du cœur.

Elle s'est mise à cligner des yeux à plusieurs reprises et a secoué la tête.

– Oh, excuse-moi. Je suis une vieille émotive.

– Non, pas du tout, lui ai-je assuré, émue à mon tour.

– Si, si. Je suis très fière de toi, Jennifer. Quoi que tu fasses à partir de maintenant, ce sera ta décision, plus celle de quelqu'un d'autre. Je suis très fière, a-t-elle répété.

Et elle est partie avant que je puisse lui répondre. Je suis restée appuyée contre le bar pendant un moment et, peu de temps après, Sue est apparue au bout du couloir, les cheveux en bataille, à moitié endormie.

– Je déteste les matins, a-t-elle grogné en attrapant son pot de glace dans le congélateur.

Je me suis mouchée et j'ai essayé de me ressaisir discrètement.

– Bonjour à toi aussi, Sue.

– Regarde la marmotte, a-t-elle dit en désignant Mike du menton. Mon objectif dans la vie, c'est d'atteindre ce niveau de bonheur.

Son commentaire m'a amusée. Des pas ont résonné dans le couloir. Will est arrivé en bâillant bruyamment et Mike a maugréé quelque chose en levant les paupières.

– Pfff, je déteste dormir dans le salon, s'est-il plaint en se frottant les yeux. C'est une torture de vous entendre.

– Paie-toi un appart, a rétorqué Sue.

– Ce n'est pas une solution viable pour mes finances.

Il s'est installé à la place libérée par Agnès.

– Bonjour, belle-sœur. Tu as les yeux qui brillent ce matin.

– Ne commence pas, l'a prévenu Will en passant derrière lui.

– Quoi ? Je n'ai plus le droit de dire des choses gentilles ? La censure dans cette baraque empire de jour en jour.

Will l'a ignoré.

– Où est Ross ? m'a-t-il demandé.

– Si je comprends bien, on ne se contente plus de me bâillonner, on ne fait plus attention à moi. Sympa.

– Mike... ai-je soupiré.

– Heureusement, toi, tu m'écoutes, belle-sœur.

– Jack dort, ai-je répondu à Will.

– Tu devrais le réveiller, il a cours dans une heure. Il n'a pas mis de réveil hier soir ?

J'ai rougi en repensant au réveil qui avait volé à l'autre bout de la pièce quand je lui avais retiré son T-shirt et que ma main avait heurté l'appareil. Quand Jack avait voulu le ramasser, je lui avais dit qu'on s'en occuperait plus tard. Puis on avait oublié parce qu'on avait mieux à faire.

– Euh... ai-je bafouillé en essayant de trouver une excuse, je crois qu'on a zappé...

– Oui, a répliqué Will avec un air taquin. Vous étiez occupés, c'est ça ?

– *Très* occupés, a renchéri Sue avec un sourire malicieux.

– Je vais le réveiller.

Je me suis dépêchée d'y aller.

Évidemment, Jack dormait exactement comme je l'avais laissé, la tête enfouie dans mon oreiller. Je me suis approchée sur la pointe des pieds et je lui ai secoué l'épaule.

– Jack ?

Il a marmonné quelque chose avec une moue mécontente et s'est retourné.

– Tu vas être en retard à la fac.

– Mmmh... dommage...

Et il s'est réinstallé confortablement pour se rendormir.

– Tu vas m'obliger à sortir l'artillerie lourde ?

– Je ne bougerai pas, a-t-il marmonné.

J'ai contourné le lit pour écarter les rideaux. Il a froncé les sourcils lorsque le soleil est venu frapper son visage.

– Putain, Jen. Tu me rappelles ma mère.

– Debout. Tout de suite.

– Debout. Tout de suite, a-t-il répété en m'imitant.

J'ai grimpé sur le lit et je me suis allongée sur son dos. Pas la moindre réaction.

– Allez, lève-toi, tu vas être en retard.

– Si je n'y vais pas, je ne peux pas être en retard.

– Allez, arrête de faire l'enfant.

Je l'ai embrassé sur l'épaule.

– Tu as des responsabilités, Jack

– Tu ne viens pas de dire que j'étais un enfant ? Les enfants n'ont pas de responsabilités.

Pour une raison que j'ignorais, j'ai eu envie de le câliner. J'ai vu son demi-sourire tandis que je glissais mon nez derrière son oreille et que je lui mordillais le lobe.

– Tu ne vas pas me donner envie d'aller en cours avec cette technique, Jen.

– Tu dois te lever.

– Là, j'ai envie de rester et de faire quelque chose de plus productif avec toi pendant la matinée.

– Jaaack, ai-je dit en m'éloignant de lui. Lève-toi. Allez, viens.

– Fais-moi encore le truc avec ton nez et tes lèvres pendant cinq minutes... et j'y réfléchirai.

– Je dois aller chercher une carafe d'eau froide ?

Il a soupiré et s'est enfin mis à bouger. J'ai attrapé son pantalon et je le lui ai lancé pendant qu'il s'asseyait sur le lit. Il l'a enfilé paresseusement, puis s'est levé comme si la vie lui pesait. Je n'ai pas pu m'empêcher de rire de lui.

– Tu as vingt ans, pas quatre-vingt-dix.

– Laisse-moi tranquille, petite sauterelle.

Lorsque nous sommes entrés dans le salon, les autres prenaient tranquillement leur petit déjeuner. Jack s'est laissé tomber à côté de son frère en bâillant. Je suis restée debout entre eux deux et j'ai attrapé un des petits pains fourrés au chocolat que Will avait apportés.

– Pourquoi est-ce que vous me réveillez en faisant du bruit ? a protesté Mike. Moi aussi, je veux qu'on me réveille avec des câlins.

– Trouve-toi une petite amie, lui a lancé Jack en prenant une tranche de pain grillé.

– Si j'avais une petite amie, je ne serais pas ici, a-t-il répondu avec un soupir bruyant.

Sue a levé les yeux au plafond.

– S'il vous plaît... Trouvez-lui une petite amie, mon Dieu. C'est tout ce que je demande.

Les trois autres se sont mis à rire de lui, et Mike a fait semblant de bouder. J'ai posé une main sur son épaule pour le réconforter. Ce matin, il était à nouveau égal à lui-même. C'était un soulagement. Il paraissait éteint depuis quelques jours.

– Moi, tu ne m'embêtes pas, l'ai-je consolé, amusée.

– Merci, belle-sœur.

Il m'a adressé un sourire d'ange.

– Tu es la meilleure de cet appart. Tu n'as rien à voir avec ces râleurs.

– Merci beaucoup, a raillé Will.

– C'est la seule qui pense à moi, s'est défendu Mike. Elle ne fait pas de bruit quand elle passe dans le salon, elle me garde à manger et me demande comment je vais. Pas vrai que tu m'apprécies, belle-sœur ?

Je trouvais ça touchant, mais j'ai ouvert des yeux comme des soucoupes quand il m'a serrée super fort dans ses bras et qu'il ne s'est pas gêné pour enfouir la tête entre mes seins. J'ai entendu Jack s'étouffer sur sa tartine derrière moi.

– Tu es trop bien pour mon frère, a décrété Mike sans me lâcher. Heureusement, je suis là à attendre patiemment que tu te lasses de lui.

J'ai senti la main de Jack me tirer. Il fixait son frère, les sourcils froncés, et il ne m'a pas lâchée avant que je sois appuyée contre ses jambes.

– Si tu refais ça, tu dormiras dans la rue, l'a-t-il prévenu avec colère.

– C'était juste un câlin !

– Oui, c'est ça !

Jack l'a fusillé du regard et m'a entourée de ses bras, l'air furieux.

– Si on se ressemble tant, Jenna, quelle différence ça fait pour toi, un frère ou l'autre ?

– Mike, tu ne tiens pas beaucoup à la vie, il me semble, a rétorqué Jack. Là, elle ne tient plus qu'à un fil.

– Les gars, est intervenu Will, Jenna est une personne, pas une console de jeux. Calmez-vous.

Je l'ai regardé, reconnaissante.

– Oui, mais encore une fois, a insisté Mike, ce n'était qu'un câlin innocent.

– Tu avais le nez entre ses seins, a souligné Sue en riant.

– Eh bien, c'est juste que ses seins sont très... Hé !

Il a cligné des yeux, stupéfait, quand Jack lui a jeté le dernier toast à la figure.

C'est comme ça que la bataille de nourriture a démarré et, quand elle s'est achevée, la cuisine n'était plus qu'un fouillis de beurre, de confiture et de pain grillé. Will, Sue et moi nous étions réfugiés sur les canapés. Une demi-heure plus tard, les deux frères ont dû ranger à contrecœur, pendant que Sue repérait toutes les cinq minutes de nouvelles taches pour les embêter.

Quand ils ont eu terminé, Jack s'est laissé tomber à côté de moi. Le pauvre avait l'air épuisé par cette séance de nettoyage.

– Finalement, tu n'es pas allé en cours et tu as fait quelque chose de plus productif, comme tu voulais, l'ai-je taquiné.

Il m'a jeté un regard assassin.

***

J'allais sortir de la classe quand j'ai remarqué que Shanon m'appelait. J'ai répondu, contente de pouvoir lui parler.

– Tu n'es pas en cours ?

– Non. Je viens de sortir. Comment tu vas ?

– Bien. Écoute, il faut que je te parle d'un truc.

– De quoi ? ai-je demandé, surprise par son ton sérieux.

– Tu as décidé de ce que tu vas faire en décembre ?

La question m'a prise un peu au dépourvu.

– On est déjà en décembre, Shanon.

– Tu vois ce que je veux dire.

J'ai réfléchi un instant.

– J'en suis presque sûre.

– Je suis contente pour toi. Quoi qu'il en soit... l'école d'Owen cherche quelqu'un pour remplacer la coach du club d'athlétisme. Comme tu es plutôt douée et que tu m'as dit que tu cherchais un boulot, je me suis dit que ce serait une bonne idée de te prévenir.

– Je ne crois pas que je vais quitter la fac, Shanon.

– La fac ou Jack ? a-t-elle demandé en rigolant.

– Ni l'un ni l'autre, mais merci d'avoir pensé à moi.

– Si tu changes d'avis, l'offre tient jusqu'au premier février. Comme c'est Spencer qui décide...

– C'est un soulagement.

J'ai ri en descendant les escaliers jusqu'à la station de métro.

– Au fait, a-t-elle demandé, comment ça se passe avec ton Roméo ?

J'ai levé les yeux en entendant comment elle l'appelait.

– Très bien. C'est un amour.

– Oui, c'est vrai. C'est ce que tu préfères chez lui, non ? a-t-elle commenté d'un ton salace.

– Shanon !

– Je suis sûre qu'il est si romantique que tu passes tes nuits à contempler les étoiles.

J'étais à deux doigts de lui ordonner de se taire, mais j'ai décidé de jouer le jeu.

– Seulement la nuit ?

– Eh bien ! s'est exclamée ma sœur. Jenny, c'est toujours toi ou je parle à ta jumelle maléfique ?

– C'est toujours moi.

– La dernière fois que j'ai abordé un sujet vaguement sexuel avec toi, tu es devenue tellement rouge que j'ai cru que tu allais exploser.

– J'ai mûri.

– Ou tu as empiré.

– Et comment ça se passe avec ton petit ami intermittent ?

– C'est un petit ami inexistant, maintenant. J'en suis arrivée à la conclusion qu'Owen est le grand amour miniature de ma vie.

– Je suis désolée que ça n'ait pas marché.

– Pas moi. C'était pas une super histoire. Juste un type relou.

Je suis montée dans le métro en souriant, mais mon sourire s'est un peu évaporé quand je me suis souvenue de ce qu'Agnès m'avait demandé de faire ce matin-là.

– En fait, moi aussi je voulais te parler d'un truc.

– Waouh, des ragots. Vas-y.

– Ce ne sont pas des ragots. C'est plutôt... J'ai besoin d'un conseil.

– Je t'écoute.

– Les parents de Jack veulent que nos deux familles dînent ensemble pour Noël.

Il y a eu un moment de silence.

– Et tu n'en as pas envie, c'est ça ?

– Je ne sais pas. Ça ne te paraît pas un peu... précipité ?

– Précipité ?

– Ça ne fait même pas un mois qu'on est ensemble.

– Officiellement, mais tu l'as embrassé bien avant ça, ma chérie.

– Tu vois ce que je veux dire.

– Oui...

Elle a réfléchi un instant.

– En réalité, je ne crois pas qu'une relation se mesure à sa durée. Prends Monty. Tu es restée avec lui plus de quatre mois et vous avez fini par... Enfin, tu sais comment ça s'est terminé.

Elle a marqué une pause.

– Tu aimes vraiment ce garçon, Jenny.

Ce n'était même pas une question.

– Oui, ai-je murmuré.

– Beaucoup.

– Je sais, Shanon.

– Alors... l'idée de ce dîner ne me semble pas absurde. Tu as vu ses parents combien de fois ?

– Son père seulement deux, mais sa mère un peu plus.

– Et tu n'aimerais pas que Jack rencontre papa, maman et... ?

Elle s'est interrompue en pensant à nos frères.

– On pourrait enfermer Sonny et Steve dans la cave.

– J'aimerais bien qu'ils vous rencontrent tous...

– Et maman fera une crise de bonheur. Je ne veux pas rater ça.

– Oui, et papa m'a dit qu'il aimerait bien faire la connaissance de Jack aussi.

– Ce garçon a conquis sa belle-famille sans la rencontrer. Il faut reconnaître qu'il a du mérite.

– Et sa belle-sœur ?

– Je dois d'abord le voir en chair et en os et lui faire passer mon scanner de grande sœur expérimentée.

– En parlant de grand frère... J'ai un peu peur de Spencer.

– Il ne va pas le frapper, Jenny.

– Tu le connais.

– Oui... Bon, je préparerai le terrain. Mais je ne te garantis rien. Et tu m'en devras une ! Spencer se montre parfois un peu excessif.

– Je sais. Il n'y a qu'à voir comment il traitait Monty.

– Cet imbécile le méritait.

J'ai gardé le silence en pensant à ce qui s'était passé. Ma sœur l'a remarqué.

– Comment va ton petit ami ? Le connard lui a fait mal ?

– Non, il n'avait pas la moindre égratignure.

– Eh ben. Il sait se défendre. Encore un point pour lui.

Je ne savais pas trop quoi en penser.

– Tu as déjà parlé du dîner à papa et maman ?

– Non. Je n'en ai même pas parlé à Jack.

– Qu'est-ce que tu attends ? Noël, c'est dans deux semaines.

– C'est juste que... Il ne s'entend pas avec son père.

– Pourquoi ?

– Je vais le convaincre, ai-je déclaré, éludant sa question. Je dois raccrocher, j'arrive à mon arrêt.

– D'accord, Jenny. Fais tout ce que tu peux à ton copain pour qu'il soit de bonne humeur et qu'il veuille venir.

J'ai secoué la tête et j'ai raccroché.

Jack n'était pas à l'appartement quand je suis rentrée, mais Sue, Mike, Will et Naya étaient présents. Ces deux derniers s'embrassaient sur un canapé, sous le regard envieux de Mike. Sue lisait un livre. Je me suis assise à côté de Mike.

– Où est ton frère ?

– Bonjour, Mike, a-t-il ironisé. Comment vas-tu ? Oh, je suis contente de te voir, parce que je suis assez gentille pour m'inquiéter de ton sort.

Je lui ai souri et j'ai recommencé :

– Comment vas-tu ?

– Mieux maintenant que tu es près de moi, a-t-il déclaré avec un clin d'œil.

Naya a levé les yeux au ciel.

– Ça recommence.

Je me suis tournée vers Mike :

– En fait, je voulais te parler.

Sue a levé le nez de son livre. Naya et Will se sont mis à nous observer avec curiosité.

Mike a cligné des yeux.

Silence.

– À moi ? a-t-il fini par demander.

– Oui. Ça te dérange ?

– Non ! s'est-il exclamé avec un enthousiasme exagéré. De quoi veux-tu me parler ?

– Oh, Mike, ne te fais pas d'illusions.

J'ai secoué la tête.

– Viens avec moi sur le toit.

Il m'a suivie, ravi, sous les regards perplexes des autres. Quand il est passé devant moi, Will est intervenu :

– Tu es sûre de savoir ce que tu fais ?

– Je veux juste discuter avec lui.

Will n'avait toujours pas l'air convaincu, mais j'ai rattrapé Mike. Il m'attendait, les mains dans les poches. Nous avons pris l'escalier de secours pour parvenir à l'air libre.

– De quoi veux-tu parler exactement, Jenna ?

Il a fait un pas vers moi, l'air plein de malice.

– D'abord, reste à ta place.

Il s'est exécuté docilement.

– Tu vas mieux ?

– Moi ? s'est-il étonné.

– Oui, tu étais un peu déprimé ces derniers temps.

Il a eu l'air stupéfait.

– Tu as remarqué ?

– Bien sûr. Ça va mieux ?

Et là, l'impossible s'est produit.

Mike a rougi et s'est détourné.

Mike, le sans-gêne, qui rougissait !

Je n'en revenais pas.

– Oui, je vais mieux, a-t-il marmonné, gêné.

– Ça me fait plaisir. C'est juste que... eh bien... je voulais te parler de ton père.

Sa gêne s'est évanouie d'un seul coup et il m'a examinée avec circonspection.

– De mon père ?

– Oui.

– Pourquoi ?

– Parce que j'ai besoin de ton aide pour un truc précis.

– Pour quoi exactement ?

Il n'avait plus l'air d'avoir envie de papoter.

– Pourquoi s'entend-il si mal avec Jack ?

Il a ouvert la bouche et, pendant un précieux instant, j'ai cru qu'il allait me confier quelque chose.

Malheureusement, il l'a refermée aussitôt en faisant non de la tête.

– Je ne veux pas aborder ce sujet.

– S'il te plaît, Mike...

– C'est très... compliqué.

– Je veux juste comprendre.

– Pourquoi ? m'a-t-il interrogée en fronçant les sourcils.

– Parce que ton père veut venir chez moi pour le repas de Noël, et je veux vous convaincre, Jack et toi, d'accepter, mais je n'arriverai pas à le faire tant que je ne saurai pas pourquoi vous êtes en froid avec lui.

Il a eu l'air pensif, mais il n'a toujours rien dit. Je commençais à m'inquiéter. Pourquoi les rares personnes qui savaient ce qui s'était passé refusaient-elles de m'expliquer ?

– Ce n'est pas...

Il s'est interrompu pour chercher ses mots.

– Ce n'est pas juste une question de bien s'entendre ou pas.

– C'est quoi alors ?

– C'est... à cause de quelque chose qui s'est passé, a-t-il avancé prudemment.

J'étais de plus en plus curieuse.

– Raconte.

– Je ne pense pas que je peux te le dire, Jenna.

– S'il te plaît, Mike.

Je lui ai pris la main.

– Tu sais que Jack ne me le racontera jamais.

– Et... moi non plus, a-t-il répondu.

– S'il te plaît, s'il te plaît. Je veux juste comprendre.

Il a grimacé et a fixé nos mains. Il semblait vraiment y réfléchir. Finalement, il a relevé la tête et m'a regardée droit dans les yeux.

– Ils ne se sont jamais bien entendus, a-t-il commencé, et j'ai senti mon cœur s'emballer.

Je n'avais jamais autant désiré savoir quelque chose. J'ai serré sa main dans la mienne.

– Et... ?

– Et donc, quand mon père l'a chopé...

Il a hésité :

– Quand on était au lycée, Ross et mon père ont...

– Qu'est-ce que vous faites ?

La voix de Jack m'a fait reculer d'un bond, et je me suis dégagée de Mike, qui s'est retourné prudemment. Mais Jack n'avait rien entendu. Il était seulement préoccupé par le fait que je tenais la main de son frère.

Ses lèvres étaient serrées en une ligne sévère.

– On papotait, c'est tout, me suis-je empressée de dire.

Mais il me connaissait trop bien. Il a remarqué que j'étais nerveuse et a jeté à Mike un regard terrifiant que je ne lui avais jamais vu. Le pauvre a reculé de deux pas.

– Papoter ? a-t-il répété sans me quitter des yeux. De quoi ?

Mike et moi avons échangé un regard. Ça a eu l'air de le mettre encore plus en colère.

– Petit frère, ce n'est pas...

– Ne m'appelle pas petit frère. Et ce n'est pas à toi que je parlais !

– Jack, ai-je insisté pour qu'il reporte son attention sur moi, ce n'est pas ce que tu crois.

– Qu'est-ce que c'est, alors ?

Je me suis rapprochée de lui, mais je me suis arrêtée quand j'ai entendu son ton.

– On parlait, je te l'ai dit.

Il a plissé le front lorsque je me suis approchée très lentement de lui et que je lui ai pris la main. Il a semblé se détendre. Mike, lui, a préféré rester à l'écart, sans bouger. Sage décision.

– Je voulais juste demander à ton frère quelque chose à propos de vous deux.

– Et tu ne pouvais pas me le demander à moi ?

J'ai jeté un regard en coin à Mike, qui a compris le message et s'est dépêché de partir. Jack l'a suivi des yeux avec une expression hostile. Quand nous avons entendu ses pas résonner dans l'escalier de secours, il s'est à nouveau tourné vers moi :

– Je n'aime pas que tu sois seule avec lui.

– Mike n'est pas un mauvais bougre.

– Je ne veux pas que tu sois seule avec lui, Jen, a-t-il répété doucement. S'il te plaît. N'importe qui, mais pas lui.

J'ai soupiré. Je savais que sa méfiance était due aux fois où Mike avait fini par coucher avec plusieurs de ses petites amies. J'ai hoché la tête et je l'ai embrassé sur les lèvres. Il s'est détendu instantanément.

– Vous parliez de quoi ?

Au moins, il n'avait plus l'air fâché.

J'ai hésité un instant avant de lui avouer :

– Mes parents veulent que tu viennes chez moi pour le dîner de Noël.

Il a eu l'air surpris, puis a souri jusqu'aux oreilles.

– C'est vrai ?

– Ça te tente ?

– Évidemment !

– Il y a juste... un petit détail.

– Quoi ?

– Eh bien...

J'ai réfléchi à la meilleure façon de formuler ça :

– Ils veulent aussi rencontrer ta famille.

Il a perdu son sourire en quelques secondes. Je n'ai pas lâché sa main pour autant. J'ai souri un peu, essayant de l'encourager à dire oui.

– Mes parents ? a-t-il murmuré.

– Oui. Tu n'as pas envie ?

– Tu sais très bien que non, Jen.

– Jack...

– Juste ma mère.

– C'est ton père...

– Tu ne sais rien de lui.

J'ai serré sa main quand il a essayé de lâcher la mienne.

– Et je ne veux pas que tes parents fassent sa connaissance, a-t-il ajouté.

– Pourquoi ?

– Parce que je ne veux pas qu'ils pensent que je suis un connard comme lui.

– Tu n'aimes peut-être pas ton père, Jack, mais c'est quand même quelqu'un de correct, qui s'est excusé auprès de moi et a essayé de me mettre à l'aise dans votre maison.

– Oui, surtout quand il a laissé entendre que...

– C'est déjà oublié, ai-je affirmé.

Jack tirait toujours la tête.

– En tout cas, moi je ne compte pas m'excuser auprès de lui.

– Pour la dispute ?

J'avais un vague espoir qu'il me donne ne fût-ce qu'une petite info sur ce qui s'était passé, mais je savais qu'il ne le ferait pas.

– Pour rien. Je ne lui demanderai jamais pardon.

– Et si lui le fait ?

Son expression est redevenue tendue.

– Qu'est-ce que tu veux dire ?

– Je pourrais lui parler.

– Non, a-t-il décrété avec brusquerie.

J'ai cligné des yeux, interloquée.

– Non ?

– Je ne veux pas que tu lui parles en tête à tête. Jamais.

Il était encore plus catégorique que quand il m'avait demandé de ne pas parler à Mike seule, ce qui m'a destabilisée.

– Si tu le fais, je te jure que je ne lui adresserai plus jamais la parole.

– Jack...

– Je suis très sérieux.

Il a pris mon visage entre ses paumes.

– Je ne veux pas que tu te retrouves seule avec lui. Jamais.

Sa véhémence m'a laissée sans voix.

– Pourquoi ? ai-je fini par murmurer.

– Parce que je ne veux pas.

– Si tu ne veux pas que je fasse quelque chose, je pense que ce serait juste que...

– Ne commence pas.

Il m'a lâchée, l'air las.

– J'en ai marre de parler de ce connard.

Je l'ai retenu.

– D'accord. Je veux juste comprendre pourquoi...

Il a perdu patience.

– Pourquoi as-tu besoin de savoir ? Tu sais que tu peux me demander n'importe quoi et que je te répondrai. Tout sauf ça. Et tu continues malgré tout à insister...

Il a marqué une pause, puis m'a examinée avec méfiance.

– Attends un peu, c'est de ça que tu parlais avec Mike ?

Il a lâché ma main et je n'ai pas su quoi répondre.

– C'est ça que tu lui demandais ? Qu'est-ce qu'il a dit ?

– Rien, ai-je avoué, un peu à contrecœur.

– Bien.

J'ai croisé les bras.

– Qu'est-ce que tu as, ces temps-ci ?

Il m'a regardée, l'air de ne pas comprendre.

– Quoi ?

– Il y a quelque chose, pas vrai ?

– Non, il n'y a rien.

– Si. Tu me caches un truc. Tu es tout le temps... irrité. Tu te mets en colère pour un rien.

– C'est peut-être parce que vous vous êtes alliés pour aborder les rares sujets qui me dérangent et...

– Non.

J'ai secoué la tête, très sérieusement.

– Il y a autre chose.

Il m'a fixée. Je voyais bien qu'il était déterminé à ne pas me dire ce qui le travaillait. Il a tourné la tête.

– Il n'y a rien, a-t-il murmuré.

– Ne me mens pas, Jack.

– Je n'ai pas envie de poursuivre cette conversation.

– Pourquoi tu me laisses dans l'ignorance ?

– Pourquoi tu ne peux pas respecter le fait que je ne veux pas parler de certaines choses ?

– Pourquoi est-ce que tu ne peux pas me le dire ?

– Parce que je ne suis pas prêt !

Il s'est écrié, furieux.

– C'est si difficile pour toi de comprendre ? J'essaie de tout te dire, mais j'ai besoin de temps.

– Du temps pour quoi ?

Il m'a observée un instant, puis a soupiré.

– Laisse tomber.

– J'ai fait quelque chose ? lui ai-je demandé alors qu'il s'éloignait.

Je me suis rendu compte que ma voix était un peu pitoyable. Il s'est immédiatement retourné :

– Quoi ? Non, Jen.

– Si. C'est quelque chose qui me concerne. Tu ne te fâches que quand tu me parles.

– Ce n'est pas vrai.

– Si.

Il savait que j'avais raison.

– Chaque fois que tu te mets en colère, tu t'enfuis ou tu essaies de changer de sujet. Mais tu ne t'énerves qu'avec moi. Avec les autres, tu ne réagis pas comme ça.

D'un coup, il a eu l'air plus désolé que fâché.

– Excuse-moi.

– Ce n'est pas nécessaire. Juste... dis-moi ce que j'ai fait de mal.

– Ce n'est pas toi, c'est... C'est...

Il s'est interrompu. Visiblement, il ne savait pas comment me confier ce qu'il avait sur le cœur.

– Allons dîner, s'il te plaît.

Il m'a tendu la main et l'a retirée en voyant que je ne la prenais pas.

– Tu ne comptes pas me le dire, hein ? Toi, tu peux me mettre la pression sans problème pour que je te parle de n'importe quel sujet, mais quand c'est moi, tu trouves que je ne respecte pas ta vie privée.

Il n'a rien dit. Il a évité mon regard. J'ai hoché lentement la tête.

– Bon. Comme tu voudras.

– Jen...

– Laisse tomber, ai-je lâché entre mes dents en passant devant lui.

Je l'ai entendu me suivre dans l'escalier métallique. J'étais en rage. J'en avais assez de devoir le supplier de me confier ce qui n'allait pas. Quand on est entrés dans l'appartement, je suis allée directement dans la chambre pour me mettre en pyjama.

Il m'observait à une distance prudente.

– Je ne veux pas que tu sois fâchée, a-t-il murmuré.

– Alors, parlons.

– Jen...

J'ai serré les lèvres. Il ne me dirait rien. Je le savais. Combien de fois m'avait-il poussée à lui confier quelque chose que je voulais garder pour moi ? Et combien de fois m'étais-je plainte ? Zéro ! Ce n'était pas juste qu'il n'agisse pas de la même façon avec moi.

Il a à nouveau eu l'air exaspéré et a fait un pas dans ma direction.

– Si tu veux bien, ai-je déclaré lentement en l'arrêtant, je voudrais me changer.

– Ne le prends pas comme ça.

– Et je n'ai pas faim, de toute façon. Tu peux donner ma part à qui tu veux. Ou la jeter.

Il a fait la moue.

– Tu ne peux pas oublier cette histoire ?

Il a deviné à mon expression que la réponse était non. Il a regardé autour de lui, comme s'il avait l'espoir de trouver une solution. J'ai croisé les bras.

– Tu peux me laisser seule ?

Il semblait sincèrement affecté par notre dispute et est sorti de la chambre comme je le lui demandais.

J'ai enfilé pyjama, j'ai retiré mes lentilles et je me suis mise au lit.

J'en avais assez de toutes ces cachotteries. Je m'étais ouverte à lui et il ne voulait rien me dire. Jamais. J'avais l'impression qu'il ne me faisait pas confiance. Et je détestais ça. Et je lui en voulais de m'avoir mise dans un tel état. Je m'imaginais Shanon me dire que j'étais puérile, mais pour l'instant je m'en fichais.

J'avais déjà éteint la lumière et je tournais le dos à la fois à son côté du matelas et à la porte, quand je l'ai entendu entrer. Il s'est arrêté au pied du lit.

– Tu es fâchée contre moi ?

Je n'ai pas répondu.

– Tu veux que j'aille dormir dans le salon ?

– Fais ce que tu veux, ai-je marmonné.

– Ce que je veux, c'est dormir avec toi.

Je n'ai rien dit, mais je l'ai entendu se changer. Quelques secondes plus tard, le matelas s'est un peu enfoncé sous son poids. Il a voulu me caresser le bras, mais j'ai reculé. Il a soupiré bruyamment.

– Allez, s'il te plaît. Je voudrais te serrer dans mes bras.

Je n'ai toujours pas répondu. Je l'imaginais en train de se passer une main dans les cheveux, frustré, et j'étais tentée de céder, mais j'ai tenu bon. Il m'a attrapé doucement le bras pour me mettre sur le dos. Il était appuyé sur un coude et me regardait. J'ai froncé les sourcils.

– Je ne veux pas que tu m'en veuilles, a-t-il murmuré en passant la main sur mon menton.

Ah non. Je ne me laisserais pas distraire par ses caresses. Il faisait toujours ça.

J'ai repoussé sa main.

– Arrête.

Il réfléchissait à toute vitesse, cherchant une excuse pour me serrer dans ses bras sans avoir à aborder les problèmes qu'il avait avec son père. Je savais tout ça. Et il n'allait pas s'en tirer comme ça. Pas cette fois.

Il s'est penché vers moi :

– Je peux t'embrasser ?

Sa demande a été accueillie par un silence. Il s'est incliné plus près et je me suis détournée juste au moment où ses lèvres allaient se poser sur les miennes. Il a appuyé le front sur ma joue, agacé.

– Putain, Jen, ne me fais pas ça...

– Si tu n'es pas à l'aise pour dormir, je peux aller dans le salon, ai-je proposé en l'écartant pour pouvoir à nouveau lui tourner le dos.

– Je ne suis pas mal à l'aise. J'ai envie de dormir avec toi. Mais pas comme ça.

J'ai tendu le bras et j'ai à nouveau éteint la lumière. Il n'a plus essayé de m'approcher. Je lui en étais reconnaissante. Je me suis endormie en lui tournant le dos.

24

La punition de la froideur

Ce matin-là, en courant, je me suis donnée plus que d'habitude. Je me sentais mal de m'être disputée avec Jack. En fait, une partie de moi voulait s'excuser de m'être montrée si immature et de ne pas avoir respecté sa demande. En revanche, l'autre partie, celle qui en avait assez des secrets, a pris le pas et j'ai continué à bouder.

Je suis montée par les escaliers et j'ai salué aimablement Agnès quand je l'ai croisée. Dès que j'ai ouvert la porte de l'appartement, mon odorat a détecté que quelqu'un cuisinait.

Des pancakes ! Mon estomac s'est immédiatement mis à gronder.

Sue, Will et Mike étaient attablés au comptoir de la cuisine et attendaient avec la même expression enthousiaste.

Je me suis arrêtée net en réalisant que c'était Jack qui était aux fourneaux, le front plissé tellement il était concentré. Le pauvre secouait la poêle comme si c'était la première fois de sa vie qu'il en manipulait une. J'ai dû réprimer un sourire amusé.

– C'est encore long ? s'est plaint Mike. Je suis affamé.

– La ferme, a ronchonné son frère sans le regarder.

– Moi aussi, j'ai faim, a ajouté Sue.

– Toi aussi, tais-toi.

J'ai enlevé mes écouteurs, déjà éteints.

– Qu'est-ce que tu fais ?

Jack a manqué de faire tomber la poêle sur le sol en se tournant d'un coup vers moi.

– Bonjour, m'a-t-il lancé avec un sourire d'ange. Tu as faim ?

Il a fait glisser maladroitement les pancakes sur une assiette. La vérité, c'est que je mourais de faim.

Et même si c'était évident que c'était la première fois que Jack préparait des pancakes, ils avaient l'air incroyables. J'ai ouvert la bouche pour répondre, mais Sue m'a devancée. Mike et elle semblaient outrés.

– Quoi... ? Elle y a droit et pas nous ?

– La ferme.

Jack n'a pas effacé son sourire en s'approchant de moi.

– Ne fais pas attention à eux. Les pancakes sont pour toi.

Sous son air calme, il était évident qu'il agissait avec prudence. J'ai mis quelques secondes à réagir, et il s'est mordillé nerveusement la lèvre. Puis j'ai accepté l'assiette et j'ai vu son visage se détendre.

Je me suis assise entre Sue et Mike, car Will s'était levé pour trouver autre chose à manger dans le frigo. Ils fixaient tous les deux mon assiette comme s'ils avaient l'intention de m'égorger pour s'en emparer.

– On peut en avoir ? m'a demandé Mike d'un air innocent.

– Ou alors, partage-les juste avec moi, a suggéré Sue.

– Je suis plus ton ami qu'elle.

– Ce n'est pas vrai.

– Si !

– Elle vit avec moi.

– Et avec moi !

– Tu ne vis pas ici, tu es juste un parasite.

– Je suis le frère du propriétaire ! Et toi, qu'est-ce que tu es ? Hein ?

– Les pancakes sont pour elle et rien que pour elle, a tranché Jack. Arrêtez de l'embêter, bande de hyènes.

Ils ont croisé les bras en même temps que je portais un morceau à ma bouche. Ils m'observaient. Surtout Jack. Ils étaient suspendus à mes lèvres comme si je m'apprêtais à annoncer une décision d'une importance vitale.

– Quoi ? ai-je protesté, la bouche pleine.

Quand le silence s'est prolongé pendant quelques secondes, j'ai rougi.

– Vous pouvez arrêter de me fixer comme ça ?

Jack s'est avancé et a tapoté le plan de travail.

– Alors, ils sont... bons ?

J'ai avalé ce que j'avais en bouche et j'ai acquiescé.

– J'ai du mal à croire que c'est la première fois que tu en prépares, ai-je avoué.

– Heureusement, a-t-il grommelé en posant la poêle dans l'évier avec un soupir.

Tout le monde est retourné à ses occupations. Mike et Sue avaient toujours l'air de râler quand l'un s'est laissé tomber dans un fauteuil et l'autre sur un canapé, à l'écart l'un de l'autre.

Jack est resté debout devant moi. Sa main était posée sur le bar à quelques centimètres de la mienne. Il tambourinait la surface.

– Tu as bien dormi ? m'a-t-il interrogée.

J'ai hoché la tête:

– Plus ou moins. Et toi ?

– Pas autant que j'aurais voulu.

Il semblait stressé. Je ne me souvenais pas de l'avoir déjà vu dans cet état.

– Est-ce que tu... ? Est-ce que tout va bien entre nous ?

L'espace d'un instant, très bref, j'ai failli m'excuser d'être aussi têtue. Finalement, au lieu de ça, j'ai fourré un morceau de pancake dans ma bouche et j'ai haussé un sourcil.

– Je ne sais pas. Tu vas me dire quelque chose ?

– Jen...

– Alors, la réponse à ta question est non.

Il s'est détourné, visiblement agacé. Puis il m'a à nouveau regardée.

– Je peux te déposer à la fac ? Tu n'as qu'un cours aujourd'hui, non ?

– J'aime bien le métro.

– On peut faire quelque chose après, si tu veux, a-t-il proposé en approchant sa main de la mienne.

– J'ai un truc de prévu.

Il a soupiré et s'est passé la main dans les cheveux, frustré.

– D'accord, a-t-il fini par conclure avant de disparaître dans le couloir.

Will m'observait en haussant les sourcils de l'autre côté de la cuisine. Ses lèvres étaient recourbées en un petit sourire amusé.

– Ce n'est pas ton genre d'écouter les conversations des autres, Will, lui ai-je signalé en plissant les yeux.

– Vous étiez à un mètre de moi. Je n'ai pas pu m'en empêcher.

Il s'est mis à remuer lentement son café.

– Alors comme ça, tu lui infliges la punition de la froideur, hein ? C'est un peu cruel, Jenna.

J'ai baissé la tête, légèrement gênée.

– Il t'a dit quelque chose ? l'ai-je interrogé.

– Pas eu besoin. Il m'a réveillé brusquement pour me demander si je connaissais la recette des pancakes. Je n'aurais jamais cru voir un jour Ross développer ses talents de cuisinier. La seule chose qu'il sait faire, c'est du chili.

Je n'ai pas pu m'empêcher de sourire un peu. Will s'est avancé et s'est appuyé sur le bar.

– Je peux te demander ce qu'il a fait ?

– Tu ne devines pas ? ai-je répondu à contrecœur.

Il a souri, amusé.

– Si, en fait, j'ai ma petite idée.

– Vas-y, expose-la.

– Il a refusé de te dire quelque chose ?

J'ai soupiré.

– Parfois, je déteste que vous vous connaissiez si bien. On dirait des siamois.

– Quel est le rapport avec des siamois... ?

– Tu trouves que je suis trop dure avec lui ?

J'avais besoin d'un avis objectif. Naya me conseillerait de lui pardonner, Sue de le faire souffrir et Mike s'en ficherait. Ou il en profiterait pour le taquiner encore plus. Will était ma meilleure option. Comme d'habitude.

– Honnêtement, je n'en ai aucune idée, a-t-il admis. Je n'ai jamais vu Ross aussi engagé dans une relation. Je pense que ça doit être la première fois qu'il a envie qu'une fille lui pardonne une erreur.

J'ai essayé de toutes mes forces de ne pas laisser mon cœur fondre. En vain. Maudit et adorable Jack Ross.

– Alors je suis la première ? ai-je plaisanté.

– La situation ne devrait pas t'amuser comme ça, m'a-t-il faussement grondée, d'un air espiègle.

– C'est que... personne n'a jamais essayé de gagner mon pardon, ai-je reconnu.

– Il t'aime beaucoup, Jenna, a-t-il déclaré en devenant soudainement grave. Beaucoup plus que tu ne le penses, probablement.

– Bah...

– Je suis sérieux.

Il m'a serré l'épaule.

– Je ne l'ai jamais vu comme ça avec personne.

Je me suis sentie un peu émue en voyant mes pancakes à moitié mangés.

– Tu crois que je devrais m'excuser ? Je me sens mal pour lui, maintenant.

– Non, surtout pas.

Will a haussé les épaules.

– Ça lui fera du bien de devoir courir après une fille pour une fois dans sa vie. Laisse-le mariner jusqu'à ce soir.

Sur ces bonnes paroles, il s'est éloigné avec un sourire malicieux.

***

Ce matin-là, mon projet n'était pas vraiment le plus excitant qui soit : je voulais faire en sorte que le père de Jack s'excuse auprès de lui.

Une sacrée tâche.

Ça va être amusant.

J'avais envoyé un texto à Mary pour lui demander si son mari serait à la maison. Et maintenant, j'attendais devant la porte. Elle m'a ouvert avec un grand sourire. Je crois que je n'étais jamais passée par l'entrée principale. Chaque fois que j'étais venue avec Jack, on entrait par le garage. Et l'immense allée m'a déconcertée quelques secondes.

– Bonjour, ma chérie, m'a saluée Mary, pleine de bienveillance.

– Bonjour.

Dès que j'ai franchi le seuil, j'ai apprécié la chaleur. J'étais congelée. Elle m'a conduite à l'intérieur en posant une main dans mon dos. J'ai laissé mon manteau dans le vestibule.

– M. Ross est là, alors ? lui ai-je demandé en allant droit au but.

Je n'avais pas beaucoup de temps si je voulais aller en cours.

– Je sais que je t'ai dit que tu pourrais être seule avec lui, mais... je pense que c'est mieux si je monte avec toi.

Elle paraissait un peu nerveuse.

– Ce n'est pas la peine.

Qu'est-ce qui leur prenait à tous ? Pourquoi insistaient-ils tellement pour que je ne discute pas seule avec M. Ross ? Il n'y avait pas de quoi en faire une montagne.

– Ma belle, si mon Jack chéri découvre que je t'ai laissée monter seule, il...

– Il ne le saura pas, lui ai-je assuré.

Je suis sûre qu'il l'apprendra.

Elle a réfléchi un instant.

– Eh bien... je... Je serai là, sur le canapé, d'accord ? Si tu as besoin de quoi que ce soit, fais-le-moi savoir.

Pourquoi de telles précautions avec cet homme ? Je me suis dépêchée de gravir l'escalier. J'ai entendu une mélodie, jouée de façon magistrale au piano. C'était magnifique. Je me suis arrêtée devant la pièce que Jack avait baptisée « la caverne de l'ogre » la première fois que j'étais venue chez lui.

La porte était ouverte mais M. Ross jouait du piano, tournant le dos à l'entrée. Il ne m'entendait ni ne me voyait. Je me suis arrêtée quelques secondes pour profiter de la musique avant de frapper.

La mélodie a cessé. Le père de Jack s'est retourné et m'a regardée en ajustant ses lunettes.

– Oh, bonjour, Jennifer. Entre.

J'ai souri poliment et je me suis mise à marcher, mais je me suis arrêtée quand il m'a fait un geste en me disant :

– Tu peux fermer la porte.

J'ai hésité. Peut-être que je n'aurais pas dû être nerveuse à l'idée de fermer derrière moi. J'ai obéi et il m'a souri. Il m'a indiqué un fauteuil à côté de lui et je me suis installée, un peu mal à l'aise.

– Je suppose que tu es venue me voir pour parler du repas de Noël ?

– Euh... oui.

– Jack ne veut pas que j'y aille, j'imagine.

Ça m'a fait de la peine de savoir qu'il en avait conscience. J'ai voulu le convaincre qu'il se trompait.

– Ce n'est pas ça, c'est juste que...

– Jennifer, je connais mon fils depuis sa naissance. Je sais comment il est. Tu n'as pas besoin de me mentir pour que je me sente mieux.

Est-ce que c'était génétique de déceler mes mensonges ? Ou est-ce que j'étais une menteuse déplorable ?

J'ai soupiré.

– En fait, ai-je repris après m'être raclé la gorge, je lui en ai parlé hier soir. Et il a envie d'aller dîner chez mes parents.

M. Ross a haussé un sourcil.

– Mais... ?

– Mais...

Pause gênée.

– ... il ne veut pas que vous veniez.

À ma grande surprise, il n'a pas eu l'air vexé. Ni triste. Juste un peu étonné.

– Je ne pense pas que tu sois venue ici pour me dire ça.

– Non, ai-je avoué.

– Alors, que puis-je faire pour toi, Jennifer ?

– Eh bien...

J'ai réfléchi pour formuler au mieux ma demande :

– Je ne sais pas ce qui s'est passé entre Jack et vous, mais...

Il m'a interrompue, soudain intéressé :

– Il ne t'a rien dit ?

J'ai secoué la tête. Il s'est penché en avant, l'air intrigué.

– C'est... intéressant, a-t-il déclaré.

– Intéressant ?

– S'il y a quelqu'un au monde à qui il aurait pu en parler, Jennifer, j'aurais pensé que ce serait toi. Mais... je vois que ce n'est pas le cas. C'est intéressant, tu ne trouves pas ?

Non, je ne le pensais pas. Ce n'était pas *intéressant*, c'était *nul* et ça me donnait l'impression que Jack ne voulait plus se confier à moi. Mais je n'allais pas lui avouer ça non plus.

– Je pense qu'il y a une petite chance que Jack se réconcilie avec vous. Même si c'est juste pour une soirée.

– D'accord, et qu'est-ce que je dois faire ?

J'ai dégluti.

– Vous excuser auprès de lui.

J'avais imaginé qu'il allait se moquer de moi et répondre par un non catégorique, mais il s'est contenté de me fixer dans un silence inconfortable – du moins pour moi – qui m'a paru sans fin.

Ses yeux ont brillé derrière ses lunettes.

– Mon fils est au courant de ta démarche ?

J'ai mis une seconde de trop à répondre :

– Non.

Il a souri un peu, en inclinant la tête.

– Il sera furieux quand il l'apprendra, tu sais.

J'ai froncé les sourcils.

– Il ne l'apprendra que si je peux repartir avec de bonnes nouvelles.

Il a ricané entre ses dents. C'était la première fois que je le voyais rire et ça m'a laissée un peu perplexe.

– Je t'aime bien, Jennifer, a admis M. Ross.

– Merci, ai-je marmonné, un peu gênée.

Il a posé les mains sur ses genoux et a soupiré.

– Je m'excuserai dès que je le verrai.

Je l'ai dévisagé un instant, surprise de la rapidité avec laquelle cette conversation s'était terminée, exactement comme je le voulais. Je n'avais pas l'habitude que les choses se passent aussi bien pour moi.

– Vraiment ?

– Oui, bien sûr, a-t-il répondu gentiment.

Au moins, l'entêtement n'était pas un trait de famille.

– Merci, monsieur Ross.

Je me suis levée.

– Tu pars déjà ?

– J'ai cours.

J'ai mis mon sac en bandoulière.

– Je vous remercie d'avoir accepté ma proposition. Je suis sûre que Jack sera content... même s'il ne le montre pas... beaucoup. Ne lui en voulez pas, hein ?

J'ai senti son regard fixer ma nuque alors que je me dirigeais vers la porte. Tout à coup, j'étais pressée de partir, sans vraiment savoir pourquoi. Au moment où j'ai posé la main sur la poignée, j'ai entendu M. Ross se racler la gorge :

– Jennifer.

Il n'avait pas bougé de son tabouret. Quand je me suis retournée, il m'observait avec plus d'intérêt qu'avant.

– Oui ?

– Je peux te poser une question ?

J'ai lâché la poignée et je me suis tournée vers lui :

– Oui, bien sûr.

Il avait un petit sourire entendu, comme s'il savait quelque chose que j'ignorais.

– Est-ce que Jack s'est comporté bizarrement ces derniers temps ?

J'ai réfléchi à la question pendant quelques secondes. Bien sûr, c'était le cas. Mais... est-ce que je devais le dire à son père ? Je n'avais pas besoin de parler. Apparemment, mon visage répondait pour moi.

– Et tu sais pourquoi ? a insisté M. Ross.

– Non, ai-je murmuré.

Son expression s'est un peu adoucie.

– Il y a quelques semaines, il a été accepté dans une école très prestigieuse. En France.

La phrase est restée en suspens quelques secondes. Je l'ai regardé bouche bée. Il semblait scruter ma réaction.

Je me souvenais vaguement que Mary m'avait parlé d'une école de cinéma française que Jack rêvait d'intégrer depuis longtemps, mais je n'en avais plus entendu parler. J'étais encore sous le choc quand M. Ross a repris :

– Les cours commencent en février et, comme tu peux l'imaginer... il va devoir aller en France.

– Combien... Combien de temps ? ai-je balbutié.

– Un an et demi.

Mon air stupéfait semblait le ravir, mais pour l'instant c'était le cadet de mes soucis. Était-ce pour ça que Jack s'était montré si bizarre avec moi ? Il ne savait pas comment me le dire ? Ça me faisait de la peine de ne pas l'avoir appris de sa bouche. Je n'aimais pas que des tiers me mettent au courant de choses aussi importantes. Pourquoi ne me faisait-il pas confiance, bon sang ?

Son père a interrompu mon monologue intérieur :

– Mais... tu ne dois pas t'en inquiéter parce qu'il ne veut pas partir.

– Quoi ?

Là, je ne comprenais plus rien.

– Nous n'avons pas encore refusé officiellement la place, mais il dit qu'il ne veut pas y aller. Tu devines pourquoi.

Oh oui. Bien sûr que oui.

– À cause de moi, ai-je chuchoté.

Son sourire s'est un peu effacé.

– Pour toi, a-t-il confirmé en hochant la tête.

Il m'a examinée encore un moment avec cet étrange sourire, alors que je me remettais peu à peu du choc initial, puis il a désigné la porte de la main.

– Maintenant, si tu veux bien m'excuser, je dois encore répéter un peu.

Mary était assise sur le canapé, nerveuse, et elle s'est levée brusquement en me voyant arriver, comme si elle venait d'apercevoir un fantôme.

– Qu'est-ce qu'il y a ? m'a-t-elle interrogée aussitôt. Tu es pâle, ma chérie. Tout va bien ?

– Oui, oui... je vais bien, ai-je dit en revenant à la réalité. C'est juste que... je crois que je vais être en retard.

Je ne savais même pas si je pouvais le lui dire. Qui était au courant ? Il fallait que je parle à Jack.

Elle s'est tournée vers moi :

– Ne t'en fais pas, je vais te déposer à l'université.

***

Bien sûr, je n'ai pensé qu'à ça toute la journée. Je ne vais pas mentir.

Et ça ne s'est pas arrangé quand j'ai descendu les marches de l'entrée de la fac et que la première chose que j'ai aperçue était la voiture de Jack. Il était là, les mains dans les poches. Il était venu me chercher. Il voulait vraiment qu'on se réconcilie. J'ai failli sourire en m'approchant de lui.

– Salut, m'a-t-il lancé prudemment.

– Ce... Ce n'était pas nécessaire que tu viennes, Jack.

Il a froncé les sourcils en m'entendant. Il devinait que quelque chose n'allait pas rien qu'en m'entendant parler ! C'était incroyable.

– J'en avais envie.

Heureusement, il ne m'a pas posé de questions.

Nous sommes montés dans la voiture. Il a tout de suite mis le chauffage et, à ma grande surprise, il n'a pas allumé la radio comme d'habitude. Un silence un peu tendu s'est étiré entre nous pendant tout le trajet. Lorsqu'il s'est arrêté dans le garage, nous avons tous les deux regardé droit devant nous pendant un moment. Je ne savais pas quoi dire.

– Il y a quelque chose... a-t-il commencé, quelque chose que je voulais te dire depuis plusieurs jours.

J'ai senti mon estomac se nouer.

– Il n'y a pas longtemps, j'ai été... euh... accepté dans...

– Jack, je sais.

Je ne savais pas pourquoi je le lui avais avoué, mais c'était trop tard.

Il s'est immédiatement tourné vers moi, stupéfait :

– Quoi ?

– L'école en France, c'est ça ?

– Comment... ?

– Ton père me l'a annoncé ce matin.

Son visage s'est immédiatement assombri.

– Mon père ?

– Je suis allée lui parler.

– Seule ?

– Il a accepté de s'excuser auprès de toi, ai-je expliqué en ignorant sa question.

Ça a semblé le décontenancer un instant. Il en a carrément oublié qu'il était fâché. Dieu merci.

– C'est vrai ?

– Oui, ai-je souri.

Il s'est tourné vers le volant, le front plissé. Je pouvais presque entendre les rouages de son cerveau tourner à plein régime. Il lui a fallu quelques secondes avant de me regarder à nouveau.

– Sans rien exiger en retour ?

– Il a dit qu'il voulait que les choses s'arrangent entre vous, Jack.

Ce n'était pas tout à fait un mensonge, si ? J'étais sûre qu'il le pensait... même s'il ne l'avait pas dit. Jack était trop choqué pour remarquer ce petit bobard.

– Tu comptais m'en parler quand, de la France ?

Il a cligné des yeux et est revenu à l'instant présent.

– Il y a trente secondes.

– Et... pourquoi tu ne me l'as pas dit avant ?

– Parce que je ne sais pas si j'ai envie d'y aller.

Silence.

– Jack, je ne crois pas...

– Je ne sais pas si je veux y aller, a-t-il répété, parce que ce n'est pas aussi important que les gens l'imaginent.

– Ta mère m'a dit que tu en rêvais depuis longtemps.

– Quand j'étais petit, oui. Mais je n'en suis plus si sûr.

– Jack...

– Plus maintenant, a-t-il insisté en se renfrognant. Je ne veux pas abandonner tout ce que j'ai ici pour une école à l'autre bout du monde dont je ne sais même pas si elle me plaira.

– C'est l'occasion de faire ce que tu v...

– Tu vois pourquoi je ne voulais pas t'en parler ?

Il a soupiré.

– Je savais que tu ferais ça.

– Que je ferais quoi ?

– Essayer de me convaincre d'y aller. Pourquoi tout le monde me pousse à y aller ? Ce n'est pas censé être *ma* décision ?

Je l'ai examiné un instant. Il avait l'air frustré. Puis j'ai soupiré et j'ai acquiescé :

– D'accord.

Il a tourné la tête vers moi :

– D'accord quoi ?

– Je ne parlerai plus de cette école...

Je me suis tue un instant avant d'ajouter :

– Si tu acceptes les excuses de ton père.

Il a levé les yeux au ciel.

– C'est du chantage ?

– Ça dépend. S'il te les présente, tu accepteras ?

Il a secoué la tête avec un petit sourire amusé.

– Il a intérêt à faire ça bien.

J'ai senti tous mes muscles se détendre. Un problème de moins. Jack m'observait attentivement sans que je sache pourquoi.

– Tu es toujours fâchée contre moi ?

J'ai haussé les épaules.

– Un peu.

– Et si je te disais que j'ai acheté une pizza barbecue alors que j'ai horreur de ça, parce que je sais que tu as des goûts atroces et que c'est ta préférée ?

Il a attendu ma réaction pendant quelques secondes. Finalement, je n'ai pas pu me retenir de sourire.

– Un peu moins.

– Ça me va. Pour l'instant...

Son sourire s'est élargi.

– Allons-y, je meurs de faim.

Je suis sortie de la voiture. Je me sentais coupable d'avoir été remontée contre lui toute la journée ; sa joie faisait plaisir à voir. Nous sommes entrés dans l'ascenseur et j'ai remarqué qu'il hésitait à s'approcher de moi. Je n'avais pas ses scrupules. J'ai fait un pas en avant et j'ai attrapé sa nuque pour l'attirer vers moi et l'embrasser. Il a réagi instantanément en passant ses bras autour de ma taille pour me coller contre lui.

25

Je n'ai jamais

J'avoue que j'étais super nerveuse lorsque Mike, Jack et moi sommes descendus au garage pour nous rendre chez leurs parents. Jack et son père étaient censés s'excuser tous les deux, mais rien n'était jamais simple avec eux.

– Alors comme ça, on va rencontrer ta famille, a déclaré Mike tout content en montant dans la voiture. J'espère que tu leur as un peu menti pour leur faire croire qu'on est normaux, belle-sœur.

Ce matin-là, j'avais appelé ma mère pour lui demander ce qu'elle pensait de cette idée. Elle était passée en quelques secondes du bonheur intense au stress de vouloir faire bonne impression. Ce qui était clair, c'est qu'elle voulait à tout prix rencontrer Jack.

– Je ne leur ai dit que du bien.

– De moi, a précisé Jack. Ils ne savent pas que tu existes.

– Ils vont avoir une belle surprise, alors. Ils pourraient même me préférer comme gendre, a répliqué Mike.

J'ai réprimé un sourire tandis que Jack levait les yeux de façon exagérée.

Nous sommes arrivés et j'ai été surprise de voir Jack attendre près de la porte du garage, la main tendue vers moi.

– Chérie, je suis de retour à la maison ! s'est exclamé Mike en entrant.

Mary et M. Ross discutaient dans la cuisine, mais ils se sont tus dès qu'ils nous ont vus arriver.

Mike était déjà en train de renifler le four sous le regard réprobateur de son père.

– Qu'est-ce qu'on mange ?

– Une salade de poulet, a répondu sa mère en lui souriant.

Mike a plissé le nez, peu convaincu. Jack et moi avons échangé un regard amusé en repensant à la tentative de régime avec Naya.

J'ai voulu lâcher la main de Jack pour aller dire bonjour à Mary, mais il l'a serrée un peu plus fort et je me suis rendu compte qu'il fixait son père, qui a jeté un coup d'œil à nos mains jointes, le visage fermé. J'avais l'impression d'assister à un duel de titans.

– Oh, ma chérie...

Mary s'est approchée (pour me sauver) avec un sourire jusqu'aux oreilles.

– Ça fait plaisir de te voir, comme toujours.

Jack m'a enfin libérée pour que sa mère puisse me serrer dans ses bras.

– Monsieur Ross, l'ai-je salué en m'éloignant d'elle.

Il a semblé revenir à l'instant présent et m'a adressé un sourire poli.

– Jennifer.

Il s'est tourné vers son fils :

– Jack.

Ce dernier n'a pas répondu.

Bon... Ça ne s'annonçait pas très bien.

Nous avons dressé la table et nous nous sommes installés. Mike a eu la brillante idée de s'asseoir seul d'un côté de la table, me laissant entre Jack et son père.

L'atmosphère était toujours aussi pesante.

Nous avons commencé à manger dans un silence interrompu seulement par les tentatives de Mary pour lancer la conversation. Et les miennes, qui étaient encore pires. En fin de compte, ce qui a mis fin au silence, c'est Mike qui s'est mis à jacasser à propos de son groupe, jusqu'à ce que son père le prie de ne pas révéler les détails de ce qu'il faisait avec son fan-club.

M. Ross est soudain devenu sérieux alors que chacun finissait son assiette.

– Jennifer est venue me parler hier, a-t-il déclaré.

J'ai tout de suite jeté un coup d'œil en direction de Jack. Il observait son père avec l'air que je lui avais vu tant de fois. Mary semblait nerveuse, comme moi.

– Je pense qu'elle avait raison sur tous les points qu'elle a abordés, a-t-il poursuivi.

Jack a froncé les sourcils, perplexe.

– Vraiment ?

– Oui, mon fils. C'est ridicule que nous nous disputions encore pour quelque chose qui s'est passé il y a plus de cinq ans.

Ma curiosité était piquée. Un jour, je finirais par découvrir ce qui s'était passé.

– Je sais que j'ai mal agi. En réalité, je comprends que tu m'en veuilles depuis si longtemps. Je comprends vraiment. Et je suis désolé.

Jack était bouche bée. Sa mère avait l'air aussi surprise que lui. Même Mike s'était arrêté de mastiquer son pain pour le regarder.

– Tu es... désolé ? a répété Jack.

– Oui. Cette relation n'est saine ni pour toi ni pour moi. Ni pour ta mère, ni pour ton frère, ni même pour ta petite amie. Tu n'aimerais pas qu'on puisse se présenter chez eux comme une famille normale ? Ça me plairait. Je suis sûr que tes beaux-parents apprécieraient aussi. La meilleure solution pour tout le monde, c'est de tourner la page. Ou de faire notre possible pour que ça ne pèse pas sur notre relation... et d'oublier tout ça.

Il a marqué une pause en étudiant Jack.

– Qu'en penses-tu ? Tu peux me pardonner ?

Jack était tellement abasourdi qu'il est resté silencieux pendant quelques secondes. J'ai glissé discrètement une main sous la table et j'ai touché son genou. Il a cligné des yeux, revenant au présent. Il m'a regardée, puis a examiné son père, puis moi, puis son père.

On aurait dit que son cerveau avait subi un court-circuit.

Il a fini par recouvrer l'usage de la parole :

– Tu es malade ou quoi ?

M. Ross a esquissé un petit sourire.

– Je me sens libéré d'un poids, en fait.

Il a incliné la tête.

– Allez, mon fils, tournons la page. Tous les deux.

Jack s'est à nouveau tu, mais cette fois-ci parce qu'il réfléchissait. Il s'est raclé la gorge et, à la surprise de sa mère, a acquiescé :

– Je peux essayer.

Son père a eu l'air de respirer à nouveau.

– Je suis heureux de l'entendre, Jack.

Mary avait les yeux humides. Quand elle était gagnée par l'émotion, elle me faisait penser à ma mère.

Et à Naya. Elle a essuyé tout de suite ses larmes et s'est efforcée de faire comme si de rien n'était.

– Quelqu'un veut un dessert, mes chéris ?

La tension dans la pièce s'est ensuite apaisée. Même Jack a pris part aux conversations.

J'ai échangé un regard avec son père, qui m'a adressé un sourire. J'étais contente pour eux. Même si je ne savais pas ce qui s'était passé cinq ans plus tôt, j'étais convaincue qu'ils sauraient s'en remettre. Ça ne pouvait pas être si grave.

Quand il a été temps de partir, Mary nous a accompagnés jusqu'au garage. Elle a serré ses deux fils d'abord, mais j'ai eu l'impression qu'elle me serrait encore plus fort.

– Merci, ma chérie, m'a-t-elle chuchoté.

Quand elle s'est écartée, elle semblait émue. Je n'ai pas su quoi répondre. Jack m'a tirée par le bras vers la voiture. Dès que nous avons été à l'intérieur, il a fait sortir tout l'air de ses poumons, comme s'il avait été incapable de respirer pendant la soirée. J'ai posé ma paume sur sa joue.

– Ça va ?

– Je n'en sais rien, a-t-il avoué.

Je l'ai attiré vers moi et il a pressé ses lèvres contre les miennes pendant quelques secondes. Mais il s'est éloigné lorsque Mike a commencé à tousser bruyamment sur le siège arrière.

– Soit on s'embrasse tous, soit personne ne s'embrasse, d'accord ?

Jack a levé les yeux au ciel et a démarré.

Quand j'ai ouvert la porte d'entrée, à ma grande surprise, j'ai trouvé non seulement Naya, Will et Sue, mais aussi Lana et Chris assis sur les canapés, une bière à la main. Et quelque chose me disait que ce n'était pas la première qu'ils buvaient, parce qu'ils avaient l'air de trop s'amuser pour être sobres.

Sauf Sue. Elle semblait râler qu'ils perturbent sa parfaite tranquillité.

– Jenna !

Naya s'est levée d'un bond et a sauté par-dessus le canapé pour me faire un câlin.

– Enfin du renfort féminin !

– Et moi je ne compte pas ? a protesté Lana.

– Moi, je ne suis le renfort de personne, a proclamé Sue.

– Nous fêtons le fait que j'ai réussi tous mes examens, nous a joyeusement annoncé Naya. Venez prendre un verre avec nous !

Mike s'est dirigé vers un des fauteuils, l'autre étant occupé par Sue. Naya, Will et Lana étaient sur un canapé. Chris, Jack et moi sur l'autre. Je me suis placée entre les deux garçons et j'ai souri à Chris pendant que Jack allait chercher les bières.

– Ça faisait longtemps.

– Il ne s'est pas passé grand-chose depuis la dernière fois. Enfin, à part que... euh... Ross et toi...

– Oui, Ross et moi, ai-je souri. Et la fille au tire-bouchon, au final, elle a tué sa coloc ?

– J'espère que non, parce que personne ne m'a rien dit. J'aimais bien quand tu passais, c'était agréable d'avoir quelqu'un avec qui discuter, pour changer. Même si ça veut dire qu'à l'avenir je vais devoir supporter ton mec relou.

Jack venait de s'asseoir. Il m'a tendu ma bière et a observé Chris, les yeux pétillants de malice.

– Je ne te manque pas, Chrissy ?

Chris est devenu tout rouge.

– Ne m'appelle pas Chrissy !

– Hé, nous a interpellés Naya, vous arrivez juste à temps pour jouer à « Je n'ai jamais » !

– Qu'est-ce que c'est que ça ? a demandé Chris d'un air méfiant.

J'ai haussé les sourcils.

– Tu ne connais pas ?

– Chrissy ne va pas souvent en soirée, l'a taquiné Sue.

– Fiche-moi la paix, a-t-il répliqué en rougissant à nouveau.

– Quelqu'un dit qu'il n'a jamais fait un truc, a expliqué Will. Si tu ne l'as jamais fait non plus, il ne se passe rien. Si tu l'as déjà fait, tu bois.

– Pour qu'on puisse tous te juger, Chrissy, a ajouté Ross.

Chris lui a lancé un regard noir.

– D'accord. Si je ne l'ai pas fait, je ne bois pas. J'ai compris.

Naya a frappé dans ses mains.

– D'accord, je commence ! Je n'ai jamais... euh... accusé quelqu'un après avoir pété en public.

Il y a eu un silence de mort. Naya a grimacé.

– Sérieux ? Personne ?

– Maintenant, c'est à moi, a décidé Mike, qui buvait déjà alors qu'il ne devait pas. On peut dire des choses qu'on a faites ?

– Surprends-nous, a répondu Jack en passant distraitement un bras dans mon dos.

– Je n'ai jamais couché avec quelqu'un de mineur alors que j'étais majeur.

Et, à ma grande surprise, Will, Lana, Jack et Mike ont bu. J'ai fixé Jack, les yeux écarquillés.

– Elle avait dix-sept ans et moi dix-huit, s'est-il justifié, gêné.

– Et Naya est plus jeune que moi, a précisé Will.

Lana et Mike ont gardé le silence, j'ai donc supposé qu'ils ne voulaient pas donner d'explications. Dans le fond, je préférais ne pas savoir.

Sue s'est penchée en avant :

– Bon, on peut rendre ce jeu un peu plus croustillant, maintenant ?

Elle avait un sourire malicieux sur les lèvres.

– Tu me fais peur, ai-je commenté.

– Je prends ça comme un *oui*. Je n'ai jamais été infidèle à mon ou ma partenaire.

Silence. Mike et Lana ont commencé à boire. J'ai jeté un coup d'œil à Jack pour voir si cet aveu de son ex l'embêtait, mais je crois qu'il n'y a pas fait attention. Parfois, j'aurais aimé être dans sa tête pour connaître ses pensées...

– Bon, tant qu'on est dans ce thème...

Will a réfléchi un instant.

– Je n'ai jamais fait de rêve érotique.

Oh merde.

Maudit Will.

Lana, Naya, Mike et Chris ont bu. Et moi aussi, hélas. J'ai remarqué qu'ils se tournaient tous instantanément vers moi. C'était Jack que ça semblait intéresser le plus.

– Quoi ? ai-je demandé, sur la défensive.

– À propos de qui ? a voulu savoir Naya, surexcitée.

– Je ne suis pas la seule à avoir bu ! ai-je protesté, gênée.

D'autant plus que le protagoniste de ce rêve était assis à côté de moi et m'observait, l'air aussi amusé que surpris.

Naya m'a adressé un clin d'œil.

– À moi. Je n'ai jamais fait de rêve érotique à propos de quelqu'un que je connaissais.

J'ai soupiré et j'ai bu. C'était pareil pour ceux d'avant, mais c'est sur moi que tous les regards étaient braqués. Les salauds.

– Je n'ai jamais fait de rêve érotique avec quelqu'un que j'ai rencontré au cours des... trois derniers mois ? a lancé Sue.

– Je suis sûre que tu enfreins les règles de... !

– Bois, m'a intimé Sue.

Oh mon Dieu. Mon visage était écarlate. Je me suis exécutée, et Mike a éclaté de rire très fort.

– Ça devient intéressant, a déclaré Will.

– C'est dégueulasse, s'est plainte Lana, tu ne me l'as pas raconté ! Puisque c'est comme ça, moi non plus je ne te dévoilerai pas mes rêves érotiques !

Will s'est tourné vers elle :

– Quels rêves érotiques ?

– Hein ? À propos de toi, bien sûr.

Sue a lancé une nouvelle proposition en me fixant :

– Je n'ai jamais fait de rêve érotique au cours des trois derniers mois avec quelqu'un assis à ma gauche.

Tout le monde a regardé Jack, qui semblait partagé entre l'amusement et l'impatience de savoir si j'allais boire. Ses yeux étaient rivés sur moi alors que je fixais mon verre. Je l'ai porté à mes lèvres. C'est lui qui a eu l'air le plus surpris.

– Je n'en reviens pas, a décrété Will en riant ouvertement de moi.

– Sérieux ? a demandé Jack.

– On peut savoir ce qui se passait dans le rêve ? m'a interrogée Mike.

– Non !

Il fallait que je me calme. Mon visage était brûlant.

– Je... Je ne m'en souviens même plus.

Jack s'est mis à rire lui aussi.

– Si, tu t'en souviens.

– Fichez-moi la paix, OK ?

– Pas question. Je veux savoir ce que j'ai fait dans tes rêves pervers.

– On peut juste... laisser tomber ?

Mes joues allaient exploser. Jack a soupiré, mais les autres ont fini par accepter qu'il valait mieux me laisser tranquille.

– C'est à toi, Ross, lui a dit Lana.

Il a réfléchi un instant avant de me jeter un regard en coin.

– Je n'ai jamais fait de rêve sexuel avec Jack Ross alors que je sortais avec quelqu'un d'autre... et j'ai adoré ça.

Je suis redevenue rouge.

– On avait dit qu'on changeait de sujet !

– Trop tard, Jenna, c'est le jeu, tu dois répondre, a décrété Will.

Jack et lui ont échangé un regard complice. Les imbéciles.

– Je vous déteste tous en ce moment.

J'ai levé les yeux au ciel et avalé une gorgée de ma bière. Jack m'a attirée vers lui en riant et m'a embrassée sur les joues. J'ai failli m'étouffer.

– Attention !

– Alors comme ça, tu avais autant envie de moi que moi de toi, hein ?

– Jack ! ai-je protesté à nouveau parce que tout le monde nous fixait.

J'ai réussi à le repousser, gênée et fâchée, mais il a continué à se moquer de moi. Je me suis tournée vers Chris d'un air suppliant.

– Hein ? D'accord.

Il s'est empressé de poursuivre :

– Je n'ai jamais envoyé à personne de photo de moi à moitié nu ou nue.

Oh non, c'est pas vrai.

Jack s'est évidemment mis à rire encore plus fort.

Ça faisait un moment qu'on jouait et on était tous de plus en plus saouls. Même moi, j'étais un peu pompette. J'avais bu deux bières d'affilée – pour moi, c'était plus que suffisant – et ma tête reposait paresseusement sur le dossier du canapé. Pourtant, j'étais parmi ceux qui avaient bu le moins souvent.

Jack était le seul à rester sobre. Il carburait tranquillement à l'eau.

– On dirait une grand-mère, a râlé Mike. Qui boit de l'eau à une soirée ?

Jack s'est contenté de sourire. J'ai tenté de ne pas penser à ce que Naya et Lana m'avaient dit, même si je les ai vues échanger un regard.

– Le dernier tour ? a proposé Jack en voyant que je commençais à m'endormir.

– D'accord, a dit Naya en souriant. On peut revenir à des thèmes sexuels, non ?

– Mmmh...

Jack n'avait pas l'air d'accord, et mon instinct de détective s'est déclenché automatiquement.

– Bonne idée, ai-je répondu.

– Je commence, a décidé Naya. Je n'ai jamais fait l'amour dans un lieu public.

Je n'ai pas remarqué les autres, mais j'ai vu Jack boire et je l'ai fixé en haussant les sourcils. Il a affiché un sourire angélique sans donner d'explication.

– Je n'ai jamais fait l'amour avec quelqu'un dont je ne connaissais pas le prénom, a lancé Lana.

Jack a bu.

– Je n'ai jamais eu de plan à trois, a déclaré Sue.

Jack a bu. Tous les regards se sont tournés vers lui.

Sue a haussé un sourcil.

– À quatre ?

Jack a bu. Je n'en revenais pas.

– À cinq ? a demandé Mike, l'air intrigué.

Cette fois-ci, Jack n'a pas touché à son eau. Il s'est resservi en évitant mon regard.

– Je ne me suis jamais filmé en train de baiser, a proposé Mike en fixant son frère.

On le regardait tous. J'avais l'impression que le jeu continuait juste pour savoir ce que Jack avait fait d'autre.

Il a esquissé un sourire gêné et a bu.

La curiosité de Sue semblait piquée.

– Je n'ai jamais couché avec deux personnes différentes le même jour.

Jack a bu.

– Trois ? Quatre ?

Cette fois, son verre est resté sur la table basse. J'ai jeté un coup d'œil méfiant en direction de Will, qui a évité mon regard. C'était donc vrai.

– Je n'ai jamais couché avec quelqu'un avant de le mettre à la porte de chez moi, a lancé Chris.

Jack a pris une gorgée d'eau.

Sérieux ?

– À toi, m'a rappelé Sue.

– Je ne sais pas si j'ai envie de continuer à jouer.

Jack a fait mine de se lever.

– Il commence à se faire tard...

– Rassieds-toi, cow-boy, lui a ordonné Naya.

– Je n'ai jamais eu plus de cinq partenaires, a dit Mike.

Jack a bu à contrecœur.

– Dix ? Quinze ?

– On doit vraiment continuer à jouer à ce jeu ?

– Bois, lui a intimé Naya.

Il a enchaîné deux gorgées de mauvaise grâce.

Pas possible ! Plus de quinze ?

Il n'était pas censé être mon petit ami ? Je n'étais pas censée être au courant de ce genre de choses ? J'ai repensé à notre dispute. Tout ça parce qu'il ne voulait rien me raconter. Je me suis demandé si j'aurais fini par apprendre son comportement au lycée, son passé, si Lana et Naya ne m'en avaient pas parlé. Est-ce qu'il me l'aurait avoué un jour ?

Au fond, je connaissais la réponse. Et elle ne me plaisait pas du tout. Pourquoi ne me faisait-il pas confiance ?

En proie à ce débat intérieur, je me suis entendue déclarer :

– Je n'ai jamais couché avec quelqu'un dont je savais qu'il ou elle était déjà en couple.

Il s'est tourné vers moi, intrigué :

– Tu connais déjà la réponse.

– Eh bien bois, alors, ai-je rétorqué un peu plus brusquement que je ne l'aurais voulu.

Il s'est exécuté avec un soupir, avant de se resservir.

– Je ne me suis jamais battu, est intervenu Chris.

– Le thème n'était pas le sexe ? a protesté Jack.

Mike a pointé un doigt accusateur vers lui.

– Bois.

Jack l'a fait.

– Je n'ai jamais été mêlé à plus de cinq bagarres, a dit Sue.

Rebelote.

Qui était Jack ? Comment est-ce que je pouvais sortir avec lui sans rien savoir de lui ?

Je me suis rendu compte que j'avais repris la parole :

– Je n'ai jamais provoqué de fracture à personne.

Par pitié, qu'il ne touche pas à son eau, ai-je pensé.

Jack s'est tourné vers moi. Le silence était tendu. Très tendu. Il a semblé hésiter, mais il a bu sans me quitter des yeux.

Mon estomac s'est noué. Je ne le connaissais pas. Comment avais-je pu me persuader du contraire ? Où était passé le mec mignon et affectueux, fan de comics et de cinéma ? Celui-là n'était pas capable d'envoyer qui que ce soit à l'hôpital.

J'ai serré les lèvres.

– Je n'ai jamais provoqué quelqu'un juste pour avoir une excuse pour me battre.

– Jen...

– On joue à un jeu, lui a rappelé Sue.

Il n'avait pas l'air content du tout, mais il a pris une longue gorgée d'eau.

– Je ne pense pas que ce soit... a-t-il commencé.

– Je n'ai jamais envoyé quelqu'un à l'hôpital suite à une bagarre, l'ai-je interrompu.

Il a fermé les paupières un instant, puis il s'est tourné vers Will, qui semblait lui aussi mal à l'aise, et a bu.

– Deux personnes ?

Ouf. Cette fois, son verre n'a pas quitté la table.

Je l'ai observé attentivement. J'avais l'impression que la réalité me giflait. Jack avait l'air dans ses petits souliers. En voyant ça, une partie de moi avait envie de le rassurer, de lui dire que c'était du passé et que je m'en fichais. Et ce n'était pas faux. Mais... j'étais incapable de réagir. J'avais une grosse boule dans la gorge. Il m'a suppliée du regard.

– Jen...

Je me suis tournée vers Will quand il a pris la parole :

– Je ne suis jamais tombé amoureux.

Naya et lui auraient bu, évidemment, mais il ne s'agissait plus du jeu. L'affirmation ne s'adressait qu'à nous deux. J'ai regardé Jack. Mon cœur battait à tout rompre et j'ai serré ma bière. J'étais abasourdie. Je n'arrivais même pas à penser. Les yeux posés sur moi, il a vidé d'un trait son eau.

Tout le monde s'est tourné vers moi. J'étais paralysée.

Tout à coup, j'ai compris pourquoi Jack n'avait pas voulu me raconter ses frasques. Il ne voulait pas me repousser. Et c'est vrai que j'avais flippé, mais pas à cause de ce qu'il avait fait... Non, plutôt parce que j'étais stupéfaite de constater que je ne le connaissais pas aussi bien que je l'imaginais. Alors que lui savait tout à mon sujet.

Il continuait à me fixer et j'avais la gorge sèche. Chaque seconde qui passait, il avait l'air plus triste. Il voulait que je boive. Tout le monde s'attendait à ce que je le fasse, mais j'en étais incapable. J'avais l'impression que la scène se déroulait au ralenti.

Dire que j'étais tombée amoureuse, était-ce la même chose que dire « Je t'aime » ? Ça ne revenait pas exactement au même, pas vrai ? Je n'étais pas encore prête à dire à quelqu'un que je l'aimais. Rien que d'y penser, j'en avais des frissons. Cette sensation me donnait l'impression... d'étouffer. Je ne pouvais pas le proclamer comme ça. Non. Je n'imaginais même pas être capable de le dire un jour.

Mais... j'ai senti mon bras se lever, comme si mon corps contredisait mon cerveau. Les yeux de Jack se sont élargis quand j'ai porté ma bière à mes lèvres et que j'en ai bu une petite gorgée.

Le silence s'est abattu sur la pièce.

Un silence pesant.

Il continuait à me fixer avec incrédulité. Je n'ai pas cessé de boire.

C'était fait. Et... honnêtement, j'avais l'impression d'avoir avoué la vérité, même si je refusais de l'admettre. Ou que ce n'était pas le meilleur moment pour faire ce genre de déclaration.

Il m'a semblé qu'une éternité s'était écoulée quand Jack s'est mis à cligner des yeux. J'étais très étonnée. C'était tout ? Il ne m'a même pas regardée droit dans les yeux. Il s'est contenté de fixer son verre.

***

Je n'ai pas remarqué quand, plus tard, Chris a demandé s'il pouvait dormir à l'appartement parce qu'il était un peu saoul. Lana m'a serrée dans ses bras pour me dire au revoir, mais je ne pensais qu'à Jack, qui avait disparu dans sa chambre depuis la fin du jeu. Will a jeté un coup d'œil en direction du couloir, puis nos regards se sont croisés et il m'a adressé un sourire affectueux.

Lorsque je suis entrée dans la chambre, mon cœur battait la chamade. Jack était assis sur le lit, la tête dans les mains. J'ai fermé la porte, mais il a fait comme s'il ne l'entendait pas. Je me suis approchée prudemment.

S'il me disait de partir, j'allais fondre en larmes. M'effondrer. Je ne comprenais pas sa réaction. Il avait bu lui aussi, non ? Peut-être qu'il le regrettait, en réalité ?

Mon estomac s'est noué. Non, pitié. Pourvu qu'il ne le regrette pas.

Rien que d'y penser, j'avais l'impression que le ciel me tombait sur la tête.

– Je n'irai pas, a-t-il déclaré tout à coup en relevant la tête vers moi.

J'étais prête à faire semblant de m'en foutre s'il m'envoyait bouler, mais je suis restée immobile.

– Quoi ? ai-je demandé, perplexe.

– Je n'irai pas en France, a-t-il précisé sans me quitter des yeux.

Je ne savais pas trop quoi dire.

– Pourquoi ?

– Je ne veux pas être loin de toi.

Ma voix a baissé :

– Pourqu... ?

– Parce que je t'aime.

Pendant un moment, je n'ai pas réagi. Puis j'ai senti que mon pouls s'accélérait.

Mon cerveau essayait de traiter l'information.

Il n'y était pas encore parvenu quand Jack s'est levé et a attrapé mon visage à deux mains pour m'embrasser passionnément. Tellement passionnément que j'ai oublié que je n'avais rien dit.

26

Le repas de Noël

– Je n'en reviens pas qu'on aille chez mes parents, ai-je déclaré alors que l'avion entamait sa descente vers l'aéroport.

Jack m'a offert un sourire radieux.

– Ça va être vraiment sympa.

Nous étions seuls. Les parents de Jack, Agnès et Mike ne nous rejoindraient que le jour de Noël – c'est-à-dire le lendemain – et nous rentrerions tous ensemble.

J'étais une boule de nerfs, et plus on approchait de la sortie, plus mon stress montait. Et cet idiot de Jack semblait s'amuser comme un petit fou.

– Je ne suis pas censé être le plus nerveux des deux ? a-t-il signalé.

Je me suis arrêtée brusquement, juste avant de franchir la porte.

– Il faut que je te dise quelque chose.

Il s'est immobilisé à son tour et m'a fixée d'un air surpris.

– Qu'est-ce qu'il y a ? Ça va ?

– Oui, c'est pas ça. C'est...

J'ai réfléchi quelques secondes. Quand j'ai pris la parole, on aurait pu croire que j'allais lui annoncer que ma famille faisait partie d'une secte satanique.

– Je dois te prévenir d'un truc.

Il a haussé les sourcils.

– D'accord, quoi ?

J'ai pris une profonde inspiration.

– Mon grand frère est convaincu qu'il doit faire flipper tous les garçons qui s'approchent de moi parce qu'il pense que c'est son rôle. Je ne jurerais pas qu'il va te frapper, mais il va être relou, c'est certain. Super relou. Et il est probable qu'il te donne une tape sur la main dès que tu feras mine de la poser sur moi. Il va falloir garder nos distances.

Il a acquiescé en réprimant un sourire :

– D'accord.

– Mes deux autres frères sont insupportables. On dirait des singes qui se battent pour une banane. Ils passent leur temps à me charrier, à jouer à des jeux vidéo ou à traîner dans leur garage. S'ils se moquent de toi, n'hésite pas à te défendre. T'inquiète, ils n'ont pas vraiment de sentiments, tu ne risques pas de les blesser. En fait, je pense qu'ils n'ont même pas de cerveau. Du moins, ils n'ont jamais manifesté le moindre signe qu'ils en avaient.

– Jen, qu'est-ce que... ?

– Et ma grande sœur va te faire subir un interrogatoire en règle. Comme une flic. Elle va te bombarder de questions et te forcer à répondre sans te laisser le temps de réfléchir. C'est une pro quand il s'agit de soutirer la vérité aux gens, même quand ils ne veulent pas la confier. Méfie-toi d'elle.

– D'accord, mais...

– S'il te plaît, ne crois pas que je suis comme eux, ai-je ajouté en lui prenant la main. Je veux dire, c'est pas si grave, ils ne sont pas complètement tarés non plus...

– Jen...

– ... mais je ne suis vraiment pas comme eux, d'accord ?

– Je m'en souviendrai, m'a-t-il assuré.

– Et ma mère va te harceler et t'étouffer de câlins. Elle est super reloue. Trop, je dirais. Mais... elle ne le fera pas pour t'embêter ! C'est juste sa manière d'être, tu vois ? Si elle commence à te faire des câlins et à t'appeler mon chou, ne le prends pas mal.

– Je survivrai.

– Et elle va peut-être aussi te poser un déluge de questions. Elle se montre parfois très insistante. Elle n'est pas aussi pro que Shanon, mais elle se débrouille pas mal non plus.

– Jen...

– Et mon père est très...

Jack m'a pris le visage de sa main libre.

– Jen, détends-toi, d'accord ?

– Crois-moi, j'aimerais bien.

Il s'est penché pour m'embrasser :

– Peu importe leur personnalité. C'est ta famille. Je les aime déjà.

J'ai tenté de sourire quand il m'a fait signe de passer devant lui.

– Allez, il est temps de monter au front.

– Tu es sûr que tu ne... ?

– Jen, m'a-t-il prévenue.

– D'accord !

J'ai soupiré et franchi la porte.

J'ai ressenti un immense soulagement quand j'ai vu qu'il n'y avait que Spencer, maman et Shanon. Ça laissait papa et les deux imbéciles pour plus tard. C'était bien.

On s'est approchés et Jack les a scannés du regard avec curiosité. J'étais hyper stressée...

On s'est arrêtés à côté d'eux, au milieu de la foule, et ils ne nous ont même pas vus. J'ai eu envie un instant de me raviser et de m'enfuir, mais Jack m'a retenue et je n'ai pas eu d'autre choix que de me racler la gorge pour attirer leur attention :

– Euh... Bonjour, maman.

Ma mère s'est retournée et ses yeux se sont écarquillés.

– Jennifer, ma chérie !

Elle m'a d'abord saluée pour le principe, car ce qu'elle voulait vraiment, c'était inspecter mon petit ami. Elle l'a fixé droit dans les yeux avec enthousiasme.

– Et tu dois être Jack ! s'est-elle exclamée avec un large sourire. On te rencontre enfin ! Venez ici, mes amours.

Elle nous a saisis tous les deux par les épaules et nous a serrés. Nos visages se sont retrouvés écrasés contre elle. J'étais morte de honte.

– Maman, s'il te plaît...

– Tu as toujours honte de moi.

Elle a lâché un soupir théâtral et s'est tournée vers Jack :

– Tu ne trouves pas ça moche ?

– C'est très moche, Jen, a-t-il déclaré pour m'embêter.

Bon, c'était mérité. Moi aussi, j'avais essayé d'entrer dans les bonnes grâces de sa mère.

À ma grande surprise, Shanon a obéi à ma supplication silencieuse de ne pas être gênante et s'est contentée de s'approcher de Jack avec un sourire amical.

– J'ai beaucoup entendu parler de toi. Énormément. Jenny est lourdingue, elle parle de toi à longueur de journée.

J'ai affiché une moue boudeuse.

– Merci pour l'accueil.

Elle m'a ignorée et a continué à s'adresser à Jack :

– Moi, c'est Shanon. On a déjà fait connaissance par téléphone.

– Moi aussi j'ai beaucoup entendu parler de toi, a répondu Jack en souriant et en acceptant son étreinte.

Jusque-là, tout allait bien. Hélas, le pire restait à venir.

Spencer s'est approché de moi, les yeux méfiants.

Oh non.

Ce n'était pas le moment de laisser son instinct de grand frère prendre le dessus, cet instinct qui ne se réveillait que lorsque je lui présentais un garçon.

– Spencer, a-t-il déclaré sèchement en tendant la main à Jack.

Et voilà... c'est parti.

Heureusement, Jack semblait le prendre avec humour.

– Jack. Ou Ross. Comme tu préfères, a-t-il répondu en lui serrant la main.

– J'espère que tu prends bien soin de Jenny, a ajouté Spencer d'un ton glacial sans le lâcher.

J'ai eu l'impression que mon frère resserrait un peu trop sa prise et je me suis glissée à côté de lui pour lui écraser les orteils d'un coup de talon.

– Lâche-le, ai-je murmuré, rouge comme une tomate.

– Tu t'occupes bien d'elle ou pas ?

– Je fais ce que je peux.

Jack m'a adressé un bref sourire avant de reporter son attention sur mon frère.

– J'espère que c'est suffisant.

J'ai balancé un coup de coude à Spencer, sans aucune discrétion. Il l'a ignoré et a passé un bras autour de mes épaules. J'avais envie de demander de l'aide à Shanon ou à ma mère, mais elles étaient occupées à rire de la situation.

– Oui, tu es parfait, l'ai-je rassuré.

– Ça reste à prouver, a décrété Spencer en me serrant un peu l'épaule sans quitter Jack des yeux.

Il ne pouvait pas laisser tomber ?

Heureusement, Shanon est venue à ma rescousse en lâchant les petits mots magiques que la situation exigeait :

– Spencer, est-ce que je t'ai dit que c'était lui qui avait réglé son compte à ce connard de Monty ?

Un ange est passé. Mon frère a cligné des yeux, surpris. Puis il m'a relâchée si brusquement que j'ai failli tomber, tandis qu'il s'avançait vers mon petit ami.

– C'est vrai ?

Jack a haussé les épaules.

– Je n'aimais pas du tout la façon dont il traitait ta sœur.

Ça a suffi pour que l'expression de Spencer devienne amicale.

– Tu aurais pu commencer par là !

Il lui a donné une bourrade amicale dans le dos.

– Donne, je vais porter ton sac à dos.

– Et moi ? ai-je rouspété alors qu'il commençait à l'entraîner vers la voiture.

Shanon, qui avait l'air amusée par la situation, est venue m'aider. Ma mère m'a obligée à m'asseoir à l'avant avec Spencer, tandis que Shanon et elle s'installaient à l'arrière, encadrant Jack et le bombardant de questions. Je n'arrêtais pas de leur jeter des regards appuyés alors qu'il répondait poliment à tout ce qu'on lui demandait. Spencer a posé quelques questions aussi. Pauvre Jack.

– On est curieux ! s'est défendue Shanon.

– Oui, ferme-la, a renchéri Spencer en me donnant une chiquenaude sur le front pour que je regarde devant moi.

Jack a ri de moi tandis que les autres continuaient leur inquisition.

Je suis devenue encore plus nerveuse quand la voiture s'est engagée dans ma rue. Ma mère s'est mise à raconter des anecdotes à propos du quartier. Jack écoutait attentivement, jusqu'à ce que j'intervienne en lui demandant, très poliment, de se taire. Personne ne m'a prêté la moindre attention. J'avais de toute évidence cessé d'exister et je ne l'avais même pas remarqué.

Spencer a rentré la voiture dans le garage. J'ai mis pied à terre, l'estomac noué. Dès que je suis sortie, une boule de poils a couru vers moi.

– Biscuit ! me suis-je exclamée, ravie.

Il m'a sauté dessus et m'a léché les mains. Jack était à côté de moi. Je lui avais parlé cent fois de mon chien. Biscuit l'a reniflé avant de lui lécher également les mains.

– Je me débrouille pas mal pour l'instant, a-t-il plaisanté à voix basse. Ton chien m'aime bien. C'est un exploit.

J'étais encore très nerveuse. J'avais peur que Sonny et Steve se moquent de moi. Sans parler de mon père... Pfff...

C'était difficile de prédire comment il allait se comporter.

Nous sommes entrés dans la maison. Je n'ai même pas remarqué ce qui m'entourait. J'étais trop concentré sur mon objectif. J'ai entendu des rires et j'ai deviné que c'était les deux idiots. Pas de traces de mon père. Tant mieux. Un problème à la fois.

– Viens faire la connaissance de ces deux imbéciles, a proposé Spencer à Jack en le conduisant vers eux.

Je me suis dépêchée de leur emboîter le pas, redoutant le pire. Sonny et Steve étaient tellement concentrés sur la console qu'ils n'ont pas remarqué notre arrivée.

– Salut, ai-je lancé.

Ils n'ont pas entendu.

– Tu empiètes sur ma voie, c'est de la triche ! a hurlé Sonny à Steve.

– Les garçons ?

– Apprends à jouer et laisse tomber les excuses, espèce de nul ! a rétorqué Steve.

Agacée d'être ignorée, je me suis penchée en avant et j'ai pris une grosse bouffée d'air pour crier :

– J'ai dit « Salut » !

Sonny a sursauté et son écran est devenu rouge.

– Non !!!

Il a jeté la manette sur le canapé.

– C'est pas juste ! Elle m'a distrait !

Steve lui a ri au nez.

– Oh, comme c'est dommage !

– Vous ne voulez pas rencontrer le petit ami de Jenny ? est intervenu Spencer.

Silence.

Steve a mis le jeu en pause.

Oh non.

Ils se sont retournés tous les deux instantanément et ont fixé Jack.

Oh non, multiplié par deux.

– C'est notre homme, a déclaré Sonny en faisant semblant d'être stupéfait.

– Celui qui a une patience infinie, a ajouté Steve.

– Celui qui supporte Jenny.

– Et qui n'exige rien en retour.

– Si, je demande certaines choses en échange, a précisé Jack en souriant, profitant de l'absence de ma mère et de ma sœur.

J'ai piqué un fard quand mes trois frères ont éclaté de rire bruyamment. Y compris Spencer, ce traître. Sonny a montré l'écran à Jack.

– Tu sais jouer ?

Jack a haussé un sourcil.

– Tu sais perdre ? a-t-il rétorqué.

– Ça, c'est la bonne attitude ! a approuvé Spencer.

– Deux contre deux ! a crié Steve.

– Ils sont morts !

Sonny s'est assis avec lui sur l'autre canapé.

– On va leur mettre une raclée, a décrété Spencer en s'asseyant avec Jack.

Ils se sont mis tous les quatre à fixer l'écran.

J'ai cligné des yeux, réalisant que j'étais la seule à être debout comme une idiote.

– Qu'est-ce qui se passe ? ai-je demandé.

– Ferme-la, j'entends rien, s'est plaint Steve.

– Tu m'as déjà fait perdre une partie, ça ne te suffit pas ? a râlé Sonny.

– Ce n'est pas ma faute si tu es nul à ce jeu.

– Que quelqu'un la fiche dehors, elle me déconcentre !

Je me suis penchée vers Jack, qui m'a souri.

– Si tu en as marre de ces imbéciles, ai-je chuchoté, je serai dans la cuisine.

Il m'a adressé un clin d'œil.

– Il faut que je gagne la confiance de mes beaux-frères.

Je n'étais pas convaincue que ce soit une bonne idée de le laisser avec les hyènes, même s'il n'y voyait pas d'inconvénient. Ma mère et Shanon discutaient dans la cuisine. Elles se sont tues à mon arrivée.

– Je ne suis pas la bienvenue ici non plus ?

– Ils l'ont déjà assimilé ? a voulu savoir ma sœur.

– Ils jouent tous les quatre à cette foutue console.

Shanon a levé les yeux au ciel.

– Pfff, quels gamins !

J'ai pris un biscuit dans l'assiette posée sur le comptoir et je me suis approchée d'elles.

– De quoi parliez-vous ?

– Nous comparions nos premières impressions, m'a expliqué ma mère.

Shanon a chipé un biscuit à son tour.

– Alors, quelle est votre conclusion ? ai-je demandé, un peu inquiète.

Ma sœur a haussé les épaules.

– Ça a l'air d'être un mec bien.

C'était clair que ce n'était pas tout.

– Mais... ?

– Mais... il est avec toi. Donc, il a clairement un problème au cerveau, m'a-t-elle taquinée.

– Va te faire foutre.

Ma mère a pointé une cuillère en bois vers moi.

– Surveille ton langage !

Quand elle s'est retournée, j'ai tendu mon majeur à Shanon et elle m'a tiré la langue.

– Où est papa ?

– Il va arriver d'une minute à l'autre. Tu as l'air un peu stressée, sœurette.

– Je dois te rappeler dans quel état tu étais le jour où tu es venue ici avec ton petit ami, *sœurette* ?

– Tu es enceinte, toi ?

– Pas que je sache.

– Alors, c'est pas pareil. Mais bon... tu as toujours été la chouchoute de papa. La petite dernière. Ça ne lui plaira pas que quelqu'un veuille niquer sa petite fille.

– Il veut la niquer ?

Ma mère avait l'air perplexe.

– Qu'est-ce que ça veut dire ?

– Il veut lui offrir des fleurs, a expliqué Shanon avec un sourire innocent.

– Mais oui, c'est ça...

Ma mère a soupiré.

– Laisse tomber, je préfère ne pas savoir.

– En tout cas, a repris Shanon en me désignant du bout de son biscuit, je vais bien m'amuser à t'observer quand tu le lui présenteras. Espérons qu'il ne fasse pas de scène, hein ?

– Oh, la ferme.

Je suis retournée dans le salon, où Spencer et Jack étaient en train de battre les deux idiots à ce jeu débile. Je me suis raclé la gorge bruyamment.

Sonny m'a regardée d'un air renfrogné.

– Qu'est-ce qu'il y a ?

– Je peux récupérer *mon* copain ?

– Il préfère être avec nous ! a affirmé Steve.

Shanon est entrée.

– Grandissez un peu. N'étouffez pas ce pauvre garçon.

– Dit la reloue qui l'a bombardé de questions pendant tout le trajet, a rétorqué Steve.

– Frérot, tais-toi ou je coupe les câbles de ta console.

Il a levé les mains en signe de reddition.

– On pourra reprendre la partie plus tard, a proposé Spencer en haussant les épaules.

Jack s'est levé pendant qu'ils continuaient à se disputer et m'a suivie jusqu'à l'escalier. Dès qu'il a constaté qu'on était seuls, il m'a adressé un sourire lubrique.

– Tu me montres déjà ta chambre ?

– Si tu continues, c'est la porte que je vais te montrer.

Il a ri en secouant la tête. On est arrivés devant ma chambre et je l'ai laissé entrer en premier, un peu nerveuse. Il a examiné les lieux avec une expression indéchiffrable. Son regard s'est attardé quelques instants sur mon lit avant de reprendre son inspection minutieuse.

– Mmm... intéressant, a-t-il déclaré d'un ton moqueur.

– C'est très rose, je sais.

– C'est très toi, en fait, a-t-il murmuré d'un air pensif. C'est la fameuse collection de disques ?

Il l'a examinée pendant quelques minutes, puis a passé mes photos en revue, toutes mes photos ! Je me suis assise sur le matelas. J'étais angoissée. C'était la première fois qu'un garçon entrait dans ma chambre. Même Monty n'y avait jamais mis les pieds. Avec lui, je préférais que les « choses » se passent sur le canapé. Je n'ai jamais voulu lui montrer ma chambre, mon lit... J'aurais eu l'impression de lui montrer une partie trop intime de ma personnalité. Avec Jack, c'était différent.

– Alors, qu'est-ce que tu en penses ?

– De ta chambre ou de ta famille ?

– De ma famille, imbécile.

– Imbécile...

Il s'est assis à côté de moi, l'air amusé.

– Je les aime bien. Et je crois que c'est réciproque.

– Ma mère t'adore.

– Voilà qui nous met sur un pied d'égalité.

C'était vrai que Mary et moi, on s'entendait très bien aussi.

– J'ai laissé tes frères gagner quelques parties pour qu'ils m'apprécient aussi.

– Le problème, c'est que... je n'arrive pas à imaginer tes parents assis avec ma famille.

Jack a eu l'air un peu surpris.

– Pourquoi pas ?

– Je ne sais pas. Tout est tellement... normal ici.

– Tu traites ma famille d'anormale ? a-t-il répliqué en riant.

– Hein ? Non, non... ! Oh, je suis hyper stressée.

Il a passé un bras dans mon dos.

– Te tracasse pas. Tout s'est bien passé, non ?

J'ai acquiescé.

– Je ne veux pas que tu aies une mauvaise impression.

– Arrête de t'inquiéter. Je passe un super moment.

Je me suis approchée pour l'embrasser, rassurée, mais je me suis arrêtée brusquement en reconnaissant le bruit familier de la porte d'entrée.

Il a haussé les sourcils en voyant mon visage effrayé.

– Un tueur en série vient de débarquer ?

– Non, pire.

– Pire ?

– Mon père.

J'ai pris une profonde inspiration. Jack m'observait en souriant.

– Je dois avoir peur ?

– Mmmh... euh... mmmh... Bon, tu ferais mieux de m'accompagner.

Je l'ai pris par la main et je l'ai à nouveau entraîné dans l'escalier. Effectivement, mon père venait de rentrer. Il s'est retourné dès qu'il a entendu nos pas et son regard s'est immédiatement posé sur Jack, qui se tenait calmement à côté de moi.

Maintenant que j'y pensais : est-ce que j'avais déjà vu Jack intimidé par quoi que ce soit ? Il me semblait que non.

Mon but dans la vie est d'être aussi insouciante que lui.

– Monsieur Brown, a-t-il dit poliment en s'approchant de mon père.

– Jack, a répondu mon père d'un ton neutre en le dévisageant. J'ai beaucoup entendu parler de toi.

Il commençait exactement comme Shanon.

– Que des bonnes choses, ai-je ajouté en me plantant à côté de lui.

– De très bonnes, m'a corrigée papa.

Je suis restée bouche bée lorsqu'il s'est avancé et a posé amicalement une main sur l'épaule de Jack.

– Jenny t'a montré le garage ?

Et ça a été aussi simple que ça. Sonny et Steve les ont accompagnés pour lui faire visiter le garage automobile avec enthousiasme. Jack s'est retourné au dernier moment et a souri en voyant mon air stupéfait.

***

– Intéressant, a commenté Jack alors qu'on descendait de la voiture de Spencer.

Spencer, Steve, Sonny, lui et moi nous rendions à la fête foraine organisée chaque année pendant les vacances de Noël. Il y avait une grande roue, de petites montagnes russes, des autos tamponneuses, des stands de tir, des échoppes de nourriture... Une sorte de fête en miniature. Et comme il faisait nuit, il n'y avait pas d'enfants. Il ne restait que des adolescents qui s'embrassaient dans les recoins les plus sombres.

– C'est moi qui conduis ! s'est écrié Steve avant de courir vers les autos tamponneuses.

– Hein ?

Sonny a cligné des yeux avant de lui emboîter le pas.

– Hé, pas question !

Ils ont commencé à se disputer pour acheter un billet. Le vendeur les observait en haussant un sourcil. Spencer a soupiré.

– Je vais avec eux pour qu'ils ne s'entretuent pas, d'accord ?

Dès qu'il nous a laissés seuls, je me suis tournée vers Jack, qui regardait autour de lui avec curiosité.

– Où veux-tu aller ? ai-je demandé.

– Les mini-montagnes russes ont l'air bien.

– Bon. Disons n'importe où sauf là.

Il s'est mis à me taquiner alors qu'on déambulait dans les allées.

– Quelqu'un a peur des montagnes russes ?

– Non, pas du tout, ai-je répondu, un peu agacée. Ou alors si. Peu importe. De toute façon, je ne veux pas monter là-dedans.

– Et qu'est-ce que tu suggères ?

J'ai balayé pensivement les stands du regard. Jack a interrompu mes réflexions :

– Tu sais viser ?

On s'est approchés des fléchettes. Quand on m'a distribué les miennes, j'ai fixé la cible et je me suis mordillé la lèvre avant de les projeter. Je devais juste atteindre un des points de couleur. Tous sauf le blanc. C'était facile, pas vrai ?

J'ai lancé la première fléchette et, évidemment, elle est allée se ficher dans le blanc.

J'ai grimacé.

– C'est de la malchance, a commenté le forain.

– Tu veux que j'essaie ? a suggéré Jack.

– Non, ai-je décrété, blessée dans mon orgueil. Il m'en reste quatre, d'accord ?

– Très bien.

– Ne me regarde pas comme ça, je peux y arriver.

– Je n'ai pas dit le contraire.

Je me suis à nouveau concentrée, les sourcils froncés. Hélas... trois tirs plus tard, je n'avais toujours pas touché la cible. Je n'en revenais pas de viser aussi mal. J'étais rouge comme une pivoine alors que le type du stand et Jack se retenaient de rire.

– Tiens, ai-je maugréé en déposant une fléchette dans la paume de Jack, si tu rates, je te le rappellerai jusqu'à la fin de tes jours.

– Qu'est-ce que je dois atteindre pour gagner quelque chose ? a-t-il demandé au forain.

– Si la fléchette va dans le vert, vous aurez une licorne en peluche. Dans le bleu, vous aurez ça, pour faire des bulles de savon.

Jack s'est tourné vers moi :

– Je suppose que tu ne veux pas de la licorne.

– Les bulles, c'est chouette.

J'ai souri innocemment.

– Si tu vises bien, évid...

La fléchette était déjà dans le bleu.

Le vendeur lui a tendu l'appareil à bulles et il me l'a donné avec un air suffisant.

– J'ai cru en toi dès le premier instant, ai-je clamé.

– Si tu rates, je te le rappellerai jusqu'à la fin de tes jours, a-t-il répété en imitant ma voix.

– Mais tu as réussi, non ?

– Si tu le dis. Qu'est-ce que tu veux faire maintenant ? Rhoo, d'accord, s'est-il exclamé quand je l'ai traîné par le bras comme une petite fille vers le photomaton que je venais d'apercevoir à côté d'un manège.

– On est à la fête foraine et tu veux prendre des photos ?

– On n'a pas de photos ensemble, ai-je protesté.

Il a réfléchi un instant, surpris.

– C'est vrai.

– Eh bien, allons-y, réglons ça au plus vite.

J'ai cherché de la monnaie, mais il avait déjà introduit les pièces dans la fente alors que je fourrais maladroitement le truc pour faire des bulles dans mon sac. Je me suis dépêchée de m'installer à côté de lui, en essayant de me positionner de manière à ce que mon visage soit bien visible alors que le compte à rebours prenait fin.

– Qu'est-ce que tu fiches ? m'a-t-il demandé en riant.

– Tais-toi ! Ça va commencer.

– Il reste encore trois secondes.

– Si tu es en train de parler sur une photo, Jack...

– Je ne serai pas...

– Regarde l'objectif !

Il s'est exécuté immédiatement et a souri docilement pendant que j'essayais de varier les poses : je l'ai embrassé sur la joue sur une ; un autre flash nous a surpris en train de nous regarder ; avant la suivante, il a appuyé la tête sur mon épaule ; et, pour la dernière, je l'ai attiré vers moi pour l'embrasser.

J'avais toujours rêvé de faire ce truc un peu cucul. Je n'allais pas rater l'occasion. Puis, pendant qu'il examinait les photos, je suis allée chercher les billets pour la grande roue. C'était mon attraction préférée. On est montés dans une des nacelles, qui tanguait un peu, et le manège a démarré pendant que Jack mettait les photos dans sa poche.

– Qu'est-ce qu'on fait dans la pire attraction de tous les temps ?

On a continué à monter lentement.

– C'est la meilleure ! l'ai-je contredit, vexée.

– C'est la plus ennuyeuse.

– Si c'est l'adrénaline que tu cherches, essaie de passer plus d'une demi-heure avec mes frères sans mourir.

Mon commentaire l'a fait sourire.

– Tu aimes bien ma famille ? l'ai-je interrogé, un peu dubitative.

Il a eu l'air perplexe.

– On n'a pas déjà eu cette conversation ?

– Si, mais je veux m'en assurer.

– Tu as peur que je ne les aime pas ? C'est pas plutôt moi qui devrais me soucier de leur plaire ?

– Tu es le relou typique que tout le monde adore.

– Merci de me manifester ton amour en toutes circonstances.

– C'est vrai, ai-je insisté. Allez, tu les trouves sympas ou pas ? Je ne t'en voudrai pas si tu me dis que...

– Je les aime beaucoup. Tu n'avais pas besoin de stresser.

J'ai senti ma poitrine se détendre instantanément.

– Tant mieux.

On était arrivés au sommet. On est redescendus lentement, tandis que je contemplais la ville comme si je ne faisais pas ça chaque année.

– Quand j'étais petite, je suis montée dans la roue une fois avec des amis de ma classe, et il y en a un qui a commencé à bouger pour que la nacelle vacille.

– Comme tu es encore là, j'en conclus que l'histoire s'est bien terminée.

– Pas si bien que ça.

Je me suis renfrognée.

– Tu n'imagines pas comme ça tangue. C'est vraiment flippant quand... Hé ! Arrête ! Arrête !!!

Évidemment, il avait suffi que je lui raconte cette histoire pour qu'il se mette à faire la même chose que l'abruti de ma classe. Quand il a vu que je paniquais, il a cessé, riant face à mon air paniqué. Les occupants des autres nacelles nous observaient avec curiosité, mais leur attention a vite été détournée vers une autre nacelle où il se passait la même chose. Un garçon essayait de terroriser ses amis, qui lui criaient de cesser.

C'était comme un virus maléfique.

– Je te déteste, ai-je déclaré.

– Bien sûr.

Je me suis appuyée contre le dossier du siège et je me suis un peu recroquevillée, car l'air froid me faisait frissonner.

– J'ai l'impression que ça fait une éternité que je ne suis pas venue ici, ai-je murmuré en admirant la vue.

Jack a glissé un bras dans mon dos.

– Ta ville te manque ?

– C'est... différent.

Je savais que ça ne servait à rien de lui mentir.

– Différent ?

– Tout se passe... si lentement ici.

Il m'observait en silence.

– C'est comme si le temps ralentissait. Ou était complètement paralysé. Les mêmes endroits, les mêmes personnes, les mêmes ragots.

J'ai souri.

– J'adorais ça quand j'étais petite, mais maintenant... je ne sais pas. Je ne voudrais pas passer le reste de ma vie ici, Jack. Je pense que ça n'a jamais été pour moi et que ça ne le sera jamais. J'ai de la peine pour ma famille, parce que si je pars ils me manqueront, et je sais qu'ils ont peur qu'il m'arrive quelque chose, mais... en fin de compte, c'est ma vie, non ? Et c'est à moi de décider.

Il ne faisait toujours pas de commentaire. J'ai plissé les yeux.

– Tu n'as rien à dire ?

Il a esquissé un demi-sourire.

– J'aimerais que tu viennes vivre avec moi, Jen.

J'ai cligné des yeux, ne comprenant pas ce qu'il voulait dire.

– Je vis déjà avec toi. Et depuis trois mois maintenant, au cas où tu ne l'aurais pas remarqué. Je dors même dans ta chambre...

– Tu as dit à Chris que tu reviendrais à la résidence après deux mois, m'a-t-il rappelé. Ça fait trois mois maintenant.

C'était vrai. Même si j'avais l'impression que des années s'étaient écoulées.

– Oui, je lui ai dit ça. Je lui ai dit que je reviendrais.

– Tu n'es pas obligée de le faire.

Il m'a examinée attentivement.

– Si tu veux rester dans l'appart, tu sais que tu peux. C'est aussi chez toi. En fait... rien ne me ferait plus plaisir. Je t'aime, Jen. Et j'adore passer du temps avec toi. Ça commence à m'inquiéter de me rendre compte à quel point je t'aime, mais l'offre tient toujours. Tu veux emménager avec moi ? Officiellement ?

D'accord.

Il avait lâché la bombe.

Et il était plus calme que jamais.

Il m'a fallu quelques secondes pour répondre. J'étais tout à coup très tendue. Il a respecté mon silence, mais c'était évident qu'il attendait une réponse.

– Et je n'aurai pas ma propre chambre ? ai-je plaisanté avec un petit rire nerveux.

Il a haussé un sourcil, l'air amusé.

– Dormir avec moi ne te plaît plus ?

– Ça me met mal à l'aise de partager le lit de mon propriétaire.

– Lui adore ça, je peux te l'assurer.

– Bref, mon proprio est un pervers.

– Ton proprio est *ton* pervers.

J'ai affiché un sourire que ma nervosité ne m'a pas permis de conserver longtemps.

J'ai ouvert la bouche pour répondre, mais Jack a pris les devants :

– Tu n'es pas obligée de me donner ta réponse tout de suite. Tu as toutes les vacances pour y réfléchir. Il n'y a pas d'urgence.

Même si je savais déjà quelle décision je voulais prendre, j'ai accepté de ne pas la lui révéler tout de suite. Il m'a attirée vers lui.

Il n'y a plus rien eu de gênant entre nous jusqu'à ce qu'on rentre. Spencer avait bu quelques bières avec des amis qu'il avait rencontrés à la fête foraine et sa langue était un peu déliée. Quand on est entrés dans la maison, mes autres frères ont grimpé l'escalier pour disparaître. Je guidais Jack par la main, lorsque Spencer s'est glissé entre nous et a passé un bras dans notre dos.

– Bon, j'espère que vous serez sages ce soir, les enfants.

J'ai piqué un fard.

– Spencer...

– C'est rien, Jenny. C'est naturel. Juste... faites ça sans bruit, d'accord ? Il y en a qui doivent se lever tôt.

– Tu n'es pas obligé de te lever tôt.

– Non, mais peut-être que les autres si, petite égoïste. Mords un oreiller. Ça aide.

Il nous a tapé dans le dos avec un sourire de triomphe. J'avais envie de mourir, tandis que Jack étouffait un petit rire.

– Et protégez-vous, a ajouté Spencer en posant le pied sur la première marche. Un neveu, c'est plus que suffisant pour le moment.

Quand il nous a enfin laissés seuls, on n'a pas tout de suite parlé.

– On peut faire comme s'il ne s'était rien passé ? ai-je proposé.

Une fois dans ma chambre, j'ai enfilé mon pyjama avec des moutons, qui m'a valu pas mal de taquineries de la part de mon petit ami chéri. Il a passé en revue la musique sur mes étagères pendant que j'enlevais mes lentilles.

Mon lit m'a paru ridiculement petit lorsque Jack s'est allongé à côté de moi. On allait dormir collés, ce qui n'était pas un problème. Il m'a attirée vers lui et nos jambes se sont naturellement entrelacées.

– Mes parents arrivent demain, a-t-il murmuré en faisant la grimace.

– Et ton frère, lui ai-je rappelé.

– Et ma grand-mère. Ça devrait être amusant comme réunion de famille.

On n'a plus rien dit pendant un moment. J'ai redressé distraitement le col de son T-shirt.

– Je n'ai jamais amené un garçon dans ma chambre.

– Je suis flatté.

– Je n'avais jamais présenté non plus de petit ami à ma famille.

– Jamais ? s'est-il étonné.

– Jamais.

– Et Malcolm ?

– Tu veux dire Monty ?

– C'est ça. Marty.

J'ai souri et j'ai fait non de la tête.

– Je ne le leur ai jamais présenté officiellement. Ils le connaissaient parce que tout le monde se connaît ici. Il ne rentrait dans la maison que lorsque j'étais seule. Et on s'asseyait sur le canapé sans faire grand-chose.

– Alors je suis le premier...

Il a fait un grand sourire.

– J'espère être aussi le dernier.

– Très drôle.

Il s'est penché pour m'embrasser.

***

Comme j'étais un peu nerveuse à l'idée des présentations entre nos deux familles, le lendemain matin, j'ai passé du temps dans ma chambre à essayer de me préparer psychologiquement pour évacuer la tension. Jack et moi nous sommes figés lorsque nous sommes descendus et que nous avons vu que sa famille était déjà arrivée. Ils étaient en train de bavarder tranquillement. Les parents et la grand-mère de Jack étaient avec mes parents et Shanon dans la cuisine, tandis que mes frères et Mike étaient installés dans le salon et jouaient à la console.

Les yeux de mon neveu se sont illuminés quand il m'a vue.

– Tata ! a-t-il couiné en se précipitant vers moi.

– Bonjour, mon chéri.

Je l'ai serré dans mes bras.

– Comment tu vas ?

– Bien.

Quand il a aperçu Jack, il a fait la moue et son ton est devenu sec :

– Bonjour, toi.

Jack s'est retenu de sourire.

– Bonjour, Owen.

Mon neveu a plissé les yeux.

– C'est moi, l'homme de sa vie, a-t-il décrété en me désignant.

– Owen ! me suis-je écriée.

– Juste pour que tu saches, hein ?

Jack a eu l'air amusé, mais Owen a continué à le fusiller du regard.

– Ce n'est pas bien, l'ai-je grondé.

– Ce n'est pas grave, m'a assuré Jack.

– J'ai juste dit la vérité pour que tu te fasses à l'idée, a précisé Owen en croisant les bras.

Jack lui a posé une main sur l'épaule.

– Je sais. J'ai beaucoup entendu parler de toi. Je ne veux pas te concurrencer, mais je peux veiller sur ta tante quand tu n'es pas là.

Owen a cligné des yeux en soupesant la proposition, puis a hoché la tête.

– Bon... ça me paraît bien.

– Super !

Jack lui a tendu le poing.

– Copains ?

– Copains, a concédé Owen avec un sourire en lui cognant le poing.

Mary et Agnès étaient très heureuses de nous voir. M. Ross a gardé ses distances et s'est contenté de nous saluer sans nous serrer dans ses bras. J'avais l'impression qu'il y avait moins de tension entre lui et son fils : c'était un soulagement. En réalité, ma mère, qui remarquait toujours tout, n'a même pas noté qu'il y avait quelque chose de bizarre entre eux. Tout se passait bien jusque-là.

Nous avons mangé tous ensemble. Les conversations étaient à base de moqueries collectives à mon égard entre mes frères, ma sœur et mes parents. C'était amusant pour tout le monde sauf pour moi, et j'ai fini par me réfugier sur la terrasse en boudant.

Jack a dû venir me chercher, comme si j'étais une petite fille, pour que je revienne.

L'après-midi, les adultes ont disparu et nous avons fait une bataille de boules de neige dans le jardin. J'ai fini trempée. Et Spencer et Jack ont gagné, bien sûr. J'étais dans l'équipe de Mike, qui m'a donné une tape réconfortante dans le dos. Pendant ce temps, Sonny et Steve nous ont attaqués de plus belle sans prévenir.

J'ai dû me doucher et me changer avant le dîner. Tout semblait aller pour le mieux. Jack est resté avec les garçons dans le salon pendant que je passais un peu plus de temps à table avec les adultes. Ils parlaient de je ne sais quelle série, ce qui ne m'intéressait pas trop. Je me suis levée et je suis allée sur la terrasse, où Owen et Mike confectionnaient un bonhomme de neige. Ils s'entendaient étonnamment bien. Ils étaient au bout de la terrasse et ne m'ont pas vue quand je me suis assise sur les marches du porche et que je les ai regardés distraitement. Je n'étais là que depuis un petit moment quand quelqu'un est venu s'asseoir à côté de moi. C'était M. Ross.

C'était étrange de le voir assis là dans son pantalon élégant.

– Ils se sont bien trouvés, a-t-il commenté en les observant.

Mike poussait une boule de neige géante tandis qu'Owen le poursuivait en lui criant des ordres.

J'ai souri.

– Tout le monde a l'air de bien s'entendre.

– Oui, ça se passe très bien.

Il a posé une main sur mon épaule.

– Ça n'aurait pas été possible sans ton influence sur mon fils, Jennifer.

J'étais un peu gênée. Il semblait sincère.

– J'ai juste eu une discussion avec vous.

– Ce n'est pas ce que je voulais dire, a-t-il expliqué en replaçant sa main sur ses genoux. Je parle de tout le reste. De comment il était il y a quelques mois. Et comment il a changé. On a dû te le raconter. Même si ce n'est pas lui qui te l'a dit.

J'ai acquiescé.

– À un moment dans sa vie, j'ai cru qu'il était perdu. Jack est trop têtu. Il ne se rend pas compte qu'il commet des erreurs avant qu'elles lui explosent à la figure.

– Il est obstiné quand il veut, ai-je admis.

– Ses petites amies... ne me plaisaient pas beaucoup. Je n'ai pas eu l'occasion de les connaître personnellement et je sais que je ne devrais pas les juger, mais... quand on est parent, on sait quand on a envie que quelqu'un soit avec son fils ou non. Tu le sauras un jour si tu deviens mère.

Il a soupiré.

– Je sais qu'entre vous, ce n'est pas juste une romance de jeunesse, a-t-il ajouté.

Il y avait tant de sérieux dans ses paroles qu'il m'a laissée pensive pendant un moment.

– Non, en effet.

– C'est bien plus que ça, a-t-il repris. Je voulais juste que tu saches que je suis très heureux pour vous deux. Tu es tout ce que mon fils ne savait même pas qu'il recherchait.

J'étais incapable de dire quoi que ce soit. Je ne m'attendais pas à avoir cette conversation avec lui. J'ai serré mes genoux contre ma poitrine et j'ai regardé Mike et Owen, toujours occupés à fabriquer leurs boules de neige géantes.

– Il a déjà écrit la lettre pour décliner l'offre de l'école en France, m'a informée le père de Jack.

– Je sais.

– C'est drôle comme les priorités des gens changent, tu ne trouves pas ?

Il semblait réfléchir à haute voix.

– Il y a quelques années... il aurait fait n'importe quoi pour être accepté dans cette école. Et maintenant... Eh bien, tu sais.

– C'est dommage. Il veut être réalisateur de films. S'il y allait, ce serait la voie royale.

– Il pourrait réussir dans d'autres établissements. Ce ne serait pas pareil, mais il pourrait...

J'ai réfléchi un instant avant de me tourner vers lui :

– Vous pensez qu'il aura une autre occasion de postuler plus tard ?

– S'il refuse maintenant ? Non. Cette chance ne se présente qu'une seule fois.

Voyant mon expression, il a précisé :

– Mais il y a aussi de bonnes écoles par ici.

Je n'ai rien dit. Il a à nouveau posé la main sur mon épaule.

– Je sais que tu as des sentiments très forts pour lui, Jennifer. Et lui pour toi. C'est pour ça qu'il ne veut pas partir. Tu es la meilleure chose qui lui soit jamais arrivée. Il ne veut pas t'abandonner. C'est normal. Tu ne peux pas lui en vouloir.

Ça ne m'a guère réconfortée. Il m'a serré un peu l'épaule, pour me rassurer.

– Jack est assez grand pour faire ses choix.

Je n'ai rien dit. J'ai observé les garçons qui commençaient à empiler les boules de neige.

– Je peux vous poser une question ? ai-je demandé sans le regarder.

– Bien sûr.

– Si vous étiez... ?

Je me suis ravisée et j'ai reformulé ma phrase :

– Est-ce que vous trouvez que Jack a raison de refuser cette opportunité ?

Il a hésité quelques secondes.

– S'il vous plaît, soyez honnête, ai-je insisté en posant les yeux sur lui.

Il avait l'air songeur.

– Je ne sais pas, a-t-il soupiré. L'amour, c'est compliqué, Jennifer. Parfois, on doit faire des sacrifices par amour. Parce qu'on aime plus l'autre que soi. Parce qu'on lui souhaite ce qu'il y a de meilleur. Une fois la décision prise... il est très difficile d'en changer.

J'ai opiné lentement. Je ne sais pas pourquoi, mais une boule s'est formée dans ma gorge.

– Il devrait accepter, ai-je murmuré. Même si ça veut dire qu'on aurait une relation à distance pendant un an et demi. Je sais que ça se passerait bien. On surmonterait ça.

– Je le crois aussi. Mais Jack n'est pas du même avis.

– Il devrait en être convaincu. Et partir étudier en France.

– Il n'ira pas, Jennifer.

Il m'a encore serré l'épaule avant de se lever.

– Il n'ira jamais, tant qu'il sera en couple avec toi.

Je l'ai regardé s'éloigner et, après quelques secondes, j'ai fixé pensivement les garçons qui jouaient toujours.

27

La bonne décision

Ma mère avait insisté pour que Jack et moi restions plus longtemps avec eux, c'est pour cette raison que nous avons passé le réveillon de fin d'année chez mes parents. C'était assez drôle de voir mes frères, à moitié saouls, essayer d'affronter Jack dans une bataille de boules de neige. J'aurais aimé profiter pleinement de la situation, mais une partie de moi n'y arrivait pas. Je n'arrêtais pas de me demander si Jack renonçait à ce qu'il aimait vraiment par ma faute. Et si j'aurais été capable de faire la même chose pour lui. J'étais sûre que oui, mais... j'avais l'impression d'être la personne la plus égoïste du monde.

Une petite partie de moi, toute petite, a même envisagé de le quitter pour qu'il aille dans l'école de ses rêves. Mais je savais que ce serait inutile, parce qu'il ne m'écouterait pas. Je n'avais même pas besoin de lui en parler pour le savoir. Je ne le ferais pas, d'ailleurs. J'ai essayé de chasser ces pensées pendant les derniers jours qui nous restaient à passer chez mes parents, mais c'était difficile. Et je retournais tellement la question dans ma tête que Jack s'est rendu compte que quelque chose n'allait pas. Il a d'abord insisté pour que je lui dise ce qui me tracassait, mais quand il a compris que je ne me confierais pas, il m'a juste embrassée pour me réconforter.

Comment pouvait-il être aussi stupidement parfait ?

Je pense que c'est le lendemain, à l'aube, que j'ai pris ma décision.

J'allais rester avec lui.

J'avais passé toutes les vacances à y réfléchir et j'étais arrivée à la conclusion que je ne voulais pas être séparée de lui.

Le dernier jour, quand nous sommes allés chercher nos valises dans ma chambre, Jack a scruté mon visage.

– Ça va ?

J'ai acquiescé.

– Je me demandais... si je ne devais pas emporter plus d'affaires.

Il a eu l'air tout excité tout à coup.

– Je peux fouiller dans tes tiroirs pour voir ce que je trouve d'intéressant ?

– Tu peux, mais tu ne trouveras rien de merveilleux.

– Je relève le défi.

Je suis allée dans ma garde-robe, j'ai pris quelques sweatshirts qui m'avaient manqué et je les ai fourrés dans mon petit sac à dos rose vif. Je l'ai entendu ouvrir et fermer des tiroirs. Le résultat ne semblait pas l'enthousiasmer.

Je rangeais ce que j'avais choisi dans mon sac, quand je l'ai vu inspecter l'intérieur d'un tiroir avec plus d'attention.

– Tiens, un bracelet que je ne t'ai jamais vue porter.

– Je ne porte presque jamais de bracelets ou d'accessoires.

– Tu n'as pas de colliers ?

Il a grimacé en constatant qu'il n'y avait que des boucles d'oreilles et des bracelets.

– Je ne crois pas, ai-je répondu en haussant les épaules.

– Mmmh... Qu'est-ce qu'il y a d'autre ? Un carnet...

– Ce n'est pas un carnet.

– C'est un journal intime ?

Son visage s'est illuminé et il l'a ouvert avec curiosité. J'ai souri en voyant son air déçu l'instant d'après.

– Pourquoi il y a une liste de noms, de lieux... et de personnes ?

– Quand j'étais petite, je tenais une liste de choses dont j'étais fière : être allée à Disney, avoir réussi en calcul... Des conneries.

– Et je ne suis pas dedans ?

– Tu es à la fin, ai-je plaisanté. Sur la liste des erreurs de ma vie.

Il a tourné les pages pour atteindre la dernière, qu'il a parcourue minutieusement.

– Spencer qui t'a surprise en train de prendre des selfies, a-t-il lu en hochant la tête comme s'il était d'accord, tomber dans une piscine tout habillée, choisir une option que tu n'aimais pas juste pour être dans la même classe que ta copine...

Il a marqué une pause et a froncé les sourcils.

– Pourquoi Malcolm n'y figure pas ?

– Je n'ai plus rien écrit dans ce cahier depuis des années ! Et il s'appelle Monty, relou.

– Il n'est jamais trop tard pour l'y ajouter.

Il a remis le cahier à sa place pour continuer à fureter jusqu'à l'heure du départ.

Nous avons fait nos adieux à ma famille, et ma mère nous a serrés tous les deux très fort dans ses bras. Dans le taxi, je n'ai pas pu m'empêcher de me retourner pour regarder ma maison, puis Jack.

Est-ce que je prenais la bonne décision ?

Il n'était pas trop tard pour changer d'avis.

Mais... non. Il n'y avait rien à rectifier.

J'ai baissé les yeux sur mes mains. C'était la bonne décision. Je voulais rester avec lui. Je voulais être avec lui.

Je suis demeurée silencieuse dans l'avion et pendant presque tout le trajet en voiture. J'ai fait semblant de dormir pour que Jack ne me parle pas. Je n'avais pas assez dormi et j'avais mal à la tête. J'avais même mis ses lunettes de soleil, ce que je ne faisais jamais.

Il a garé la voiture dans le garage et nous sommes sortis sans un mot. Jack a pris nos deux sacs à dos et les a portés jusqu'à l'ascenseur. Dès que nous sommes sortis de la cabine, une odeur de brûlé m'a envahi les narines et j'ai grimacé. Naya hurlait. Nous nous sommes précipités dans le salon, paniqués, et l'avons trouvée en train d'ouvrir le four.

– Merde ! s'est-elle exclamée.

Un nuage noir sortait de l'appareil, plus précisément d'une plaque sur laquelle était posé un poulet carbonisé. Naya était hystérique. Will, Mike et Sue se moquaient d'elle, sournoisement, depuis le bar.

– Vous voyez pourquoi je ne voulais pas cuis... ?

Elle s'est interrompue en nous voyant.

– Salut, les gars !

– Tu essaies de mettre le feu à l'appartement ? a demandé Jack.

– Oh, la ferme, Ross. Dix dollars à la poubelle...

– Qu'est-ce que tu essayais de faire ? ai-je voulu savoir.

La situation m'amusait et j'ai aussitôt oublié ce que j'avais eu en tête pendant tout le trajet.

– Du poulet rôti ! Je voulais qu'on ait un bon dîner.

– Si tu n'en as pas marre de cuisiner, on peut aller chercher un autre poulet et je t'aiderai.

– C'est pour ça que tu es ma meilleure amie ! a-t-elle piaillé avec enthousiasme.

Will, elle et moi avons donc passé l'après-midi à cuisiner comme des idiots en essayant d'éviter les catastrophes. Le résultat était étonnamment réussi. Sue a humé l'air quand nous avons posé le poulet sur la table basse. Nous nous sommes tous assis et Naya a regardé Mike d'un air accusateur quand il a demandé pourquoi nous n'avions pas allumé la télé.

– C'est Noël ! s'est-elle indignée. À Noël, on parle. On ne regarde pas des conneries à la télé.

– Noël est passé, lui ai-je rappelé. On est en janvier.

– Oui, mais on n'a pas pu célébrer les fêtes ensemble, a-t-elle souligné en faisant la moue. On ne peut pas faire un peu semblant de fêter un Noël tardif, ensemble et heureux ?

Elle s'est tournée vers Will, qui s'est avoué vaincu.

– Je trouve que c'est une idée géniale.

– Jenna ?

– Euh... Oui, bien sûr.

– Et vous avez des cadeaux ? nous a interrogés Mike, tout excité.

– Euh... Non, a admis Naya.

– Quel second Noël de merde.

– La ferme !

– Ah, je n'ai plus le droit de donner mon avis ?

– Non, espèce de parasite, a riposté Sue.

– Pourquoi est-ce que tu continues à me traiter de parasite ? Vous vous ennuieriez sans moi.

– Ou on profiterait de la vie, a répliqué Jack.

– Belle-sœur, j'ai besoin de renfort.

– Pauvre chou... Allez, arrêtez de l'embêter.

À ma grande surprise, ils m'ont obéi. Mais ce n'était pas parce que je les avais intimidés, bien sûr. C'est parce que tout le monde avait faim.

Après le dîner, nous avons mis un film de Noël sans intérêt. Mike et Sue ont passé leur temps à le critiquer, Will et Naya à s'embrasser, pendant que Jack et moi étions sur l'autre canapé et regardions le film en silence.

C'était la seule personne que je connaissais qui lorsqu'elle disait qu'elle voulait regarder un film... le pensait vraiment. Si j'essayais de le distraire en l'embrassant, il se mettait en colère, et c'était très drôle. Il suivait attentivement ce qui se passait à l'écran. J'ai retenu un sourire en le voyant froncer les sourcils devant une scène.

– Quoi ? a-t-il ronchonné en me surprenant.

– Je ne voulais pas te distraire.

– C'est déjà fait.

– C'est juste que...

J'ai baissé la voix :

– J'ai un cadeau de Noël pour toi.

Il a réfléchi un instant avant de plisser les yeux, curieux.

– Un cadeau ? Pourquoi tu ne me l'as pas offert chez tes parents ?

J'ai senti mes joues s'embraser.

– Eh bien... ce n'est pas vraiment un cadeau très... comment dire... conventionnel.

Ses yeux se sont illuminés et il m'a adressé son sourire lubrique.

– Je veux le voir.

– Tu ne veux pas attendre que le f... ?

– On s'en fout du film, a-t-il décrété en se levant et en m'entraînant dans la chambre.

Il s'est assis sur le lit avec l'empressement d'un petit enfant.

– J'ai aussi quelque chose pour toi, m'a-t-il annoncé.

– C'est vrai ?

– C'était un cadeau d'anniversaire, mais je peux te le donner à l'avance.

– Mon anniversaire est dans un mois !

– Je suis quelqu'un de prévoyant. Tu veux d'abord ouvrir le tien ?

– Oui !

J'étais un peu plus enthousiaste que je n'aurais dû l'être.

Il s'est levé et a fouillé dans sa commode jusqu'à trouver ce qu'il cherchait. Il me l'a lancé et j'ai réussi à l'attraper par miracle. Je me suis renfrognée.

– Il aurait pu se briser !

– J'ai confiance en tes talents, petite sauterelle.

J'ai entrepris de défaire soigneusement l'emballage. C'était une petite boîte. Il m'observait attentivement.

– Je ne sais pas si ça te plaira.

Je me suis arrêtée avant de l'ouvrir.

– Pourquoi ?

– C'est un peu nouveau pour moi, d'offrir des cadeaux.

Ça m'a donné encore plus envie de découvrir de quoi il s'agissait. J'ai fini de détacher le papier et je l'ai jeté au sol. La boîte était bleue et en velours. J'ai haussé un sourcil, intriguée.

– Qu'est-ce que... ?

– Ouvre, s'est-il impatienté.

Je me suis exécutée.

À l'intérieur se trouvait une petite clé en argent. J'étais perplexe. Il s'est mordillé nerveusement la lèvre.

– Une clé ?

– C'est celle de l'appartement, a-t-il précisé.

Je ne comprenais toujours pas. J'avais déjà la clé de l'appartement.

– C'est... symbolique.

– Symbolique ?

– Ça fait officiellement trois mois aujourd'hui qu'on s'est embrassés pour la première fois. Et je t'ai dit sur la grande roue que tu n'étais pas obligée de me répondre tout de suite, mais... Eh bien, tu sais. La vérité, c'est que j'allais attendre ton anniversaire pour te le demander, mais je n'ai pas pu me retenir.

Je l'ai observé. Il m'a paru plus nerveux quand il a constaté que je ne disais rien. Je trouvais ça mignon de le voir aussi stressé, pour la première fois depuis que je le connaissais.

– Alors ? a-t-il insisté.

– Je...

Je ne savais pas quoi dire.

– Je crois que je te déteste un peu.

Il a cligné des yeux, stupéfait.

– Moi ?

– Oui, toi.

– Pour... Pourquoi ?

– Parce que mon cadeau est merdique comparé au tien.

Il a souri, soulagé, et s'est approché.

– Honnêtement, pour l'instant, je n'ai qu'une envie : voir ce que tu m'offres.

Il m'a pris la boîte des mains et l'a posée sur la commode.

– Où est-il ?

– Mais je ne dois pas répondre... ?

– Mon cadeau ! a-t-il exigé.

– D'accord ! Va t'asseoir là-bas, relou.

Je lui ai indiqué le lit.

– M'asseoir ?

– Oui, et en me tournant le dos.

– Qu'est-ce que... ?

Il a protesté quand je l'ai poussé sur le matelas pour qu'il ne puisse pas me voir. Quand il a essayé de se retourner, je lui ai remis la tête en place.

– Ne bouge pas.

Je me suis précipitée vers mon armoire pendant qu'il fredonnait une petite chanson, faisant semblant de se distraire. Je me suis assurée qu'il ne regardait pas pendant que je fouillais l'armoire. Il ne s'est pas retourné. Heureusement. J'ai trouvé ce que je cherchais.

– Je peux me retourner maintenant ?

– Non.

– Et maintenant ?

– Non plus.

– Et maint... ?

– Jack !

– Pardon !

J'imaginais son sourire taquin pendant que je me dépêchais.

– Et maintenant ?

– Si tu me le redemandes, je traîne exprès.

Il s'est mis à tambouriner des doigts sur ses genoux, impatient. J'ai fini mes préparatifs et je me suis examinée dans le miroir en pied. J'étais déjà rouge comme une tomate et je ne m'étais pas encore retournée.

J'avais mis la tenue que Shanon m'avait achetée. C'était de la lingerie. Très sexy. Et très bizarre. Je n'avais jamais rien porté de pareil. Ça ne me ressemblait pas.

– Je m'endors, a protesté Jack en soupirant pour m'irriter.

– Une seconde.

J'ai détaché mes cheveux. Puis je les ai rattachés et détachés deux fois, n'arrivant pas à me décider. Finalement, je les ai laissés retomber sur mes épaules et j'ai remis en place derrière mon oreille la mèche qui s'échappait toujours. Mes mains tremblaient.

Pourquoi étais-je si nerveuse ? Ce n'était qu'un ensemble de lingerie. Il m'avait déjà vue des tas de fois dans des tenues plus légères.

J'ai caché dans l'armoire les vêtements que je venais d'enlever et je l'ai aussitôt refermée. Il s'était allongé, mais ses paupières étaient docilement fermées.

Je me suis mise en place, mais la position ne me plaisait pas et j'en ai changé, mal à l'aise. J'ai recommencé trois fois. Il tapotait son ventre avec un sourire amusé.

– Je t'entends te déplacer dans la chambre. Et ma curiosité est à son comble.

– Tais-toi et ne regarde pas.

– Quand j'ouvrirai les yeux, tu ne vas pas me poignarder ou quoi, hein ?

– Je le ferai peut-être, si tu ne te tais pas.

Il s'est mis à rire. Il s'amusait beaucoup.

Finalement, je suis restée là, rouge comme une tomate. J'ai passé mes mains sur mes bras, puis je les ai laissées retomber le long de mon corps, plus tendue que jamais.

J'ai pris une profonde inspiration.

– C'est bon... tu peux regarder, maintenant.

Il a aussitôt ouvert les yeux et s'est tourné vers moi, intrigué. Pendant quelques secondes – qui m'ont semblé durer une horrible éternité – il m'a fixée bouche bée. Ses sourcils se sont levés alors qu'il me faisait passer un scanner complet. Mon visage devait être écarlate. J'ai essayé de ne pas me cacher derrière mes mains, mais ça devenait de plus en plus difficile à mesure que les secondes s'égrenaient. Je ne m'étais jamais sentie aussi exposée.

Et il était toujours aussi silencieux. Il examinait le soutien-gorge d'un air surpris.

– Alors ? ai-je demandé d'une voix aiguë.

Il m'a de nouveau scrutée des pieds à la tête.

– Putain.

– Putain qui veut dire « Waouh » ou qui veut dire « Quelle horreur » ? l'ai-je interrogé à voix basse, les joues en feu.

– Putain de...

Il a hésité, m'a détaillée à nouveau.

– De putain.

Lorsqu'il a posé les yeux sur mon visage, j'ai eu l'impression de pouvoir respirer à nouveau.

– Depuis combien de temps tu as cette tenue et pourquoi tu ne l'as jamais portée jusqu'à présent ?

– Je n'ai pas trouvé d'occasion spéciale !

– Pour moi, tu peux la porter tous les jours.

Je n'ai pas pu m'empêcher de sourire et je me suis couverte un peu avec mes bras,

– Je...

– Viens ici, m'a-t-il dit, amusé.

Je me suis approchée sans oser le regarder. Il m'a poussée doucement pour que je m'asseye sur ses genoux. J'ai frissonné lorsqu'il m'a caressé le genou et le bord du soutien-gorge.

– Je vais instaurer la tradition d'un second Noël chaque année.

***

Ça faisait une semaine que nous étions rentrés et la vie avait repris son cours normal. J'avais oublié la France, je m'étais remise à courir le matin et Jack se plaignait à nouveau régulièrement de la présence de Mike dans l'appart. La routine, quoi.

Ce soir-là, j'étais assise sur le canapé et je regardais la télévision. Jack était sorti boire un verre avec des gens de sa classe, et j'étais seule avec le couple et Sue. On mangeait de la pizza devant un mauvais film. Comme Mike avait disparu aussi – je le soupçonnais d'être avec une fille –, pour une fois, j'avais tout un canapé pour moi.

Sue a été la première à quitter le salon. Naya et Will l'ont imitée peu après. Ils sont partis dans leur chambre en riant et en s'embrassant. Je suis restée devant la télé pendant un moment avant de m'étirer et de décider d'aller me coucher moi aussi. Je me réveillerais au retour de Jack. Je n'allais pas l'attendre.

Je me suis levée et je me suis étirée à nouveau, paresseusement. Mon regard est tombé sur une lettre posée sur le bar. Elle était stratégiquement recouverte de quelques cahiers. Je les ai écartés et j'ai examiné le pli avec curiosité. Mon indifférence s'est envolée lorsque j'ai vu qu'il s'agissait de la lettre que Jack enverrait à l'école française pour renoncer à la place qu'on lui offrait.

Je n'ai pas pu m'empêcher de la lire. Il y expliquait qu'il était honoré de la proposition, mais qu'il la refusait pour des raisons personnelles... Je l'ai remise soigneusement à sa place pour qu'il ne s'aperçoive pas que j'y avais touché.

J'ai failli avoir une attaque cardiaque quand je me suis retournée et que j'ai vu que Will m'épiait, les bras croisés.

– Ce n'est pas bien de lire le courrier des autres, Jenna.

Pourquoi son ton était-il exactement le même que celui de mon père ? C'était flippant.

– Je...

Je l'ai regardé, mal à l'aise.

– Ne dis rien à Jack, s'il te plaît.

– Je ne dirai rien, m'a-t-il assuré. C'est la lettre pour l'école ?

J'ai acquiescé. Il a soupiré.

– Quelle super opportunité il refuse, hein ? a-t-il plaisanté.

Il a cessé de sourire en voyant mon expression.

– Qu'est-ce qui ne va pas ?

J'ai secoué la tête en serrant les bras autour de moi. C'était comme si tout ce que j'avais essayé de refouler depuis des jours me revenait d'un coup, comme une gifle infligée par la réalité. Je savais que Will avait fait ce commentaire pour me taquiner, mais je me sentais mal.

Il s'est approché quand il a vu que je ne répondais pas.

– Qu'est-ce qui ne va pas, Jenna ? a-t-il répété, plus inquiet cette fois.

Nous nous sommes assis tous les deux sur un canapé. Il a passé une main dans mon dos.

– Tu crois qu'il ne devrait pas refuser ? ai-je chuchoté.

Pendant une seconde, sa main s'est figée et ça a suffi pour que je sache ce qu'il en pensait.

– Qu'est-ce que tu veux dire ?

– Je ne sais pas.

Je me suis pris le visage dans les mains.

– Laisse-moi reformuler la question. Qu'est-ce que tu veux entendre exactement, Jenna ?

– Je ne sais pas. Je ne sais même pas ce que je veux faire.

Will m'a observée en silence.

– C'est une super opportunité, a-t-il dit. Si c'est le rêve de sa vie de devenir réalisateur, bien sûr.

– C'est son rêve.

– Je le sais bien.

– Et il a déjà écrit pour décliner la proposition.

– Je le sais aussi.

– À cause de moi.

Il a soupiré.

– Jack est... têtu. Tu ne le feras pas changer d'avis.

Je l'ai fixé pendant un moment. Il a froncé les sourcils.

– Qu'est-ce qu'il y a ?

J'ai réfléchi.

– C'est juste que... Je ne sais pas. Il ne devrait pas refuser.

– Ouais...

– S'il n'était pas avec moi, il partirait sans la moindre hésitation...

La phrase est restée en suspens quelques secondes. Les yeux de Will se sont plissés.

– Je ne sais pas à quoi tu penses, a-t-il dit lentement, mais je t'assure que ce n'est pas la solution à...

– Will, l'ai-je interrompu, regarde-moi dans les yeux et jure-moi que tu es sûr qu'il pourra réaliser son rêve sans aller dans cette école.

Il m'a regardée droit dans les yeux et semblait sur le point de dire quelque chose, mais il s'est ravisé.

J'ai hoché la tête.

– C'est son rêve, ai-je conclu.

– Jenna...

– C'est son rêve, ai-je répété.

– Et il y a mille façons de le réaliser. Il n'est pas obligé d'aller en France pour y arriver.

– Combien de choses a-t-il faites pour moi ? Combien de choses a-t-il changées dans sa vie pour moi ? À combien de choses est-ce qu'il a renoncé pour moi ?

– Jenna, je ne crois pas...

– Il a renoncé au rêve de sa vie, à ce qu'il attendait depuis longtemps... pour moi.

Will n'a rien dit.

– Et moi, qu'est-ce que j'ai fait pour lui ?

– Plein de choses.

J'ai secoué la tête.

– Non, rien de comparable. Rien à voir avec renoncer au putain de rêve de ma vie. Je n'ai même pas pu larguer mon connard d'ex-petit ami pour lui... pendant plusieurs mois.

– Jenna...

– Il m'a donné tout ce qu'il pouvait et je n'ai pas su lui rendre la pareille.

– Il y a mille façons de lui rendre la pareille. Pas forcément celle-là.

– Peut-être que si, Will.

J'ai souri, un peu tristement.

– Peut-être que ça doit être celle-là.

Il s'est passé une main sur le visage.

– Tu ne peux pas lui faire ça.

– Je pense que si.

– Il ne... Il faudrait que tu en parles à Ross, il...

– Si je lui demande d'aller étudier en France, tu crois vraiment qu'il m'écoutera ?

Will a soupiré lourdement.

– Il t'aime, Jenna.

– Je suis sa petite amie, pas sa femme. Et on est ensemble depuis très peu de temps... Et si notre couple bat de l'aile dans un an ou deux ? Et si on se sépare ? Qu'est-ce qu'il fera, hein ? Il aura renoncé à son rêve pour rien. Pour une relation sans importance.

– Ce ne sera pas pour rien.

– Si, Will, ce sera pour rien.

Il a fermé les yeux un instant.

– Et si tu allais avec lui ? a-t-il suggéré.

J'ai failli éclater de rire.

– J'ai l'air de pouvoir m'offrir un voyage en France ?

– On peut trouver un moyen pour...

– Je ne veux pas lui devoir plus d'argent. En plus, j'ai du travail à la maison. Je veux gagner de l'argent et me payer des cours de peinture. Si je l'accompagnais... je ne ferais que le distraire.

Will semblait vouloir ajouter quelque chose, mais on a entendu la clé dans la serrure de la porte d'entrée. J'ai croisé son regard.

– Ne dis rien, l'ai-je supplié.

– Jenna, tu ne peux pas...

– Rebonjour.

Jack est entré, tout sourire.

– Vous conspirez tous les deux contre Sue et sa glace ?

Il s'est approché de moi et m'a embrassée brièvement en enlevant sa veste.

J'ai jeté un coup d'œil à Will lorsque Jack s'est retourné pour jeter les clés sur le plan de travail. Son expression était sombre.

– Je vais me changer, a-t-il annoncé.

Il a disparu dans le couloir.

Dès qu'on s'est retrouvés seuls, Will et moi, j'ai voulu me lever, mais il m'a retenue par le poignet.

– Tu vas le détruire.

– Si je le détruis maintenant, peut-être... peut-être qu'un jour il comprendra.

– Jenna, tu ne peux pas...

– Will, l'ai-je prévenu.

– Non.

Il m'a tirée pour que je me rasseye.

– Tu ne comprends pas. Tu ne le connais pas comme moi. Il serait effondré.

Il a soupiré tristement.

– Il n'y a rien que je puisse dire pour te faire changer d'avis ?

Je n'ai pas répondu, mais ce n'était pas nécessaire, il connaissait la réponse.

– Attends au moins jusqu'à demain matin, m'a-t-il implorée. Passe cette nuit avec lui. Fais... Je ne sais pas... Réfléchis-y encore. Si demain tu veux toujours mettre ton plan à exécution, alors... fais-le. Mais réfléchis d'abord. Réfléchis aux conséquences.

Il a hésité.

– S'il te plaît, a-t-il ajouté.

– D'accord.

Je me suis levée et je me suis dirigée vers le couloir. Je ne l'avais pas encore atteint quand je l'ai entendu m'appeler à voix basse. Je me suis retournée. Il me fixait d'un air malheureux.

– Tu es la meilleure chose qui soit arrivée dans sa vie, tu sais ?

Je n'ai pas su quoi répondre. Je sentais une fois de plus la boule dans ma gorge.

– Je voulais juste que tu le saches.

On s'est regardés un moment, puis j'ai traversé le couloir et je suis entrée dans la chambre. Jack n'avait pas pris la peine de mettre un T-shirt. Il était au lit avec son portable, qu'il a posé sur la table de nuit dès qu'il m'a vue apparaître.

Il a tout de suite compris que quelque chose n'allait pas et son sourire s'est effacé.

– Qu'est-ce qui ne va pas ?

– Naya m'a montré le film du petit chien qui attend son maître mort, ai-je menti en évitant son regard. Je suis triste.

Je me préparais mentalement à ce moment depuis longtemps. Je pouvais y arriver. Je pouvais lui mentir. J'ai attendu, nerveuse, et je me suis calmée quand je l'ai vu ouvrir les bras, amusé.

– Viens ici. On va dissiper cette tristesse.

J'ai esquissé un petit sourire peiné et je me suis blottie contre lui. Jack a tendu le bras pour éteindre la lumière et j'ai appuyé ma tête contre son torse. Il m'a caressé distraitement le dos.

– C'est mieux comme ça ?

J'ai hoché la tête. J'avais envie de pleurer.

– On pourrait adopter un chien un jour. J'ai toujours voulu en avoir un.

– Un chien ? ai-je répété sans le regarder.

– Oui. Biscuit II. En l'honneur de ton Biscuit.

– Tu dis ça comme s'il était mort.

– Il n'est pas mort, mais il a besoin d'être représenté dans cette maison.

J'ai souri un peu, mais j'avais toujours envie de pleurer. Il a continué à me caresser le dos.

– Ou un chat, a-t-il murmuré pensivement. Ils sont plus indépendants.

Je n'ai rien dit. J'ai fermé les yeux et j'ai essayé de retenir mes larmes pendant qu'il continuait :

– Qu'est-ce que tu en dis ? Un chat ? Un chien ? Un dragon à cinq têtes ?

Je me suis redressée pour le regarder. Dans la pénombre, il a haussé un sourcil, attendant une réponse.

– Un dragon, c'est pas mal, ai-je murmuré.

– Un dragon, alors. Mais ce ne sera pas moi qui nettoierai ce qu'il détruira.

J'ai esquissé un léger sourire et je me suis penchée en avant pour presser mes lèvres contre les siennes. Il m'a rendu mon baiser en enfouissant une main dans mes cheveux. Je l'ai laissé m'allonger sur le dos. Il a remarqué que j'étais toujours triste, mais il a cru que c'était à cause du film. Ses gestes étaient plus doux et tendres que jamais. Il m'a embrassée sur le bout du nez et a souri avant de soulever mon T-shirt pour l'enlever. J'ai fermé les paupières tandis qu'il m'embrassait à nouveau en se collant contre moi et en me caressant sans précipitation.

Cette nuit-là a été différente. Les baisers, les caresses, les chuchotements avaient un goût d'adieu. Je le dévisageais pour mémoriser tout ce qui se passait, mais Jack ne se rendait compte de rien. Il me souriait entre deux baisers, pour tenter d'effacer mon air triste.

Comme il avait compris que cette nuit-là c'était moi qui avais besoin d'être serrée, au lieu de se coucher dans sa position habituelle, il s'est allongé sur le dos et m'a attirée pour qu'on dorme comme la première fois qu'on avait partagé ce lit.

Ma tête reposait sur son torse alors qu'il était assoupi depuis près d'une heure, et je savais que je ne pourrais pas m'endormir. J'ai fermé les paupières et les larmes me sont montées aux yeux. Son front s'est légèrement plissé quand je me suis redressée pour le contempler de plus près. Il avait l'air si paisible quand il dormait...

J'ai passé une main sur son ventre et sur son torse. Son cœur battait calmement, comme toujours. Je suis restée là un moment. Sa peau était chaude. J'ai remonté les doigts le long de son cou et je les ai posés sur ses lèvres. Il a murmuré dans son sommeil.

Et c'est à ce moment-là que j'ai réalisé.

C'est comme si je l'avais toujours su et que je n'avais pas osé y penser parce que j'avais trop peur. Parce que j'étais terrifiée. Mais cette terreur n'avait plus de sens.

De nouvelles larmes ont envahi mes yeux et je me suis penchée pour l'embrasser doucement, essayant de graver ce moment dans ma mémoire. Quand je me suis reculée, il dormait toujours et j'ai écarté les mèches de cheveux de son front.

– Je t'aime, ai-je murmuré.

Je n'avais jamais prononcé ces mots à voix haute, mais je n'avais jamais ressenti ça pour personne. J'avais l'impression qu'un poids avait été ôté de mes épaules. J'ai écrasé une larme sur ma joue et j'ai respiré profondément. Je l'aimais. Je l'aimais depuis longtemps et en cet instant c'était plus concret que jamais.

Et c'était pour ça que je devais mettre ma décision à exécution.

J'ai reposé la main sur son cœur.

– Je t'aime tellement, Jack, ai-je chuchoté. Un jour, on y repensera et on en rira, j'en suis sûre. J'espère... J'espère que tu comprendras.

J'ai retiré ma main de sa poitrine et j'ai serré le poing pour garder encore un peu la chaleur de Jack.

Puis je me suis retournée vers ma table de nuit et je me suis levée sans bruit. J'ai pris mon téléphone et j'ai quitté la chambre en composant le numéro de Shanon.

28

La décision finale

J'avais dormi à la résidence.

Mon lit me semblait vide et incomplet sans le bras chaud de Jack autour de mes épaules. Tout me semblait atrocement vide et incomplet sans lui. Y compris moi. Et c'était pourtant moi qui avais provoqué cette situation.

L'aube était déjà là. J'ai posé les yeux sur ma valise, prête pour le grand départ. J'avais pleuré toute la nuit. J'ai dégluti et j'ai consulté mon portable. Shanon serait là dans un quart d'heure.

Ensuite, je rentrerais chez moi et... tout serait fini.

Tu peux encore retourner à l'appart.

J'ai passé les mains sur mon visage en secouant la tête.

Il est trop tard.

Il n'est pas trop tard. Il ne s'est peut-être pas réveillé. Retournes-y, tu peux encore le faire.

Je me suis levée, chassant cette pensée, et je suis allée dans la salle de bains. J'avais les yeux gonflés et les lèvres pâles. Je ressemblais à un cadavre ambulant. Je me suis passé de l'eau froide sur le visage.

Est-ce qu'il était réveillé ? Est-ce qu'il avait déjà lu le mot que je lui avais laissé ? Mon cœur s'est serré à cette idée.

Ce fichu mot. Je ne voulais même pas penser à ce que j'avais écrit. Je n'avais pas pu lui avouer en face que je voulais partir. Une partie de moi, une partie très lâche, le suppliait de ne se réveiller que quand je serais déjà en route pour la maison. Je n'arriverais jamais à lui mentir en face. Il me démasquerait tout de suite.

Je me suis frotté vigoureusement les joues pour leur redonner un peu de couleur et j'ai jeté un autre coup d'œil à mon reflet.

Tu es une imbécile impulsive, tu le sais ?

– Oui, je sais, ai-je murmuré.

Tout à coup, on a frappé à la porte.

Je me suis figée.

Ce n'était tout de même pas lui ?

Le cœur battant à tout rompre, je me suis approchée lentement du battant. J'étais sur le point de l'ouvrir quand il s'est ouvert en grand. Tout mon corps s'est raidi en pensant que ça pouvait être Jack... Mais c'était Naya. J'ai senti que je pouvais respirer à nouveau.

Elle m'a fixée avec des yeux écarquillés.

– Qu'est-ce qu'il y a ? Qu'est-ce qui s'est passé ? Qu'est-ce qu'il t'a fait, bon sang ?

– Rien, ai-je affirmé. Il est... réveillé ?

– Il dormait encore quand je suis partie. Will m'a dit... Pourquoi est-ce que tu as quitté l'appart ? Qu'est-ce qu'il s'est passé, Jenna ?

Je me suis demandé si je ne préférais pas que ça se passe comme ça. Sans l'affronter. En rentrant à la maison sans le voir.

Dans dix minutes, Shanon serait là. Dix minutes seulement.

– Qu'est-ce qui s'est passé ? a insisté Naya.

– C'est... compliqué.

– Tu t'en vas ?

Les larmes lui sont montées aux yeux.

J'ai hésité un instant avant d'acquiescer.

– Tu ne peux pas partir...

Elle s'est mise à sangloter.

– Tu es... Je ne sais pas... Je ne sais pas ce qui s'est passé, mais...

– Je suis désolée, ai-je murmuré.

– Je t'aime beaucoup, Jenna. Tu es ma meilleure amie. Je ne veux pas que tu t'en ailles.

Elle m'a serrée très fort dans ses bras, et je lui ai rendu la pareille, avec l'envie de pleurer. J'ai réussi à me retenir en enfouissant le nez dans son épaule.

– Reste. Peu importe ce qu'il s'est passé, je suis sûre qu'on trouvera une solution. Je suis sûre que Ross ne voulait pas...

– Jack ne m'a rien fait.

– Alors ?

Elle m'a fixée avec urgence.

– Tu ne peux pas... ?

– Naya, je rentre à la maison. Il faut que je le fasse. Je suis vraiment désolée de ne pas t'en avoir parlé avant.

Elle n'a pas répondu, elle réfléchissait à toute allure.

– Pour... Pourquoi si soudainement ? Il s'est passé quelque chose la nuit dernière ?

– C'est compliqué, ai-je répété.

– Je sais, mais...

On s'est tues toutes les deux quand quelqu'un a commencé à tambouriner à la porte de la chambre.

– Jen !

Je me suis figée en entendant la voix de Jack :

– Ouvre !

J'avais l'impression que mon cœur se déchirait en deux.

Oh non.

Naya s'est tournée vers moi avec des yeux comme des soucoupes :

– Qu'est-ce que... ?

Jack a encore frappé à la porte.

– Je ne veux pas le voir, ai-je chuchoté.

Naya a inspiré bruyamment et s'est approchée du battant. Elle l'a entrouvert pour jeter un coup d'œil à l'extérieur.

– Elle ne veut pas...

– Naya, éloigne-toi, l'a-t-il mise en garde.

Elle a hésité une seconde, mais elle s'est écartée lorsqu'elle a compris qu'il était inutile d'insister.

Jack est entré dans la pièce, la respiration haletante, échevelé, l'air complètement perdu. Il a regardé mon lit, puis ma valise. Une boule s'est formée dans ma gorge quand il s'est tourné vers moi.

Pendant un moment, nous n'avons rien dit.

– Je... Je descends avec Will et Sue, nous a prévenus Naya.

Silence. Elle a refermé la porte derrière elle. Jack ne me quittait pas des yeux, il avait l'air tellement perdu que ça m'a brisé le cœur.

– Qu'est-ce que... ? a-t-il commencé.

Il cherchait ses mots sans les trouver.

– Je... Je ne... Je ne comprends rien... Qu'est-ce... ? Tu t'en vas ?

J'ai dégluti.

– Oui, ai-je répondu d'une voix aussi ferme que possible.

– Pourquoi ? Que... Qu'est-ce qui s'est passé ?

– Je veux partir.

– La nuit dernière... Je...

Il s'est passé une main dans les cheveux.

– Putain, tout allait bien, non ?

Je n'ai rien dit. Il s'est à nouveau passé la main dans les cheveux, réfléchissant à toute vitesse.

– Tu ne peux pas partir. Je ne sais pas ce qui s'est passé, mais tu ne peux pas t'en aller.

– Je veux partir, ai-je répété.

Il a pris mon visage à deux mains, cherchant à déceler sur ma figure si je mentais.

Mais j'avais trop répété la scène. Sa poitrine s'est mise à se soulever et à s'abaisser rapidement quand il n'a rien trouvé.

– Jen, je... Pour... Pourquoi ?

– Je veux juste rentrer chez moi, Jack.

– Je ne comprends pas, je ne comprends rien, qu'est-ce qu'il s'est passé ? Hier soir, tout allait bien.

– Jack...

– Qu'est-ce que j'ai fait de mal ? Quoi que ce soit, je me rattraperai, je le jure, je...

– Tu n'as rien fait, ai-je murmuré, sentant que j'allais pleurer.

– Alors qu'est-ce qu'il s'est passé ? a-t-il insisté, cherchant désespérément à comprendre. Qu'est-ce qui ne va pas ? Pourquoi tu veux t'en aller ?

Je n'ai pas répondu. Je ne savais pas quoi dire.

– Dis-le-moi, s'il te plaît. Je veux juste...

– Je ne veux plus être avec toi, ai-je affirmé d'un ton tranchant.

Il a hésité un instant avant de lâcher mon visage et de reculer d'un pas. Comme si je venais de lui balancer un coup de poing.

– Qu'est-ce que tu dis ? a-t-il demandé d'une voix éteinte.

– Je ne peux pas continuer, ai-je expliqué lentement.

Ma voix tremblait.

– Je ne peux pas continuer... Je ne peux pas emménager avec toi, Jack. C'est trop. Je... Je ne veux pas... Je veux rentrer chez moi.

Il m'a observée.

– Tu es chez toi, a-t-il objecté.

– Non, ai-je insisté. Ce n'est pas chez moi ici, c'est chez toi.

– Jen...

– Je ne fais pas partie de cette coloc, Jack.

– Tu fais partie de moi.

Il avait l'air tellement effondré que mon cœur s'est brisé une deuxième fois.

– Je dois y aller.

– Non, tu ne dois pas partir. Reste... Reste encore un peu à l'appart. Je dormirai sur le canapé, je m'en fiche. Réfléchis... Laisse-moi me rattraper et...

– Non, l'ai-je interrompu. J'ai passé un accord avec ma mère, je te l'ai dit. Si en décembre je voulais rentrer à la maison...

– Décembre est passé depuis longtemps, Jen.

– Exactement. C'est du passé. Tout ce qui est arrivé avant décembre... est du passé.

Silence. Il a entrouvert les lèvres, m'a fixée. Ses mains tremblaient.

– Ne me quitte pas, a-t-il doucement supplié.

Oh non.

Quand j'ai entendu le désespoir dans sa voix, j'ai failli m'écrouler.

– Ne me quitte pas, a-t-il répété en me prenant la main. Je t'aime, Jen. J'ai eu très peu de certitudes dans la vie, mais c'est l'une d'entre elles.

Je me suis détournée et il m'a forcée à le regarder à nouveau, en me tenant le menton.

– Reste avec moi. Même si tu habites ici, à la résidence. Si tu as besoin d'espace, je comprends. Tu n'as pas à partir comme ça pour...

– Jack...

– C'est à cause de ce que j'ai dit ? Est-ce que je... t'ai fait de la peine sans m'en rendre compte ?

– Ce n'est pas ça.

– Alors qu'est-ce qu'il y a ? Qu'est-ce qui s'est passé ?

– Rien du tout !

– Ce n'est pas vrai !

– Si, c'est tout ce qu'il y a de plus vrai ! Je veux juste partir !

– Ce n'est pas possible, il y a autre chose, il y a forcément quelque chose... !

– Je me suis remise avec Monty !

Les mots ont quitté mes lèvres avant que je puisse les arrêter. L'expression de Jack a changé soudainement. Il s'est figé et m'a dévisagée, abasourdi.

La phrase est restée suspendue entre nous pendant quelques secondes infinies, durant lesquelles il n'a pas réagi.

– Qu'est-ce que tu racontes ? a-t-il fini par demander.

– C'était mon petit ami avant que je vienne ici, ai-je murmuré. Et... je me suis rendu compte que... qu'il me manquait. C'est pour ça... Je dois rentrer. Je parlerai à la police. On va tout arranger.

Il n'a rien dit. Il m'a juste regardée, comme s'il était en train de digérer l'information.

– Je suis désolée, Jack.

– Mais... tu n'as pas... Tu m'as dit... Je pensais...

– Je ne t'ai jamais dit que je t'aimais.

Il a entrouvert les lèvres pour dire quelque chose, mais je ne savais pas quoi. Je me suis dégagée et mon portable a émis un bip. Un message de ma sœur. Elle était déjà en bas.

Jack ne me quittait pas des yeux. Il cherchait à déceler le moindre indice de mensonge. Il n'en trouverait pas. J'avais répété et répété cette confrontation dans ma tête.

– Je dois y aller, ai-je dit avec douceur. Je... Je suis désolée.

Il n'a pas répondu. Il m'observait comme s'il ne me connaissait pas.

Je suis passée devant lui. Il n'a pas bougé d'un pouce. J'ai pris ma valise et j'ai profité du fait qu'il ne me voyait pas pour laisser échapper une larme, que j'ai essuyée avec colère.

J'ai pris une grande inspiration et j'ai marché vers la porte.

Alors que j'allais franchir le seuil, il m'a attrapé le poignet et m'a fait tourner pour que je sois face à lui.

– Tu es amoureuse de lui ? m'a-t-il interrogée avec brusquerie.

Je l'ai regardé sans ciller. Et même si tout en moi criait non, je me suis forcée à acquiescer.

– Tu l'as été pendant tout ce temps ? m'a-t-il demandé doucement.

Je n'ai pas pu me retenir : mes larmes ont coulé quand j'ai entendu sa voix se briser.

– Depuis toujours, ai-je chuchoté.

Silence.

Il a lâché mon poignet et m'a tourné le dos. J'ai fait pareil. Je ne voulais pas le voir. Plusieurs larmes ont roulé sur mes joues et je les ai essuyées avec la manche de mon pull. J'ai respiré à fond et je me suis à nouveau dirigée vers la porte. Il n'a rien dit.

J'ai ouvert le battant lentement. Il ne m'a pas arrêtée.

J'ai regardé par-dessus mon épaule. Il n'a pas bougé.

J'ai avancé dans le couloir. Chaque pas était une torture. Mon instinct me hurlait de faire demi-tour et de le rejoindre en courant. Mais je ne l'ai pas fait.

J'ai descendu les escaliers et j'ai vu Chris m'examiner les yeux écarquillés. On n'a rien dit. Je voulais juste partir. Il a baissé la tête. Je me suis retournée une dernière fois : Jack n'était pas sorti de ma chambre.

J'ai vu Shanon discuter avec Will, Sue et Naya près de sa voiture. Dès que je suis sortie, ils m'ont tous les quatre dévisagée. Ma sœur a soupiré. Elle savait tout.

En fait, il n'y avait qu'elle et Will qui étaient au courant. Sue et Naya avaient l'air complètement désorientées.

– Oh, Jenny, a dit ma sœur en s'approchant. Tu veux... ?

– Je veux juste partir, l'ai-je suppliée.

Elle a pris ma valise et l'a posée à l'arrière. J'ai jeté un coup d'œil en direction de la résidence. Toujours pas de trace de Jack. Pourquoi est-ce que je continuais à regarder comme s'il allait apparaître ? Je venais de lui piétiner le cœur. Il n'allait évidemment pas sortir.

– Je n'arrive pas à croire que tu t'en vas, a déclaré Naya en s'approchant pour me serrer dans ses bras.

Sue nous a rejointes avec une expression perplexe, comme si elle ne comprenait pas ce qui se passait.

– Tu es sûre de ce que tu fais ?

J'ai hoché la tête. Elle a soupiré.

– Putain, a-t-elle marmonné avant de me faire un bref câlin – enfin... peut-être pas si bref que ça.

Quand j'ai entendu deux petits *snif snif* et que j'ai remarqué que ses épaules bougeaient, j'ai levé les yeux vers elle, abasourdie.

– Sue, tu pleures ?

– Bien sûr que non, pour qui tu te prends ? Tu crois que j'en ai quelque chose à foutre que tu partes ? Je m'en fiche. Je ne t'aime pas. Je vous trouve tous insupportables. Au revoir. Ne reviens surtout pas.

Elle s'est détournée en s'essuyant le nez et ne m'a plus accordé un seul coup d'œil. Je lui ai serré l'épaule en souriant un peu.

– Tu me manqueras aussi, Sue.

Elle n'a rien dit, mais j'ai bien vu qu'elle contenait ses émotions.

Will s'est approché de moi à ce moment-là et m'a serrée très fort.

– J'espère que tu fais le bon choix, Jenna, a-t-il chuchoté.

– Fais en sorte qu'il aille dans cette école, ai-je répondu à voix basse.

Il a acquiescé et s'est détaché pour me regarder. Je ne l'avais jamais vu aussi triste.

– Prends soin de toi.

– Prends soin de lui.

Nous n'avons rien dit de plus. J'ai à nouveau jeté un coup d'œil vers le couloir de la résidence. Toujours désert.

Shanon était déjà au volant, elle m'attendait. J'ai senti de chaudes larmes couler sur mes joues lorsque je me suis assise à côté d'elle et que j'ai bouclé ma ceinture de sécurité. Je les ai écrasées d'un geste frustré.

– Jenny...

– Pas maintenant, l'ai-je implorée.

– Si, maintenant, a-t-elle insisté de son ton autoritaire. Tu sais ce que tu fais ?

J'ai cligné plusieurs fois les yeux, qui recommençaient à me piquer.

– Ce que je pense être juste, ai-je murmuré.

– Écoute, je te dis toujours la vérité. Même si tu n'aimes pas l'entendre. Cette fois-ci ne fait pas exception.

Elle a pris une profonde inspiration.

– C'est une erreur.

– Ce n'est pas vrai, ai-je protesté.

– Jenny, si tu ne sors pas de cette putain de bagnole tout de suite… tu le regretteras. On le sait toutes les deux.

– Et comment sais-tu que je ne le regretterai pas si je sors ?

Elle a soupiré.

– Je n'en sais rien, a-t-elle admis.

Je n'ai plus rien dit. J'essayais de contenir mes larmes, mais je n'y arrivais pas.

Puis j'ai vu quelque chose bouger dans la résidence.

Je me suis retournée au moment où Jack sortait du bâtiment. Il avait l'expression la plus dévastée que j'aie jamais vue de ma vie. On s'est dévisagés.

– Jenny…

Je me suis retournée en entendant la voix de ma sœur.

– Il n'est pas trop tard. Tu peux encore sortir et lui avouer la vérité. Je suis sûr qu'il comprendra. Et vous pourrez… je ne sais pas… faire comme s'il ne s'était rien passé.

J'ai retenu ma respiration et j'ai posé la main sur la poignée de la portière. Jack m'implorait du regard de rester avec lui. Et mon cœur battait la chamade, me disant que c'était ce que je devais faire.

Je me suis imaginé descendre de la voiture, courir vers lui et lui avouer la vérité. Lui dire que je l'aimais. Que je ne voulais jamais le quitter. Que ces mois passés avec lui m'avaient appris plus de choses que je n'aurais cru pouvoir en apprendre.

Mais je me suis aussitôt rappelé que je faisais ça précisément parce que je l'aimais.

Parce que je le voulais. Parce que je désirais qu'il fasse ce qui le rendrait heureux… même si ça signifiait que je ne ferais plus partie de sa vie, et que ça brisait quelque chose en moi que je ne pourrais jamais réparer.

Ma sœur m'observait toujours.

– Jenny, tu sais que je te soutiendrai quelle que soit ta décision, mais, je t'en prie… ne fais pas quelque chose que tu regretteras.

J'ai regardé mes mains. Tout mon corps tremblait.

Je ne pouvais pas le faire.

Je ne pouvais pas rester.

Parce que, parfois, on doit faire des sacrifices par amour. Parce qu'on aime plus l'autre que soi. Parce qu'on lui souhaite ce qu'il y a de meilleur. Une fois la décision prise, il était très difficile d'en changer.

M. Ross avait raison. C'était très difficile de revenir en arrière après une telle décision.

J'ai fermé les yeux en lâchant la poignée.

Lorsque je les ai rouverts, je n'ai pas osé regarder Jack. Je n'en avais pas la force. J'ai dégluti avec difficulté et j'ai fixé un point droit devant moi.

Shanon m'examinait encore en silence. Elle a hoché la tête, comme si elle comprenait ce qui se passait.

– Tu es prête à rentrer à la maison ?

J'ai lutté contre l'envie de me retourner à nouveau. Les larmes ruisselaient sur mes joues.

Je me suis tournée vers ma sœur.

J'ai hoché la tête, déterminée.

– Je suis prête.

PAPIER À BASE DE FIBRES CERTIFIÉES

hachette s'engage pour l'environnement en réduisant l'empreinte carbone de ses livres. Celle de cet exemplaire est de :
750 g éq. CO_2
Rendez-vous sur www.hachette-durable.fr

« Pour l'éditeur, le principe est d'utiliser des papiers composés de fibres naturelles, renouvelables, recyclables et fabriquées à partir de bois issus de forêts qui adoptent un système d'aménagement durable. En outre, l'éditeur attend de ses fournisseurs de papier qu'ils s'inscrivent dans une démarche de certification environnementale reconnue. »

Composition et mise en pages : Nord Compo

Achevé d'imprimer en Espagne par Rodesa
Dépôt légal 1re publication : janvier 2024
80.3475.1 – ISBN : 978-2-01-722149-4
Édition : 01 – Dépôt légal : janvier 2024